Gisa Pauly

Treibholz

PIPER

Zu diesem Buch

Während Mamma Carlotta heimlich ihre eigenen Nachforschungen in Sandra Lührsens Fall anstellt, muss sie sich noch mit Sorgen ganz anderer Art befassen: Zum einen kündigt ihre chaotische und durchaus anstrengende Cousine Violetta ihren Besuch an, zum anderen ist Enkelin Carolin nach ihrem überstürzten Auszug endlich wieder zu Besuch auf Sylt. Mamma Carlotta möchte nichts unversucht lassen, das Kind zurück ins wohlbehütete Elternhaus zu holen. Dafür lässt sie sich sogar auf einen Deal mit Carolin ein und findet sich prompt als Aktmodell in einem Malkurs wieder. Wenn das mal nicht schief geht …

Gisa Pauly hängte nach zwanzig Jahren den Lehrerberuf an den Nagel und widmete sich ganz dem Schreiben. Seitdem lebt sie als Autorin, Journalistin und Drehbuchautorin in Münster, ihre Ferien verbringt sie am liebsten auf Sylt oder in Italien. Sie wurde mehrfach ausgezeichnet, darunter mit der Goldenen Kamera des SWR. Die Leser der Fernsehzeitschrift *rtv* wählten sie zur beliebtesten Autorin des Jahres 2018. Ihre Krimireihe um Mamma Carlotta stürmt Jahr um Jahr die Bestsellerliste.

Gisa Pauly

TREIBHOLZ

Ein Sylt-Krimi

PIPER

Mehr über unsere Autorinnen, Autoren und Bücher:
www.piper.de

Wenn Ihnen dieser Kriminalroman gefallen hat, schreiben Sie uns unter Nennung des Titels »Treibholz« an *empfehlungen@piper.de,* und wir empfehlen Ihnen gerne vergleichbare Bücher.

Von Gisa Pauly liegen im Piper Verlag vor:

Mamma-Carlotta-Reihe:
Band 1: Die Tote am Watt
Band 2: Gestrandet
Band 3: Tod im Dünengras
Band4: Flammen im Sand
Band 5: Inselzirkus
Band 6: Küstennebel
Band 7: Kurschatten
Band 8: Strandläufer
Band 9: Sonnendeck
Band 10: Gegenwind
Band 11: Vogelkoje
Band 12: Wellenbrecher
Band 13: Sturmflut
Band 14: Zugvögel
Band 15: Lachmöwe
Band 16: Schwarze Schafe
Band 17: Treibholz

Siena-Reihe:
Band 1: Jeder lügt, so gut er kann
Band 2: Es wär schon eine Lüge wert
Band 3: Lügen haben lange Ohren

Dio Mio! Mamma Carlottas himmlische Rezepte
Der Mann ist das Problem
Venezianische Liebe

Unser Versprechen für mehr Nachhaltigkeit
• Klimaneutrales Produkt
• FSC®-zertifiziertes Papier
• Hergestellt in Europa

FSC www.fsc.org MIX Papier | Fördert gute Waldnutzung FSC® C083411

Originalausgabe
ISBN 978-3-492-31737-5
1. Auflage Mai 2023
2. Auflage Mai 2023

Umschlagestaltung: Eisele Grafik · Design, München
Umschlagabbildung: Martina Eisele unter Verwendung von Shutterstock.com, Adobe Stock und Bigstock
Satz: Eberl & Koesel Studio, Kempten
Gesetzt aus der Scala
Druck und Bindung: CPI books GmbH, Leck
Printed in the EU

1

Carlotta Capella kochte gern. Vor allem, wenn sie viel Zeit hatte, wenn sie in aller Ruhe einkaufen, Gemüse putzen, sich während des Schnippelns unterhalten oder zumindest mit dem Radiomoderator diskutieren konnte. Das tat sie, wenn niemand da war, der für einen Meinungsaustausch zur Verfügung stand. In ihrem Dorf in Umbrien war sie zwar selten allein, aber häufig war ihre Gesellschaft ein schlafendes Baby oder ein Kindergartenkind, das mit Teigausrollen, Plätzchenausstechen oder Supperühren bei Laune gehalten werden musste. Keine echten Gesprächspartner also, noch ungeeigneter als der Radiomoderator, der genauso wenig auf Carlottas Einwände einging wie ein Kleinkind, aber wenigstens beim Thema blieb.

Auf Sylt war alles anders. Hier fehlte auch oft ein Gesprächspartner, aber vor allem die Zeit, sich in aller Ruhe den Antipasti, dem Primo, Secondo und Dolce zu widmen. Immer musste alles schnell gehen, oft zwischen Tür und Angel, ständig war etwas zu erledigen, in das sich das Kochen manchmal nur mühsam einfügte. Carlotta fragte sich häufig, wie ihre Tochter es früher hinbekommen hatte, neben Eriks aufregendem Beruf noch den Haushalt zu führen. Möglich natürlich, dass Lucia sich nie mit den Fällen ihres Mannes beschäftigt hatte, das war die einzige Erklärung. Aber sich aus einer Sache raushalten, das war nicht Mamma Carlottas Ding. Auch in Panidomino interessierte sie sich für die Arbeit des Dorfpolizisten, erst recht, seit sie regelmäßig nach Sylt fuhr und viel von Polizeiarbeit gelernt hatte. Das hatte sogar Francesco eingesehen, der noch nie in die Lage gekommen war, einen Mord aufklären zu müssen. Ladendiebstahl, Betrug oder üble Nachrede war das Äußerste. Dann holte er gern Carlottas Meinung ein, sie war für ihn so etwas wie eine Expertin geworden. Jemand, der schon bei der Aufklärung von mehreren Morden geholfen hatte, erledigte solche Kleinigkeiten ja nebenbei. Allora ... immer hatte es mit der Aufklärung leider nicht geklappt, aber trotzdem hatte Francesco nie an ihren Fähigkeiten gezweifelt. Er wusste dann nur: Was Carlotta Capella nicht herausbekam, konnte man getrost zu den unerledigten Fällen legen, von denen es viele in der Polizeistation von Panidomino gab. Auf einen mehr oder weniger kam es da wirklich nicht an.

An diesem Tag war Mamma Carlotta nervös. Auch das kam in Panidomino selten vor. Aber dass sie kochte, ohne zu wissen, ob und wann jemand hungrig heimkehren würde, das passierte nur auf Sylt und wurde dort sogar nach und nach zur Regel. »Molto noioso!«

Sie strich ihre dunklen Locken aus dem Gesicht, die nach wie vor nur wenige graue Strähnen aufwiesen, und wischte sich über die feuchte Stirn. Obwohl es in der Küche nicht warm war, schwitzte sie. Voller Ingrimm dachte sie an die Worte der mageren Verkäuferin auf dem Markt von Panidomino. Die hatte doch tatsächlich behauptet, dass dicke Leute nun mal mehr schwitzten als dünne. Mamma Carlotta kaufte ihr Gemüse seitdem immer an dem Stand direkt nebenan, um der mageren Verkäuferin zu zeigen, wie unverschämt sie diese Bemerkung gefunden hatte. Sie trug Größe 44! Das war für eine italienische Mamma in ihrem Alter völlig normal. Während ihr Dino gepflegt werden musste und sie gezwungen gewesen war, Tag und Nacht bei ihm zu wachen und ihr Leben mit viel Schokolade erträglicher zu machen, hatte sie Kleidung in Größe 48 gebraucht. Als Witwe war sie dann schlanker geworden und sehr stolz darauf. Und dann kam so eine Verkäuferin ... Aber sie wischte diesen Gedanken beiseite. Es gab jetzt Wichtigeres zu tun: ein Essen vorbereiten, das später schnell und ohne Qualitätsverlust aufgewärmt werden konnte. In Panidomino kam das Essen Tag für Tag zur selben Zeit auf den Tisch, und die ganze Familie fand sich immer pünktlich in der Küche ein. Aber die Familie ihrer verstorbenen Tochter war aus den Fugen geraten. Carolin lebte mit einem Mann, vor dem ihre Nonna sie gründlich gewarnt hatte, in Hamburg, und Felix machte zurzeit ein Praktikum bei einem Immobilienmakler, der es mit geregelten Arbeitszeiten nicht so genau nahm. Manchmal erschien Felix pünktlich bei Tisch, mal verspätet, dann wieder gar nicht. Und wenn Erik in einem Kapitalverbrechen ermittelte, wusste man nie, ob er Zeit zum Essen finden würde. Andererseits war es natürlich ein Ding der Unmöglichkeit, dass Erik und sein Mitarbeiter Sören Kretschmer von ihrer schweren Ermittlungsarbeit erschöpft in den Süder Wung zurückkehrten und zu hören bekamen, dass kein Essen für sie bereitstand. Dieses Risiko ging Mamma Carlotta niemals ein. Etwas gekocht zu haben, ohne dass jemand Zeit fand, auch nur einen Löffel davon zu probieren, war zwar höchst ärgerlich, aber doch längst nicht so schlimm wie der Hunger eines Angehörigen, der sich genötigt sah, ihn mit einem Fischbrötchen an einer Straßenecke zu stillen.

An diesem Tag war mal wieder alles unklar. Erik war nach Flensburg gefahren, zu einem Prozess, dem er mit gemischten Gefühlen entgegengesehen hatte. Wann er zurückkommen würde, war völlig offen. Möglich, dass das Essen erst am Abend auf den Tisch kommen konnte. Aber das hatte Carlotta bedacht. Die Mortadellaröllchen lagen schon im Kühlschrank und würden am Abend noch gut schmecken, die Kichererbsensuppe war gekocht und musste nur erhitzt werden, wenn die Familie heimkam, ob mittags oder abends, spielte keine Rolle. Den Schweinerouladen mit den Aprikosen konnte sie, wenn alle am Tisch saßen, noch den letzten Schliff geben, und der Rhabarberkuchen war längst aus dem Ofen geholt worden. Den konnte sie auch servieren, wenn Erik und Sören am Nachmittag zurückkamen und einen starken Kaffee brauchten, zu dem der Rhabarberkuchen gut passen würde.

Sie strich die Mischung aus klein gehackten Aprikosen und angebratenem Speck auf die Rouladen, rollte sie auf und steckte sie mit spitzen Holzstäbchen fest, damit sie nicht auseinanderfielen. Wie mochte dieser Prozess ausgehen? Erik litt sehr darunter, dass an diesem Tag womöglich eine Frau freigesprochen werden würde, die vor fünf Jahren immer wieder ihre Unschuld beteuert hatte. Er war dennoch fest davon überzeugt gewesen, dass sie ihre Schwiegermutter erschlagen hatte, und die Richter waren ebenfalls zu diesem Schluss gekommen. Ein Indizienprozess! Mamma Carlotta hatte dieses neue Wort lange üben müssen, bis es ihr über die Lippen floss.

»Indizien.«

Natürlich war auch »processo indiziario« kein leichtes Wort, aber das rollte ihr nur so von der Zunge. Klar, für eine echte Italienerin war das eben kein Problem. Aber mit den spitzen Lauten von »Indizien« hatte sie ihre liebe Mühe gehabt, selbst wenn sie den Sinn des Wortes natürlich sofort verstanden hatte. Gestand ein mutmaßlicher Täter nicht, wurde er manchmal anhand der vorhandenen Indizien verurteilt, sofern sie ausreichten, um von seiner Schuld überzeugt zu sein. Ein Prozess, der immer einen schalen Beigeschmack hatte.

War Sandra Lührsen die Mörderin, oder war sie es nicht? Diese Frage war nach der Urteilsverkündung vor fünf Jahren noch lange gestellt worden, auch wenn Richter und Staatsanwalt von ihrer Schuld überzeugt gewesen waren. Die Frage, ob vielleicht die Falsche ins Gefängnis gegangen war, wurde auf Sylt noch immer gestellt, und jeder hatte eine andere Meinung. Für Mamma Carlotta war es jedoch das Schlimmste, dass Erik sich Vorwürfe machen würde. Hatte er damals gründlich genug ermittelt? Hätte er andere Schlüsse ziehen müssen? Hatte er nichts unversucht gelassen, der Wahrheit auf die Spur zu kommen? Sie wusste, dass ihn keine Schuld traf, aber er selbst zweifelte, seit der Ehemann der verurteilten Mörderin gestorben war und einen Brief hinterlassen hatte, der alles infrage stellte ...

2

»Ich muss Sören anrufen«, sagte Erik. »Ich hab's versprochen.«

Tilla drückte seine Hand. »Ich warte auf dich.«

Erik zog sein Handy aus der Gesäßtasche seiner Jeans und ging vom Gerichtssaal auf den Flur. Dort hatte er es endlich geschafft, das Smartphone in der Hand zu halten. Die Jeans war einfach zu eng. Hatte er etwa zugenommen? Oder sich von einer Verkäuferin beschwatzen lassen, die nicht eingesehen hatte, dass für ihn eine Jeans nicht nur gut sitzend, sondern vor allem bequem sein musste? Eine Fensterscheibe auf der anderen Seite des Flurs warf sein Spiegelbild zurück. Erschrocken zog er den Bauch ein. Scheinbar war er tatsächlich dicker geworden. Erik seufzte. Er musste endlich Sport treiben! Wie lange nahm er sich das schon vor?

Als er durch die offene Tür zurückblickte, sah er, dass die Staatsanwältin auf den Richtertisch zutrat und den Vorsitzenden begrüßte. Er war ein Studienfreund von ihr, die beiden hatten schon viele Prozesse gemeinsam hinter sich gebracht, Tilla als Vertreterin der Anklage, er als derjenige, der das Urteil fällte. Erik ließ sich vom Strom der Zuschauer mitreißen, die noch aufgeregt über den Verlauf der Gerichtsverhandlung diskutierten, und ging bis zum Ende des Ganges, wo die Treppe hinabführte bis zu einem Fenster, durch das er auf die Straße blicken konnte. Er holte Sörens Nummer aus dem Speicher und starrte einem Auto hinterher, während er darauf wartete, dass sich sein Mitarbeiter meldete.

Es dauerte nicht lange. »Ist die Verhandlung vorbei, Chef?«

»Ja.«

»Das Urteil wurde aufgehoben?«

»Ja. Sandra Lührsen ist frei.«

Sören seufzte. »Dann geht also alles wieder von vorne los. Fünf Jahre nach der Tat einen Mörder fangen … das wird nicht leicht.«

Erik blickte auf die Uhr. »Ich werde in etwa zwei Stunden zu Hause sein. Die Staatsanwältin wird mit mir kommen. Treffen wir uns im Süder Wung? Meine Schwiegermutter hat sicherlich gekocht.«

»Okay, Chef.«

Erik blieb noch eine Weile am Fenster stehen, das Smartphone in der rechten Hand, als plante er ein weiteres Telefongespräch. Mit der Linken strich er sich seinen Schnauzer glatt, wie er es immer tat, wenn er nachdachte. Er hatte wieder Sandra Lührsens Gesicht vor Augen. Fünf Jahre ihres Lebens waren ihr gestohlen worden, weil ihr Mann auf Rache aus gewesen war! Trotzdem hatte er keinen Hass in ihren Augen gesehen, nur Erleichterung.

Erik zog den Bauch ein, schob den Bund seiner Hose etwas tiefer, wo er weniger drückte, und nahm sich vor, zu Hause sofort in seine bequemste Cordhose zu steigen, eine, die schon so ausgeleiert war, dass sie ihn nirgendwo kniff und sogar einen Gürtel brauchte, damit sie ihm nicht auf die Füße fiel. Er ging auf die Tür des Gerichtssaals zu, die sich, noch bevor er sie erreichte, öffnete. Tilla trat auf den Flur. Das Lächeln, das über ihr Gesicht ging, als sie ihn sah, wärmte ihm das Herz. Dr. Eva-Mathilda Speck, die Staatsanwältin, der er früher die Fähigkeit zu jedweder Gefühlsregung glatt abgesprochen hatte, freute sich, wenn sie ihn sah. Dass sich diese energische Person auf ihren hohen Stilettos, deren

Klack-klack in der ganzen Flensburger Staatsanwaltschaft gefürchtet war, diese attraktive Frau mit dem runden Gesicht und den hochgesteckten blonden Locken, dem knappen dunklen Kostüm mit dem kurzen Rock und der Bluse, die gerade so weit geöffnet war, dass man eine Ahnung von ihrem Dekolleté bekam, ausgerechnet in ihn, den langweiligen Hauptkommissar von Sylt, verguckt hatte, konnte er noch immer nicht glauben. Aber es gab keinen Zweifel. Sie kam zu ihm, hob sich auf die Zehenspitzen und gab ihm einen flüchtigen Kuss. »Es ist Freitag. Ich könnte das Wochenende auf Sylt verbringen.«

Erik freute sich, obwohl ihm schlagartig klar wurde, dass dann wohl aus der ausgeleierten Cordhose nichts wurde. Er griff nach ihrer Hand, während sie auf die Treppe zugingen, die ins Erdgeschoss führte, und lächelte über den vielsagenden Blick einer Gerichtsangestellten, die vermutlich wusste, dass die Staatsanwältin mal ein rotes Tuch für Kriminalhauptkommissar Wolf aus Westerland gewesen war.

»Wir können das Wochenende auch bei dir verbringen«, sagte Erik. »Dann sage ich Sören ab und ...«

Er wurde durch eine Stimme unterbrochen, die ihm so vertraut war, dass Tränen in seine Augen schossen, als wäre ihm jemand mit Pfennigabsätzen auf die Zehen getreten.

»Hey, Papa.«

Erik fuhr herum und starrte seine Tochter an. »Carolin!« Er wollte einen Schritt auf sie zu machen, hatte dann plötzlich Angst, dass sie zurückweichen würde, traute sich mit dem Vorbeugen seines Oberkörpers, ihr entgegenzukommen, und streckte am Ende nur die Arme aus. Als sie an seine Brust flog, als er sie fest an sich drücken und sein Gesicht in ihren Haaren verstecken konnte, rollte ihm tatsächlich eine Träne aus dem Augenwinkel. »Carolin.« Hastig wischte er sich über das Gesicht.

Fast zwei Monate war es her, dass sie auf Sylt von einem Augenblick auf den anderen ihre Zelte abgebrochen, zwei Koffer gepackt, ihren Ausbildungsplatz gekündigt hatte und ausgezogen war. Nach Hamburg. Mit einem Mann, der Erik ganz und gar nicht gefiel. Einmal hatte er sie in der winzigen Wohnung besucht, in der sie mit Maximilian lebte. Er war erschrocken gewesen, mit wie wenig sie sich zufriedengab, hatte seine Sorge nicht verbergen können, als er hörte, dass sie ihr Geld als Kellnerin verdiente, bis in die tiefe Nacht in einer Kneipe arbeitete und anschließend mit Maximilians Fahrrad nach Hause fuhr, damit sie schneller war als die Betrunkenen, von denen sie belästigt werden konnte. Sein Versuch, sie wieder nach Sylt zu holen, sein Angebot, bei ihrem Ausbilder, dem Hotelier, vorzusprechen und ein gutes Wort für sie einzulegen, hatte nicht gefruchtet. Nicht einmal sein Angebot, sie finanziell zu unterstützen, hatte sie angenommen. Und als er es nicht geschafft hatte, seine Antipathie gegen Maximilian Witt zu verbergen, als er dem jungen Mann sogar vorgeworfen hatte, die Zukunft seiner Tochter aufs Spiel zu setzen, hatte sie ihn gebeten zu gehen. Sie hatte ihn zum Abschied nicht umarmt, ihm nicht einmal die Hand gereicht, ihn nur gebeten, sie künftig in Ruhe zu lassen und mit guten Ratschlägen zu verschonen.

Und nun stand sie mit einem Mal vor ihm, sehr erwachsen, sehr selbstbewusst, und er durfte sie in die Arme nehmen. Sein Glück kannte keine Grenzen. Erst als er den jungen Mann bemerkte, der noch in der Tür des Gerichtssaals stand, hatte es mit seiner Euphorie schlagartig ein Ende. Er ließ Carolin los und sah ihr lange ins Gesicht, ehe er bereit war, Maximilian Witt zur Kenntnis zu nehmen, der nun zu ihnen trat.

»Guten Tag.«

Erik riss sich zusammen und zwang sich, Maximilian Witt die Hand zu reichen. »Guten Tag.«

Einen Augenblick sah es so aus, als wollte der junge Mann seine Hand ausschlagen, aber dann erwiderte er doch Eriks Händedruck. Als er Tilla begrüßte, deutete er sogar eine kleine

Verbeugung an. Dann sagte er zu Eriks großer Erleichterung zu Carolin: »Wir sehen uns«, und lief die Treppe hinab.

Carolin, die als fremde junge Frau auf ihren Vater zugekommen war, wurde in Sekundenschnelle wieder Eriks kleines Mädchen. Sie war schlanker geworden, ihr Gesicht schmaler, sie sah blass aus, als bekäme sie wenig Schlaf. Aber Erik hütete sich, dazu etwas zu sagen, und nickte eifrig, als Tilla seiner Tochter ein Kompliment machte: »Du bist in den beiden Monaten ja richtig erwachsen geworden!«

Carolin hatte Maximilian nicht nachgeblickt. »Ich dachte mir, dass ich dich hier treffen würde. Deswegen habe ich keine Zugfahrkarte gekauft.«

Erik brauchte einen Moment, bis er begriff, was sie sagen wollte. »Du kommst mit nach Sylt?«

Sie nickte lächelnd. »Die Nonna ist auch da, das trifft sich gut.«

»Das weißt du?«

Ihr Lächeln vertiefte sich. »Sie ruft mich natürlich ständig an und will wissen, ob ich genug esse, ausreichend Schlaf bekomme und Freunde gefunden habe. Und natürlich, ob Maximilian nett zu mir ist und ob ich genug Geld habe.«

All das hätte Erik auch gerne gewusst, aber im Gegensatz zu seiner Schwiegermutter hatte er nie den Mut gehabt, Carolin anzurufen und ihr solche Fragen zu stellen. Jetzt hatte er auch nicht den Mut, sie zu fragen, warum sie mit nach Sylt fahren wollte. Ging es ihr um einen Besuch zu Hause? Oder wollte sie etwa …? Nein, diesen Gedanken verbot er sich. Er war zu schön. Erik würde nur schrecklich enttäuscht sein, wenn er zu hören bekam, dass sie selbstverständlich nur ein, zwei Tage auf Sylt sein wolle und dann wieder nach Hamburg zurückkehren würde.

Tilla hatte jedoch keine Scheu, Carolin zu fragen: »Was ist mit deinen Koffern? Oder bist du etwa ohne Gepäck gekommen?«

Carolins Gesicht verschloss sich prompt. »Mein Rucksack steht in der Garderobe. Ich durfte ihn nicht mit in den Gerichtssaal nehmen.« Ihr Blick wurde angriffslustig. »Ich brauche ja nicht viel. Oder habt ihr meine Klamotten, die noch in meinem Schrank sind, etwa verkauft?«

Es sollte vielleicht wie ein Scherz klingen, aber Erik konnte nicht darüber lachen. Carolin wusste ja nicht, wie oft er heimlich in ihr Zimmer ging, ihren Schrank öffnete und die Kleidung anstarrte, die dort noch auf den Bügeln hing und in den Fächern lag. Und er war zufrieden gewesen, als seine Schwiegermutter nach ihrer Ankunft auf Sylt Carolins Bett frisch bezogen und ihr Zimmer geputzt hatte, als sollte alles für die Rückkehr ihrer Enkelin bereit sein.

Als sie die Treppe hinabstiegen, erklärte Carolin: »Maximilian will eine Reportage über die Frau schreiben, die fünf Jahre unschuldig im Knast gesessen hat. Aber er hat noch zwei andere Aufträge. Deswegen soll ich für ihn nach Sylt fahren und alle Fakten zusammentragen, die er braucht. Jetzt, wo sie freigesprochen wurde, kehrt sie sicherlich nach Sylt zurück. Ich will versuchen, ein persönliches Interview mit ihr zu führen. Es ist doch total spannend zu erfahren, wie eine Frau sich fühlt, die jahrelang dachte, sie müsste den Rest ihres Lebens hinter Gittern verbringen, obwohl sie nichts Böses getan hat.«

Aus dem Glück, das Erik bis zu diesem Moment vorgekommen war wie ein großer Berg Zuckerwatte, lösten sich einige Fetzen und flogen davon. Carolin kam also nicht wegen ihrer Familie nach Sylt, nicht, weil sie Sehnsucht hatte und alle gerne wiedersehen wollte, sondern nur, um Maximilian einen Gefallen zu tun. Sobald sie alles recherchiert hatte, was er wissen wollte, würde sie nach Hamburg zurückkehren, damit er aus dem, was sie zusammengetragen hatte, eine Reportage machen konnte.

»Wirst du es schaffen, den richtigen Mörder zu finden?«, fragte Carolin.

»Das ist schwer nach fünf Jahren«, antwortete Erik vage. »Mal sehen ...«

Kalte, feuchte Luft schlug ihnen entgegen, als sie aus dem Gebäude traten. Zum Glück stand der Wagen auf dem Parkplatz des Gerichts, nur ein paar Schritte vom Eingang entfernt. Carolin warf ihren Rucksack in den Kofferraum und machte es sich auf dem Rücksitz bequem, als wäre es nicht zwei Monate, sondern erst einen Tag her, dass sie dort gesessen hatte. Erik merkte, dass seine Hände zitterten, als er den Wagen startete und zurücksetzte. Diesmal verließ er sich nicht auf die Ansicht, die ihm der kleine Bildschirm seines Autos zeigte, sondern drehte sich um und schaute nach hinten, weil er dann auch Carolin im Blick haben konnte. Sie trug ihre Haare anders, fiel ihm jetzt auf, nur noch kinnlang, mit einem gefransten Pony, der ihr bis in die Augen reichte, sodass sie ihn oft zurückpusten musste. Sie schaute ihn nicht an, starrte auf Tillas Hinterkopf, als dächte sie darüber nach, ob sie die Staatsanwältin akzeptieren wollte, obwohl sie nicht zur Familie gehörte. Dann begann sie, an den Schnallen ihres Rucksacks zu nesteln, als hätte sie einen Entschluss gefasst, den sie nicht zu erkennen geben wollte. Erik setzte so weit wie möglich zurück, dann sah er wieder nach vorn, stellte aber den Rückspiegel so ein, dass er Carolin im Blick behielt. Er wollte, dass sie auf Sylt blieb! Er wollte sie nicht wieder zurück nach Hamburg lassen. Er wollte nicht, dass ihr Maximilian Witt wichtiger war als ihre Familie. Mit aller Macht wollte er, dass wieder alles so wurde wie früher.

Tilla legte die linke Hand auf seinen Schenkel, ganz leicht, er spürte nur ihre Fingerspitzen. Aber er wusste, dass sie seine Gedanken erahnte. Und sie wollte ihm sagen, dass er geduldig sein musste. Auf keinen Fall durfte er Carolin bedrängen.

3 Sie hatten Glück. Von Flensburg bis Niebüll brauchten sie keine Stunde, und als sie an der Verladestation ankamen, dauerte es nur zehn Minuten bis zur Abfahrt des nächsten Autozugs. Die Ladefläche war nicht voll, im November war keine Saison. Erik stellte die Rückenlehne zurück, Tilla und Carolin schnallten sich ab, als der Zug das Festland verließ und auf den Hindenburgdamm fuhr. Es war ein sonniger, wenn auch kalter Tag. Eine silbrige Wintersonne wurde von schleierhaften Wolken garniert, die den ganzen Himmel überzogen, ohne ihm sein Blau zu nehmen. Das Wasser stieg, die Flut war aber noch von ihrem Höhepunkt entfernt. Kleine, muntere Wellen sprangen auf den Damm zu, als wollte eine die andere überholen, um als erste zu dem Zug zu kommen, der Richtung Sylt fuhr.

Erik genoss es, Carolin auf dem Rücksitz zu wissen, und die Frage schoss durch seinen Kopf, ob es ihm lieber wäre, sie säße auf dem Beifahrersitz und er könnte allein mit ihr sein. Aber ihm wurde schnell klar, dass die Überfahrt dann schwieriger würde. Er sollte froh sein, dass er nicht in Versuchung kommen würde, Carolin nach ihren Zukunftsplänen zu fragen. Das war viel zu früh. Seine Tochter würde sich nur wieder in die Familie einfügen, wenn ihr die Rückkehr leicht gemacht wurde. Und dabei half die Anwesenheit der Staatsanwältin.

Erik seufzte auf. »Hätte ich damals merken müssen, dass Sandra Lührsen unschuldig war?«

Die Frage hatte er an Tilla gerichtet. Sie nahm den Kopf nicht von seiner Schulter, während sie antwortete: »Wie denn? Es gab keinen Grund, der Aussage des Ehemanns nicht zu vertrauen.«

»Er hat eiskalt gelogen«, sagte Carolin, und Erik war froh, dass sie ihn von jeder Schuld freisprach. Er hatte tatsächlich Angst davor gehabt, dass sie ihm vorwarf, daran schuld zu sein, dass Sandra Lührsen fünf Jahre unschuldig im Gefängnis gesessen hatte.

»Weil sie ihn eiskalt betrogen hat«, meinte Tilla. »Sie kann froh sein, dass er so früh verstorben ist. Sonst hätte sie noch länger gesessen.«

»Was hatte er?«, fragte Carolin. »Krebs?«

Erik nickte. »Magenkrebs. Er wusste wohl ziemlich bald nach der Diagnose, dass er nicht lange überleben würde, und hat den Brief rechtzeitig geschrieben.«

Jetzt setzte Tilla sich aufrecht hin. »Ein starkes Stück.« Sie zupfte ihren Rock zurecht und kontrollierte den Knopfverschluss ihrer Bluse, als ginge es darum, in die Rolle der Staatsanwältin zu schlüpfen und gut gekleidet zu sein, wenn sie die Anklage vorlas. »Als ihr Mann damals die Aussage gemacht hat, muss sie gewusst haben, dass er sie ans Messer liefern wollte. Und auch, warum.«

»Ich weiß noch, dass sie ihren Mann angeschrien hat.« Erik schüttelte sich, als er sich an die Szene im Gerichtssaal erinnerte. »Du lügst! Warum lügst du? Willst du mich loswerden?« Er senkte seine Stimme. »Man hat sie aus dem Saal gebracht, weil sie nicht aufhörte zu schreien und zu toben.«

Tilla blieb sachlich. »Aber sie hat nicht erwähnt, dass sie einen Geliebten hatte? Dann hätte sie Jesko vor Gericht unterstellen können, dass er sich an ihr rächen wollte.«

Erik schüttelte den Kopf. »Vermutlich ist sie davon ausgegangen, dass ihr das mehr schaden als nützen könnte. Wahrscheinlich hat sie auch nicht gewusst, dass er ihr längst auf die Schliche gekommen war. Sie hatte Angst, etwas auszuplaudern, was niemand ahnte. Und wenn er sich unwissend gestellt hätte, wäre seine Aussage weiterhin glaubwürdig gewesen.«

»Aber schlimmer, als es dann gekommen ist, hätte es für sie nicht werden können.«

»Als das Urteil gesprochen war, konnte sie nichts mehr machen.« Es blieb eine Weile still im Auto, bis Erik leise fragte: »Hätten wir das erkennen können?«

»Du hast nicht gewusst, dass sie einen Liebhaber hatte. So konnte auch keiner auf die Idee kommen, dass ihr Mann sich rächen wollte. Es gab mehrere Zeugen, die übereinstimmend erklärt haben, dass Jesko Lührsen seine Frau sehr geliebt hat. Er hat viel für sie getan und sie immer gegen seine Mutter verteidigt. Als sie wegen eines Rückenleidens nicht mehr arbeiten konnte, hat er Schulden aufgenommen und ihr ein Atelier gebaut. Sie wollte dann ja Malerin werden. Sie soll schon als junges Mädchen gern gemalt haben. Aber in ihrem Elternhaus gab es selten Geld für so was wie Farben und gute Pinsel.«

»Hat sie jemals ein Bild verkauft?«, fragte Carolin neugierig.

Erik zuckte mit den Schultern. »Keine Ahnung. Aber sie hat Zeichenkurse gegeben, um ein bisschen Geld zu verdienen.«

»Eine erfolglose Künstlerin zeigt anderen, wie man erfolgreich malt?« Tillas Stimme war voller Spott.

»Ihre Kurse waren bei Touristen wohl sehr beliebt. Vor allem die Aktmalerei. Vielleicht versteht sie ja wirklich etwas von der Sache, ich weiß es nicht.« Erik wischte dieses Thema unwirsch aus der Luft. »Jedenfalls gab es für niemanden einen Zweifel, dass Jesko Lührsen in seine Frau geradezu vernarrt war. Das hat jeder betont, der das Ehepaar kannte. Dass er ihr derart schaden könnte, hat niemand für möglich gehalten.«

Carolin beugte sich zwischen den beiden Sitzen nach vorn. »Das gibt eine tolle Story. Hoffentlich kann ich mit ihr reden. Kennt ihr den Namen des Liebhabers?«

Erik war erleichtert gewesen, dass er während der kurzen Verhandlung nicht genannt worden war, obwohl Jesko Lührsen ihn in seinem Brief erwähnt hatte. Aber da die Verhandlung öffentlich gewesen war, hatte der Richter den Brief nicht Wort für Wort vorgelesen.

»Der Name ist unbekannt«, antwortete Erik und merkte, dass Tilla fast unmerklich nickte. Sie war also auch der Ansicht, dass Carolin diesen Namen nicht erfahren sollte. Das fehlte noch, dass er Maximilian Witt zu einer Story verhalf, in der er eine Sensation verkündete, die den nächsten Prozess wegen Rufmords nach sich zog. Er kannte diesen Kerl doch! Der würde nicht erst herausfinden wollen, ob eine Behauptung der Wahrheit entsprach. Der würde den Namen des Liebhabers raushauen, auch wenn er damit eine Ehe zerstörte und einen Mann verunglimpfte.

4 Sören Kretschmer kam als Erster im Süder Wung an, mit rosigen Wangen und aufgeplusterten Haaren, als er die Mütze vom Kopf gezogen hatte. Er war knapp dreißig Jahre alt, durchtrainiert und schlank. Wer allerdings nichts anderes als sein kugelrundes Gesicht sah, konnte ihn für untersetzt halten, denn es war dick und apfelbäckchenrot. Mamma Carlotta hätte ihm die schütteren blonden Haare am liebsten geglättet, die um seinen Kopf herum abstanden wie das Gefieder eines Gänsekükens. Sie hatte das Klappern seines Schlosses gehört, mit dem er sein Rennrad am Gartenzaun befestigte, und riss schon die Tür auf, kaum dass die Melodieklingel mit dem *Donauwalzer* begonnen hatte. Kükeltje, die rabenschwarze Katze der Wolfs, stolzierte die Treppe herunter, um nachzusehen, wer zu Besuch kam, hatte sich aber längst damit abgefunden, dass sie selten als Erste die Tür erreichte. Gegen Mamma Carlottas Tempo kam selbst eine gesunde Katze in besten Jahren nicht immer an.

»Buon giorno, Sören!« Carlotta stieß die Küchentür auf und schob den Mitarbeiter ihres Schwiegersohns hindurch. »Siediti! Nehmen Sie Platz, Sören! Un espresso? Un acqua minerale? Enrico ist noch nicht da.« Während sie darüber lamentierte, dass es für eine Köchin sehr unangenehm sei, nicht zu wissen, wann die Familie zu erwarten war, die dann aber, wenn sie heimkam, den Anspruch hatte, sofort beköstigt zu werden, gelang es Sören nicht, sie zu unterbrechen. Erst als er ein Glas vor sich stehen hatte und die Schwiegermutter seines Chefs ihm einen Limoncello eingoss, obwohl er eigentlich um einen Espresso hatte bitten wollen, schaffte er es zu sagen: »Er muss bald kommen. Die Staatsanwältin auch.«

Dem Wirbel, der auf seine Worte folgte, entzog er sich, indem er sich ausgiebig dem Limoncello widmete. Ein weiteres Gedeck musste her! Carlotta hatte ja keine Ahnung gehabt, dass die Staatsanwältin mitkommen würde! Hoffentlich reichte das Essen! Sie würde gleich die Anzahl der Mortadellaröllchen überprüfen müssen! Und wie gut, dass sie immer ein oder zwei Schweinerouladen mehr machte, als es der Personenzahl entsprach! »Dio mio!«

Bei solchen Gelegenheiten vermied Sören es, die Schwiegermutter seines Chefs zu beobachten. Ihm wurde dann immer ganz schwindelig. Dieses Tempo! Und diese Lautstärke! Manchmal war er schon versucht gewesen, sich die Ohren zuzuhalten, aber sein Taktgefühl hatte es ihm bisher verboten, so deutlich zu zeigen, wie sehr ihn ihre schrillen Schreie erschreckten, die sie häufig, und nach Sörens Meinung fast immer grundlos, ausstieß.

So wie in diesem Augenblick. Mamma Carlotta war zum Fenster gegangen, weil sie gehört hatte, dass ein Auto vorgefahren war. Zufrieden hatte sie festgestellt, dass es tatsächlich Eriks Wagen war, und wollte sich gerade umdrehen, um zur Tür zu gehen – da kam dieser Schrei. Sören fuhr zusammen, das Glas rutschte ihm aus der Hand. In dem Bemühen, es nicht auf die Erde fallen zu lassen, griff er nach und erwischte es direkt über seinem Knie, wo es sich entleerte, sodass Sören nun mit einer Jeans dasaß, die mit klebrigem Gelb bekleckert war. Menschen mit Fantasie würden bei diesem Anblick mit Würgereiz zu kämpfen haben.

Entsetzt sah er Mamma Carlotta an und wartete auf eine

Erklärung, zum Beispiel dass sein Chef von der Bremse gerutscht war und den neuen Wagen eines Nachbarn gerammt hatte, dass ein Radfahrer in die geöffnete Tür gerauscht war oder eine Möwe tot vom Himmel gefallen war, direkt in das hochgesteckte Haar der Staatsanwältin. Aber Mamma Carlotta schluchzte nur den Namen ihrer Enkelin, taumelte zur Haustür und gebärdete sich dort wie jemand, der einen Angehörigen empfing, nachdem er jahrelang in Grönland verschollen gewesen war.

Mamma Carlotta riss Carolin an ihre Brust, die offenbar nichts anderes erwartet hatte und sich wehrlos der Umarmung ihrer Nonna ergab. Als sie sich daraus löste, war zu erkennen, dass sie ihr sogar gefallen hatte. »Hey, Nonna.«

Sie wurde mit einem Schwall italienischer Liebkosungen übergossen, die Jacke wurde ihr vom Körper gerissen, als sei sie selbst nicht in der Lage, sie auszuziehen, dann wurde sie in die Küche geschoben und lächelte, als sie Sören sah. »Hey.« Sie krauste die Stirn und blickte auf seine Jeans. »Was ist das? Eiter? Igitt!«

Sören erlaubte sich den Scherz, erst zu nicken und dann mit dem Zeigefinger über das klebrige Gelb zu fahren und ihn abzulecken.

»Iiiii!«, kreischte Carolin.

Ihre Oma kreischte vorsichtshalber mit und erkundigte sich erst anschließend, warum ihre Enkelin sich ekelte. Als sie hörte, dass Sören gelber Eiter auf der Jeans klebte, stürzte sie sich auf ihn, um ihn zu untersuchen, während sie in kürzester Kurzform einen Großonkel erwähnte, der Tage vor seinem Ende aus einer Körperöffnung geeitert hatte, die unmöglich beim Namen genannt werden konnte. Dann erst war es Sören gelungen, den Irrtum richtigzustellen, woraufhin noch einmal gekreischt wurde, diesmal vor Empörung.

Carlotta hörte, wie Tilla leise zu Erik sagte: »Das liebe ich so an deiner Familie.«

Erik antwortete nicht, was auch gut war, denn Zustimmung wäre sicherlich nicht über seine Lippen gekommen.

Als endlich alle am Tisch saßen und die Mortadellaröllchen in der Mitte prangten, fiel Mamma Carlotta auf, dass Carolin lediglich einen Rucksack dabeihatte, also offenbar nicht die Absicht hegte, wieder am Süder Wung einzuziehen. Das dämpfte ihre Euphorie gewaltig. Dennoch schaffte sie es, diesen Umstand unkommentiert zu lassen, nahm sich aber vor, die Zeit, die vor ihr lag, mochte sie auch noch so kurz sein, gründlich zu nutzen, damit das Kind daran erinnert wurde, wie wunderbar es war, zu Hause zu sein und sich verwöhnen zu lassen.

Momentan sah es wirklich so aus, als genösse Carolin den Küchentisch und die Anwesenheit derer, die neben ihr saßen. Dass Felix ein Praktikum bei einem Immobilienmakler machte, fand ihren Beifall. »Dann lernt er endlich mal, was Arbeit ist.«

Diese Aussage fand ihre Großmutter bemerkenswert, der es jedoch wiederum gelang, sich eines Kommentars zu enthalten. Offenbar hatte Carolin eine neue Einstellung zur Erwerbstätigkeit bekommen, seit sie sich mühsam mit Kellnern über Wasser hielt.

Carolin wandte sich an ihren Vater. »Du kennst doch die Adresse von Sandra Lührsen? Gibst du sie mir, damit ich sie wegen des Interviews fragen kann?«

Erik sah aus, als würde er Carolin jeden Wunsch erfüllen, sofern er in der Lage dazu war, aber dann ging ihm wohl auf, dass er damit auch Maximilian Witt einen Wunsch erfüllte. So fiel seine Zustimmung verhalten aus. »Lass ihr Zeit«, meinte er. »Wer weiß, ob sie überhaupt wieder nach Sylt zurückkommt. Könnte ja auch sein, dass sie von der Insel die Nase voll hat.«

»Aber ihr Haus steht hier«, warf Carolin ein. »Wo soll sie sonst hin?«

Erik zuckte mit den Schultern. »Vielleicht hat sie Verwandte oder Freunde, die sie für eine Weile aufnehmen. Jedenfalls bis Gras über die Sache gewachsen ist.« Seine Miene wurde anzüglich. »Ich könnte verstehen, wenn sie sich vor Zeitungsleuten erst mal in Sicherheit bringen will.«

Carolin wollte sich gerade an die Verteidigung aller Journalisten machen, insbesondere eines Journalisten namens Maximilian Witt, aber die donnernd ins Schloss fallende Haustür hielt sie davon ab. Felix erschien in der Küche und begrüßte seine verloren gegangene Schwester hocherfreut.

»Lässt du dich auch mal wieder bei uns blicken?« Er umarmte sie fest, was seit seiner Konfirmation nicht mehr vorgekommen war. »Mensch, Caro! Wurde aber auch Zeit!« Mannhaft versuchte er, sich seine Rührung nicht anmerken zu lassen, sondern warf sich auf einen Stuhl und konzentrierte sich auf die Mortadellaröllchen. »Bleibst du hier?«, fragte er so beiläufig wie möglich.

Es entstand eine Pause, so lange wie ein Atemanhalten. Alle warteten auf Carolins Antwort, dann machte jeder aus der Tatsache, dass sie nicht kam, das, was ihm am besten gefiel. Mamma Carlotta war sicher, dass Carolin sich noch keine Blöße geben wollte und erst allmählich damit herausrücken würde, dass sie sich nach ihrer Familie sehnte. Ein Blick in Eriks Gesicht zeigte ihr, dass er skeptischer war, während Tilla und Felix ihr Bestes gaben, so zu tun, als wüssten sie nicht, wovon die Rede war. Und Sören kratzte an den Limoncello-Flecken auf seiner Jeans herum. Er zog sich immer raus, wenn die Probleme familiär wurden.

Carolin antwortete schließlich mit einem Themenwechsel. »Was wäre aus Sandra Lührsen geworden, wenn ihr Mann gesund geblieben wäre?«

Erik zuckte mit den Schultern. »Vielleicht hätte er sich irgendwann besonnen und die Wahrheit gesagt. Vielleicht hätte sich Sandra Lührsens Unschuld aber auch nie herausgestellt.«

»Jesko Lührsen hätte ja auch einen Autounfall haben können«, warf Felix ein. »Oder einen Herzinfarkt. Tot von jetzt auf gleich! Dann hätte er keine Gelegenheit mehr gehabt, diesen Brief zu schreiben.«

Mamma Carlotta griff sich ans Herz. »Che fortuna! Fünf Jahre unschuldig im Gefängnis ist ja schon schrecklich genug.« Sie wusste, dass es problematisch war, eine konkrete Frage zu Eriks Fall zu stellen. Dann reagierte er meistens ungehalten und gab ihr mehr oder weniger deutlich zu verstehen, dass sie sich in seine Arbeit nicht einmischen solle und sie das Ganze sowieso nichts anging. Deswegen richtete sie ihre Frage vorsichtshalber an die Staatsanwältin. »Wie war das mit dem Brief, Tilla?«

Die Staatsanwältin gab bereitwillig Auskunft. Der Brief von Jesko Lührsen war in seinem Nachlass gefunden worden. Auf dem Umschlag hatte die Anschrift des Gerichts gestanden und der Name des Richters, der Sandra Lührsen vor fünf Jahren zu lebenslanger Haft verurteilt hatte. Der war erschüttert gewesen, als sich herausstellte, dass Jesko Lührsen seine Frau mit seiner Aussage schwer belastet hatte. So schwer, dass der Richter von Sandra Lührsens Schuld überzeugt gewesen war. »Erik auch, und ich ebenfalls. Aber es war eine Falschaussage gewesen, um Sandra Lührsen zu schaden!« Nun aber hatte Jesko Lührsen in seinem letzten Brief, der nach seinem Tod gefunden wurde, bekannt, dass er seine Frau für ihre Untreue hatte bestrafen wollen. Als seine Mutter Witta Lührsen ermordet wurde, hatte Jesko gerade herausbekommen, dass seine Frau ihn schon lange betrog. Und er rächte sich, indem er dafür sorgte, dass Sandra ins Gefängnis kam. Er hatte eine falsche Uhrzeit genannt, zu der sie angeblich an jenem verhängnisvollen Abend heimgekommen war, und behauptet, er habe beobachtet, wie sie sich Blut von den Händen wusch. Das war eine glatte Lüge gewesen. Da vor allem Jeskos Aussagen zu der Verurteilung geführt hatten, musste natürlich ein Wiederaufnahmeverfahren eingeleitet werden. »Nun geht alles wieder von vorne los«, endete Tilla Speck.

»Madonna!«, stöhnte Mamma Carlotta. »Weiß man überhaupt, ob es stimmt, was dieser Jesko behauptet hat? Hat die Frau ihren Mann wirklich betrogen?«

Sie sprang auf und ging zum Herd, um die Suppe zu erhitzen. Sören folgte ihr mit den Blicken und murmelte: »Das wäre der Gipfel, wenn Jesko Lührsen ein eifersüchtiger Ehemann war, der sich die Untreue seiner Frau nur eingebildet hat.«

»Er hat während des Prozesses kein einziges Mal davon gesprochen, dass seine Frau ihn betrügt«, meinte Erik.

Tilla lachte trocken. »So was gibt kein Mann gerne zu. Das kratzt am Selbstbewusstsein, wenn die Frau einem Hörner aufsetzt.«

5

Die Schweinerouladen waren gegessen, und Erik spürte, wie Müdigkeit in seinen Körper zog. »Wir müssen ins Büro«, sagte er lahm und war froh, dass weder Sören noch Tilla zustimmten.

Seine Schwiegermutter durchschaute ihn. »Ihr braucht erst mal einen Espresso. So eine Gerichtsverhandlung ist sicherlich sehr anstrengend.«

Damit fand sie einhellige Zustimmung, obwohl Erik sich heimlich eingestand, dass es alles andere als anstrengend gewesen war, auf einer Bank zu sitzen und einer Verhandlung beizuwohnen, deren Ende sehr bald abzusehen gewesen war. Eventuell konnte man von emotionaler Anstrengung sprechen, mit dieser bequemen Erklärung gab er sich zufrieden. Tilla nickte, Sören blickte hocherfreut, Carolin lehnte sich zufrieden zurück, und sogar Felix blieb Teil der Tischrunde, als wollte er die Zeit mit seiner Schwester genießen. Er, der sonst nie Espresso und viel lieber Kakao trank, nickte ebenfalls.

Als der Rhabarberkuchen auf den Tisch kam, war es mit Eriks trägem Vorsatz, sich unverzüglich in den dafür vorgesehenen Räumlichkeiten um die Ergreifung von Witta Lührsens Mörder zu kümmern, sowieso vorbei. Die Pläne, wie sie vorgehen wollten, konnten sie genauso gut schmieden, während sie Espresso tranken und Rhabarberkuchen aßen.

»Sandra Lührsen war damals nicht die einzige Verdächtige«, sagte Erik langsam, »wenn auch von Anfang an die Hauptverdächtige.«

Tilla fragte: »Warum eigentlich?« Sie war damals nicht die zuständige Staatsanwältin gewesen. In dem Prozess gegen Sandra Lührsen hatte ein Kollege die Anklage vertreten, der kurz darauf durch einen Autounfall ums Leben gekommen war.

Erik zählte die Gründe auf: »Sie war zusammen mit ihrem Mann die Nutznießerin von Witta Lührsens Tod. Ihre Schwiegermutter war ziemlich vermögend, und Jesko und Sandra waren ständig in Geldnot. Außerdem gab es viel Streit zwischen Witta und Sandra. Die Alte war überhaupt nicht einverstanden mit der Wahl ihres Sohnes, sie mochte ihre Schwiegertochter nicht. Das war kein Geheimnis.«

»Und ihr Sohn?«, fragte Tilla. »Der war doch ebenfalls Nutznießer.«

Sören war es, der die Antwort gab: »Der hatte ein Alibi. Ein Nachbar hatte ihm geholfen, Kaminholz aufzustapeln.«

Erik nickte bestätigend. »Es war allgemein bekannt, dass Witta Lührsen den Banken seit der Finanzkrise 2008 nicht mehr traute und viel Bargeld zu Hause aufbewahrte. Das wusste natürlich auch die Schwiegertochter.«

»Und das Geld war weg«, stellte Tilla fest. »Aber es wurde nicht bei Sandra Lührsen gefunden.«

Erik bestätigte es. »Es wurde überhaupt nicht gefunden. Wir dachten damals, dass sie es eben sehr gut versteckt hat.«

Dass Mamma Carlotta schwieg, fiel ihm nicht auf. Dass sie immer dann schwieg, wenn sie viel erfahren wollte, wusste er eigentlich, aber es war immer dasselbe, er bemerkte es jedes Mal zu spät. Auch Carolin sagte nichts. Die Frage, ob sie sich in ihren Gedanken bereits Notizen machte, die sie später an Maximilian Witt weitergeben würde, wischte Erik einfach zur Seite. Seiner Schwiegermutter würde er leichten Herzens den Vorwurf machen, neugierig und an Dingen interessiert zu sein, die sie nichts angingen, bei seiner Tochter war das etwas anderes. Mit ihr wollte er sich unter keinen Umständen anlegen, sie sollte sich hier, in ihrem Zuhause, rundum wohlfühlen. Er musste nur darauf achten, nicht mehr preiszugeben als das, was ohnehin bekannt war. »Die Tatzeit war nicht ganz klar«, sagte er, »weil die Leiche von Witta Lührsen erst Tage später entdeckt wurde. Der Todeszeitpunkt ließ sich dann aber durch Zeugenaussagen einkreisen: Witta Lührsen musste zwischen 20:00 und 21:30 Uhr gestorben sein. Sandra Lührsen hat behauptet, sie sei zwischen halb neun und neun nach Hause gekommen. Wenn ihr Mann das bestätigt hätte, wäre sie aus dem Schneider gewesen. Um acht die Schwiegermutter erschlagen und dann gleich ins Auto, um nach Hause zu fahren, das ist unwahrscheinlich. Außerdem ist Witta Lührsens Haus gründlich durchsucht worden. Dafür hätte sie garantiert noch mal eine Stunde gebraucht, nach Geld, nehme ich an. Ihr Mann jedoch sagte vor Gericht aus, es sei schon 22:30 Uhr gewesen, als sie heimkam. Und dann will er beobachtet haben, wie seine Frau sich Blut von den Händen wusch. Das hat er sehr glaubhaft geschildert.«

»Dann müsste es Blutspuren gegeben haben«, sagte Tilla Speck prompt. »An den Möbeln, in den Schränken, überall dort, wo Sandra Lührsen angeblich nach Geld gesucht hat.«

Erik schüttelte den Kopf. »Nein, Vetterich hat nirgendwo Blut gefunden. Aber auch dafür gab es eine Erklärung. Jesko Lührsen hat ausgesagt, er hätte ein paar Tage später, als er im

Garten Büsche beschneiden wollte, seine Gummihandschuhe vermisst.«

»Dann wäre es Mord mit Vorsatz gewesen«, ergänzte Sören. »Der Richter war davon überzeugt, dass Sandra Lührsen die Gummihandschuhe eingepackt hat und mit der Absicht zu ihrer Schwiegermutter gefahren ist, sie umzubringen.«

»So hat es ausgesehen«, lenkte die Staatsanwältin ein. »Aber so war es ja offenbar nicht.«

Erik wurde nervös. »Es ist bekannt, dass Jesko Lührsen seine Frau sehr geliebt hat. Niemand ist auf die Idee gekommen, er könnte gelogen haben, um sie ins Gefängnis zu bringen.«

Sören schob sich ein Stück Rhabarberkuchen zwischen die Lippen und sagte mit vollem Mund: »Aber kurz vor seinem Tod hat er das zurückgenommen.«

Erik nickte. »Er hat in seinem Brief zugegeben, dass er gelogen hat. Seine Frau hat sich nie Blut von den Händen gewaschen. Und sie war schon vor neun zu Hause.«

In diesem Augenblick ging die Türklingel. Diesmal ertönte *Marmor, Stein und Eisen bricht*. Erik hob der Form halber seinen Unterkörper an, als wollte er zur Tür gehen, aber natürlich war Mamma Carlotta auch diesmal schneller. Kükeltje machte gar nicht den Versuch, als Erste an der Tür zu sein. Sie sah nur den Platz, der nun unbesetzt war, und den Teller mit dem Rhabarberkuchen davor, und sprang auf den Stuhl, den Mamma Carlotta soeben frei gemacht hatte.

»Dottore!«, hörte man sie rufen. »Prego! Treten Sie ein!«

6

Sie hatte Dr. Hillmot lange nicht gesehen. Vor seiner Pensionierung war er häufiger ins Haus gekommen, vornehmlich dann, wenn er wusste, dass Eriks Schwiegermutter zu Besuch war, und er darauf hoffen durfte, zum Essen eingeladen zu werden. Aber seit Dr. Mikkelsen sein Amt übernommen hatte, war Dr. Hillmot nicht mehr im Süder Wung erschienen. Allerdings wusste Mamma Carlotta trotzdem eine Menge über ihn. Zum Beispiel, dass er endlich seinen Vorsatz wahr gemacht hatte, gesünder zu leben und abzunehmen. Schließlich telefonierte sie regelmäßig mit ihrer Cousine Violetta, auf die Dr. Hillmot zum Erstaunen aller ein Auge geworfen hatte, als sie zu Besuch auf Sylt gewesen war.

»Dottore!« Sie sah ihn an, als müsse sie sich vergewissern, wirklich den dicken, schwerfälligen Gerichtsmediziner vor sich zu haben. »Sie sind ja nicht wiederzuerkennen.«

Dr. Hillmot legte kokett die Hände in die Taille oder vielmehr dorthin, wo er eine Taille vermutete, die jedoch trotz aller positiver Veränderungen noch nicht sichtbar war, und drehte sich vor Mamma Carlottas Augen, um ihr zu zeigen, dass aus seinem fetten Leib ein Bauch geworden war, der nur noch beim Schuheschnüren im Wege war, aber beim Treppensteigen kaum noch störte. Dann machte er ein paar Trippelschritte auf Zehenspitzen, um anzudeuten, dass er viel beweglicher war als früher. In seinem jetzigen Zustand würde er sich womöglich sogar zu einer Leiche hinabbeugen können, ohne zu stöhnen, aber er war dennoch froh, dass es damit vorbei war.

»Fast vierzig Kilo weniger«, betonte er und ließ sich von Mamma Carlotta loben und bewundern. Er beugte sich zu ihr und raunte: »Aber das wissen Sie natürlich längst, Signora.« Dann zwinkerte er ihr zu, als hätten sie ein gemeinsames Geheimnis, von dem niemand wissen dürfe.

Ja, Mamma Carlotta war im Bilde. Violetta hatte ihr in langen Telefonaten berichtet, wie sehr Dr. Hillmot sich anstrengte, damit sein Arzt ihm das Okay für eine Reise nach Süditalien gab. Tatsächlich konnte man es jetzt für möglich halten, dass er seine Leibesfülle auf einem Platz im Flugzeug unterbrachte und den Klimawechsel ohne akuten Kreislaufzusammenbruch überstand. Vorsichtshalber hatte er aber doch den November für seinen ersten Besuch in Kalabrien gewählt, denn große Hitze wäre wohl immer noch ein Problem für ihn gewesen. Zurzeit aber herrschte in Tropea, wo Violetta wohnte, die angenehme Temperatur von achtzehn Grad, die Dr. Hillmot sich zutraute.

Carlotta war dennoch ein wenig in Sorge, weil sie wusste, dass Violetta einen wichtigen Aspekt ihrer Wohnverhältnisse verschwiegen hatte. Zwischen dem Strand, auf den Dr. Hillmot gespannt war, weil er sich natürlich wesentlich vom Sylter Strand unterschied, und dem Ortskern von Tropea, in dem Violetta wohnte, gab es einen gewaltigen Höhenunterschied, der durch hundertzwanzig steile Stufen zu überwinden war. Carlotta hatte Violetta mehrfach ermahnt, Dr. Hillmot darauf vorzubereiten, aber ihre Cousine glaubte fest daran, dass er damit zurechtkommen würde, wenn ihm nichts anderes übrig blieb. Sie wollte einfach nicht das Risiko eingehen, dass er angesichts dieser bevorstehenden Strapazen auf den Besuch bei ihr verzichtete.

Dr. Hillmot war entzückt, die Staatsanwältin anzutreffen, der er einen Handkuss aufdrängte, dem sie sich nicht rechtzeitig entziehen konnte. Carolin jedoch pfiff auf jede Höflichkeit und versteckte ihre Rechte unter dem Tisch, ehe Dr. Hillmot sich über sie beugen konnte. Dass von dem Rhabarberkuchen noch drei Stücke übrig waren, beglückte ihn sehr, und Mamma Carlotta gab den Kindern zu verstehen, indem sie kurz warnend die Augen aufriss, dass sie darauf verzichten sollten, sich ein weiteres Stück Rhabarberkuchen auf den Teller legen zu lassen. Trotz seiner neuen Ernährungsgewohnheiten waren drei Stück Kuchen für Dr. Hillmot nach wie vor kein Problem. Angeblich hatte er mittags nichts zu sich genommen und rechnete sich flugs aus, dass Kuchen mit Obstbelag beinahe kalorienfrei sei. Dafür verzichtete er auf den Zucker, den er sich früher löffelweise in den Kaffee rührte, und hatte sich zurechtgelegt, dass es doch schrecklich unhöflich sei, der Schwiegermutter des Hauptkommissars einen Korb zu geben, wenn sie ihn an den Tisch einlud. Er bekannte sogar, dass ihm ein wenig verschmitzt und leichtsinnig zumute sei und seine derzeitige Gemütslage geradezu ausgelassen genannt werden könne, weswegen er an diesem Tag alles ein wenig großzügiger sehen wollte als sonst. Er wurde verlegen und lief rot an, als er bekannte, dass die Liebe ihn komplett verändert habe und die Vorfreude auf das Wiedersehen mit Violetta ihn zu Luftsprüngen verleiten könnte, wenn er denn fähig sei, sie zu versuchen.

Alle Anwesenden gaben sich große Mühe, Verständnis für ihn zu zeigen. Aufbringen konnte es niemand, denn jedem, der Violetta kannte, war es rätselhaft, wie Dr. Hillmot sich in diese durchgeknallte Italienerin hatte verlieben können, die der kompletten Verwandtschaft schrecklich auf die Nerven ging. Dass er immer dann, wenn alle sich mit Fluchtgedanken trugen, Violetta mit besonders verliebten Augen betrachtete, würde wohl für immer und für alle ein Mysterium bleiben.

Dr. Hillmot gab vor, sich verabschieden zu wollen, ehe er nach Kalabrien flog, und bot an, Violetta Grüße von der ganzen Familie Wolf zu überbringen. Dann aber kam er schnell auf den Fall Lührsen zu sprechen, weil er natürlich von dem Wiederaufnahmeverfahren gehört hatte. Sein Gesicht, das nicht mehr ganz so prall war wie früher, produzierte eine Menge Sorgenfalten, als er laut und wortreich darüber nachdachte, ob er vor fünf Jahren einen Fehler gemacht haben könnte. Selbstverständlich erwartete er, dass ihm diese Befürchtung ausgeredet wurde, was auch auf der Stelle geschah.

»Natürlich haben Sie nichts falsch gemacht«, erklärte die Staatsanwältin kategorisch und hätte dafür beinahe einen weiteren Handkuss kassiert. »Zu dem Urteil ist es durch die Aussage des Ehemanns gekommen. Eine Falschaussage, wie wir jetzt wissen.«

Dr. Hillmot atmete erleichtert auf. »Es war nicht einfach, den Todeszeitpunkt festzulegen. Witta Lührsen war ja schon viele Stunden tot, als sie gefunden wurde.« Umständlich berichtete er vom sogenannten Henssge-Nomogramm, mit dem der Todeszeitpunkt durch Messen der Rektal- und der Umgebungstemperatur festgelegt werden konnte. »Aber schon über einen Zeitraum von zwanzig Stunden kann sich eine Unsicherheit von mehreren Stunden ergeben.«

Zum Glück hatte es jedoch Hinweise gegeben, die dabei geholfen hatten, den Zeitpunkt einzukreisen. Eine Nachbarin war an dem Haus vorbeigekommen und hatte Witta Lührsen mit jemandem streiten hören, womöglich mit dem Mörder, und konnte genau sagen, wann das gewesen war. Ihr Handy hatte einen Alarm ausgelöst, den sie eingestellt hatte, um pünktlich bei ihrer Gymnastikgruppe zu erscheinen. Somit war klar, dass Witta Lührsen um zwanzig Uhr noch gelebt hatte, was durch die Aussage eines anderen Nachbarn bestätigt wurde, der kurz vor der *Tagesschau* gelüftet und ebenfalls Wittas Stimme gehört hatte.

»Sandra Lührsen hatte behauptet«, sagte Erik nachdenklich, »sie sei schon vor einundzwanzig Uhr nach Hause zurückgekehrt. Zu wenig Zeit, um ihre Schwiegermutter umzubringen und das Haus zu durchsuchen, um ihr Geld zu finden.«

»Jetzt wissen wir, dass sie wohl die Wahrheit gesagt hat«, ergänzte Tilla. »Wenn Witta Lührsen mit ihrem Mörder gestritten hat, muss sie ihn gekannt haben.«

»Wir wissen nicht«, erwiderte Erik, »ob Witta Lührsen den Streit, den die Nachbarin gehört hat, mit ihrem Mörder geführt hat.«

»Möglicherweise war vorher noch jemand anderes bei ihr«, ergänzte Sören. Er beugte sich vor und sah Dr. Hillmot eindringlich an. »Können Sie sich noch erinnern, wie Sie die Tote vorgefunden haben?«

Dr. Hillmot ließ sich Zeit mit der Antwort und schob sich zunächst den Rest des Kuchenstücks in den Mund. »Sie lag im Schlafzimmer, bäuchlings, vor dem geöffneten Kleiderschrank. Mit einer sehr, sehr hässlichen Kopfwunde. Da hatte jemand kräftig zugeschlagen. Zweifellos mit dem Ziel, die Frau für immer zum Schweigen zu bringen.«

Carlotta warf Felix, der an Dr. Hillmots Lippen hing, einen besorgten Blick zu und blieb dann auf Carolins Gesicht haften, die aussah, als machte sie sich gedanklich Notizen. Ob Erik vergessen hatte, dass alles, was seine Tochter hier zu hören bekam, für Maximilian Witt ein gefundenes Fressen sein würde? Mamma Carlotta kam mit einem Mal der Verdacht, dass die Behauptung, er habe mit anderen Reportagen zu tun, eine faule Ausrede gewesen war. Womöglich hatte Maximilian Witt sich genau das ausgerechnet, was nun geschah: Carolin erfuhr wesentlich mehr, als ihm selbst jemals zu Ohren gekommen wäre. Und sie würde ihm alles haarklein erzählen, sodass er demnächst eine Reportage anbieten konnte, die mit Insider-Wissen gespickt sein würde.

Dr. Hillmot kam nicht auf die Idee, in Gegenwart der Kinder und der Schwiegermutter des Kriminalhauptkommissars zu schweigen, was sowohl von Mamma Carlotta als auch von Felix und Carolin begrüßt wurde. »Es gab noch mehrere Verdächtige, wenn ich mich recht erinnere?«, fragte er.

Leider fiel Erik zu Carlottas Enttäuschung rechtzeitig ein, dass Gespräche dieser Art im Büro geführt werden sollten und nicht am Esstisch unter den Augen und Ohren von Neugierigen. Er rückte seinen Stuhl zurück, um anzuzeigen, dass es Zeit wurde, aufzustehen und sich an die Arbeit zu machen. »Ich hoffe, Sie haben eine tolle Zeit mit Violetta in Tropea.« Er sah Dr. Hillmot an, als bedauerte er ihn von Herzen, während dieser mit einem glücklichen Strahlen antwortete.

»Ich hätte nie gedacht«, sagte er, »dass mir noch mal die Liebe begegnen würde.« Dr. Hillmot blickte um sich, als erwartete er, dass in den mitleidigen Gesichtern endlich Zustimmung erschien. Aber er hoffte vergeblich. Dass er sich ausgerechnet in Mamma Carlottas Cousine, die größte Nervensäge der Verwandtschaft, verguckt hatte, rief nichts als Verständnislosigkeit hervor. Erik schüttelte sogar den Kopf.

»Eine so schöne, temperamentvolle Frau«, ergänzte Dr. Hillmot und schien nicht zu bemerken, dass Felix die Küche verließ und Carolin sich plötzlich in das Zählen der Espressotassen vertiefte, die auf einem Bord über dem Kaffeeautoamten standen. Auch dass Mamma Carlotta unbedingt auf der Stelle das Geschirr in die Spülmaschine packen wollte, machte ihn nicht stutzig. Er erhob sich mit Tilla, Erik und Sören, ließ sich von Mamma Carlotta eine gute Reise wünschen, sagte ihr zu, ihrer Cousine herzliche Grüße auszurichten, und nickte brav, als sie ihn vor zu großen Anstrengungen warnte und ihn bat, gut auf seinen Kreislauf achtzugeben.

Dass Felix murmelte: »Sex soll ja sehr gesund sein«, überhörte sie, bis Dr. Hillmot aus dem Haus war. Dann erst bedachte sie ihren Enkel mit einem Klaps auf den Hinterkopf und schimpfte ihn so lange aus, bis sie merkte, dass er längst aus der Küche geflohen war.

7

Sie fuhren auf der Nordmarkstraße nach Westerland hinein, direkt auf den Telekomturm zu. An dessen Fuß war vor geraumer Zeit ein Containerdorf entstanden, in dem das Polizeirevier Westerland untergebracht war. Das alte Gebäude gegenüber des Bahnhofs wurde noch immer renoviert. Leider waren bei genauerem Hinsehen eklatante Schäden aufgetaucht, mit denen niemand gerechnet hatte, sodass die Renovierung sich länger hinzog, als zu erwarten gewesen war. Die Beamten der Wache arbeiteten nun schon seit über einem Jahr in den Containern, die Kriminalpolizei hatte immerhin das Glück, in der oberen Etage des Telekomgebäudes etwas komfortabler und weniger fußkalt untergebracht zu sein.

Erik stellte den Wagen ab und sah auch schon Sören, der wie immer mit seinem Rennrad unterwegs war, die Kreuzung überqueren. Mal wieder war er beinahe so schnell gewesen wie ein Pkw. Erik wartete mit Tilla neben dem Auto auf ihn und murmelte: »Freitagnachmittag! Es reicht, wenn wir Montagmorgen mit der Arbeit beginnen. Nach fünf Jahren kommt es auf zwei Tage nicht an. Jetzt machen wir erst mal eine Bestandsaufnahme.«

Enno Mierendorf, der jüngste von Eriks Mitarbeitern, hatte bereits alle Akten hervorgeholt, die den Fall Witta Lührsen betrafen, und sie auf Eriks Schreibtisch gelegt. Tilla besorgte Kaffee, während Erik und Sören versuchten, sich zu erinnern, wie die Ermittlungsarbeit damals verlaufen war.

»Wir hatten diesen Immobilienmakler auf dem Kieker«, sagte Erik, als er angefangen hatte, die Akten durchzublättern. »Der, bei dem Felix zurzeit sein Praktikum macht. Norbert Dombrowsky.«

Die Staatsanwältin trat in diesem Augenblick mit einem kleinen Tablett ein, auf dem drei Kaffeebecher standen. »Wie gut kennst du den?«

Erik zuckte mit den Schultern. »Nur flüchtig.« So knapp wie möglich erzählte er Tilla, dass Norbert Dombrowsky aus dem Ruhrgebiet stammte, aber schon seit Jahren auf Sylt lebte. »Nach seiner Scheidung ist er hergekommen. Soviel ich weiß, hat er mehrere Kinder, aber die sind bei der Mutter geblieben. Mittlerweile dürften sie längst erwachsen sein. Dombrowsky soll keinen Kontakt zu ihnen haben. Der würde sie nicht erkennen, wenn er ihnen auf Sylt begegnete.«

»Sehr sympathisch«, meinte Tilla lakonisch. »Und hat er wieder geheiratet? Oder eine Lebensgefährtin?«

»Der hat von Frauen die Nase voll.« Sören wusste mal wieder mehr als sein Chef. »So oder so ähnlich äußert er sich immer, wenn er mit unzufriedenen Ehemännern am Stammtisch sitzt. Ich habe ihn mal sagen hören: ›Frauen saugen einen Mann aus, sie wollen immer Geld.‹« Sören lachte verächtlich. »Und sein Geld will Dombrowsky für sich allein haben. Vielleicht hat er deshalb das Verhältnis mit seiner Sekretärin beendet. Frau Wissler heißt sie und arbeitet immer noch für ihn. Lange hat sie angeblich darauf gehofft, von der Sekretärin zur Ehefrau aufzusteigen.«

»Warum geriet Dombrowsky in Verdacht?«, fragte Tilla.

»Er wollte aus dem Wohngebiet, in dem Witta Lührsen ihr Haus hatte, eine Feriensiedlung machen«, antwortete Erik. »Den anderen Hausbesitzern hatte er schon Angebote gemacht, die sie nicht ausschlagen konnten. Nur Witta Lührsen weigerte sich. Sie stand seinen ehrgeizigen Plänen entgegen.«

»Diese Immobilienhaie können die Pest sein«, murmelte Sören. »Will Felix wirklich in diese Branche einsteigen? Gefällt ihm die Arbeit bei Dombrowsky etwa?«

Erik sah nicht glücklich aus. »Er will nicht studieren, und er will auf der Insel bleiben. Außerdem wird im Immobiliengeschäft gut verdient.«

»Was ist aus dem Haus von Witta Lührsen geworden?«, fragte Tilla.

»Mit ihrem Sohn ist sich Dombrowsky schnell einig geworden«, antwortete Erik. »Kaum hatte Jesko das Haus seiner Mutter geerbt, wurde schon der Kaufvertrag ausgefertigt und kurz darauf das Haus abgerissen. Jetzt steht dort eine schmucke Ferienhaussiedlung. Ein Haus wie das andere, praktisch und stillos. Aber alle mit Reetdach.«

Sören sah seinen Chef nicht an, während er fragte: »Könnte Felix nicht mal in Dombrowskys Archiv rumstöbern? Vielleicht entdeckt er etwas Interessantes.«

»Sind Sie wahnsinnig?«, fuhr Erik auf. »Der soll sich da bloß nicht einmischen. Vor allem darf Dombrowsky nicht erfahren, dass er wieder ins Fadenkreuz gekommen ist.«

»Das wird er sich denken können«, meinte Tilla. »Vielleicht ist es gar nicht verkehrt, wenn wir ihn ein bisschen nervös machen.«

Aber Erik winkte ab. »Wir haben noch zwei weitere Verdächtige. Heike Schrunz zum Beispiel.« Er verzog das Gesicht zu einer angewiderten Grimasse. »Eine unangenehme Person. Sie arbeitet noch immer als Pflegerin auf Sylt, zusammen mit ihrer Zwillingsschwester Anja. In der Familie Schrunz waren immer alle in der Pflege tätig. Der Vater hat in der Nordseeklinik als Krankenpfleger gearbeitet, die Mutter im Altenheim. Heike Schrunz wurde mehrmals des Diebstahls bezichtigt, aber ihr konnte nie etwas nachgewiesen werden. Alzheimer-Patienten glauben ja ständig, dass sie bestohlen werden. Meist stimmt es nicht, manchmal aber doch.«

»Warum der Verdacht gegen Heike Schrunz?«, erkundigte sich Tilla.

»Sie hat mal eine Weile bei Witta Lührsen gearbeitet. Die war gestürzt, hatte sich einen Oberschenkelhalsbruch zugezogen und brauchte Hilfe. Während dieser Zeit hat die Schrunz es geschafft, in Witta Lührsens Testament bedacht zu werden. Zehntausend Euro hat sie nach ihrem Tod bekommen. Das ist für die Frau ein Vermögen. Wenn das kein Motiv war, Witta Lührsen umzubringen! Die wollte vielleicht so bald wie möglich an die Kohle.«

»Außerdem haben wir kein Geld in Witta Lührsens Schränken gefunden«, ergänzte Sören. »Jedenfalls keine nennenswerten Beträge. Dabei wusste jeder, dass sie viel Geld zu Hause aufbewahrte. Sie hat immer davon geredet, dass sie den Banken nicht traut, seit Lehmann Brothers in Insolvenz gegangen sind. Wetten, dass die Schrunz, während sie für Witta Lührsen gearbeitet hat, jede Gelegenheit genutzt hat, die Schränke zu durchsuchen? Nach dem Mord hat sie sich geschnappt, was sie vorher schon gefunden hatte. Und später hat sie noch die zehntausend Euro obendrauf bekommen!«

Erik seufzte. »Aber ihre Schwester hat ihr ein Alibi gegeben. Für mich war das nichts wert, weil die Schwestern zusammenhalten wie Pech und Schwefel, das ist bekannt.«

Davon wusste auch Sören. »Man kann nie sicher sein, wen man vor sich hat, Heike oder Anja. Sie standen oft im Verdacht, sich an ihren Schutzbefohlenen zu bereichern. Eine lenkt ab, die andere klaut. Und wer sie dabei beobachtet, kann nicht mit Sicherheit sagen, wen er gesehen hat, Heike oder Anja Schrunz.«

Erik stöhnte auf. »Wenn Heike Schrunz die Mörderin ist – wie sollen wir das nachweisen? Nach fünf Jahren?«

»Vielleicht war sie es ja nicht«, meinte Sören achselzuckend.

Erik zog die Lade seines Schreibtischs auf und suchte nach seiner Trauben-Nuss-Schokolade. Obwohl er zwei Stücke Rhabarberkuchen gegessen hatte, überkam ihn der Appetit auf etwas Süßes. Er hielt Tilla die geöffnete Packung hin, aber diese schüttelte heldenhaft den Kopf, weil sie angeblich in der vergangenen Woche ein Kilo zugenommen hatte. Sören lehnte ebenfalls ab und holte aus seinem Zimmer etwas, was er lieber mochte als Schokolade: Salmiakpastillen! Angewidert sah Tilla zu, wie Sören sich die Pastillen in den Mund schob und von da an mit schwarzer Zunge sprach. »Ist Maart Bleicken eigentlich noch auf Sylt? Den hatten wir auch in Verdacht. Ich habe ihn ewig nicht gesehen.«

Tilla sah neugierig von einem zu anderen. »Wer ist das?«

»Ein gebürtiger Sylter«, erklärte Erik. »Er war viele Jahre verschollen. Anfang der Achtzigerjahre ist er ausgewandert, ich glaube, er wollte nach Australien. In den folgenden zwanzig Jahren hat man nichts von ihm gehört. Vor gut zehn Jahren erschien er dann wieder auf Sylt, völlig abgerissen, mittellos, nach mehreren Gefängnisaufenthalten überall auf der Welt. Hier ist er dann auch ziemlich bald in den Knast gewandert. Er war in ein Ferienhaus eingestiegen, hatte sich aber erwischen lassen. Ich kann gar nicht mehr zählen, wie oft er verurteilt worden ist. Der ist zu dämlich zum Klauen.«

»Er hatte auf Sylt nie einen festen Wohnsitz«, gab Sören zu bedenken. »Es dürfte schwierig werden, ihn aufzuspüren. Er findet mal hier und mal dort einen Unterschlupf. Wahrscheinlich weiß niemand, ob er überhaupt noch auf Sylt ist.«

Erik nickte deprimiert. »Wenn Jesko Lührsen nicht mit der Aussage gekommen wäre, die seiner Frau dann zum Verhängnis wurde, hätte ich darauf gewettet, dass Maart Bleicken der Mörder ist. Er war im Haus von Witta Lührsen ...«

»Das hat er zugegeben«, warf Sören ein.

»... aber er hat behauptet, Witta wäre schon tot gewesen. Er hatte ein offenes Fenster gesehen und war eingestiegen, um die alte Dame um ihr Erspartes zu erleichtern.«

»Vielleicht hat er es ja gefunden.«

»Und er lebt jetzt irgendwo von Wittas Geld?«

»Kann sein. Kann aber auch sein, dass er von ihr erwischt wurde und zugeschlagen hat, damit sie ihn nicht verriet.«

»Und dann hatte er noch die Nerven, die Wohnung zu durchsuchen?«

»Warum nicht? Maart Bleicken ist ein notorischer Krimineller.«

Tilla ging dazwischen. »Also drei Verdächtige! Sind alle drei damals überprüft und verhört worden?«

Erik zögerte. »Ja, aber ... dann kam ja Jeskos Aussage. Damit war der Fall geklärt. Alle drei sind von da an unbehelligt geblieben.«

»Einer von ihnen wird der Mörder sein«, überlegte Tilla.

»Oder ein ganz anderer«, gab Erik mutlos zurück. »Jemand, den wir noch gar nicht auf dem Schirm hatten.«

8 Mamma Carlotta warf die Tür der Spülmaschine zu, griff nach dem Spültuch und wischte den Tisch ab. Dann sah sie sich um. Die Küche war blitzblank, es gab nichts mehr für sie zu tun. Sie konnte sich allenfalls Gedanken über das Abendessen machen, mehr fiel ihr nicht ein. Das Basilikumtöpfchen auf der Fensterbank konnte ein wenig Wasser gebrauchen, aber als auch das erledigt war, stand sie da und schaute aus dem Fenster. Staub wischen? Das Bad putzen? Die Nachbarin ging vorbei, und Mamma Carlotta überlegte kurz, ob sie Frau Kemmertöns hereinbitten sollte, unterließ es dann aber. Erstens, weil die Nachbarin mit Fifi beschäftigt war, der sich mal wieder in seiner Leine verheddert und sie um Frau Kemmertöns' rechtes Bein gewickelt hatte, und zweitens, weil sie bereitstehen wollte für den Fall, dass Carolin die Absicht erkennen ließ, ein Gespräch mit ihrer Großmutter zu führen. Vielleicht wollte das Kind über sein Leben in Hamburg reden? Über die Liebe zu Maximilian Witt? Womöglich wollte sie sogar offenbaren, dass sie unglücklich in Hamburg war und längst bereute, für einen Mann, in dem sie sich getäuscht hatte, das Leben bei ihrer Familie aufgegeben zu haben? Dann wollte Mamma Carlotta parat stehen und nicht durch eine Plauderei mit einer Nachbarin abgelenkt sein. Sie konnte sich einfach nicht vorstellen, dass Carolin eine richtige Entscheidung getroffen hatte, als sie Wenningstedt verlassen hatte und nach Hamburg gezogen war. Sie war doch immer ein so braves Mädchen gewesen, und dann plötzlich diese Rebellion!

Schrecklich, was der falsche Mann so alles anrichten konnte! Auch in ihrem Dorf war es schon häufig vorgekommen, dass eine Hochzeit, von der jeder gewusst hatte, dass sie ein großer Fehler war, in einer Katastrophe geendet hatte, Untreue, Gewalt oder Scheidung. Wenn sie da an die Tochter des Schneiders dachte! Die kam jeden Monat, wenn es Geld gegeben hatte, mit einem geschwollenen Auge zu ihren Eltern, weil ihr Mann wieder stundenlang in der Kneipe gesessen hatte und später gewalttätig geworden war. Dabei hatten es ihr alle vorhergesagt! Aber sie hatte ja auf niemanden hören wollen.

Mamma Carlotta bewegte sich Richtung Küchentür und schob sie leise auf. Dann machte sie ein paar lautlose Schritte in den Flur und lauschte. Carolins Stimme war aus ihrem Zimmer zu hören. Sie telefonierte und ging dabei hin und her. Ihre Schritte knarrten auf dem Holzfußboden, manchmal so heftig, als wäre sie entschlossen aufzubrechen, die Tür aufzureißen und die Treppe hinunterzulaufen.

Mamma Carlotta stieg die ersten drei Stufen hinauf, blieb stehen und lauschte erneut, aber sie konnte Carolins Worte nicht verstehen, konnte nur den Klang ihrer Stimme hören, ungeduldig, ärgerlich. Redete sie überhaupt mit Maximilian? Oder war jemand anderes am Apparat? Carlotta nahm die nächsten drei Stufen, lauschte wieder und erklomm schließlich auch den Rest der Treppe. Nun waren es nur noch zwei Meter bis zur Tür von Carolins Zimmer.

»Das kriege ich raus«, hörte sie ihre Enkelin nun klar und deutlich sagen. »Da kannst du Gift drauf nehmen.«

Bevor Mamma Carlotta sich fragen konnte, was Carolin herausbekommen wollte und wer das Gift schlucken sollte, wurde die Tür aufgerissen, und Carolin erschien vor ihr, noch mit dem Handy am Ohr. Sie stutzte nur kurz, als sie ihre Großmutter sah, dann sagte sie ins Telefon: »Lass uns später darüber reden. Meine Nonna hat ihr Ohr am Schlüsselloch.«

Mamma Carlotta gab sich alle Mühe, empört zu sein. Selbstverständlich hatte sie nicht die Absicht gehabt zu lauschen, sie hatte nur hören wollen, ob die Enkelin besondere Wünsche fürs Abendessen habe.

Carolins Züge entspannten sich. »Mir schmeckt alles, was du kochst.« Sie ging an Carlotta vorbei und sprang die Treppe hinab. »Ich gehe zu Nele und Ella, die beiden habe ich Ewigkeiten nicht gesehen. Sie wollten mich ja in Hamburg besuchen, aber …«

Carolin beendete den Satz nicht, ihre Oma tat es heimlich und unhörbar: Aber die Zwillinge wollten nichts mit Maximilian zu tun haben, den sie genauso wenig mochten wie Carolins Familie. Natürlich wusste sie nicht, ob es sich wirklich so verhielt, aber sie wollte es unbedingt glauben.

Carolin warf sich ihre Jacke über. »Die beiden wohnen in der Nähe von Sandra Lührsen. Ich schaue mich dort mal um. Bin gespannt, wann sie da wieder einzieht.«

Schon war sie aus dem Haus. Mamma Carlotta hörte die Tür des Schuppens und anschließend das Klappern ihres Fahrrads. Seufzend stieg sie die Treppe hinab. Nun waren alle unterwegs, und sie war ganz allein. Ein unerträglicher Zustand für Mamma Carlotta. Sie musste unter Menschen!

Wenige Minuten später hatte sie ihre Pantoletten gegen feste Halbschuhe getauscht, die sie in Panidomino in den Weinbergen während der Lese trug, dann zog sie sich die wind- und wasserdichte Jacke über, die Erik ihr immer zur Verfügung stellte, wenn sie auf Sylt war. Ein Kleidungsstück, das sie in ihrer Heimat nie benötigte. Sie spannte über der Brust, mehr als im letzten Jahr, sogar so sehr, dass sie schon glaubte, sie nicht schließen zu können. Aber dann war es doch geschafft, und sie redete sich ein, dass Erik die Jacke zu heiß gewaschen hatte, sodass sie eingelaufen war.

Die Luft schlug ihr kalt entgegen, eisig in den Windspitzen, von breiter, gelassener Kälte dort, wo es windstill war. Sie liebte diesen Wirbel aus zustechender Eiseskälte und Schneeluft, die durch die Kleidung kroch, für klamme Finger und rote Nasenspitzen sorgte.

Die Tür des Schuppens stand noch offen. Mamma Carlotta wollte das Fahrrad ihrer Tochter herausholen, das sie auf Sylt immer benutzte. Aber es war nicht da. Carolin hatte es genommen. Ihr eigenes Rad stand mit plattem Vorderreifen da. Also würde Mamma Carlotta zu Fuß in den Hochkamp gehen, es war ja nicht weit. Ihr gefiel der Gedanke, dass Carolin mit dem Fahrrad ihrer verstorbenen Mutter unterwegs war. Solange noch so vieles im Hause war, was Lucia gehört hatte, war sie noch unter ihnen. Mamma Carlotta blickte in den Himmel, während sie auf die Westerlandstraße zuging. In den Monaten nach ihrem Tod hatten die Kinder oft den Wolken nachgesehen, weil sie dort irgendwo ihre Mutter vermuteten. Das war nun vorbei. Aber Lucia war noch immer bei ihnen, in den Erinnerungen, den Erzählungen oder einem hingeworfenen Nebensatz. Carolin und Felix waren beinahe erwachsen geworden, aber ihre Mutter vermissten sie immer noch. Erik hatte sich neu verliebt, aber Carlotta wusste, dass Lucia nach wie vor einen Platz in seinem Herzen hatte, den keine andere Frau würde erobern können.

Auf den Gehwegen war nicht viel los, sie begegnete keinem Menschen. Bei diesem Wetter bewegten sich alle auf vier Rädern fort, auch die Touristen, die im November gern mit ihren Autos die Insel erkundeten. Tove Griess, der Wirt von Käptens Kajüte, hatte die beiden Tische, die während der Saison vor seiner Tür standen, hereingeholt. Im Freien wollte niemand mehr sitzen, nicht einmal die Raucher. Die Tür der Imbissstube war fest verschlossen, dennoch drang die Musik heraus, mit der Tove seine Gäste anzulocken versuchte. »Ein Bett im Kornfeld ...«

Mamma Carlotta riss die Tür auf, statt sie langsam und vorsichtig zu öffnen, wie Tove sie schon oft gebeten hatte. Aber das fiel ihr schwer. Wenn ihr eine angenehme Unterhaltung winkte, erst recht. Und wenn sie etwas zu erzählen hatte, war sie unfähig, bedächtig auf ihre Zuhörer zuzugehen. Die Ungeduld packte sie jedes Mal. So geschah diesmal das, was Tove schon lange befürchtete und ihr immer wieder prophezeit hatte: Der hölzerne Kapitän, der über der Tür hing, das Geschenk eines Freundes zur Eröffnung der Imbissstube, löste sich von seinem Haken und fiel herab. Allerdings nicht auf Mamma Carlottas Kopf, wie Tove es seit Jahren ankündigte, dazu war sie zu flott. Sie hatte bereits einen Schritt in die Imbissstube gemacht, als der hölzerne Kapitän sich nach Augenblicken des Zitterns und Hin-und-her-Wackelns dann doch nicht vom Haken löste, sondern mitsamt dem Haken zu Boden fiel. Er landete hinter Mamma Carlottas Füßen und blockierte damit die Tür, die sie hinter sich zuwerfen wollte. Natürlich mit viel Schwung und einem lauten Knall.

Beides war Tove von seinen überwiegend friesischen Gästen nicht gewöhnt. Wütend kam er hinter der Theke hervor, schob Carlotta zur Seite und hob den hölzernen Kapitän auf, als wäre er seine seltene Kostbarkeit. »Hoffentlich ist er nicht kaputtgegangen.«

Mamma Carlotta stand betreten da, betrachtete das verblichene Figürchen, dessen Farbe schon lange abgesplittert war und das Sonne, Wind und Regen früh hatten altern lassen. Am liebsten hätte sie gesagt, dass dieses hölzerne Ding schon lange kein Schmuck mehr sei und längst ausgetauscht gehört hätte, aber sie traute sich nicht. Wenn Tove Griess seine Brauen vorwölbte, sodass seine kleinen Augen kam noch zu sehen waren, musste man sich in Acht nehmen.

Dieser Ansicht war auch Fietje Tiensch, der Strandwärter von Wenningstedt, der sich in die Imbissstube drückte, als hätte er Angst, in einen Streit verwickelt zu werden, ohne zu wissen, auf wessen Seite er sich am besten schlug.

»Moin«, murmelte er, zog seine Bommelmütze noch tiefer in die Stirn und ging zu seinem Stammplatz am schmalen Ende der Theke, während Tove noch immer lamentierte, weil ihn das mörderische Tempo einer Italienerin um sein Liebstes gebracht hatte.

Fietje tippte sich an die Stirn. »Das olle Ding? Bei dir piept's wohl.« Nun hatte er sich doch auf eine Seite geschlagen.

Tove lamentierte noch lauter über den Verlust und ließ auch

Fietjes Vorschlag nicht gelten, einfach einen neuen Nagel zu nehmen und »den blöden Kapitän« wieder aufzuhängen.

Damit fühlte Tove sich sogar beleidigt, denn schließlich war seine Imbissstube Käptens Kajüte genannt worden, weil er selbst mal als Kapitän zur See gefahren war. Wer Toves Holzfigur einen blöden Kapitän nannte, der wertete auch ihn selbst, den Wirt von Käptens Kajüte, ab. Es sah schlecht aus um Fietjes Nachmittagsbier ...

Carlotta traute sich erst wieder, etwas zu sagen, als Tove den hölzernen Kapitän zur Seite legte, schließlich doch zum Zapfhahn griff und auf ihre Bitte um einen Cappuccino hin nickte. Sie amtete auf. Nun war es am besten, wenn sie schleunigst das Thema wechselte. »Kennen Sie eigentlich Sandra Lührsen?«, fragte sie vorsichtig.

Zustimmendes Gebrumm war die Antwort. Dann fiel Fietje ein, dass er etwas von einem Wiederaufnahmeverfahren gehört hatte. »War das nicht heute?«

Carlotta war froh, dass sie nun die ungeteilte und vor allem freundliche Aufmerksamkeit der beiden hatte. Endlich konnte sie loswerden, was sie beschäftigte. Ein mürrischer Wirt mit einem Gesicht wie ein schlecht gelaunter Gorilla und ein schmuddeliger Strandwärter in einem viel zu weiten Troyer, mit ungepflegtem Bart und Haaren, die unter seiner Mütze hervorlugten, waren besser als gar keine Zuhörer.

»Sie hat fünf Jahre unschuldig im Gefängnis gesessen! Dio mio!«

»Ich kannte den Mann von Witta Lührsen«, sagte Tove. »Der ist schon lange tot. Vor seiner Heirat war er Künstler. Was der aus Treibholz alles gemacht hat! Irre! Skulpturen nannte er das.«

»Sculture?« Mamma Carlotta konnte es nicht glauben. »Treibholz ist doch ... Abfall.«

»Nicht bei Paul Lührsen. Der hat tolle Sachen aus Treibholz gemacht. Blöde nur, dass es nicht viele Leute gab, die sie kaufen wollten. Im Marketing war er schlecht. Aber dann hat er ja Witta geheiratet, und die verdiente gut. In ihrer Praxis standen auch einige von Pauls Skulpturen. Da machten die sich richtig gut.«

»Praxis? War sie una dottoressa?«

»Krankengymnastik«, korrigierte Tove.

Aber Fietje wusste es noch besser. »Physiotherapie nennt man das heute.« Er winkte das Bier herbei, das Tove mittlerweile gezapft, aber noch nicht vor ihm abgestellt hatte. Ein letzter Schuss aus dem Zapfhahn vervollständigte die Krone, dann war Fietje zufrieden und trank genüsslich einen Schluck.

»Witta hat immer so getan, als wäre sie mit einem zweiten ...« Tove sah Fietje Tiensch fragend an. »Wie hieß der noch?«

»Donatello«, antwortete Fietje.

»Genau! Als wäre sie mit einem zweiten Donatello verheiratet.«

Diesen Namen hatte Mamma Carlotta schon einmal gehört. »Un italiano. In Firenze geboren.«

»Kennen Sie den etwa?«, fragte Tove misstrauisch. »Sind Sie vielleicht sogar mit dem verwandt? Sie haben ja ziemlich merkwürdige Verwandte. Wenn ich da an Ihre Cousine denke ...«

»Döskopp«, sagte Fietje. »Donatello hat im 14. und 15. Jahrhundert gelebt.«

Das wollte Tove nicht glauben. Er vermutete, dass Fietje ihm mal wieder zeigen wollte, dass er für ein paar Jahre ein Gymnasium besucht hatte und unter Berufung auf diese Bildung etwas behauptete, das Tove nicht widerlegen konnte. »Klugscheißer!«

Mamma Carlotta griff ein, ehe der Streit eskalieren konnte. »Also war Witta Lührsen der Meinung, ihr Mann wäre un grande artista?«

»Quatsch! Kein Artist! Habe ich gesagt, dass Paul Lührsen Seiltänzer oder Feuerspucker war?«

Mamma Carlotta hielt es für klüger, darauf nicht einzugehen, sondern erneut das Thema zu wechseln. »Witta Lührsen war also stolz auf ihren Mann?«

Tove sah zwischen Fietje und Mamma Carlotta hin und her, als könnte er nicht glauben, dass die beiden endlich vernünftig mit ihm redeten. »Jedenfalls hatte die in der ganzen Bude seine Skulpturen stehen«, brummte er. »Bei Jesko und Sandra standen die natürlich auch herum. Ob den beiden das gefiel, weiß ich nicht. Aber wehe, sie hätten sich geweigert! Da wäre dann natürlich wieder Sandra dran schuld gewesen. Die konnte ja machen, was sie wollte, richtig war es nie.«

9

»Mit wem fangen wir an?«, fragte Sören unternehmungslustig, als wäre er froh, kein freies Wochenende vor sich zu haben, an dem er sich womöglich langweilen würde. »Dombrowsky oder Heike Schrunz? Maart Bleicken müssen wir erst mal suchen.«

Erik schob sich das letzte Stück Schokolade in den Mund. »Dombrowsky.«

Er blätterte in einer Akte und vertiefte sich kurz in ein Protokoll. »Der Verdacht war«, sagte er schließlich, »dass Dombrowsky alles recht war, um an Witta Lührsens Haus zu kommen. Auch Mord und Totschlag. Er brauchte das ganze Gelände, und Witta war die Einzige, die nicht verkaufen wollte. Sie stand seinem Erfolg im Weg.« Er klappte die Akte wieder zu. »Wir haben keine neuen Erkenntnisse.«

»Egal!« Tilla stand auf. »Der Typ muss wissen, dass die Schonzeit vorbei ist, dass er nun wieder zu den Verdächtigen gehört.«

Erik und Tilla fuhren mit dem Aufzug nach unten, Sören sprang so schnell die Treppen hinab, dass er gleichzeitig mit ihnen im Erdgeschoss ankam. Dann schwang er sich auf sein

Rennrad, während Erik auf seinen Renault zuging und sich mal wieder daran freute, dass der Wagen sich öffnete, ohne dass er den Schlüssel aus der Tasche zog. Es reichte, dass er ihn bei sich trug. Was für eine großartige Technik!

»Wie wollen wir es machen?«, fragte Tilla, als er losfuhr. »So tun, als hielten wir ihn für den Mörder? Oder als wäre dieses Gespräch nur eine kleine Plauderei, um wieder in den Stoff zu finden? Soll er Angst bekommen oder sich in Sicherheit wiegen?«

»Du bist hier, weil du ein freies Wochenende hast«, knurrte Erik.

Aber Tilla lachte nur. »Wir haben ja noch Samstag und Sonntag vor uns.« Als sie vor Dombrowskys Büro vorfuhren, wiederholte sie: »Wie also? Harmlos-freundlich oder barsch-verdächtigend?«

Erik konnte sich nicht so schnell entscheiden. »Sagen wir mal, er war es ... Wie hat er sich in den vergangenen fünf Jahren gefühlt? Erleichtert, weil Sandra Lührsen den Kopf für ihn hinhalten musste? Oder auch ein bisschen schuldbewusst? Vielleicht hat er sogar unter schweren Schuldgefühlen gelitten und konnte sich gar nicht mehr an seinem Erfolg freuen?«

Tilla zuckte gleichgültig mit den Schultern. »Was tut das zur Sache?«

»Wenn er schuldig ist, wird er jetzt entweder in Panik verfallen, weil er unerwartet aus seiner schönen Sicherheit gefallen ist. Oder er muss sich sagen, dass eben doch keine Schandtat ungestraft bleibt. Im ersten Fall macht er Fehler, im zweiten könnten wir ihn schnell kriegen, wenn wir es richtig angehen.«

»Hm.« Tilla überlegte. »Also ihm knallhart auf den Kopf zu sagen, dass er es war, und zusehen, wie er zusammenbricht und gesteht?«

»Oder irgendwas Unüberlegtes tut, das ihn verrät.«

»Wir werden ihn nicht überraschen. Er weiß garantiert längst, dass Sandra Lührsen freigesprochen wurde.«

»Wenn er es war, zittert er schon vor Angst, seit er von dem Brief gehört hat, den Jesko hinterlassen hat.«

»Zeit genug, um sich was zurechtzulegen.«

Erik hatte den Wagen in der Nähe von Dombrowskys Büro geparkt. Jetzt sah er Sören um die Ecke biegen und stieg aus. »Wir halten uns erst mal zurück und warten ab, wie er reagiert.«

Das Büro der Immobilienfirma lag in der Nähe der Nordseeklinik, am Eibenweg, hinter dem kleinen Lebensmittelmarkt, der der Einfahrt zur Klinik gegenüberlag. Norbert Dombrowsky hatte sein Büro im Nebenhaus eines weitläufigen Gebäudes untergebracht, das früher mal das Gartenhäuschen gewesen sein mochte. Jetzt bestand es aus festem Mauerwerk, hatte zwei Etagen, war so tief in den Garten erweitert worden wie eben möglich. Die Fenster hatten keine Gardinen, trugen auch keinen Blumenschmuck, das Haus war funktional und modern. Die Eingangstür öffnete sich automatisch, kaum dass sie auf den Klingelknopf gedrückt hatten.

Felix empfing sie mit großen Augen, in einem Büro, das keinen Vorraum besaß. »Was macht ihr denn hier?« Er sah seinen Vater an, als wäre dieser zum Elternsprechtag gekommen, obwohl er versprochen hatte, sich nicht darum zu kümmern.

Sören lachte. »Wir sind nicht deinetwegen hier, keine Sorge.«

Felix schien einzufallen, dass Erik einen Grund hatte, um ein Gespräch mit seinem Chef zu bitten. Er ging zu seinem Arbeitsplatz zurück, einem kleinen Tisch in der Nähe der Tür, auf dem ein Laptop stand. Dort baute er sich auf, wie er es vielleicht bei anderen Mitarbeitern gesehen hatte. »Herr Dombrowsky ist in List. Eigentümerwechsel.«

Die Sekretärin, eine auffällig geschminkte Mittvierzigerin

in einer sehr engen Jeans im Used-Look, für die sie nicht mehr jung genug war, kam herein und stockte, als sie sah, dass Besuch gekommen war. Sie blickte Felix fragend an. »Ist was?«

Felix blieb bei seiner steifen Haltung. »Die Herren wollen zu Herrn Dombrowsky.«

»Er ist in List.« Sie strich ihre Haare nach hinten und sorgte dafür, dass wieder alle Strähnen in der Spange steckten, mit der sie sie im Nacken zusammengefasst hatte.

»Das habe ich ihnen gesagt.«

»Worum geht es?«, fragte die Sekretärin nun interessiert. Noch ehe Erik antworten konnte, stellte sie sich vor: »Mein Name ist Wissler, Pia Wissler. Was Sie von Herrn Dombrowsky wissen möchten, kann ich Ihnen auch sagen. Ich arbeite genauso lange hier wie er selbst, ich habe ihm beim Aufbau der Firma geholfen.«

Erik warf Sören einen schnellen Blick zu. Dessen kaum wahrnehmbares Nicken zeigte ihm, dass er sich richtig erinnerte. Die Sekretärin war die frühere Freundin oder Lebensgefährtin von Norbert Dombrowsky. Zwar wollte er ihr nicht die Fragen stellen, die ihr Chef beantworten sollte, aber er wollte es sich mit ihr auch nicht verderben. Sekretärinnen wussten oft mehr als die Chefs, und ehemalige Geliebte hatten nicht selten eine letzte Patrone in der Waffe, die noch nicht zum Abschuss gekommen war. »Es geht um das Baugebiet in List.«

»Sie kommen vom Bauamt?« Wieder ließ sie Erik nicht antworten. »Ach nein, Sie sind doch von der Polizei, nicht wahr?« Sie warf Felix einen Blick zu. »Der Vater unseres Praktikanten?«

Erik versicherte, dass diese Tatsache nichts mit seinem Besuch zu tun hatte. »Wir kommen später noch mal wieder.«

»Meinetwegen.« Frau Wissler verließ grußlos das Zimmer, sie schien pikiert zu sein.

Erik fragte seinen Sohn leise: »Ist Dombrowsky dort, wo früher mal das Haus von Witta Lührsen gestanden hat?«

Felix nickte und sprach ebenso leise. »Heute heißt das Gelände ›Heideplätzchen‹.«

Die Staatsanwältin lachte, als sie wieder vor der Tür standen. »Wie originell! Heideplätzchen. Klingt nach einem Rezept für Spritzgebäck.«

»Wollen wir wirklich extra nach List fahren?« Sören warf einen Blick auf die Uhr, als wollte er daran erinnern, dass die meisten Arbeitnehmer des öffentlichen Dienstes an einem späten Freitagnachmittag schon Feierabend hatten.

Erik wollte ihm gerade zustimmen, auch er fand, dass diese Angelegenheit Zeit bis Montag hatte. Aber die Staatsanwältin nickte dynamisch. »Steigen Sie ein«, forderte sie Sören auf. »Wir setzen Sie dann wieder hier ab. Das dauert ja höchstens ein Stündchen.«

Sie saß als Erste im Auto, Erik ließ sich Zeit mit dem Einsteigen. Er sah zu, wie Sören sorgfältig sein teures Rennrad an einen Laternenpfahl anschloss, ehe er die Fahrertür öffnete. Ob sein Mitarbeiter wohl die Zeit zurücksehnte, in der sie zu zweit ihrer Arbeit nachgingen und die Staatsanwältin nur eine barsche Stimme am Telefon gewesen war? Er rechnete es Sören hoch an, dass er sich nie darüber beschwerte, wenn Dr. Tilla Speck auf Sylt war und gemeinsam mit ihnen ermittelte. Vielleicht war es ganz gut, dass sie Sonntagabend wieder in den Zug nach Flensburg steigen und den Fall Lührsen auf Sylt, in den Händen von Erik und Sören, zurücklassen würde. Wenn Erik ehrlich war, vermisste auch er die Zusammenarbeit mit Sören, nur mit Sören. Tilla war zwar die zuständige Staatsanwältin für das Wiederaufnahmeverfahren, aber sie würde diesmal wieder nur aus der Ferne mitmischen.

Das Ferienhausgebiet Heideplätzchen lag noch vor den Toren von List am Wattenmeer. Ein Dutzend kleiner Häuser, allesamt quadratisch und natürlich mit Reetdach, alle aus

Sandstein mit schneeweißen Fugen. Vor jedem Eingang gab es zwei Kfz-Stellplätze und eine Bepflanzung, die den Weg zur Tür verdeckte.

»Jedes Haus wäre schön«, murmelte Erik, »wenn es davon nicht noch ein Dutzend anderer geben würde.«

Bevor sie sich auf die Suche nach Norbert Dombrowsky machen konnten, öffnete sich die Tür des letzten Hauses, und heraus trat ein großer, breitschultriger Mann, gefolgt von zwei Handwerkern in blauen Arbeitsanzügen und einem Paar, das in Miene und Körperhaltung die Feierlichkeit neuer Hausbesitzer demonstrierte.

»Der Große ist Dombrowsky«, sagte Sören leise.

Als Letzter trat ein gut aussehender Mann aus der Tür, lässig, aber gepflegt gekleidet, mit grau durchwirkten Haaren, einer Mappe in der linken Hand und einem Stift in der rechten.

»Das ist der Architekt«, murmelte Sören. »Adrian Halliger.«

Erik sah ihn überrascht an. »Der Liebhaber von Sandra Lührsen?«

Sören nickte. »Ich wusste nicht, dass er für Dombrowsky arbeitet.«

Sie blieben neben dem Auto stehen und warteten, dass Dombrowsky die Handwerker entließ und dem Ehepaar zum Abschied die Hand reichte. Dann verschloss er höchstpersönlich das Haus und wandte sich zum Gehen, in ein Gespräch mit Adrian Halliger vertieft. Beide stockten, als sie Erik, Tilla und Sören sahen, die ihnen entgegenblickten.

»Wollen Sie zu mir?«, fragte Dombrowsky.

Er war groß und breit, sein Körper und die Bewegungen waren vierschrötig. Ein echter Friese auf den ersten Blick! Auf den zweiten fiel auf, dass er dunkles Haar und braune Augen hatte, alles andere war friesisch.

Adrian Halliger dagegen war niemand, der sich in eine

Kategorie stecken ließ. Trotz seines guten Aussehens war er doch irgendwie konturlos, männliche Konfektionsware, so wie andere gut aussehende Männer. Auffallend nur, wenn er sich in der Gesellschaft von unattraktiven Geschlechtsgenossen befand. Er lächelte zur Begrüßung, und Erik wollte ihn bitten zu bleiben. Aber das war unnötig. Adrian Halliger machte keine Anstalten, zu seinem Auto zu gehen. Vermutlich wollte er wissen, wie es mit Sandra Lührsen weiterging.

Als Dombrowsky hörte, warum sie bei ihm erschienen waren, seufzte er auf. Er war, im Gegensatz zu Halliger, offenbar noch nicht auf die Idee gekommen, dass es um Witta Lührsens Tod gehen könnte. »Ich hätte es mir denken können. Jetzt bin ich wieder der Mörder von Witta Lührsen?«

»Sie standen damals unter Verdacht«, antwortete Erik, »und jetzt natürlich wieder.« Er behielt Halliger im Auge, aber der zuckte mit keiner Miene.

Dombrowsky verdrehte genervt die Augen. »Was wollen Sie? Dass ich Ihnen alles noch einmal erzähle, was ich schon vor fünf Jahren zu Protokoll gegeben habe?« Er wartete eine Antwort nicht ab, sondern drehte sich um und zeigte zu einem Haus in der Mitte der kleinen Siedlung. »Da wohnte Witta Lührsen. Mittendrin! Hätte ihr Haus am Rande gestanden, hätte ich vielleicht schon vorher mit der neuen Feriensiedlung anfangen können. Aber nein! Sie verhinderte alles, einfach alles.«

»Eine gute Motivation«, entgegnete die Staatsanwältin.

Sören ergänzte: »Der Tod von Witta Lührsen kam Ihnen sehr gelegen.«

»Stimmt«, stieß Norbert Dombrowsky hervor. »Daraus mache ich keinen Hehl. Aber ich habe sie trotzdem nicht umgebracht.« Er griff nach Halligers Arm wie ein Junge auf dem Fußballplatz, der einen anderen ins Spiel zurückholen wollte. »Dann könnten Sie auch Adrian Halliger verdächtigen. Er arbeitet für mich als Architekt. Ohne das Heideplätzchen hätte ich ihn wohl nicht mehr beschäftigen können.« Er lachte sehr laut, wohl um deutlich zu machen, dass er keinen Verdacht ausgesprochen, sondern nur einen Scherz gemacht hatte.

Aber Adrian Halliger lachte nicht mit, er sagte auch nichts dazu.

Erik lehnte sich an sein Auto, blickte kurz in die Sonne, schloss die Augen und gab sich vollkommen entspannt. »Können Sie sich vorstellen, wer es gewesen ist?«

Seine Ruhe übertrug sich auf Norbert Dombrowsky und Adrian Halliger. Dombrowsky legte die Schroffheit nun ab und schien einzusehen, dass die Polizei auch nur ihre Arbeit machte und nichts dafürkonnte, dass sie ihm lästige Fragen stellen musste. Er kreuzte die Arme vor der Brust und strich mit den Händen über seine Oberarme. Trotz der Muskelpakete, die er rieb, eine sehr feminine Geste, vor allem, da er dabei die Schultern kreisen ließ, als fröre er, wolle aber den Blick auf seine schicke Lederjacke nicht nehmen, indem er sich einen Wollmantel überzog.

»Ich persönlich hatte ja eher auf Jesko getippt«, sagte Adrian Halliger.

Erik war überrascht und sah Dombrowsky fragend an. »Glauben Sie das auch?«

Dombrowsky warf seinem Architekten einen ärgerlichen Blick zu. »Nein! Nun ja ... man hat schon mal über diese Möglichkeit geredet, aber ...«

Erik wandte sich wieder an Adrian Halliger. »Haben Sie das auch schon vor fünf Jahren geglaubt?«

»Das war mein erster Gedanke gewesen.«

»Aber geäußert haben Sie diesen Verdacht damals nicht, wenn ich nicht irre.«

»Kein Wunder. Ich hatte keine Beweise, nicht einmal Indizien. Und dann hörte ich ja auch, dass Jesko ein Alibi hatte. Obwohl ...«

Er sprach nicht weiter, erst als Tilla ihn ermunterte: »Obwohl?«

»Dieser Nachbar, mit dem er angeblich Kaminholz gestapelt hat, war ein guter Freund von Jesko. Könnte es nicht sein, dass er Jesko damals aus Gefälligkeit ein Alibi gegeben hat?« Halliger nahm die Hände hoch, als würde er mit einer Waffe bedroht. »Das waren damals so meine Gedanken. Aber dann wurde ja Sandra verhaftet, die Sache schien klar zu sein.«

»Aber jetzt sind Ihnen diese Gedanken erneut gekommen?«, fragte Sören und ergänzte, als Adrian Halliger nickte: »Was für ein Motiv hatte er?«

»Das gleiche wie Sandra. Geld! Jesko war vernarrt in seine Frau, für sie war ihm nichts zu viel. Dass sie nicht zufrieden war, hat ihm Angst gemacht. Er fürchtete ständig, sie würde ihn verlassen, wenn er ihr nicht mehr bieten konnte. Aber er war nun mal nur ein kleiner Postangestellter mit einem sehr überschaubaren Einkommen. Das Atelier, das er ihr angebaut hat, hat seine finanziellen Verhältnisse schon überstrapaziert. Aber für Sandra tat er alles ...«

»Auch seine Mutter umbringen?« Sören konnte seinen Zweifel nicht unterdrücken.

Nun mischte sich Dombrowsky wieder ein. »Einen eiskalt geplanten Mord hatte ich ihm niemals zugetraut. Aber im Affekt ... Witta Lührsen war eine Giftspritze. Wenn die einem mit ihrer Verächtlichkeit kam, konnte man schon ausrasten. Wie oft hat sie Jesko vorgehalten, er sei so erfolglos wie sein Vater. Der hat mit seiner Treibholzkunst kaum einen Pfennig verdient. Aber immerhin war er ein Künstler mit einem angeblich beeindruckenden Talent.« Er verdrehte die Augen. »Hört sich doch gut an.«

Die Staatsanwältin wollte wissen, was es damit auf sich hatte, und nickte anerkennend, als Norbert Dombrowsky es ihr erklärte. »Treibholzskulpturen? Das hört sich tatsächlich interessant an.«

»Kann schon sein«, gab Dombrowsky wegwerfend zurück. »Aber Paul verstand nichts vom Verkaufen. Und deswegen war das nur halb so interessant, wie es sich anhört.«

Erik erinnerte sich an einige Aussagen, die vor fünf Jahren vor Gericht gemacht wurden. »Witta Lührsen respektierte nur Menschen, die es zu etwas brachten, die gutes Geld verdienten. Aber ihren Mann hat sie geliebt, trotz seiner Unfähigkeit, aus seiner Kunst etwas Gewinnträchtiges zu machen.«

Dombrowsky nickte. »Ja, das ist richtig. Die Ehe soll gut gewesen sein. Aber ihr Sohn war dann eine richtige Enttäuschung für sie. Wenn es nach Witta gegangen wäre, hätte er Abitur machen, studieren, Arzt werden sollen. Am Ende war sie froh, als er die Stelle bei der Post bekam, schlecht bezahlt, aber so gut wie unkündbar. Bei jeder Gelegenheit hat sie ihm unter die Nase gerieben, dass sie von ihm enttäuscht war. Dass er genauso versagt hatte wie sein Vater. Aber zum Glück habe er sich nicht zu einem Leben als Künstler entschieden, nicht einmal kreatives Talent habe er bisher gezeigt. Und so weiter und so fort …«

10

Tove war sehr, sehr nachdenklich geworden. So sah man ihn selten. Sein Gesicht, das immer wütend und ärgerlich wirkte, entspannte sich, als hinge er einer angenehmen Erinnerung nach. Dann wischte er sich die Hände an dem Geschirrtuch ab, das er sich stets vor den Bauch band und mit zwei Wäscheklammern am Hosenbund befestigte. »Ich glaube, ich habe noch eine Reihe von diesen Skulpturen in meinem Schuppen. Paul wollte damals, dass ich die hier verkaufe. Ich habe meine Kuchentheke ausgeräumt, Kuchen läuft bei mir ja nicht besonders gut, und die Treibholzkunst ausgestellt und zum Verkauf angeboten. Dreißig Prozent für mich! Da habe ich aber nicht viel dran verdient.«

Mamma Carlotta betrachtete den Sandkuchen, der in der Kuchentheke stand und deutlich verriet, dass er dort schon länger vor sich hin krümelte, und den Käsekuchen, der auch nicht frisch aussah. »Versuchen Sie es doch noch mal! Zurzeit wird auf Sylt viel über die Lührsens geredet. Das könnte ein Geschäft werden.«

Tove schlug sich vor die Stirn, als wäre ihm ein grandioser Einfall gekommen, dann aber wurde ihm klar, dass nicht er, sondern Mamma Carlotta diese Idee gehabt hatte. Das bremste seine Euphorie schlagartig wieder. »Ich kann ja mal gucken, was noch da ist«, brummte er und forderte Fietje auf, sich für eine halbe Stunde um die Theke zu kümmern. »Falls jemand kommt. Wenn du einem Gast ein Bier zapfst, kriegst du selbst eins umsonst.«

Das war ein Geschäft nach Fietjes Geschmack. Er trank in einem Zug sein Glas aus, als erwartete er, dass im nächsten Augenblick jemand kam, der nach einem Jever rief.

Tove winkte Mamma Carlotta durch die Küche und von dort in den kleinen Innenhof, in dem es schlimm aussah. Wenn die Saison vorbei war, warf Tove alles, was im Winter nicht gebraucht wurde, in eine Ecke, wo es nicht weiter störte, und schimpfte im Frühling dann, dass vieles verschwunden war, gestohlen, von einem Wintersturm davongetragen oder so verdreckt, dass er sich überlegen musste, ob sich eine gründliche Reinigung lohnte. Am Ende des Hofs gab es einen Schuppen, der so voll war, dass Tove ihn lange nicht geöffnet hatte. Er wusste, dass dort nichts mehr hineinpasste, und genauso gut, dass dort nichts lagerte, was er gebrauchen konnte. Als er die Tür öffnete, fiel ihm ein Tisch mit drei Beinen entgegen, und eine Girlande flatterte um seinen Kopf, die nur einmal benutzt worden war, als Käptens Kajüte ihr fünfjähriges Jubiläum gefeiert hatte. Wann das gewesen war, wusste Mamma Carlotta nicht. Nach dem Zustand der Girlande konnte das gut und gerne Jahrzehnte her sein.

»Verdammt!«, schimpfte Tove. »Das Zeug steht wahrscheinlich ganz hinten. Es ist ja mindestens zehn Jahre her, dass Paul starb.« Er dachte kurz nach. »Vielleicht auch zwanzig.«

Es musste einiges zur Seite geschoben und herausgeholt werden, bis die erste Skulptur zutage kam.

Tove hielt das Treibholz in die Höhe. »Ich glaube, das hatte Paul als Wandbehang gedacht«, sage er, dem nun einiges wieder einfiel. »Und hier eine Wandlampe.«

Tatsächlich war an einem Stück Treibholz mit einem dicken Tau eine Lampenverkabelung angebracht worden, an der eine Glühbirne baumelte. Verstaubt und sicherlich nicht mehr funktionsfähig, aber das würde sich ändern lassen. Einzigartige Treibhölzer kamen hervor, die als Schmuckstücke für einen Wohnraum oder die Terrasse dienen konnten, Treibholzstücke, in denen Figuren zu lesen waren, mit Strasssteinen dekoriert oder naturbelassen, einige auf Ständer geschraubt oder geklebt, manche mit Kieseln oder Strandhafer geschmückt, andere nur gereinigt, wenn die Natur keine Unterstützung nötig gehabt hatte. An den äußeren Spitzen trugen sie fast alle Schmucksteinchen, die vermutlich glitzerten, wenn ein Sonnenstrahl auf sie fiel.

Mamma Carlotta war begeistert. »Das ist ja ... molto carino.« Sie dachte schon darüber nach, ob eine solche Skulptur ein geeignetes Weihnachtsgeschenk für Erik oder die Staatsanwältin war, da sagte Tove: »Er wollte für jedes Teil mindestens hundert Euro haben. Das war den meisten zu teuer.«

Mamma Carlotta ebenfalls. »Hundert Euro für ein Stück Holz, das er am Strand gefunden hat?«

»Nö, hundert Euro für die künstlerische Bearbeitung natürlich.«

Dieses Argument fand Mamma Carlotta nicht stichhaltig. Sie selbst würde dafür auf keinen Fall mehr als zwanzig Euro ausgeben. »Sie könnten die Sachen für die Hälfte anbieten«, schlug sie vor. »Dann verdienen sie immer noch mehr als die dreißig Prozent, die Sie mit Paul Lührsen vereinbart hatten. Womöglich werden Sie alles los.«

Tove wurde nachdenklich. Er krauste die Stirn, als rechnete er nach, ob die Schwiegermutter des Kriminalhauptkommissars recht hatte. Dann glätteten sich seine Züge. »Jau! Das mache ich. Sie können mir helfen, die Kuchentheke leer zu räumen.«

Sie luden sich auf, was sie tragen konnten, und kehrten in den Gastraum zurück, wo Fietje am Zapfhahn stand. Er beteuerte, er habe einem Kind einen Schokoriegel verkauft und sich damit ein kostenloses Bier verdient.

Fietje und Tove holten sämtliche Treibholzskulpturen herein, während Mamma Carlotta die Kuchentheke ausräumte, aus der Küche einen Putzlappen holte und sie gründlich auswischte. Eine Maßnahme, die Tove erwartungsgemäß vollkommen überflüssig fand. Das hatte er doch noch im Hochsommer erledigt, als der Strom ausgefallen und eine Eistorte auseinandergelaufen war!

Sie wurden von keinem Gast gestört. Mamma Carlotta konnte in aller Ruhe die kleineren Skulpturen verkaufsfördernd in der Kuchentheke platzieren und alle anderen großen Exemplare im Raum verteilen, auf der Fensterbank, an den Wänden, auf hervorstehenden Simsen und Regalbrettern, auf denen bisher alte Bierkrüge und Zinnbecher ihr Dasein gefristet hatten. Während alle Teile mit großen, auffälligen Preisschildern versehen wurden, fand sie endlich Gelegenheit, auf Sandra Lührsen zu sprechen zu kommen, deren Schicksal sie hergeführt hatte. Wie erwartet wussten Tove und Fietje mehr, als sie selbst bisher erfahren hatte.

»Witta war ein Biest«, sagte Tove. »Die hat ihre Schwiegertochter nicht leiden können und hat es ihr bei jeder Gelegenheit gezeigt. Von daher war es kein Wunder, dass Sandra schnell in Verdacht geriet.«

»Aber nicht nur sie«, warf Fietje ein, der offenbar seinen

gesprächigen Tag hatte, was höchstens einmal im Monat vorkam. An diesem Tag war er sogar zu Multitasking in der Lage, denn während er sprach, schaffte er es, eine flache Skulptur über einen Haken zu stülpen, an dem vor einer halben Stunde noch ein schmiedeeiserner Kerzenleuchter ohne Kerze gehangen hatte. »Da gab es noch andere Verdächtige. Mein Kumpel Maart zum Beispiel. Aber der war es nicht.« Er betrachtete das Ergebnis seiner Bemühungen und nickte zufrieden. »Kann ich mir jedenfalls nicht vorstellen.«

Mamma Carlotta malte sorgfältig ein Preisschild, während sie fragte: »Wer ist das?«

Tove war es, der antwortete: »Ein Penner.«

»Was kann er dafür«, gab Fietje zurück, »dass Wohnraum auf Sylt unbezahlbar ist?«

»Woanders hinziehen«, schlug Tove prompt vor. »Was meinst du, warum die Züge rappelvoll sind, die morgens von Niebüll kommen und abends wieder nach Niebüll zurückfahren?«

»In Niebüll gibt es keine freizügigen Touristen.«

Tove spuckte ein Lachen aus. »Du meinst Touristen, die nicht auf ihre Sachen aufpassen? Die ins Wasser gehen und ihr Handy im Strandkorb liegen lassen? Die vor lauter Sonnenuntergangglucken ihr Portemonnaie in der Gesäßtasche vergessen?«

Fietje zuckte die Schultern. »Mir egal.« Er betrachtete die Skulptur, die er soeben aufgehängt hatte, als könnte er sich nicht sattsehen. »Ich glaube, dafür kriegst du gut und gerne achtzig Euro. Die sieht echt schick aus.«

Mamma Carlotta stimmte ihm zu. »Man darf nicht zu viel nehmen, aber auch nicht zu wenig.«

»Was nix kostet, ist auch nix«, bestätigte Tove und rieb sich die Hände, während er überschlug, wie viele zusätzliche Einnahmen er demnächst haben würde, ohne dem Urheber etwas davon abgeben zu müssen. Dann sagte er zu Fietje: »Maart

Bleicken soll sich lieber vom Acker machen. Der kommt garantiert wieder ins Fadenkreuz der Bullen.« Er warf Mamma Carlotta einen Blick zu. »Ich meine ... von Kriminalhauptkommissar Wolf.«

»Es weiß ja keiner, dass er noch immer auf Sylt ist«, gab Fietje zurück. »Das ist der Vorteil, wenn du obdachlos bist.« Erschöpft ging er zu seinem Platz an der Theke zurück und winkte nach einem Jever. »Im Winter kann er manchmal bei mir übernachten. Ansonsten gibt es auf dem Campingplatz einen Wohnwagen, der schon lange nicht mehr benutzt worden ist.«

Die Tür öffnete sich, ein Gast trat ein, der erstaunt auf der Schwelle stehen blieb und vergaß, die Tür zu schließen, obwohl der eiskalte Novemberwind mit ihm gekommen war. »Was ist denn hier passiert?«

Tove warf sich in die Brust. »Sonderverkauf! Treibholzskulpturen eines berühmten Künstlers!«

Eine halbe Stunde später hatte er nicht nur zwei Currywürste, sondern auch die erste Skulptur verkauft. Den Fünfzigeuroschein, den sie ihm eingebracht hatte, schob er in eine Mappe, statt sie in die Kasse zu legen. »Da muss das Finanzamt ja nichts von wissen.«

11

Erik startete den Wagen wieder, ließ sich aber Zeit mit dem Anfahren. Im Rückspiegel beobachtete er Norbert Dombrowsky, der auf einen großen dunklen SUV zuging, sich hineinwarf und schon losfuhr, ehe er sich angeschnallt haben konnte, während Adrian Halliger sich hinters Steuer seines Wagens setzte, aber erst seine Mappe aufschlug und sich Notizen machte.

Erik setzte vorsichtig zurück, während Tilla einen langen Hals machte, als sie an Halligers Auto vorbeifuhren, ohne dass er jedoch auf sie aufmerksam wurde oder aufmerksam werden wollte.

Sören beugte sich zwischen die beiden Vordersitze. »Was halten Sie von dem, was er sagt? Könnte es der Sohn gewesen sein?«

Erik konzentrierte sich darauf, die Siedlung Heideplätzchen zu verlassen und sich in den Verkehr Richtung Süden einzufädeln. Unmöglich, während dieser komplizierten Angelegenheit auch noch auf Sörens Frage einzugehen! Tilla war es deshalb, die antwortete: »Auszuschließen ist es nicht. Wir müssen mit dem Nachbarn reden.«

»Der lebt nicht mehr«, sagte Erik, als er wieder Gas geben konnte. »Arbeitsunfall. Mit Anfang sechzig. Sturz vom Baugerüst.«

Tilla wirkte sehr nachdenklich, als sie eine Geschichte auszumalen begann. »Jesko geht zu seiner Mutter, um Geld lockerzumachen, sie verhöhnt ihn, ihm gehen die Nerven durch, er schlägt zu. Und später schiebt er die Schuld Sandra zu. Der Nachbar hat womöglich einen Batzen Geld für seine Falschaussage bekommen.«

Sören lehnte sich zurück und runzelte die Stirn, als wäre er beleidigt worden. »Da hätten wir damals draufkommen können.«

»Es gab keinen Grund, dem Nachbarn zu misstrauen«, antwortete Erik schnell. »Jesko hatte ein Alibi, Sandra nicht. Sie hat damals angegeben, sie sei ziellos auf der Insel herumgefahren. Aber sie ist von niemandem gesehen worden. Alles sprach gegen sie.«

»Auch ihre Untreue?«, fragte Tilla aggressiv.

»Davon war nichts bekannt. Das hat Jesko erst mit seinem Brief ans Licht gebracht.«

»Du kennst diesen angeblichen Liebhaber?«

Erik grinste. »Du auch. Du hast ihn soeben kennengelernt.«

»Adrian Halliger?« Tilla fuhr sich durch die Haare, was selten geschah, da sie sonst immer darum bemüht war, die Lockenpracht, die sie sich morgens aufsteckte, zu erhalten. »Der Name ist mir nicht bekannt vorgekommen. Ein attraktiver Kerl.«

Dieser Einwand ärgerte Erik. »Dass ihr Frauen immer aufs Äußere gucken müsst! Auf die inneren Werte kommt es an.«

»Bei einem Ehemann vielleicht«, gab Tilla prompt zurück, »aber nicht bei einem Liebhaber.« Sie lachte, Sören stimmte ein, aber Erik schaute weiterhin missmutig geradeaus. »Was ist das für ein Typ?«, fragte sie dann. »Du musst ihn doch kennen, wenn er auf Sylt wohnt.«

Erik zuckte mit den Schultern. »Wie man sich so kennt ...«

Tilla verstand sofort. Erik war niemand, dem eine gute und intensive Nachbarschaft wichtig war, der mit anderen ins Gespräch kam, während er vor einer Kasse wartete, der einen Small Talk hielt, wenn sich jemand zu ihm auf die Bank neben Lucias Grab setzte. Erik grüßte jeden, aber meistens wusste er nicht einmal den Namen, selbst wenn er einen Wenningstedter schon als Kind gegrüßt hatte. Seine Schwiegermutter dagegen hatte bereits bei ihrem ersten Besuch auf Sylt Bekanntschaften geschlossen und kannte die Lebensläufe aller, mit denen sie ins Gespräch gekommen war.

»Sollten wir mal allein mit ihm reden?«, fragte Tilla. »Ausführlicher?«

»Warum? Damit seine Ehe kaputtgeht?«

»Seine Frau muss es nicht erfahren«, schlug Sören von hinten vor.

»Es könnte ein Mord aus Eifersucht gewesen sein«, gab Tilla zu bedenken. »Die Frau des Liebhabers bringt Witta Lührsen um und lenkt den Verdacht auf ihre Rivalin, um sie loszuwerden.«

Erik verdrehte die Augen, war aber froh, dass Tilla es nicht bemerkte. »Nicht sie hat den Verdacht auf Sandra Lührsen gelenkt, sondern Sandras Mann.«

»Ach ja, stimmt.«

Sie waren wieder vor Dombrowskys Büro angekommen, Sören stieg aus und ging zu seinem Rennrad. »Schönes Wochenende!«, rief er über die Schulter zurück.

»Bis Montag«, entgegnete Erik. Er zögerte, beobachtete, wie Sören sein Rennrad aufschloss und sich auf den Sattel schwang, dann erst sagte er: »Wir könnten jetzt gleich bei Adrian Halliger vorbeifahren. Sein Büro ist in der Nähe. Wenn er gleich dorthin zurückgekehrt ist, müsste er jetzt angekommen sein.«

Tilla setzte sich aufrecht hin und sah mit einem Mal sehr tatendurstig aus. Wenn es um die Jagd auf Männer ging, die ihre Ehefrauen betrogen und die Frauen, mit denen sie ins Bett gingen, ausnutzten, wirkte sie immer besonders dynamisch.

Kurz darauf hielten sie vor einem Haus am Osterweg. Erik brauchte gar nicht auszusteigen, um zu sehen, dass sie hier falsch waren. Früher hatte es dort ein Schild gegeben, das auf das Architekturbüro Halliger hinwies, jetzt war *Zahnarzt Dr. Jansen* zu erkennen, scharfe, schwarze Buchstaben auf schneeweißem Grund. »Er scheint umgezogen zu sein.«

Tilla bemühte das Internet, tippte auf ihrem Smartphone herum und nannte dann eine Adresse in List.

Aber Erik schüttelte den Kopf. »Das ist seine private Anschrift.«

Dann aber hob Tilla siegessicher den rechten Zeigefinger. »Lerchenweg. Ist das weit?«

Erik schüttelte den Kopf. Lerchenweg! In der Nähe des Dorfteichs, nicht weit von Lucias Grab entfernt, hatte Svea ihr Büro gehabt. Kurz durchzog ihn ein Gefühl, das er nur im Zusammenhang mit Svea kannte, diese kurze, aber heftige Liebe, die genauso heftige Enttäuschung, die aber zum Glück auch nur kurz gewesen war. Svea war wunderbar gewesen, aber nicht lange, er hatte schnell erkannt, dass sie nicht zu ihm passte. Am Lerchenweg hatte er die Beziehung mit ihr beendet. War Adrian Halliger etwa in das Büro umgezogen, das früher Svea gehört hatte? Er wusste, dass sie die Insel verlassen hatte, sie war ihrer Tochter nach München gefolgt, die dort Tiermedizin studierte. War es möglich, dass er nun noch einmal einen Besuch in ihrem Büro machen musste?

Der Verdacht bestätigte sich. Erik spürte, dass Tilla ihm einen fragenden Blick zuwarf, als sie ausstieg, weil sie seine Verstimmung spürte. Aber er sagte nichts. Und auf ihre Vermutung, Adrian Halliger habe womöglich schon Feierabend gemacht, nickte er nur, immer noch schweigend. Doch auf ihr Klingeln ertönte das Surren des Türöffners, Adrian Halliger schien doch noch bei der Arbeit zu sein. Erik stieg vor Tilla die Treppe in die erste Etage hoch. Er sah Adrian Halliger in der Tür stehen, wie Svea früher dort gestanden und ihm entgegengesehen hatte.

Adrian Halliger musste sofort klar sein, was der Besuch von Hauptkommissar Wolf zu bedeuten hatte. Er drehte sich wortlos um und erwartete sie auf dem quadratischen Flur. Ohne ein Lächeln begrüßte er sie und führte sie in den kleinen Raum, in den nicht mehr als kleiner Schreibtisch und ein Aktenregal passte. Auch Svea hatte die Zeichentische und die Arbeitsplätze ihrer Angestellten in dem großen Raum auf der anderen Seite des Flurs untergebracht.

»Kann ich Ihnen was anbieten?«, fragte er erst, als er schon Platz genommen hatte.

Erik und Tilla schüttelten unisono die Köpfe. »Sie können sich denken, warum wir hier sind?«, fragte Erik.

Halliger spielte seine Ahnungslosigkeit schlecht, wurde aber nervös, als er keine Antwort erhielt. Erik sah es ihm an und zögerte deswegen noch ein wenig länger. Er betrachtete Adrian Halliger sogar ausgiebig. Ein gut aussehender Mann, da musste er Tilla recht geben. Groß und kräftig, ohne dick zu sein, mit dunklem, leicht gewelltem Haar, das nur wenige graue Strähnen aufwies, und einem gepflegten Erscheinungsbild. Er trug eine gut sitzende Jeans, dazu ein schneeweißes Hemd und darüber eine Lederweste. Alles sehr lässig, dennoch wirkte er korrekt gekleidet. Erik fragte sich, wenn er solchen Männern gegenüberstand, häufig, wie die das machten. Er selbst kam sich in korrekter Kleidung immer spießig vor und in lässiger schlampig.

»Vermutlich geht es um Sandra Lührsen«, meinte er nun doch, als er das Schweigen nicht länger ertrug. »Ich habe gelesen, dass es ein Wiederaufnahmeverfahren gegeben hat.«

»Sie kennen auch das Ergebnis?«

Er verneinte. »Das war doch erst heute.«

»Richtig. Morgen wird es in den Zeitungen stehen. Jesko Lührsen hat vor fünf Jahren eine Falschaussage gemacht und seine Frau damit ins Gefängnis gebracht. Er hatte soeben herausgefunden, dass sie ihn betrog, und wollte sich damit an ihr rächen.«

Nun hörte Adrian Halliger auf, den Ahnungslosen zu spielen. »Er ist tot. Wie konnte er ...?«

»Er hat einen Brief hinterlassen«, unterbrach Tilla ihn. »Nun wissen wir, dass Sandra Lührsen einen Geliebten hatte, und wir wissen auch, wie er heißt.«

»Steht das morgen etwa auch in der Zeitung?«, fragte Adrian Halliger ängstlich.

Er atmete erleichtert auf, als Erik verneinte. »Die Verhandlung war öffentlich, aber der Richter hat darauf verzichtet, Ihren Namen zu nennen.«

»Gott sei Dank.« Er atmete zwei-, dreimal tief ein und aus, als müsste er sich zur Ruhe zwingen. »Wenn meiner Frau das zu Ohren käme! Sie hat mich damals des Öfteren verdächtigt. Das hatte erst ein Ende, als Sandra verurteilt worden war und in den Knast wanderte.«

»Sie hat während des Prozesses nie über ihr Verhältnis zu Ihnen gesprochen?« Erik sprach diesen Satz wie eine Frage aus, obwohl er eigentlich eine Feststellung war. Er wusste, dass Sandra den Namen ihres Geliebten nie erwähnt, dass sie nicht einmal verraten hatte, eine außereheliche Beziehung zu haben. Erik hatte länger darüber nachgedacht, aber Tilla sehr schnell eine Erklärung gefunden. Sandra Lührsen war auf ihren guten Ruf bedacht gewesen, sie wollte in der Öffentlichkeit nicht als Ehebrecherin dastehen, der womöglich Schlimmeres zugetraut wurde als einer braven Ehefrau. Dass sie ihre Schwiegermutter hasste, war allen Syltern bekannt, das reichte. Mit einem Liebhaber wäre sie schnell vorverurteilt worden, womöglich nicht nur von der Öffentlichkeit, sondern am Ende auch vom Staatsanwalt und vom Richter. Als Tilla es Erik erklärt hatte, war ihm sofort klar geworden, dass sie recht hatte. Sie hatte ihn an den Fall Vera Brühne Anfang der Sechzigerjahre erinnert. Eine blendend aussehende Frau war sie gewesen, aber mit einem lockeren Lebenswandel. In einem spektakulären Indizienprozess, in dem sie stets ihre Unschuld beteuerte, war sie zu lebenslanger Haft verurteilt worden. Angeblich hatte sie aus Habgier einen Arzt ermordet, der ihr eine Finca in Spanien vermacht hatte. Damals wurde ihr ein ausschweifendes Liebesleben nachgesagt, und viele waren der Ansicht, dass dies und dazu ihre Attraktivität dazu geführt hatten, dass man ihr einen kaltblütigen Mord zutraute. Tilla war der Ansicht, dass Sandra dieses Schicksal hatte vermeiden wollen.

»Ich war echt froh«, sagte Adrian Halliger jetzt, »dass Sandra meinen Namen nicht genannt hat. Ich liebe meine Frau nämlich.«

»Da wäre ich nicht draufgekommen«, entgegnete Tilla mit kaltem Lächeln. »Betrügt man jemanden, den man liebt?«

Halliger wurde nervös. »Ach, das war doch nur ...«

»... eine Bettgeschichte?«, fragte Tilla.

»Ja!«, fuhr er sie an. »Und Sie brauchen jetzt nicht so zu tun, als wäre ich der böse Kerl, der ein argloses kleines Frauchen verführt hat. Wir wussten beide, was wir wollten, Sandra und ich, und keiner von uns hat mehr vom anderen erwartet.« Er stockte kurz, als wollte er sich für seinen Ausbruch entschuldigen, tat es dann aber nicht. »Ich hoffe wirklich, dass das nach fünf Jahren nicht alles wieder aufgerührt wird.«

»Wir werden sehen, ob es sich vermeiden lässt«, sagte Erik. »Versprechen kann ich es Ihnen nicht. Wenn Ihr Verhältnis mit Sandra irgendetwas mit dem Mord zu tun hat, dann nicht.« Er sah Halliger scharf an. »Wie ist Jesko Lührsen dahintergekommen, dass Sie mit seiner Frau ein Verhältnis hatten?«

Halliger zuckte mit den Achseln. »Er hatte wohl schon länger einen Verdacht, hat Sandra gelegentlich vorgehalten, dass sie ihn betrügt ... Vielleicht ist er uns eines Tages nachgefahren und hat uns beobachtet.«

»Wie war das an dem Abend, als Witta Lührsen umgebracht wurde?«, fragte Erik. »Sandra hat ausgesagt, sie wäre mit ihrer Freundin verabredet gewesen, die dann aber kurzfristig abgesagt hatte. Sie sei über die Insel gefahren, hat sie behauptet, mal hierhin, mal dorthin, weil sie keine Lust hatte, wieder heimzukehren.« Erik beugte sich vor und fixierte Halliger. »Da hätte es sich ja angeboten, die Zeit für ein Schäferstündchen zu nutzen.«

»Hat sie auch versucht«, gab Halliger zurück. »Sie hat mir eine WhatsApp geschickt und gefragt, ob ich von zu Hause wegkomme. Aber ich hatte einen potenziellen Bauherrn zum Essen eingeladen. Wir waren bei Fitschen am Dorfteich. Sandras WhatsApp habe ich erst am nächsten Morgen gesehen.«

»Hatten Sie noch Kontakt bis zu ihrer Verhaftung?«

»Nein. Das ging dann ja alles sehr schnell.«

Als sie wieder neben dem Auto standen, sagte Tilla: »Lass

uns zu Lucias Grab gehen. Wo wir schon mal in der Gegend sind ...«

Erik sah in den Himmel, der grau geworden war, dunkelgrau. Die Dämmerung kam heran, das ging auf Sylt im Winterhalbjahr immer sehr schnell. »Es wird schon dunkel.«

Tilla griff fest nach seiner Hand. »Wir waren noch nie zusammen bei Lucia.«

Das stimmte. Erik wusste, dass Tilla einmal mit seiner Schwiegermutter zum Grab seiner Frau gegangen war, und er erinnerte sich daran, dass es ihm nicht behagt hatte. Er war sich ausgeschlossen vorgekommen, es war gewesen, als wäre etwas hinter seinem Rücken geschehen. Das jedenfalls war für ihn die Begründung gewesen, warum er sich unwohl gefühlt hatte bei dem Gedanken, Tilla vor Lucias Grab stehen zu sehen. Jetzt wurde ihm klar, dass ihm diese Erklärung gerade recht gekommen war, in diesem Augenblick musste er sich eingestehen, dass er nicht zusammen mit Tilla zu Lucias Grab gehen wollte. Warum nicht? Über eine solche Frage musste Erik länger nachdenken, die konnte er nicht so schnell beantworten. Er wusste nur, dass er es nicht wollte. »Ich weiß nicht ...«

Aber Tillas Hand übte Druck aus, zog ihn, schob ihn ... und schließlich folgte er ihr und hörte, wie sich nach wenigen Schritten die Türen seines Autos wieder schlossen, die sich bereits geöffnet hatten. Sie schwiegen, bis sie vor der weißen Pforte des Friedhofs angekommen waren. Erik verzögerte den Besuch, indem er sich dort umdrehte und auf den Dorfteich blickte. Das Wasser sah aus wie ein Waschbrett, vom Wind zu feinen Wellen aufgerieben, es war von einem schmutzigen Dunkelbraun, schlammfarben, die Büsche neigten sich darüber, vom Wind niedergedrückt, die Enten ließen sich treiben, wie immer, aber sie schienen zu frieren. Erik selbst fror auch.

Schweigend gingen sie zu Lucias Grab und blieben, immer

noch schweigend, davor stehen. Erik umklammerte Tillas Hand, als wollte er sich an ihr festhalten, und ließ sie erst los, als es ihm bewusst wurde. Er machte einen winzigen Schritt zur Seite, einen weiteren, einen größeren. Sonst sprach er mit Lucia, wenn er hier war, erzählte ihr von seinem Alltag, schilderte ihr, wie die Kinder sich veränderten, wie sie erwachsen wurden. Das war ihm jetzt nicht möglich, nicht mit Tilla an seiner Seite, selbst dann nicht, wenn das Gespräch nur in seinem Kopf stattfand und kein Wort über seine Lippen kam. Er streckte seine Hand aus, und Tilla machte einen Schritt auf ihn zu und ergriff sie. Der Weg zurück war leichter. Warum eigentlich? Erik konnte sich diese Frage nicht beantworten. Lucia würde ihm ein neues Glück gönnen, da war er sicher. Und sie würde wissen, dass sie weiterhin seine große Liebe bleiben würde, die Frau, mit der er gelebt hatte, die Mutter seiner Kinder. Vielleicht war es gerade das. Vielleicht ging es ihm bei seinem Zögern gar nicht um Lucia, sondern um Tilla. Er wusste, dass sie eine schwere Enttäuschung hinter sich hatte, mit einem Mann, der sie belogen und betrogen hatte. Aber bis jetzt hatte sie ihm noch keine Einzelheiten erzählt, sondern immer abgewinkt, wenn er nachgefragt hatte. Der Kerl war es angeblich nicht wert, dass man über ihn sprach. Auf keinen Fall wollte Erik, dass sie sich noch einmal fühlte wie eine Frau, die nur an zweiter Stelle stand, die weniger wichtig war als eine andere, für die man sich nicht entschied, wenn es hart auf hart kam. So war es wohl bei dem anderen Mann gewesen. Neben ihm, neben Erik Wolf, sollte sie immer sicher sein.

Als sie an seinem Wagen ankamen, war es beinahe dunkel geworden. Er lächelte ihr übers Wagendach zu, ehe sie einstiegen. »Eine gute Idee, der Besuch bei Lucia. Ich glaube, ihr hättet euch verstanden.«

12

Mamma Carlotta stand da, das Telefon in der Hand, und war so angefüllt mit bösen Ahnungen, dass sie es nicht schaffte, es wieder zurückzulegen.

»Dio mio«, flüsterte sie. »Das kann nicht gut gehen.«

Carolin kam ins Haus, ebenfalls mit eindeutigem Gesichtsausdruck. Ihrer war ganz klar genervt und unzufrieden. Ihr Handy hielt sie am Ohr und legte es auch nicht aus der Hand, während sie ihre Jacke auszog. Sie warf ihrer Großmutter einen missmutigen Blick zu, der wohl der Begrüßung dienen sollte, nuschelte »Hey« und ging die Treppe hoch. Mamma Carlotta war noch viel zu erschüttert, um sich zu fragen, woher Carolin kam, ob sie etwa mit Maximilian Witt telefonierte und ob es wichtig sein konnte, von diesem Gespräch etwas mitzubekommen.

Felix kam aus der Küche, warf seiner Nonna einen kritischen Blick zu, fragte: »Ist was?«, wartete aber nicht auf eine Antwort, sondern ergänzte gleich: »Ich treffe mich mit Ben und Finn.« Er war schon aus dem Haus, als Mamma Carlotta es endlich schaffte, das Telefon in seine Ladestation zurückzulegen und mit steifen Beinen die Küche zu betreten, wo Erik und Tilla saßen und sich angeregt unterhielten.

»Was Wichtiges?«, fragte Erik, der das Telefonklingeln zwar als Erster gehört hatte, aber natürlich nicht als Erster am Apparat gewesen war.

»Das war Violetta«, antwortete Mamma Carlotta tonlos. »Dr. Hillmot hatte einen Unfall und konnte nicht fliegen.«

»Um Gottes willen!« Erik war ehrlich erschüttert. »Ein Verkehrsunfall?«

Mamma Carlotta schüttelte den Kopf. »Nachdem er bei uns war, ist er zu seiner Schwester gefahren, um sich zu verabschieden. Auf dem Weg zur Haustür ist er über einen Fahrradständer gestolpert und der Länge nach hingeschlagen. Er hat sich alles Mögliche gebrochen. Ein Bein, ein Handgelenk, einen Mittelfinger und das Nasenbein. Dio mio!«

Erik stand auf und ging zum Kaffeeautomaten. »Der Arme! Er hatte sich doch so auf die Reise nach Kalabrien gefreut.«

Auch Tilla murmelte etwas Mitfühlendes. Aber sie erwies sich als feinfühliger und fragte: »Warum nimmt dich das so mit?«

Carlotta zog es vor, erst einmal im Vorratsraum zu verschwinden. Sekunden später kam sie mit einer Flasche Ramazzotti zurück, was Erik Sorgenfalten auf die Stirn trieb. Er wusste, dass seine Schwiegermutter zwar immer dafür sorgte, dass dieser Rachenputzer im Hause war, der ihrer Meinung nach Medizin für besonders fatale Lebenslagen war, wusste aber auch, dass sie ihn nur selten trank, weil ihr meist bessere Lösungen einfielen. Warum also jetzt? Diese Frage stand auf seiner Stirn.

Mamma Carlotta goss drei Schnapsgläser voll, ignorierte, dass Tilla abwehrend den Mund verzog, und kippte ihren Ramazzotti herunter, noch ehe Erik den Espresso auf den Tisch gestellt hatte. Dann sagte sie: »Dr. Hillmot will auf das Zusammensein mit Violetta nicht verzichten und hat ihr ein Flugticket besorgt, damit sie nach Sylt kommen kann.«

Erik erschrak. »Sie will bei uns einziehen?«

Mamma Carlotta schüttelte den Kopf. »Nein, bei Dr. Hillmots Schwester.«

Carlotta sah, dass es ihrem Schwiegersohn ähnlich ging wie ihr selbst. Seine Erleichterung hielt nicht lange an, er malte sich das Zusammentreffen zwischen Violetta und der durch und durch friesischen Schwester von Dr. Hillmot aus und wusste, dass das nur schiefgehen konnte. Dieses Zusammentreffen würde ein Zusammenprall werden, eine Detonation, das war gewiss. Die Frage war nur, wer die Explosion überlebte, die Fischverkäuferin Elke Hillmot oder die Italienerin Violetta.

Diese Frage vergiftete den Abend. Mamma Carlotta ging früh schlafen, während Erik und Tilla beschlossen, noch einen

Abendspaziergang zu machen. Carlotta traf Carolin auf dem Weg zum Bad, aber es war aus ihr nichts herauszubekommen. Nur, dass Sandra Lührsen wohl noch nicht wieder auf Sylt aufgetaucht war und keiner wusste, ob sie die erste Nacht vor ihrem Leben in Freiheit ein letztes Mal in ihrer Gefängniszelle verbringen oder ob sie woanders übernachten würde.

Unglücklich schlief Mamma Carlotta ein. Sie hatte noch nichts erreicht, um ihre Enkelin nach Hause zurückzuholen. Gar nichts! Carolin war zwar hier, in ihrem Elternhaus auf Sylt, hing aber ständig am Telefon oder war unterwegs. Ihre Nonna musste etwas unternehmen, so viel stand fest. Nur ... was?

13

Die Westerlandstraße empfing sie still, nur gelegentlich fuhr ein Auto vorbei. Sie überquerten sie, ohne auf eine Unterbrechung des Verkehrsstroms warten zu müssen, wie das tagsüber fast immer nötig war. Auf der anderen Straßenseite bogen sie in den Hochkamp ein. Dort war es noch stiller, ähnlich wie im Süder Wung. Die Häuser lagen ruhig da, zum Teil schon ohne Licht, die Feriengäste schliefen bereits oder saßen in ihren warmen Apartments. Nur vor dem Hotel Wiesbaden stand ein frierender Mann, der hastig an einer Zigarette sog.

Als sie sich Käptens Kajüte näherten, waren Stimmen zu hören, die aus der Imbissstube drangen, laute, aggressive, schließlich sogar drohende Stimmen. Was gesagt wurde, konnten Tilla und Erik nicht verstehen, aber dass dort eine Auseinandersetzung in Gang kam, war deutlich.

Erik näherte sich den Fenstern, obwohl Tilla ihn zurückhalten wollte. »Das geht uns nichts an. Der Wirt kann den Notruf wählen, wenn er die Polizei braucht.«

Aber Erik war unfähig weiterzugehen, wenn er glauben

musste, dass das sofortige Einschreiten eines Polizeibeamten Schlimmeres verhüten konnte. Er spähte durchs Fenster, ohne drinnen bemerkt zu werden, und sah, dass zwei Männer in der Nähe der Theke voreinander standen und sich beschimpften, während ein Dritter zu schlichten versuchte. Besonders gefährlich sah das zum Glück nicht aus.

Erik wollte sich schon wieder abwenden, da fiel ihm etwas auf. Er winkte Tilla näher zu sich heran. »Schau mal.«

Auf der Fensterbank stand eine Skulptur auf einem kleinen Sockel, etwa einen halben Meter hoch. Sie erinnerte ihn an eine Primaballerina, die ein Bein graziös nach hinten streckte, den Oberkörper hoch aufgerichtet, einen Arm an das ausgestreckte Bein gelegt. »Das muss Treibholz sein«, raunte er.

»Sieht toll aus«, bestätigte Tilla. »Das Stück ist völlig unbearbeitet.«

»Nur gereinigt und getrocknet.«

»Dass Tove Griess so was verkauft, wusste ich nicht.«

»Ich auch nicht. Aber das Teil würde gut auf der Terrasse aussehen.«

»Oder in meinem Büro.«

Erik zog Tilla weiter, denn die beiden Kontrahenten schienen sich mittlerweile geeinigt zu haben. »Wir können morgen mal reingehen und uns das Teil aus der Nähe ansehen. Tove Griess scheint noch mehr davon zu haben.«

Sie bogen bald rechts ab und gingen parallel zum Strand. Als das italienische Restaurant und auf der anderen Straßenseite Gosch in Sicht kamen, wurde es heller und lauter. Aus dem La Pergola strömte eine Gruppe von etwa zehn Leuten, hinter Gosch standen trotz der Kälte einige Gäste mit Fischbrötchen in der Hand, die eben viel besser schmeckten, wenn man den Strand unter den Füßen und das Meer vor sich hatte.

Sie gingen bis zu der breiten, freitragenden Strandtreppe, lachten über die Röhrenrutsche, die in der Mitte angebracht war, und stachelten sich gegenseitig an, die Rutsche zu nehmen, statt die Stufen hinabzusteigen. Aber keiner der beiden wagte es, einer berief sich auf den anderen. Erik behauptete, wenn Tilla es riskieren wolle, wäre er selbst natürlich auch bereit, und Tilla wollte es sich überlegen, wenn Erik versprach, sie zwischen seine Beine zu nehmen und dafür zu sorgen, dass sie sicher unten ankamen. Am Ende stiegen sie die Stufen hinab wie immer und gingen über den hellen Strand, der im Schein der Nachtbeleuchtung lag, auf die Wasserkante zu. Das Meer war kaum zu sehen, es war so schwarz wie der Nachthimmel. Nur die winzigen Schaumkronen waren zu erkennen, davon gab es jedoch nicht viele. Das Wasser war ruhig, die Brandung nur flach.

»Wie mag das sein«, fragte Tilla sinnierend, während sie aufs Meer hinaussah, »wenn man jahrelang im Gefängnis gesessen hat und dann wieder in Freiheit kommt?«

Erik konnte es sich nur schwer vorstellen. »Vor allem, wenn man unschuldig gesessen hat. Ist Sandra Lührsen wütend, rachedurstig? Oder nur erleichtert?«

»Jedenfalls glaube ich nicht, dass sie einfach zu ihrem alten Leben zurückkehrt.«

»Aber vielleicht will sie gerade das.«

Tilla seufzte und schwieg eine Weile. »Ja, kann sein ...«

Als sie zurückgingen, trat ein Gast aus dem Gosch-Restaurant, der leider umgehend auf Erik aufmerksam wurde, obwohl dieser verzweifelt versuchte, sich klein zu machen und unauffällig zu verhalten, um nicht gesehen zu werden. Menno Koopmann, der Chefredakteur des *Inselblatts,* Eriks Erzfeind. Er konnte den feisten Journalisten nicht leiden und wusste, dass die Antipathie auf Gegenseitigkeit beruhte. Wenn Koopmann freundlich und jovial lächelnd wie jetzt auf ihn zukam, dann wollte er etwas von ihm. Und dann war er Erik noch unsympathischer als sonst.

»Ah, die Staatsanwältin ist auf Sylt! Das ist mir ja eine besondere Freude.«

Er begrüßte Erik flüchtig und Tilla derart umständlich und euphorisch, dass Erik schon fürchtete, er würde auf ihre Beziehung zu sprechen kommen und Scherze darüber machen, dass man sich nicht genug wundern könne, wo die Liebe so hinfalle ... Das hatte Koopmann schon einmal gewagt, und in den folgenden Wochen waren sämtliche Fragen, die er an die Polizei gerichtet hatte, unbeantwortet geblieben.

Daran schien er sich zu erinnern und schluckte Anzüglichkeiten, wenn sie ihm auf der Zunge gelegen hatten, herunter. Seine Miene war zuckersüß, was sogar bei der schwachen Beleuchtung der Gosch-Außenanlage zu erkennen war. Erik musste einen Würgereiz unterdrücken. »Ich habe gehört, dass Sandra Lührsen freigesprochen wurde, Herr Hauptkommissar. Einer Ihrer Mitarbeiter hat es mir verraten. Hätte ich das auch erfahren, wenn ich Sie am Ohr gehabt hätte?«

»Sie hätten auch der Urteilsverkündung beiwohnen können«, entgegnete Erik. »Die Presse war zugelassen.«

Aber Koopmann beteuerte, dass er in der Redaktion unabkömmlich sei. Ein junger Journalist, der zu den schönsten Hoffnungen berechtigt hatte, war zu einem Konkurrenzunternehmen abgewandert, das ihm ein höheres Gehalt geboten hatte. »Alles muss man selber machen.«

»Tja, so ist das eben ...« Erik zerrte an Tillas Jacke, damit sie weitergehen konnten.

Aber Koopmann hielt mit ihnen Schritt. »Haben Sie eine Ahnung, was Sandra Lührsen für Pläne hat? Wird sie wieder nach Sylt kommen? In ihrem Haus ist niemand, da war ich schon.«

»Ich weiß es nicht«, antwortete Erik wahrheitsgemäß.

»Das gäbe eine tolle Story«, schwärmte Koopmann. »Man muss sich das mal vorstellen! Fünf Jahre unschuldig im Knast! Was mag die Frau mitgemacht haben? Wie wird sie sich jetzt fühlen? Ich muss unbedingt mit ihr reden.«

Erik dachte nur kurz daran, dass auch Maximilian Witt eine

Story über die Frau schreiben wollte, die nach fünf Jahren rehabilitiert worden war. Und er wischte den Gedanken zur Seite, dass ausgerechnet seine Tochter versuchen würde, den Chefredakteur des *Inselblatts* auszustechen.

»Sie werden morgen wieder bei ihr klingeln müssen«, sagte Erik zu Menno Koopmann und nickte so freundlich, wie es ihm möglich war. »Entweder öffnet sie Ihnen oder ... eben nicht.«

Nun begriff Koopmann, dass bei ihm nichts zu holen war. Ob er vermutete, dass Erik ihm etwas verschwieg, ganz bewusst, nur um ihn zu ärgern, war unklar. Und Erik war es gleichgültig. Er hatte tatsächlich keine Ahnung, welche Pläne Sandra Lührsen hatte. Aber er hätte sich auch nicht anders oder gar schlechter gefühlt, wenn er sie Menno Koopmann vorenthalten hätte.

14

Die Frage war den ganzen Samstag über diskutiert worden: Wer holt Violetta vom Flughafen ab? Erik war zunächst der Meinung gewesen, dass die Familie Wolf das nichts anging, dass Dr. Hillmot es war, der Carlottas Cousine eingeladen hatte, dass dieser also auch dafür sorgen müsse, dass sie zu ihm nach Sylt kam. Dann aber trug Dr. Hillmot diese Frage sehr konkret per Telefonat ins Haus, erklärte ausgiebig, dass er selbst natürlich nicht in der Lage sei, Violetta abzuholen, dass seine Schwester keinen Führerschein besäße und Violetta fest davon ausging, von einem Verwandten abgeholt zu werden. Von da an war die Frage nichts Theoretisches mehr, was so oder anders entschieden werden konnte, sondern etwas, was ein klares Ja oder Nein erforderte, mit der Konsequenz, zu dem Ja zu stehen oder das Nein gut zu begründen. Selbstverständlich hatte Mamma Carlotta sofort zugesagt, weil es undenkbar war, die Bitte eines Unfallopfers abzuschlagen, und schließlich sei Violetta ja eine Verwandte.

Aber dann folgte die unangenehme Aufgabe, aus ihrer leichtfertigen Zusage, die aus purer Höflichkeit entstanden war, etwas zu machen, was hinterher nicht mit allergrößtem Bedauern und durchsichtigen Argumenten wieder zurückgenommen werden musste.

Erik blieb unzugänglich, Tilla war raus, weil sie erstens nicht mit Violetta verwandt war und zweitens am Sonntagnachmittag nach Flensburg zurückfahren wollte, da sie montags einen Termin vor Gericht hatte. Felix hatte noch keinen Führerschein, kannte aber jemanden, der soeben einen gemacht hatte und bereit sein würde, gegen einen entsprechenden Obolus nach Hamburg zu fahren und Violetta auf dem gesamten Rückweg zu ertragen. Für Mamma Carlotta kam das aber nicht infrage. Eine Verwandte ließ man nicht durch einen Wildfremden abholen, erst recht nicht, wenn dieser keine Gefälligkeit erwies, sondern damit Geld verdienen wollte. Nein, es blieb nur Carolin, die sich allerdings genauso beharrlich weigerte wie ihr Vater. Sie hatte Violetta bei ihrem letzten Besuch auf Sylt vom Flughafen abgeholt und erinnerte sich noch gut an deren Ankunft. Sie glaubte sogar, dass auch andere völlig Unbeteiligte sich noch daran erinnerten. »Zum Beispiel der Mann mit dem Hund, in dessen Leine sich Violetta verheddert hat. Und die Frau, der sie auf die Zehen getreten ist, weil sie vor Begeisterung eine Pirouette drehen musste.«

Ein paar Stunden vor Violettas Ankunft war immer noch nicht klar, wie Carlottas Cousine von Hamburg nach Sylt kommen sollte. Alles sah mittlerweile danach aus, als müsste das Angebot von Felix' Bekannten doch angenommen werden. Aber dann änderte sich die Lage …

Carolin war am Sonntagmorgen gleich nach dem Frühstück erneut zu Sandra Lührsens Haus gegangen und hatte festgestellt, dass dort Licht brannte. Sie hatte auch eine Bewegung hinter dem Küchenfenster ausgemacht und war sicher, dass

Sandra Lührsen wieder in ihr Haus eingezogen war. »Wahrscheinlich am späten Samstagabend, bei Dunkelheit, damit niemand sie sehen konnte.«

Den Rest erzählte sie nicht ihrer Nonna, sondern Maximilian am Telefon. Aber zum Glück so laut und vernehmlich, dass es vollkommen ausreichte, die Treppe zur ersten Etage zu putzen, um den vollen Wortlaut mitzubekommen und anschließend informiert zu sein. Carolin hatte bei Sandra Lührsen geklingelt und um ein Interview gebeten, war aber abgewiesen worden. »Zunächst tat sie ganz erfreut, aber dann stellte sich heraus, dass sie eine Putzfrau erwartete. Sie dachte, ich wollte mich bewerben, weil sie wohl irgendwo inseriert hat. Als sie hörte, dass ich ein Interview wollte, war Schluss mit ihrer Freundlichkeit.«

Danach entspann sich ein kleiner Streit zwischen Carolin und Maximilian. Er machte ihr scheinbar zum Vorwurf, dass sie nicht hartnäckig genug gewesen sei und sich zu schnell habe abweisen lassen, sie schlug ihm vor, seine Angelegenheit selbst zu regeln, wenn sie es ihm nicht recht machte. Zu Mamma Carlottas Bedauern klangen die Abschiedsworte zwischen den beiden dann wieder versöhnlich. Aber das Gute war, dass Carolins Erwartungen, an diesem Sonntag mit einem Interview beschäftigt zu sein, sich nicht erfüllt hatten. Da konnte sie genauso gut zum Flughafen fahren und die nervige Violetta abholen. »Aber nur, wenn du mitkommst«, erklärte sie ihrer Nonna.

Mamma Carlotta sagte erfreut zu, diese Absicht hatte sie ohnehin gehabt.

»Ich muss was mit dir bereden«, fügte Carolin geheimnisvoll an. »Während der Fahrt haben wir Gelegenheit dazu.«

Bereden? Das musste etwas mit Maximilian Witt zu tun haben. Vermutlich wollte das Kind aus dem Schatz der Erfahrungen schöpfen, die ihre Großmutter in ihrem langen Leben angesammelt hatte, wenn es auch nicht nur ihr eigener Schatz war, sondern zusätzlich der von Nachbarn, Freundinnen und nahen Verwandten, die gerne ihr Erlebtes bei Carlotta Capella abluden. Selbstverständlich würde sie ihrer Enkelin gerne mit Rat und Tat zur Seite stehen und unter Beweis stellen, wie einfach es war, ihre Ratschläge derart zu gestalten, dass sich am Ende alles so löste, wie sie, die Großmutter, es für richtig hielt. Dann würde hoffentlich die Erkenntnis in Carolin gewachsen sein, dass sie einen schweren Fehler gemacht hatte, als sie Hals über Kopf zu Hause ausgezogen und dem windigen Journalisten nach Hamburg gefolgt war.

Carolin begann das Gespräch schon auf dem Autozug, allerdings anders, als Mamma Carlotta gedacht hatte: »Ich war gestern bei Sandra Lührsen. Sie ist wieder zu Hause.«

Mamma Carlotta versiegelte ihre Lippen und ließ nicht erkennen, dass sie davon gehört hatte, weil Carolins Telefonat mit Maximilian bis zur Treppe gedrungen war.

»Aber sie war nicht bereit, mir ein Interview zu geben.«

Aha, es gab also Probleme mit Maximilian! Sicherlich erwartete er von Carolin, dass sie es trotzdem schaffte, Sandra Lührsen ein paar lästige Fragen zu stellen und Antworten zu bekommen, die sich zurechtbiegen ließen, damit die Leser etwas bekamen, was Herz und Gemüt beschäftigte. Und wenn sie es nicht schaffte, würde es zum Streit kommen. Und dann ... Mamma Carlotta mochte nicht einmal vor sich selbst gestehen, wie gut ihr ein Streit zwischen Carolin und Maximilian gefallen würde.

»Sie hat gesagt, ich soll ihr eine Putzfrau besorgen. Auf Sylt wären Reinigungskräfte seltener als Traummänner oder billige Wohnungen. Sie hat keine Lust, den Mist ihres verstorbenen Mannes wegzuräumen, und außerdem könne sie jetzt eine Putzfrau bezahlen.«

Mamma Carlotta sah noch immer nicht, was das mit Carolins Beziehung zu Maximilian Witt zu tun hatte, und blickte ihre Enkelin nur erwartungsvoll an.

»Wenn ich ihr eine Putzfrau besorge, bekomme ich im Gegenzug ein Interview.«

Jetzt erhielt Mamma Carlotta einen intensiven Blick, aus dem hervorzugehen schien, dass Carolin erwartete, ihre Nonna würde nun verstehen, worum es ging. Aber Mamma Carlotta begriff gar nichts. Und das, wo sie sich doch sonst viel darauf einbildete, auch zwischen den Zeilen und Sätzen lesen und hören zu können.

»Menno Koopmann hat auch bei ihr geklingelt. Aber der ist gleich rausgeflogen, das habe ich mitbekommen. Der hat scheinbar nach der Verurteilung einen richtig fiesen Artikel über Sandra Lührsen gebracht. Der hat keine Chance. Aber ich – ich habe eine.«

»Wenn du ihr eine Putzfrau besorgst«, ergänzte Mamma Carlotta hilflos und ging sämtliche Sylter Bekanntschaften durch, um nach Haushaltshilfen zu forschen, die womöglich für einen Einsatz abzuwerben waren. Viele waren es nicht. Der Bäcker hatte eine Hilfe, die am Abend den Laden putzte, die Apothekerin ebenfalls, aber da hörte es auch schon auf. Sogar Tove putzte seine Imbissstube selbst.

»Mensch, Nonna!«, kam es da von Carolin. »Kapierst du wirklich nicht, was ich meine? Du bist doch die reinste Bohnerelfe.«

»Bohnerelfe?«, wiederholte Mamma Carlotta mühsam. »Cos'è questo?«

»Wenn du das ganze Haus putzt, kannst du einen Hunni kassieren und dir in Annanitas Modestübchen eine Bluse kaufen.« Carolin sah ihre Großmutter Beifall heischend an. »Na? Interesse?«

15 Erik hatte Tilla zum Bahnhof gebracht und ihr nachgewinkt. Nun ging er zu seinem Wagen zurück und fragte sich, wie er den Rest des Sonntags verbringen sollte. Seine Schwiegermutter war mit Carolin zum Flughafen gefahren, Felix mit seinen beiden Freunden unterwegs. Eigentlich erschien es ihm sehr verlockend, sich die kommenden Stunden in seiner ältesten und bequemsten Cordhose auf das Sofa vor dem Fernseher zu lümmeln. Aber Mamma Carlotta hatte ihm dringend geraten, einen Krankenbesuch bei Dr. Hillmot zu machen, dem die Zeit des Wartens auf seine geliebte Violetta sicherlich lang wurde. »Das macht man so, Enrico.«

Erik beschloss also, nach Hörnum zu fahren und mit Dr. Hillmot ein wenig über den Fall Witta Lührsen zu reden. Natürlich bekam ein Gerichtsmediziner nicht viel von der Ermittlungsarbeit mit, aber bei seinem Besuch im Hause Wolf hatte Dr. Hillmot doch großes Interesse gezeigt. Erik hatte jedenfalls das Bedürfnis, darüber zu reden, damit er sich klar werden konnte, wie er am Montag mit der Arbeit beginnen sollte.

»Nach fünf Jahren!« Das stöhnte er hervor, als er sich ins Auto fallen ließ. Er würde die gleichen Verhöre noch einmal führen und diesmal sogar akzeptieren müssen, wenn die Verdächtigen behaupteten, sich nicht erinnern zu können. Wie sollte er da zu neuen Erkenntnissen kommen?

Die Schwester von Dr. Hillmot wohnte an der Rantumer Straße, in der Nähe des Fischgeschäfts, in dem sie arbeitete. Als Erik vor der Haustür stand, um zu klingeln, zögerte er. Wäre er nicht den weiten Weg bis in den Süden der Insel gefahren, hätte er womöglich wieder kehrtgemacht. Das Haus wirkte nicht einladend, die Anzahl der Klingelschilder zeigte an, wie viele Wohnungen es hier gab und wie klein sie sein mussten. Die Vorstellung, den dicken Gerichtsmediziner, wenn er auch vierzig Kilo schlanker geworden war, in einer winzigen Wohnküche vorzufinden, behagte Erik nicht. Und dann auch noch Violetta? Er spürte, dass er gar nicht wissen wollte, ob die Cousine seiner Schwiegermutter und Dr. Hillmot eine echte Chance hatten, in derart beengten Wohnverhältnissen miteinander auszukommen.

Während er noch zauderte, wurde die Tür von innen aufgerissen, ein junger Mann wäre beinahe mit ihm zusammengeprallt. »Moin!« Er machte zuvorkommend einen Schritt zurück, damit Erik eintreten konnte. Unmöglich, nun wieder umzukehren und zu behaupten, sich in der Tür geirrt zu haben. Erik grüßte also ebenso höflich, bedankte sich, trat ein, und dann fiel die Tür hinter ihm ins Schloss. Gleich links vor der Tür einer der beiden Erdgeschosswohnungen fand er das Schild mit der Aufschrift *Elke Hillmot*. Dahinter roch es nach gebratenem Fischfilet.

Er brauchte nicht lange zu warten, nachdem er geklingelt hatte. Elke Hillmot öffnete unverzüglich. Sie war ihrem Bruder sehr ähnlich. Dick und vierschrötig, nicht ganz so dick, wie Dr. Hillmot vor seiner Bekanntschaft mit Violetta gewesen war, aber um einiges vierschrötiger als der Gerichtsmediziner, der immer Wert darauf legte, wie ein Mann von Welt zu wirken. Groß und breit stand sie im Türrahmen, bereit, jeden unerwünschten Eindringling hinauszujagen.

Aber zum Glück erkannte sie Erik Wolf und lächelte einladend. »Das wird meinen Bruder aber freuen. Kommen Sie rein!«

Einen Eingangsbereich hatte die Wohnung nicht, Erik stand, nachdem er einen Schritt über die Schwelle gemacht hatte, in der Küche, die der zentrale Ort der Wohnung war. Von dort gingen drei Türen ab, vermutlich ins Wohn- und Schlafzimmer sowie ins Bad. Mittendrin saß Dr. Hillmot, in einem Sessel in der Nähe des Fensters, an einer Stelle, wo er seiner Schwester am wenigsten im Wege war. Davor stand ein Hocker, auf dem sein rechtes Bein lag, das in einem monströsen Gipsverband steckte. Sein linkes Handgelenk war eingegipst, der rechte Mittelfinger geschient. Der Bruch seines Nasenbeins zeigte sich nur durch eine Schwellung und ein Hämatom. Offenbar sollte es ohne Hilfe wieder zusammenwachsen.

Er strahlte, als er Erik erkannte. »Was für eine Freude!« Er sorgte dafür, dass Erik seine Jacke an die Innenseite der Küchentür neben zwei andere Jacken hängte, sich einen Stuhl heranzog und ihn so positionierte, dass er in Dr. Hillmots Gesichtsfeld stand, und bat seine Schwester, ein weiteres Fischfilet aus dem Kühlschrank zu nehmen. »Wenn ich bei dem Hauptkommissar zu Besuch bin, bekomme ich auch immer was zu essen. Italienische Küche!«

»Ach so.« Elke Hillmot hatte schon davon gehört. »Von der Schwiegermutter.« Sie zwinkerte Erik zu. »Damit kann ich nicht dienen.« Sie wendete die Fischfilets, ehe sie ein weiteres dazuholte, es panierte und in die Pfanne legte, obwohl Erik beteuerte, er sei nicht hungrig. »Aber Kartoffelsalat kann ich. Vielleicht sogar besser als eine Italienerin.«

Den konnte sie wirklich. Eine halbe Stunde später freute Erik sich, dass er die Einladung angenommen hatte, und ließ sich den Fisch und vor allem den Kartoffelsalat schmecken. »Ich hoffe, ich habe nicht Violettas Portion gegessen«, sagte er scherzhaft. »Sie müsste bald ankommen. Meine Tochter wird sie bringen.«

Aber Elke Hillmot wehrte ab. »Kartoffelsalat mache ich immer in größeren Mengen. Davon kann man ja auch noch kurz vorm Schlafengehen etwas essen.« Sie lachte. »Damit man nachts nicht vor Hunger aufwacht.«

Dr. Hillmot erzählte in schillernden Farben, wie es zu dem Unfall gekommen war, schilderte, wie verzweifelt er gewesen sei, als ihm klar wurde, dass aus der Reise nach Kalabrien nichts wurde, und pries seinen Einfallsreichtum, als er die Idee hatte, Violetta nach Sylt kommen zu lassen, wenn er nicht zu ihr kommen durfte. »Der Flug lässt sich nachholen.«

Elke Hillmot schien damit auch zufrieden zu sein. »So ist er versorgt, wenn ich arbeiten muss. Schwester Heike kann ja nur morgens und abends nach ihm sehen.«

Dr. Hillmot sah Erik vielsagend an. »Heike Schrunz! Sie erinnern sich? Sie arbeitet für den Pflegedienst Asmussen.«

Erik erinnerte sich sofort. »Sie meinen ...?«

Elke Hillmot erhob sich. »Ich gehe mal eben zum Flaschencontainer und zum Getränkedienst. Hier wird jetzt mehr getrunken als sonst. Meinen Bruder weiß ich ja in guten Händen.«

Erik wartete nur, bis Elke Hillmot aus der Tür war, dann fragte er: »Die Heike Schrunz, die bei dem Mord an Witta Lührsen in Verdacht stand?«

»Genau die«, tuschelte Dr. Hillmot, obwohl niemand ihn hören konnte. »Aber die weiß natürlich nicht, was ich beruflich gemacht habe, dass ich den Fall Witta Lührsen kenne. Trotzdem habe ich mal so ganz unauffällig das Gespräch auf den Fall gebracht.« Er winkte ab, ehe Erik Bedenken äußern konnte. »Davon redet hier auf Sylt doch zurzeit sowieso jeder, das fällt nicht weiter auf.« Er versuchte eine Bewegung, verzog aber das Gesicht gleich zu einer schmerzhaften Grimasse. »Sie hat mir erzählt, dass sie Witta Lührsen gekannt hat. Sie hat die alte Dame mal versorgt, als die einen Unfall gehabt hatte. So wie ich. Dass sie in ihrem Testament bedacht worden ist, davon hat sie allerdings nicht geredet.«

Erik fand das nicht weiter verdächtig. Über so etwas würde er auch nicht sprechen, schon gar nicht mit völlig Fremden.

»Warum wurde sie damals eigentlich beschuldigt?«, fragte Dr. Hillmot.

»Weil es den Anschein hatte«, antwortete Erik, »dass sie es nicht abwarten konnte. Sie wusste, dass Witta Lührsen ihr zehntausend Euro hinterlassen wollte, weil sie ihr dankbar für ihre Hilfe war. Heike Schrunz hatte wohl neben der Pflege, für die sie bezahlt wurde, noch einiges für sie erledigt. Und die

Schrunz brauchte Geld für den Pflegedienst, den sie mit ihrer Schwester betrieb. Die beiden waren ja zunächst selbstständig. Pflegedienst Schrunz. Aber das hat nicht gut geklappt, auch deswegen nicht, weil sich rumgesprochen hat, dass sie gern mal in die Portemonnaies der ihr Anvertrauten greifen. Leider war weder ihr noch ihrer Schwester jemals etwas nachzuweisen.«

»Mir ist da was aufgefallen.« Nun flüsterte Dr. Hillmot sogar. »Sie trägt eine Kette, die nicht zu ihr passt. Und die scheint wertvoll zu sein. Ich verstehe was davon. Und ich erinnere mich, dass ich damals am Hals der Ermordeten eine Abschürfung gesehen habe. So, als hätte man ihr etwas vom Hals gerissen.« Vielsagend blickte er Erik an, dann sprach er so leise, dass Erik ihn kaum verstehen konnte: »Eine kostbare Kette vielleicht.«

16

Das Flugzeug aus Lamezia Terme war gelandet, Carlotta und Carolin sahen den Ankommenden entgegen. Jedes Mal, wenn sich die automatisch öffnenden Türhälften trennten, spannten sie sich an und atmeten dann wieder aus, weil das Schicksal ihnen eine weitere ruhige Minute verschafft hatte. Als der Strom der Fluggäste zu tröpfeln begann, wurden sie unruhig.

»Sie wird doch nicht den Flug verpasst haben?«, fragte Mamma Carlotta, und nur, wer ihr Böses wollte, hätte einen Hoffnungsschimmer in ihrer Frage erkannt.

»Dann hätte sie doch angerufen«, meinte Carolin und erinnerte sich im selben Moment, dass man bei Violetta nie das erwarten durfte, was einem normalen Menschen zuallererst einfallen würde.

Dann aber hörten sie eine Frau aufkreischen und die polternde Stimme eines Mannes. Kurz nachdem sich eine Frau mit aufgelöster Hochsteckfrisur, in der noch eins von Violettas Armbändern hing, durch die Tür gedrückt hatte, wurden die beiden Zeugen eines ganz und gar einmaligen Auftritts, der eines Stars würdig gewesen wäre. Violetta hob die Arme und winkte allen zu, obwohl sich niemand um sie kümmerte. Dann entdeckte sie ihre Cousine und deren Enkelin und schwebte ihnen entgegen. Die Luftküsse, die sie verteilte, prallten wie Duftwolken gegen die Schläfen von Mamma Carlotta und Carolin, ihr »Ciao, bella!« hallte von den Wänden zurück. »Wo ist mein Dickerchen?«

Zum Glück fiel ihr im selben Augenblick ein, dass sie nach Sylt gekommen war, weil ihr Dickerchen reiseunfähig war und somit auch unfähig, zum Flughafen zu kommen, um sie abzuholen. Sie trug einen bodenlangen bunten Rock, ein gelbes Shirt und unzählige Ketten, Armbänder und Ringe. Ihre schwarzen Locken wurden durch bunte Tücher gebändigt, an ihren Ohren baumelten riesige Kreolen.

Mit einem Mal starrte sie auf ihre Handgelenke. »Sieben, acht, neun ...« Violetta erstarrte. »Die Tussi hat mir ein Armband geklaut.«

Carolin konnte sie nur mit Mühe davon abhalten, die Ankunftshalle nach der Frau abzusuchen, die mit ihr gemeinsam auf den Ausgang zugesteuert und offenbar mit ihren großen Gesten in Kontakt geraten war. Zum Glück ließ Violetta sich leicht ablenken. Die Aussicht, so unerwartet wieder nach Sylt zu kommen, die Erinnerungen an ihren ersten Besuch auf der Insel, der Grund dafür, nämlich ein untreuer ehemaliger Liebhaber, die Freude auf ihr Dickerchen, wie sie Dr. Hillmot hartnäckig nannte ... Während sie zum Parkhaus gingen, redete sie sogar schon von Hochzeit.

Mamma Carlotta war schockiert. »Ihr wollt heiraten?«

»Ich will«, antwortete Violetta unbekümmert. »Mein Dickerchen weiß noch nichts davon. Aber er wird auch wollen.«

Carolin murmelte in Richtung ihrer Großmutter: »Wir

müssen den Doc warnen.« Aber ein Stoß mit dem Ellbogen von Mamma Carlotta brachte sie zum Schweigen.

»Ich hätte nie gedacht, dass ich mal mit einem richtigen Dottore verheiratet sein würde«, schwärmte Violetta. »Das hat mir niemand zugetraut. Ich war doch immer nur die verrückte Violetta, die mal mit einem Zirkus durchgebrannt ist. Bald werde ich die Frau eines Dottore sein.«

»Vielleicht solltest du erst mal abwarten, welche Pläne Dr. Hillmot hat«, riet Mamma Carlotta vorsichtig.

Zum Glück wurde das Gespräch unterbrochen, das sogar Mamma Carlotta komplett überforderte, da sie nicht nur versuchen musste, Violettas Realitätssinn zu erhalten, sondern auch, die hämischen Bemerkungen ihrer Enkelin zu unterbinden. Ein Auto näherte sich ihnen von hinten, die Beifahrerscheibe wurde heruntergedreht, und eine männliche Stimme rief: »Was ist das denn für eine scharfe Schnalle?«

Violetta fuhr herum, aber sie bekam keine Gelegenheit, sich zu empören, denn die beiden jungen Männer, die in dem alten Ford Capri saßen, bemerkten schnell, dass sie sich vertan hatten. Violetta sah von hinten eindeutig jünger aus als von vorne. »Scheibe hoch!«, rief der Fahrer. »Das ist eine alte Schachtel.«

Der Monolog, den Violetta diesen beiden Rabauken widmete, dauerte beinahe bis zur Autoverladestation in Niebüll. Dann erst hatte sie die Abhandlung über die historische Entwicklung männlicher Ergebenheit dem weiblichen Geschlecht gegenüber bis zu den männlichen Schamlosigkeiten der Neuzeit beendet. Weder Carolin noch Mamma Carlotta hatten ihr zugehört, da Carolin sich ganz aufs Autofahren konzentrieren und ihre Nonna überlegen wollte, was es für sie und die Familie Wolf bedeuten könnte, wenn Violetta tatsächlich die Ehefrau des Gerichtsmediziners Dr. Hillmot werden sollte. Aber als Carolin auf den Autozug fuhr, war Carlotta zu der Ansicht gekommen, dass Dr. Hillmot unmöglich so verrückt sein konnte, ihre Cousine zu ehelichen. Selbst ein bis über beide

Ohren verliebter Mann musste erkennen, dass Violetta ihn nur unglücklich machen konnte.

Während der Überfahrt schaffte es Violetta sogar, den Mund zu halten, weil eben jeder, der über den Hindenburgdamm fuhr, schwieg, wenn er Augen im Kopf und ein Herz hatte, das sich von schönen Bildern berühren ließ. Violetta stöhnte nur gelegentlich, seufzte tief und murmelte: »bellissimo«. Als sie jedoch in Westerland vom Autozug rollten, war es mit der Ruhe vorbei. Sie verlangte von Carolin, sich über sämtliche Geschwindigkeitsbeschränkungen hinwegzusetzen, schimpfte unflätig, als diese sich weigerte, nannte ihre Cousine eine Verräterin, als Mamma Carlotta sich auf die Seite ihrer Enkelin schlug, und wollte nicht glauben, dass Hörnum wirklich so weit von Westerland entfernt lag, wie man ihr weismachen wollte.

Als Carolin vor dem Haus parkte, in dem die Schwester von Dr. Hillmot wohnte, lehnte sie sich zurück und schloss die Augen. »Ich muss mich erholen. Die Wiedersehensfreude schaue ich mir nicht an.«

Mamma Carlotta hatte Verständnis und übernahm es allein, Violetta zur Haustür zu begleiten, ihr den Koffer hinterherzutragen und zu verhindern, dass sie nicht der Einfachheit halber auf sämtliche Klingelknöpfe drückte, sondern nur auf den einen, der die Tür öffnete, hinter der Dr. Hillmot auf seine Angebetete wartete. Dem Schrei, der ertönte, als Violetta ihr Dickerchen sah, folgte ein zweiter von Dr. Hillmot, diesmal ein Schmerzensschrei, denn Violetta hatte sich so ungestüm auf ihn geworfen, dass sein Gipsbein die Last ihres Temperaments kaum tragen konnte und sein Nasenbein womöglich ein zweites Mal gebrochen wurde. Mamma Carlotta warf nur einen Blick in das fassungslose Gesicht von Elke Hillmot und beschloss, sich zu verdrücken, bevor die Fischverkäuferin darauf bestand, dass sie diese durchgeknallte Cousine gleich wieder mitnahmen.

Ein paar Minuten später ließ sie sich neben Carolin ins Auto fallen. »Andiamo! Fai presto, schnell!«

Sie waren schon aus Hörnum heraus, als Mamma Carlotta einfiel, dass sie nicht wusste, was es zum Abendessen geben sollte, aber Carolin war der Ansicht, dass in einem Fall wie diesem das Essen außerhalb eingenommen werden sollte. »Es ist auch besser, wenn wir heute Abend nicht daheim sind. Nur für den Fall, dass Elke Hillmot Violetta zurückbringen will …«

Das leuchtete Mamma Carlotta ein, und der Gedanke, mit Erik und den Kindern bei Gosch zu sitzen und etwas zu essen, behagte ihr sehr. Schade zwar, dass Tilla nicht dabei sein konnte, aber auch schön, mal wieder zu viert zu sein. Nur dann konnte auch Lucia bei ihnen sein, sie konnten von ihr erzählen, an sie denken, sie mit kleinen Bemerkungen hinzuholen, all das, was nicht möglich war, wenn Tilla mit am Tisch saß.

Es stellte sich heraus, dass Carolin mit ihrem Vater telefoniert hatte, während Violetta von Mamma Carlotta bei Dr. Hillmots Schwester abgeliefert worden war, und Erik dafür sorgen wollte, dass Felix rechtzeitig nach Hause kam. Erik war sogar bereit, sich umzuziehen, damit seine Tochter mit ihm zufrieden war. Ein schöner Abend stand ihnen bevor.

Aber Carolin fuhr nicht direkt zum Süder Wung, sondern machte einen Umweg. Sie rauschte an der Einmündung vorbei, bog in die Hauptstraße ein und hielt auf Feinkost Meyer zu. Mamma Carlotta tat so, als glaubte sie, dass Carolin einen Einkauf erledigen wollte. Aber ihre Enkelin bog nicht in den Parkplatz ein, sondern fuhr durch den Kreisverkehr Richtung Braderup. Mamma Carlotta sah erst auf, als Carolin links abbog und vor einem Haus in der Alten Dorfstraße hielt. Aber dann gelang es ihr nicht mehr, noch länger die Unwissende zu geben. »Ist das das Haus von Sandra Lührsen?«

Carolin öffnete die Tür einen Spalt. In diesem Augenblick

gingen zwei Frauen vorbei, von denen eine zur anderen sagte: »Da wohnt sie.«

»Die Frau, die fünf Jahre unschuldig im Knast gesessen hat?«

»Ich glaube, so unschuldig ist die gar nicht. Mein Bruder war dabei, als sie freigesprochen wurde. Stell dir vor, die hatte einen Geliebten.«

Carolin sah den beiden vielsagend nach. »Da hörst du es. Ich glaube, Sandra Lührsen muss noch durchs Fegefeuer. Unschuldig hin oder her.«

Mamma Carlotta war empört. »Wenn jede Ehefrau, die einen Geliebten hatte, in den Knast müsste, wären die Gefängnisse bald überfüllt.«

Carolin stieg aus. »Ich sage ihr schnell Bescheid, dass wir morgen kommen. Du zum Putzen und ich für das Interview.«

Mamma Carlotta blickte sich um. Diese Straße lag verlassen da, die Grundstücke, auf denen die Häuser standen, waren groß, die Abstände zu den Nachbarn entsprechend. Einige renovierte Häuser waren es, die so aussahen, als wären sie in der Hand von Zweitwohnungsbesitzern. Aber es gab auch noch zwei oder drei kleine Häuschen, die wohl schon lange hier standen, die gebaut worden waren, als Grund und Boden auf Sylt noch erschwinglich war. Aber irgendwann würden wohl auch sie einer Erbengemeinschaft zufallen, die kein Haus auf Sylt, sondern viel Geld wollte. Das Haus von Sandra Lührsen gehörte dazu. Ein sehr einfaches Backsteinhaus mit kleinen weiß gerahmten Fenstern und einem dunklen Dach, das auf den ersten Blick schadhaft war. Dieses Haus war lange nicht mehr gepflegt worden. Vielleicht hatte Sandras Mann kein Interesse mehr daran gehabt, als er allein hier wohnen musste, oder war zu krank gewesen, um sich noch um sein Anwesen kümmern zu können.

Mamma Carlotta sah ihrer Enkelin mit ungutem Gefühl hinterher. Sie hatte nachgegeben, weil sie Carolin unbedingt alles recht machen wollte, damit das Kind merkte, wie wichtig die Familie für sie war. Andererseits half sie aber damit auch, dass Maximilian Witt eine Story schreiben konnte, die er später veröffentlichen, für die er bezahlt werden würde. Das widerstrebte Mamma Carlotta enorm. Sie wollte diesem Kerl nicht helfen! Außerdem durfte Erik nichts von Carolins Plänen erfahren. Er würde niemals damit einverstanden sein, dass seine Schwiegermutter das Haus einer Frau putzte, die er vor fünf Jahren ins Gefängnis gebracht hatte. Sie musste mit Fingerspitzengefühl vorgehen. Sehr, sehr vorsichtig.

17

Erik fühlte schon während des Aufstehens, dass ihm der rechte Schwung für einen erfolgreichen Arbeitstag fehlte. Der Gedanke, im Fall Witta Lührsen herumzustochern wie ein Austernfischer im Nebel, behagte ihm gar nicht. Die Kette, von der Dr. Hillmot gesprochen hatte, war sein einziger neuer Hinweis. Dem würde er nachgehen. Aber wenn er nichts brachte? Dann würde er sich mit dem Immobilienmakler Dombrowsky auseinandersetzen, aber vermutlich ebenfalls vergeblich, und schließlich Maart Bleicken suchen müssen. Wenn der noch immer obdachlos war, würde das schwierig werden und vermutlich genauso erfolglos verlaufen wie alles andere. Es gab keine neuen Indizien und keine alten Hinweise, die ihn weiterführen konnten. Der Verdacht, den Adrian Halliger geäußert hatte, war viel zu vage, um von einer neuen Spur reden zu können. Der Tatort war weg, das Haus von Witta Lührsen abgerissen, ihr Sohn gestorben. Es war nicht viel übrig geblieben.

Seufzend ging er ins Bad und starrte eine Weile in den Spiegel, ohne zu seiner Zahnbürste zu greifen. Der Abend war schön gewesen. Noch immer freute er sich daran, wie seine Schwiegermutter einen Abend genießen konnte, der mit einem

Essen außer Haus begann. So etwas erhielt bei ihr nach wie vor die Überschrift »Luxus«. Das Essen bei Gosch hatte ihr geschmeckt, der Blick aufs Meer hatte sie entzückt, die Leute um sie herum waren allesamt interessant für sie gewesen. Es war schon erstaunlich, wie schnell sie glücklich zu machen war, während andere, die so viel mehr hatten als Carlotta Capella, stets unzufrieden waren.

Und auch die Kinder hatten fröhlich gewirkt. Felix hatte bereitwillig seine Gitarre zurückgestellt und auf einen Abend im Proberaum verzichtet, um mit seiner Familie essen zu gehen, und Carolin hatte unter ihnen gesessen, als wäre sie nie weg gewesen. Maximilian Witts Name war kein einziges Mal gefallen. Während Erik sich die Zähne putzte, spürte er, dass die Hoffnung in ihm keimte, Carolin könne nach Sylt zurückkehren. Ob er schon mal vorsichtshalber mit Gravenaar, dem Direktor des Horizont, Kontakt aufnehmen sollte, um zu hören, ob Carolin ihre Ausbildung im Hotel fortsetzen konnte?

Die Kinder waren nach ihrer Rückkehr in ihre Zimmer gegangen, er hatte noch eine Weile bei einem Glas Rotwein mit seiner Schwiegermutter in der Küche gesessen. Sie hatten über Lucia gesprochen, Erinnerungen an sie waren wach geworden, die oft in der Hektik des Alltags untergingen, viel Trauer war wieder aufgestiegen, aber auch eine Menge Dankbarkeit, dass Lucia in ihren Kindern weiterleben durfte. Dann hatten sie natürlich auch von Violetta geredet, und während Erik sich nun anzog, schüttelte er den Kopf, ohne es recht zu merken. Wenn er sich Violetta in dieser winzigen Wohnküche vorstellte! Nur gut, dass Elke Hillmot den ganzen Tag im Geschäft stand. Wenn Violetta währenddessen den Haushalt erledigte und Elke Hillmot am Abend mit einem guten Essen empfing, konnte es möglich sein, dass die beiden miteinander auskamen. Doch dann fiel ihm das Essen ein, das Violetta gekocht hatte, als sie auf Sylt zu Besuch gewesen war. Nein, gutes Essen würde die beiden Frauen wohl nicht verbinden.

Sören betätigte die Klingel, als Erik gerade die Treppe herunterging. »Ich mache auf«, rief er in Richtung Küche, wo schon die eiligen Schritte seiner Schwiegermutter zu hören waren. Noch bevor der *Schneewalzer* geendet hatte, trat Sören ein und hängte seine Jacke an die Garderobe. Eine Weile hielt er sich damit auf, der Schwiegermutter seines Chefs zu huldigen und sich selbst und auch sie zu fragen, warum sie es auf sich nahm, ihn jeden Morgen zum Frühstück einzuladen. Wie erwartet behauptete Mamma Carlotta dann, alles andere wäre für sie undenkbar, woraufhin beide hochzufrieden waren und selbstverständlich beschlossen, an der bisherigen Gewohnheit nichts zu ändern. Sören ließ sich am Frühstückstisch nieder, und Mamma Carlotta tat ihm eine besonders große Portion Rührei auf.

Erik setzte sich an Sörens Seite. »Ich habe da was Interessantes von Dr. Hillmot gehört …«

Sören war genauso froh wie sein Chef, dass sie nicht das wieder aufwärmen mussten, was sie fünf Jahre zuvor ermittelt hatten, sondern einem neuen Fakt nachgehen konnte. Er wurde nachdenklich. »Nein, neu ist das eigentlich nicht. Dr. Hillmot hat damals schon den Verdacht geäußert. Wir müssen gleich in den Protokollen nachsehen. Wenn ich mich recht erinnere, haben wir Jesko und auch Sandra Lührsen befragt, aber das war noch, bevor Sandra Lührsen in Verdacht geriet.«

Als sie im Büro ankamen, nahmen sie sich sofort die Akten vor, die damals angelegt worden waren. Es dauerte nicht lange, da tippte Sören auf ein Protokoll. »Hier! Der Schmuck, der in Witta Lührsens Haus gefunden wurde, ist erst ihrem Sohn vorgelegt worden. Aber Jesko konnte nicht sagen, ob das alles war oder ob etwas fehlte.« Sören grinste schief. »Männer haben ja für so was keinen Blick. Ich habe auch keine Ahnung, was meine Mutter für Schmuck besitzt.«

Erik kam nach kurzem Überlegen zu einer ähnlichen Ansicht. Dann fiel ihm ein, was Sandra Lührsen damals ausgesagt hatte. »Sie wusste, dass kein Schmuckstück fehlte.«

Sören wanderte mit dem rechten Zeigefinger unter den Zeilen entlang, dann nickte er. »Alles noch da, hat sie gesagt.« Mit einer heftigen Bewegung klappte er den Ordner wieder zu. »Also keine heiße Spur!«

»Es sei denn«, überlegte Erik, »die Schwiegertochter hat sich geirrt. Es fehlte vielleicht doch eine Kette, aber sie hat es nicht gemerkt. Damals haben wir angenommen, dass diese kleine Abschürfung anderweitig entstanden ist. Witta Lührsen konnte mit einer Kette irgendwo hängen geblieben sein, die sie dann später abgelegt hat. Bevor sie ermordet wurde.«

Niedergeschlagen saßen sie eine Weile schweigend da. Dann sagte Erik ohne jeden Elan: »Schauen Sie mal, ob Sie Maart Bleicken irgendwo finden. Ich sehe mir derweil die Vernehmungsprotokolle von Norbert Dombrowsky an.«

Aber eine Stunde später waren sie nicht klüger als zuvor. Sören hatte keine Ahnung, wo Maart Bleicken abgeblieben war, und Erik war nichts aufgefallen, was gegen Norbert Dombrowsky sprach und ein weiteres Verhör rechtfertigte. »Wo sollen wir ansetzen?«

»Wir hatten diese drei Verdächtigen«, überlegte Sören, »bis sich Sandra Lührsen in Widersprüche verstrickte, falsche Zeitangaben machte …«

»Wir hielten sie für falsch«, korrigierte Erik.

»… und ihr Mann sie beschuldigte«, vollendete Sören seinen Satz. »Vielleicht gibt es noch einen Verdächtigen, den wir nicht kennen? Den wahren Mörder?«

»Jesko Lührsen! Halliger könnte recht haben.«

Sie beschlossen, nach unten in die Wache zu gehen und dort vor dem Kaffeeautomaten weiterzudenken. Ein Ortswechsel wirkte manchmal Wunder.

Während Erik einen Espresso und Sören einen Latte macchiato schlürfte, fiel Erik wieder ein: »Maart Bleicken hat sich damals sehr merkwürdig verhalten. Wäre der Verdacht nicht auf Sandra Lührsen gefallen, hätten wir ihn in die Zange genommen. Er hat behauptet, ein Fenster hätte offen gestanden und er wäre eingestiegen, um sich nach Geld oder irgendwelchen Wertsachen umzusehen. Dabei ist er über die tote Witta Lührsen gestolpert. Angeblich ist er danach sofort getürmt, weil er mit Mord natürlich nichts zu tun haben wollte.«

»Genauso gut«, sagte Sören, »könnte er von Witta Lührsen erwischt worden sein. Er musste sie daran hindern, die Polizei zu rufen, und hat zugeschlagen. Aber selbst wenn er es nicht getan hat, könnte er zumindest das Geld im Schrank gefunden haben. Vielleicht war er gar nicht so erschrocken und ist nicht Hals über Kopf getürmt. Maart Bleicken war ja kein Sensibelchen. Dem traue ich zu, dass er in aller Seelenruhe über die Tote steigt und ihre Schränke durchsucht. Danach war er verschwunden. Vielleicht hat er das Geld irgendwo gut angelegt. Jesko meinte, dreißigtausend müssen es gewesen sein. Mindestens!«

Erik winkte ab. »Wir suchen keinen Dieb, wir suchen einen Mörder.«

»Ich wollte ja auch nur sagen ... wenn Bleicken das Geld gefunden hat, wird er nicht mehr auf Sylt sein, sondern irgendwo, wo er was mit der Kohle gemacht hat.«

»Eine Strandbar?«

»Zum Beispiel.«

»Der war eher der Typ, der das Geld versäuft und anschließend ein genauso armer Schlucker ist wie vorher.«

18

Carlotta lief unruhig hin und her. Dass Carolin so lange schlafen konnte! Ein aufregender Tag stand bevor, da musste man doch früh aus den Federn, um sich auf das einzustimmen, was bevorstand! Diese jungen Dinger!

Mamma Carlotta verstand es nicht. Oder hatte Carolins innere Uhr sich bereits auf die veränderten Verhältnisse eingestellt? In Hamburg verdiente sie ihr Geld als Kellnerin, musste also bis spät in die Nacht arbeiten und durfte dann natürlich morgens länger schlafen. Dummerweise hatte sie ihre Enkelin nicht gefragt, wann Sandra Lührsen sie erwartete. Am Ende würden sie sich verspäten, und Carolin würde ihre Chance verlieren, für die Reportage zu recherchieren, die Maximilian später schreiben wollte.

Vorsichtshalber bereitete sie vor, was Carolin zum Frühstücken brauchte, damit später alles ganz schnell ging. Und natürlich auch, damit Carolin merkte, wie warm und weich das Nest war, aus dem sie geflohen war. Mamma Carlotta seufzte schwer. Wie konnte ein Kind dieses Zuhause verlassen, dieses gemütliche Haus am Süder Wung, diese großartige Insel, die Geborgenheit dieser Familie! Sie spürte, wie der Zorn auf Maximilian Witt wieder in ihr zu brodeln begann. Wäre dieser Kerl, dieser windige Reporter nie auf Sylt aufgetaucht, hätte Carolin ihre Ausbildung zur Hotelkauffrau beendet und gut verdient, vielleicht sogar in einem der Luxushotels der Insel. Dort hätte sie dann bald einen netten jungen Mann kennengelernt, der zu den Wolfs passte, und würde demnächst dafür sorgen, dass ihre Nonna, wenn sie zu Besuch nach Sylt kam, einen Kinderwagen mit einem Urenkel spazieren schob. Vielleicht gemeinsam mit der Nachbarin, die gerade mit Fifi vorbeiging, aber leider nicht bemerkte, dass Carlotta am Fenster stand und ihr zuwinkte.

Sie musste unbedingt mit jemandem reden. Mit Tove und Fietje in Käptens Kajüte? Besser als gar nichts. Die beiden hatten keine Familie, ihnen waren die Probleme, unter denen Mamma Carlotta litt, fremd, aber immerhin konnte sie sich bei ihnen alles von der Seele reden und während des Redens vielleicht zu Ergebnissen und neuen Plänen kommen. Blieb nur noch, Carolin nach Kräften zu verwöhnen, ihr jeden

Wunsch von den Augen abzulesen und ihr zu zeigen, wie schön es zu Hause war. Dafür war sie sogar bereit, Sandra Lührsen das Haus zu putzen.

Endlich rührte sich in der ersten Etage etwas. Carolins Schritte schlappten Richtung Badezimmertür.

Augenblicklich stand Mamma Carlotta in der Diele. »Wann hast du den Termin bei Sandra Lührsen?«

Carolin öffnete nur das linke Auge, während sie antwortete: »Erst um elf.«

Mamma Carlotta atmete auf. »Ich gehe schnell zu Feinkost Meyer, während du dich fertig machst. Dann kann ich das Essen vorbereiten, während du frühstückst.«

»Meinetwegen.« Die Badezimmertür fiel ins Schloss, Mamma Carlotta griff nach der Jacke und der Einkaufstasche. Was sie kochen wollte, wusste sie noch nicht. Sie würde sich etwas auf dem Weg überlegen oder sich von dem reichhaltigen Angebot bei Feinkost Meyer inspirieren lassen.

Während sie über den Osterweg lief, fiel ihr ein, dass sie als Antipasti mal wieder Tartine mit Gurke machen konnte und als ersten Gang Grüne Suppe. Also brauchte sie eine Salatgurke und Mangold. Als Hauptgericht reichte etwas Einfaches, der Fisch, den sie im Vorraum von Feinkost Meyer in Augenschein nahm, war ihr zu teuer. Zwar hatte Erik ihr am Abend zuvor noch Haushaltsgeld hingelegt, aber an diesem Tag wurde kein Besuch erwartet, Tilla hatte in Flensburg zu tun, da konnte sie mal wieder einfache Hausmannskost auftischen. Frikadellen mit Sardellen und dazu Spinat in Sahne! Als Dessert dann Äpfel im Nest – basta. Also würde ihr Einkauf nicht besonders aufwendig werden. Für die Frikadellen benötigte sie Rinderhack, frische Petersilie und in Öl eingelegte Sardellenfilets. Den Spinat würde sie wieder aus der Tiefkühltruhe nehmen. Auf Sylt machten das alle, während es sich in ihrem Dorf, in Panidomino, eine fleißige Hausfrau niemals mit Tiefkühlkost einfacher machen durfte. Für das

Dessert war alles im Haus. Ein Nachbar hatte Äpfel zum Einlagern gebracht, und Himbeerkonfitüre hatte sie im Sommer eingekocht.

Als sie heimkam, saß Carolin mit nassen Haaren am Frühstückstisch, vor sich einen Zettel, auf dem sie sich eifrig Notizen machte. »Ich muss mir viele Fragen für Sandra Lührsen überlegen. Das könnte auch eine Fortsetzungsgeschichte werden. Stoff genug bietet so eine Sache. Aber ob sie damit einverstanden ist?«

Mamma Carlotta hätte sich gern beteiligt, aber leider ging in diesem Augenblick Carolins Handy. Maximilian war am anderen Ende, und Mamma Carlotta stellte höchst befriedigt fest, dass er nicht besonders freundlich begrüßt wurde. »Was heißt hier Faulpelz?«, blaffte sie ihn an. »Ich bin deinetwegen auf Sylt! Schon vergessen? Die Kohle, die ich verliere, weil ich eine Woche Urlaub nehmen musste, erstattest du mir. Hast du das etwa auch vergessen?«

Maximilian schien eine Menge Beschwichtigendes von sich zu geben, jedenfalls entspannte sich Carolins Miene allmählich wieder. Das sah Mamma Carlotta genau, obwohl sie sich damit beschäftigte, den Mangold für die Grüne Suppe zu putzen. Sie nahm zwei Panini aus dem Brötchenkorb, die sie einweichen und später unter das Hackfleisch kneten wollte, und verzog keine Miene, als Carolin ihren Freund anmaulte, weil er für eine total interessante Reportage nach München fliegen durfte, während sie dazu ausersehen war, für ihn Handlangerdienste zu erledigen. »Ich glaube, ich werde auch Journalistin. Das ist ein spannender Job.« Sie wirkte genervt, während sie Maximilians Argumentation lauschte. »Ja, stressig auch. Aber eben auch interessant. Ich muss mir ja was überlegen. Oder soll ich etwa für den Rest meines Lebens kellnern?«

Was Mamma Carlotta gefiel, war, dass das Kind sich Gedanken über die Zukunft machte, was ihr weniger gefiel, war die Tatsache, dass sie Maximilian in ihre Überlegungen einband.

Der würde ihr doch nur das raten, was für ihn selbst das Bequemste war. Eine Freundin, die ihm Konkurrenz machte, wollte er sicherlich nicht haben.

»Wieso? Ich habe Abi. Ein Studium braucht man nicht unbedingt. Ich weiß genau, dass der Chefredakteur von unserem *Inselblatt* auch nicht studiert hat.« Carolin biss von ihrem Panino ab und ergänzte mit vollem Mund: »Außerdem könnte ich ein Studium nachholen.«

Mamma Carlotta zeigte ihrer Enkelin wortlos, mit fragend hochgezogenen Brauen zwei Eier und schlug sie auf, als Carolin zustimmend nickte. Mit großem Gepolter holte Carlotta eine Pfanne hervor und goss Öl hinein.

»Nein, ich bin nicht allein«, hörte sie Carolin sagen. »Die Nonna ist hier.«

Maximilians Antwort hätte Mamma Carlotta nun besonders gern gehört, aber leider konnte sie nicht einmal von Carolins Gesicht ablesen, ob er eine despektierliche oder freundliche Bemerkung machte. Sie befürchtete Ersteres. Zornig verrührte sie die Eier und schob sie, als sie fertig waren, so erregt auf den Teller, dass ein Teil auf der anderen Seite herunter auf die Arbeitsfläche rutschte. Aber nach einer flinken Bewegung des Pfannenwenders befand sich wieder das komplette Rührei auf dem Teller.

»Ich weiß«, fauchte Carolin nun und bedankte sich nickend bei ihrer Nonna. »Ich bin hier nur zum Recherchieren. Aber du könntest ruhig mal honorieren, dass ich es geschafft habe, einen Termin bei Sandra Lührsen zu bekommen. Dem Chefredakteur vom *Inselblatt* hat sie nämlich die Tür vor der Nase zugeschlagen.« Sie warf ihrer Oma einen Blick zu und zwinkerte. »Aber ich war überzeugend, mir wird sie ein Interview geben.« Sie ließ Maximilian kaum zu Wort kommen. »Ja, ich mache nur Notizen. Selbstverständlich wirst du die Reportage schreiben. Ich werde mir nicht erlauben, in deine Arbeit reinzupfuschen.«

Mamma Carlotta hatte währenddessen die Brötchen eingeweicht, sie ausgedrückt, mit dem Hackfleisch verknetet und die Kräuter und fein gehackten Sardellenfilets hinzugefügt. Nun formte sie mit Hingabe die Frikadellen und tat so, als könnte sie sich ausschließlich darauf konzentrieren und bekäme nichts davon mit, was Carolin mit Maximilian beredete.

Carolin warf das Handy zur Seite und widmete sich dem Rührei. »Maximilian hat Angst, dass ich besser bin als er«, sagte sie abfällig. »Ich hätte ihm nicht sagen sollen, dass ich auch Journalistin werden will. Nun hat er Angst, dass ich von ihm abschreibe, dass ich seine Beziehungen nutze, dass ich ihn nicht mehr bewundere, weil mir längst klar geworden ist, dass Reportagen keine hohe Kunst sind. So was kann ich auch.«

Mamma Carlotta beeilte sich, Carolin in dieser Ansicht zu bestärken. Vor allem ließ sie vorsichtig durchblicken, dass ein Mann, der seine Freundin wirklich liebte, ihr auch den Erfolg gönnte. Ob Carolin diese Äußerung, die raffiniert in einen Nebensatz verpackt worden war, verstanden hatte, wusste Mamma Carlotta allerdings nichts. Doch sie hielt sich mit weiteren Erklärungen zurück. Es war wichtig, Carolin nicht zu bedrängen, sonst würde sie am Ende aus lauter Trotz wieder nach Hamburg zurückgehen und bei Maximilian bleiben, obwohl sie mit ihm unglücklich war. Fingerspitzengefühl war gefragt! Nur gut, dass Mamma Carlotta davon überzeugt war, ausreichend Takt und Sensibilität zu besitzen.

Carolin zögerte, als sie das Haus verlassen wollten. »Ich finde, wir sollten für uns behalten, dass wir mit dem leitenden Ermittler verwandt sind. Sonst hält sie mein Interview am Ende für eine Finte und meint, mein Vater hätte mich geschickt, um mich bei ihr umzusehen. Und wenn sie weiß, dass du die Schwiegermutter bist, lässt sie dich womöglich nicht allein arbeiten. Sie denkt dann, du hättest den Auftrag, bei ihr zu schnüffeln, weil Papa noch nicht von ihrer Unschuld überzeugt ist.«

Mamma Carlotta überlegte kurz, dann nickte sie bestätigend. »Ja, das ist wohl besser.«

»Ich nenne mich bei ihr deshalb Carolin Witt.«

»So, als wärst du verheiratet?« Mamma Carlotta war entsetzt.

»Ist doch egal. Später wird unter dem Artikel Maximilians Name stehen, dann passt ja alles.«

Sie machten sich rechtzeitig auf den Weg. »Renn doch nicht so«, beschwerte sich Carolin, als sie am Osterweg angekommen waren.

»Io? Ich renne nicht. Madonna! Es geht nicht bergauf, nicht bergab, da muss man doch nicht schleichen wie una chiocciola. Eine Schnecke!«

Die Wege, die Mamma Carlotta in ihrem Dorf zurücklegte, zwangen meistens dazu, sich langsam zu bewegen. Entweder gingen die Gassen steil aufwärts oder ebenso steil abwärts. Da musste man manchmal sogar verschnaufen und die Einkaufstaschen eine Weile abstellen, bis der Weg geschafft war. Aber auf Sylt? Alles eben, keine einzige Steigung, nichts, was die Oberschenkelmuskulatur besonders beanspruchte. Mamma Carlotta bemühte sich, so langsam zu gehen wie Carolin, die sich neben der Fortbewegung mit ihrem Handy beschäftigte, und dafür zu sorgen, dass kein Autofahrer ihrer Enkelin zu nahe kam, was Carolin selbst nicht auch noch erledigen konnte.

Sie überquerten den Parkplatz von Feinkost Meyer und den Kreisverkehr und bogen in die Braderuper Straße ein. Bald ging es links ab in die Flurstraße, dann in die Alte Dorfstraße. Es war still hier. Ein paar Autos standen vor den Eingangstüren, aber nichts regte sich.

Das Haus war das älteste in dieser Straße. Kein gepflegtes Haus. Wer wusste, dass Jesko Lührsen lange krank gewesen war, bevor er starb, erkannte auf den ersten Blick, dass er nicht mehr die Kraft gehabt hatte, den Garten zu pflegen, die Fenster zu putzen, vertrocknete Blumen zu entfernen, Reparaturen vorzunehmen. Warum hatte Jesko Lührsen das Geld, das er aus dem Verkauf des Hauses seiner Mutter bekommen hatte, nicht genutzt, um sein eigenes Anwesen auf Vordermann zu bringen? Er musste viel Geld dafür bekommen haben, er hätte die Möglichkeit gehabt, sein eigenes Haus von Grund auf zu renovieren und zu modernisieren. Aber scheinbar war alles beim Alten geblieben, als Sandra nicht mehr bei ihm lebte. Er war vermutlich ein Mann gewesen, dem es auf eine schöne Umgebung nicht ankam. Sören hatte ihn näher gekannt, er wohnte ja in der Nähe. Er sei schwach und antriebslos gewesen, hatte er erzählt, weder leistungsfähig noch erfolgreich. Und sicherlich war er unglücklich gewesen, als Sandra ins Gefängnis gekommen war, obwohl er selbst dafür gesorgt hatte. Trotzdem hatte er vermutlich nicht gewusst, warum er dafür sorgen sollte, es in seinem Heim schön zu haben. Und dann war er ja krank geworden und noch weniger leistungsfähig als vorher. Mamma Carlotta musste sich zusammenreißen, um mit diesem Mann, der seiner Frau so übel mitgespielt hatte, kein Mitleid zu bekommen. Nein, das hatte er wahrlich nicht verdient.

Der Garten sah verwahrlost aus, der Zaun, der den Vorgarten umgab, war an mehreren Stellen eingebrochen. Das Haus sah sogar unbewohnt aus. Aber das war ja kein Wunder, Sandra war erst am Tag zuvor eingezogen. Es hatte längere Zeit leer gestanden, war vermutlich im Inneren kalt, brauchte lange, bis die Feuchtigkeit aus den Räumen heraus war und Wärme einziehen konnte.

Mamma Carlotta blieb in einiger Entfernung stehen und betrachtete das Haus. »Schön sieht es nicht aus. Aber sicherlich ist es besser als im Prigione.«

Carolin runzelte die Stirn. »Alles ist besser als ein Gefängnis.« Dann griff sie erschrocken zum Arm ihrer Nonna und nickte aufgeregt zur Haustür. »Mein Gott! Schau dir das an!«

Mamma Carlotta blieb der Mund offen stehen. Neben der Tür, unter einem Erdgeschossfenster, hatte jemand in grellroten Buchstaben das Wort »Hure!« aufgesprüht.

»Was für eine Gemeinheit!«

Mamma Carlotta kam nicht zum Antworten. Ein Ehepaar ging an ihnen vorbei, sie zog einen Einkaufstrolley hinter sich her, und er sagte zu ihr: »Unsere Nachbarschaft wird immer unangenehmer. Nun zieht hier sogar eine aus dem Knast ein. Besser, wir hätten uns für ein Haus in Keitum entschieden.«

Mamma Carlotta fuhr empört herum, ihr Gerechtigkeitssinn wallte auf, sie war so aufgebracht, dass sie Mühe hatte, nicht italienisch, sondern deutsch zu sprechen. »Si vergogni! Schämen Sie sich! Diese Frau hat unschuldig im Gefängnis gesessen.«

Der Mann ging einfach weiter, die Frau drehte sich um, grinste spöttisch und wies zu dem aufgesprühten Schimpfwort. »Unschuldig? Der arme Jesko musste sich von ihr Hörner aufsetzen lassen. Hätte sie ihren Mann nicht betrogen, dann wäre er auch nicht auf die Idee gekommen, sie in den Knast zu bringen.« Sie folgte ihrem Mann nun wieder, rief aber noch über die Schulter zurück: »Selbst schuld!«

Carolin hielt Mamma Carlotta fest. »Du läufst der nicht hinterher.«

Diese schnaubte empört, sah aber ein, dass Carolin recht hatte. »Inaudito! Unerhört!«

Carolin stimmte ihr zu. »Das hätte ich nicht gedacht, dass Sandra Lührsen mit solchen Schwierigkeiten zu kämpfen hat.« Sie zückte ihr Handy und machte ein Foto von der aufgesprühten Beleidigung. »Ob sie das selbst überhaupt schon gesehen hat?« In ihr Gesicht stieg ein Ausdruck, wie Mamma Carlotta ihn oft bei den Treibern beobachtet hatte, wenn sie in die Weinberge stiegen und den Jägern, die unten mit angelegtem Gewehr warteten, die Hasen zutrieben. »Ich muss Maximilian sagen, dass er die Überschrift ändern soll.« Pathetisch rief sie: »Das Leiden der Sandra Lührsen geht weiter!« Leise fuhr sie fort: »Oder so ähnlich.« Sie verzog nachdenklich das Gesicht. »Ob ich das in der Reportage unterbringen kann? Wird ihr das recht sein?« Dann schien sie zu beschließen, dass sie sich darüber später Gedanken machen würde, und ging entschlossen aufs Haus zu. »Avanti, Nonna!«

19

Erik zückte sein Handy, als es durch sanftes Vibrieren anzeigte, dass eine WhatsApp-Nachricht eingegangen war. »Vielleicht Carolin?«

Soeben hatte er, als sich auf die Frage, wo Maart Bleicken abgeblieben sein mochte, partout keine Antwort finden ließ, Sören gestanden, dass er sich große Hoffnungen machte. »Nur gut, dass meine Schwiegermutter zurzeit auf Sylt ist. Sie schafft es am ehesten, Carolin davon zu überzeugen, wieder nach Hause zu ziehen.«

Sören nickte verständnisvoll. »Es könnte ja sein, dass Sie gar keine Zeit haben, sich um Carolin zu kümmern. Wenn wir eine neue Spur im Fall Lührsen finden ...«

Das bekam Enno Mierendorf mit, dessen Schwester einmal für ein Jahr aufs Festland gegangen war, gegen den Willen der Eltern. »Da müssen Sie ganz vorsichtig sein. Wenn meine Schwester witterte, dass sie zurückgeholt werden sollte, machte sie sofort dicht. Erst als meine Eltern so getan haben, als wäre es ihnen total egal, kam sie freiwillig wieder nach Sylt.«

Rudi Engdahl hatte sich ebenfalls eingemischt. »Sie ist volljährig, zwingen kann man sie nicht. Manchmal hilft es, wenn man den Geldhahn zudreht.«

Als er hörte, dass Carolin sich selbst über Wasser hielt und keinen Zuschuss zum Lebensunterhalt erwartete, zuckte er die Achseln. »Dann ist es schwierig. Aber vielleicht merkt sie ja noch, dass Kellnern kein Job mit Zukunft ist.«

Dazu hatte Erik nichts mehr sagen können, denn in diesem Moment kam die WhatsApp-Nachricht an.

»Von Dr. Hillmot«, sagte er erstaunt und las laut: »Meine süße Violetta hat immer die tollsten Ideen. Sie hat so getan, als wollte sie ein Selfie machen, hat aber in Wirklichkeit die Kette der Pflegerin fotografiert.« Er hielt Sören das Foto unter die Nase. »Schauen Sie sich das an.«

Sören pfiff durch die Zähne. »Die sieht wirklich teuer aus. Eine Kette, wie sie von älteren Frauen getragen wird. aber Heike Schrunz ist in den Vierzigern. In diesem Alter bevorzugen Frauen eigentlich anderen Schmuck.«

Erik zog das Foto mit Daumen und Zeigefinger so groß wie möglich. »Zu Witta Lührsen hätte sie gepasst.«

»Wir sollten das Foto Sandra Lührsen zeigen.« Erik schloss seine WhatsApp-Nachrichten und steckte das Handy weg. »Heute Nachmittag fahren wir zu ihr. Ich würde sowieso gern mit ihr reden. Vielleicht sind ihr im Gefängnis Ideen gekommen. Sie hatte viel Zeit zum Nachdenken.«

Sören stimmte seinem Chef zu. »Echt krass, jahrelang unschuldig im Knast zu sitzen. Wie mag sich das anfühlen? Was macht das mit einem? Ob sie jetzt sehr erleichtert ist? Oder eher wütend auf ihren Mann, der ihr das eingebrockt hat?«

»Oder auf uns?«, warf Erik ein.

Aber davon wollte Sören nichts hören. »Wie verzweifelt muss sie gewesen sein, als ihr klar wurde, dass sie lebenslang sitzen wird? Ob sie geahnt hat, warum ihr Mann diese Falschaussage gemacht hat?«

»Sicherlich«, gab Erik zurück. »Aber noch mehr interessiert mich, was Sandras Befreiung mit dem wahren Täter macht. Er durfte sich jahrelang sicher fühlen. Was unternimmt er jetzt? Stillhalten und abwarten? Oder irgendetwas tun, damit uns kein Verdacht kommt?«

»Das wäre gut«, antwortete Sören zufrieden. »Dann macht er Fehler.«

Erik nickte. »Lassen Sie uns die Sache noch mal durchgehen.« Er sah einen Sylter Bürger an, ohne ihn zu sehen. Dieser Mann ging auf Enno Mierendorf zu und beklagte sich bitterlich darüber, dass ihm ein Fünfeuroschein vor einem Kiosk zu Boden gefallen war, der von einem etwa Fünfzehnjährigen aufgehoben worden war. Er hatte schon geglaubt, dass auch Jugendliche, die nicht so aussahen, höflich und ehrlich mit alten Menschen umgingen, aber der Bengel hatte den Schein nicht etwa an den Mann zurückgegeben, sondern vor dessen Augen in seine schmuddelige Jeansjacke gesteckt. »Und dann geht der einfach los und lacht sogar noch laut.«

Während Enno Mierendorf so klug war, die Empörung des Mannes zu teilen, dachte Erik laut über die Verdächtigen nach. »Heike Schrunz ist mal bei Witta Lührs ein und aus gegangen. Sie hat es hingekriegt, sich während dieser Zeit unentbehrlich zu machen. Witta Lührsen war ihr so dankbar, dass sie versprochen hat, sie in ihrem Testament zu bedenken.«

»Sicherlich hatte die Schrunz auch Gelegenheit, in den Schränken nachzusehen und nach Geld zu suchen.«

»Vielleicht hat sie es sogar gefunden. Genommen hat sie natürlich nichts, dann wäre Witta Lührs schnell auf die Idee gekommen, dass Heike Schrunz die Diebin ist. Nein, sie hat sich die Kohle später geholt.«

»Und ist dabei von Witta Lührsen erwischt worden?«

Erik nickte. »Oder sie hat Witta Lührsen hinterrücks erschlagen, weil sie nicht nur das Geld aus dem Wäscheschrank haben wollte, sondern die zehntausend aus dem Testament ebenfalls.«

»Und dann hat sie die Fenster aufgemacht, um so zu tun, als wäre ein Einbruch geschehen. Die Schrunz wusste vermutlich, wie sie ins Haus kommen konnte. Womöglich hat sie sich, während sie bei Witta Lührsen arbeitete, einen Schlüssel nachmachen lassen.«

Erik fiel etwas ein. »Witta Lührsen wäre eigentlich an diesem Abend gar nicht zu Hause gewesen. Sie spielte einmal in der Woche mit ihren Freundinnen Rommé. An diesem Abend hatte eine von ihnen einen Herzanfall bekommen, musste ins Krankenhaus, und die Rommé-Runde hat sich schnell aufgelöst.«

»Das passt! Die Schrunz war garantiert mit den Gewohnheiten von Witta Lührsen vertraut.«

»Und dann wurde sie überrascht ...«

»Das haben wir ihr schon vor fünf Jahren vorgehalten. Aber ihr war nichts nachzuweisen.«

»Weil wir es nicht mit aller Kraft versucht haben. Denn dann kam ja die Aussage von Jesko Lührsen ...«

Sie stellten die leeren Kaffeebecher zurück und verließen die Wache. Erik hätte jetzt gerne Tilla angerufen, aber er wusste, dass sie eine Gerichtsverhandlung und keine Zeit für ihn hatte. Er lächelte, als er an früher dachte. Da hatte er es gehasst, wenn die Staatsanwältin angerufen und ihn nach seinen Ermittlungserfolgen gefragt hatte. Nun war alles anders. Er hoffte darauf, möglichst bald mit ihr über den Fall reden zu können. Heute Abend sicherlich.

»Der Verdacht gegen Maart Bleicken ist auch nicht von der Hand zu weisen«, sagte er, während sie auf den Eingang des Telekomgebäudes zugingen. »Ein notorischer Kleinkrimineller ohne festen Wohnsitz. Kriecht mal hier und mal dort unter.« Er blieb stehen und sah seinen Mitarbeiter nachdenklich an. »Wie waren wir damals eigentlich auf Maart Bleicken gekommen?«

»Er ist beobachtet worden, wie er aus dem Fenster stieg. Ein Nachbar hat ihn gesehen und eine so gute Personenbeschreibung abgegeben, dass wir ihn bald am Schlafittchen hatten.«

Erik nickte, betrat vor Sören das Telekomgebäude und ging

auf die Türen des Aufzugs zu, während Sören wie immer die Treppe nahm. Erik musste eine Weile warten, bis der Aufzug kam, als er dann nach oben surrte, überlegte er sich, dass auch alles ganz anders gewesen sein konnte. Maart Bleicken war bei Witta Lührsen eingebrochen, weil ihm jemand geflüstert hatte, dass sie dienstags nie zu Hause war. Ihr Rommé-Abend.

Sören erwartete ihn schon in der dritten Etage. Er schien sich auf dem Weg dorthin ähnliche Gedanken gemacht zu haben wie sein Chef. »Maart Bleicken traue ich keinen Mord zu, keinen eiskalt geplanten. Aber dass er zuschlägt, wenn er ertappt wird, das halte ich durchaus für möglich. Wenn er es war, dann muss er gewusst haben, dass Witta Lührsen dienstags nie zu Hause war. Und dann hat er zugeschlagen, als sie plötzlich vor ihm stand und damit drohte, die Polizei zu holen.«

»Womit hat er zugeschlagen?«, fragte Erik, während sie sein Büro betraten.

»Die Tatwaffe ist nie gefunden worden«, gab Sören zurück.

Erik seufzte schwer, ließ sich am Schreibtisch nieder, schob die Schublade auf und suchte nach seiner Schokolade. Am liebsten hätte er sich jetzt eine Pfeife angezündet. Wenn er den Rauchkringeln nachsah, konnte er am besten denken. Aber das war im Büro natürlich völlig unmöglich. »Bleibt noch Norbert Dombrowsky«, sagte er. »Und Jesko Lührsen?«

In diesem Augenblick klopfte es, und einer der Telekommitarbeiter schaute ins Zimmer. »Herr Hauptkommissar? Ihr Sohn ist hier.«

20

Sandra Lührsen gehörte zu den Frauen, die sehr hübsch aussahen, wenn sie geschminkt und gut gekleidet waren, aber unscheinbar und reizlos wirkten, wenn sie kein Make-up trugen und nachlässig angezogen waren. Im Gefängnis hatte sie sich offenbar daran gewöhnt, sich nicht mehr um ihr Äußeres zu kümmern. Oder sie hatte noch nicht die Kraft zurückgewonnen, aus dieser Zeit heraus- und in die Zukunft hineinzufinden, in der sie wieder attraktiv und gepflegt sein wollte.

Sie öffnete, indem sie die Tür einen Spaltbreit aufzog, so weit, wie es die Sicherheitskette zuließ, die sie vorgelegt hatte. Ein graues Gesicht mit einer spitzen Nase war zu erkennen, so grau wie der Hintergrund, die lichtlose Diele.

Carolin stellte sich vor und zog ihre Nonna in Sandras Blickfeld. »Das ist Carlotta Capella. Sie kommt zum Putzen.«

Die Tür schloss sich wieder, die Sicherheitskette wurde ausgehängt, danach gab Sandra Lührsen den Blick auf sich und das Innere des Hauses frei. »Bitte! Kommen Sie rein.«

Ehe sie die Tür hinter ihren beiden Gästen schloss, warf sie einen Blick zur Straße. »Haben Sie jemanden gesehen?« Ehe Carolin und Carlotta antworten konnten, erklärte sie: »Kaum hat sich herumgesprochen, dass ich wieder da bin, laufen hier ständig irgendwelche Leute rum, die sich sehr laut darüber unterhalten, ob ich nicht vielleicht doch die Mörderin meiner Schwiegermutter bin. Immer so laut, dass ich es sogar bei geschlossenen Fenstern verstehen kann. Wir haben ja nur Einfachverglasung.«

Die Beleidigung, die auf ihrer Hauswand stand, schien sie noch nicht gesehen zu haben, und Mamma Carlotta fragte sich, ob es nicht ihre Pflicht war, sie darauf aufmerksam zu machen. Aber da Carolin sich nicht äußerte, sagte auch sie nichts.

Sandra Lührsen ging den beiden durch die Diele zur Wohnzimmertür voran. Sie bewegte sich wie ein Mensch in fremder Umgebung, sah sich gelegentlich um, als wollte sie die Einrichtung auf sich wirken lassen, und berührte im Vorübergehen einen Gegenstand, als wollte sie kontrollieren, ob er sich so anfühlte, wie er aussah. »Ich hatte wirklich geglaubt, ich würde Mitgefühl ernten. Stattdessen wird jetzt nur über meine Affäre geredet.« Sie stieß die Tür auf und machte eine einladende Geste. »Aber so war es ja immer schon. Ich wurde angefeindet, weil ich Kurse für Aktmalerei angeboten habe. Dafür hat meine Schwiegermutter gesorgt. Diese Sylter Spießer! Nur gut, dass die Touristen anders sind. Wenn meine Nachbarinnen ihre Männer nicht betrogen haben, dann nur, weil sie derart hässlich sind, dass keiner sie wollte. Und die Aktmalerei? Darüber haben sich die Frauen aufgeregt, und ihre Männer standen heimlich im Gebüsch und haben sich einen runtergeholt.«

Carolin warf ihrer Großmutter einen warnenden Blick zu, der ihr wohl sagen sollte, dass sie sich bloß nicht nach der Bedeutung dieses Ausdrucks erkundigen sollte. Mamma Carlotta zog ein hochmütiges Gesicht. Sie war eine moderne Frau, seit sie regelmäßig nach Sylt kam. Eine viel moderne Frau als ihre Nachbarinnen in Panidomino. Natürlich hatte sie verstanden, was Sandra sagen wollte.

Die Luft im Wohnzimmer war verbraucht, an diesem Morgen war noch nicht gelüftet worden. Stirnrunzelnd betrachtete Mamma Carlotta eine Decke, die auf dem Sofa lag. Hatte Sandra Lührsen hier geschlafen? Warum war sie nicht die Treppe hochgestiegen, um in ihrem Schlafzimmer die Nacht zu verbringen? Die Pritschen im Gefängnis konnten nicht bequem sein. Mamma Carlotta stellte sich vor, dass man, während man dort einzuschlafen versuchte, sehnsüchtig an das eigene Bett zu Hause dachte! Aber sie brauchte die Frage nicht auszusprechen, sie erkannte die Antwort bereits: Sandra hatte nicht im Schlafzimmer übernachten wollen, weil sie dort alles an ihren Mann erinnerte, an ihren toten Mann, der ihr so viel Leid zugefügt hatte.

Die Einrichtung erinnerte Mamma Carlotta an die Möbel, die Signora Berlusconi aus einem Versandhauskatalog herausgesucht hatte, in dem ihr versprochen worden war, dass alle Welt sie um diese Möbel beneiden würde und sogar sehr hochgestellte Persönlichkeiten sich für sie entschieden. Beides waren glatte Lügen gewesen. Niemand beneidete Signora Berlusconi um ihre Möbel, und kein einziger Bewohner von Panidomino konnte sich vorstellen, dass Silvio Berlusconi, mit dem die Signora dummerweise nicht verwandt war, diese Möbel bestellt hätte. Ein wuchtiger Schrank mit Ornamenten, die nachlässig aufgeklebt waren und im Begriff standen, sich zu lösen, mit einigen offenen Fächern, in denen Nippes herumstand. Auf dem Tisch mit den geschwungenen Beinen lag ein Läufer aus Samt mit Brokatstickerei, ähnlich wie bei Signora Berlusconi. Das Material des viel zu großen Sofas wurde schon auf den ersten Blick als Kunstleder entlarvt, obwohl es sein Bestes tat, wie Rindsleder zu wirken. Es schien lange nicht benutzt worden zu sein, die schmuddeligen Kissen, zerfledderten Zeitschriften und Spielkarten, die vor den Füßen des Sofas lagen, hatten sich wohl auf seinen Sitzflächen befunden, bevor Sandra sich dort zur Nacht niedergelassen hatte. Vor dem Fernseher gab es einen Liegesessel mit ausklappbarem Fußteil und einer Tasche an der Seite, in der eine Tastatur steckte, mit der die Rückenlehne und das Fußteil verstellt werden konnten. Mamma Carlotta fragte sich, warum Sandra diesem bequem aussehenden Sessel nicht den Vorzug gegeben hatte, fand aber schnell eine Antwort. Dort hatte vermutlich Jesko seine Abende verbracht, als Sandra noch an seiner Seite gewesen war.

Sandra blickte sich um wie ein Mensch, der in einem Hotelzimmer gelandet war, das ihm nicht gefiel. »So sah für Jesko eine vornehme Einrichtung aus«, erläuterte sie, und ihr Blick wurde hart, während ihre Stimme leise und emotionslos blieb. »Als ich zu ihm zog, war schon alles eingerichtet. Ich durfte mich glücklich schätzen, dass ich mich um nichts zu kümmern brauchte und mich ins gemachte Nest setzen konnte. So hat Jeskos Mutter es damals ausgedrückt, als sie einsehen musste, dass wir heiraten würden. Gegen ihren Willen. Ich hatte natürlich die Hoffnung, im Lauf der Jahre die Möbel austauschen zu können, aber da hatte ich mich getäuscht. Für so was war nie Geld da.« Sie verzog das Gesicht zu einer hässlichen Grimasse. In ihren Augen erschien etwas Undefinierbares, eine Mischung aus Zorn und Trauer, Tränen stiegen darin auf, die jedoch nicht die Wangen hinabliefen, sondern verschwanden, als wären sie von ihrem Inneren aufgesogen worden. »Ich komme ja nur aus einfachen Verhältnissen, ich habe keinen Geschmack.« Dann wurden ihre Züge weicher. »Mit dem Atelier hat Jesko mich schließlich versöhnt. Dafür hat er sogar einen Kredit aufgenommen, weil meine Schwiegermutter dafür natürlich nichts rausrücken wollte.« Sie sah sich um, als suchte sie etwas. »Hier kann man ja niemandem Platz anbieten«, murmelte sie. »Vielleicht gehen wir besser in die Küche?« Sie machte einen Schritt auf die Tür zu, neben der ein Esstisch mit sechs Stühlen stand, stockte aber gleich wieder. »Oder besser in mein Atelier?«

Sie machte auf dem Absatz kehrt, verließ das Wohnzimmer, ging durch eine Tür am Ende des Flurs, öffnete sie und wartete dort, ohne sich umzublicken und zu vergewissern, dass Carolin und Carlotta ihr folgten. Sie betraten einen hellen, gläsernen Raum, lichtdurchflutet, da sich in diesem Augenblick eine bleiche Novembersonne durch die Wolken tastete.

Sandra Lührsen atmete tief durch. »Das ist der einzige Raum, in dem ich mich wohlfühle. Er gehört mir allein. Alles andere muss erst von Jesko befreit werden, von seinen Hinterlassenschaften und auch von seinem Geruch.« Sie warf Carlotta einen Blick zu. »Benutzen Sie also gern viel Reinigungsmittel!«

Carlotta nickte geistesabwesend und sah sich vorsichtig um. Sandras Raum! Er hatte eindeutig nur ihr gehört. Insgesamt besaß er drei Türen, die eine, durch die sie gekommen waren, eine, die in den Garten führte, und eine dritte, die zugehängt worden war. Sie stellte die Verbindung zwischen

Wohnraum und Atelier dar. Offenbar hatte Jesko es nicht ertragen können, in den Raum zu schauen, der seiner Frau am liebsten war, und hatte an der Atelierseite einen dichten Vorhang vor die Tür mit dem Glaseinsatz gehängt. So hatte er vielleicht vergessen können, dass dahinter das Refugium lag, das seine Frau liebte. Die Frau, die durch seine Schuld im Gefängnis saß.

»Er hat mir viel Mist geschenkt«, murmelte Sandra. »Billige Armbanduhren, Ringe, die aussahen, als kämen sie aus dem Kaugummiautomaten, Klamotten, die mir nicht standen, und Kerzenleuchter, die mir nicht gefielen. Dieses Atelier war das einzige Geschenk, das mir etwas bedeutet hat.«

»Ein sehr großzügiges Geschenk«, sagte Mamma Carlotta. »Vermutlich hat er Sie sehr geliebt?«

Carolin warf ihr einen scharfen Blick zu, und Mamma Carlotta zog erschrocken den Kopf ein. Da hatte sie sich also mal wieder zu weit vorgewagt! Das waren Fragen, die Carolin in ihrem Interview stellen wollte, so etwas ging die Putzfrau nichts an.

»Auf seine Art«, gab Sandra zurück und bot Carolin einen der beiden Stühle an, die in einer Ecke standen. »Wenn Sie wollen, können Sie sich schon mal in Ruhe meine Bilder ansehen. Ich weise währenddessen die Putzfrau ein.«

Eigentlich hätte auch Mamma Carlotta sich gern die Bilder angesehen, die auf verschiedenen Staffeleien standen, in eigens dafür angeschafften Ständern ruhten oder einfach an die Wand gelehnt worden waren. Zum größten Teil handelte es sich um Aktzeichnungen. Schöne junge Mädchen saßen in anmutigen Posen da, mal ließen sie schamlos ihr Intimstes sehen, mal verdeckten sie es mit raffinierten Posen.

Es gab aber auch andere Gemälde, abstrakte Bilder, die Mamma Carlotta niemals als Kunst bezeichnet hätte. Auch in ihrem Dorf gab es einen Maler, der eigentlich in Rom wohnte, aber in Panidomino ein Atelier erbaut hatte, weil er für seine kreative Arbeit angeblich absolute Ruhe brauchte. Warum er die nötig hatte, wenn er doch nichts anderes tat, als mit schreienden Farben und dicken und dünnen Pinseln ein wirres Durcheinander auf die Leinwand zu bringen, war Mamma Carlotta immer unklar gewesen. So etwas könnte sie selbst ihrer Meinung nach produzieren, wenn sie häufig genug an einer weißen Wand vorbeiging und dort jedes Mal ein Gurkenglas ausschüttete und Reste von Tomatensoße und Erbsenpüree entsorgte. Als sie aber einmal gehörte hatte, für welche Preise diese Werke verkauft wurden, war sie vorsichtig mit ihren Meinungsäußerungen geworden. Ob das Gemälde, das Sandra Lührsen neben einem anderen in einen großen Rahmen zum Trocknen gestellt hatte, auch einen so hohen Preis erzielen könnte, wusste sie natürlich nicht. Aber vorstellen konnte sie es sich nicht. Das Bild sah so aus, als hätte jemand aus größerer Entfernung den Inhalt aller Tuben und Tiegel auf die Leinwand geworfen, um sie dort zu entleeren. Ein wildes Durcheinander von Farben und Formen.

Sandra folgte ihrem Blick. »Das habe ich gestern Abend vor dem Schlafengehen geschaffen«, sagte sie, und Mamma Carlotta amüsierte sich heimlich über das Wort, das sie benutzte. Gott hatte die Welt erschaffen, Leonardo da Vinci die Mona Lisa, aber beides war nun wirklich nicht vergleichbar mit dem Bild, das dort zum Trocknen stand. Allenfalls hatte Sandra Lührsen es benutzt, um ihre Wut, ihre Erleichterung, ihr Glück und ihr Unglück auszutoben. Das konnte Mamma Carlotta sogar verstehen.

Sandra ließ ihr keine Zeit, das Machwerk länger zu betrachten. Sie ging vor ihr aus dem Atelier und eine Treppe hoch, die in die erste Etage führte. Dort blieb sie stehen und zeigte nacheinander auf drei Türen. »Schlafzimmer, Bad und Herrenzimmer!« Sie verzog spöttisch das Gesicht. »So nannte meine Schwiegermutter es gern, als daraus kein Kinderzimmer wurde, wie es eigentlich geplant gewesen war. Dort hat Jesko geraucht, weil ich das Wohnzimmer gern rauchfrei haben wollte. In den letzten fünf Jahren hat er vermutlich geraucht, wo es ihm passte. Andererseits habe ich mich gewundert, dass kein kalter Rauch im Haus stand, als ich gestern hier ankam. Womöglich hat ihm der Arzt das Rauchen verboten, als feststand, dass er Magenkrebs hatte. Geholfen hat es ja nichts. Gott sei Dank.«

Diesen Zusatz, der eigentlich grausam und erbarmungslos klang, erklärte sie nicht. Das war auch nicht nötig. Mamma Carlotta wusste, was sie damit sagen wollte. Seine Krankheit und sein Tod hatten dafür gesorgt, dass sie ihre Freiheit zurückbekommen hatte. Mamma Carlotta konnte Sandra Lührsen verstehen.

Sie schien nicht die Absicht zu haben, Carlotta die Zimmer zu zeigen, offenbar wollte sie keinen dieser Räume betreten. Womöglich hatte sie auch gestern, bei ihrer Rückkehr, keine der Türen geöffnet. »Alles, was männlich ist, schmeißen Sie raus!«, sagte sie und ging zu einem Wandschrank, der voller Putzmittel war. »Hier finden Sie alles, war Sie brauchen. Auch Müllsäcke. Stopfen Sie rein, was danach aussieht, dass es meinem Mann gehört hat. Wenn Sie unsicher sind, zeigen Sie mir die Sachen.« Sie wandte sich um und machte sich daran, die Treppe wieder hinabzusteigen. »Heute werden Sie sicherlich nicht fertig. Ich hoffe, Sie haben auch in den nächsten Tagen Zeit.«

Mamma Carlotta antwortete nicht. So hatte sie sich das nicht gedacht. Sie wollte Carolin zu ihrem Interview verhelfen, aber nicht eine ganze Woche hier die Putzfrau spielen. Seufzend öffnete sie die Schlafzimmertür. Hoffentlich sorgte das Opfer, das sie brachte, dafür, dass Carolin wieder nach Hause kam! Wenn sie das erreichte, sollte es ihr recht sein. Dafür würde sie ganz Wenningstedt putzen.

Das Schlafzimmer war düster, was nicht nur daran lag, dass die Rollos heruntergelassen waren. Düster war auch die Möblierung, ein wuchtiger Schrank, ein riesiges Doppelbett aus dem gleichen dunklen Holz, große Nachttische links und rechts, auf geschwungenen Beinen und mit derben Tatzen als Füße. Die linke Bettseite war schon lange nicht mehr benutzt worden. Die Tagesdecke, die früher beide Betthälften tagsüber verborgen hatte, war zurückgeschlagen worden, über den linken Teil des Doppelbetts, nur der rechte lag frei. Die weiße altmodische Bettwäsche war länger nicht gewechselt worden.

Mamma Carlotta ging zum Wandschrank auf dem Flur und sah sich nicht nur nach Putzmitteln und Wischtüchern, sondern auch nach Gummihandschuhen um. Sie musste eine Weile suchen, entschlossen, in diesem Haus nichts mit bloßen Händen zu berühren, da endlich fand sie welche. »Grazie a Dio!« Sie zerrte sie über ihre Hände und sah sich um. Wo sollte sie am besten beginnen?

21

Erik sah seinen Sohn überrascht an. »Was machst du denn hier?«

Felix rekelte sich auf dem Stuhl, den Sören ihm hingeschoben hatte. »Ich habe Mittagspause.«

»Und die willst du in meinem Büro verbringen?«

Darauf antwortete Felix nicht. Er öffnete die Umhängetasche, ohne die er seit Neuestem nicht aus dem Haus ging, und zog ein Blatt hervor. »Bitte.« Er sah seinen Vater an, als wäre ihm überschwänglicher Dank sicher.

Erik nahm das Blatt nur zögernd in Empfang. »Aus dem Maklerbüro Dombrowsky? Was hast du gemacht, Felix?«

»Ich sollte heute ins Archiv, nach einer Akte suchen. Die hatte ich schnell gefunden, und da … da habe ich eben noch ein bisschen weitergesucht. Ich weiß doch, dass du Indizien brauchst. Oder noch besser: Beweise.« Er zeigte auf das Blatt. »Das ist vielleicht einer.«

»Das hast du ... kopiert?«, fragte Erik entgeistert.

»Klar! Ich nehme doch nicht das Original heraus. Die Akte sieht noch genauso aus wie vorher.«

Es war ein Blatt eines Vertragssatzes. Das Blatt, auf dem der Kaufpreis eingetragen war. Er belief sich auf das Grundstück Witta Lührsens mitsamt dem Haus, was für Dombrowsky allerdings ohne Bedeutung gewesen sein dürfte, weil er es sowieso abreißen lassen wollte. Doch selbst wenn man den Wert des Hauses abzog, blieb ein Betrag übrig, der nichts mit der Sylter Realität zu tun hatte.

»Wie groß war das Grundstück?«, fragte Sören.

Erik zuckte die Schultern. »Schätzungsweise ... achthundert Quadratmeter.«

Felix zeigte, dass er schon einiges gelernt hatte. »Der Durchschnittspreis in List beträgt tausendzweihundert pro Quadratmeter. Das wäre also eine knappe Million. Mein Chef war so scharf auf dieses Grundstück, dass Jesko sicherlich mehr dafür hätte verlangen können.«

Erik starrte ungläubig auf die Vertragsseite. »Und dann lässt er sich mit zweihunderttausend abspeisen?«

»Jesko Lührsen war nicht die hellste Kerze auf der Torte«, meinte Sören.

Aber Erik wehrte diesen Einwand ab. »So dämlich kann man nicht sein.«

Über Felix' Gesicht ging ein Grinsen. »Da habe ich euch was zum Nachdenken gegeben, oder was?«

Erik sah nicht so zufrieden aus, wie er angenommen hatte. »Nur, dass das nicht verwertbar ist. Der Richter wird keinen Durchsuchungsbeschluss ausstellen.«

Felix war verblüfft. »Hey, du bist mit der Staatsanwältin zusammen.«

»Trotzdem geht das nicht. Es muss ein begründeter Verdacht bestehen, und der muss im Durchsuchungsbeschluss angeführt werden. Soll da stehen, dass der Sohn des Ermittlers sich im Archiv seines Chefs umgesehen und ein paar Seiten kopiert hat? In einem Durchsuchungsbeschluss muss auch grundsätzlich der Tatvorwurf benannt werden, außerdem Zweck, Ziel und Anlass der Durchsuchung. Auch die Beweismittel, die man aufzufinden hofft, müssen genannt werden.«

»Dombrowskys Verhalten«, ergänzte Sören, »ist zwar merkwürdig, aber nicht wirklich verdächtig. Wir müssten ihn befragen, und er käme möglicherweise mit einleuchtenden Gründen.«

»Aber befragen können wir ihn nicht, weil wir dann verraten müssten, dass du in seinem Archiv geschnüffelt hast.« Für Erik war die Sache klar.

»Trotzdem ist es gut«, sagte Sören, »dass wir diese Information haben. Wir können sie zwar nicht vor Gericht verwerten, aber wir können Dombrowsky unter die Lupe nehmen, weil wir mehr wissen, als er glaubt.« Er streckte Felix den erhobenen Daumen entgegen. »Also – alles richtig gemacht, Felix!«

Dieser Anerkennung wollte Erik sich auf keinen Fall anschließen. Es konnte doch nicht angehen, dass sein Sohn für etwas gelobt wurde, das er nicht hätte tun dürfen! »Ab jetzt keine Alleingänge mehr! Du wirst sonst Ärger mit deinem Chef bekommen.«

»Okay, okay.« Felix erhob sich und ging zur Tür. »Aber wenn mir was auffällt, sollte ich ja wohl Bescheid sagen. Oder?«

»Auf jeden Fall«, beeilte sich Sören zu antworten, ehe sein Chef etwas anderes sagen konnte.

Sie schwiegen, bis sie hörten, dass die Eingangstür zu dieser Etage hinter Felix ins Schloss gefallen war. »Ich finde es gut«, bekräftigte Sören, »dass wir jetzt etwas wissen, das ein merkwürdiges Licht auf Dombrowsky wirft. Der Kerl hat Dreck am Stecken.«

»Wir können deswegen nicht aktiv werden.«

Sören stöhnte auf. »Kümmern wir uns also erst mal um die Kette von Heike Schrunz. Ich bin gespannt, ob Sandra Lührsen sie erkennt.«

22

Nach einem Blick in alle Räume des Obergeschosses entschied sich Mamma Carlotta, in dem sogenannten Herrenzimmer zu beginnen, das eigentlich ein Kinderzimmer hatte werden sollen. Sie blieb in der Tür stehen und ließ den Raum eine Weile auf sich wirken. Kein schöner Raum. Ebenso altmodisch möbliert wie das Wohnzimmer, atmosphärisch ebenso grau und kalt. Der Schrank und der Schreibtisch konnten gut und gerne noch aus Jeskos Jugendzimmer stammen. Beides hatte vielleicht diesen Raum füllen sollen, bis es endlich so weit war, dass ein Babybett und eine Wickelkommode gekauft werden konnten. Der Schrank war zerkratzt, an den Seiten waren Reste von Klebern zu sehen, da, wo der junge Jesko vielleicht die Poster seiner Idole angeklebt hatte.

Mamma Carlotta riss die beiden Schranktüren auf. Alles weg, was männlich ist, so hatte Sandra Lührsen gesagt. Hier war alles männlich, da brauchte sie nicht lange zu überlegen. Sie holte einen Müllsack und begann, den Schrank zu leeren. Kleidung, die längst in den Rote-Kreuz-Container gehört hätte, Matchboxsammlungen, alte Tagebücher, Stickeralben aus Jeskos Kindheit. Aber auch Fotomappen mit Fotos, die vielleicht für Sandra interessant waren? Auf einigen Fotos war sie selbst zu sehen, also war es wohl besser, diese Alben beiseitezulegen. Aber dann eine Sammlung von Zigarettenschachteln ausgefallenerer Art, die konnte weg. Langspielplatten, die einem Liebhaber womöglich gefallen könnten. Mamma Carlotta zögerte kurz und entschloss sich dann, auch sie in den

Müllsack zu stecken. Danach stieß sie auf eine Ukulele, die in einer Tasche steckte, die eigentlich für einen Badmintonschläger gedacht war. Weg damit! Dahinter, in einer Ecke des Schranks, fanden sich Noten und Liederbücher. Weg!

Unten hörte sie Stimmen, die Türen schienen offen geblieben zu sein. Sandra erzählte Carolin soeben von ihrer Jugend. »Meine Mutter war alleinerziehend. Drei Kinder von drei Vätern. Als meine Schwiegermutter das hörte, war sofort klar, dass ich nicht die Richtige für ihren Liebling war. Asozial nannte sie mich. Dabei hatte ich zumindest einen Vater, der Alimente zahlte, die Väter meiner Brüder hatten sich rechtzeitig verdrückt und nichts mehr von sich hören lassen. Mein Vater hat auch dafür gesorgt, dass ich eine Ausbildung bekam. In anderen Familien sind die Eltern stolz auf Kinder mit Abitur und abgeschlossenem Studium, meine Mutter war stolz auf eine Tochter, die Textilfachverkäuferin wurde und sogar die Abschlussprüfung bestand. Meine Brüder sind beide als Ungelernte auf dem Bau gelandet. Aber immerhin ist nie einer von ihnen in den Knast gewandert, wie das anfänglich zu erwarten gewesen war. Einer ist beim Ladendiebstahl erwischt worden, hat aber Bewährung bekommen. Und der andere war in schlechter Gesellschaft und hat mehr Drogen konsumiert, als gut für ihn war. Aber auch er hat die Kurve gekriegt. Doch ausgerechnet ich, die es im Leben am weitesten gebracht hatte, bin in den Knast gewandert. In der Verhandlung, in der ich verurteilt wurde, haben meine Brüder unter den Zuhörern gesessen. Als ich freigesprochen wurde, war keiner von meiner Familie dabei.«

Mamma Carlotta ging ins Zimmer zurück und griff wieder nach dem Müllsack. Carolin schien Fingerspitzengefühl zu beweisen. Es hörte sich ganz so an, als schaffte sie es, dass Sandra Lührsen sich öffnete. Dumm nur, dass Maximilian Witt vermutlich gar nicht zu schätzen wusste, dass Carolin etwas schaffte, das ihm selbst vermutlich nicht gelungen wäre.

Schon deswegen nicht, weil er auf die Schnelle keine Putzfrau für Sandra Lührsen gefunden hätte.

Das nächste Buch war ein alter Karl-May-Band. Mamma Carlotta lächelte. *Der Schatz im Silbersee!* Dieses Buch hatte auch Guido, ihr Ältester, verschlungen. Als sie es in den Müllsack stopfen wollte, rutschte ein Foto heraus. Es zeigte einen gut aussehenden Mann um die fünfzig. Er lächelte in die Kamera, nicht freundlich, auch nicht eitel, eher siegessicher, so kam es Carlotta vor.

Sie drehte das Foto um und entdeckte eine Widmung: »Danke für deine Liebe!«

Wieso steckte dieses Bild in einem Buch, das augenscheinlich Jesko Lührsen gehört hatte? Diese Widmung musste doch an eine Frau gerichtet sein. Carlotta warf dem lächelnden Gesicht einen letzten Blick zu, ehe sie das Foto im Müllsack verschwinden ließ. Vielleicht ein Verwandter von Jesko Lührsen?

Sie entsorgte einen Stapel Zeitschriften, hauptsächlich Magazine für Motorsport, in denen ein paar Pornoblätter versteckt waren. Angewidert warf Mamma Carlotta diese besonders schwungvoll weg. Sie kniff sogar die Augen zusammen, bis sie sicher sein konnte, dass alles im Müllsack verschwunden war, ohne dass sie es gesehen hatte.

Sie stöhnte auf. Die linke Seite des Schranks war vollständig ausgeräumt. Nur in einer Ecke lag noch eine Tageszeitung, das *Inselblatt* von Sylt. Keine aktuelle Ausgabe, sondern eine mehrere Jahre alte. Worüber mochte darin berichtet worden sein, dass Jesko Lührsen sie aufbewahrt hatte? Die Zeitung war so aufgeschlagen, dass nicht das Titelblatt zu sehen war, sondern eine Seite mit Berichten, die die Insel Sylt betrafen, vor allem die Baumaßnahmen, die geplant und zum Teil schon durchgeführt worden waren. Sehr kritisch wurde über ein Geschäftshaus berichtet, das in List gebaut wurde. Das *Inselblatt* hatte Fotos vom Richtfest gemacht. Norbert Dombrowsky, ein erfolgreicher Makler, hatte dafür gesorgt, dass bereits alle Büroräume des Geschäftshauses, dem soeben der Dachstuhl aufgesetzt worden war, Besitzer gefunden hatten. Stolz lächelte er in die Kamera. Neben ihm stand ein attraktiver Mann, der Architekt des Geschäftshauses. Mamma Carlotta stutzte und führte das Foto dicht vor ihre Augen, um das Gesicht des Mannes möglichst genau zu erkennen. Dann aber war sie sicher. Das war der Mann, dessen Bild sie soeben in den Müllsack gestopft hatte. Nun wusste sie auch, wie er hieß, sein Name war der Bildunterschrift zu entnehmen. Adrian Halliger! Was hatte es zu bedeuten, dass Jesko Lührsen in seinem Schrank ein Foto von einem Sylter Architekten aufbewahrte und dazu einen Zeitungsartikel, in dem er erwähnt wurde?

Über eine so kniffelige Frage ließ sich am besten nachdenken, wenn die Hände etwas zu tun hatten. Mamma Carlotta ging ins Bad, um den Putzeimer mit Wasser zu füllen. Der Schrank musste gründlich ausgewischt werden. Sie sah sich um, während das Wasser in den Eimer rauschte. Braun-orange gemusterte Fliesen, deren Wirkung die Objekte erschlug, die zweifellos in den letzten Jahren erneuert worden waren. Ein modernes Waschbecken, eine Eckbadewanne, die im Katalog vermutlich eine Wellnessoase genannt worden war, und eine Dusche mit gläsernen Wänden. Dass sie früher mal durch einen Duschvorhang abgetrennt gewesen war, ließ sich noch erkennen. Überdies hatte jemand versucht, diesen Raum ein wenig zu dekorieren. Jesko? Oder waren die zierlichen Wandregale mit den dekorativen Flakons und die Duftstäbchen auf der Fensterbank fünf Jahre alte Hinterlassenschaften von seiner Frau?

Mamma Carlotta ging zum Fenster und nahm die hölzerne Möwe zur Hand, die farblich nicht ins Ambiente passte. Dabei fiel ihr Blick nach draußen und wurde von einer Bewegung hinter der Hecke angezogen. Jemand schlich ums Haus herum.

Kein Mann, der darauf hoffte, einen Blick auf ein nacktes Modell zu werfen, nein. Eine Frau duckte sich und versuchte, nicht gesehen zu werden.

Dann hörte Mamma Carlotta die Geräusche eines Autos, die kurz darauf erstarben. Eine Wagentür klappte, wenige Augenblicke später klingelte es. Mamma Carlotta sah, wie die Frau sich davonmachte …

23

Erik griff nach seiner Jacke, Sören war in sein Büro gelaufen, um sich winterwarm anzuziehen. In diesem Augenblick ging das Telefon auf Eriks Schreibtisch. Er zögerte. Sollte er drangehen? Die wirklich wichtigen Gespräche kamen auf seinem Handy an, wer das Festnetztelefon benutzte, kannte ihn nicht besonders gut und wusste nicht, wie er mobil zu erreichen war. Am anderen Ende war also vermutlich jemand, der von der Zentrale zu ihm durchgestellt worden war, denn wer seine Durchwahl kannte, hatte sich im Allgemeinen auch seine Handynummer notiert. Vielleicht jemand, der eine Beobachtung im Fall Lührsen weitergeben wollte?

Er meldete sich – und prallte erschrocken zurück. Eine laute, aufgeregte Stimme schrie in sein Ohr, noch dazu in einer fremden Sprache, die er erst im zweiten Moment als Italienisch identifizierte. Gelegentlich wurden deutsche Wörter in das italienische Tempo geworfen, sodass ein Kauderwelsch entstand, das kaum zu verstehen war. Irgendwann kristallisierte sich eine Frage heraus, nachdem sie oft genug wiederholt worden war: »Dov'è Carlotta? Non è a casa. Carlotta nicht zu Hause. Warum nicht? Perché no?«

Erik stöhnte auf. »Violetta! Warum willst du wissen, wo meine Schwiegermutter ist?«

»Wir stehen davanti alla casa. Der Dottore und io.«

Erik musste sich setzen. »Vor welchem Haus?«

»Vor deinem naturalmente.«

»Wie? Dr. Hillmot kann doch mit seinem Gipsverband nicht laufen. Nicht Auto fahren. Kaum alleine aufstehen ...«

»No, no! Nicht zu Fuß! Nicht mit Auto! Mit Ambulanza.«

Als Sören in sein Zimmer schaute, um Bescheid zu sagen, dass er so weit sei, saß Erik da, als hätte er es sich anders überlegt. Als wolle er auf keinen Fall dieses Büro verlassen und als sei er zu schwach, seine Jacke wieder auszuziehen.

»Was ist los, Chef?«, fragte Sören erschrocken.

Erik rappelte sich hoch. »Das erzähle ich Ihnen unterwegs. Sie fahren nicht mit dem Rennrad, sondern steigen zu mir ins Auto.«

Diesen autoritären Tonfall war Sören nicht gewöhnt. Ihm war schlagartig klar, dass es einen Grund geben musste, dass sein Chef ihn nicht um etwas bat, sondern es anordnete. Er fügte sich, ohne nachzufragen, bestand nicht einmal darauf, die Treppe zu nehmen, sondern blieb neben Erik vor dem Aufzug stehen, drückte sogar für ihn die Taste, damit er kam, und fragte dann erst ganz leise: »Fahren wir nicht zu Sandra Lührsen?«

»Später«, gab Erik zurück. »Wir müssen erst mal in den Süder Wung.«

Sören war, als sie auf der Westerlandstraße angekommen waren, ins Bild gesetzt worden. Erik hatte es sogar fertiggebracht, trotz seiner nervlichen Anspannung sehr zügig zu fahren, was bei ihm eine Seltenheit war. Normalerweise fuhr er, wenn er nachzudenken hatte oder emotional angegriffen war, sehr langsam, und je mehr es zu denken gab, umso langsamer fuhr er. In diesem Fall musste er nicht nachdenken. Wie er die Angelegenheit beurteilte, war schließlich sonnenklar. Er musste nur einen Ausweg finden. Aber über den nachzudenken war sinnlos, das hatte er schon eingesehen, als er ins Auto stieg. Wenn Violetta einen Krankentransport bestellt hatte und mit Dr. Hillmot vor der Haustür stand, gab es keine Auswege. Keinen einzigen. Er wollte nur, seine Schwiegermutter wäre mit dieser Angelegenheit konfrontiert worden, die konnte mit familiären Katastrophen viel besser umgehen als er.

Auf der Höhe des Hochkamps kam ihnen ein Krankenwagen vom Deutschen Roten Kreuz entgegen, der nach Westerland fuhr. Wenn dieser Dr. Hillmot nach Wenningstedt befördert hatte, war es zu spät. Die schwache Hoffnung, Dr. Hillmot und Violetta wieder einzuladen und nach Hörnum zurückzuschicken, fiel in sich zusammen. Erik bog mit quietschenden Reifen in den Süder Wung ein, Sören hielt sich erschrocken am oberen Griff fest, weil er diese Fahrweise von seinem Chef nicht gewöhnt war.

Violetta war nicht zu übersehen und erst recht nicht zu überhören. Sie stand vor der Treppe, die zur Haustür hochführte, und schien die Stufen anzuschreien, weil diese sich dem Rollstuhl, in dem Dr. Hillmot hockte, in den Weg gestellt hatten. Dem Gerichtsmediziner saß eine Mütze schief auf dem Kopf, ein dicker Mantel war über ihn geworfen worden, als hätte die Zeit nicht gereicht, seine Arme in die Ärmel zu stecken, neben seinem Rollstuhl standen zwei Koffer, einer mit Ballettschuhen bedruckt, der Violetta gehören musste, ein anderer, in dem Dr. Hillmots Habe steckte.

Erik sprang so dynamisch aus dem Auto wie selten. »Was soll das?«, fragte er Violetta aufgebracht, erschrak aber gleich darauf über seine barschen Worte, als er Dr. Hillmots schuldbewusstes Gesicht sah. Du lieber Himmel, der arme Mann konnte garantiert nichts dafür, dass er im Rollstuhl vor Eriks Haus gelandet war!

»Wie kommen wir rein?«, schrie Violetta zurück. »Le scale!«

»Dass mein Haus eine Treppe hat, wusstest du«, gab Erik zurück. »Was machst du überhaupt hier?« Diese Frage richtete er ausdrücklich an Violetta, damit Dr. Hillmot sich nicht angesprochen fühlte, dem er sich nicht unfreundlich zeigen wollte.

Dennoch war es Dr. Hillmot, der antwortete: »Es ist meine Schuld. Ich hätte mir denken können, dass das nicht klappt mit Elke und Violetta.«

Erik wollte ihm zustimmen, unterließ es aber. Der arme Mann hatte unter seiner Entscheidung für Violetta weiß Gott genug zu leiden. Da musste er nicht noch weitere Vorwürfe zu hören bekommen.

Sören stellte die einzige konstruktive Frage: »Wollen Sie jetzt hier einziehen? Das geht doch nicht. Das Gästezimmer ist in der ersten Etage. Wie wollen Sie da hochkommen?«

Dr. Hillmot nickte, als hätte er es Violetta bereits gesagt.

»Allora ... das Wohnzimmer ist grande«, antwortete Violetta, die sich offenbar schon Gedanken gemacht hatte, was Erik wunderte. Im Allgemeinen war sie dafür bekannt, erst zu handeln und dann zu denken. Eine Eigenart, die in der ganzen Familie Capella vorherrschte, bei Violetta aber besonders ausgeprägt war.

»Haben wir dort vielleicht ein Bett, in dem Dr. Hillmot übernachten kann?« Erik neigte sonst nicht zum Sarkasmus, nur in Fällen, die ihn überforderten. Und dieser Fall gehörte eindeutig dazu.

»Wird schon gehen«, entgegnete Violetta. »Jetzt erst mal rein.« Sie musterte Erik und Sören, als wollte sie herausfinden, wem sie am ehesten die Kraft zutraute, den Rollstuhl samt schwergewichtigem Gerichtsmediziner die Treppe hochzutragen.

Erik gab Sören einen Wink. »Ich öffne die Terrassentür, Sie können ihn durch den Garten schieben.«

Auf diese Idee war Violetta nicht gekommen. Begeistert folgte sie Sören, während Erik die beiden Koffer die Treppe hochwuchtete. Er stellte sie vor der Haustür ab und beschloss, sie dort stehen zu lassen. Vielleicht merkte Violetta ja, wie unwillkommen sie war, wenn er das Gepäck nicht hereinholte und so tat, als rechnete er nicht wirklich damit, dass sie bei ihm einziehen wollte.

Als er durchs Wohnzimmer ging, stand Sören schon mit dem Rollstuhl an der Terrassentür, und Dr. Hillmot atmete auf, als er im warmen Wohnzimmer angekommen war. Violetta riss ihm die Mütze vom Kopf und nahm ihm den Mantel ab, obwohl Dr. Hillmot ihn gerne anbehalten hätte, weil er offenbar total durchgefroren war.

Violetta zeigte auf das Sofa. »Ist divano letto? Ein Schlafsofa, non è vero?«

Woher mochte sie das wissen? Es stimmte, Lucia hatte es damals richtig gefunden, ein Schlafsofa anzuschaffen, weil in den ersten Jahren ihrer Ehe ständig Besuch aus Italien gekommen war, für den das Bett im Gästezimmer nicht ausreichte. Nun war es schon lange nicht mehr benutzt worden, weil Lucias Geschwister und ihre Cousins und Cousinen nicht mehr nach Sylt reisten, weil sie mit dem norddeutschen Ehemann von Lucia nicht zurechtkamen.

»Was ist denn eigentlich passiert?«, fragte Erik, während Violetta den Versuch machte, sein Sofa in ein großes Bett umzuwandeln. Vergeblich natürlich. Erik war froh, dass Sören einsprang, dem sofort klar wurde, welche Technik es ermöglichte, die Sitzfläche nach vorn zu ziehen und aus den Rückenlehnen die Erweiterung der Liegefläche zu machen.

»D'accordo!« Violetta strahlte.

Erik wiederholte seine Frage, und Dr. Hillmot war es schließlich, der antwortete: »Meine süße Violetta hatte es gut gemeint. Aber leider ist meine Schwester nicht besonders humorvoll ...«

24

Es klingelte dreimal hintereinander. Mamma Carlotta war sofort alarmiert. So klingelte jemand, der zeigen wollte, wer vor der Tür stand. Vielleicht auch jemand, der Sandra Lührsen Gelegenheit geben wollte, aufs Öffnen zu verzichten, wenn dieser Besuch zum falschen Zeitpunkt kam, oder auch dann zu öffnen, wenn sie noch nicht angezogen war und keinen Fremden hineingelassen hätte. Ein geheimes, unauffälliges Klingelzeichen! Aber nicht für eine Mutter von sieben Kindern, die allesamt Heimlichkeiten gehabt hatten, die la mamma nicht durchschauen sollte. Carlotta Capella war fest davon überzeugt, dass sie alle geheimen Zeichen kannte.

Sie hatte gerade das Ausräumen des Schranks im sogenannten Herrenzimmer beendet, als sie das Klingeln hörte. Hurtig lief sie aus der Tür und beugte sich vorsichtig über das Treppengeländer. Sie sah Sandra Lührsen zur Tür gehen, konnte aber leider nicht erkennen, wer davorstand, als sie geöffnet wurde. Doch ihr fiel auf, dass Sandra ihren Besuch nicht zu Wort kommen ließ. Kein »Guten Tag!« oder »Endlich sehen wir uns wieder«, nein. Ihre Stimme zischte etwas, was Carlotta nicht verstehen konnte, leise, aber schneidend, in einem Ton, den jeder sofort richtig interpretieren musste. Möglich sogar, dass die Wörter Putzfrau und Reporterin darin vorgekommen waren, da war sie aber nicht sicher. Mamma Carlotta musste sich eingestehen, dass sie diese beiden Wörter gern gehört hätte, um sich einen Reim darauf machen zu können, dass Sandra hier jemanden abwimmelte, aber leider überhaupt nicht sicher sein konnte.

Schon wurde die Tür zugeschlagen, Sandras Schritte kehrten ins Atelier zurück. Mamma Carlotta hörte, dass sie zu Carolin sagte, da wäre ein wichtiger Besuch gewesen, das Leben müsse ja weitergehen, und sie könne froh sein, eine Chance zu bekommen, Geld zu verdienen. »Mit der Witwenrente werde ich nicht weit kommen.«

Mamma Carlotta hatte gerade nach dem Staubwedel gegriffen, als im Erdgeschoss Unruhe entstand. Carolin kam in den Flur, sie wollte scheinbar schon aufbrechen. So schnell?

»Signora Capella!«, rief sie die Treppe hoch, mit einer fragenden Stimme, die zu einer fremden Anrede passte. »Wir werden morgen weitermachen. Frau Lührsen muss weg.«

»D'accordo!« Mamma Carlotta sah sich um. Weit war sie nicht gekommen. Wenn das so weiterging, würde es eine ganze Woche dauern, bis das Haus sauber und von den Spuren des toten Jesko Lührsen befreit war. Und dann die Schmiererei an der Fassade! Was würde geschehen, wenn Sandra Lührsen die entdeckte? Vermutlich würde sie die Putzfrau damit beauftragen, das Werk dieser Schmierfinken schleunigst zu entfernen. Sie würde heute Abend in Panidomino anrufen müssen. An Signora Valentes Hauswand hatte mal ein Liebhaber ihrer Tochter »Ti amo« gesprüht, und die Mutter hatte damals ein Mittel gefunden, diesen Liebesbeweis zu entfernen. Das Mittel, um den Liebhaber zu entfernen, hatte sie leider erst später gefunden, beinahe zu spät, als sie herausfand, dass eine andere Frau von diesem Kerl ein Kind erwartete.

Sie ging die Treppe hinab, an deren Fuß Sandra Lührsen ungeduldig auf sie wartete. »Tut mir leid, aber da war gerade jemand vom Touristenbüro. Es geht um die Malkurse, die ich wieder anbieten möchte. Aktmalen für Touristen! Alle sind ganz wild darauf. Und nun geht's um die Werbung ...«

Mamma Carlotta glaubte ihr kein Wort. Hätte Sandra Lührsen die Wahrheit gesagt, hätte sich an der Tür ein Gespräch angebahnt, aber in Wirklichkeit war der Besucher überhaupt nicht zu Wort gekommen. Die Sache war für sie glasklar. Jemand hatte vor der Tür gestanden, der zu einem unpassenden Zeitpunkt erschienen war, jemand, den Sandra Lührsen nicht sehen lassen wollte, den sie vor der Journalistin verstecken musste. Vielleicht ihr ehemaliger Liebhaber?

Carlotta warf sich ihre Jacke über. »Gut, ich komme morgen wieder.«

»Ich auch«, ergänzte Carolin. »Wir waren ja gerade erst in Schwung gekommen.«

Sandra Lührsen lächelte, und mit einem Mal sah sie sehr hübsch und optimistisch aus, anders als bei ihrem Eintreffen. Der graue Schleier vor ihrem Gesicht hatte sich gehoben, der trostlose Ausdruck ihrer Augen hatte sich in Zuversicht verwandelt, die müde Hoffnungslosigkeit war von ihr abgefallen. Sie sah so aus, als wäre sie erst in diesem Augenblick in der Freiheit angekommen, die sie für immer verloren geglaubt hatte. »Ich bin froh, dass ich dem Chefredakteur vom *Inselblatt* abgesagt habe.« Sie bedachte Carolin mit einem anerkennenden Nicken, dann öffnete sie ihnen, ließ sie hinausgehen und warf die Tür hinter ihnen zu. Man konnte ihre schnellen Schritte in der Diele hören.

»Ich glaube ihr kein Wort«, sagte Mamma Carlotta.

Carolin nickte. »Die hat uns was vorgemacht. Ein Vertreter des Touristenbüros kommt nicht ins Haus. Der hätte sie einbestellt.«

»Und sie hat ihn gar nicht zu Wort kommen lassen. Sie hat ihm nur etwas zugezischt ...«

»Wahrscheinlich, dass er verschwinden soll, weil sie Besuch hat.«

Mamma Carlotta warf einen Blick zurück. »Es könnte auch jemand gewesen sein, der sie darauf hinweisen wollte, dass jemand eine schwere Beleidigung an ihr Haus gesprayt hat. Sie hat das vermutlich noch nicht gesehen.« Sie griff nach Carolins Arm und zog sie in einen schmalen Weg, der zwischen zwei Gärten hindurchführte. »Oder es war der Liebhaber, von dem Jesko in seinem Abschiedsbrief geschrieben hat?«

Carolin versuchte, ihre Neugier zu verbergen. »Du meinst, der steht nach fünf Jahren gleich wieder auf der Matte?«

»Warum nicht? Wenn er noch immer in sie verliebt ist. Oder wenn er ihr sagen will, dass es ihm leidtut. Bei l'amore muss man immer mit allem rechnen.«

Carolin flüsterte nun. »Wenn sie sich mit ihm trifft, könnten wir ihr folgen. Maximilian wäre begeistert, wenn wir ihm ein Foto von dem Liebhaber präsentieren.«

Das dämpfte Mamma Carlottas Eifer. Maximilian wollte sie nicht helfen. Und war es überhaupt richtig, diesen Liebhaber ins Licht der Öffentlichkeit zu zerren? Vor Gericht war sein Name nicht genannt worden, das hatte Erik berichtet, und er hatte es richtig gefunden. Nun sollte der Name in einer Zeitung stehen und demnächst jeder mit dem Finger auf diesen Mann zeigen?

Aber es war zu spät. Wenn die Neugier erst einmal derart hochgeschossen war und noch dazu eine andere Person dabei half, die Flamme am Lodern zu halten, dann war es unmöglich, dieses Feuer wieder auszutreten. Mamma Carlotta beruhigte sich damit, dass man ja immer noch darauf verzichten konnte, Maximilian Witt das Foto zur Verfügung zu stellen. Carolin konnte sogar darauf verzichten, dieses Foto zu schießen. Mamma Carlotta reichte es, zu wissen, wer dieser Mann war. Warum sie es gern wissen wollte? Darauf hätte sie nicht antworten können. So was wollte man eben wissen, basta!

Carolin suchte sich eine Stelle, wo sie die Haustür von Sandra Lührsen im Blick behalten konnte, ohne jedoch von dort gesehen zu werden. »Wetten, dass sie sich jetzt schminkt und umzieht? Das wird noch eine Weile dauern, bis sie sich aufmacht.«

Aber es ging schneller als gedacht. Schon nach einer Viertelstunde wurde die Haustür aufgerissen, Sandra Lührsen erschien auf der Schwelle. Sie trug einen langen schwarzen Wollmantel, darüber einen bunten Schal und Fellstiefel. Eine riesige Tasche baumelte an ihrer linken Schulter, ihre Lippen waren knallrot geschminkt, die Haare streng nach hinten gegelt. Sie sah schick und außergewöhnlich aus, obwohl ihre Kleidung unmöglich nach der neuesten Mode sein konnte, sondern mindestens fünf Jahre alt sein musste.

Zügig wollte sie losgehen, wurde dann aber mit einem Mal ausgebremst. Wie vom Schlag getroffen blieb sie stehen. Im Augenwinkel musste sie die riesigen grellroten Buchstaben gesehen haben, die neben der Haustür prangten. »Hure!« Man sah, dass sie mit den Lippen dieses Wort formte. Wie erstarrt stand sie da, offenbar unfähig, sich zu bewegen. Das Entsetzen hatte ihren ganzen Körper befallen.

Das Taxi, das kurz darauf vorfuhr, hätte sie beinahe nicht bemerkt. Erst als der Fahrer kurz die Hupe drückte, drehte sie sich um. Mit schleppenden Bewegungen ging sie auf das Taxi zu. Sie hatte die ganze Dynamik eingebüßt, mit der sie kurz vorher über der Schwelle ihres Hauses getreten war.

Das Taxi fuhr langsam an, der Fahrer schien zu warten, dass Sandra Lührsen sich anschnallte. Er gab erst Gas, als das geschehen war. Im selben Moment setzte sich in der Nähe ein anderer Wagen in Bewegung. Ein grüner Mini, der unvorsichtig ausscherte und es darauf anzulegen schien, dem Taxi zu folgen und es nicht aus den Augen zu verlieren. Mamma Carlotta konnte die Fahrerin erkennen, die einen langen Hals machte, um sehen zu können, welche Richtung das Taxi einschlug. Es war die Frau, die sie kurz vorher vom Badezimmerfenster aus gesehen hatte.

Aufgeregt griff sie nach Carolins Arm. »Diese Frau ...«

Carolin unterbrach sie. »Die kenne ich. Das ist Merret Halliger, die Kosmetikerin.«

»Halliger«, wiederholte Mamma Carlotta tonlos. »Die Frau von Adrian Halliger?«

Carolin wandte sich ihr erstaunt zu. »Du kennst ihn?«

In Sekundenschnelle wurde sie informiert und über Mamma Carlottas neueste Theorie aufgeklärt. »Kann es sein, dass Adrian Halliger der Mann ist, mit dem Sandra Lührsen ein Verhältnis hatte? War er vielleicht derjenige, der bei ihr geschellt hat?«

»Schon möglich.« Carolin wurde sehr nachdenklich. »Wenn

er es war, dann wollte Sandra natürlich nicht, dass er gesehen wird. Und er selbst wollte es genauso wenig.« Wütend stieß sie ihre Fäuste zusammen. »Was für ein Mist, dass wir zu Fuß sind und ihnen nicht folgen können!«

Mamma Carlotta sah den beiden Autos nach, die schon bald nicht mehr zu erkennen waren. »Merret Halliger hatte wohl Angst, dass die Affäre ihres Mannes mit Sandra Lührsen weitergeht. Deswegen hat sie das Haus beobachtet. Und sie hat vermutlich recht. Ihr Mann hat wirklich keine Zeit verloren.«

Carolin nickte, dann blickte sie ihre Nonna sehr nachdenklich an. Es war in ihren Augen zu lesen, dass sie eine Idee entwickelte, bei der ihre Großmutter die Hauptrolle spielen sollte ...

25

Erik atmete erleichtert auf, als er hörte, dass die Haustür geöffnet wurde. Endlich! Seine Schwiegermutter kam, sie würde ihn von ihrer Cousine befreien. Sollte sie sich doch anhören, was in Hörnum geschehen war, vielleicht verstand sie es, er selbst hatte noch nicht begriffen, was eigentlich vorgefallen war. Und Dr. Hillmot war viel zu erschöpft, um sich gegen Violettas Wortschwall durchzusetzen und Erik zu berichten, warum Violetta die Koffer gepackt und einen Krankentransport bestellt hatte. Erik war froh gewesen, als Violetta ihm auftrug, für ein großes Bettlaken zu sorgen, das sie über das Schlafsofa breiten wollte, um für Dr. Hillmot ein Bett herzurichten, auf dem er seinen Mittagsschlaf halten konnte. Erik hatte Sören in die Küche geschoben und ihn gebeten, einen Espresso zu kochen, damit er sich am Ende nicht noch gezwungen fühlte, in die Debatte einzugreifen, unvorsichtig Stellung zu beziehen oder sich auf die falsche Seite zu schlagen. Sören wusste ja nicht, dass Violetta in der Lage war, jedes vernünftige Argument zu verdrehen, sodass am Ende immer sie recht hatte. Ein Friese wie Sören und wie er selbst würde bei Violetta immer den Kürzeren ziehen.

Langsam, sehr langsam war er die Treppe hochgestiegen, hatte gemächlich den Wäscheschrank geöffnet und umständlich und zeitraubend ein Betttuch hervorgeholt. Als er wieder auf der oberen Stufe stand, um ins Erdgeschoss zurückzukehren, hatte er gehört, dass Violetta telefonierte.

»Sì, Süder Wung! No, nicht mehr Hörnum, sondern Wenningstedt. Wir wohnen jetzt hier.«

Um Himmels willen! Wen würde er außerdem noch erwarten müssen? Seine Schritte waren noch langsamer geworden, er war erst mal in die Küche gegangen, wo Sören vor einer Tasse Espresso saß und wortlos auf die zweite zeigte.

Erik hatte sich niedergelassen und einen Schluck getrunken. »Mit wem hat sie telefoniert?«, hatte er flüsternd gefragt.

Sören hatte ohne Weiteres zugegeben, dass er gelauscht hatte. »Mit Heike Schrunz. Sie wird demnächst in Ihr Haus kommen, Chef, um Dr. Hillmot zu versorgen.«

Erik hatte eine Weile gebraucht, um diese Auskunft zu verarbeiten. Dann hatte er aufgesehen. »Ist das gut für unsere Ermittlungen?«

Sören hatte genickt. »Könnte sein. Dr. Hillmot wird es schaffen, sie in diverse Gespräche zu verwickeln. Das kann er.«

»Vorausgesetzt, Violetta mischt sich nicht ein.«

In diesem Moment traten seine Schwiegermutter und seine Tochter ein. Entgeistert zeigte Mamma Carlotta auf das Betttuch, das auf dem Küchentisch lag, und dann zur Wohnzimmertür, hinter der sie Stimmen hörte. Vor allem eine Stimme, besonders laut, besonders schrill. »Violetta?«

Kurz darauf wurde Erik Zeuge, wie seine Schwiegermutter den Balanceakt versuchte, einerseits gastfreundlich zu sein, andererseits der Familie unerwünschten Besuch vom Hals zu halten, einerseits es nicht merken zu lassen, andererseits deutlich genug zu sein. Sehr, sehr schwierig. Er selbst hätte das niemals hinbekommen. Für ihn wären nur zwei Reaktionen infrage gekommen: ergeben nicken oder wutschnaubend zur Tür zu weisen. Beides war nicht gut, für diesen verzwickten Fall musste man ein besonderes Händchen haben und viel von Diplomatie verstehen.

Doch das Ende hatte dann nicht anders ausgesehen, als hätte er ergeben genickt. »Wir können il dottore nicht aus dem Haus werfen«, hatte Mamma Carlotta tuschelnd argumentiert, als sie in die Küche zurückgekommen war. »Er kann doch nichts dafür. Und Violetta ist nun mal meine Cousine. Eine Verwandte kann man auch nicht einfach aus dem Haus werfen.«

»Na toll.« Da hatte er so sehr auf das Verhandlungsgeschick seiner Schwiegermutter vertraut, und was war dabei herausgekommen? Nicht mehr, als wäre er gezwungen gewesen, selbst eine Entscheidung zu treffen.

Carolin war ebenso ratlos. »Wie soll das gehen? Wir haben im Erdgeschoss keine Dusche. Aber Dr. Hillmot kommt nicht die Treppe hoch.«

»Mir doch egal«, gab Erik wütend zurück. »Dann muss Heike Schrunz eben sehen, wie sie damit fertigwird. Sie ist die Pflegerin, sie wird schon klarkommen.«

Sören wagte einen Einwand. »Was ist denn nun eigentlich passiert? Warum konnten die beiden nicht in Hörnum bleiben?«

Mamma Carlotta glaubte, verstanden zu haben, was sich ereignet hatte. Nach dem, was Violetta in schnellstem Italienisch hervorgehaspelt und Dr. Hillmot in friesischem Deutsch ergänzt hatte, war Violetta mal wieder eingefallen, dass sie eigentlich Balletttänzerin hatte werden wollen. Während ihrer kurzen Zeit im Zirkus, mit dem sie vor vielen Jahren durchgebrannt war, hatte sie sogar geglaubt, Seiltänzerin werden zu können. Dazu war es aber nicht gekommen, denn Violettas große Liebe zu einem Zirkusartisten war zerbrochen und sie gezwungen, nach Hause zurückzukehren. Dort war sie von ihrer Mutter mit offenen Armen empfangen und von ihrem Vater verprügelt worden. Doch kaum waren die blauen Flecken und Blutergüsse verheilt, stellte sie fest, dass Spitzentanz noch immer möglich war. Sie musste zwar weiterhin zu Hause das Vieh versorgen, das Haus putzen und bei der Ernte helfen, tat das aber, soweit es möglich war, auf Spitze und mit großen Gesten, wie sie es bei der Seiltänzerin im Zirkus gesehen hatte. Ihr Vater hatte ihr jedes Mal eine Ohrfeige verpasst, wenn er sah, dass seine Tochter an den Futtertrögen vorbeitanzte und die Kühe im Rhythmus einer Musik molk, von der sie behauptete, es sei die *Nussknacker-Suite,* aber irgendwann hatte auch er sich daran gewöhnt und ließ sie gewähren. Auch als Violetta die Möhren aus der Erde zog und sie erst nach einer Pirouette in den Korb legte, schaute er darüber hinweg. Hauptsache, sie kam mit der Arbeit voran. Er ließ sogar zu, dass sie zu jeder Familienfeier einen einstudierten Tanz darbot, der mehr Bestürzung als Beifall hervorrief, und die Eltern fanden sich damit ab, dass ihre Tochter aufgrund ihrer merkwürdigen Gewohnheiten wohl nicht zu verheiraten sein würde. Dass Violetta die Ehe mit einem Dottore anstrebte, konnten sie nicht mehr miterleben. Sie hatten längst das Zeitliche gesegnet.

Ob Violetta ihren Liebsten mit ihrer Balletteinlage davon überzeugen wollte, die Richtige für ihn zu sein, wusste Mamma Carlotta nicht genau. Aber sie war offenbar auf die Idee verfallen, ihn mit ihrem Tanztalent zu erfreuen. Angeblich hatte sie es sogar mit einem Spagat versucht, und da sie groß und langbeinig war, kam ihr ein Beistelltischchen in den Weg, auf dem Elke Hillmot eine Vase dekoriert hatte, die ihr viel bedeutete. Sie war umgefallen und auf der Erde gelandet. »Nicht schlimm«, hatte Violetta behauptet, »nur eine kleine Ecke ab.«

Sie hatte also die Vase auf das Tischchen zurückgestellt, die künstlichen Ranunkeln wieder hineingestopft und ihre Tanzdarbietung fortgesetzt. Angeblich hatte es nicht an ihrer Armposition gelegen und auch nicht an dem Sprung, der ihrer Meinung zu dieser Aufführung dazugehört hatte, sondern lediglich an der Verständnislosigkeit von Elke Hillmot, die eintrat, als Violetta soeben auf das rechte Bein gesprungen war und das linke so weit nach hinten führte, dass Elke Hillmot sich knapp in Sicherheit bringen und nur durch einen grellen Schrei verhindern konnte, dass die Stehlampe umfiel. So jedenfalls hatte sie behauptet, Violetta dagegen war ganz anderer Ansicht gewesen. Sie war mal wieder davon überzeugt, dass sie es mit jemandem zu tun bekommen hatte, der ihre Kunst nicht zu würdigen wusste. So was passierte ihr ja ständig. Vermutlich war Elke Hillmot auch einfach nur neidisch gewesen, weil ihre Gelenkigkeit es bei Weitem nicht mit Violettas aufnehmen konnte. Mamma Carlotta endete stöhnend: »Für Violetta ist so eine kleine Wohnung einfach nicht das Richtige.«

Erik sah sich in seiner Küche um, die er bisher ausreichend groß genannt hätte, die ihm nun aber so vorkam, als müsste er demnächst um die Lampe, den Kaffeeautomaten und das Basilikumtöpfchen fürchten. Von den Bildern an seiner Wohnzimmerwand, dem hängenden Kerzenleuchter und der neuen Bogenlampe ganz zu schweigen. Carolin folgte seinem Blick und sah daraufhin genauso ratlos und unglücklich aus. Das heizte Eriks Zorn noch weiter an. Seine Tochter war heimgekehrt, seine Carolin, die seit zwei Monaten nicht mehr bei ihnen auf Sylt gewesen war! Und nun sorgte Violetta am Ende dafür, dass das Leben in diesem Hause unerträglich wurde und das Kind wieder nach Hamburg ging, wo es ruhiger und angenehmer war! Er ballte heimlich die Fäuste. Wenn Violetta es schaffte, Carolin aus dem Haus zu treiben, dann würde sie was erleben!

Er flüsterte vorsichtshalber, damit man es im Wohnzimmer

nicht hören konnte: »Sollen die beiden ab jetzt im Wohnzimmer leben? Und wir? Was ist, wenn ich am Abend mal fernsehen will? Mein Sofa ist jetzt ein Bett. Und Dr. Hillmot mein Mitbewohner? Ich will das nicht!«

Er stand auf, als seine Schwiegermutter ihm mehrmals versichert hatte, dass sie alles tun würde, damit sich eine bessere Lösung fand. Aber schon als er zur Tür ging, wusste er, dass es ihr nicht gelingen würde. Wie denn?

Geradezu schwermütig wandte er sich an Sören. »Kommen Sie! Wir wollten doch Sandra Lührsen das Foto von der Kette vorlegen.«

Er drehte sich um und blickte zurück. Ließ sie ihn wirklich gehen? Ohne zu klagen und zu jammern, weil sie ihm und Sören nichts zu essen gemacht hatte? Er hatte ihr am Morgen gesagt, er würde mittags keine Zeit für Antipasti, Primo, Secondo und Dolce haben, sie solle sich also nicht auf ein Mittagessen vorbereiten. Aber er wusste doch, wie schwer es ihr fiel, einen Angehörigen mit leerem Magen in die Welt hinauszuschicken. Normalerweise hätte sie ihnen etwas von der Suppe aufgewärmt, von der sicherlich noch etwas im Topf war. Aber sie hatte nicht daran gedacht. Das zeigte, wie sehr ihr dieser Tag zugesetzt hatte, Violettas Erscheinen im Hause Wolf, Dr. Hillmots Einzug hier. Dazu noch Carolins Besuch, aus dem sie doch ebenso eine Rückkehr machen wollte wie er selbst.

Sören hatte schon die Haustür geöffnet und sah sich fragend um. Erik nickte, als hätte er etwas gesagt, was bestätigt werden sollte, und folgte ihm.

26

Mamma Carlotta saß mit ihrer Enkeltochter am Küchentisch und lauschte auf die Stille im Haus. Kein Laut drang aus dem Wohnzimmer, nur gelegentlich das Ächzen des Sofas, auf dem offenbar nicht nur Dr. Hillmot, sondern auch Violetta eine Siesta hielt.

»Dio mio!«, flüsterte Mamma Carlotta. »Was sollen wir nur tun?«

Carolin war genauso ratlos. Sie war jedoch bereit, nach dem Positiven zu suchen, was ihrer Nonna, die eigentlich ein optimistischer Mensch war, in diesem Fall einfach nicht gelingen wollte. »Wir können Heike Schrunz auf den Zahn fühlen und ihr auf die Finger schauen, wenn sie kommt, das ist doch positiv.«

Mamma Carlotta tätschelte ihrer Enkelin die Hand. »Du bist ein gutes Kind.« Beinahe hätte sie hinzugefügt: Maximilian Witt hat dich gar nicht verdient! Aber das konnte sie sich zum Glück verbeißen. Diplomatie war gefragt. In diesen Tagen gleich mehrfach. Die Aufgaben, die sie zu bewältigen hatte, kamen ihr momentan ausgesprochen unübersichtlich vor. Irgendwie Carolins Verhältnis mit Maximilian Witt boykottieren, irgendwie dafür sorgen, dass das Kind nach Sylt zurückkam, und es irgendwie schaffen, dass Dr. Hillmot samt Violetta wieder nach Hörnum zog. Mamma Carlotta seufzte schwer. Ob das alles zu machen war? Ein heruntergekommenes Haus musste sie auch noch putzen und dafür sorgen, dass Erik nichts davon erfuhr. Zudem würde sie auch gern herausbekommen, wer Sandra Lührsen diese schreckliche Beleidigung ans Haus gesprayt hatte, und irgendwie konnte es natürlich auch nicht falsch sein, ihren Schwiegersohn dabei zu unterstützen, den wahren Mörder Witta Lührsens zu finden. »Madonna!« Es war viel zu tun.

»Wann wird die Pflegerin kommen?«, fragte Mamma Carlotta.

Carolin zuckte mit den Schultern. »Keine Ahnung. Was ist denn ihre Aufgabe? Dr. Hillmot an- und ausziehen? Seine Körperpflege? Kann das nicht auch Violetta machen?«

Aber Mamma Carlotta wehrte ab. »Nein, Heike Schrunz

soll herkommen. Wir wollen sie doch unter die Lupe nehmen. Bestellt worden ist sie ursprünglich von Elke Hillmot, die war ja gezwungen, ihren Bruder tagsüber allein zu lassen. Sie hat die Pflegerin engagiert, als sie noch nicht wusste, dass Violetta nach Sylt kommen würde.«

»Dann wird sie wohl morgens und abends kommen. Und vielleicht auch mittags, um ihm beim Essen zu helfen? Oder kommt dann Essen auf Rädern für ihn? Das ist doch nicht nötig, du kannst für ihn kochen. Und Hilfe beim Essen kann er von Violetta bekommen. Dafür, dass sie hier aufgekreuzt ist, kann sie ruhig was tun.«

In diesem Moment klingelte es. Vor dem Haus stand ein Kleinwagen, weiß, mit grünen Buchstaben an den Seiten: *Pflegedienst Asmussen.*

Als Mamma Carlotta öffnete, lachte ihr eine Frau entgegen, die sich sehr über die Melodieklingel der Familie Wolf amüsierte. »An der schönen blauen Donau? Herrlich!«

Sie war nicht groß, stämmig und sah sehr tatkräftig aus. Ihr Gesicht war rund und flächig, ihr Nase sehr klein und spitz, ihre winzigen flinken Augen funkelten. Die Dauerwelle, mit der sie ihre dünnen Haare in Form gebracht hatte, war nicht sehr vorteilhaft, ansonsten wirkte sie so, als wollte sie unbedingt gut aussehen. Unter ihrem weißen Kittel schauten Jeans hervor, die sie hochgekrempelt hatte, ihre Sneaker waren hellrosa und hatten giftgrüne Schnürsenkel. An den Fingern funkelten Ringe, die teuer aussahen, dazu trug sie billige Plastikarmreifen, die bei jeder Bewegung klapperten, und am Hals eine Kette, die so kostbar aussah wie ihre Ringe, mit einem Stein, der beinahe so grün war wie ihre Schnürsenkel. Das musste die Kette sein, die Dr. Hillmot aufgefallen war.

»Ich habe gehört, dass der Doktor umgezogen ist. Bin ich hier richtig?«

»Sì, sì, si accomodi!« Mamma Carlotta machte einen Schritt zur Seite, ließ Heike Schrunz eintreten und erklärte ihr in groben Zügen, warum Dr. Hillmot neuerdings hier wohnte, natürlich ohne ihr genauere Einblicke in ihre Verwandtschaft zu geben. Das ging die Frau schließlich nichts an.

»Ah, Sie sind auch Italienerin?«, frage Heike Schrunz. »Verwandt mit der Frau, die herumjammert, weil sie dem Doktor nicht auf den Schoß krabbeln darf? Und weil er keine Hand frei hat, um ihr in den Ausschnitt zu greifen?« Sie warf die Haustür hinter sich ins Schloss und stellte kurz den Koffer ab, der Ähnlichkeit mit einem Arztkoffer hatte. »Ich fürchte, sie wird dem Doktor nicht guttun.« Sie wies zur Wohnzimmertür. »Da lang?«

Mamma Carlotta ging voraus. Bevor sie die Wohnzimmertür öffnete, atmete sie tief durch. Wie mochte es dahinter aussehen? Wenn die beiden auf dem Sofa lagen und schliefen, dann waren sie hoffentlich ausreichend bekleidet und ließen sich nicht in einer Situation erwischen, die dem Ruf der Familie Wolf schadete.

Das war zum Glück nicht der Fall, denn beide, Violetta und Dr. Hillmot, schliefen tief und fest. Heike Schrunz schob Mamma Carlotta beiseite und rief mit lauter Stimme: »Der Pflegedienst ist da! Hopphopp, die Augen auf!«

Dr. Hillmot erschrak zu Tode, Violetta ebenfalls, ihre Reaktionen waren jedoch unterschiedlich. Während Dr. Hillmot versuchte, die Augen zu öffnen und zu realisieren, wo er war, fuhr Violetta in die Höhe, als sei eine Bombe eingeschlagen. »Santo cielo!« Sie schlug um sich und erwischte Dr. Hillmots rechten Mittelfinger, was ihm einen Schmerzenslaut entlockte. Er schien aus einem tiefen Traum zu kommen und hatte in diesem offenbar vergessen, dass er nicht allein war. Als er realisierte, dass er auf dem Sofa von Hauptkommissar Wolf lag, erschrak er noch einmal und wehrte Violetta ab, weil er noch nicht begriffen hatte, wer neben ihm lag. Daraufhin musste er sich gefallen lassen, dass sie ihn beschimpfte und ihm unterstellte, sie nicht mehr zu lieben. Dr. Hillmot entschloss sich daraufhin, die Augen wieder zu schließen und einen Ohnmachtsanfall vorzutäuschen, der so lange anhalten sollte, bis Violetta zu reden aufhörte.

Heike Schrunz blieb unerschütterlich stehen und betrachtete kopfschüttelnd ihren Patienten und die Frau, die sich ihr als seine Verlobte vorgestellt hatte. Leise sagte sie zu Mamma Carlotta: »Kein Wunder, dass Elke Hillmot die Signora nicht lange ausgehalten hat.«

Mamma Carlotta war geneigt, der Pflegerin recht zu geben, unterließ es aber. Familie war eben Familie, man redete nicht schlecht über Menschen, mit denen man verwandt war.

»Haben Sie schon was gegessen?«, fuhr Heike Schrunz ihren Schützling an, den dieses Reizwort veranlasste, vorsichtig den Kopf zu heben.

Violetta war es, die antwortete: »Wie denn? Sie haben doch gesehen, dass er völlig erschöpft ist.«

»Sie auch?«, fragte Heike Schrunz.

Die Antwort wollte Mamma Carlotta nicht hören. Sie drehte sich um und ging in die Küche, um aus dem Kühlschrank zu holen, was am Abend übrig geblieben war. Dabei fiel ihr ein, dass Erik und Sören diese Reste vielleicht gern gegessen hätten. »Madonna!« Wo war sie nur mit ihren Gedanken gewesen? Zwei schwer arbeitende Kriminalbeamte mit leeren Mägen! Das passte doch nicht zusammen. Am Ende würden sie sich wieder mit einem dieser schrecklichen Fischbrötchen begnügen müssen. Kalter, glitschiger Fisch, eingeklemmt zwischen zwei schneeweißen Brötchenhälften. Mamma Carlotta schüttelte sich. »Poco appetitoso!« Für den Abend würde sie besonders gut und besonders viel kochen müssen.

Violetta kam in die Küche. Sie war von Heike Schrunz hinauskomplimentiert worden. Angeblich konnte diese nicht arbeiten, wenn ihr jemand dabei zusah und sie mit kritischen Bemerkungen ablenkte. Das konnte Mamma Carlotta verstehen. »Besser, du isst hier in der Küche. Dann kannst du dem

Dottore später beim Essen helfen und darauf achtgeben, dass er nicht alles vollkrümelt.«

Sie ging noch einmal in die Vorratskammer zurück, wo sie etwas gesehen hatte, über das sie normalerweise hinwegblickte. Eine Dose mit Krabbensuppe. Essen aus der Dose? »Inaudito!« Andererseits wären Violetta und Dr. Hillmot damit schnell abgefertigt, das Gebäck könnten sie danach verzehren, und wenn es ihnen ausnahmsweise nicht besonders gut schmeckte, würde das vielleicht den Vorteil haben, dass sie eine Rückkehr nach Hörnum in Erwägung zogen.

Unauffällig, sodass Violetta es nicht sah, schmuggelte sie die Dose in die Küche und machte ihre Cousine auf ein Basilikumtöpfchen aufmerksam, das auf der Fensterbank stand und seine Blätter hängen ließ. Zum Glück war Violetta bereit, ihm das Leben zu retten, indem sie ihm etwas Wasser gab, was Carlotta die Möglichkeit verschaffte, heimlich den Dosenöffner anzusetzen, die Krabbensuppe in einen Topf zu gießen und die Dose in rasantem Tempo im Gelben Sack verschwinden zu lassen. Als Violetta sich wieder am Tisch niederließ, hatte Mamma Carlotta etwas getan, was sie noch nie auf ihr Gewissen geladen hatte. Tiefkühlkost verursachte ihr mittlerweile kein schlechtes Gewissen mehr, aber ein Fertiggericht aus einer Dose? »Impossibile!«

Während die Suppe heiß wurde, sah sie sich um. Wo war Carolin geblieben? Ein Blick aus der Küchentür sagte ihr, dass die Jacke ihrer Enkelin nicht mehr an der Garderobe hing. Dio mio! Violetta brachte es fertig, das Kind aus dem Haus zu treiben, das doch unbedingt merken sollte, wie schön es daheim war!

Violetta stellte sich dicht neben Mamma Carlotta und beugte sich an ihr Ohr. »Hast du die Kette gesehen?«

»Sì, naturalmente.«

»Mein Dickerchen glaubt, dass sie der Toten gehört hat, der Frau, die ermordet wurde, vor fünf Jahren. Du weißt schon?«

Natürlich wusste Mamma Carlotta, von wem sie sprach. Aber sie wollte unter keinen Umständen, dass Violetta sich in diese Angelegenheit einmischte. Dr. Hillmots Interesse an dem Fall war verständlich, und auf ihn hörte Erik auch gern, aber wenn Violetta ihn kommentierte oder Carlottas Schwiegersohn gar Ratschläge erteilte, würde er zu Hause kein Wort mehr über den Fall Witta Lührsen verlieren. Und das wollte Mamma Carlotta auf keinen Fall. Schließlich kannte sie Sandra Lührsen und fand, dass es ihr gutes Recht war, von der Frau etwas zu erfahren, was andere nicht wissen durften.

Vorsichtig lenkte sie das Gespräch darauf, dass sie bald würde einkaufen müssen, damit am Abend ein gutes Essen auf den Tisch kam, obwohl sie das ja bereits am Morgen erledigt hatte. Aber sie brauchte Gründe, um aus dem Haus zu kommen, und würde sich garantiert besser fühlen, wenn sie einen Besuch nebenan machte und Frau Kemmertöns erzählen konnte, wie es zurzeit im Hause Wolf aussah.

Violetta zeigte Interesse. »Kommt die Staatsanwältin auch?«

Carlotta erwähnte nicht, dass Tilla vermutlich so lange nicht auf Sylt erscheinen würde, wie Violetta sich bei den Wolfs aufhielt. »Sie ist in Flensburg. Sie muss arbeiten.« Sie sah ihrer Cousine zu, wie sie das Gebäck knabberte, das sie ihr hingeschoben hatte, und sorgte dafür, dass für Dr. Hillmot genug übrig blieb, der vermutlich von der Suppe nicht satt werden würde. Als diese heiß war, richtete sie ein Tablett für Dr. Hillmot an. »Du wirst ihn füttern müssen.«

»Sì, sì.« Violetta stand auf, als Heike Schrunz in die Küche kam. Ihr schien genauso wenig an einer Unterhaltung mit der Pflegerin zu liegen wie umgekehrt. Violetta hatte Schwierigkeiten, das Tablett durch die nur halb geöffnete Tür zu bugsieren, stieß sie mit dem rechten Fuß weiter auf, woraufhin das Tablett in Schräglage geriet und die Suppe ein paar Schlucke über den Tellerrand spuckte. Vor der Wohnzimmertür, die

Heike Schrunz dummerweise geschlossen hatte, blieb sie stehen und schrie: »Aprite! Aufmachen!«

Mamma Carlotta sprang auf, öffnete ihr die Tür und schloss sie hinter ihr fest. Heike Schrunz hatte sich am Küchentisch niedergelassen, als wollte sie noch nicht gehen.

»Un espresso?«, fragte Mamma Carlotta.

Das war offenbar genau die Frage, die Heike Schrunz erwartet hatte. Sie lehnte sich zurück, verschränkte die Arme vor der Brust und erkundigte sich nach Mamma Carlottas Heimatort, nach dem Grund ihres Besuchs auf der Insel, nach ihrer Familie in Panidomino und den Angehörigen auf Sylt. Mamma Carlotta war stolz darauf, dass ihr rechtzeitig einfiel, den Beruf ihres Schwiegersohns nicht zu erwähnen, damit Heike Schrunz sorglos plauderte und keine Angst hatte, etwas zu verraten, was ihr zum Nachteil werden konnte. Im selben Moment wurde ihr jedoch auch klar, dass Heike Schrunz ebenso raffiniert war wie sie selbst. Was sie für Interesse an ihrer Person gehalten hatte, war womöglich nichts anderes als geschicktes Aushorchen gewesen. Wusste Heike Schrunz längst, dass sie ins Haus des leitenden Ermittlers gerufen worden war?

Dieser Eindruck verstärkte sich, als sie anfing, von Witta Lührsen zu sprechen, kaum dass sie ihren Espresso vor sich stehen hatte. »Haben Sie von dem Fall gehört?«

Mamma Carlotta gab vor, ganz vage etwas vernommen zu haben, vor einer Kasse bei Feinkost Meyer, vielleicht auch bei Budnikowsky. »Die Schwiegertochter war die Mörderin?«, fragte sie scheinheilig.

»Von wegen!« Heike Schrunz gefiel es, besser informiert zu sein. Oder durchschaute sie Mamma Carlottas Ahnungslosigkeit? »Sie hat fünf Jahre gesessen, und vor drei Tagen wurde sie freigesprochen.« Danach erzählte sie in großer Ausführlichkeit alles, was Mamma Carlotta längst wusste. Sogar vieles, was nicht ganz der Wahrheit entsprach, woraufhin

Mamma Carlotta erneut allen Grund hatte, stolz auf sich zu sein, denn sie schaffte es, keine einzige Korrektur anzubringen und ihr Insiderwissen fest in sich einzuschließen. Dann erst wunderte sie sich darüber, dass Heike Schrunz so viel Zeit hatte. Vom Pflegenotstand wusste man auch in Italien eine Menge, und sie hatte längst gehört, dass es in Deutschland nicht anders war.

Aber Heike Schrunz winkte ab. »Bei mir ist eine Patientin ausgefallen, musste plötzlich ins Krankenhaus.« Sie blickte auf die Uhr. »Aber jetzt muss ich wirklich los. Bis heute Abend! Dann komme ich und mache den Doktor bettfertig.« Sie sah Mamma Carlotta kritisch an. »Haben Sie im Erdgeschoss eine Dusche?« Als Mamma Carlotta verneinte, beschloss die Pflegerin, dass Carlottas Hilfe nötig sein würde. »Wenn mir die Verlobte vom Doktor hilft, fällt er uns noch die Treppe runter. So wiggelig, wie die Frau ist.«

Mamma Carlotta brachte sie zur Haustür und war erneut äußerst zufrieden mit sich. Sie hatte die Bitte um Hilfe nicht zurückgewiesen, was ja schrecklich unhöflich gewesen wäre, aber auch nichts zugesagt. Vielleicht schaffte sie es, so sehr mit dem Kochen beschäftigt zu sein, dass Violetta gar nichts anderes übrig blieb, als der Pflegerin zur Seite zu stehen. Oder noch besser – sie war einfach nicht zu Hause, wenn der Pflegedienst kam.

27

Sandra Lührsen sah aufgewühlt, erhitzt, angespannt aus, als sie aus dem Taxi stieg. Ihre Miene veränderte sich jedoch, als sie Erik und Sören vor dem Haus stehen sah. Die beiden hatten sich gerade überlegt, ob es Sinn machte, auf Sandra Lührsen zu warten, nachdem sie vergeblich bei ihr geläutet hatten. Nun sah sie gereizt und reserviert aus und bedachte die beiden Polizeibeamten mit einem unfreundlichen Blick. »Sie wollen zu mir? Geht das schon wieder los?«

Erik beeilte sich mit seiner Antwort: »Es geht nicht um Sie, Frau Lührsen, aber ... aber wir müssen wieder von vorne anfangen. Der Tod Ihrer Schwiegermutter ist noch nicht aufgeklärt.«

»Kommen Sie rein«, sagte sie barsch, trat vor ihnen ins Haus, ließ die Tür hinter sich offen stehen, entledigte sich ihres Mantels und hängte ihn nachlässig über einen Kleiderbügel. Dann ging sie, ohne sich umzusehen, ins Wohnzimmer und schien zu erwarten, dass Erik und Sören ihr folgten.

Sören warf seine Jacke einfach auf einen Hocker, Erik jedoch hängte seine sorgfältig auf und ließ sich Zeit damit. Wo mochte Sandra Lührsen gewesen sein? Erik hätte sie das gerne gefragt, würde sich aber hüten. Fünf Jahre lang hatte sie keinen freien Willen gehabt, hatte nur dorthin gehen dürfen, wo man es ihr gestattete. Es war verständlich, dass sie nun den Umstand genoss, das Haus zu verlassen, wann sie wollte, zu gehen, wohin sie wollte und auf welche Weise sie wollte. Die Beleidigung, die an ihre Hauswand gesprayt worden war, hatte womöglich dafür gesorgt, dass sie sich entschieden hatte, ein Taxi zu nehmen, statt zu Fuß loszugehen und den Nachbarn zu begegnen, die wussten, warum sie verunglimpft wurde, und es womöglich sogar guthießen.

Sie stand mitten im Wohnzimmer und sah ihnen entgegen, als wollte sie ihnen keinen Platz anbieten.

»Ich sehe ein, dass Ihnen Besuche von Polizisten nicht angenehm sind«, begann Erik, »aber Sie müssen verstehen ...«

Sie unterbrach ihn mit einer Geste, mit der sie zu zwei Sesseln wies, und ließ sich selbst auf dem Sofa nieder. Eine Decke, die dort lag, schob sie achtlos zur Seite. Es war kalt und düster im Raum, Erik fühlte sich nicht wohl und sah, dass es Sören genauso ging.

»Sie können sich erinnern, dass wir Sie damals nach dem Schmuck Ihrer Schwiegermutter gefragt haben? Der Gerichtsmediziner hielt es für möglich, dass Witta Lührsen eine Kette vom Hals gerissen worden war.«

Sandra Lührsen nickte gleichmütig, als interessierte sie diese Erinnerung kein bisschen. »Ja.« Mehr sagte sie nicht.

»Sie haben damals angegeben, dass der Schmuck vollzählig vorhanden war.«

Nun zögerte sie, aber dann kam doch nur wieder ein »Ja«.

Erik zog sein Handy hervor, öffnete seine WhatsApp-Nachrichten und scrollte zu dem Foto, das Dr. Hillmot geschickt hatte. Er hielt es Sandra Lührsen hin. »Kennen Sie diese Kette? Hat die Ihrer Schwiegermutter gehört?«

Sie betrachtete das Foto lange, ohne zu reagieren, dann fragte sie: »Trägt die wahre Mörderin diese Kette? Hat sie die Kette angelegt, weil sie sich ja keine Sorgen zu machen brauchte? Weil ich ja für den Mord den Kopf hinhalten musste?«

»Kann sein«, entgegnete Erik. »Also ... kennen Sie die Kette?«

Sandra Lührsen nickte erst langsam, dann sehr heftig. »Ja, die gehörte meine Schwiegermutter. Sie hat sie nicht oft getragen, ganz, ganz selten. Deshalb ist mir damals nicht aufgefallen, dass sie fehlte.«

»Sie waren der Ansicht, der Schmuck Ihrer Schwiegermutter sei vollzählig vorhanden«, wiederholte Erik.

Sie nickte schuldbewusst. »Tut mir leid. Scheinbar hatte ich mich geirrt.«

Erik steckte sein Handy wieder ein. »Wie geht es Ihnen, Frau Lührsen? Kommen Sie zurecht? Können wir irgendwie helfen?«

Sie sah ihn überrascht an. »Die Polizei, dein Freund und Helfer?«

»Wollen Sie Anzeige erstatten? Wegen der Schmiererei an Ihrer Hauswand?«

»Anzeige gegen Unbekannt?« Sie machte eine wegwerfende Handbewegung. »Was würde das ändern? Dieses Schwein wird man sowieso nicht finden.« Sie legte das Gesicht in die Hände. Als sie es wieder hob, sah sie müde und abgespannt aus. »Scheinbar können die Leute sich nicht damit abfinden, dass ich unschuldig bin. Eine Mörderin bin ich nun nicht mehr, dann soll ich wenigstens eine Ehebrecherin sein. Eine Hure.« Das letzte Wort spuckte sie regelrecht aus. »Mich konnte nie jemand leiden. Dafür hat meine Schwiegermutter gesorgt.«

Erik stand auf, und Sören erhob sich ebenfalls. »Ich kann Ihnen jemanden besorgen«, sagte Sören, »der das wieder entfernt.«

Sandra Lührsen bedankte sich. »Das erledige ich selbst. Die Zeit, in der andere sich um meine Angelegenheiten kümmerten, ist vorbei.«

Erik nickte verständnisvoll. »Sie werden trotz dieser Anfeindungen auf Sylt bleiben?«

Sie stieß ein Lachen aus. »Jetzt erst recht. Ich lasse mich doch nicht von solchen Typen von der Insel jagen! Ich biete wieder Malkurse an. Wetten, dass die Touris jetzt noch lieber kommen als vorher? Aktmalen bei einer Frau, die fünf Jahre unschuldig im Knast gesessen hat! Das lassen sich viele nicht entgehen. Ich war eben im Touristenbüro. Die sind ganz sicher, dass ich viel Zulauf haben werde. Schließlich muss ich Geld verdienen. Jesko dürfte mir zwar einiges vererbt haben, er hat ja das Haus meiner Schwiegermutter verkauft, aber ich brauche laufende Einnahmen.«

Erik dachte an den Verkaufspreis, den Jesko Lührsen für das Haus seiner Mutter erzielt hatte. »Sie wissen noch nicht, was Ihr Mann Ihnen vererbt hat?«

Sandra Lührsen schüttelte den Kopf. »Ich habe einen Termin bei meinem Anwalt. Dann werde ich sehen, ob ich Millionärin bin.« Sie erhob sich und machte damit klar, dass für sie die Unterredung beendet war. Sie hatte die Frage beantwortet, die Erik gestellt hatte, sie konnten gehen.

Erik und Sören erhoben sich so schnell, als wären sie auf frischer Tat ertappt worden. Natürlich hätten sie sich sowieso in den nächsten Minuten verabschiedet, aber Sandras Verhalten kam einem Rauswurf gleich, der sie beide kränkte.

Als sie vor der Tür standen, sagte Sören: »Die konnte uns ja nicht schnell genug loswerden.«

Erik ging ihm voraus zum Auto. »Sie kann vermutlich nicht vergessen, dass wir sie damals ins Gefängnis gebracht haben.«

»Wir?« Sören war empört über diese Formulierung.

Erik nickte dennoch. »Wir waren zumindest mitschuldig. Wir hätten Jesko Lührsens Aussage damals genauer überprüfen müssen. Also können wir jetzt nicht erwarten, dass Sandra Lührsen uns mit offenen Armen empfängt.«

»Haben Sie deshalb nichts davon gesagt, dass nun auch ihr Mann zu den Verdächtigen gehört?«

»Das ist mir noch zu früh. Wir haben ja nichts in der Hand, was den Verdacht von Adrian Halliger bestätigt.«

Das sah Sören ein. »Und jetzt? Gehen wir zu Heike Schrunz und stellen sie zur Rede?«

»Natürlich. Wir müssen nur vorher mit dem Pflegedienst telefonieren.«

»Um zu hören, wo ihr nächster Arbeitseinsatz ist?« Sie gingen langsam auf Eriks Auto zu. »Ich glaube, es ist besser, wir besuchen sie privat. Der Arbeitgeber weiß natürlich, dass wir jetzt wieder in dem Mordfall ermitteln. Wenn wir uns dann schon am Tag nach dem Freispruch bei Heike Schrunz melden, könnte der Betreiber des Pflegedienstes hellhörig werden.«

Erik gab ihm recht. »Gut, erst mal schauen, was sie sagt.«

28

Mamma Carlotta hatte sich aus dem Haus geschlichen, war zu ihrer Nachbarin gegangen, hatte sich dort von der Seele geredet, was neuerdings in ihrem Wohnzimmer geschah, und war wie erhofft auf Verständnis gestoßen. Frau Kemmertöns brauchte sich nur vorzustellen, in ihrem eigenen Wohnzimmer hätte es sich ein Unfallopfer auf dem Sofa bequem gemacht und ließe sich von einer Italienerin pflegen, die alles andere als unauffällig war – schon brach ihr der Schweiß aus. »Nichts gegen Italiener, aber ...«, begann sie, schaffte es jedoch nicht, diesen Satz zu vollenden. Mamma Carlotta wusste auch so, was sie sagen wollte: Italiener waren ihr zu laut, zu schnell und viel zu dramatisch, aber man konnte trotzdem mit ihnen auskommen. Das bewies ja das gute Einvernehmen zwischen Carlotta Capella und Jale Kemmertöns. Violetta dagegen hatte die Nachbarin bei ihrem ersten Besuch mehr als einmal derart verschreckt, dass sie sich nichts Schlimmeres vorstellen konnte, als längere Zeit mit ihr unter einem Dach zu leben.

Frau Kemmertöns hatte es eigentlich nicht gern, wenn Besuch kam, aber in diesem Notfall war sie bereit, Mamma Carlotta einen Platz an ihrem Küchentisch zu überlassen. Dort konnte sie in Ruhe darüber nachdenken, ob das Essen, das sie für den Abend geplant hatte, ausreichend sein würde, ob sie ein weiteres Pfund Rinderhack würde besorgen müssen und die doppelte Menge der Suppe anrichten sollte. Es würde wohl am besten sein, noch einmal zu Feinkost Meyer zu gehen und alles, was sie am Vormittag besorgt hatte, noch einmal einzukaufen, damit das Essen reichte. Nebenan war ja keine Ruhe für solche Überlegungen, legte sie Frau Kemmertöns dar, die einsichtig nickte. Wenn Violetta im Haus war, musste man immer mit Unvorhergesehenem rechnen, daran konnte sich die Nachbarin noch gut erinnern, die Violetta bei ihrem ersten Besuch auf Sylt kennengelernt hatte. Sie war also voller Verständnis für Mamma Carlottas Nöte, allerdings nicht, wenn es um deren Vorbereitungen fürs Abendessen ging, noch dazu an einem ganz normalen Abend eines ganz normalen Wochentags, ohne dass jemand Geburtstag hatte, und überdies mit Gästen, die unerwünscht waren. Aber Frau Kemmertöns' Vorschlag, einfach ein paar Leberwurstbrote auf den Tisch zu stellen, wurde natürlich abgelehnt. »Madonna!« So was war für eine Italienerin kein Essen, bestenfalls ein kleiner Imbiss. Trotzdem wagte die Nachbarin noch einen Einwand: »Wenn Sie die beiden derart verwöhnen, werden sie so schnell nicht wieder ausziehen.«

Ein durchaus stichhaltiges Argument, das Mamma Carlotta zu denken gab. Aber sie schüttelte schnell den Kopf, und Frau Kemmertöns gab sich genauso zügig geschlagen. Mamma Carlotta konnte ihr die Gedanken ansehen, die durch ihren Kopf gingen: Die Schwiegermutter von Kriminalhauptkommissar Wolf gab ja keine Ruhe, bis sie vier Gänge auf den Tisch gebracht hatte, in Italien war das angeblich völlig normal. Frau Kemmertöns schickte ein Dankgebet zum Himmel, dass sie als Friesin und nicht als Italienerin zur Welt gekommen war.

Als Mamma Carlotta sich entschlossen hatte, noch einmal zu Feinkost Meyer zu gehen und dort dafür zu sorgen, dass das Essen am Abend reichen würde, erhielt Frau Kemmertöns zum Dank einen kleinen Überblick über die Geschehnisse im Haus Wolf. Dass Carolin zu Besuch war und ihre Nonna alles tun wollte, damit sie blieb, erfuhr und unterstützte sie, dass Sandra Lührsen im Wiederaufnahmeverfahren freigesprochen worden war, wusste sie natürlich längst, aber dass Carlotta sich ihrer Enkelin zuliebe bereit erklärt hatte, Sandra Lührsens Haus zu putzen, machte sie fassungslos. »Und das bei einer Frau, die im Gefängnis gesessen hat«, sagte sie verächtlich. »Eine Mörderin ist sie wohl nicht, aber sie hat ihren Mann betrogen.« Das sagte Frau Kemmertöns in einem Tonfall, als hätte Sandra Lührsen Sexpartys veranstaltet und ihren

Mann gezwungen, darüber hinwegzusehen. »Der arme Jesko! Musste sich Hörner aufsetzen lassen. Dabei hat er seine Frau doch so sehr geliebt! Ich habe Witta Lührsen mal im Touristikbüro darüber reden hören, wie es bei ihrem Sohn zuging. Kein Wunder, dass Jesko es seiner schlampigen Frau mal so richtig heimzahlen wollte.«

Mamma Carlotta blieb der Mund offen stehen. »Sie auch?« Nun bekam Frau Kemmertöns einiges zu hören. Dass sogar der schwedische König des Seitensprungs verdächtigt wurde, hatte Mamma Carlotta erst kürzlich in einer sehr bunten Zeitschrift gelesen, und was ein amerikanischer Präsident mit seiner Praktikantin gemacht hatte, wusste auch jeder. Boris Becker und Arnold Schwarzenegger waren prominente Seitenspringer, und sogar Madonna hatte ihren Mann betrogen. »Und das bei diesem Namen! Der Mann hat vermutlich geglaubt, wenn er eine Madonna heiratet, hat er eine Mutter Gottes im Haus.«

Frau Kemmertöns war der Meinung, dass eheliche Untreue bei berühmten Leuten was anderes sei, musste dann aber einräumen, dass so was auch unter ganz normalen Bürgern vorkam, ohne dass der untreue Partner dafür zur Strafe ins Gefängnis kam.

»Er hätte sich ja scheiden lassen können«, rief Mamma Carlotta erbost.

Aber Frau Kemmertöns gab zu bedenken, dass er dann seinen Besitz mit seiner Ehefrau hätte teilen müssen, obwohl sie ihn betrogen hatte, und die Kosten für so eine Scheidung seien ja auch nicht von Pappe. »Die Frau in den Knast zu schicken ist wirklich einfacher und kostengünstiger.«

Noch immer hatte Mamma Carlotta den Verdacht, dass Frau Kemmertöns mehr auf Jeskos als auf Sandras Seite stand, und bat sie, sich einmal vorzustellen, sie selbst sei in diese Situation gekommen. Einmal etwas Unvernünftiges tun, und dann ein Leben lang im Knast dafür büßen! »No, Signora!«

Frau Kemmertöns war außerstande, sich so etwas vorzustellen, und wandte ein: »Es waren ja nur fünf Jahre.«

Aber das Urteil lautete »lebenslänglich«. Wäre Jesko plötzlich gestorben, ohne die Gelegenheit zu haben, diesen Brief zu schreiben, dann hätte Sandra Lührsen lebenslänglich gesessen. »Immaginalo!«

Frau Kemmertöns sah ein, dass es einfacher war, sich Carlottas Meinung anzuschließen. Und sie nickte auch folgsam, als sie hörte, dass böse Menschen eine schwere Beleidigung an Sandra Lührsens Haus gesprayt hatten. »Alle reden nur von ihrem Seitensprung, niemand hat Mitleid mit ihr. Und niemand verurteilt Jesko Lührsen.«

Frau Kemmertöns machte keinen Hehl daraus, dass sie froh war, als Mamma Carlotta sich verabschiedete. Als sie von Feinkost Meyer zurückkehrte, war viel Zeit vergangen, denn sie hatte ein längeres Gespräch mit einer Kassiererin geführt, die froh war, dass sich endlich jemand ihre Leidensgeschichte anhören wollte, der noch nicht wusste, dass die bedauernswerte Frau von ihrem Mann verlassen worden war.

Um noch mehr Zeit vergehen zu lassen, ging Mamma Carlotta zu Budnikowsky, dem Drogeriemarkt, um dort nach einem Allzweckreiniger zu suchen. Als sie den Laden wieder verließ, fiel ihr Blick auf das Kosmetikstudio auf der anderen Straßenseite. Frau Kemmertöns hatte einmal von ihren Kegelschwestern einen Gutschein für eine Schönheitsbehandlung in diesem Salon bekommen und war höchst angetan, mit gepeelter Haut, Rouge auf den Wangen und getuschten Wimpern nach Hause zurückgekehrt. Nicht, dass Mamma Carlotta vorhatte, es ihr gleichzutun, aber ein Blick in das Schaufenster würde die Zeit des Nachhausekommens auf angenehme Weise ein wenig hinauszögern.

Tatsächlich war das Schaufenster des Schönheitssalons so stilvoll dekoriert, dass sich das Stehenbleiben und Betrachten lohnten. Die Tiegel und Tuben, die dort ausgestellt waren, lehnten an zierlichen Treibholzskulpturen, wie Tove sie zurzeit in Käptens Kajüte verkaufte. Ein breites, kräftiges Treibholz, womöglich der Rest eines Möbelstücks, das lange in aufgewühlter See getrieben hatte, betonte die Mitte der Auslage. An dieses waren mit hellgrünen Schleifen Produkte gebunden worden, mit den gleichen Strasssteinen besetzt, die auch das Treibholz schmückten. Ob diese Skulpturen auch von Paul Lührsen gefertigt worden waren? Oder war diese Art der Kunst an der See weiter verbreitet, als Mamma Carlotta wusste? Auch die Preisliste war an einer Treibholzskulptur befestigt worden. Die nahm ihr jedoch die Freude an der gelungenen Schaufensterdekoration. Grundbehandlung 65 Euro, mit Nackenmassage sogar 75 Euro, und ein Fruchtsäurepeeling, was immer das sein mochte, kostete sogar über 100 Euro. »Pazzo! Das ist ja verrückt!«

Während sie Begriffe wie Wimpernwelle, Edelsteinmassage, Impulsströme, Biofacelifting buchstabierte und versuchte, sich darunter etwas vorzustellen, kam eine Frau aus dem Hintergrund des Salons, die einen weißen Kittel trug, nach vorn zum Verkaufstresen. Offenbar die Kosmetikerin. Mamma Carlotta wollte sich entfernen, um nicht für eine interessierte und zahlungsfähige Kundin gehalten zu werden, da blickte die Frau auf und lächelte ihr zu. Das Gesicht kannte sie doch! Diese Frau hatte sie schon einmal gesehen! Aber wo? Die Kundin, die wohl gerade von ihr behandelt worden war, ließ sich von ihr in eine Jacke helfen, wechselte ein paar freundliche Worte mit ihr und verließ kurz darauf den Laden. Mamma Carlotta warf ihr einen Blick zu. Sah sie besonders schön, besonders gepflegt, besonders faltenlos aus?

Carlotta hatte sich noch nicht zu einer Meinung durchgerungen, da erschien die Kosmetikerin in der noch offenen Tür. Eine gut aussehende Frau, die ihrem Beruf alle Ehre machte. Ihr Make-up war makellos, ihre Frisur ebenso, ihr herzförmiges Gesicht war zart gepudert und schien faltenlos zu sein.

»Sind Sie an einer kosmetischen Behandlung interessiert? Ich habe zurzeit Einführungsangebote.«

Mamma Carlotta wollte gerade ablehnen, da fiel ihr Blick auf den Namen der Besitzerin, der auf einem Namensschild an ihrer Brust prangte. Merret Halliger! Die Frau von Sandra Lührsens Liebhaber. Schlagartig fiel ihr auch ein, wo sie diese Frau schon mal gesehen hatte. Sie war um Sandras Haus herumgeschlichen und dem Taxi, in dem Sandra gesessen hatte, mit ihrem Auto gefolgt.

»Ganz preiswert!«, lockte sie, und Mamma Carlotta spürte, dass sie nickte und Merret Halliger in den Salon folgte, um einen Behandlungstermin zu vereinbaren.

29

Erik hatte das Auto vor dem Haus abgestellt und war eine Weile hinter dem Steuer sitzen geblieben. So lange hatte er das Küchenfenster angestarrt, bis er sicher war, dass seine Schwiegermutter nicht zu Hause war. Keine Bewegung in der Küche! Dabei war sie doch zu dieser Zeit im Allgemeinen mit der Zubereitung des Abendessens beschäftigt! Oder hielt sie sich im Wohnzimmer auf, um Violetta bei der Betreuung von Dr. Hillmot zu unterstützen?

Er sah auf die Uhr. Eigentlich zu früh, um Feierabend zu machen. Zwar hatte er jede Menge Überstunden auf seinem Konto, die er abfeiern konnte, aber er steckte in Mordermittlungen, da war der Tag normalerweise nicht lang genug, um allen Spuren nachzugehen. Doch diesmal waren die Spuren alt, zum größten Teil schon verwischt, verweht, unkenntlich geworden. Auch die Kette, die Heike Schrunz trug, hatte sich als ein so undeutlicher Hinweis entpuppt.

Sie waren vor dem Haus vorgefahren, in dem sie wohnte, als sie gerade heimkam, in dem Wagen, der dem Pflegedienst gehörte. Ihr Blick war sofort misstrauisch geworden, als Erik und Sören aus dem Wagen stiegen und auf sie zukamen. »Wollen Sie zu mir?«

Sichtlich ungern ließ sie die beiden eintreten, in ein Haus, in dem alles eng zu sein schien, in dem aus einer Wohnung zwei gemacht worden waren, aus einem großen Wohnzimmer zwei kleine, aus einem großzügigen Eingangsbereich zwei schmale Flure. Das Haus schien häufig umgebaut worden zu sein. Vielleicht hatte es früher mal eine große Familie beherbergt, heute wohnten hier Heike Schrunz, ihre Schwester mit ihrem Mann und die Eltern, die schon im Rentenalter waren. Außerdem war ein Ferienapartment im Erdgeschoss entstanden, das für einen Zusatzverdienst sorgte.

Sie schoben sich an einem voll beladenen Garderobenständer vorbei in einen düsteren Zwischenflur. Erik stieß sich an der Ecke einer Kommode, die zu groß für diesen winzigen Raum war, und atmete erleichtert auf, als Heike Schrunz das Wohnzimmer betrat, das zwar auch sehr klein war, aber so spärlich möbliert, dass man drei Schritte machen konnte, ohne sich zu stoßen oder einem Möbelstück ausweichen zu müssen.

»Was wollen Sie von mir?«, fragte Heike Schrunz. »Das Gleiche wie vor fünf Jahren?« Sie hockte sich auf die Armlehne des Sofas und wies Erik und Sören die beiden Stühle zu. »Gehöre ich jetzt wieder zu den Verdächtigen, weil Witta mir zehntausend Euro hinterlassen hat?«

Erik zeigte auf die Kette am Hals der Pflegerin. »Woher haben Sie die?«

Sie tastete zu der Kette, als wollte sie kontrollieren, ob sie da noch da war. »Warum wollen Sie das wissen?«

»Hat die Kette mal Witta Lührsen gehört?«

Heike riss die Augen auf und gab vor, dass ihr die Stimme vor lauter Entsetzen versagte. »Was?«

»Bitte beantworten Sie meine Frage.«

»Natürlich nicht!«

»Es gibt aber jemanden, der aussagt, die Kette habe Witta Lührsen gehört.«

»Derjenige lügt!«

Erik wollte nicht zugeben, dass er ein Foto auf seinem Handy hatte, das Dr. Hillmot gemacht hatte. »Sie tragen die Kette häufig? Schon länger? Dann ist sie vielleicht einigen Leuten aufgefallen, die die Kette auch schon an Witta Lührsens Hals gesehen haben. Ist ja ein ziemlich auffälliges Stück.«

Nun sprühten die Augen von Heike Schrunz. »Ja, ich trage sie häufig, schon seit Jahren. Aber ausgerechnet jetzt, wo Sandra Lührsen aus dem Knast entlassen wurde, fragen Sie mich nach der Kette? Da kann ich mir ja ausrechnen, wer Sie auf die Idee gebracht hat.«

Darauf wollte Erik nichts entgegnen. »Sagen Sie mir einfach, ob Witta Lührsen Ihnen die Kette überlassen hat. Oder haben Sie sie ihr womöglich abgenommen? Nach ihrem Tod. Oder vorher schon. Vielleicht sind Sie von ihr erwischt worden, als sie in die Schmuckschatulle griffen?«

Heike Schrunz sprang auf. »Das muss ich mir nicht sagen lassen.«

Sören erhob sich ebenfalls, so, als wollte er Heike Schrunz an der Flucht hindern. Er streckte die Hand aus. »Geben Sie uns die Kette bitte.«

»Warum?«

Darauf antwortete Sören nicht. Er wollte nicht sagen, dass sich womöglich noch irgendwelche Spuren fanden. Das war mehr als unwahrscheinlich. Aber man konnte nie wissen. Kommissar Vetterich, der Chef der Spurensicherung, war sehr akribisch und geduldig, wenn es darum ging, zwischen winzigen Ösen und feinsten Kettengliedern ein paar Hautschuppen zu entdecken. Sören streckte Heike Schrunz weiterhin die Hand entgegen.

»Die habe ich geschenkt bekommen«, keifte Heike Schrunz.

Sörens Miene wurde anzüglich. »Ach so! Vermutlich von einer alten Dame, die Ihnen sehr dankbar war?«

»Genau! Frau Winterbein! Die habe ich lange gepflegt. Und sie hat immer zu mir gesagt: Wenn ich mal sterbe, Heike, dann bekommen Sie meine Kette.«

»Als sie dann gestorben ist, haben Sie sich die Kette genommen?«, fragte Sören.

»Natürlich nicht.« Heike Schrunz gab sich empört. »Frau Winterbein hat sie mir gegeben, bevor sie ins Krankenhaus gebracht werden musste. Dort ist sie dann gestorben.«

»Hat Frau Winterbein Angehörige?« Erik sah zu, wie Heike Schrunz die Kette vom Hals löste und sie Sören in die ausgestreckte Hand legte.

»Ja, auf dem Festland«, kam es mürrisch zurück.

»Wo genau?«

»Weiß ich nicht. Da müssen Sie Herrn Asmussen fragen. Die Unterlagen müssen ja mehrere Jahre aufbewahrt werden.«

Sören nahm einen Asservatenbeutel aus der Innentasche seiner Jacke und ließ die Kette hineingleiten. »Sie hören von uns.« Er verstaute den Beutel sorgfältig und sagte dann: »Außerdem brauche ich noch DNA-Material von Ihnen, Frau Schrunz. Eine Zahn- oder Haarbürste vielleicht?«

Heike sprang auf. »Das habe ich Sandra Lührsen zu verdanken, oder? Diese ... dieses Flittchen!«

»Das will ich nicht gehört haben«, antwortete Erik ruhig und erhob sich ebenfalls.

»Ist doch wahr!«, fauchte Heike Schrunz. »Jesko war ein so guter Mann, den hatte sie gar nicht verdient. Der hat sie wirklich geliebt! Aber was tut sie? Hurt durch die Gegend! Das Beste war für die feine Dame gerade gut genug. Nur schade, dass das Beste für Jesko zu teuer war. Trotzdem hat er getan, was er konnte. Aber bei der Post verdient man nun mal keine Reichtümer. Für das Atelier hat er einen Kredit aufnehmen müssen. Und was macht sie damit? Nutzt es, um mit Schweinkram Geld zu verdienen.« Sie blickte trotzig in Eriks indigniertes Gesicht. »Oder wie nennen Sie das, wenn da geile Männer sitzen und eine nackte Frau anstarren?«

»Ich nenne das Aktmalerei«, hatte Erik ruhig geantwortet. »Und mir gefällt es, wenn ein Mensch einen Weg findet, Geld zu verdienen. Als Frührentnerin hat Sandra Lührsen sicherlich nicht viel bekommen.«

Heike Schrunz hatte eine wegwerfende Geste gemacht. »Die wollte ja sowieso nicht mehr Verkäuferin sein. Das Rückenleiden kam ihr gerade recht. Nein, sie wollte mit einem Mal Künstlerin werden. Malerin! Witta Lührsen hat aller Welt erzählt, wie es im Haus ihres Sohnes zuging. Jesko musste das Putzen und Kochen übernehmen, damit Madame sich ihrer Kunst widmen konnte!«

30

Es war später Nachmittag, eigentlich eine gute Zeit, mit dem Kochen zu beginnen, aber Mamma Carlottas Schritte wurden immer langsamer, je näher sie dem Haus kam. Madonna! Sie hatte einen Kosmetiktermin vereinbart! War sie von allen guten Geistern verlassen? Warum brauchte sie eine Gesichtsbehandlung? Nur um die Frau näher kennenzulernen, die von ihrem Mann betrogen wurde? Sie würde sich gut überlegen müssen, ob sie nicht in einer Stunde zum Telefon greifen und den Termin wieder absagen sollte. Was konnte sie schon herausfinden, während Merret Halliger sich um die Verjüngung ihres Gesichts kümmerte? Und warum brauchte sie ein jüngeres Gesicht?

Vor der Tür hielt sie nach dem Fahrrad Ausschau, das Carolin genommen haben musste. Es stand nicht an seinem Platz, also war ihre Enkelin noch nicht zu Hause. Sie würde wohl erst kommen, wenn nicht mehr die Gefahr bestand, sich von

Violetta etwas vortanzen zu lassen oder sich ihre Lebensweisheiten anzuhören, für die sie selbst weiß Gott kein gutes Beispiel war. Mit großer Vorliebe näherte sich Violetta auch allen Geschlechtsgenossinnen mit Stiften, Puderquasten und Pinseln, um sie zu schminken, denn sie war der Meinung, dass andere Frauen, vornehmlich deutsche, allesamt grau und unscheinbar aussahen. Zufrieden war sie immer erst, wenn Cousinen und Nichten sich ergaben und ihr mit geschlossenen Augen ihre Gesichter hinhielten. Anschließend sahen sie aus, als wären sie in einen Farbeimer gefallen, während Violetta stolz darauf war, aus ihnen endlich attraktive Frauen gemacht zu haben, die sich was trauten. Mamma Carlotta hoffte, dass Merret Halligers Talent ausgeprägter war als Violettas und ihr Geschmack dezenter.

Sie beschloss, das Nachhausekommen ein wenig hinauszuzögern und erst dann in der Küche zu erscheinen, wenn es dringend Zeit wurde, mit dem Kochen zu beginnen, und für keine von Violettas ausgefallenen Ideen auch nur eine Minute zur Verfügung stand. Leise schloss sie auf, lauschte in den Flur, hörte Dr. Hillmots Stimme, der versicherte, niemals so verliebt gewesen zu sein wie in diesem Augenblick, stellte die Einkaufstaschen geräuschlos neben der Küchentür ab und zog die Haustür wieder ins Schloss. Das ging zwar nicht ganz unhörbar, aber da Violetta damit beschäftigt war, sich Dr. Hillmots Liebesschwüre anzuhören, würde sie sicherlich nicht auf die Idee kommen, ihr nachzurufen. Vorsichtshalber lief Mamma Carlotta, so schnell sie konnte, und fühlte sich erst sicher, als sie an der Westerlandstraße angekommen war. Fünf Minuten später stand sie vor Käptens Kajüte und riss die Tür auf.

»Geht das immer noch nicht langsam und bedächtig?«, fragte Tove zornig. »Oder kennen Sie diese Vokabeln gar nicht?« Er drehte sich zu Fietje um, der an seinem Stammplatz saß und in sein Bier starrte. »Wie heißt langsam und bedächtig auf Italienisch? Du kennst dich da doch ein bisschen aus.«

Fietje sah nicht auf, während er antwortete: »Lentamente und deliberatamente.«

»Haben Sie's gehört?«, fragte Tove, während Mamma Carlotta auf den Barhocker kletterte, den sie am liebsten einnahm.

Sie nickte friedfertig. »Ich hätte es auch auf Deutsch verstanden.«

»Und warum bewegen Sie sich dann nicht langsam und bedächtig?«

Mamma Carlotta überlegte, dann antwortete sie: »Das kann ich nicht.«

Tove stöhnte, als hätte er es mit einem ungezogenen kleinen Mädchen zu tun, war aber trotzdem bereit, ihr einen Cappuccino zu machen. »Weiß Ihr Schwiegersohn schon, wer Witta Lührsen umgebracht hat?«

»Ich war's nicht«, antwortete jemand in Mamma Carlottas Rücken.

Sie drehte sich um und betrachtete den Mann, den sie noch nie gesehen hatte. Offenbar ein Freund von Fietje, denn er setzte sich zu ihm und klopfte zur Begrüßung seinen Unterarm. »Gibst du einen aus?«

Fietje nickte, und der Mann bestellte ein Jever. »Aber ich fürchte, dass die Bullen bald wieder bei mir auf der Matte stehen.«

»Auf welcher Matte?«, fragte Tove zurück. »Hast du neuerdings eine eigene Haustür mit einer Fußmatte davor? Und einer echten Wohnung dahinter?«

»Frag nicht so blöd.« Der Mann war etwa in Fietjes Alter und sah auch ähnlich ungepflegt aus wie der Strandwärter von Wenningstedt. Beim Friseur war er lange nicht gewesen, rasiert hatte er sich auch seit Tagen nicht. Die dünnen grauen Locken hatte er im Nacken mit einem Gummi zusammengedreht, sein stoppeliges Kinn war über einen Dreitagebart längst hinaus. Er trug einen Troyer wie Fietje, dazu weite Hosen und schwere Gummistiefel, als rechnete er mit schlechtem Wetter. Die schäbige Regenjacke hatte er auf einen freien Stuhl geworfen.

Tove sah Fietje scharf an. »Willst du deinen Freund nicht vorstellen? Die Signora ist da bestimmt ganz versessen drauf.«

Fietje warf ihm einen gereizten Blick zu, während sein Freund verständnislos von einem zum anderen blickte.

Tove schien die Sache Spaß zu machen. »Das ist nämlich die Schwiegermutter von Kriminalhauptkommissar Wolf. Tja, da staunste.«

Tatsächlich sah der Mann so aus, als wollte er auf der Stelle die Flucht ergreifen. Warum nur? Mamma Carlotta verstand es nicht.

Aber Tove klärte sie auf. »Wetten, dass Ihr Schwiegersohn schon nach Maart Bleicken sucht? Der stand damals nämlich auch unter Verdacht, Witta Lührsen umgebracht zu haben. Und wer weiß, vielleicht war er es sogar.« Er knallte dem Mann sein Jever hin. »Wenn ich du wäre, hätte ich mich schon längst von Sylt verdrückt.«

Maart Bleicken trank einen Schluck, ehe er antwortete: »Warum? Ich war's ja nicht.«

»Das hat Sandra Lührsen damals auch gesagt. Und trotzdem hat sie lebenslänglich bekommen.«

»Wo soll er denn hin?«, fragte Fietje. »Woanders kennt er doch keinen.«

»Dann darfst du dich nicht wundern, wenn dir der Hauptkommissar demnächst begegnet.«

»Deswegen bin ich ja hier«, gab Maart Bleicken zurück. »In deine Kaschemme kommt doch kein solider Beamter.« Er sah sich um. »Was macht das ganze Treibholz hier? Soll das jemand kaufen?«

Tove warf sich in die Brust. »Das geht weg wie warme Semmeln.«

»Semmeln?« Mamma Carlotta hatte diese Vokabel noch nie gehört.

»Brötchen! Panini!«, half Fietje.

»Der Bulle … ich meine, der Schwiegersohn von der Signora hat sich die Sachen neulich sogar angeguckt«, prahlte Tove. »Er wusste nur noch nicht, welches Teil ihm am besten gefällt. Kann also durchaus sein, dass du ihn doch mal hier antriffst.«

Maart Bleicken stürzte sein Bier herunter. »Schönen Dank, darauf kann ich verzichten.«

Tove kümmerte sich nicht um ihn, sondern wandte sich an Mamma Carlotta. »Menno Koopmann war übrigens hier. Musste sich seinen Frust wegtrinken. Er wollte eine ganz tolle Reportage über Sandra Lührsen schreiben, aber die hat ihn nicht reingelassen. Angeblich hat sie die Exklusivrechte einer anderen Reporterin gegeben.« Er gluckste vor Lachen, und Mamma Carlotta war froh, dass er selten lachte. Jedes Mal fand sie ihn dann noch furchterregender als mit den vorgewölbten Brauen und dem wütenden Blick. »Exklusivrechte! Als wäre die Lührsen ein Promi. Die soll sich bloß nichts einbilden. Wenn die meint, sie kann sich jetzt wichtigmachen, weil sie unschuldig im Knast gesessen hat, dann kann sie das gleich wieder vergessen. Jesko war vernarrt in sie, und trotzdem hat sie ihm Hörner aufgesetzt. Ist das vielleicht in Ordnung? Und irgendeiner anderen Frau hat sie den Kerl abspenstig gemacht. So was tut man nicht.«

Mamma Carlotta verschlug es die Sprache. Tove wusste mit einem Mal, was man tat und was nicht? »Aber …«

»Wer ihr Liebhaber war, weiß zwar keiner, aber das wird sich bald herausstellen.«

Mamma Carlotta nippte an ihrem Cappuccino. Nein, sie würde nicht verraten, welchen Namen sie in Jeskos Schrank gefunden hatte. Wenn Tove ebenfalls so gemein über Sandra Lührsen redete, hatte er es nicht verdient, etwas zu erfahren, was andere noch nicht wussten. Sonst trug sie ja gern ihr geheimes Wissen an diese Theke und teilte es bereitwillig mit Tove und Fietje, aber so nicht. Was war das für eine doppelte Moral! »Doppia morale«, murmelte sie. Was Jesko getan hatte, fand mehr Verständnis als Sandras Affäre. »Inaudito!«

31

Vor der Tür des Hauses von Heike Schrunz waren Erik und Sören eine Weile stehen geblieben und hatten in den Himmel gesehen, über den dunkelgraue Wolken zogen, die die Möwen mit sich zu reißen schienen. Ihre Schreie übertönten das Rauschen der Bäume, die die Nachbargärten voneinander trennten. Sören verstaute die Zahnbürste, die Heike Schrunz ihnen am Ende überlassen hatte, wenn auch unter theatralischem Wehklagen.

»Deshalb hat Sandra Lührsen also diesen schlechten Ruf«, hatte Erik gesagt. »Ihre Schwiegermutter hat dafür gesorgt.«

Sören hatte sich daran erinnert, dass auch seine Mutter gelegentlich davon gesprochen hatte, was Witta Lührsen überall dort erzählte, wo es interessierte Zuhörer gab. Angeblich war ihre Schwiegertochter faul und unordentlich, hatte stets hohe Ansprüche gestellt, aber selber nichts dafür getan, sie zu erfüllen. Der arme Jesko habe sich krummschuften müssen, um es seiner anmaßenden Frau recht machen zu können, aber sie sei selten zufrieden gewesen. Was er auch für sie tat, es war nie genug. »Sandra Lührsen wusste, wie schlecht ihre Schwiegermutter über sie redete«, schloss Sören. »Kein Wunder, dass sie sofort in Verdacht geriet.«

»Sogar jetzt wird sie nicht gemocht.«

»Kein Mitleid für fünf Jahre Gefängnis! Nur Empörung, weil sich herausgestellt hat, dass sie nicht treu war. Ich wette, dass die meisten, die jetzt mit dem Finger auf sie zeigen, ebenfalls eine Affäre haben oder hatten.«

»Schwiegermütter!« Erik hatte aufgestöhnt und dann ergänzt: »Mit meiner habe ich echt Glück gehabt. Sie ist zwar auf Dauer etwas anstrengend, aber sie würde nie etwas tun, das mir schadet, und nie schlecht über mich reden.«

Sören hatte gegrinst. »Nein, das würde sie wirklich nicht.«

Daraufhin hatte Erik beschlossen, früher Feierabend zu machen. Er hatte sich entmutigt gefühlt. Die Kette, die Heike Schrunz getragen hatte, würde sie vermutlich nicht weiterbringen. Wenn sie wirklich einmal Witta Lührsen gehört haben sollte, wäre die Pflegerin nicht so dumm gewesen, sie anzulegen, erst recht nicht jetzt, da die Mordermittlungen wieder einsetzten und die Kette ihre Schuld beweisen könnte. Es war zum Verzweifeln. Dombrowsky, Felix' Chef, konnte nicht auf das angesprochen werden, was Felix herausgefunden hatte. Maart Bleicken war unauffindbar, und Dombrowskys Bemerkung, auch Jesko könnte der Mörder sein, schwer zu verfolgen. Es gab außer dieser Behauptung nicht den geringsten Anhaltspunkt. Sie müssten das Haus durchsuchen, in dem Jesko so lange gelebt hatte, in dem jetzt seine Witwe wohnte. Aber dieser Verdacht würde nicht für eine Hausdurchsuchung reichen.

Erik ließ das Auto am Süder Wung stehen und ging Richtung Meer, die Seestraße hinab, auf das Strandwärterhäuschen zu, in dem eigentlich Fietje Tiensch sitzen und Gästekarten kontrollieren müsste. Aber im November schaute die Kurverwaltung nicht auf die Einhaltung seiner Arbeitszeit. Das Häuschen war verwaist, niemand war auf der großen hölzernen Treppe zu sehen, die zum Strand hinabführte. Der Wind traf Erik auf dem oberen Podest, als wollte er ihn angreifen, die Fahne hinter dem Dünenhof zum Kronprinzen knatterte wie eine Maschinengewehrsalve. Dennoch war die Stimmung alles andere als aggressiv. Nein, der Wind griff nicht an, er tobte und rauschte, raste über den Strand, brauste aufs Meer zurück und warf sich immer wieder der Insel entgegen.

Erik zögerte, stieg aber dann doch nicht die Treppe hinunter, sondern machte kehrt und ließ sich vom Wind schieben. Nach Hause? Er gestand sich ein, dass es ihm dort nicht gefallen würde, wenn seine Schwiegermutter nicht daheim war. Sie schaffte es ja immer, Gemütlichkeit zu verbreiten und aus einer Küche einen Ort zu machen, an dem es behaglich war. Aber mit Violetta im Nebenzimmer? Und mit Dr. Hillmot in seiner ganzen Hilflosigkeit? Erik mochte ihn, aber er wollte dennoch nicht den Abend neben ihm verbringen. Mit Violetta erst recht nicht. Er wollte den Fernseher anstellen, sich aufs Sofa fläzen, seine geliebten grünen Kissen in den Rücken schieben und die Füße auf den Tisch legen. Das alles war nicht möglich, solange Dr. Hillmot und Violetta unter seinem Dach lebten. Da blieb er lieber bei seiner Schwiegermutter in der Küche. Vorausgesetzt, sie war zu Hause ...

Spontan bog er in den Hochkamp ein. Es war ihm eine Idee gekommen. Weihnachtsgeschenke schon im November zu besorgen machte es bequemer im Dezember. Tilla hatte ihm erklärt, worüber sie sich freuen würde. Er hatte es nicht vergessen und würde das an diesem Abend erledigen. Ein gutes Gefühl, ein Ziel zu haben, statt so lange herumzulaufen, bis genügend Zeit vergangen war.

32

Mamma Carlotta war enttäuscht. Sie hatte über Sandra Lührsen reden wollen und davon, dass sie glaubte, den Namen ihres Liebhabers zu kennen. Sie hatte selbstverständlich auch über Merret Halliger und ihren Schönheitssalon sprechen wollen. Und natürlich wollte sie ausgiebig mit Tove und Fietje darüber debattieren, warum eine leidgeprüfte Frau wie Sandra Lührsen, die fünf Jahre unschuldig im Gefängnis gesessen hatte, noch immer wie eine Schuldige behandelt wurde. Jetzt nicht mehr schuldig des Mordes an ihrer Schwiegermutter, sondern schuldig, ihren Mann betrogen zu haben, und sogar schuldig, ihn zu seiner schrecklichen Rache verführt zu haben.

Aber leider hatte das Erscheinen von Maart Bleicken einen Strich durch ihre Rechnung gemacht. Nun ging es nur noch darum, wie schuldig Maart Bleicken sich gemacht hatte. Fietje vertraute seinem Freund, Tove war da längst nicht so sicher, und Maart selbst tat so, als müsste jeder denkende Mensch begreifen, dass er nichts mit dem Tod von Witta Lührsen zu tun haben konnte.

»Ich bin durchs offene Fenster gestiegen, das war ja direkt eine Einladung. Dann habe ich die Alte da liegen sehen und bin stiften gegangen. Wenn das nicht logisch ist! Jeder in meiner Lage wäre abgehauen.«

Tove fing an, seine Gläser zu putzen. »Mancher aber erst, nachdem er sich in allen Schränken umgesehen hat. Vermutlich wusstest du ganz genau, wo du suchen musstest.«

»Wie kommst du denn darauf?« Maart Bleicken zog ein Gesicht wie ein unschuldiges Kindergartenkind.

»Ich kenne doch Fietje Tiensch«, gab Tove zurück. »Wenn der als Spanner unterwegs ist, guckt er in viele Fenster. Wetten, dass er wusste, wo Witta Lührsen ihr Geld versteckte? Hat er dir vielleicht was verraten?«

Fietje tippte sich an die Stirn. »Bei dir piept's wohl.« Dann erwachte so etwas wie Temperament in ihm. »Darauf hat der Mörder es angelegt. Es sollte so aussehen, als hätte ein Einbrecher Witta Lührsen umgebracht. Deswegen hat der Mörder das Fenster offen stehen lassen.«

»Stimmt.« Maart Bleicken sah seinen Freund dankbar an. »Ein paar Schranktüren waren auch offen und die Fächer durchgewühlt.« Sein Blick fiel auf Mamma Carlotta, und er stockte. »Vielleicht können Sie uns erzählen, was die Polizei glaubt?«

Mamma Carlotta war froh, dass sie nicht mehr zum Antworten kam. Sie wusste doch, dass Eriks Ermittlungsarbeit immer geheim gehalten werden musste. Andererseits wusste sie eben auch, wie angenehm es war, ahnungslosen Zuhörern etwas zu verraten, was bis dahin noch niemand wusste. So atmete sie erleichtert auf, als sie nicht in die Lage kam, sich die Sache zu überlegen.

Fietje stieß einen kurzen Pfiff aus und boxte Maart Bleicken in die Seite. Der schien sofort zu verstehen, sprang auf, lief um die Theke herum und verschwand in Toves Küche. Der Wirt wollte protestieren, aber es reichte ein kurzes Nicken von Fietje zum Fenster, und auch Tove erkannte, worum es ging, und schluckte seinen Protest herunter.

»Au Backe, Signora!«, sagte er leise. »Bis in die Küche schaffen Sie es nicht mehr.«

Die Tür öffnete sich, ein Schwall kalter Luft drang herein und eine Stimme, die Mamma Carlotta gut kannte. »Moin!«

Madonna! Beinahe wäre sie herumgefahren, bezwang sich aber im allerletzten Augenblick und starrte in ihre Cappuccinotasse, als hätte sie nichts gehört. Was machte Enrico um diese Zeit in Käptens Kajüte? Er war doch mit Mordermittlungen beschäftigt! Da hatte er oft bis spätabends zu tun. Oder ...

Weiter kam sie mit ihren Gedanken nicht. Erik schob sich neben sie auf einen Thekenhocker und sagte: »Dir gefällt es zurzeit auch nicht im Süder Wung?« Er bestellte einen Caffè corretto, und Mamma Carlotta war froh, dass sie Tove übersetzen konnte, was das bedeutete, nämlich ein Espresso mit einem Schuss eines hochprozentigen Getränks. »Grappa, Sambuca oder Brandy.«

»Tut's auch ein Köm?«, fragte Tove, und bis Erik sich einverstanden erklärt und darum gebeten hatte, wirklich nur einen kleinen Schuss zum Espresso zu geben, hatte sich in Mamma Carlottas Kopf eine ganze Armee von faulen Ausreden und guten Begründungen formiert, die allesamt strammstanden. Sie wusste auch, dass man in Fällen wie diesem am besten mit einer Gegenfrage reagierte, um Zeit zu gewinnen. »Du hast auch keine Lust, nach Hause zu gehen?«

»Nicht, solange Violetta und Dr. Hillmot bei uns wohnen.«

Die Ausreden salutierten und präsentierten das Gewehr. »So geht's mir auch, Enrico. Ich weiß ja, dass diese …«, sie warf Tove einen entschuldigenden Blick zu, »… diese Kaschemme nicht das Richtige für mich ist. Aber ich kam gerade hier vorbei, und da dachte ich …«

Sie brauchte den Satz nicht zu vollenden, Erik glaubte, sie trotzdem zu verstehen, und er fragte nicht einmal, welche Besorgung sie ausgerechnet in den Hochkamp geführt hatte. Was für ein Glück! »Dir geht es auch auf die Nerven, dass das Wohnzimmer belegt ist?«

»Vor allem macht es mich traurig, dass Carolin nicht im Haus ist. Wir wollen doch alles tun, damit sie wieder nach Sylt kommt. Aber seit Violetta da ist, geht sie lieber zu Nele und Ella oder recherchiert für die Reportage, die Maximilian schreiben will.«

»Die Reportage über Sandra Lührsen.« Erik stürzte seinen Espresso corretto herunter und schüttelte sich. »Ich glaube, das mit dem Köm war doch keine gute Idee, Herr Griess. Machen Sie mir lieber einen Cappuccino.«

Tove beeilte sich, seiner Bitte nachzukommen, und schaffte es, Mamma Carlotta, bevor er sich dem Kaffeeautomaten zuwandte, einen Blick zuzuwerfen, der jede Menge Hochachtung enthielt. Manchmal wollte er ja nicht glauben, wie ausgeprägt ihr diplomatisches Geschick war, nun hatte er eine Kostprobe davon erhalten.

Erik sackte über der leer getrunkenen Tasse zusammen. »Was können wir nur tun, um Carolin zurückzuholen?«

Mamma Carlotta legte ihrem Schwiegersohn eine Hand auf den Unterarm. »Lass mich nur machen. Du hast genug mit deinem Mordfall zu tun.«

Er sah sie dankbar an. Und in Mamma Carlotta entstand

das unangenehme Gefühl, etwas versprochen zu haben, was sie vielleicht nicht halten konnte. »Ich werde ihr morgen helfen«, sagte sie. »Carolin will unbedingt mit Sandra Lührsen sprechen, wegen der Reportage. Es soll ein ausgiebiges Interview werden. Und ich soll sie begleiten.«

Dass sie während Carolins Gespräch mit Sandra Lührsen deren Haus putzen sollte, verschwieg sie wohlweislich. Das durfte Erik nicht erfahren.

»Du gehst mit ihr, weil du es zu Hause mit Violetta und Dr. Hillmot nicht aushältst, schon klar.«

Jetzt legte er seine linke Hand auf ihre rechte, die noch immer auf seinem Unterarm ruhte. »Wenn einer es schafft, Carolin zurückzuholen, dann du.« Er räusperte sich und sah mit einem Mal verlegen aus. Gefühlvolle Äußerungen waren einfach nicht sein Ding. Er schien froh zu sein, dass Tove den Cappuccino vor ihn hinstellte. Und schon nach dem ersten Schluck war er wieder der Kriminalbeamte, dem es nur um Fakten, nicht um Gefühle ging. Er starrte Fietje so lange an, bis dieser seinen Blick bemerkte und aufsah. Er schien es im selben Moment zu bereuen, denn Erik fragte: »Sind Sie nicht mit Maart Bleicken befreundet, Herr Tiensch?«

Fietje brummte etwas, was sich anhörte, als hielte er Freundschaft für ein Wort, das nur in kitschigen Romanen vorkam.

»Aber Sie kennen ihn gut?«

Dazu konnte Fietje nur nicken. Das ließ sich nicht bestreiten.

»Und Sie wissen, wo er sich aufhält?«

Nun entstand so etwas wie eine eisige Stille in Käptens Kajüte. Fietje blickte wieder auf, sah aber nicht Erik an, sondern in Carlottas Gesicht, Tove polierte ein Glas, als wollte er die Meisterschaft im Gläserpolieren gewinnen, und sogar die Fliege, die gerade noch um den Zapfhahn gesurrt war, ließ sich darauf nieder und schien sich betrinken zu wollen.

Mamma Carlotta ließ ihre Augen sprechen, in denen zu lesen war: Ich sage nichts.

»Nö«, antwortete Fietje prompt.

Tove stellte das Glas weg, die Fliege versuchte zu starten, schaffte es aber nicht und fiel volltrunken ins Spülwasser.

»Wann haben Sie das letzte Mal von ihm gehört?«

»Keine Ahnung.« Fietje wurde nun sicherer. »Ist schon Jahre her.«

»Sie meinen, er ist nicht mehr auf Sylt, seit Sandra Lührsen verurteilt worden ist?«

»Kann sein. So genau weiß ich das nicht.«

Erik gab sich zufrieden. »Und wo er sich heute aufhält, wissen Sie natürlich auch nicht.« Das hatte er mehr zu sich selbst als zu Fietje gesagt. Er stand auf und ging von einer Treibholzskulptur zur anderen, betrachtete jede einzelne sehr ausgiebig und schien sich nicht entscheiden zu können, welche ihm am besten gefiel. Währenddessen führten Fietje, Tove und Mamma Carlotta ein Gespräch, das ohne Worte auskam, das nur mit Blicken geführt wurde. Fietjes Augen bedankten sich, Toves schickten Anerkennung in Carlottas Richtung, und sie selbst versuchte, gleichzeitig gütig und sorgenvoll auszusehen.

Als Erik sich umdrehte und um die Meinung seiner Schwiegermutter bat, war alles gesagt. »Welche Skulptur gefällt dir am besten? Ich möchte Tilla eine zu Weihnachten schenken und eine andere für die Terrasse haben.«

Tove wurde konziliant und bot zehn Prozent Mengenrabatt an, damit Erik die Auswahl leichter fiel. Am Ende blätterte Erik eine Menge Geld auf die Theke, trank seine Tasse aus und forderte Mamma Carlotta auf, mit ihm zusammen nach Hause zu gehen. In der Tür drehte er sich um und sagte: »Ich kann mich doch darauf verlassen, dass Sie mir Bescheid sagen, wenn Maart Bleicken hier auftaucht?«

Mamma Carlotta trat auf den Hochkamp, sie wollte nicht hören, was Tove und Fietje antworteten.

33 Seine Schwiegermutter nahm ihm die Treibholzskulpturen ab, als sein Handy klingelte und er es aus der Innentasche seiner Jacke heraussuchen musste. Tilla war am anderen Ende und wunderte sich, dass sie Erik nicht an seinem Schreibtisch antraf.

»Ich habe früher Feierabend gemacht«, erklärte er. »Sören ist auch schon zu Hause. Ich komme einfach nicht weiter, weiß auch gar nicht, wo ich ansetzen soll.« Er berichtete von dem Besuch bei Heike Schrunz und nahm in Kauf, dass seine Schwiegermutter an seinen Lippen hing. »Sie sagt, die Kette sei ihr von einer dankbaren Patientin geschenkt worden, die mittlerweile verstorben ist. Rudi Engdahl und Enno Mierendorf versuchen, die Angehörigen dieser Patientin zu finden. Wenn es von dort keine Bestätigung gibt ...«

Tilla unterbrach ihn. »Was ist mit Dombrowsky? Bei dem ist doch auch etwas faul. Nimm ihn einfach noch mal ins Verhör. Mach ihn nervös.«

Erik seufzte. »Was Felix gefunden hat, ist nicht verwertbar. Bei Dombrowsky würde ich zu gern eine Hausdurchsuchung machen.«

»Unmöglich«, gab Tilla zurück. »Du kannst ihn nicht einmal fragen, warum er das Haus so billig bekommen hat.«

Erik seufzte noch einmal, diesmal sehr schwer. »Auch das Haus von Jesko Lührsen würde ich gerne durchsuchen. Aber einen Durchsuchungsbeschluss bekomme ich natürlich nicht, schon klar. Doch der Verdacht, den Halliger geäußert hat, geht mir nicht aus dem Kopf. Wenn er recht hat ...« Mamma Carlotta griff nach seinem Arm und sorgte dafür, dass er sicher auf die andere Straßenseite kam, dann erst sprach Erik weiter: »Wenn Halliger recht hat, dann hat Jesko Lührsen seine Frau ins Gefängnis geschickt, um sich selbst zu schützen. Dann ging es ihm nicht um ihre Untreue und nicht um seine Rache, sondern darum, dass er selbst nicht als Mörder verhaftet wurde.«

»Ein Sohn, der seine Mutter erschlägt?« Tillas Stimme klang skeptisch.

»Er wäre nicht der erste«, gab Erik zurück. »Es war vermutlich kein eiskalt geplanter Mord. Wenn er es war, dann hat er im Affekt zugeschlagen. Er ist sein Leben lang von seiner Mutter gegängelt und kritisiert worden. Nie war er ihr gut genug, nie hat er ihre Erwartungen erfüllen können. Seine Frau hat ihr nicht gefallen, daraus hat sie nie einen Hehl gemacht. Sie hat überall schlecht über ihre Schwiegertochter geredet, das muss er gewusst haben. Da kann es doch sein, dass sich im Lauf der Jahre eine schreckliche Wut in ihm aufgestaut hat. Und irgendwann war der Moment da, und die Wut ist explodiert. Er wollte vielleicht Geld von ihr, sie hat nur gelacht, und dann ...«

»Rede noch mal mit Sandra Lührsen«, sagte Tilla, und Erik nickte.

»Ich werde gleich noch zu ihr gehen. Je weniger ich zu Hause bin, desto besser. Es sei denn, Carolin verbringt den Abend bei uns. Dann werde ich nicht weggehen.«

Dafür hatte Tilla Verständnis. Ihr leises Lachen klang sehr weich, geradezu mütterlich. »Es wird schwierig sein, den Mord zu beweisen, wenn Jesko es war. Er lebt nicht mehr, einen geständigen Täter wirst du nicht bekommen. Der Nachbar, der ihm das Alibi gegeben hat, lebt auch nicht mehr ...«

Das Auto eines Pizzaservices startete seinen Motor und kam ihnen entgegen. Erik merkte, dass Mamma Carlotta unruhig wurde, ihre Schritte wurde hektisch. Die Radfahrerin, die sie überholte, war nur geringfügig schneller.

»Hat jemand den Pizzaservice bestellt?«, rief Carolin und sprang vor dem Haus vom Fahrrad. Sie bedachte ihre Großmutter mit einem vorwurfsvollen Blick. »Du willst heute nicht kochen?«

»Natürlich wird sie kochen«, gab Erik zurück. »Du kennst doch deine Nonna.«

»Ich habe ja bereits eingekauft.« Der Beweis wurde im Nu erbracht, als Erik die Tür aufschloss und über die Einkaufstaschen stolperte, die im Flur standen. Sie hatten schon einiges mitgemacht. Wie sie aussahen, waren sie bereits mit Dr. Hillmots Rollstuhl kollidiert, von Violetta mit nervösen Fußtritten zur Seite gefegt worden und dem Pizzalieferanten vor die Füße geraten. Beide Taschen waren augenscheinlich mehrmals umgekippt und der Inhalt jedes Mal achtlos zurückgestopft worden. In der Küche saß Dr. Hillmot am Tisch, die Ellbogen auf den Armlehnen aufgestützt, die Unterarme aufrecht, sodass er den Gips an der linken Hand und die Schiene am rechten Mittelfinger in die Höhe und unter Kontrolle halten konnte. Damit waren sie vor Violettas Spontanität weitgehend geschützt. Trotzdem wirkte er unsicher und sogar ein wenig unglücklich. Erik konnte ihn verstehen. Er war genötigt worden, in diesem Haus zu Gast zu sein, und fühlte sich verständlicherweise nicht wohl, vor allem, da er merken musste, mit welchem Unbehagen seine Liebste angesehen wurde, was er im Gegensatz zu Violetta durchaus bemerkte.

Erik nutzte die Tatsache, dass sein Wohnzimmer zurzeit ein frei zugänglicher Raum war, und öffnete die Tür, um die Treibholzskulpturen auf die Terrasse zu tragen. Er bemühte sich, keinen Blick zu dem ausgezogenen Sofa zu werfen und nicht die Dessous zur Kenntnis zu nehmen, die Violetta über eine Sessellehne geworfen hatte. Eigentlich wollte er auch nicht sehen, was in dem Koffer war, der mit hochgeklapptem Deckel auf der Erde stand. Aber so sehr war er darum bemüht gewesen, die Augen nur durch die große Fensterscheibe in den Garten zu richten, dass er beinahe über den Kofferdeckel gestolpert wäre. So musste er also doch den Blick nach unten werfen und das Sexspielzeug zur Kenntnis nehmen, das sich zuoberst im Koffer befand. Ein Vibrator, wenn er sich nicht täuschte.

Erik atmete tief ein und aus, während er die Terrassentür

aufschob und wieder hinter sich schloss. Während er die beiden Skulpturen sorgfältig in der Kiste verstaute, in der die Auflagen für die Terrassenstühle überwinterten, kam er leider nicht umhin, sich vorzustellen, was Dr. Hillmot und Violetta mit dem Vibrator vorhatten. In seinem Wohnzimmer!

Erik klappte den Deckel der Kiste zu, ging ums Haus herum und klingelte an der Haustür, da er dummerweise den Schlüssel auf dem Garderobenkästchen liegen gelassen hatte.

Seine Schwiegermutter öffnete ihm und beendete damit die *Tritsch-Tratsch-Polka*, die bis nach draußen gedröhnt hatte. »Enrico! Warum ...?«

Er unterbrach ihre Frage, die er auf keinen Fall beantworten wollte, mit einer harschen Geste und schaffte es tatsächlich, dass Mamma Carlotta nicht darauf bestand, eine Erklärung dafür zu bekommen, dass er nicht die Wohnzimmertür, sondern die Haustür benutzte.

Violetta präsentierte den gedeckten Tisch wie ein Oscargewinner seine Trophäe. »Ecco! La cena. Abendessen!« Auf dem Tisch türmten sich riesige Pappschachteln, die einander überlappten, wenn man sie öffnete, Thunfischpizza, Pizza Margherita, Pizza Napoli und Knoblauchpizza, teils so groß wie Wagenräder, teils schmächtig wie Discoscheiben. Sie schienen noch warm zu sein, was aber natürlich nicht mehr der Fall sein konnte, wenn die Zeit des Abendessens da war, und das würde erst in gut zwei Stunden der Fall sein.

»Il microonde!« Von der Erfindung der Mikrowelle hatte Violetta schon gehört und war bereit, alle Pizzen dort hineinzuschieben, sobald der Hunger die Familie in die Küche trieb.

Erik verkniff sich den Einwand, dass eine Pizza aus der Mikrowelle weich und schlaff herauskam, dass die knusprigen Ränder dann aufgequollen waren und der Genuss dahin war. Ohne ein Wort ging er auf den Flur und holte die Einkaufstaschen, die Mamma Carlotta dort abgestellt hatte. »Wir könnten die Pizza als Zwischenmahlzeit essen«, schlug er vor, »und du kochst anschließend das, was du geplant hast.«

Er sah Mamma Carlotta fragend an und freute sich, als sie erleichtert nickte. Auch Violetta war zufrieden und Dr. Hillmot ebenfalls. Zwischenmahlzeiten waren genau sein Ding. Wenn er so weitermachte, würde er von den vierzig Kilos, die er abgenommen hatte, einen guten Teil wieder zunehmen. Sogar Carolin ließ sich in die Küche rufen, und als auch Felix erschien, der scheinbar früher Feierabend hatte machen dürfen, verdichtete sich die familiäre Harmonie dermaßen, dass Erik als Synonym nichts anderes als Glück einfiel. Das wurde nicht einmal durch Violetta geschmälert.

Dr. Hillmot entspannte sich allmählich, die Qual des Nichtwillkommenseins fiel langsam von ihm ab, er wagte es sogar, Violetta den Po zu tätscheln, als er glaubte, dass niemand hinsah. Aber natürlich hatten es alle bemerkt, Mamma Carlotta mit spitzem Mund, Carolin ungläubig staunend, Felix prustend und Violetta mit glockenhellem Lachen. Dr. Hillmot kam sich anschließend vor wie Casanova persönlich, was seiner Laune ausgesprochen guttat.

Wie immer in solchen Momenten kam er dann gern auf seinen Beruf zu sprechen. Wenn er auch froh gewesen war, als er pensioniert wurde und davon befreit war, sich zu schwer auffindbaren Leichen durchzukämpfen und auf seine Arthroseknie zu begeben, um sie zu untersuchen, so hatte er doch bald festgestellt, dass es neben der Gerichtsmedizin nicht viel gab, was ihn interessierte. Selbst Violetta schaffte es nicht, seine Gedanken ganz und gar auszufüllen. In Gegenwart von Gleichgesinnten redete er allzu gern von Leichenschauen, Sektionen, Speichel- und Spermaspuren, Magen- und Darminhalten. Dabei war ihm noch nie aufgegangen, warum in seiner Gegenwart so viele Menschen mit Übelkeit zu kämpfen hatten, und die Bitte seiner Schwester Elke, beim Essen auf Einzelheiten der rektalen Fiebermessung zu verzichten, hatte auch nie gefruchtet. Dr. Hillmots Feinfühligkeit ließ nun mal zu wünschen übrig. Ein Grund, warum er es schaffte, Violetta nicht nur zu ertragen, sondern sie sogar zu lieben.

»Ich habe nachgedacht, Wolf«, begann er, während Violetta seine Pizza in mundgerechte Stücke teilte, die er mit den vier Fingern seiner rechten Hand bewältigen konnte. »Hatte Heike Schrunz ein Alibi?«

»Sie war zur Tatzeit mit ihrer Schwester zusammen«, gab Erik zurück.

»Kein überzeugendes Alibi also«, meinte Dr. Hillmot.

»Stimmt«, gab Erik zu. »Zumal die Schwestern keinen guten Ruf haben. Sie arbeiten ja beide in der Pflege, doch es hat häufig Anzeigen wegen Diebstahls gegeben. Aber so was lässt sich schwer nachweisen. Die alten Leute, die gepflegt werden, sind häufig dement oder extrem vergesslich, verstecken ihr Geld irgendwo, ohne sich zu erinnern, und beschuldigen dann Gott und die Welt.«

»Es ist damals ein Foto von der kleinen Schramme an Witta Lührsens Hals gemacht worden. Wir sollten uns diese Schramme noch einmal ansehen und mit der Kette vergleichen. Dann sehen wir, ob es überhaupt denkbar ist, dass die Verletzung durch diese Kette entstanden ist, oder ob es unmöglich ist. Mit großer Wahrscheinlichkeit wird es nur denkbar sein, aber keine Sicherheit geben, doch immerhin könnten Sie Heike Schrunz dann entweder weiter im Auge behalten oder als Täterin ausschließen.«

»Gute Idee«, sagte Erik und stand auf. »Ich rufe Sören an. Er soll zu Vetterich fahren und schauen, ob der die Kette bereits untersucht hat. Wenn ja, soll er sie einpacken und mitbringen.«

»Er hat doch gerade erst Feierabend gemacht«, wandte Carolin ein.

Aber Mamma Carlotta hatte eine Idee, die alle überzeugte: »Lad ihn zum Abendessen ein, Enrico. Und sag auch Dr. Mikkelsen Bescheid. Es ist sicherlich wichtig, dass Dr. Hillmots Nachfolgerin dabei ist.«

Erik grinste. Ja, unter diesen Umständen würde Sören sicherlich gerne auf seinen Feierabend verzichten. Erst ein Vier-Gänge-Menü und dann ein Zusammentreffen mit Antje Mikkelsen! Sören würde sich augenblicklich auf sein Rennrad schwingen.

Erfreut stellte er fest, dass Carolin keine Anstalten machte, die familiäre Runde zu verlassen. Sie stellte gerade die Pizzakartons zusammen, stapelte sie auf der Arbeitsfläche und lachte sogar, als Violetta strahlte: »Pratico! Schon fertig mit Spülen!«

34

Mamma Carlotta geriet in Wallung, wie immer, wenn ihr hausfrauliches Organisationstalent gefragt war und sie kurzfristig umdisponieren musste. Ihrer Meinung nach zeigte sich in solchen Situationen das wahre Können einer guten Köchin. Die Zeit wurde knapp und die Personenzahl, die sich um den Tisch versammeln würde, größer. Eigentlich ein Super-GAU! Aber natürlich nicht für Carlotta Capella, die es gewöhnt war, dass sich häufig und vor allem völlig unerwartet viele Gäste um ihren Tisch versammelten. Wie gut, dass sie zweimal eingekauft hatte und nun doppelt so viel servieren konnte wie ursprünglich vorgesehen.

Als Erstes bekam Violetta den Auftrag, die Pizzakartons in den Müll zu befördern. Sie zeigte sich zugänglich, stapelte sie brav aufeinander, legte sie sich auf den Kopf und versuchte, ihre Last kerzengerade, wie eine afrikanische Landarbeiterin ihre Kalebasse, zur Tür zu befördern. Auf dem Flur kam ihr wohl der Garderobenständer in die Quere, jedenfalls gab es ein großes Gepolter, und nicht nur die Pizzakartons lagen auf dem Boden, sondern alle Reste, die sich noch darin befunden hatten, ebenfalls. Das veranlasste Violetta zu kreischendem Gelächter, in das Dr. Hillmot unverzüglich einfiel. Er bewegte seinen Rollstuhl zur Küchentür und sah mit verliebten Augen auf Violettas Kehrseite, während sie Kartons und kalte Pizzareste vom Boden klaubte, immer wieder von Lachsalven unterbrochen. Als Dr. Hillmot sich die Lachtränen aus den Augen tupfte, gab Mamma Carlotta seinem Rollstuhl einen sanften Stoß, damit er nicht mehr im Wege stand, und ihrer Cousine einen weitaus heftigeren Stoß, damit sie endlich mit ihren Albernheiten aufhörte. Anschließend wurden beide, Violetta und ihr Dickerchen, dringend gebeten, sich ins Wohnzimmer zurückzuziehen und auf jede Form von Hilfeleistung zu verzichten. Felix verdrückte sich in sein Zimmer und bot Erik Asyl an, der weder im Wohnzimmer in Gesellschaft von Violetta und Dr. Hillmot aufs Essen warten wollte noch in der Küche, wo er ständig im Weg sein würde.

Mamma Carlotta war froh, dass Carolin ihre Hilfe anbot. Im Nu entstand die emotionale Wärme, die in jeder Küche schnell auflebte, wenn das Kochen als etwas Gemeinsames empfunden wurde. Mamma Carlotta genoss die Zuwendung, die von ihrer Enkelin ausging, und war glücklich, dass sie sie zurückgeben konnte, ohne auf friesische Zurückweisung zu stoßen, mit der italienische Herzenswärme nicht zurechtkam.

Carolin bekam den Auftrag, sich um das Schälen und Schneiden der Gurken zu kümmern, während Mamma Carlotta den Mangold für die Suppe vorbereitete.

Carolin bemühte sich, leise zu sprechen, als sie sagte: »Wenn Papa so gerne das Haus von Sandra Lührsen durchsuchen will, aber keinen Durchsuchungsbeschluss bekommt …«

Sie schien es nicht fertigzubringen, den Satz zu Ende zu sprechen. Ihre Nonna hatte damit jedoch kein Problem. »Du meinst, dann sollen wir das tun?«

»Du!« Carolin sah nicht auf. »Während ich mit Sandra Lührsen das Interview führe.«

Mamma Carlotta ließ ihre Erregung an den Eiern aus, die sich bestens dafür eigneten, denn sie mussten aufgeschlagen und verquirlt werden, was besonders gut ging, wenn die Köchin aufgeregt war. Die Eier spritzten nur so. »Wonach soll ich suchen?«

Das wusste Carolin nicht. »Nach irgendwas, was beweist, dass Jesko Lührsen seine Mutter umgebracht hat.«

»Ma ... das steht doch gar nicht fest.«

»Wenn du was findest, könnte es feststehen.«

»Allora ... und dann?«

»Das überlegen wir uns, wenn du was gefunden hast.«

»Gleich morgen? Du kannst nicht täglich zu Sandra Lührsen kommen.«

»Nein, morgen ist das Interview zu Ende. Aber du wirst sicherlich morgen mit dem Putzen nicht fertig. Da ist ja wahnsinnig viel zu tun.«

Carolins Handy klingelte. Sie zog es aus der Gesäßtasche ihrer Jeans, ohne sich die Hände vorher abzuwischen. »Was ist?«

War etwa Maximilian am anderen Ende? Wurde er derart unfreundlich begrüßt? Mamma Carlotta lauschte angestrengt, konnte aber seine Stimme nicht erkennen.

»Ich habe dir doch gesagt, ich gehe morgen noch mal zu ihr. Heute mussten wir das Interview abbrechen.«

Also wirklich, Maximilian! Mamma Carlotta frohlockte heimlich. Nach einer glücklichen Beziehung hörte sich das wirklich nicht an.

»Ja, ich sorge für umfangreiches Material. Das wird eine Riesen-Story. Die Frau hat im Gefängnis Sachen erlebt, Wahnsinn! Und wie sie jetzt hier auf Sylt behandelt wird – schrecklich.« Sie lauschte ins Handy, Mamma Carlottas Blick hing an ihrer missmutigen Miene. »Ja, ja, habe ich doch versprochen ...« Nun verdrehte sie sogar die Augen, als wäre sie schrecklich genervt! »Nein, mein Vater tappt noch völlig im Dunkeln.«

Mamma Carlottas kurze Hoffnung fiel zusammen wie ein Luftballon, der einer Stecknadel zu nahe gekommen war. Deswegen sollte sie sich in Sandra Lührsens Haus umsehen? Damit Maximilian Fakten für seine Reportage bekam, die sonst keiner hatte? Damit er als erster Reporter herausschreien konnte, dass Jesko Lührsen der Mörder seiner Mutter gewesen war? Sogar dann, wenn es noch gar nicht bewiesen war? Wütend nahm Carlotta sich die Würste vor, die der Metzger von Feinkost Meyer Mettendchen genannt hatte und die angeblich von den italienischen Salsicce kaum zu unterscheiden waren. Da hatte Maximilian Witt sich aber getäuscht! Ohne sie! Von ihr würde er gar nichts erfahren.

»Keine Ahnung! Papa redet zu Hause nicht viel über seine Ermittlungen.«

Das Gespräch dauerte nicht lange. Maximilian Witt hatte nicht angerufen, weil er Sehnsucht nach Carolin verspürte, ihm schien es nur um das Interview und seine Reportage zu gehen. Mamma Carlotta lauschte auf die Abschiedsworte, wartete auf das verräterische »Ich dich auch« und war zufrieden, als es nicht kam.

Carolins Bewegungen hatten sich verändert, nachdem sie das Telefonat beendet hatte. Sie schien die Gurken bestrafen zu wollen, denen sie gnadenlos die Schale abriss, bevor sie sie zerhackte. Mamma Carlotta hätte gerne gefragt, wie es um Carolins Beziehung zu Maximilian aussah, wagte es aber nicht. Noch schien die Gefahr nicht gebannt, dass Carolin an dieser Liebe festhielt, weil sie nicht zugeben wollte, sich geirrt zu haben.

»Manchmal denke ich«, sagte sie und ließ die Gurke eine Weile in Ruhe, »dass ich das auch könnte. Das Schreiben! Vielleicht sollte ich Journalistin werden und nicht Hotelkauffrau.«

»Giornalista?« Das kam so unerwartet, dass Mamma Carlotta nicht wusste, ob sie sich darüber freuen sollte, dass Carolin ein neues Ziel ins Auge fasste, oder sie besser daran erinnerte, dass sie nur noch wenige Monate von ihrer Abschlussprüfung als Hotelkauffrau trennten, dass es also sinnvoller war, die eine Sache zu Ende zu führen, ehe sie sich eine andere in den Kopf setzte.

Carolin wirkte mit einem Mal sehr entschlossen. »Wenn das Interview im Kasten ist, wenn ich alle Fakten beisammenhabe, dann werde ich selbst versuchen, daraus eine Reportage zu machen.«

»Aber Maximilian ...«, begann ihre Nonna.

»Der kann sich dann freuen, dass ich ihm die Arbeit abgenommen habe.« Aber ihrem Gesicht war anzusehen, dass sie mit Maximilians Freude nicht rechnete. »Ich versuche es einfach mal.«

»Und wenn Maximilian dir das übel nimmt?«

»Warum sollte er?«

»Du würdest dich in seine Arbeit einmischen.«

Carolin warf das Messer zur Seite, als suchte sie nach einer wirkungsvolleren Waffe. »Wenn ich für ihn das Interview mache, ist es Hilfe? Und wenn ich die Reportage für ihn schreibe, ist das Einmischung?«

35

Felix hatte Schwierigkeiten, in die Rolle des Gastgebers zu finden. Wenn seine Freunde zu ihm kamen, reichte es, sich aufs Bett zu lümmeln und ihnen einen Stuhl zu überlassen, auf dem er abends seine getragene Kleidung ablegte und vergaß. Sein Vater war noch nie zu Besuch bei ihm gewesen, nur gelegentlich in seinem Zimmer erschienen, wenn es etwas zu besprechen gab, wenn er Fragen an seinen Sohn hatte oder morgens kontrollieren wollte, ob er den Wecker gehört hatte und aufgestanden war. Nun hockte Felix auf seiner Bettkante und Erik auf dem Stuhl vor seinem

Schreibtisch, und beide suchten sie nach einem Gesprächsthema. Der Einzug von Violetta und Dr. Hillmot bot längst keinen Gesprächsstoff mehr, nur noch verzweifeltes Stöhnen und Schimpfen und Fragen, auf die keiner von ihnen eine Antwort hatte.

Erik blätterte durch ein Schulbuch, Felix holte sein Handy und scrollte durch seine WhatsApp-Nachrichten, dann sahen sie beide gleichzeitig auf, blickten sich an und lachten.

»Ich glaube, es ist besser, wir gehen einen trinken«, sagte Erik, was Felix die Sprache verschlug. Eine solche Idee war noch nie von seinem Vater gekommen.

»Wohin?«, fragte er vorsichtig.

»Käptens Kajüte liegt am nächsten.«

Felix war begeistert. »Das sollten wir nicht der Nonna sagen. Wetten, dass sie uns nicht gehen lässt?«

»Dann schleichen wir uns eben raus«, meinte Erik und erntete einen zweiten entgeisterten Blick von seinem Sohn.

Mit diebischem Vergnügen huschten sie die Treppe hinab, lauschten kurz auf die Italienischlektion, die Violetta im Wohnzimmer Dr. Hillmot erteilte, und auf die Geräusche aus der Küche, die von Mamma Carlottas Redefluss und Carolins ruhiger Stimme begleitet wurden.

»Eine Stunde haben wir«, flüsterte Erik und öffnete die Tür, die Felix so leise ins Schloss zog, dass Erik der Verdacht kam, er könnte Übung darin haben.

Während sie den Süder Wung hinabgingen, stellte Erik fest, dass Felix ihn mittlerweile um ein paar Zentimeter überragte, was ihm bisher nicht aufgefallen war, und unterdrückte seinen Wunsch, Felix die Hand auf die Schulter zu legen.

Tove sah sie verblüfft an, als sie eintraten. Auch Fietje hob erstaunt den Kopf. Dass der Hauptkommissar privat in die Imbissstube kam, ohne unangenehme Fragen im Gepäck, war schon sehr selten, zusammen mit seinem Sohn war er noch nie erschienen. Erik konnte an Toves Miene ablesen, dass er dem Braten nicht traute und auf etwas wartete, das für ihn unerfreulich werden könnte.

Sie bestellten Bier, und als Tove servierte, konnte Erik es sich nicht verkneifen, nach Maart Bleicken zu fragen. »Ist der noch immer nicht aufgetaucht?«

»Keine Spur von ihm, Herr Hauptkommissar!« Tove ging zur Theke zurück, und Fietje sah aus, als suchte er auf dem Grund seines Jevers einen Schatz.

Erik prostete Felix zu und musste sich zusammenreißen, damit er nicht rührselig wurde. Sein kleiner Felix! Bilder schossen ihm durch den Kopf. Felix nach seiner Geburt, Felix auf dem Weg in den Kindergarten, Felix mit seinem Temperament, dem italienischen Erbteil, mit dem er seiner Schwester und seinem Vater schon als Dreikäsehoch überlegen war. Und nun saß er hier mit einem jungen Mann beim Bier, obwohl er ihm doch noch vor gar nicht langer Zeit jeglichen Alkoholgenuss verboten hatte. Er betrachtete Felix unauffällig. Was für ein gut aussehender Kerl! Die schwarzen Locken, die alle Capellas hatten, die dunklen Augen seiner Mutter und vor allem das spitzbübische Grinsen machten ihn ungeheuer attraktiv. Hoffentlich blieb er noch eine Weile auf der Insel, und hoffentlich kam Carolin zurück in den Schoß der Familie!

»Glaubst du, dass dieser Maart Bleicken der Mörder ist?«, fragte Felix und riss Erik aus seiner Gefühlsseligkeit.

»Schwer zu sagen«, antwortete er. »Die Pflegerin und dein Chef sind genauso verdächtig.«

Felix stürzte sein Bier hinunter. »Was ich noch sagen wollte ... Ich habe heute nicht früher Feierabend machen dürfen, ich brauche gar nicht mehr wiederzukommen, hat Dombrowsky gesagt.«

Erik stellte sein Glas, aus dem er gerade trinken wollte, zurück. »Hast du was angestellt?«

Felix schüttelte den Kopf. »Ich habe einen Polizisten zum Vater.«

Erik stand der Mund offen. »Hat er das gesagt?«

»Natürlich nicht. Er hat den Platz nötig, an dem ich sitze, hat er behauptet. Angeblich ist jemand eingestellt worden, der meinen PC braucht. Lauter dumme Ausreden.«

»Wie kommst du denn darauf, dass ...?«

Felix unterbrach ihn. »Die Sekretärin hat es mir gesteckt. Angeblich hätte ich den Praktikumsplatz gar nicht bekommen, wenn Dombrowsky gewusst hätte, dass mein Vater Kriminalbeamter ist.«

»Das geht nicht!« Erik war empört. »Ich werde mit deinem Lehrer reden.«

Aber Felix winkte ab. »Es wäre ja sowieso nur noch eine Woche gewesen. Und Dombrowsky sagt, er stellt mir die Bescheinigung aus, die ich brauche. Über die volle Zeit und mit einer guten Bewertung.«

»Trotzdem ...« Erik trank sein Glas aus und bestellte zwei neue Biere. »Hat er vielleicht gemerkt, dass du geschnüffelt hast?«

Felix wurde verlegen. »Eigentlich kann ich es mir nicht vorstellen. Ich war allein im Archiv, im Kopierraum auch.«

»Der Kerl hat ein schlechtes Gewissen«, stellte Erik fest. »Was könnte er gemerkt haben?«

Felix hatte sich offenbar schon viel Gedanken gemacht. »Klar, es kommt immer mal jemand vorbei und sucht etwas, oder ... oder ich habe den Ordner falsch zurückgestellt oder ... keine Ahnung.«

Erik starrte aus dem Fenster. »Kann Dombrowsky so dumm sein? Damit zeigt er doch, dass an dem Vertrag etwas faul ist.«

»Als ich meine Sachen packen musste, bin ich noch kurz zur Toilette gegangen. Das Archiv ist in dem Raum daneben. Und ich habe einen Blick reingeworfen. Natürlich hatte ich nicht viel Zeit, ich wollte nichts riskieren, aber ...«

»Aber?«

»Ich habe den Ordner nicht mehr gesehen. Ich glaube, Dombrowsky hat ihn verschwinden lassen.«

Erik starrte noch immer nachdenklich aus dem Fenster, ohne zu sehen, was sich auf dem Hochkamp tat. Dann aber wurde sein Blick mit einem Mal aufmerksam, er beugte sich vor und beobachtete eine Frau. Sie hatte eigentlich nur einen flüchtigen Blick zu Käptens Kajüte geworfen, dann aber gestutzt und kam nun auf die Fenster der Imbissstube zu. Erik wich unwillkürlich ein wenig zurück. Er wollte von Sandra Lührsen nicht unbedingt gesehen werden, andererseits war er aber sehr interessiert, was sie wollte. Durchs Fenster gucken, um zu sehen, ob es wirklich der Kriminalhauptkommissar war, der am frühen Abend in Käptens Kajüte saß und mit seinem Sohn Bier trank?

Nein, das war es nicht. Erik erkannte schnell, dass sie ihn gar nicht bemerkt hatte, dass die Skulpturen ihre Aufmerksamkeit erregt hatten. Einige waren ja verkaufsfördernd auf den Fensterbänken platziert worden, und Sandra schien sich dafür zu interessieren.

Erik zog sein Portemonnaie hervor. »Wir gehen. Die Nonna dürfte mit dem Essen fertig sein.«

Tove kam zum Kassieren an den Tisch und runzelte die Stirn, als sich die Tür öffnete. Dieser Gast schien ihm nicht zu gefallen.

»Moin«, grüßte Sandra Lührsen und ging zur Theke, ohne auf Erik und Felix zu achten. Sie wartete, bis Tove wieder hinter dem Zapfhahn erschien. »Was soll das hier?« Mit dem rechten Arm beschrieb sie einen großen Bogen, der die ganze Gaststube mitsamt der vielen Treibholzskulpturen umfasste.

Tove drückte den Rücken durch. Er wirkte aggressiv, als müsste er sich verteidigen. »Was meinen Sie?«

Sandra Lührsen zeigte nacheinander auf einige Skulpturen. »Wie kommen Sie an diese Sachen?«

»Geht Sie das was an?« Tove sah Fietje fragend an, der bestätigend nickte, woraufhin Tove ein weiteres Bier für ihn zapfte. Er schien zu hoffen, dass Sandra Lührsen wieder ging, wenn er sie einfach nicht beachtete.

Aber sie trat jetzt sehr dicht an die Theke heran. »Ich möchte wissen, woher Sie diese Sachen haben.«

»Wollen Sie was kaufen? Dann kann ich Ihnen die Preise nennen. Mehr braucht Sie nicht zu interessieren.«

Erik zupfte an Felix' Ärmel. Gemeinsam verließen sie Käptens Kajüte, ohne dass Sandra Lührsen sie zur Kenntnis genommen hatte. Sie schien nun einen Tunnelblick zu haben, sah nichts anderes als die Skulpturen.

»Was regt die sich so auf?«, fragte Felix, als sie draußen standen.

Erik schloss die Tür nicht ganz und blickte durch den Türspalt zurück. »Das frage ich mich auch.«

Sandra Lührsens Stimme war mühelos zu verstehen. »Diese Skulpturen hat mein Schwiegervater hergestellt. Die gehören jetzt mir. Mein Mann hat seinen Vater beerbt, und ich beerbe nun meinen Mann. Also gehören sie mir.«

Tove begann zu brüllen: »Da kann ja jeder kommen und so was behaupten. Wer sind Sie überhaupt?«

Erik runzelte die Stirn. Dass Tove nicht wusste, wen er vor sich hatte, glaubte er nicht.

»Sandra Lührsen. Ich ...«

»Ach, die!« Toves polternde Stimme troff vor Überheblichkeit. »Die Knastologin! Fünf Jahre im Bau, und dann große Töne spucken? Sie können froh sein, dass Sie wieder auf freiem Fuß sind.«

Sandra Lührsens Gesicht lief rot an. »Ich soll froh sein? Ich war unschuldig hinter Gittern.«

»Das sagen sie alle. Ich kenne genug Leute, die im Knast waren. Verurteilt nach Beweisen. Aber alle haben sie behauptet, sie wären eigentlich unschuldig.«

»Ich bin unschuldig!« Sandra Lührsen schleuderte das zweite Wort dieses Satzes vermutlich mitten in Toves Gesicht.

»Für das, was Sie dem armen Jesko angetan haben, waren die fünf Jahre viel zu wenig.«

»Das ist ja ...« Sandra schienen die Worte zu fehlen.

Felix wurde ungeduldig. »Lass uns nach Hause gehen, Papa. Ich friere.«

Erik nickte zustimmend, konnte sich aber trotzdem nicht von dem Streit lösen. »Einen Augenblick noch! Ich glaube, hier passiert gleich was. Tove Griess ist unberechenbar.«

»... eine Unverschämtheit ist das!«

Tove redete so laut, dass Erik nun doch die Tür zuzog. Hören konnte er ihn trotzdem. »Ich will Ihnen mal sagen, was eine Unverschämtheit ist! Hier aufzutauchen, das ist eine Unverschämtheit. Hier verkehren nämlich anständige Leute. Und zu denen gehören Sie nicht! Raus hier!«

»Die Skulpturen gehören mir.«

»Hier gehört Ihnen gar nichts. Paul hat mir die Sachen überlassen. Und ich verkaufe sie jetzt.«

»Das kommt nicht infrage! Ich zeige Sie an! Mein Schwiegervater ...«

»Wenn der wüsste, wie Sie mit seinem Sohn umgesprungen sind, bekämen Sie nichts. Gar nichts!«

»Sie wollen hier den Moralapostel spielen? Was war denn mit Ihrer Schwester? Ist die nicht von ihrem Mann umgebracht worden, weil sie ihn betrogen hat?«

Erik duckte sich und griff nach Felix' Arm. »Jetzt wird es Zeit, dass wir abhauen. Wenn es um seine Schwester geht, ist mit Tove Griess nicht zu spaßen.«

»Aber ...« Doch Felix sprach die Frage, die ihm auf der Zunge lag, nicht aus, sondern folgte seinem Vater.

Erik blieb schon bald erneut stehen. Aus Käptens Kajüte kam ein solches Geschrei, dass Schlimmes zu befürchten war.

Die Eingangstür sprang auf, Sandra Lührsen stürzte heraus, Tove dicht auf den Fersen. »Ich bringe Sie um!«

Sandra Lührsen rannte um ihr Leben. »Hilfe!«

Erik und Felix sprangen Tove in den Weg, aber der hatte nur Augen für die Flüchtende und beachtete sie gar nicht. »Wenn ich dich erwische, du Schlampe!«

Tove rannte, so schnell er konnte, aber zum Glück war Sandra Lührsen genauso flott. Der Abstand zwischen ihnen wurde nicht kürzer. Aber sollte Sandra straucheln ...

Den Gedanken hatte Erik noch nicht zu Ende gedacht, da lief Felix los.

»Bleib hier!« Erik hatte gerade sein Smartphone aus der Hosentasche gezogen, um eine Streife zu verständigen. Nun steckte er es wieder weg und folgte seinem Sohn. »Felix! Halt!«

Am Ende des Hochkamps, kurz vor der Westerlandstraße, stoppte Felix tatsächlich. Auch Tove Griess war stehen geblieben. Als Erik herankam, sah er, dass Sandra Lührsen auf der anderen Straßenseite Hilfe bekam. Zwei junge Männer, bei denen sie Schutz gesucht hatte, schrien herüber: »Wir holen die Polizei!«

Tove macht auf dem Absatz kehrt und blieb verblüfft stehen, als er Erik erkannte. »Was machen Sie denn hier? Die haben doch noch nicht mal den Notruf gewählt.«

Erik erinnerte ihn daran, dass er kurz vorher noch Gast in Käptens Kajüte gewesen war. »Das wird Ärger geben, Herr Griess. Eine Beleidigungsklage dürfte Ihnen sicher sein. Und eine Anzeige wegen Bedrohung ebenfalls.«

»Mir doch egal! Dieses Flittchen!«

»Das will ich nicht gehört haben.«

»Können Sie ruhig hören. Eine Schlampe ist das! Und mir will sie was anhaben?«

»Ich hoffe, mit den Treibholzskulpturen verhält es sich wirklich so, wie Sie sagen.«

»Da soll mir dieses Flittchen erst mal das Gegenteil beweisen.«

In diesem Augenblick war ein Martinshorn zu hören, der Streifenwagen war bald zu erkennen. Einer der beiden jungen Männer, die sich um Sandra Lührsen kümmerten, sprang auf die Fahrbahn und winkte.

Erik ging zu den Beamten, die aus dem Wagen stiegen. Den Fahrer kannte er gut, seinen Kollegen hatte er auch schon mal gesehen. Er berichtete kurz, was geschehen war, dann bat er die beiden Streifenbeamten, Sandra Lührsen nach Hause zu fahren. »Es ist ja zum Glück nichts passiert.«

Die beiden Männer verabschiedeten sich, und Sandra Lührsen war froh, in den Streifenwagen klettern zu dürfen, wo sie sicher war. »Der Kerl gehört eingesperrt«, schimpfte sie.

Aber Erik beruhigte sie. »Er ist ein Choleriker. Er hätte Ihnen nichts getan. Wenn es um seine Schwester geht, ist er besonders cholerisch.«

»Der hat die Skulpturen gestohlen.«

Erik steckte den Kopf in den Streifenwagen. »Das lässt sich nur klären, wenn Sie ihn wegen Diebstahls anzeigen.«

»Das werde ich tun.«

»Schlafen Sie erst mal eine Nacht drüber.«

Die Kollegen schlossen den Streifenwagen und stiegen ein. »Kümmern Sie sich um den Rest? Wenn das wirklich eine Bedrohung war, muss es ein Strafverfahren geben.«

»Ja, ich regle das.«

»Gut.« Die beiden Türen schlugen zu. »Angenehmen Abend noch.«

Erik sah dem Wagen hinterher. Als er aus ihrem Sichtfeld verschwand, sagte Felix grinsend: »Du hast Diebesgut gekauft, Papa? Na, hoffentlich merkt das keiner.«

Erik wollte ihm auseinandersetzen, dass er nicht hatte ahnen können, wem die Skulpturen gehörten, also im guten Glauben gehandelt habe, und dass es im Übrigen ja auch gar nicht erwiesen sei, dass Tove kein Recht an ihnen habe ... aber er ließ es. Tove Griess, dieser Idiot! Immer wieder ließ er sich provozieren.

»Was war denn mit seiner Schwester?«, fragte Felix.

»Sie ist von ihrem Mann erschlagen worden.«

Felix staunte nicht schlecht. »Mord?«

»Nein, Totschlag. Es geschah im Affekt. Aus Eifersucht.«

»Begründete Eifersucht?«

»Ja, sie hatte eine Affäre. Aber das ist Jahre her.«

»Weiß man, mit wem?«

»Ja. Mit Fietje Tiensch.«

36

Mamma Carlotta war verdutzt, als sie die Tür öffnete. Vor ihr stand nicht nur Sören, hinter ihm erschienen auch Erik und Felix, von denen sie geglaubt hatte, sie hielten sich in der ersten Etage auf, wo es zurzeit am ruhigsten war. Wie zu erwarten, ließ sie Schwiegersohn und Enkel nicht zu Erklärungen kommen, vermutete, dass sie einen Spaziergang gemacht hatten, und pries, während Erik und Felix ihre Mutmaßung korrigieren wollten, die gesunde Wirkung von Bewegung an frischer Luft. Dies übertrug sie gleich auf Sören, der wie immer mit seinem Rennrad gekommen war und mit geröteten Wangen bewies, wie gut die Sylter Luft, wenn sie auch kalt war, für das Wohlbefinden war. Sören wurde, während sie ihre Jacken auszogen und an die Garderobe hingen, gefragt, ob er an diesem Abend auch wirklich nichts anderes vorgehabt habe, kam aber nicht zum Antworten, denn vorher wurde er schon in die Küche geschoben, wo Carolin gerade die Vorspeise auf den Tisch stellte. Dr. Hillmots Rollstuhl hatte dort bereits einen Platz gefunden. Und der pensionierte Gerichtsmediziner wirkte trotz seiner Behinderungen einigermaßen fröhlich. Das lag wohl daran, dass er sich noch nie längere Zeit an einem Stück im Schoß einer großen Familie befunden hatte, und natürlich daran, dass Violetta es sich zur Aufgabe gemacht hatte, ihre Finger nicht von ihm zu lassen. Mamma Carlotta mochte sich nicht vorstellen, wie lästig es ihr sein würde, wenn ständig jemand ihre Lippen berühren, ihre Haare streicheln, ein Ohr küssen und ihr kitschige Verrücktheiten hineinflüstern musste. Aber Dr. Hillmot schien es zu genießen.

Als seine Nachfolgerin erschien, ging es mit seinem Wohlgefühl noch weiter bergauf. Dr. Hillmot liebte schöne Frauen, und Dr. Mikkelsen sah an diesem Abend mal wieder hinreißend aus. Sie trug schwarze Leggings, die in hohen Stiefeln steckten, und dazu einen weiten hellgrauen Pullover, der winterlich ausgesehen hätte, wenn er nicht so weit dekolletiert gewesen wäre. Der Ausschnitt legte den Rand eines weißen T-Shirts frei und eine Kette, die vertrackte Ähnlichkeit mit der hatte, um die es an diesem Abend ging. Mamma Carlottas Blick konnte sich nicht vom Hals der jungen Gerichtsmedizinerin lösen. War die Ansicht, dass solche Ketten hauptsächlich von älteren Frauen getragen wurden, doch falsch gewesen?

Kaum saßen alle auf ihren Plätzen und hatte jeder Tartine auf dem Teller, fragte sie auch schon: »Was für eine wunderbare Kette, Dottoressa! Ein Erbstück?«

Antje Mikkelsens Hand tastete automatisch zu ihrem Hals. »Ja, von meiner Großmutter. Meine Mutter mochte sie nicht, sie sagt, solche wuchtigen Goldketten machen alt.« Sie lachte in die Runde. »In zehn oder zwanzig Jahren trage ich sie vielleicht auch nicht mehr. Aber noch gefällt sie mir.«

Alle versicherten ihr, dass die Kette großartig aussähe, Sören verstieg sich sogar zu der Behauptung, an ihr sähe einfach alles toll aus.

Mamma Carlotta beobachtete ihn lächelnd. Endlich schaffte Sören es, Antje Mikkelsen anzusehen, ohne rot zu werden, ihr

Komplimente zu machen, ohne dabei wie ein Tölpel aus der Wäsche zu gucken, und ihr zu zeigen, dass er sie mochte, ohne sich wie ein Schuljunge zu verhaspeln. Die Zeit der ersten Verliebtheit war vorbei, Gott sei Dank. Sören warb noch immer vorsichtig um die junge Gerichtsmedizinerin, aber so, dass es ihr nicht lästig fallen konnte und sie nicht gezwungen war, ihn zurückzuweisen. Sie konnte ihm ihre Sympathie zeigen und musste nicht befürchten, dass er sie missverstand. Die beiden gingen wie jungen Kollegen miteinander um, hatten schnell und ganz selbstverständlich zum Du gefunden, und einer würde auf den anderen nichts kommen lassen. Vielleicht die beste Voraussetzung für eine Beziehung, aus der irgendwann mehr wurde? Mamma Carlotta war sehr optimistisch.

Bevor die Grüne Suppe auf den Tisch kam, holte Sören seinen Asservatenbeutel hervor und legte die Kette auf den Tisch, die Heike Schrunz abgenommen worden war. »Vetterich hatte nicht viel zu tun, er hat sich die Kette sofort angesehen. Leider hat er keine Spuren gefunden. Er hatte noch Vergleichsmaterial von Witta Lührsen, aber … Fehlanzeige.«

»Die Kette ist also nicht von dem Mordopfer getragen worden?«, fragte Erik.

»Das kann man so nicht sagen«, antwortete Sören. »Ihr Tod liegt fünf Jahre zurück, und Heike Schrunz hat die Kette womöglich oft getragen. Sie ist quasi von ihrer DNA kontaminiert worden. Sandra Lührsen hat ausgesagt, dass ihre Schwiegermutter diese Kette nicht gern, fast nie getragen hat. Das macht es umso unwahrscheinlicher, dass noch Rückstände ihrer DNA daran hängen. Vetterich jedenfalls hat nichts gefunden.«

Dr. Hillmot drängte Violetta beiseite, die gerade Anstalten machte, an seinem linken Ohr zu knabbern. Eigentlich liebte er das, was kein Mensch verstehen konnte, aber in diesem Moment war ihm sein alter Beruf doch näher als die neue

Liebe. »Haben Sie die Fotos gefunden?«, fragte er Antje Mikkelsen.

Sie nickte, griff in ihre Tasche und legte die Fotos auf den Tisch, die sie aus dem Archiv geholt hatte. Die Verletzungen an Witta Lührsens Hals waren winzig, kaum zu sehen, aber in der Vergrößerung doch zu erkennen. Die Kette mitsamt den Fotos wanderte von Hand zu Hand, sogar Carolin und Felix beteiligten sich an der Begutachtung, aber am Ende waren sie alle nicht schlauer als vorher.

»Das Schloss müsste kaputtgegangen sei«, sagte Carolin, »wenn ihr die Kette gewaltsam von Hals gerissen worden wäre.«

Mamma Carlotta bejubelte die Klugheit ihrer Enkelin, bekam aber zu hören, dass dieser Gedanke auch ihrem Schwiegersohn schon gekommen war. »Kann jedoch sein«, sagte er bedächtig und strich sich lange den Schnauzer glatt, »dass die Kette nicht gewissenhaft geschlossen war.«

Es handelte sich um einen sehr feinen Karabinerverschluss, dessen Biegering sich etwa fünf Millimeter öffnen ließ. Allerdings war der Stift, der in die Öse zu greifen hatte, leicht verbogen, lediglich den Bruchteil eines Millimeters, sodass er nur mit äußerster Sorgfalt in die Öse passte. Wer die Kette unachtsam schloss, hätte sich nicht wundern dürfen, wenn sie irgendwann vom Hals gefallen wäre.

»Kann aber auch sein, dass der Stift sich verbogen hat«, sagte Dr. Hillmot, »als ihr die Kette abgenommen wurde.«

Doch mit dieser Vermutung stand er allein da. Alle anderen waren der Auffassung, dass dadurch ein größerer Schaden hätte entstehen müssen.

Dr. Mikkelsen nahm ihre eigene Kette ab, die ebenfalls einen Karabinerverschluss besaß, und verglich diese Kette mit der, die Heike Schrunz getragen hatte. Der winzige Unterschied in der Führung des Stifts, der für die Sicherheit sorgte, war jetzt deutlich zu erkennen.

Es klingelte, als die Grüne Suppe gerade gegessen worden war. Mamma Carlotta sprang auf, wie immer, noch ehe einer der anderen die Sitzfläche gelüftet hatte, und war schon an der Tür, als Kükeltje die Treppe herunterkam.

Heike Schrunz trat ein, ohne darum gebeten zu werden.

»Jetzt schon?«, fragte Mamma Carlotta.

»Was meinen Sie, wie viele Leute ich bettfertig machen muss«, bekam sie zur Antwort. »Das geht nur, wenn ich früh anfange.«

Dr. Hillmot war nicht erfreut, als er hörte, dass er den Rest des Abends im Schlafzug zubringen sollte, fand sich aber schnell damit ab. Als Violetta ihn mitsamt Rollstuhl der Pflegerin entgegenschob, warf er vergnügt zurück, seine Schwester habe extra neue Schlafanzüge für ihn gekauft, damit er in Tropea mit attraktiver Nachtbekleidung glänzen konnte. »Die sind gesellschaftsfähig. Ich sorge dafür, dass Frau Schrunz mir einen frischen anzieht.«

37

Erik drückte die Küchentür fest ins Schloss, nachdem Violetta es angebracht gefunden hatte, der Pflegerin zu folgen und ihr auf die Finger zu schauen, während sie sich mit ihrem Dickerchen beschäftigte. Hoffentlich schließt sie den Kofferdeckel, dachte Erik und versuchte, sich selbst davon zu überzeugen, dass es ihm egal sein konnte, was Heike Schrunz darüber dachte. Doch es gelang ihm nicht ganz. Was zurzeit in seinem Haus vor sich ging, ließ sich nicht so leicht mit unerwünschter Verwandtschaft erklären, für deren Verhalten niemand etwas konnte außer den Verwandten selbst! Es wäre ihm dennoch peinlich, wenn Heike Schrunz den Kofferinhalt entdeckte. Zwar unterlag sie der Schweigepflicht, die alle professionell Pflegenden einhalten mussten, aber er traute ihr dennoch zu, dass sie im nächsten Haushalt, in dem sie zur Pflege erschien, eine Bemerkung fallen ließ, was ihr später nur schwer nachzuweisen sein würde.

Es kam ihm sogar so vor, als hätte sie die Kette bemerkt, die noch immer auf dem Küchentisch lag. Ihre Kette, die Sören konfisziert hatte! Keiner war so geistesgegenwärtig gewesen, sie unter eine Serviette zu schieben. Wenn sie wirklich die Mörderin von Witta Lührsen war, musste er befürchten, dass sie etwas unternahm, um den Verdacht von sich zu lenken. Es war ein Unding, dass eine verdächtige Person im Haus des leitenden Ermittlers ein und aus ging. Wenn Dr. Hillmot auch meinte, dass es besonders gut sei, weil er ihr so auf die Finger schauen, sie in ein Gespräch verwickeln und zu unbedachten Äußerungen verleiten könne. Zwar hielt Erik es durchaus für möglich, dass der schlaue Gerichtsmediziner doppelsinnige Fragen stellte und Heike Schrunz auf sie hereinfiel, aber solange Violetta in der Nähe war, konnte Erik sich nicht vorstellen, dass Dr. Hillmot damit Erfolg hatte. Sie würde jedes Gespräch mit ihren Tanzeinlagen stören und dafür sorgen, dass seine raffinierten Fragen von Heike Schrunz nicht beantwortet wurden, weil sie gar nicht zu Wort kam.

Carolin räumte den Tisch ab, Mamma Carlotta sortierte die Suppenteller in die Spülmaschine. Nach einigen Überlegungen, wie lange es dauern mochte, bis Dr. Hillmot bettfertig war, beschloss sie, die bereits fertig gebratenen Frikadellen zu erhitzen, dem Spinat den letzten Pfiff zu geben und beides zu servieren. Als sie das Hauptgericht vertilgt hatten, war die Stimme von Heike Schrunz nebenan noch immer zu hören, Violettas Gezwitscher ebenfalls, und Mamma Carlotta sorgte dafür, dass Frikadellen und Spinat warm blieben, damit Dr. Hillmot und Violetta essen konnten, sobald es möglich war. Sören begann währenddessen einen Augenflirt mit Antje Mikkelsen, auf den diese zu Eriks Erstaunen einging, und Felix bot an, sich um den Grappa zu kümmern. Das Bier, das er gemeinsam mit seinem Vater in Käptens Kajüte genossen hatte, schien in ihm die Überzeugung geweckt zu haben, dass er dem Alkohol nun nicht mehr heimlich zusprechen musste, sondern erwachsen genug war, auch über alles Hochprozentige selbst zu entscheiden.

Er verschwand im Vorrat, schien genau zu wissen, wo der Grappa stand, wurde aber unsicher, als er die Flasche auf den Tisch stellte. »Und die Gläser?«, fragte er und sah zur Tür. »Ich gehe jetzt nicht ins Wohnzimmer.«

Dafür hatten alle vollstes Verständnis, und Mamma Carlotta war es, die eine Idee hatte: »Wir nehmen einfach Eierbecher.«

Diese Entscheidung sorgte für Heiterkeit, und als Dr. Hillmot wieder in die Küche geschoben wurde, in einem dunkelblauen Pyjama mit weißen Tupfen, frisch gewaschen und mit geputzten Zähnen, wurde daraus sogar Albernheit, als sich herausstellte, dass Heike Schrunz das Haus grußlos verlassen hatte. Dr. Hillmot interpretierte das überflüssige Gekicher und die plumpen Scherze, die über den Tisch flogen, als Akzeptanz seiner ungewöhnlichen Bekleidung und stimmte in die Heiterkeit ein, während Violetta mit einer Geschichte aus ihrer Jugend begann, die niemand verstand, weil sie noch immer nicht über das Kauderwelsch hinausgekommen war, mit dem sie sich in Deutschland verständigte. Trotzdem wurde über die Geschichte gelacht, obwohl niemand wusste, wo der Witz steckte, und immer dann, wenn Violetta Luft holte, gab es jemanden, der »Prost!« rief, und später jemanden, der nachschenkte, weil nach diesem Toast natürlich getrunken werden musste.

So ging es weiter, während Dr. Hillmot und Violetta ihre Frikadellen und den Spinat aßen, und erst recht, als die Äpfel im Nest aufgetragen worden waren. Als sein Mobiltelefon klingelte, war Erik froh, dass er Wolf hieß und nicht Leuthäuser-Schnarrenberger. Mit der einen Silbe, mit der er sich meldete, kam er zurecht.

Am anderen Ende war Enno Mierendorf, der die Angehörigen der Patientin erreicht hatte, die Heike Schrunz angeblich eine Kette vermacht hatte. Aber diese Mitteilung brachte keine Klarheit. Die Angehörigen hatten es für möglich gehalten, dass die Oma eine solche Kette besessen hatte, aber sicher waren sie sich keineswegs.

»Also Fehlanzeige«, nuschelte Erik und teilte Sören mit schwerer Zunge mit, dass die Kette, die Heike Schrunz getragen hatte, sie vermutlich nicht weiterbringen würde.

Sören winkte ab, weil er es sich schon gedacht hatte, und Erik fiel ein, dass er am Abend eigentlich Sandra Lührsen hatte besuchen wollen. Diesen Plan strich er jedoch sofort wieder von seiner To-do-Liste, auch deshalb, weil er gar nicht mehr wusste, warum er sie kontaktieren wollte. Vor allem aber, daran erinnerte er sich haargenau, wollte er den Abend zu Hause verbringen, wenn seine Tochter bei ihm war. Ihren Besuch wollte er genießen und alles dafür tun, damit sie sich zu Hause wohlfühlte und den Beschluss fasste, wieder im Süder Wung einzuziehen.

Dass sie sich so richtig wohlfühlte, konnte er sich allerdings schon nach einer Stunde nicht mehr einreden. Carolin hatte längst ihren Eierbecher in die Spülmaschine gestellt und den ihrer Nonna gleich mit. Und dann hatte sie Mamma Carlotta etwas zugetuschelt, was sich anhörte wie »Wir müssen morgen früh aufstehen«. Erik wollte sich erkundigen, was die beiden vorhatten, kam aber nicht mehr dazu, weil Dr. Hillmot ihm das Du anbot. Er betonte, dass er so was nur selten tat und nur bei ganz außergewöhnlich sympathischen Menschen und vor allem deshalb, weil er einen Vornamen trug, für den er sich schämte. Dass Violetta ihn nur Dickerchen nannte, lag angeblich nicht nur an ihren zärtlichen Gefühlen für ihn, sondern vor allem auch daran, dass die ihn auf keinen Fall mit Faustinus ansprechen wollte.

»Meine Eltern liebten die Literatur«, erklärte Dr. Hillmot

verlegen. Als sie dann merkten, dass ihr Sprössling unter seinem Vornamen litt, hatten sie ihn Fausti genannt, aber damit war es nicht besser geworden. Dr. Hillmot war froh gewesen, als er den Doktortitel erlangt hatte, den er seitdem handhabte wie einen schönen Vornamen. »Du kannst mich also auch Doktor nennen«, schlug er Erik vor, der aber darauf bestand, dass Doktor kein Vorname, sondern ein Titel war. Das sorgte für erneute Heiterkeit, was den Grappa zur Neige gehen ließ. Felix wurde beauftragt, für eine weitere Flasche zu sorgen, fand auch eine, verabschiedete sich aber von dem Gelage, was Erik erfreute, da er daraus schloss, dass sein Sohn noch nicht derart an den Alkohol gewöhnt war, dass er größere Mengen vertrug.

Auch seine Schwiegermutter und seine Tochter verabschiedeten sich nun in ihre Betten, Mamma Carlotta mit einem sehr sorgenvollen Blick und einer Ermahnung auf den Lippen, die sie jedoch runterschluckte, und Carolin mit der Verächtlichkeit, die nüchterne Menschen gern den alkoholisierten entgegenbrachten, wenn sie sich albern benahmen. Erik lehnte den nächsten Grappa ab, als ihm klar wurde, dass er sein Ziel, Carolin zu zeigen, wie gemütlich ihr Elternhaus war, wohl nicht erreicht hatte.

38

Mamma Carlotta erwachte später als sonst. Der Grund fiel ihr auf der Stelle ein, der Grund, warum es so still im Haus war, ebenfalls. Sie hatte zu viel getrunken und die anderen sogar noch viel mehr. Wie mochte es Erik gehen, der mit Sören, Dr. Mikkelsen, Violetta und Dr. Hillmot weitergetrunken hatte, als sie und die Kinder zu Bett gegangen waren? Eine Ahnung überkam sie, als sie die Tür öffnete, um ins Bad zu gehen. Von unten drangen Schnarchgeräusche hoch, die nur aus einem schweren Brummschädel oder einem nach

Atem ringenden Sterbenskranken kommen konnten. Mamma Carlotta hoffte auf Ersteres, stieg unter die Dusche, beendete sie mit einem kalten Guss und fühlte sich danach ein wenig besser. Carolin würde es genauso gehen. Sie hatte von allen am wenigsten getrunken und würde frisch genug für die Fortsetzung des Interviews sein. Warum Felix an diesem Morgen nicht in Dombrowskys Büro erwartet wurde, hatte Mamma Carlotta vergessen, aber sie erinnerte sich genau, dass er sie mehrfach gewarnt hatte, um Himmels willen sein Zimmer nicht zu betreten, um ihn wach zu rütteln.

Sie stieg die Treppe hinab, einem unangenehmen Geruch entgegen. Er bestand aus kalten Alkoholausdünstungen und ungelüfteten Räumen. So eisig es draußen auch war, sie würde jetzt zunächst alle Fenster aufreißen und für gute Luft sorgen. Jedenfalls die Fenster, die für sie erreichbar waren. Dazu gehörte das Wohnzimmerfenster leider nicht, denn in der Nähe des Schlafsofas wollte sie sich nicht blicken lassen. Dabei hatte das Wohnzimmer es vermutlich am nötigsten.

Also erst einmal die Küchenfenster. Mamma Carlotta riss die Küchentür auf, die Griffe der beiden Fenster fest im Blick, und erschrak furchtbar, als hinter ihr jemand laut rülpste. Sie fuhr herum und sah Violetta am Küchentisch sitzen, den Oberkörper auf die Tischplatte gelegt, den Kopf zur Seite gedreht, fest schlafend. Augenscheinlich war sie in dem Sägewerk nebenan nicht zur Ruhe gekommen oder so oft geweckt worden, dass sie es neben Dr. Hillmot nicht mehr ausgehalten hatte.

Mamma Carlotta rüttelte an ihrer Schulter. »Aufstehen, Violetta! Alzati!«

Während Violetta die Augen aufschlug, rülpste sie noch einmal vernehmlich. Die Wirkung war entsetzlich, Mamma Carlotta wich angeekelt zurück. »Geh duschen und Zähne putzen, Violetta!«

Ihre Cousine glotzte sie an, als verstünde sie kein Wort. Dann erhob sie sich sehr, sehr langsam, wankte auf die

Küchentür zu und verschwand wortlos im Flur. Kurz darauf hörte Mamma Carlotta die Wohnzimmertür klappen. Violetta hatte es vorgezogen, lieber das Schnarchen von ihrem Dickerchen als die Vorwürfe ihrer Cousine anzuhören. Und beides noch lieber, als für einen wohlriechenden Körper und angenehmen Mundgeruch zu sorgen.

Als Carolin in der Küche erschien, war ihre Nonna noch damit beschäftigt, in der Vorratskammer die Flaschen zu zählen. »Madonna! Kein Wunder, dass Violetta noch immer betrunken ist!«

Sie begnügten sich mit einem schnellen Frühstück, Carolin, weil sie pünktlich sein wollte, Mamma Carlotta, weil sie niemandem begegnen wollte, der unter einem schweren Kater litt und alle Frühstücksangebote mit Hinweis auf akute Übelkeit zurückwies. Damit sollte Violetta fertigwerden!

Als sie das Haus verließ, war sie sicher, richtig entschieden zu haben. Denn an der Klinke war ein Zettel befestigt worden, den Heike Schrunz geschrieben hatte. Angeblich hatte sie geklingelt, aber niemand war bereit gewesen, ihr zu öffnen. Das Wort »niemand« hatte sie dick unterstrichen.

»Madonna!«, flüsterte Mamma Carlotta. Auch sie hatte das Klingeln der Pflegerin überhört? So was passierte ihr selten. Vermutlich war sie gerade unter der Dusche gewesen und hatte deshalb nichts mitbekommen. An ihrem Grappa-Genuss konnte es nicht liegen. Der war nicht exzessiver gewesen, als es in Umbrien gang und gäbe war.

Carolin winkte ab, als ihre Nonna zögerte. »Das soll Violetta regeln. Die kann ihr Dickerchen ruhig mal selbst anziehen und ihm die Zähne putzen.«

Mamma Carlotta nickte, obwohl sie gern den Kopf geschüttelt hätte. Aber dann folgte sie ihrer Enkelin. Sie hatte sich fest vorgenommen, alles zu tun, um Carolin nach Hause zurückzuholen, jedes andere Problem war dagegen unwichtig. Violetta sowieso!

Sandra Lührsen hatte sie gebeten, früh zu kommen, damit die Säuberung des Hauses so schnell wie möglich über die Bühne gehen konnte. Augenscheinlich hatte sie wieder im Wohnzimmer auf dem Sofa genächtigt und wirkte nicht so, als hätte sie eine ungestörte Nachtruhe gehabt. »Dauernd hat das Telefon geklingelt, und wenn ich abhob, war keiner dran«, brummte sie. »Ich soll terrorisiert werden. Aber wer dahintersteckt, wird auf Granit beißen.«

Sie winkte Carolin ins Atelier und schickte Mamma Carlotta in die erste Etage, damit sie dort weitermachte, wo sie am Vortag aufgehört hatte. »Wie gesagt – alles weg, was meinem Mann gehörte!«

Mamma Carlotta begann mit der Arbeit. Großzügig entschied sie, was weggeworfen werden durfte, und suchte immer neue Müllsäcke aus dem Wandschrank im Flur, die sich zügig füllten. Als die Schränke beinahe leer waren, nahm sie sich den Schreibtisch vor. Er hatte tiefe Schubladen und Fächer, Mamma Carlotta musste auf die Knie gehen, um aus den unteren Fächern alles herauszukramen. Unzählige Spiele, die Jesko Lührsen vermutlich als Junge geschenkt bekommen hatte, alte Schulbücher, unzählige Fotoalben und kleine, handgroße Treibholzskulpturen, die Paul Lührsen wohl für seinen Sohn angefertigt hatte. Besonders geschätzt hatte Jesko sie scheinbar nicht, denn sie lagen achtlos ineinander verkeilt im unteren Fach, hatten sich teilweise derart ineinander verhakt, dass sie auseinanderbrachen, als Mamma Carlotta sie hervorholte und zu trennen versuchte. Ihre Bemühungen, wenigstens einige davon zu retten, gab sie schnell auf. Sandra Lührsen würde sie vermutlich sowieso nicht behalten wollen. Also weg damit!

Sie glaubte schon, den Schreibtisch leer geräumt zu haben, da sah sie ganz hinten noch etwas liegen. Eine Scheibe, bunt bedruckt. Eine Dartscheibe? Tatsächlich! Ein Dartpfeil steckte sogar noch darin. Offenbar war es Jesko einmal gelungen, mitten ins Ziel zu werfen. Dann aber sah Mamma Carlotta das Ziel, starrte es an und merkte, wie ihr eine Gänsehaut über den Rücken lief. »Dio mio!«

39

Sören sah sich enttäuscht in der Küche um. »Die Signora schläft noch?«

Erik schüttelte den Kopf, was er jedoch sofort bereute. Bewegung sollte er an diesem Tag wohl noch konsequenter vermeiden als sonst. »Sie kennen ... du kennst sie doch. Die ist schon unterwegs. Ein paar Grappas machen der nichts aus.«

»Sie ist noch nie aus dem Haus gegangen, ohne uns Frühstück zu machen«, maulte Sören.

»Stimmt.« Das fand Erik mit einem Mal auch merkwürdig. Aber dann fiel ihm ein, dass seine Schwiegermutter zurzeit in einer besonderen Mission unterwegs war. Sie wollte alles tun, um Carolin wieder nach Hause zu holen. Das war selbstverständlich wichtiger als jedes Frühstück.

»Das können wir auch allein«, beschloss Erik, der immer, wenn Mamma Carlotta auf Sylt war, vergaß, wie er sonst den Tag begann. Meist nur mit einer Tasse Kaffee und einem belegten Brötchen, das er sich beim Bäcker kaufte.

Gemeinsam machten sie sich daran, den Inhalt des Kühlschranks zu inspizieren, aber Sören sagte schon bald: »Ich glaube, ich mag nichts.«

Erik legte den Schinken zurück. »Ich auch nicht.«

Sie setzten sich an den Tisch und lauschten auf das Schnarchen, das aus dem Wohnzimmer drang. »Fausti zersägt deine Möbel«, sagte Sören und grinste schief.

Erik lächelte zurück. Schön, dass er Sören nun endlich duzte. Er hatte sich schon oft vorgenommen, ihm das Du anzubieten, aber nie hatte es eine gute Gelegenheit gegeben. Gestern war der richtige Zeitpunkt gewesen.

Trotzdem schüttelte er sich heimlich, als er daran dachte, wie sie Brüderschaft getrunken hatten und Violetta darauf bestand, nicht nur Fausti und Erik, die sie sowieso duzte, sondern vor allem Sören zu küssen. Der hatte sich zunächst geziert, sich aber dann doch mannhaft ergeben und an Violettas Brust ziehen lassen.

Sörens Augen bekamen einen Ausdruck, als dächte er an etwas zurück, was ihm Unbehagen bereitete. »Die wollte einen Zungenkuss«, sagte er schließlich.

Erik erschrak. Wen Sören meinte, war klar. »Was? Spinnt die?«

»Sie war ja bereits nach dem dritten Grappa volltrunken. Nur gut, dass Antje schon weg war.«

Die junge Gerichtsmedizinerin hatte früh genug erkannt, worauf der Abend hinauslaufen würde, direkt nachdem Carolin und Carlotta sich zurückgezogen hatten. Gerade noch rechtzeitig hatte sie sich in ihren Porsche gesetzt und war dem Gelage entflohen, ehe sie vollends fahruntüchtig wurde. Das hatte Sören im Augenblick ihrer Verabschiedung natürlich bedauert, aber jetzt war er froh, dass sie so vernünftig gewesen war. Die Verbrüderung mit Fausti und Violetta hätte womöglich dazu geführt, dass sie demnächst die Einladungen ins Haus Wolf nicht mehr annehmen würde.

Erik hatte mit einem Mal das Gefühl, sich zusammenreißen zu müssen. Schließlich war ein Werktag, und sie steckten in Mordermittlungen. »Was machen wir heute?«

»Du wolltest gestern Abend zu Sandra Lührsen gehen.«

»Warum eigentlich?«

Sören dachte nach, kam aber zu keinem Ergebnis.

»Heute Morgen geht das nicht«, beschloss Erik. »Carolin ist bei ihr. Wegen der Reportage.«

»Und deine Schwiegermutter?«

»Die hilft ihr dabei, hat sie gesagt.« Eriks Gesicht wurde nachdenklich. »Wobei eigentlich?«

Darüber dachten beide so lange nach, bis Eriks Telefon klingelte. Enno Mierendorf war am anderen Ende. »Moin, Chef! Es gibt Neuigkeiten. Eine Streife ist letzte Nacht auf Maart Bleicken aufmerksam geworden. Er sitzt in unserer Ausnüchterungszelle.«

Erik legte das Telefon zur Seite. »Jetzt haben wir also alle Verdächtigen beisammen. Heike Schrunz, Norbert Dombrowsky und Maart Bleicken.«

»Ich finde, wir sollten uns lieber darum kümmern, ob Jesko Lührsen der Mörder seiner Mutter sein kann. Bei den alten Verdächtigen kommen wir ja nicht weiter. Die sagen das Gleiche wie damals oder können sich nach fünf Jahren nicht erinnern. Jesko Lührsen ist eine neue Spur. Dumm nur, dass wir den nicht vernehmen können.«

»Jetzt weiß ich wieder, worüber ich mit Sandra Lührsen reden wollte. Über ihren Mann.«

»Wie mag sie darauf reagieren, dass wir ihn verdächtigen?«

»Ich bin gespannt.« Erik wollte sich erheben, ließ sich aber gleich wieder zurücksinken. »Wir müssen warten. Ich darf Carolin nicht dazwischenfunken. Sie muss ihr Interview in Ruhe zu Ende führen.«

Sören bestätigte es nickend. »Aber wir könnten uns doch erst einmal Maart Bleicken vornehmen.«

Erik nickte ebenfalls. »Ja, das könnten wir ...«

Doch keiner von ihnen schaffte es, sich zu erheben, sie blieben sitzen, schwiegen beide und hingen Gedanken nach, die sich sicherlich ähnelten. Erik jedenfalls dachte daran, dass er gern wieder ins Bett gehen würde, und Sören fragte sich womöglich, warum er sich schon so früh auf sein Rennrad gesetzt hatte.

Vielleicht wären sie beide im Sitzen eingeschlafen, wenn nicht nebenan merkwürdige Geräusche entstanden wären. Es begann damit, dass das Schnarchen unregelmäßig wurde, durch erschrockene Aussetzer unterbrochen, als wäre Fausti

Hillmot im Halbschlaf gestört worden. Dann produzierte er sogar einen beängstigenden Atemstillstand, der Erik und Sören erschrocken aufhorchen ließ. Und schließlich, gerade, als die Stille bedrohlich wurde und das Schnarchen zum Glück wieder einsetzte, rumpelte es nebenan, als wäre jemand aufgestanden, dem es nicht gelang, die Möbelstücke zu umgehen, die sich in den Weg gestellt hatten. Aber immerhin setzte sich Faustis Schnarchen nun wieder regelmäßig fort. Kurz darauf schlug jedoch jemand auf die Türklinke, dem das Feingefühl für ein gemächliches Öffnen abhandengekommen war. Violetta stürzte aus dem Wohnzimmer, an der Küchentür vorbei ins Gäste-WC. Dort erbrach sie sich derart geräuschvoll, dass Erik und Sören beschlossen, das Haus umgehend zu verlassen.

»Sonst wird mir auch schlecht«, erklärte Sören. »Dann lieber ein Gespräch mit Maart Bleicken. Selbst wenn er sich tagelang nicht gewaschen hat.«

»Am Ende will Violetta noch, dass wir ihr einen Tee machen«, ergänzte Erik.

Sie schnappten sich ihre Jacken und verließen gemeinsam das Haus. Die Frage, wie das mit dem Restalkohol war, stellte Erik sich erst, als er schon den Motor gestartet hatte und in die Westerlandstraße eingebogen war. Also zu spät.

40

Mamma Carlotta hatte die Dartscheibe in ihre Tasche gesteckt. Die durfte auf keinen Fall in einem Müllsack landen, die musste Erik sehen. Zwar wusste sie noch nicht genau, wie er sie in die Hände bekommen sollte, aber das würde sich finden. Sie spürte schon wieder die Gänsehaut, die ihr beim Anblick der Dartscheibe über die Arme und den Rücken gelaufen war. Welcher Hass steckte dahinter! Mit wie viel Feindseligkeit musste Jesko Lührsen angefüllt gewesen sein, wenn es ihm Genugtuung verschaffte, auf das lächelnde Gesicht seiner Mutter zu zielen. Wie oft mochte er es versucht haben, bis er es endlich geschafft hatte, mit dem Dartpfeil genau zwischen ihre Augen zu treffen ...

Sie schloss den Reißverschluss ihrer Tasche und stellte sie ans Treppengeländer neben der oberen Stufe. Von unten klang Sandras Stimme hoch, sie erzählte von ihrer Jugend und Kindheit. Carolin war nur selten zu hören, offenbar hatte sie Sandras Erzählung in Fluss gebracht und brauchte nicht mehr viel zu fragen. Mamma Carlotta war stolz auf ihre Enkeltochter. Vielleicht war ihre Idee, Journalistin zu werden, doch nicht so schlecht?

Mamma Carlotta holte den Staubsauger, um mit der Reinigung der Teppiche zu beginnen, da klingelte unten das Festnetztelefon. Natürlich entschloss sie sich zu einer anderen Arbeit, die es ihr ermöglichte, etwas von dem Telefongespräch mitzubekommen. Sie ging ins Schlafzimmer und öffnete den Schrank, um den männlichen Teil der dort hängenden Garderobe und liegenden Wäsche zu entsorgen, und spitzte die Ohren ...

Im Erdgeschoss ertönten Sandras schnelle Schritte. »Lührsen«, hörte Mamma Carlotta sie in den Hörer rufen. Dann begrüßte sie jemanden sehr freundlich, dessen Anruf ihr offenbar gefiel. Es blieb eine Weile still, Sandra Lührsen schien zu lauschen, dann sagte sie: »Heute schon?« Hastig ergänzte sie: »Ja, ja, ich habe Zeit, nur ... Wo bekomme ich so schnell ein Modell her?« Sie gab ein überlegendes Summen von sich, dann räusperte sie sich. »Ich habe da eine Idee. Wenn es klappt, melde ich mich in ein paar Minuten wieder.«

Sie kehrte ins Atelier zurück, mit zügigen Schritten, als käme es ihr darauf an, so schnell wie möglich zu Carolin zurückzukehren.

Carlotta schlich ein paar Stufen hinab, so weit, dass sie die Stimmen aus dem Atelier verstehen konnte.

»Ich?«, hörte sie Carolin fragen, ziemlich entgeistert, geradezu erschrocken. »Ganz nackt?«

»Ich finde auf die Schnelle sonst niemanden«, gab Sandra Lührsen zurück. Dann bot sie Carolin einen Geldbetrag an, für den diese in Hamburg vermutlich eine ganze Woche hätte kellnern müssen, und machte ihr zudem ein Angebot, von dem Mamma Carlotta sofort wusste, dass Carolin es nicht ausschlagen würde.

»Sie können eine Fortsetzungsgeschichte machen. Ich stelle Ihnen alte Fotos zur Verfügung, Familienfotos aus meiner Kindheit und Jugend, Fotos aus meiner Ehe, und ich erzähle Ihnen alles, was Sie wissen wollen. Das ist eine Win-win-Situation.« Ehe Mamma Carlotta sich überlegen konnte, was dieses Win-win bedeutete, fuhr Sandra Lührsen schon fort: »Ich könnte endlich klarstellen, dass ich nicht die Frau bin, für die ich auf Sylt gehalten werde. Meine Schwiegermutter hat nur schlecht über mich geredet, dieses Bild könnte ich geraderücken. Und ich würde den Syltern zeigen, dass ich mich nicht kleinkriegen lasse. Ich mache weiter mit dem Aktmalen. Der Typ vom Touristenbüro sagt, die Leute wären versessen darauf, von mir Unterricht zu bekommen. Ich kann gut verdienen, jedenfalls, solange mein Fall noch aktuell ist. Das Geld, das Jesko für das Haus seiner Mutter bekommen hat, will ich nicht für den täglichen Bedarf ausgeben. Damit möchte ich mir außergewöhnliche Wünsche erfüllen.« Mamma Carlotta hörte ein Lachen, das auch von einer reichen Frau hätte kommen können, die ihre Verschwendungssucht die Erfüllung kleiner Wünsche nannte. »Es wird Zeit, dass ich zur Bank gehe. Vermutlich bin ich Millionärin, ohne es zu wissen.« Und dann gab sie Carolin zu verstehen, dass sie sich das Honorar, das sie ihr soeben angeboten hatte, leisten könne. »Sie brauchen sich nicht zu genieren, Sie können es ohne Weiteres annehmen.«

Mamma Carlotta war davon überzeugt, dass Carolin entrüstet ablehnen würde, und war entsetzt, als von ihr Zustimmung kam. »Okay. Die mehrteilige Reportage wird ein Knaller. Die Redaktion wird ausflippen, wenn sie das hört.« Ihre Stimme klang zuversichtlich. »Ich bin ziemlich sicher, dass das klappt.«

Mamma Carlotta lehnte sich erschüttert gegen die Wand. Es war, als könnten die Beine unter ihr nachgeben. Würde Carolin ihrem Freund davon erzählen? Würde sie ihm gestehen, dass sie sich bereit erklärt hatte, sich nackt malen zu lassen? Dann musste er doch verlangen, dass sie diese aberwitzige Idee auf der Stelle wieder aufgab. Darauf würde sie sich verlassen können, wenn es ihr eigentlich auch gar nicht gefiel, dass ausgerechnet Maximilian Witt dafür sorgen sollte, dass Carolin zur Vernunft kam. Und was, wenn er es nicht tat? Aber so weit konnte Mamma Carlotta nicht denken. Ein Mann, der so etwas zuließ, war ja noch schlimmer als alles, was sie bisher von Maximilian Witt angenommen hatte. Aber vielleicht würde Carolin ihm gar nichts davon verraten? Sie würde ihm womöglich stolz erzählen, dass sie es geschafft hatte, Sandra Lührsen zu einer mehrteiligen Reportage zu überreden, und seine Dankbarkeit genießen. »Madonna!« Wie sollte sie es schaffen, dass diese Beziehung ein Ende fand, wenn Maximilian ihr dankbar war? Ein dankbarer Mann war freundlich, herzlich und überschüttete seine Liebste mit Anerkennung und Zärtlichkeit. Dann würde Carolin gern zu ihm zurückkehren und in Hamburg bleiben. »Dio mio!« Was konnte sie tun, um das zu erreichen, was für die Familie und vor allem für Carolin gut war? Alles würde sie dafür tun. Einfach alles!

»Noch besser wäre es natürlich«, fuhr Sandra Lührsen im Erdgeschoss fort, »wenn ich einen ganz anderen Frauentyp bekäme, der sich malen ließe. Schöne junge Frauen wie Sie hatte ich schon oft, die sind eben eher bereit, ihren nackten Körper zu zeigen. Aber was kommt dabei heraus? Den Männern, die diese jungen Mädchen malen, wird Voyeurismus unterstellt. Ich bräuchte eine ältere, vielleicht sogar alte Frau oder einen alten Mann, die bereit wären, sich für eine Aktzeichnung zur Verfügung zu stellen. Das ist auch künstlerisch viel anspruchsvoller. Dann würde sich endlich herumsprechen, dass Aktmalerei eine hohe Kunst ist, und niemand würde mehr von Schweinkram sprechen. Aber wie soll ich das auf die Schnelle hinbekommen?«

Mamma Carlotta wollte sich gerade umdrehen, die Treppe wieder hinaufsteigen und sich beim Staubsaugen überlegen, wie sie Carolin von dem schrecklichen Plan abbringen konnte, als Aktmodell Geld zu verdienen. Da hörte sie mit einem Mal: »Glauben Sie, ich könnte die Putzfrau fragen? Sie kennen sie offenbar näher. Ich würde ihr natürlich genauso viel zahlen, wie ich Ihnen angeboten habe. Für eine Frau, die sich mit Putzen was dazuverdient, eine ganze Menge! Das wäre auch deswegen noch besser, weil Sie selbst dann zugegen sein und später in Ihrer Reportage auch darüber berichten könnten, wie seriös meine Kurse sind.«

Mamma Carlotta hörte Carolin lachen. »Auch wieder eine Win-win-Situation?«

Mamma Carlotta schleppte sich die Treppe hoch und ging ins Schlafzimmer zurück. Am liebsten hätte sie sich auf das breite Doppelbett fallen lassen, um sich zu erholen. Was war nur aus dieser Welt geworden? Wie ging man heutzutage mit der Schamhaftigkeit um! Gab es sie gar nicht mehr? Madonna, wenn sie davon in Panidomino erzählen würde! Aber das ging natürlich nicht, was diese Angelegenheit glatt noch ein bisschen unangenehmer machte. Oder sollte sie etwa vor ihren Nachbarinnen zugeben, dass ihre Enkeltochter sich nackt hatte malen lassen? Unmöglich! Dass ihr selbst ein solches Angebot gemacht werden sollte, erst recht nicht. Nein, das war zu viel! Sie hatte sich hier schon als Putzfrau zur Verfügung gestellt, um Carolin so viel wie möglich recht zu machen. Dann sollte sie akzeptieren, dass ihre Enkelin als Aktmodell

Geld verdiente? Und am Ende sollte sie gar selbst …? »Impossibile!«

41

Maart Bleicken empfing Erik und Sören sehr ungnädig. »Was soll ich hier? Warum werde ich eingesperrt? Ich habe nichts getan.« Sein struppiges Haar war aus dem Gummi gerutscht, mit dem er es normalerweise am Hinterkopf zusammenhielt, fettige Strähnen hingen ihm ins bärtige Gesicht. Er sah aus, als wollte er in einem Horrorfilm mitspielen und wäre gerade aus der Maske gekommen, wo man ganze Arbeit geleistet hatte. »Das Essen schmeckt nicht, und zu trinken gibt es nichts.«

»Kein Wasser und kein Kaffee?«, fragte Erik und wusste, dass er gemein war.

Entsprechend wurde er von Maart Bleicken als Sadist beschimpft, als Kerkermeister und Mitglied der Obrigkeit, die sich ja alles leisten konnte. Sogar einen harmlosen Landstreicher wie ihn einbuchten und damit quälen, dass er sein tägliches Bier nicht bekam.

Erik beendete das Gezeter erst, als Maart Bleicken einen Vergleich mit Adolf Hitler heranzog und vermutete, er würde wohl demnächst am Galgen baumeln, ohne vorher einen fairen Prozess zu bekommen. »Nazis! Allesamt!«

»Nun reicht's aber. Setzen Sie sich hin und erklären Sie uns noch einmal, was an dem Abend vor fünf Jahren abgelaufen ist. Als Sie auf das offene Fenster von Witta Lührsen aufmerksam wurden.«

Wie erwartet berief Maart Bleicken sich auf das, was er schon vor fünf Jahren ausgesagt hatte. »Glauben Sie wirklich, da hat sich bis heute was dran geändert?«

»Kannten Sie Witta Lührsen?«

»Sie nicht. Aber eine aus ihrem Rommé-Club. Das ist die

Mutter einer Frau, die ich beinahe geheiratet hätte.« Er grinste. »Ich war ja immer schon ein Schwiegermuttertyp. Mit Rosi habe ich nach wie vor Kontakt. Bei ihr kriege ich gelegentlich eine warme Mahlzeit. Sie glaubt, die Trennung von ihrer Tochter hätte mich kaputtgemacht, und ich belasse es dabei.«

Erik verzichtete auf einen Kommentar. Dass Maart Bleicken jemanden aus Wittas Rommé-Club kannte, war neu. Er konnte sich nicht erinnern, so etwas in den Protokollen gelesen zu haben. Aber das konnte natürlich auch daran liegen, dass er geistig noch immer nicht voll auf der Höhe war. Vielleicht erinnerte er sich nur nicht daran?

Sören zeigte, dass er jünger und widerstandsfähiger war, nicht nur körperlich, sondern auch geistig. »Das heißt also, dass Sie von den Rommé-Abenden wussten? Dann war Ihnen auch klar, dass Witta Lührsen an diesem Abend eigentlich nicht zu Hause sein konnte?«

Maart Bleicken erschrak. An diese Schlussfolgerung hatte er scheinbar nicht gedacht. »Nö, das nicht. Ich weiß nur, dass die Rosi mit Witta Lührsen Rommé spielte, mehr nicht. An welchem Tag ... das wusste ich nicht.«

Er sah, dass weder Erik noch Sören ihm glaubten. »Interessant«, gab Erik zurück. »Sie wussten, dass Witta Lührsen an diesem Abend nicht zu Hause sein würde ...«

»Nein! Wusste ich nicht! Ich sage doch ...«

Aber er fand kein Gehör. Erik und Sören glaubten ihm kein Wort. »Vielleicht waren Sie sogar an diesem Abend bei der Frau, die beinahe Ihre Schwiegermutter geworden wäre?«, vermutete Sören. »Und die hat Sie weggeschickt, weil sie sich für den Rommé-Abend umziehen musste?«

Erik sah Maart Bleicken an, dass Sören ins Schwarze getroffen hatte. »Wie heißt die Dame mit Hausnamen? Wir könnten sie aufsuchen und uns Ihre Aussage bestätigen lassen.«

»Jannemann«, knurrte Bleicken. Er besann sich kurz, dann brüllte er plötzlich: »Von der werden Sie nichts erfahren. Rosi hält zu mir. Immer! Sonst hätte sie damals schon verraten, dass sie mit mir über den Rommé-Abend geredet hat. Hat sie aber nicht! Und warum? Weil sie genau wusste, dass ich kein Mörder bin!«

Erik und Sören verständigten sich mit einem Blick, dann erhoben sich beide. »Sie müssen leider noch eine Weile hierbleiben, Herr Bleicken.«

»Was? Wieso?«

»Sie haben keinen festen Wohnsitz. Es besteht Fluchtgefahr.« Erik lächelte. »Aber wir werden dafür sorgen, dass Sie Gelegenheit zum Duschen und Haarewaschen bekommen.«

Als sie die Tür von außen schlossen, hörten sie, dass drinnen ein Stuhl zu Bruch ging. Erik gab einem jungen Beamten einen Wink, der einen Kollegen dazuholte, damit sie zu zweit in dem Verhörraum für Ordnung sorgen konnten.

Die Kälte stach zu, als sie ins Freie traten, aber sie tat auch gut. Erik nickte in Richtung Meer. »Ein paar Schritte am Wasser wären jetzt genau das Richtige.«

Dieser Ansicht war auch Sören. Sie gingen in die Brandenburger Straße, überquerten den Parkplatz und benutzten den Strandübergang am Sunset Beach, einem Strandbistro, das zurzeit geschlossen war. Als sie auf der Promenade standen, blieben sie stehen und blickten aufs Meer. Ein graues, aufgewühltes Meer, das nicht schäumte, nicht mit Gischtkronen spielte, sondern mit großer Wucht heranrollte und eine hohe Welle nach der anderen produzierte, die am Strand sanft ausliefen, als wüssten sie, dass sie nicht in das Spiel von Kindern eingreifen würden. Ein November-Meer!

»Er könnte es gewesen sein«, sagte Erik und ging zur nächsten Treppe, die in den Sand hinabführte. »Dass er von Wittas Rommé-Abend wusste, macht ihn noch verdächtiger.«

Sören war der gleichen Ansicht. »Vor fünf Jahren sind wir mit seinem Verhör nicht weit gekommen. Ehe wir ihn in die Zange nehmen konnten, kam schon die Aussage von Jesko

Lührsen, die alles verändert hat.« Aber Sören wollte sich dennoch nicht von der Idee verabschieden, dass Jesko ein besonders perfides Spiel geplant haben könnte. »Wie erreichen wir, dass Sandra Lührsen erlaubt, uns in ihrem Haus umzusehen? Ohne Durchsuchungsbeschluss?«

Sie gingen über den Strand direkt aufs Meer zu und blieben erst stehen, als die Gefahr bestand, dass eine Welle über ihre Füße rollte. Aber sie schienen beide gar nicht an diese Möglichkeit zu denken.

»Vielleicht ist sie zugänglich«, meinte Erik. »Sie leidet darunter, dass ihr Mann der gute Jesko ist, dem sie übel mitgespielt hat. Er wird überall bedauert, während sie die böse Ehefrau ist, die den Mann betrogen hat, der sie abgöttisch liebte. Sogar dass er sie ins Gefängnis gebracht hat, wird Sandra Lührsen angekreidet. Sie hat den armen Kerl so zur Verzweiflung gebracht, dass man Verständnis für ihn aufbringen muss.« Er sah kopfschüttelnd zum Horizont. »Das ist schon merkwürdig.«

Sören wurde jetzt sehr eifrig. »Also könnte es ihr recht sein, dass wir ihn verdächtigen? Sie würde uns vielleicht sogar unterstützen, um seine Schuld nachzuweisen? Sie würde damit ihren Ruf retten. Dann wäre sie die arme Frau, die von ihrem Mann hintergangen wurde.«

Sören sprang zurück, als eine Welle weiter auslief, als er vermutet hatte, für Erik kam es leider zu spät. Er hatte nicht aufgepasst und stand nun mit nassen Schuhen da. »So ein Mist!«

Sören grinste. »Da müssen wir wohl erst mal nach Wenningstedt, damit du dir trockene Schuhe anziehen kannst.«

Erik machte auf dem Absatz kehrt, setzte jeden Schritt zaudernd und zog die Hosenbeine hoch, als er feststellte, dass auch die Säume seiner Jeans feucht geworden waren. »Dann können wir sehen, ob Carolin schon zurück ist. Wenn sie ihr Interview beendet hat, machen wir uns gleich zu Sandra Lührsen auf.«

42

Sandra Lührsens Stimme klang von unten herauf. »Frau Capella? In einer Stunde wird die Müllabfuhr da sein!« Nun kam sie sogar die Treppe hoch. »Vielleicht sollte ich helfen? Ich wäre froh, wenn die Müllabfuhr alles mitnimmt, dann brauche ich nicht extra zur Deponie zu fahren. Und je eher ich alles los bin, desto besser.« Sie betrachtete zufrieden die Müllsäcke, die Mamma Carlotta schon gefüllt hatte, und sah in den Schlafzimmerschrank, der noch nicht ganz ausgeräumt war. »Das kann alles weg.« Mit einer Bewegung, die viel Wut und sogar Hass verriet, riss sie die Kleidung ihres Mannes samt den Bügeln heraus und stopfte sie in einen Müllsack. Zufrieden sah sie sich dann um. »Die erste Etage ist also frei von Altlasten. Was bin ich froh, wenn ich das Zeug los bin!« Sie zerrte alle Säcke zur Treppe und schien sie selbst hinuntertragen zu wollen. Carlotta kam es so vor, als wäre das ein Racheakt, den sie unbedingt eigenhändig durchführen wollte.

Sandra Lührsen warf die Säcke einen nach dem anderen die Treppe herunter, manches, was leicht war, sogar im hohen Bogen. Wenn etwas klirrte oder zerbrach, erschien ein zufriedenes Lächeln auf ihrem Gesicht. Es war klar, sie rechnete in diesem Augenblick mit ihrem Mann ab, der sie zwar geliebt, ihr aber dennoch oder gerade deswegen etwas so Schreckliches angetan hatte. Mamma Carlotta konnte sie verstehen. Sie schwieg zu diesem Exzess, ließ Sandra Lührsen wüten und sagte nichts zu dem Zorn, mit dem sie ihren Mann aus ihrem Leben entfernte.

Als alle Säcke in der Diele lagen, rief Sandra Lührsen Richtung Atelier: »Ich bin gleich wieder da, Frau Witt! Ich schmeiße nur gerade meinen Mann raus!« Ein hässliches Lachen folgte diesen Worten. »Wenn Sie wollen, können Sie das fotografieren.«

Schon erschien Carolin mit ihrem Handy und machte Fotos von den vielen Müllsäcken und ihrer Auftraggeberin, die neben ihnen stand und zufrieden in die Kamera schaute.

Sandra Lührsen wehrte Carlottas Hilfe nach wie vor ab. »Die Säcke trage ich selbst vors Haus. Meine Nachbarn sollen sehen, was ich tu. Ich hoffe, die Firma, die ich engagiert habe, kommt bald. Sie haben versprochen, heute noch das widerliche Graffiti zu entfernen. Für so was braucht man ja Spezialisten. Sie putzen dann die erste Etage, Frau Capella, das geht ja schnell, jetzt, wo alles raus ist. Und dann im Erdgeschoss. Im Wohnzimmer ist nicht viel Persönliches von Jesko. Die Schallplatten und Bücher werde ich bei Gelegenheit selbst aussortieren, vieles gehörte ja uns beiden, und manches will ich behalten.«

Mamma Carlotta sagte noch immer kein Wort. Angesichts der Emotionen, die vor ihren Augen aus Sandra Lührsen herausbrachen, wäre jedes Wort überflüssig gewesen, nur rhetorische Garnitur. Sie konnte Sandra Lührsen so gut verstehen. Was diese jetzt tat, mit ihren bloßen Händen, mit der Kraft, die sie hatte, mit dem Einsatz ihres Köpers, war dazu da, sich von ihrem Mann zu befreien. Sie warf ihn raus! Mit dem, was sie jetzt tat, schlug sie ihn, ohrfeigte sie ihn, schrie sie ihn an und stieß ihn von sich. Diese Gefühle brauchte sie jetzt offenbar.

Während Sandra Lührsen alles zum Straßenrand zerrte, huschte Mamma Carlotta zu Carolin, die ins Atelier zurückgegangen war und dort ihre Aufzeichnungen überprüfte. »Tutto bene, Carolina?«

Ihre Enkelin sah auf. Mit einem Blick, der neu war, voller Entschlossenheit, mit einer Kraft im Ausdruck ihrer Augen, die Carlotta noch nie bei Carolin gesehen hatte. »Das wird eine tolle Story, Nonna! Ich erfahre Sachen, die wären Maximilian nie zu Ohren gekommen. Menno Koopmann erst recht nicht.«

Carolin sah aus, als wäre sie zu allem entschlossen, als könnte dieser Bericht über Sandra Lührsen ihr die Tür zu einem neuen Leben aufstoßen. In Hamburg oder auf Sylt?

Mamma Carlotta wollte die Gelegenheit nutzen, sich von Carolin erzählen zu lassen, was Sandra Lührsen am Nachmittag plante, wenn der Kurs für Aktmalerei begann. Fragen wollte sie nicht, dann hätte sie zugeben müssen, gelauscht zu haben. Nein, Carlotta wollte es aus Carolins Mund hören, sie sollte ihr selbst sagen, was Sandra im Schilde führte.

Aber in diesem Augenblick ging das Handy ihrer Enkelin. Sie lächelte erfreut, als sie aufs Display sah. Maximilian Witt? Mamma Carlotta wurde prompt unruhig, atmete dann aber erleichtert auf.

»Hey, Papa!« Carolin lauschte, dann sagte sie: »Nein, ich bin hier den ganzen Tag beschäftigt. Das dauert noch. Aus dem Artikel wird eine mehrteilige Reportage, stell dir vor, Papa. Maximilian hat mit der Redaktion telefoniert, die sind ganz begeistert. Sandra Lührsen ist zurzeit eine richtige Berühmtheit. In allen Zeitungen ist von ihr zu lesen. Aber natürlich nur Fakten, keine Geschichte, wie ich sie hier recherchiere. Ich habe mir die Exklusivrechte gesichert.« Sie ließ Erik nur kurz zu Wort kommen. »Das geht nicht. Wir sind mit dem Interview beschäftigt. Am Nachmittag findet schon der erste Malkurs statt, den werde ich mir ansehen. Ich darf sogar fotografieren. Nein, nicht die Kursteilnehmer, aber ... Sandra Lührsen. Die Leser sollen sehen, was sie für eine tapfere Frau ist. Kaum aus dem Gefängnis entlassen, stellt sie sich schon wieder dem Alltag und versucht, ohne Hilfe ihren Lebensunterhalt zu verdienen. Die Entschädigung, die Menschen gezahlt wird, die unschuldig im Gefängnis gesessen haben, ist ja erbärmlich. Darauf könnte man bei dieser Gelegenheit auch mal hinweisen. In den nächsten Wochen werden ihre Kurse voll sein.« Wieder schaffte Erik einen Einwurf. »Okay, ich kann dich anrufen, wenn ich fertig bin. Vorher darfst du dich hier nicht blicken lassen.« Sie senkte ihre Stimme. »Sollte ich noch da sein, wenn du kommst, verrate bloß nicht, dass ich deine Tochter bin. Dann fühlt Sandra Lührsen sich verschaukelt, und ich bin die Reportage los.« Nun richtete sich Carolins Blick auf ihre Großmutter. »Die Nonna? Die ist auch hier. Sie ... sie will nicht nach Hause. Violetta soll selbst sehen, wie sie Dr. Hillmot heute Mittag was zu essen macht. Nach dem Gelage gestern Abend ist sie vermutlich noch unausstehlicher als sonst. Du kannst nicht verlangen, dass die Nonna sich am Süder Wung blicken lässt.«

Sie grinste, als sie das Gespräch beendet hatte. »Wie habe ich das gemacht? Papa denkt sich nichts dabei, wenn du den ganzen Tag weg bist.«

»Grande, Carolina, ma ... ich habe etwas gefunden.« Sie begann zu flüstern. »Etwas, was deinen Vater interessieren wird, was er unbedingt sehen sollte. Du musst es ihm geben, spätestens heute Abend.«

»Was ist das?«

»Eine Dartscheibe. Sie steckt in meiner Tasche. Wenn Enrico sie gesehen hat, wird er wissen, wer der Mörder ist.«

Carolin wollte aufgeregt nachfragen, aber sie wurden von Sandra Lührsen unterbrochen, die ins Atelier zurückkehrte und ihre Hände aneinanderschlug, als müsste sie Schmutz abklopfen. »So!« Diese eine Silbe zeigte, wie froh sie war, soeben einen Lebensabschnitt an den Straßenrand gestellt zu haben, und wie gern sie später dabei zusehen würde, wie die Müllwerker den ganze Krempel abholten. Ein Teil ihres Lebens, der jetzt zu den schlechten Erinnerungen gehörte. Sie wollte neu anfangen, keine Frage.

Sie sah Mamma Carlotta verwundert an, als sie sie bei Carolin vorfand. »Sie können jetzt mit dem Putzen weitermachen.«

Mamma Carlotta nickte und ging zur Treppe. Dort blieb sie kurz stehen, um zu hören, was Sandra Lührsen zu Carolin sagte: »Am besten ist es, wenn Sie Frau Capella fragen. Sie kennen sie. Mich lässt sie womöglich gar nicht zu Wort kommen. Wenn wir Mittagspause machen, lasse ich Sie eine Weile mit ihr allein.« Wieder klopfte sie ihre Hände ab. »Und jetzt zu einem meiner schwärzesten Tage. Der Sonntag, an dem ich meine Schwiegermutter kennenlernte ...«

Mamma Carlotta stieg in die erste Etage hoch, wo noch immer ihre Tasche neben dem Treppenabgang stand, griff hinein und holte die Dartscheibe heraus. Dann lief sie die Treppe wieder hinunter und ging zur Garderobe, wo sie Carolins Tasche gesehen hatte. Sie war groß, nicht viel kleiner als Carlottas Einkaufstasche. Mamma Carlotta schob die Dartscheibe in Carolins Tasche und atmete auf. Dio mio! Sie war das Corpus Delicti los. Niemals hätte sie erklären können, wie und wo sie es gefunden hatte.

43

Sie kamen im Süder Wung an, Erik steckte das Handy weg, als er das Telefonat mit seiner Tochter beendet hatte. Er dehnte die Beine, soweit es der Fußraum vor dem Beifahrersitz zuließ, und zog eine Grimasse. »Jetzt erst mal trockene Schuhe anziehen. Hoffentlich sind Violetta und Fausti beschäftigt, womit auch immer. Dann könnten wir uns einen Espresso machen und ein paar Reste aus dem Kühlschrank holen.«

Für so was war Sören sonst immer zu haben, aber diesmal lockte ihn das Angebot nicht. »Besser, wir hauen schnell wieder ab. Wenn Violetta noch so schlecht drauf ist wie heute Morgen, dann erwartet Fausti am Ende seine Grundversorgung von uns, nachdem Heike Schrunz ja nicht ins Haus gekommen ist. Ich will ihm aber nicht die Zähne putzen und ihm auch keine frische Unterhose anziehen.«

Das wollte Erik auch nicht, auf keinen Fall. »Violetta muss sich zusammenreißen.«

Vorsichtshalber öffnete er die Haustür so leise wie möglich und lauschte ins Haus, ehe er über die Schwelle trat. Dr. Hillmots Rollstuhl stand im Flur, in der Nähe der Tür, die ins Gäste-WC führte. Dessen Tür war nicht fest geschlossen, und sie hörten Violettas Stimme. »Mach schnell, mir wird schon wieder übel.«

Kurz darauf ging die Spülung, und die folgenden Geräusche zeigten, dass Dr. Hillmot sich irgendwie von der Toilettenbrille wuchtete und auf seinem unversehrten Bein darauf wartete, dass Violetta ihm zurück in den Rollstuhl half.

Erik schlüpfte geistesgegenwärtig aus seinen nassen Schuhen, schnappte sich die Slipper, die neben der Garderobe standen, die er im Winter eigentlich nur zu Hause trug, und war schon wieder an der Tür, die Sören bereits geöffnet hatte. Erstaunlich geräuschlos. Erst vor der Tür stieg er in die Slipper, in diesem Augenblick hörte er Violettas Stimme:

»Carlotta? Bist du das? Komm her und hilf mir!«

Nun war Erik es egal, ob er gehört wurde oder nicht. Hastig zog er die Haustür ins Schloss, alles andere als leise, aber das war jetzt nicht von Bedeutung. »Schnell weg!«, sagte er zu Sören und lief ihm hinterher zum Auto.

Sören, der wieder hinter dem Steuer Platz nahm, fuhr an, obwohl beide noch nicht angeschnallt waren, und stoppte wieder, als sie nicht mehr in Sichtweite waren. »Eigentlich sind wir gemein«, sagte er. »Es ist bestimmt nicht leicht für Violetta, Fausti zu versorgen. Deine Schwiegermutter ist nicht da und …«

»Die hat sich auch verdrückt«, gab Erik zurück. »Dabei ist sie die Hilfsbereitschaft in Person. Ich finde, wir haben auch ein Recht darauf, uns zu entziehen. Schließlich stecken wir in Mordermittlungen.«

»Wir treten auf der Stelle«, erinnerte Sören missmutig.

»Egal! Violetta und Dr. Hillmot sind nicht eingeladen worden. Sie machen sich in meinem Haus breit, sodass wir uns selbst dort nicht mehr wohlfühlen. Wir müssen kein schlechtes Gewissen haben. Schlimm ist nicht, dass wir abhauen, schlimm ist, dass wir gezwungen sind abzuhauen. Und das, wo Carolin gerade wieder nach Sylt gekommen ist.«

Sören fuhr nicht wieder an, sondern wandte sich seinem Chef zu. »Und nun?«

»Zu Dombrowsky«, antwortete Erik. »Die Staatsanwältin meint auch, wir sollten ihm noch mal auf den Zahn fühlen. Und sobald Carolin grünes Licht gibt, gehen wir zu Sandra Lührsen und bitten sie, uns in ihrem Haus umsehen zu dürfen. Auch ohne Durchsuchungsbeschluss.«

Dombrowsky war nicht im Büro. Seine Sekretärin teilte ihnen mit, dass ihr Chef am Heideplätzchen zu tun habe. In einem der Häuser gab es ein Problem mit der Heizungsanlage.

»Also nach List«, sagte Erik, als sie wieder im Auto saßen. »Aber erst zu einem Geldautomaten. Ich brauche Bargeld. Am besten zu dem neben Budnikowsky. Wenn wir in List sind, werden wir zu Gosch gehen und ein Fischbrötchen essen.«

Auf dem kurzen Weg dorthin überlegten sie, was sie Dombrowsky fragen wollten, aber weder Sören noch Erik fiel etwas ein, was zu einem Durchbruch in den Ermittlungen führen könnte.

»Wir fragen ihn einfach noch mal das Gleiche«, meinte Erik schließlich. »Er muss nervös werden, er soll merken, dass er unter Verdacht steht.«

»Meinst du, das weiß er nicht?«

»Er hat keine Ahnung, dass Felix uns informiert hat.«

»Vielleicht doch.«

»Dann erst recht. Er soll Fehler machen.«

»Wenn er es war. Wir haben ja auch noch Maart Bleicken, Heike Schrunz und vielleicht sogar Jesko Lührsen.«

Erik stieg aus und ging auf die große Tür zu, die in den kleinen Raum führte, in dem die Geldautomaten standen. Sie öffnete sich, als er noch weit entfernt war, und eine Frau trat heraus, die stutzte, als sie Erik sah. Sandra Lührsen!

Sie blieb stehen und sah ihm entgegen. »Sie kommen mir gerade recht.«

Erik dachte daran, dass Carolin wegen des Interviews bei ihr war, und er fragte sich, warum er sie hier traf und was Carolin in ihrem Haus machte, wenn sie dort mit seiner Schwiegermutter allein war. Wahrscheinlich würde sie eigentlich auch gern heimkommen, sich von der Nonna etwas zu essen machen lassen und Nestwärme genießen. Erik spürte den Missmut, der erneut in ihm aufstieg. Carolin hatte vermutlich zu Sandra Lührsen gesagt, dass sie die Mittagspause lieber nicht zu Hause verbringen wollte, denn dort sei es so ungemütlich zurzeit, weil zwei ungebetene Gäste sich dort breitmachten, sie wolle lieber mit ihrer Nonna woanders darauf warten, dass die Zeit vorüberging ...

Erik riss sich zusammen. »Wie meinen Sie das?«

Sandra Lührsen hatte einen Stapel Kontoauszüge in der Hand. Vermutlich alle, die nach dem Tod ihres Mannes und ihrer Rückkehr aus dem Gefängnis angefallen waren. »Ich dachte, ich wäre jetzt reich.« Ihre Augen sprühten zornig, ihre Stimme klang schrill. »Dombrowsky hat meinen Mann über den Tisch gezogen. Jesko, dieser Trottel! Er hat das Grundstück für einen Appel und ein Ei hergegeben. Das ist doch unseriös. So was darf ein Immobilienmakler nicht machen.«

Erik fragte nicht, wie viel Dombrowsky Sandra Lührsens Mann gezahlt hatte, er wusste es ja. »Ich bin auf dem Weg zu ihm, ich kann ihn fragen.«

Sandra Lührsen zögerte nur kurz. »Ja, tun Sie das. Ich habe jetzt keine Zeit, zu ihm zu fahren. Bei mir zu Hause ist eine Journalistin. Sie macht gerade Mittagspause, aber gleich werden wir weitermachen. Und um sechzehn Uhr beginnt mein erster Malkurs.« Ein Lächeln flog über ihr Gesicht, wie ein flüchtiger Sonnenstrahl, der aber gleich darauf hinter der Wolke ihres Aufruhrs verschwand. »Die Sylter sollen staunen, wie schnell ich in mein altes Leben zurückfinde. Ich lasse mich nicht von denen kaputtmachen.« Sie äffte jemanden nach, der ihr womöglich gleich nach ihrer Entlassung mit Ablehnung begegnet war. »Der arme Jesko! So enttäuscht war er von seiner Frau, dass er sich nicht anders zu helfen gewusst hatte! Kann man es ihm verdenken, dass er sie ins Gefängnis gebracht hat, damit sie ihn nicht mehr betrügen konnte?« Sie wollte Erik weismachen, über diesen Anschuldigungen zu stehen, aber ihre zitternden Lippen und die Tränen, die ihr in die Augen schossen, verrieten etwas anderes. Sie war bis ins Mark verletzt worden.

Er betrachtete sie, während sie versuchte, ihre Fassung wiederzugewinnen. Sie hielt ihr Gesicht dem Wind entgegen, schloss die Augen, vermutlich, um ihre Tränen nicht zu zeigen, und lächelte dann wehmütig. »Was habe ich in diesen fünf Jahren den Wind vermisst«, flüsterte sie. »Was hätte ich dafür gegeben, nur ein paar Tage auf Sylt verbringen zu dürfen. Und jetzt ...« Sie öffnete die Augen wieder, schien sicher sein zu können, dass sie den Kampf gegen die Tränen gewonnen hatte. »Jetzt darf ich den Wind jeden Tag genießen. Es ist wie ein kleines Wunder.«

Erik nickt, er konnte sie so gut verstehen. »Ich würde gerne mit Ihnen über Ihren Mann sprechen«, sagte er sanft. »Heute Abend? Wenn Ihr Malkurs beendet ist?«

Sie schluckte schwer, dann nickte sie. »Gegen sieben?«

Erik nickte zustimmend und bedankte sich. »Dann kann ich Ihnen vielleicht erklären, warum Ihr Mann das Grundstück seiner Mutter so billig weggegeben hat.«

»Okay. Wenn nicht, werde ich mir Dombrowsky selber zur Brust nehmen. Spätestens morgen, möglicherweise noch heute Abend.«

Sie nickte kurz, dann wechselte sie die Straßenseite und schickte sich an, den Parkplatz von Feinkost Meyer zu überqueren, um dann am Rande des Kreisverkehrs nach Hause zu kommen. Erik sah ihr nach. Ihre Schritte waren jetzt merkwürdig kurz und schleppend. War das die Fortbewegungsart, an die ein Gefängnisinsasse gewöhnt war? Verlernte man als Gefangene das zügige Ausschreiten, das zielstrebige Vorankommen?

Die Frau, die aus dem Supermarkt trat, fiel Erik erst auf, als sie hinter Sandra Lührsen herlief und sie in der Nähe der Flaschencontainer erreichte und zurückhielt. Er blieb stehen und starrte hinüber. Ein Blick zu seinem Wagen zeigte ihm, dass auch Sören aufmerksam geworden war. Zwischen den beiden Frauen schien auf der Stelle ein Streit auszubrechen. Sandra Lührsen schüttelte die andere ab, noch ehe die ihren Arm ergreifen konnte, und obwohl ihre Stimme nicht zu hören war, ließ der wütende Gesichtsausdruck erkennen, dass sie ihr Gegenüber anschrie. Die schien ihr mit gleicher Münze zurückzuzahlen. Einige Vorübergehende, die in den Laden gehen wollten oder mit gefüllten Einkaufswagen zu ihren Autos gingen, wurden aufmerksam und blieben stehen. Sören ließ die Seitenscheibe herunter, um etwas zu hören, Erik überquerte den Osterweg, um eventuell eingreifen zu können, aber noch bevor er sich den beiden streitenden Frauen genähert hatte, drehte Sandra Lührsen sich um und machte sich davon. Die andere blieb stehen und sah ihr nach.

Sören stieg aus und erschien an Eriks Seite. »Das ist Merret Halliger«, sagte er leise. Er drehte sich um und zeigte zu dem großen Wohn- und Geschäftshaus, in dem mehrere Läden untergebracht waren, ein Bäcker, ein Fahrradverleih, ein Geschäft für Hundefutter und -accessoires und eines für Raumtextilien. »Dort hat sie ihren Kosmetiksalon.«

Sie gingen an den Straßenrand und folgten der Frau mit den Blicken, dann kehrten sie gemächlich zu Eriks Auto zurück, beide beeindruckt von Merret Halliger. Eine hübsche, äußerst gepflegte Frau, nicht schlank, aber wohlproportioniert, mit perfekter Frisur, der der Wind nichts anhaben konnte, in einer dunkelbraunen Lederjacke, einer beigen

Hose und zierlichen Stiefeletten. Während sie auf die Tür ihres Kosmetiksalons zuging, hatte sie die Jacke geöffnet, als hätte der Streit mit Sandra Lührsen sie erhitzt.

»Sie hat in den letzten Jahren ihren Salon auf Vordermann gebracht«, sagte Sören. »Ganz klein hat sie in List angefangen, in einem Hinterzimmer ihrer Wohnung.«

Erik wäre beinahe wieder in sein Auto eingestiegen, wenn Sören ihn nicht erinnert hätte, dass er Bargeld nötig hatte. Schnell zog er ein paar Scheine aus dem Geldautomaten, dann machten sie sich auf den Weg nach List.

44

Sie saßen in Sandra Lührsens Küche. Ein merkwürdiges Gefühl, fand Mamma Carlotta und sah, dass Carolin sich genauso unwohl fühlte. Ein fremder Raum mit fremden Möbeln, fremden Gerätschaften und fremden Gerüchen. Eine Situation ohne Wohlbehagen, trotz gutem Kaffee und leckerem Gebäck. Eine fremde Umgebung, die noch fremder war, weil diejenige, die hier zu Hause war, nicht bei ihnen saß. So waren sie keine echten Gäste, weil die Gastgeberin fehlte, aber aus demselben Grund auch nicht heimisch. Doch Sandra hatte versichert, sie würde nicht lange wegbleiben, nur kurz zur Sparkasse, schnell die Kontoauszüge holen, um zu sehen, wie ihre finanzielle Lage war. Sie hatte ja überhaupt keinen Überblick, was während der letzten fünf Jahre wirtschaftlich geschehen war. Da war es verständlich, dass sie sich Gewissheit verschaffen wollte.

Allerdings hatte Mamma Carlotta nicht vergessen, was sie Sandra Lührsen hatte sagen hören: Sie wolle Carolin mit der Putzfrau allein lassen, weil die beiden sich kannten. Wenn sie wüsste, dass hier Großmutter und Enkelin zusammensaßen, noch dazu die Schwiegermutter des leitenden Ermittlers und dessen Tochter!

Mamma Carlotta schlürfte ihren Kaffee und sah aus dem Fenster. Nein, sie wollte es Carolin nicht leicht machen, sie würde nicht fragen, was sie auf dem Herzen hatte, obwohl leicht zu erkennen war, dass aus Carolin etwas herauswollte und sie nur noch nicht wusste, wie sie es ausdrücken sollte.

»Fällt es dir schwer, hier die Putzfrau zu spielen?«, begann sie vorsichtig.

Mamma Carlotta zuckte mit den Achseln. »Ich tu es für dich, das weißt du ja.«

»Dafür bin ich dir sehr dankbar.« Carolin grinste. »Aber ein bisschen tust du es auch wegen Violetta und Dr. Hillmot. Oder?«

Mamma Carlotta verbot es sich, zu lachen und auf Carolins Ton einzugehen. Nein, sie wollte sich ihr Opfer nicht kleinreden lassen. Was sie hier tat, geschah nur für Carolin. Sie sollte ihr Interview machen dürfen, hoffentlich nicht für Maximilian Witt, sondern für sich selbst.

»Sandra Lührsen hat mir noch ein weiteres Angebot gemacht«, tastete sich Carolin weiter vor. »Ein sehr gutes Angebot. Zweihundert Euro will sie mir bezahlen, wenn ich mich heute Nachmittag malen lasse.«

Nun schaffte Mamma Carlotta es nicht mehr, versonnen aus dem Fenster zu blicken. Ein Ruck ging durch ihren Körper. »So viel Geld für eine Stunde Stillsitzen?«

»Eine ganze Menge, finde ich auch. Aber wie soll sie so schnell an ein Modell kommen? Und sie möchte unbedingt diesen Kurs machen und aller Welt zeigen, dass mit ihr wieder zu rechnen ist, dass sie sich nicht kleinkriegen lässt. Ihre Nachbarn hätten wohl gern, dass sie sich schuldbewusst in einer Ecke verkriecht und sich nicht an die Öffentlichkeit traut.«

»Diese doppelte Moral!« Augenblicklich erwachte in Mamma Carlotta wieder der Zorn auf die Ungerechtigkeit, mit der Sandra Lührsen die Rückkehr schwer gemacht wurde. »Ich habe gehört, dass es um Aktmalerei geht.«

»Richtig. Aber was macht das schon? Man kann sich so hinsetzen, dass niemand etwas sieht, was man nicht sehen lassen möchte. Aktmalerei ist keine Pornografie.«

»Und was sagt dein Freund dazu, dass du dich nackt malen lassen willst?« Mamma Carlotta wunderte sich selbst, wie kühl sie reagieren konnte. Das schaffte sie nur, wenn sie ein konkretes Ziel verfolgte. Ihr Dino, Gott hab ihn selig, hätte längst gemerkt, dass sie etwas im Schilde führte.

»Der muss es ja nicht erfahren.«

»Und dein Vater?«

»Der natürlich auch nicht.«

Stille breitete sich in der Küche aus. Mamma Carlotta betrachtete die dunklen hölzernen Fronten der Anbaumöbel, ging mit den Augen den Maserungen nach und sah sich eingehend die Fensterscheiben an, als überlegte sie, ob sie geputzt werden müssten.

»Noch besser wäre es aber, wenn ich Fotos machen könnte, während der Kurs stattfindet, dafür würde ich auf die zweihundert Euro verzichten. Wenn ich darüber schreiben könnte, wie so ein Kurs abläuft, wenn jemand Modell sitzt, der keinen jugendlichen Körper hat, wenn Sandra Lührsen eben nicht in den Ruf kommt, Voyeure anzulocken …« Carolin fiel nichts mehr ein.

»… wenn also jemand anderes Modell sitzt?«

»Genau!« Carolin war sehr erleichtert.

»Und wer könnte das sein?« Mamma Carlotta sah ihre Enkelin mit großen unwissenden Augen an.

Nun musste Carolin es aussprechen. »Sandra Lührsen hätte gern ein Modell, das … anders ist. Nicht jung, mit einem schönen Körper, sondern …« Sie brach verzweifelt ab.

»Alt und übergewichtig?«

»Vielleicht … du?«

Natürlich erwartete Carolin ungläubiges Nachfragen, Fassungslosigkeit, Empörung und sittliches Entrüsten, alles auf einmal. Aber Mamma Carlotta blieb ganz kühl. »Dafür würde ich aber mehr als zweihundert Euro verlangen.« Sie wehrte ab. »Nein, nein, nicht mehr Geld, sondern etwas ganz anderes zusätzlich ...«

Carolin sagte nichts, sie starrte ihre Großmutter nur fragend an. Sie schien zu spüren, dass nun etwas Außergewöhnliches zu erwarten war.

»Ich tu's nur, wenn du wieder zu Hause einziehst, Carolina.«

45

Erik rieb sich während der Fahrt nach List die Hände. »Jetzt können wir Dombrowsky nach dem Preis fragen. Felix wird nicht in Verdacht kommen.«

Sie fuhren durch Kampen, wo es ruhig und still, beinahe menschenleer war, dann an der Vogelkoje vorbei. Dann, nach einer flachen Rechtskurve, öffnete sich der Blick aufs Watt, den Erik besonders liebte. In der Ferne war der Fährhafen zu erkennen, im Winter schien er weiter weg zu sein als im Sommer. Eine Wand aus Nieselregen stellte sich mit einem Mal vor den weiten Blick, schob ihn weg, verschleierte ihn, schenkte ihm etwas Geheimnisvolles, sodass Sören den Fuß vom Gas nahm.

»Schön, dass wir auf Sylt wohnen«, sagte er.

»Das finde ich auch«, antwortete Erik.

»Du hattest Glück, dass deine Frau sich hier auch wohlgefühlt hat. Selbstverständlich war das für eine Italienerin nicht.«

Erik nickte. »Ja, ich hatte Glück. Lucia war ein großes Glück.« Er horchte seinen eigenen Worten nach und ergänzte dann hastig: »Nicht, dass du denkst ... also, Tilla ist natürlich auch ...«

»Schon gut«, unterbrach Sören ihn. »Ich verstehe das.«

Die Dünen auf der linken Seite wurden grauer, nahmen die Farbe des Himmels an, der Grauschleier verdichtete sich, obwohl aus dem Nieseln kein Regen geworden war, legte sich in Sekundenschnelle über alles, was sich vor ihnen ausbreitete. Wie immer wurde dieser Vorhang auch vor ihrer Stimmung zugezogen. Erik und Sören konnten schweigen, wenn das Wetter einzigartig war, wenn der Himmel blau und die Insel sonnendurchflutet war, und schwiegen ebenso, wenn der Novembernebel auf Sylt niedersank. Erik dachte dann oft, dass auch das Wetter schweigen konnte. Und wieder einmal war er froh, dass Sören so veranlagt war wie er selbst, und freute sich darüber, dass er es endlich geschafft hatte, ihm das Du anzubieten.

Sie sahen Norbert Dombrowskys Auto schon von Weitem. Es stand vor einem der Häuser, die allesamt zurzeit nicht bewohnt waren. Zweitwohnungsbesitzer hielten sich vornehmlich im Sommer und während der Feiertage in ihren Ferienwohnungen auf.

Noch bevor sie klingeln konnten, öffnete sich die Haustür und der Immobilienmakler trat heraus, an seiner Seite ein Handwerker im Blaumann. Die beiden redeten kurz miteinander, der Handwerker mit schuldbewusster Miene, Dombrowsky laut und rechthaberisch, dann trennten sich die beiden. Der Handwerker ging zu einem Lieferwagen, der abseits stand, Dombrowsky kam auf sein Auto zu und wunderte sich, als er auf Erik und Sören aufmerksam wurde, die neben dem Wagen auf ihn warteten.

»Was verschafft mir die Ehre?«

Erik redete nicht lange um den heißen Brei herum. »Wir haben gerade mit Frau Lührsen gesprochen«, begann er, damit Felix' Name gar nicht erst ins Spiel kam. »Sie hat uns etwas Erstaunliches verraten.«

Dombrowskys Blick wurde lauernd. »Ach ja?«

Erik merkte, dass er fror, und hätte das Gespräch gerne in

einen Innenraum verlegt. Aber Dombrowsky sah aus, als wäre ihm warm. Er hatte vermutlich einen ruhigen Abend ohne Grappa hinter sich.

»Sie haben lange warten müssen, bis Sie hier endlich Ihre Ferienhaussiedlung errichten konnten.« Erik sah sich um, als wollte er abmessen, wie groß das Areal war.

Dombrowsky nickte lauernd. »Bis Witta Lührsen starb.«

»Mit ihrem Sohn hatten Sie dann keine Probleme.«

»Der wollte verkaufen.«

»Sie haben keine Zeit verstreichen lassen und Jesko Lührsen ein Angebot gemacht.«

»Natürlich.«

»Ein gutes Angebot? Man könnte ja sagen ... Jesko Lührsen konnte jeden Betrag verlangen. Es war ihm sicherlich klar, dass Ihnen nur noch das Grundstück von Witta Lührsen fehlte, um hier endlich anfangen zu können.«

»Wir sind uns schnell einig geworden.«

Sören fand wohl, dass hier viel Zeit verplempert wurde. »Sie haben Jesko Lührsen übers Ohr gehauen! Kann man das so sagen?«

»Nein! Ich sage doch, wir haben uns geeinigt.«

Sören runzelte ärgerlich die Stirn. »Jesko Lührsen muss gewusst haben, dass das Grundstück seiner Mutter viel mehr wert war, als er von Ihnen bekommen hat. Mindestens doppelt, eher viermal so viel.«

Erik warf ein: »Frau Lührsen ist soeben klar geworden, was Sie ihrem Mann gezahlt haben. Erstaunlich wenig.«

Dombrowsky zuckte mit den Achseln. »Warum soll ich mehr zahlen, als von mir erwartet wird?«

»Das können Sie uns nicht erzählen«, sagte Sören, »dass Jesko keine Ahnung hatte, wie viel er von Ihnen verlangen konnte. So dumm war er nicht.«

Und Erik ergänzte: »Sandra Lührsen wird Sie zur Rede stellen. Was werden Sie ihr erklären?«

»Das Gleiche wie Ihnen. Jesko hat diesen Preis verlangt, und er hat ihn bekommen. Das war's.«

»Ich will eine vernünftige Erklärung, Herr Dombrowsky«, forderte Erik. »Hier und jetzt oder später im Polizeirevier. Ganz wie Sie wollen.«

Dombrowskys Grinsen vertiefte sich. »Ich kann gerne zu Ihnen ins Polizeirevier kommen. Aber Sie werden dort nichts anderes von mir hören als jetzt. Ich kannte Jesko gut, wir mochten uns, also hat er mir einen Freundschaftspreis gemacht. Er war kein Mann, dem viel an Geld lag. Wenn er mehr wollte, als er hatte, dann nur wegen Sandra. Er wusste, dass sie viele Wünsche hatte, die er ihr nicht erfüllen konnte. Er selbst dagegen war genügsam. Was sollte er mit viel Geld, das er nicht brauchte und niemals ausgeben würde? Sandra war ja nicht mehr da. Er hätte keinen teuren Urlaub gemacht, hätte sein Haus nicht auf Vordermann gebracht, sich keine Luxusartikel angeschafft, nicht einmal ein schickes Auto. Das alles war für einen Mann wie Jesko Lührsen viel zu anstrengend. Der wollte seine Ruhe, sonst nichts.«

»Das soll ich Ihnen glauben?«, fragte Erik.

»Meinetwegen können Sie es auch lassen. Mir egal. Ich habe Jesko gezahlt, was er wollte. Ist das etwa verboten?«

»Nein«, gab Erik zurück. Und dann kam ihm eine Idee, die er aussprach, ohne vorher darüber nachzudenken. »Es sei denn, Sie haben mit Jesko Lührsen unter einer Decke gesteckt. Dann wären Sie allerdings wegen Strafvereitelung dran.«

Dombrowsky bedachte Erik mit einem verächtlichen Blick. »Glauben Sie nun auch, dass Jesko der Täter war?«

Eine halbe Stunde später standen sie am Hafen, jeder mit einem Fischbrötchen in der Hand. Sören bevorzugte Matjes, Erik mochte am liebsten Brathering.

»Gut, dass die Signora nichts davon weiß«, meinte Sören, ehe er den überstehenden Matjes abbiss, damit er es beim zweiten Bissen leichter hatte.

»In diesem Fall hätte sie vermutlich Verständnis«, entgegnete Erik. »Sie hat sich verdrückt, wegen Fausti und Violetta, da darf sie sich nicht wundern, wenn wir es genauso machen.«

»Aber sie hasst Fischbrötchen.« Sören betrachtete seins von allen Seiten, als wäre ihm der Appetit vergangen, weil er sich Mamma Carlottas ekelverzerrtes Gesicht vorstellte.

»Wir sind Friesen«, brummte Erik. »Für Friesen sind Fischbrötchen eine völlig normale Mahlzeit. So wie für Italiener Pasta bolognese.«

Das überzeugte Sören, der nun beherzt den Kampf mit den riesigen Zwiebelringen und dem Matjes aufnahm, der jede zögernde Handhabung mit hinterlistigem Wegflutschen vergalt. Ein Matjesbrötchen musste couragiert in Angriff genommen werden, Bratheringe mit ihrer verschrumpelten Haut waren da leichter zu handhaben. Erik machte es immer so, dass er, wenn er die Hälfte Brötchens bewältigt hatte, es umdrehte und den Rest von hinten anging. Das war seine Taktik im Fischbrötchenessen, die Sören jedoch ablehnte.

»Glauben wir Norbert Dombrowsky eigentlich?«, fragte Erik unvermittelt.

»Ich für meinen Teil glaube ihm nicht«, antwortete Sören sehr schnell und sehr bestimmt. »Er muss irgendwas gegen Jesko in der Hand gehabt haben.«

»Du meinst, Jesko war der Mörder, und Dombrowsky wusste es und hat ihn damit erpresst?«

»Könnte sein.« Sören schob sich den letzten Bissen in den Mund. »Ich bin gespannt auf heute Abend. Wenn Sandra Lührsen uns eine Hausdurchsuchung erlaubt, sind wir anschließend vielleicht schlauer.«

46

Mamma Carlotta brach der Schweiß aus. Sie wusste mit großer Sicherheit: Sie hatte sich übernommen, sich zu viel zugemutet und viel zu viel auf eine Karte gesetzt. Vielleicht war ihr gewaltiger Einsatz sogar völlig überflüssig, denn Carolin hatte gesagt: »Ich habe doch auch Heimweh, Nonna.« Hörte sich das nicht so an, als habe sie selbst schon mit dem Gedanken gespielt, nach Sylt zurückzukehren? Mamma Carlotta schickte ein Flehen zum Schutzheiligen ihres Dorfs. War das Opfer, das sie bringen wollte, überflüssig? Dann sollte er ihr bitte ein Zeichen geben. Rechtzeitig! Dass Carolin Fotos machen wollte, gefiel ihr gar nicht. Auch hier hätte sie gern einen Rat des heiligen Arezzo gehabt, ein unmissverständliches Zeichen. Aber Carolin hatte die Zweifel ihrer Nonna einfach weggewischt. Es war doch klar, was Sandra Lührsen jetzt brauchte: Sie musste der Welt zeigen dürfen, dass hier Malkurse gegeben wurden, die ernst zu nehmen waren, keine Veranstaltungen für Männer, die sich, mit dem Zeichenstift in der Hand, eine nackte Frau ansehen wollten. Der Körper des Aktmodells würde nichts Frivoles haben, die Nacktheit einer älteren Frau provozierte ja lediglich den Künstler und sein Talent.

Aber Mamma Carlotta hatte eine Forderung durchgesetzt: Sie würde nur von der Seite zu sehen sein, niemand durfte ihr Gesicht auf einer Leinwand oder einem Zeichenblock verewigen, erst recht nicht auf Fotos, die womöglich in der ganzen Bundesrepublik zu sehen waren. Carolin versprach es hoch und heilig. Auch die Teilnehmer des Kurses würden sich ja womöglich nicht fotografieren lassen wollen. Allenfalls würde Carolin aus dem Garten durch die gläsernen Wände in den Raum fotografieren, weit entfernt von dem Aktmodell und so unscharf, dass sie unmöglich zu erkennen sein würde, sie nicht und die Hobbymaler auch nicht. Zudem beteuerte sie noch, dass die Nonna die Fotos vorgelegt bekommen würde und selbst entscheiden dürfe, welches zur Veröffentlichung geeignet war.

Trotzdem fühlte Mamma Carlotta sich nicht gut. Dio mio! Was tat man nicht alles für die Familie! Ob ihr Dino das gutheißen würde, wenn er von seiner Wolke auf sie herabsah? Und Lucia? Mamma Carlotta atmete tief durch. Ja, Lucia würde ihr dankbar sein, weil sie ihre Tochter vor einem großen Fehler bewahrte. Ganz sicher! Natürlich wäre es Lucia auch nicht recht gewesen, dass Carolin ihre Ausbildung wegwarf, mit einem windigen Reporter in Hamburg lebte und ihr Geld in einer Kneipe verdiente. Das Kind musste auf den rechten Weg zurück! Um das zu erreichen, war Mamma Carlotta nichts zu viel.

Sandra Lührsen hatte ihr eine Decke zur Verfügung gestellt. Die könne sie sich umlegen, bis es so weit sei. Und dann, als aus Mamma Carlottas Gesicht partout die Ängstlichkeit nicht weichen wollte, sagte sie mit einem Mal: »Ich habe eine Idee.«

Sie ging ins Wohnzimmer, man hörte, dass sie mehrere Schränke öffnete und darin herumsuchte. Schließlich kam sie triumphierend mit einer Maske zurück, die ihr jemand aus Venedig mitgebracht hatte. Eine schwarze Spitzenmaske, die die Augenpartie verdeckte, an einem hölzernen Stiel, den sie Mamma Carlotta in die Hand drückte. »Das sieht toll aus.«

Mamma Carlotta trat vor einen Spiegel, mit der Linken hielt sie die Decke vor der Brust zusammen, in der Rechten die Maske und begutachtete ihr Erscheinungsbild. Ja, ihr Gesicht war auf diese Weise nicht zu erkennen. Und sie sah geheimnisvoll aus, wie eine Frau, die etwas Verbotenes plante und verhindern wollte, dass es herauskam. Die Sicherheit, dass sie etwas Richtiges tat, wuchs ein wenig. Ja, so würde es gehen!

Sie wickelte sich fest in die Decke, damit sie nicht fror. Noch trug sie ihre Unterwäsche, die sie erst im allerletzten Moment ablegen würde. Wenn sie am Morgen gewusst hätte, dass ihr Schlüpfer und ihr Büstenhalter das Licht einer fremden Umgebung erblicken würden, hätte sie die neue Unterwäsche angezogen, die sie noch vor ihrer Reise nach Sylt gekauft hatte. Hautfarbene Wäsche hatte Signora Mazzini empfohlen, obwohl Mamma Carlotta bisher immer auf Weiß gesetzt hatte, schneeweiß natürlich, denn sie trocknete alles in der Sonne, ihre weiße Wäsche hatte nie einen Grauschleier. Sogar schwarze Wäsche hatte die Besitzerin des kleinen Wäscheladens in Panidomino ihr präsentiert, aber die hatte Carlotta zurückgewiesen. So was trug keine solide italienische Witwe, trotz der an sich angemessenen Farbe. Das kauften sich junge Frauen, die ihre Männer bezirzen wollten.

An diesem Tag hatte sie sich dummerweise für sehr bequeme, schon oft getragene und ein wenig fadenscheinige Unterwäsche entschieden, schließlich war sie mit dem Plan aufgestanden, ein Haus zu putzen, da dachte man nicht an reizvolle Dessous, die Mamma Carlotta allerdings sowieso nicht besaß. Was sich unter der Kleidung verbarg, musste sauber und ordentlich sein, das reichte. Ihre Mutter hatte früher gesagt: Kind, du könntest mal einen Unfall haben und ins Krankenhaus müssen, ohne die Gelegenheit, dich vorher umzuziehen. Was sollen dann die Ärzte von dir denken, wenn du untenrum nicht ordentlich aussiehst? Daran, dass ihre Tochter spontan zum Aktmodell werden könnte, hatte die gute Mamma natürlich nicht gedacht.

Sandra baute mit geübten Griffen ein Podest auf, wo Carlotta sitzen sollte, damit sie von allen gesehen werden konnte. Darauf eine Matratze, die so groß war, dass man sich sogar darauf ausstrecken könnte. »Die Decke können Sie sich dann unterlegen«, schlug sie vor. »Und Sie sollten sich schon eine Pose überlegen, die Ihnen am besten geeignet erscheint. Da lasse ich Ihnen freie Hand.«

Zum Glück blieb Carolin bei ihrer Nonna und machte ihr vor, was sie zu tun hatte. Sie setzte sich auf die Matratze, stellte das linke Bein auf und schlug das rechte darunter. »So geht das!«

Sehr klug. So war nichts zu sehen, was nicht gesehen werden sollte. Dann nahm sie ihrer Nonna die Maske ab und hielt sie so vor ihre Augen, dass der angewinkelte Arm den größten Teil ihrer Brust verdeckte. Woher hatte das Kind nur diese Talente?

Sandra Lührsen nickte anerkennend. »Das wird für die Maler nicht leicht. Künstlerisch äußerst anspruchsvoll.« Zufrieden machte sie sich daran, alle Arbeitsplätze mit Stiften und Zeichenblöcken zu versehen.

Carolin erhob sich und flüsterte ihrer Großmutter zu: »Wetten, dass die meisten nur kommen, um hinterher sagen zu können, sie waren bei der Frau, die unschuldig im Knast gesessen hat?« Sie erhob sich und half Mamma Carlotta in die gleiche Pose, die sie selbst soeben eingenommen hatte. »Aber wenn die glauben, sie könnten interessante Einzelheiten von Sandra Lührsen erfahren, haben sie sich geschnitten. Die wird nur übers Malen reden, über nichts anderes.«

Sandra Lührsen wurde nervös, als die Stunde, zu der der Kurs stattfinden sollte, näher kam. Immer wieder ging sie prüfend durch ihr Atelier, als müsse sie etwas korrigieren oder gerade rücken. Auf Carolins fragenden Blick antwortete sie: »Ich befürchte, dass hier gleich Leute erscheinen, denen es überhaupt nicht ums Malen geht. Nein, ich meine nicht die, die sich über Aktzeichnungen empören, aber heimlich mitmachen wollen. Ich meine die, die sich nur für den Justizirrtum interessieren, dem ich zum Opfer gefallen bin. Und dann natürlich die, die mich trotz allem verurteilen, obwohl ich freigesprochen wurde.« Mit einem Mal ging ein Lächeln über ihr Gesicht. »Ich bin froh, dass Sie über mich berichten werden, Frau Witt. Sie werden mich nicht den Lesern der Sensationspresse zum Fraß vorwerfen. Ihnen vertraue ich.«

Mamma Carlotta seufzte auf, ohne dass es zu hören war. Wenn Sandra Lührsen wüsste! Maximilian Witt war ein Zeitungsschreiber, der genau das tun würde. Aus Carolins Fakten würde er eine Reportage machen, in der es weniger um die Wahrheit als vielmehr um den Effekt gehen würde. Die Fragezeichen, die er vorsichtshalber setzte, wurden ja nie mitgelesen. Sandra Lührsen würde vermutlich sehr enttäuscht sein, wenn sie später die Story las, unter der der Name »Witt« stand. Mamma Carlotta wurde unruhig. Hoffentlich gab das dann keinen Ärger! Sandra Lührsen hatte Carolin nicht die Exklusivrechte an ihrem Schicksal gegeben, damit sie später etwas las, das weit von der Wahrheit entfernt war! Wenn das nur gut ging!

Als die erste Hobbymalerin eintraf, zog Mamma Carlotta sich ins Wohnzimmer zurück. Carolin sorgte dafür, dass niemand an der Haustür klingelte, dass alle durch den Garten kamen und die Tür benutzten, die hinten ins Atelier hineinführte. Es war alles vorbereitet. Wenn es so weit war, würde Mamma Carlotta ihre Unterwäsche abstreifen, sich mit umgehängter Decke und der Maske vor den Augen auf das Podest begeben und sich so hinsetzen, wie Carolin es ihr gezeigt hatte. Erst im letzten Moment würde sie die Decke fallen lassen. Madonna! Hoffentlich erkannte sie niemand! Was, wenn eine Nachbarin aus dem Süder Wung unter den Malerinnen war? Oder die Frau eines Kollegen von Erik, die sie kannte? Sie musste sich immer wieder sagen, dass sie es für Carolin, für die Familie, für ihre verstorbene Tochter tat. Das half, und sie wurde allmählich ruhiger. Es ging ja auch um Sandra Lührsen, um die Wiederherstellung ihres guten Rufs, um die Gerechtigkeit, die ihr zustand, nachdem ihr so viel Ungerechtigkeit widerfahren war. Mamma Carlotta atmete tief ein und aus, sie tat also wirklich nur Gutes!

Die erste Malerin inspizierte die Utensilien, die Sandra Lührsen ausgebreitet hatte. Mamma Carlotta hatte vorher im Atelier den Vorhang einen Spaltbreit geöffnet, den Jesko dort angebracht und damit die Tür zum Wohnzimmer zugehängt hatte. So konnte sie sehen, was sich im Atelier tat.

Es folgten zwei, drei weitere Frauen und ein Mann, die sich ebenfalls sehr professionell gaben, als wäre es ihnen wichtig, den richtigen Eindruck zu vermitteln. Offenbar wollten sie zeigen, dass es ihnen nicht um Sandra Lührsen, sondern ausschließlich ums Malen ging. Mamma Carlotta konnte ihre Stimmen hören. Sie sprachen über die Anwendung von Messmethoden, um das Modell mit seinen korrekten Proportionen zu übertragen, von Schattenlinien und dem Herausarbeiten von Formen durch Schattierungen. Offenbar hatten sie schon Erfahrungen mit Aktmalerei. Mamma Carlotta wurde ruhiger. Sie bekam es wohl wirklich mit Hobbymalern zu tun, denen es nur um die Kunst und nicht um eine Attraktion ging. Carolin fotografierte unauffällig. Sie würde sich später die Erlaubnis geben lassen, Fotos zu veröffentlichen, auf denen Teilnehmer zu erkennen waren. Wer das nicht wollte, würde natürlich nicht in ihrer Reportage zu sehen sein. Hoffentlich handhabte Maximilian Witt das genauso korrekt wie Carolin. Mamma Carlotta wurde schon wieder unruhig. Bebend – ob vor Kälte oder vor Lampenfieber, konnte sie nicht sagen – stand sie da und schaute durch den Spalt im Vorhang. Nun waren alle acht Arbeitsplätze besetzt, sechs Frauen und zwei Männer saßen dort, alle im mittleren Alter. Sie unterhielten sich halblaut miteinander, redeten über ihr Hobby, das Malen, und über ihre Ferienunterkünfte, mit denen nicht alle zufrieden waren. Über Sandra Lührsen und ihr besonderes Schicksal verlor niemand ein Wort.

Carolin hatte ihr Handy weggesteckt und kam ins Wohnzimmer. Mamma Carlotta hatte den Verdacht, dass ihre Enkelin auf sie aufpassen wollte, damit sie nicht im letzten Augenblick die Flucht ergriff. Auf Carolins Wink hin ließ sie nun auch die letzten Hüllen fallen, faltete ihre Unterwäsche auf die Oberbekleidung, die sie auf einen Hocker im Wohnzimmer gelegt hatte, und wickelte sich wieder in die Decke, damit sie nicht fror. Mit der linken Hand hielt sie sie über der Brust zusammen, mit der rechten führte sie die Maske vor ihre Augen.

»Du denkst an dein Versprechen?«, flüsterte sie.

Carolin lächelte. »Ja, keine Sorge.« Sie gab ihrer Oma ein Zeichen, nachdem sie einen letzten Blick ins Atelier geworfen hatte. Alle Kursteilnehmer waren eingetroffen. »Es geht los«, sagte sie und führte Carlotta über den Flur ins Atelier. Deren Knie zitterten, obwohl sie noch die Decke trug, die ihren gesamten Körper verhüllte. Sie wurde von niemandem mit Aufmerksamkeit bedacht. Wenn überhaupt, nahm man sie nur flüchtig zur Kenntnis. Allen Kursteilnehmern schien es darum zu gehen, sich professionell zu verhalten, der Persönlichkeit des Modells keine Aufmerksamkeit zu schenken, nur an die Arbeit zu denken, die vor ihnen lag. Carolin half Carlotta dabei, die richtige Pose zu finden, dann zog sie ihr die Decke vom Körper.

»Du wirst wieder zu Hause einziehen?«, fragte Mamma Carlotta flüsternd, damit Carolin nicht vergaß, warum sie sich zu diesem Possenspiel hinreißen ließ.

Zu einer Antwort kam Carolin nicht. Denn in diesem Augenblick gab es einen Knall. Mamma Carlotta ließ vor Schreck die Maske sinken, um sehen zu können, was geschehen war. »Madonna!« Ein großer Stein war an eine gläserne Wand des Ateliers geschleudert worden. Zum Glück hatte er sie nicht durchschlagen. Schon folgte ein zweiter, ein dritter, aber auch sie sorgten nur für gewaltiges Erschrecken, Schaden entstand nicht. Keiner achtete mehr auf das Aktmodell, alle waren herumgefahren und starrten auf die gläserne Scheibe des Ateliers und die Steine, die davorlagen.

Mamma Carlotta war vor Entsetzen wie gelähmt. Was war das? Wer tat so etwas? »Dio mio!«

Sandra Lührsen stand ebenfalls da wie erstarrt. Sie hatte sich gerade vor die Hobbymaler gestellt, um sie zu begrüßen und ihnen das Ziel des Malkurses zu erklären. Nun blickte sie mit weit aufgerissenen Augen zu der dichten Grundstückseinfassung, aus der die Steine geflogen waren. Würden weitere Geschosse folgen?

Ihre Erstarrung hielt nicht lange an. Sie machte ein paar Schritte auf die gläserne Tür zu, die in den Garten führte, als wollte sie sich dem Angreifer stellen oder ihn zumindest identifizieren. Da flog wieder etwas über das dichte Gestrüpp hinter dem Grundstück der Lührsens. Kein Stein, nichts Rundes, Schweres, sondern etwas Langes, Schmales. Und es brannte. Dünne Flammen züngelten, zischten während des Flugs, waren aber nicht verloschen, als sie ihr Ziel trafen, einen Stapel Kaminholz, der neben dem Atelier unter einer schmalen Überdachung aufgeschichtet war. Das Holz war nicht trocken genug, um in Brand zu geraten, aber es reagierte doch, schickte Rauchfahnen empor, es lag Brandgeruch in der Luft.

»Eine Brandfackel!«, schrie Sandra, sprang zur Tür und riss sie auf.

Im selben Moment flog eine zweite Fackel in den Garten, direkt auf Sandra zu. Wer sie geworfen hatte, war nicht zu erkennen, sie war aus dem Dickicht von Brombeersträuchern und Haselnussbüschen gekommen. Aber Mamma Carlotta war sicher, dass sie eine männliche Stimme gehört hatte, eine aufgebrachte Stimme, die etwas rief, was sie nicht verstehen konnte.

Carolin lief zur Tür, hinter Sandra her, riss sie zurück und warnte sie: »Da kann noch mehr kommen.«

Mamma Carlotta saß da und kämpfte mit ihrer Impulsivität. In ihrer Nähe geschah etwas, und sie konnte weder nachsehen noch eingreifen? Entsetzlich! Sie musste doch aufspringen, zu Sandra Lührsen laufen, helfen, sie in Sicherheit zu bringen, ihr gut zureden ... aber sie war auf den Fleck gebannt. Die Maske musste bleiben, wo sie war, in ihrer rechten Hand und über den Augen, und sie durfte sich nicht bewegen, wenn sie nicht Einblicke geben wollte, die sie später bitter bereuen würde. Nein, sie musste stillsitzen, ganz still ...

47

Erik und Sören hatten sich gerade die Finger abgeleckt und ihre Servietten in einen Abfalleimer geworfen, als Eriks Handy klingelte. Rudi Engdahl war am anderen Ende. »Vor ein paar Minuten kam ein komischer Anruf aus dem Haus von Sandra Lührsen.«

»Ein Notruf?« Erik war alarmiert.

»Ich weiß nicht ...« Rudi zögerte. »Die Lührsen gibt heute offenbar schon einen Malkurs. Kann das sein? Die ist doch gerade erst auf freien Fuß gesetzt worden.«

Erik bestätigte es. »Sie wollte keinen Augenblick verstreichen lassen, um in ihr altes Leben zurückzukehren.«

»Aha!« Rudi Engdahl überlegte, ob ihm diese Auskunft einleuchtend genug erschien. Dann sagte er: »Ein Kursteilnehmer hat angerufen und behauptet, Sandra Lührsen würde bedroht. Steine wären in ihren Garten geflogen und dann sogar Brandfackeln.«

»Haben Sie schon eine Streife hingeschickt?«

»Natürlich. Aber ich dachte, dass Sie das auch interessieren könnte.«

Damit hatte er natürlich vollkommen recht. Als Erik zu seinem Auto lief, fragte Sören in seinem Rücken: »Wir wollten uns dort doch erst blicken lassen, wenn Carolin grünes Licht gegeben hat.«

»Unter diesen Umständen wird sie erst mal nicht mehr an die Reportage denken.«

Während Erik durch List fuhr, schneller als erlaubt und schneller, als es sonst seine Art war, saß Sören kopfschüttelnd neben ihm. »Ich verstehe das nicht. Warum wird Sandra Lührsen bedroht? Sie saß fünf Jahre unschuldig im Gefängnis!

Warum hat keiner Mitleid mit ihr? Warum wird immer noch von dem armen Jesko geredet, der von seiner Frau betrogen wurde, obwohl er doch ein so liebevoller Ehemann war?« Sören gab sich die Antwort gleich selbst. »Da hat Witta Lührsen ganze Arbeit geleistet. Was hat die schlecht über ihre Schwiegertochter geredet! An die Wahrheit hat sie sich dabei nicht gehalten. Angeblich stand Jesko unter dem Pantoffel seiner Frau. Er musste alles für sie tun und bekam nichts zurück. Sie hat ihn angeblich nur verhöhnt und natürlich auch betrogen. Wenn Witta behauptete, ihre Schwiegertochter triebe es mit jedem, der bei drei nicht auf dem Baum war, wurden immer alle Frauen ganz still. Da hat sich wohl jede gefragt, ob ihr eigener Mann auch dabei war.«

Erik fuhr nach Kampen hinein, ohne den Fuß vom Gas zu nehmen. »Vorsätzlicher Rufmord. Wahrscheinlich wollte sie erreichen, dass Jesko sich scheiden lässt.«

»Wer kann etwas dagegen haben, dass Sandra Lührsen wieder auf freiem Fuß ist? Wer will sie von Sylt vertreiben?«

Erik brauchte nicht lange zu überlegen, diese Frage hatte er sich schon selbst gestellt. »Merret Halliger natürlich. Die hat Angst, dass ihr Mann erneut eine Affäre mit Sandra Lührsen beginnt.«

Sörens Stimme troff vor Spott. »Sie ahnt vermutlich nicht, dass Adrian Halliger in Wirklichkeit nur seine Frau liebt.«

»Vielleicht sollten wir uns den auch genauer ansehen.«

»Er hat kein Motiv.«

»Ich denke nicht an den Mord, sondern an die Hetzkampagne gegen Sandra Lührsen.«

»Du meinst, ihm ist es nicht recht, dass sie freigekommen ist?«

»Vielleicht hat er an ihrer Verhaftung mitgewirkt, weil er sie loswerden wollte? Kann ja sein, dass sie eine echte Gefahr für seine Ehe wurde.«

»Dio mio«, sagte Sören, und Erik musste lachen. »Die Signora ist auch bei Sandra Lührsen. Das hat Carolin doch gesagt, oder? Dann würde es mich nicht wundern, wenn die den Attentäter schon am Schlafittchen hat.«

Eriks Lächeln erstarb. »Das fehlte noch, dass sie sich wieder einmischt.«

48

Sandra Lührsen war nicht mehr zu sehen, sie war wie ein angegriffenes Tier auf den unsichtbaren Gegner zugesprungen, Carolin hinterher, die nun ebenfalls verschwunden war. Offenbar wollten beide den Provokateur schnappen, um ihn zur Rechenschaft zu ziehen. Von den Kursteilnehmern waren zwei oder drei zur Tür gelaufen, andere waren jedoch sitzen geblieben und hatten sich nur umgedreht, um zu sehen, was geschah. Sie hatten Angst vor der Gefahr. Zu erkennen war nichts, zu hören auch nicht. Derjenige, der die Steine und die Fackeln geworfen hatte, war vermutlich geflohen, um nicht ertappt zu werden.

Mamma Carlotta wollte weg, nur noch weg. Runter von dieser Matratze, dorthin, wo etwas passierte, wo ihre Enkelin verschwunden war, wo sie unbedingt mitmischen und eingreifen wollte. Aber wie? Es war gemein und ungerecht, dass sie hilflos in ihrer Nacktheit dasaß, als wäre ihre Freiheit in Gestalt ihrer Unterwäsche im Wohnzimmer zurückgeblieben. Wie kam sie von dieser Matratze herunter und dorthin, wo etwas Skandalöses geschah? Unerfüllte Neugier war ja beinahe noch unerträglicher als unangemessene Nacktheit. Wenn sie nun versuchte, die Decke, auf der sie saß, um sich zu ziehen und sich möglichst graziös und unauffällig zu erheben? Es achtete ja niemand auf sie. Allerdings musste sie dann den raffiniert angewinkelten rechten Arm auf- und notgedrungen den Blick auf ihren Oberkörper freigeben. Außerdem war es nicht möglich, dann weiterhin mit der Rechten die Maske vors

Gesicht zu halten. Sie würde also sowohl ihr Gesicht als auch ihren Körper enthüllen müssen. Außerdem würde das mit der Grazie und der Unauffälligkeit sowieso nicht klappen.

»No! Impossibile!« Eine Frau in ihrem Alter konnte nicht einfach aufspringen, wenn sie mit einem untergeschlagenen Bein auf einer Matratze am Boden saß, schon gar nicht graziös. Sie würde nur hochkommen, wenn sie sich erst mal auf alle viere begab und dann etwas in die Hand bekam, an dem sie sich hochziehen konnte. Letzteres war nicht vorhanden, und die erste Möglichkeit schied aus. Eine entsetzliche Vorstellung, splitternackt auf der Matratze zu knien, vorn mühsam hochzukommen und sich hinten mit knirschenden Kniegelenken in die Höhe zu wuchten. Am Ende womöglich mit der frustrierenden Erkenntnis, dass beides nicht gelang, und zurückzupurzeln wie ein zappelnder plumper Käfer.

Während sie fieberhaft nach anderen Möglichkeiten sann, hörte sie das Martinshorn. »Carolina!« Sie flüsterte den Namen ihrer Enkelin nur. »Carolina!« Warum kam sie nicht, um ihre Großmutter aus dieser misslichen Lage zu befreien?

Bremsen kreischten vor dem Haus, es klingelte an der Tür, aber niemand reagierte darauf, da die Dame des Hauses nach wie vor nicht zu sehen war. Sie war aus dem Garten gelaufen und seither verschwunden. Es dauerte jedoch nicht lange, bis Mamma Carlotta zwei Polizeiuniformen erkennen konnte, die sich hinter den Büschen zeigten. Mit zitternden Händen hielt sie die Maske fest. Dass nur niemand ihr Gesicht sah!

Im Garten tauchte nun auch Sandra Lührsen auf, zitternd, verfroren, mit vor Kälte blau angelaufenen Lippen. Sie war von der Straße gekommen, wo sie offenbar vergeblich nach dem Übeltäter gesucht hatte.

»Endlich!«, rief jemand von denen, die sich in Erwartung von polizeilicher Hilfe in den Garten getraut hatten und nun so taten, als könnten sie irgendwas verhindern. »Das hat ja ewig gedauert.«

»Sie sind nicht das einzige Problem, zu dem die Polizei gerufen wird«, gab einer der beiden Beamten zurück und ließ sich berichten, was geschehen war.

»Mehrere Steine! Und dann diese Brandfackeln!« Sandra Lührsen griff nach einer Jacke, die auf der Terrasse an einem Haken hing. Eine viel zu große Jacke, die vermutlich ihrem Mann gehört hatte, die er getragen haben mochte, wenn er im Garten arbeitete. Vermutlich hing sie schon seit Monaten dort, aber Sandra kümmerte es nicht, sie brauchte jetzt etwas, was sie wärmte.

Sie hielt den Beamten zwei Stöcke entgegen, die mit Wachs umwickelt waren. »Was sind das für Typen, die so was machen?« Ihre Stimme kippte, die Nerven schienen ihr nun durchzugehen. »Ich lasse mir die Freiheit nicht vermiesen durch irgendwelche Heuchler, denen mein Leben nicht gefällt. Fünf Jahre durfte ich keinen einzigen Tag tun, was ich wollte. Jetzt lasse ich mich nicht hindern. Nicht durch ein paar Steine und Brandfackeln!«

Die Polizisten taten ihr Bestes, sie zu beruhigen, merkten aber schnell, dass sie nicht viel ausrichten konnten. Sie machten einen langen Hals, um in den Garten zu schauen, für das Innere des Ateliers, inklusive des Aktmodells, hatten sie zum Glück keinen Blick übrig. Sie konzentrierten sich, als Sandra Lührsen sich beruhigt hatte, auf die Leute, die an die Grundstücksgrenze gedrängt waren und ungefragt ihre Meinung über die Büsche riefen. Alle hatten sie sich mittlerweile ihre Jacken übergezogen, die sie beim Reinkommen auf einen Kleiderständer in der Nähe der Tür gehängt hatten.

Einer der Polizisten bog zwei Zweige auseinander. »Gibt's hier irgendwo ein Gartentor?«

Sandra zeigte zur Straße. »Sie müssen vorne rumgehen.«

Die Köpfe der Polizisten verschwanden, die Kursteilnehmer bewegten sich wieder zur Tür des Ateliers und warteten dort auf das Erscheinen der Beamten, das nicht lange auf sich warten ließ. Als Mamma Carlotta sie in der Nähe der Ateliertür sah, spürte sie einen gewaltigen Adrenalinstoß, der ihr die Hitze durch den Körper jagte, obwohl sie eigentlich fror, seit die Tür geöffnet worden war. Die beiden waren mit einem Mal so nah!

»Möchten Sie Anzeige erstatten?«, fragte einer der Beamten und sah Sandra Lührsen an, als wollte er ihr abraten.

»Was bringt das?«, fragte sie prompt zurück. »Werden Sie sich auf die Suche machen und mir den Übeltäter bringen? Das kann ich nicht glauben.«

»Wir warten auf Verstärkung …« In diesem Augenblick klingelte es erneut an der Haustür. Diesmal hatte Sandra Lührsen es gehört und die beiden Polizisten ebenfalls. »Da ist sie schon.«

Sandra Lührsen durchquerte das Atelier in Richtung Haustür. »Einen Augenblick noch«, rief sie Mamma Carlotta zu. »Ich sorge dafür, dass der Kurs bald beginnt.«

Mamma Carlotta hätte sie gerne gefragt, wo denn Frau Witt, die Journalistin, geblieben sei, aber Sandra Lührsen rannte so eilig an ihr vorbei, dass es dafür keine Gelegenheit gab.

Mamma Carlotta veränderte vorsichtig ihre Körperhaltung, suchte nach einer bequemeren Position … da hörte sie eine Stimme, die ihr gut bekannt war.

»Guten Tag, Frau Lührsen. Wir wurden benachrichtigt. Bei Ihnen gibt es eine Bedrohungslage?«

Madonna! Was sollte sie tun? Wenn Erik ins Atelier kam, war sie geliefert. Wie sollte sie ihm erklären, warum sie nackt auf einem Podest saß und eine Maske vor ihre Augen hielt? Ob die Chance bestand, dass er sie dahinter gar nicht erkannte? Aber auf diese Möglichkeit konnte sie sich nicht verlassen. Nein, sie musste eine Entscheidung treffen. Jetzt! Subito!

Eriks Stimme näherte sich bereits der Ateliertür. »Wir hatten sowieso vor, Sie heute noch aufzusuchen.«

»Moment«, hörte sie Sandra Lührsens Stimme sagen. »Ich ziehe mir nur schnell meine warme Winterjacke über …«

Mamma Carlotta war nun alles egal. Sie warf die Maske weg, stellte fest, dass das untergeschlagene Bein eingeschlafen war, schaffte es aber trotzdem, auf die Knie zu kommen, stellte erst den einen, dann den anderen Fuß auf und drückte sich in die Höhe. Das hatte sicherlich plump und ungelenk ausgesehen, aber das war nun egal. Auch, dass ihr Ziel, so wenig nackte Haut wie möglich zu zeigen, damit weit verfehlt worden war, spielte keine Rolle mehr. Sie war sogar ausgesprochen schnell in die Höhe gekommen, viel schneller, als sie für möglich gehalten hatte. Dio mio, sie war doch noch ziemlich dynamisch, jedenfalls wenn die Umstände es erforderten und sie von Panik angetrieben wurde. Jetzt brauchte sie nur noch ein gutes Versteck. Hastig sah sie sich um, stellte erleichtert fest, dass alle in den Garten gegangen waren und niemand sie beachtete, raffte die Decke hoch, auf der sie gesessen hatte, und hielt sie sich vor die Brust. Sie huschte zu der Tür, die ins Wohnzimmer führte, hatte aber vergessen, dass sie nun von hinten unverhüllt zu sehen war, und schlug erschrocken die Decke um ihre Hüften. Eriks Stimme näherte sich, Mamma Carlotta tastete durch den Vorhang nach der Klinke der Tür, aber so viel sie auch rüttelte, die Tür blieb zu. Panisch fuhr sie wieder herum, raffte die Decke erneut vor der Brust zusammen und war drauf und dran aufzugeben, die Hände hochzunehmen, sogar dann, wenn die Decke dabei auf ihre Füße fiel, und zu kapitulieren, aber da fiel ihr Blick auf zwei unvollendete Gemälde. Beide waren mannshoch, eins hatte Sandra Lührsen wohl vor ihrer Verhaftung angefangen, an dem anderen hatte sie am Abend zuvor sämtliche Emotionen verarbeitet. Es war noch feucht, würde noch lange trocknen müssen, bis es vollendet werden konnte.

Mamma Carlotta huschte auf die beiden Bilder zu, stellte fest, dass der Abstand zwischen ihnen nur knapp ausreichen würde, und drängte sich dazwischen, gerade in dem Moment, in dem Erik mit Sören das Atelier betrat. Sie duckte sich, schloss die Augen und war erleichtert, als seine Schritte sich nicht näherten, sondern seine Stimme bald in der Nähe der Tür zu hören war, die in den Garten führte. Er war durchs Atelier gegangen, ohne einen Blick nach rechts und links zu werfen. Madonna! Was für ein Glück!

Schwer atmend stand sie da und befasste sich nun mit der Aufgabe, aus diesem Versteck wieder herauszukommen. Womöglich war es doch ein Fehler gewesen, sich zu verstecken? Sie hätte Erik vielleicht erklären können, dass sie es für Carolin tat, dass ihre Enkelin mit dem Opfer der Großmutter zurück nach Hause gelockt werden sollte. Er hätte es möglicherweise sogar verstanden. Andererseits ... die Vorstellung, als Aktmodell vor ihrem Schwiegersohn und seinem Mitarbeiter zu stehen, nur mit einer Decke bekleidet, war einfach zu schrecklich. Nein, sie hatte richtig gehandelt, als sie geflüchtet war.

Vorsichtig schob sie ihren Kopf um das Gemälde herum, das vor ihr stand, und sah in den Garten. Tatsächlich blickte niemand zurück. Sie würde es vielleicht riskieren können, aus dem Atelier ins Haus zu huschen und sich dort zu verstecken, bis Erik gegangen war.

Sie versuchte einen Schritt, da bemerkte sie, dass etwas an ihrer Kehrseite klebte, dass sie sogar Probleme hatte, sich von dem Gemälde, das hinter ihr stand, zu lösen. »Dio mio!« Als sie sich gewaltsam von dem frei machte, was sie hinten festhielt, war ihr klar, was geschehen war. Das hässliche Geräusch, mit dem sich ihre Haut von dem befreite, was sie nicht loslassen wollte, sagte alles. So ähnlich hatte es sich auch angehört, als ihr Ältester vor Jahren einen Frosch vom Gartentisch nahm, der sich dort angstvoll festgesaugt hatte.

Nur mit Mühe konnte sie diese Erinnerung verdrängen und löste sich von dem, was von hinten auf sehr unangenehme Weise nach ihr gegriffen hatte. Ob sie es schaffen konnte, zur Tür zu gelangen, die vom Atelier ins Haus führte? Dann ins

Wohnzimmer, sich ihre Kleidung schnappen und eine stille Ecke finden, in der sie sich anziehen konnte? Ein gewagtes Unterfangen. Aber hatte sie eine andere Chance? Vorsichtig machte sie einen Schritt zur Seite. Erik, Sören und Sandra waren nun zu erkennen. Sie hielten sich weiterhin im Garten auf und drehten ihr sogar den Rücken zu. Ein geeigneter Moment? Mamma Carlotta setzte alles auf eine Karte ...

49

Erik blickte sich im Garten um. Carolin und seine Schwiegermutter waren nicht zu sehen. Offenbar war das Interview bereits beendet, und die beiden waren gegangen, als die Teilnehmer des Malkurses erschienen. Was seine Schwiegermutter hier während des Interviews gemacht hatte, war Erik ein Buch mit sieben Siegeln. Womöglich hatte sie sich einen Überblick über Jeskos Vorräte verschafft und ein Essen für Sandra und Carolin gekocht? Das würde er ihr glatt zutrauen.

Sören verständigte sich kurz mit den Kollegen von der Streife, die daraufhin an ihre Mützen tippten und sich verabschiedeten. Erik bat die Kursteilnehmer, die noch im Garten herumstanden, sich wieder ins Atelier zu begeben, merkte aber, dass einige zögerten.

»Findet der Kurs denn unter diesen Umständen überhaupt statt?«, fragte einer.

Sandra rang um eine Antwort. »Es ist alles vorbereitet. Das Aktmodell sitzt schon da ...«

»Die ist weg«, sagte ein anderer.

Und der Nächste maulte: »Ich habe nicht die Absicht, hier so lange zu warten, bis die Polizei mit der Tatortarbeit fertig ist.«

Sandra Lührsen sah Erik fragend an, der zuckte bedauernd die Schultern. »Wir sind gerufen worden, nun müssen wir auch den Tatbestand aufnehmen.«

Die Ersten packten ihre Sachen ein und machten sich zum Gehen bereit. Sandra Lührsen ging ins Atelier, entschuldigte sich für die Unannehmlichkeiten, schlug vor, den Kurs am nächsten Tag nachzuholen, und bot denen, die daran kein Interesse hatten, an, sich die Kursgebühren im Touristikbüro erstatten zu lassen. Am Ende waren es dann nur zwei Teilnehmer, die verärgert das Haus verließen, die anderen hatten Verständnis und wollten am nächsten Tag wiederkommen.

Erik und Sören betrachteten die beiden Brandfackeln, zwei Stöcke, die mit Wachs umwickelt waren, das aber nicht lange gebrannt hatte. »Damit sollte niemand umgebracht werden«, stellte Erik fest.

Sören war derselben Meinung. »Mit den Steinen auch nicht.«

Sie drängten sich durch das Gebüsch, kapitulierten aber vor dem Zaun, der sich dahinter versteckte. Sie mussten den Garten wieder verlassen und um das Grundstück herumgehen. Nach Fußspuren hielten sie zwar Ausschau, aber von vornherein vergeblich. Der weiche Boden war voller Spuren, da war eine nicht mehr von einer anderen zu unterscheiden, nicht einmal die neuesten von alten.

Sören war der Erste, der aufgab. »Das war ja auch keine wirkliche Bedrohungslage. Sandra Lührsen sollte nicht bedroht, sondern ... vermutlich erschreckt werden.«

»Warum?«

Sören zuckte mit den Achseln. »Sie soll wissen, dass sie nicht willkommen ist. Man will ihr sagen, dass sie wieder verschwinden soll. Ihr wird klargemacht, dass die Nachbarn hinter Jesko stehen, trotz allem.«

»Die sind ja verrückt«, brummte Erik.

Sie kehrten in den Garten zurück, wo Sandra sie erwartete. »Sehen Sie klarer?«

Erik schüttelte den Kopf. »Man wollte Ihnen Angst machen, aber ich glaube nicht, dass Sie wirklich Angst haben müssen.«

Sandra Lührsen versuchte, cool und überlegen zu bleiben, was ihr aber nicht besonders gut gelang. »Vielleicht war es ja auch eine dumme Idee, gleich am ersten Tag wieder da weiterzumachen, wo ich vor fünf Jahren aufgehört habe.«

Erik bestätigte es. »Sie sollten sich mehr Zeit geben.«

»Wahrscheinlich haben Sie recht.« Sie wickelte sich in ihre Jacke, schien zu frieren, innerlich und äußerlich. Sie blickte über Erik und Sören hinweg, in die Wipfel der Bäume, einem Vogel nach, aber sie schaute nicht in den Himmel. »Können Sie sich vorstellen, wie das ist? Eine Welt zu sehen, die nicht von einem Gitter zerschnitten wird? Zu wissen, dass ich mich jetzt einfach umdrehen, ins Auto setzen und nach List fahren könnte? Um mir dort ein Fischbrötchen zu kaufen?«

Weder Erik noch Sören antworteten auf diese Fragen, die keine wirklichen Fragen gewesen waren. Natürlich konnten sie es sich nicht vorstellen. So etwas musste man am eigenen Leibe erfahren haben, um einzuschätzen, welche Bedeutung die Freiheit hatte. Wer sie immer besaß, würde es nie ganz nachvollziehen können, wie ein Mensch mit der Freiheit umging, der eine Weile darauf verzichten musste.

Sandra Lührsen kehrte in ihr Atelier zurück, und sie folgten ihr. Erik rechnete damit, ins Wohnzimmer gebeten zu werden, aber er irrte sich. Sandra Lührsen blieb mitten im Raum stehen und drehte sich zu ihnen um. Erik fiel auf, wie müde sie mit einem Mal aussah, so erschöpft, als wäre ihr die Freiheit zu viel geworden. »Sie sagten, Sie hätten sowieso zu mir kommen wollen?«

Erik erklärte ihr behutsam, dass die Lage sich verändert habe. »Sie wissen ja, dass die Pflegerin, der Immobilienmakler und der Obdachlose, der in das Haus Ihrer Schwiegermutter eingestiegen war, in Verdacht gestanden hatten. Jetzt aber gehen wir einer neuen Spur nach.«

Er beobachtete Sandra Lührsen genau, als er ihr in knappen Worten erklärte, dass ihr verstorbener Mann in den Fokus der

Ermittlungen geraten war. Wer die Polizei auf diese Idee gebracht hatte, behielt er jedoch für sich. »Wenn es so wäre, dann hat er Sie nicht beschuldigt, um sich an Ihnen zu rächen, sondern um die Schuld von sich selbst wegzulenken.«

Sandra Lührsen starrte ihn an. Aber Erik erkannte, dass sie sich schon Gedanken gemacht hatte. Sie war nicht fassungslos, es lag bereits Genugtuung in ihrem Blick. »Grund genug hätte er gehabt«, sagte sie nachdenklich. »Aber den Mumm, so eine Tat auszuführen, hatte er eigentlich nicht. Andererseits ... meine Schwiegermutter konnte einen zur Weißglut treiben, auch Jesko. Sie konnte sticheln, spötteln, provozieren. Da konnten einem schon die Nerven durchgehen.«

Erik sprach jetzt absichtlich sehr ruhig und leise. »Wir haben keine Indizien, erst recht keine Beweise. Deswegen kommen wir auch nicht mit einem Durchsuchungsbeschluss. Allerdings wollte ich Sie bitten, mir trotzdem zu erlauben, die Sachen Ihres Mannes zu durchsuchen. Es wäre doch sicherlich auch für Sie eine große Erleichterung, wenn sich herausstellen sollte, dass Ihr Mann der Mörder ist.«

Nun begann sie zu lachen, auf eine so trostlose, schwermütige, unglückliche Art, dass es Erik wehtat. »Erleichterung?« Ihre Stimme kippte über, ihr Lachen wurde kreischend. »Das wäre ... das wäre ...« Sie brachte es nicht über die Lippen. Ihr Lächeln fiel in sich zusammen, sie sah aus, als wollte sie in Tränen ausbrechen. »Hausdurchsuchung? Aber gerne! Nur ... Sie werden nichts finden. Ich habe eine Putzfrau engagiert, die alles wegwerfen sollte, was meinem Mann gehört hat. Heute Morgen haben vor dem Haus viele Müllsäcke gelegen, die alle abtransportiert worden sind. Alle! Ich fürchte, in diesem Haus gibt es nichts Persönliches mehr, was meinem Mann gehörte. Nichts, was als Beweis dienen könnte.« Sie zeigte zu der Tür, die aus dem Atelier ins Haus führte. »Im Wohnzimmer war die Putzfrau noch nicht. Allerdings habe ich mich selbst schon dort umgesehen. Was in den Schränken steckt, hat uns gemeinsam gehört. Schallplatten, Bücher, Erinnerungen ... und natürlich die Geschenke meiner Schwiegermutter! Einige habe ich gleich in die Mülltonne befördert.«

Erik war enttäuscht. Lustlos folgte er Sandra Lührsen – da stoppte sie mit einem Mal. So plötzlich, dass er beinahe in sie hineingelaufen wäre.

»Was ist los?«, fragte er erschrocken, während Sören an ihre Seite trat, als müsste er sie beschützen.

Sie zeigte mit dem rechten Arm auf zwei Gemälde, die in Ständern aufbewahrt wurden, vielleicht, damit sie trockneten, ehe sie weiterverarbeitet wurden, vielleicht, weil noch nicht klar war, wo sie aufgehängt werden sollten. Erik verstand zunächst nicht, was Sandra Lührsen derart aus der Fassung brachte. Aber dann ging sie auf die Bilder zu und zeigte auf das linke der beiden. »Wer war das?«, fragte sie, und ihre Stimme klang wie ein Schluchzen. »Wer hat dieses Bild zerstört?« Sie fuhr zu Erik und Sören herum. »Ich werde boykottiert. Ich soll nicht mehr malen. Ich soll nichts mehr schaffen. Meine Kreativität ...« Sie brach ab, weil sie wohl nicht vor den Polizeibeamten weinen wollte.

Erik war peinlich berührt. Dieses Machwerk hätte er niemals mit dem Begriff »Kreativität« in Zusammenhang gebracht. Es war ein Bild, das mit Farbe beworfen worden war, so kam es ihm vor, das im Rausch von Gefühlen, die von heißer Liebe bis kalter Wut reichen konnten, entstanden sein musste. In der Mitte prangte etwas, was dort offenbar nicht hingehörte: zwei kreisrunde Abdrücke, groß wie Melonen oder sogar Kürbisse, wo die Farbe aus dem Bild gesaugt worden war, wo nur ein bleicher Schatten der Farben zurückgeblieben war. Kugelrund ...

50

Das war knapp gewesen. Sie hatte Eriks Rücken nicht aus den Augen gelassen, während sie zur Tür gehuscht war. Erst im allerletzten Moment, als sie schon beinahe aus dem Raum heraus gewesen war, hatte er sich umgedreht, und sie musste schlagartig ihre Pläne ändern und den Fluchtweg verkürzen. Nicht mehr zur Wohnzimmertür, hinter der sich ihre Kleidung befand! Eine entsetzliche Vorstellung, dass Erik die Augen aufriss und mit offenem Mund auf eine Person starrte, die viel Ähnlichkeit mit seiner Schwiegermutter hatte und mit nichts als einer umgehängten Decke bekleidet über den Flur huschte. Nein, sie konnte nur einen schnellen Schritt nach links machen, unter die Treppe, die nach oben führte. Ihr Herz raste, die Knie zitterten, in ihrer Körpermitte drehte sich ein explosives Gemisch von Angst und Scham. War sie gesehen worden? Mit angehaltenem Atem lauschte sie. Empörte Stimmen? Schritte, die sich näherten? Nein, nichts geschah. Sie atmete langsam aus. Es war gut gegangen.

Gegenüber, auf der anderen Seite des Flurs, lockte eine Tür mit einem hellen Emailleschild, darauf ein Baby auf seinem Töpfchen, das fröhlich lachte. Offenbar die Gästetoilette. Mamma Carlotta starrte das Schild sehnsüchtig an. Eine Tür, die sich verschließen ließ! Hinter der sie sich in aller Ruhe anziehen konnte! Voraussetzung war jedoch, dass sie vorher an ihre Kleidung kam. Aber wie?

Vorsichtig reckte sie den Hals und blickte zurück. War Erik immer noch beschäftigt? Hatte er nach wie vor nur Augen für den Tatort? Dann würde sie es wagen können. Ob sie von den Kursteilnehmern gesehen wurde, durfte sie jetzt nicht kümmern. Die würden sich hoffentlich nichts dabei denken, wenn sie über den Flur, ins Wohnzimmer und dann ins Gäste-WC hastete! Dennoch ein anspruchsvoller Plan! Gelingen konnte er nur, wenn Erik dort blieb, wo er war, und Sören auch. Aber etwas anderes fiel ihr nicht ein. Wenn nur Carolin in ihrer Nähe wäre! Von ihr hätte sie Hilfe bekommen. Nun kam zu der Angst vor Entdeckung auch noch Sorge hinzu. Wo war ihre Enkelin? Mit Sandra Lührsen zusammen war sie hinausgelaufen, aber nicht zurückgekommen. Hoffentlich war ihr nichts zugestoßen! War sie dem Täter, der die Steine und Fackeln geworfen hatte, zu nahe gekommen? Hatte sie ihn identifiziert? War sie von ihm daran gehindert worden, zurückzukehren und ihn zu verraten? Oder wollte sie nur nicht ihrem Vater in die Arme laufen, der womöglich nicht daran dachte, dass sie hier Frau Witt, die Journalistin, war? Aber mit diesen Fragen konnte sie sich erst beschäftigen, wenn sie wieder angezogen war. Noch nie war ihr so klar gewesen wie in diesem Moment, dass ein Mensch ohne Bekleidung auf das bloße Existieren zurückgeworfen war. Zum Agieren, für Entscheidungen und wichtige Handlungen brauchte es eine angemessene Verhüllung des Körpers.

Doch ihre Hoffnungen fielen schnell in sich zusammen. Erik, Sören und Sandra kehrten ins Haus zurück. Es näherten sich nicht nur ihre Schritte, sondern auch ihre Stimmen. Erik fragte etwas, Sandra antwortete, Sören hakte nach, während sie das Atelier durchquerten. Dio mio! Wenn sie in den Flur kamen, war es für eine Flucht zu spät. Sie musste weg! Hinter irgendeiner Tür musste sie verschwinden. Sofort! Sie war nach wie vor mit nichts als einer Decke bekleidet. Da gab es nur eine Möglichkeit: ins Gäste-WC! Zwei Schritte, Tür auf, zum Glück ziemlich geräuschlos! Die Tür heranziehen und dafür sorgen, dass niemand ihr Keuchen hörte. Sie wagte es nicht einmal, die Tür fest zuzuklinken, weil ihr das Geräusch zu verräterisch erschien. Erst recht hätte sie es nicht gewagt, den Schlüssel umzudrehen, der womöglich laut und deutlich geknirscht hätte.

Mit dem Ohr am Türspalt lauschte sie. Die drei stiegen die Treppe hinauf. Mamma Carlotta konnte deutlich die Stufen knarren hören. »Sie werden sehen«, hörte sie Sandra sagen. »Alles ist weg.«

Als die Stimmen sich in einem der Zimmer verloren, wusste sie, dass dies die Chance war, die sie nutzen musste. Sie schob die Tür wieder auf, rannte über den Flur ins Wohnzimmer, griff sich ihre Kleidung, schaffte es sogar noch, Erleichterung zu verspüren, weil sie alles sorgfältig aufeinandergeschichtet hatte, sodass sie mit einem schnellen Griff den Stapel an sich nehmen und zurückhuschen konnte. Wieder ließ sie die Tür der Gästetoilette geöffnet, um nicht zu überhören, wenn Erik die Treppe wieder herunterkam. In der ersten Etage würde er sich nicht lange aufhalten, dort hatte seine Schwiegermutter ja längst alles entsorgt, was Jesko gehörte. Abgesehen von der Dartscheibe, die nun in Carolins Tasche steckte.

Da hörte sie es auch schon! »Schade«, sagte Erik. »Wirklich schade. Vielleicht hätten wir etwas gefunden.«

Sie ließ die Decke fallen und lehnte sich eine Weile an die geflieste Wand, um die Angst wegzuatmen. Madonna! Sie war zu alt für diese Abenteuer. Wenn Herz und Kreislauf schon älter als sechzig Jahre waren, hielten sie derartige Aufregungen nicht mehr aus. Aber es dauerte nicht lange, und sie bemerkte erfreut, dass ihr Blutdruck sich normalisierte. Einen Herzinfarkt befürchtete sie jedenfalls nicht mehr.

Erleichtert klappte sie den Toilettendeckel herunter und legte ihre Kleidung darauf. Jetzt schnell anziehen! Am besten, noch ehe Erik wieder ins Erdgeschoss kam! Vielleicht konnte sie es sogar schaffen, aus dem Haus zu fliehen, solange er noch nach Indizien suchte, die Jesko Lührsens Schuld bewiesen. Wenn nicht, würde sie warten müssen, bis er mit Sören wieder gegangen war. Wie lange mochten sie sich im Wohnzimmer nach Jeskos Hinterlassenschaften umsehen? Madonna! Das konnte dauern. Und was, wenn Erik oder Sören ein menschliches Rühren überkam und Sandra ihnen den Weg zur Gästetoilette wies?

Ihr wurde warm, und sie stieß sich von der Wand ab, um

sich kaltes Wasser über die Handgelenke laufen zu lassen. In Umbrien im Hochsommer immer das richtige Mittel. Aber wieder erschreckte sie das Geräusch, das sie an den Frosch erinnerte, der sich auf ihrem Gartentisch festgesaugt hatte. Entsetzt sah sie sich um und entdeckte auf der weißen Fliesenwand zwei runde Flecken, melonen- bis kürbisgroß, in mehreren Farben schillernd. »Dio mio!« Böses ahnend griff sie sich ans Hinterteil und betrachtete ihre rechte Hand. Ihre Fingerspitzen schimmerten ebenfalls in Regenbogenfarben. »Madonna!« Hatte sie etwa Sandra Lührsens Gemälde zerstört? »Santo cielo!« Sie mochte sich nicht ausmalen, wie das Kunstwerk aussah, das zu einem guten Teil auf ihrer nackten Haut klebte. Nun war es vermutlich auch besser, Sandra Lührsen nicht mehr unter die Augen zu treten. Sie wusste, wie empfindlich Künstler waren, wenn es um den Respekt vor ihrer Kunst ging. Sie brauchte nur an Luigi Abbondio zu denken, der Strohpuppen herstellte und tödlich beleidigt war, als sein Nachbar die Strohpuppe, die er geschenkt bekommen hatte, als Vogelscheuche in seinen Weinberg gestellt hatte. Zwischen Luigi Abbondio und seinem Nachbarn war nie wieder ein Wort gewechselt worden.

Sie musste sich jetzt anziehen, und dann nichts wie weg! So schnell wie möglich! Dieser Gedanke erzeugte erneut diese Hitze in ihr, die aus blanker Angst entstand. So ging es ihr immer, nicht erst seit der Menopause. Wenn Angst und Schuldgefühle sie emotional aufwühlten, überkam sie fliegende Hitze.

Vorsichtig, damit niemand etwas hörte, öffnete sie das kleine Fenster des Toilettenraums. Wenn der kalte Wind hereinkam, würde er vielleicht nicht nur für Abkühlung sorgen, sondern auch eine gute Idee mitbringen, die die Angst aus ihrem Kopf pustete, damit sie zu klaren Gedanken fähig war.

Dass sich unter dem Fenster zwei Menschen befanden, bemerkte sie erst, als sie sich auf den Toilettendeckel gesetzt hatte, weil die Ratlosigkeit sie nicht mehr auf den Beinen hielt. Eine Frau und ein Mann, die leise miteinander sprachen. Prompt war es vorbei mit der Unentschlossenheit. Sie stand wieder auf, lehnte sich an die Wand und reckte ihr Ohr so hoch wie möglich. Die weibliche Stimme kannte sie. Carolina! Die männliche Stimme dagegen war ihr fremd.

»Überlegen Sie sich mein Angebot«, sagte die unbekannte Stimme. »Ich werde Sie gut bezahlen. Mir liegt wirklich sehr viel an diesem Bericht.«

»Eigentlich recherchiere ich für meinen Freund. Sie wissen ja ...«

»Warum?« Die Stimme wurde nun scharf und fordernd, und daran erkannte Mamma Carlotta sie. Der Mann, mit dem Carolin sprach, war der Chefredakteur des *Inselblatts.* »Schreiben Sie die Story selbst! Sie muss auf Sylt erscheinen, das ist doch wohl klar. Aber Sandra Lührsen hat mir ja einen Korb gegeben.«

»Gut, ich überlege es mir.«

Nun entfernten sich die Stimmen. Mamma Carlotta schlüpfte in ihre Unterwäsche, zog so hektisch ihre Strumpfhose in die Höhe, dass sie ein Loch hineinriss, kümmerte sich aber nicht weiter darum, stieg in ihren Rock und zog sich den Pullover über den Kopf. Fertig! Nur noch die Schuhe, und sie war bereit, aus Sandra Lührsens Haus zu flüchten.

Aber sie hatte zu viel Zeit damit vertan, auf das Gespräch zwischen Carolin und Menno Koopmann zu lauschen. Gerade als sie bereit war, kamen Schritte die Treppe hinab.

»Vielleicht finden wir was im Wohnzimmer«, hörte sie Erik sagen.

Seine Schritte waren die langsamen, behäbigen, Sandras leichte Schritte liefen ihm voraus, sie waren schon bald im Wohnzimmer zu hören.

»Hier ist ein Fach«, rief sie, »in dem ich früher meine Zeitschriften aufbewahrt habe. Jesko hat sie wohl weggeworfen.

Jetzt liegt hier viel Krimskrams. Wenn Sie wollen, können Sie das durchsehen.«

Erik und Sören wollten offenbar. Mamma Carlotta konnte hören, wie sie ins Wohnzimmer gingen, aber die Tür offen ließen. Sie hätte heulen können vor Zorn. Die Erleichterung, dass sie es immerhin geschafft hatte, ihre Kleidung dort herauszuholen, ging in ihrer Verzweiflung unter. Wie sollte sie jetzt aus dem Haus kommen? Man würde im Wohnzimmer Geräusche hören, ihre Schritte auf dem Flur, das Klappern des Garderobenbügels. Erik würde sie ertappen, verraten, dass sie seine Schwiegermutter war, würde sie fragen, was sie hier noch tat, würde von Sandra Lührsen zu hören bekommen, dass sie das Aktmodell hatte sein sollen, und würde sich die Frage gefallen lassen müssen, warum die Schwiegermutter des leitenden Ermittlers sich in ihr Haus geschlichen hatte. Womöglich würde sich dann auch noch herausstellen, dass Carolin nicht Witt, sondern Wolf hieß. »Terribile!«

Mit einem Mal schien sie alles falsch gemacht zu haben, wo sie es doch nur auf sich genommen hatte, um zu helfen. Carolin sollte nach Hause zurückkehren, und Erik sollte das Corpus Delicti bekommen, das ihm bewies, wie richtig er mit seiner Vermutung lag: Jesko Lührsen war der Mörder. Erik hätte es längst wissen müssen, aber noch steckte die Dartscheibe in Carolins Tasche. Er musste sie so bald wie möglich bekommen. Carolin würde eine Begründung einfallen, wo und wie sie die Dartscheibe entdeckt hatte. Mamma Carlotta lief noch einmal ein Schauer über den Rücken, als sie daran dachte. Diese runde Scheibe, die aus dem Gesicht von Witta Lührsen bestand, und dem Pfeil, der genau zwischen ihren Augen steckte ...

51 Erik fuhr durch den Kreisverkehr vor Feinkost Meyer, bog in die Hauptstraße ein und fuhr hinter der Bushaltestelle rechts ran.

Sören grinste. »Noch immer keine Lust, nach Hause zu kommen?«

Erik antwortete nicht, aber seine düstere Miene bestätigte Sörens Vermutung. Solange Violetta und Dr. Hillmot in seinem Haus wohnten, würde er so spät wie möglich Feierabend machen und am Morgen so früh wie möglich aus dem Hause gehen. Er fuhr noch ein paar Meter vor und stellte das Auto so ab, dass sein Blick zum Kosmetiksalon von Merret Halliger ging. Im vorderen Bereich, wo es ein ansehnliches Angebot von Pflegeprodukten gab, war niemand zu sehen. Vermutlich war Merret Halliger mit der kosmetischen Behandlung einer Kundin beschäftigt.

»Wer kann das gewesen sein?«, fragte Erik.

Sören zuckte mit den Schultern. »Sandra Lührsen hat angeblich sofort nachgeschaut. Komisch, dass sie niemanden entdeckt hat.«

»Du hast doch gesehen, dass man hinten nicht aus dem Garten kommt. Der Zaun ist zu hoch und zu stabil. Sie musste also erst vorne von ihrem Grundstück herunter und dann ums Haus herumlaufen. Bis dahin konnte sich der Täter gut und gerne verdrückt haben.«

»Außerdem gibt es dort viele Möglichkeiten, sich zu verstecken.«

Die Straße Gaadt führte scheinbar ins Nichts, die Bebauung endete, links und rechts gab es viel dichtes Gebüsch, dahinter Fluchtwege zur Straße nach Kampen. Ein unübersichtliches Gelände.

»Wer hat eigentlich den Notruf gewählt?«

»Einer der Kursteilnehmer.«

In diesem Augenblick läutete Eriks Handy. Carolin war am anderen Ende. »Wo bist du, Papa? Ich muss mit dir reden.«

Es stellte sich heraus, dass Carolin mit ihrer Nonna soeben den Kreisverkehr überwunden hatte und auf dem Parkplatz von Feinkost Meyer angekommen, also ganz in ihrer Nähe war. Kurz darauf standen die beiden neben dem Wagen und nahmen auf den Rücksitzen Platz, noch ehe Erik und Sören sich abgeschnallt hatten und aussteigen konnten.

»Wie wär's mit Waffeln im Meeresblick?«, fragte Carolin.

Erik nickte und fuhr los. Nachdem er sich in die Hauptstraße eingefädelt hatte, warf er einen Blick in den Rückspiegel. Carolin sah aufgeregt aus, gleichzeitig ernst und entschlossen. Und seine Schwiegermutter? Die hatte erstaunlicherweise noch nichts gesagt, wortlos hinter dem Fahrersitz Platz genommen und schwieg sogar noch, als Erik auf den Parkplatz schräg gegenüber des Kurhauses einbog. Als sie sich im Café Meeresblick einen Platz gesucht hatten, hatte sie noch immer nicht viel gesagt, nur angemerkt, wie kalt der Wind sei, dass es womöglich regnen und vielleicht sogar Schnee geben könnte, und dass sie froh sei, Eriks wind- und wasserdichte Jacke tragen zu dürfen.

Sie entschieden sich alle für Waffeln mit heißen Himbeeren und viel Sahne, dann setzte sich Carolin sehr aufrecht hin, und Erik wusste, dass nun etwas Bedeutungsvolles folgen würde. »Adrian Halliger ist in der Nähe des Hauses gesehen worden.«

Erik sah seine Tochter ungläubig an. »Der hat die Steine und die Brandfackeln geworfen?«

»Ich habe gesagt, dass er gesehen wurde«, antwortete Carolin, wie er selbst auch geantwortet hätte, wenn aus einem Fakt mehr gemacht wurde, als bewiesen war.

»Von wem?«, fragte Sören.

»Von Menno Koopmann.« Carolin berichtete nun, dass sie, als die Steine und Brandfackeln geflogen waren, Sandra Lührsen in den Garten gefolgt war. Sie hatte geglaubt, sie könne durch das Gebüsch auf den Weg gelangen, der hinter dem

Grundstück herführte, hatte aber wie auch Sören feststellen müssen, dass sich im Gebüsch ein Zaun verbarg, der es unmöglich machte, dort vom Grundstück herunterzukommen. »Ich bin also nach vorne aus dem Garten raus, ums Haus herum ... und hatte Sandra schon aus den Augen verloren. Keine Ahnung, wo sie gesucht hat. Ich bin den Gaadt entlanggelaufen, und dort habe ich Menno Koopmann getroffen.«

Erik sah seine Tochter ungläubig an. »Was hatte der dort zu suchen?«

Die Waffeln wurden serviert, Carolin schwieg so lange, bis die Kellnerin wieder gegangen war. Dann spießte sie eine Himbeere auf, ehe sie weitersprach: »Koopmann hatte gehört, dass Sandra Lührsen schon wieder mit ihren Malkursen beginnt, und wollte versuchen, irgendwie in ihren Garten zu kommen und Fotos zu machen. Du weißt ja, Papa, ich habe die Exklusivrechte für Sandra Lührsens Story bekommen. Nicht Koopmann!«

Erik konnte sich nur mit Mühe ein Lächeln verkneifen. Der Stolz, mit dem Carolin darauf hinwies, gefiel ihm. »Du glaubst, Koopmann könnte die Steine und die Brandfackeln geworfen haben, um Sandra Lührsen und ihre Kursteilnehmer aus dem Atelier in den Garten zu locken?«

Nun blieb Carolin der Mund offen stehen. »Du lieber Himmel! Nein, auf diese Idee bin ich nicht gekommen.«

»Madonna!«, entfuhr es Mamma Carlotta. »Traust du ihm das zu?«

»Dem ist alles zuzutrauen«, gab Sören zurück.

»Er will, dass ich die Reportage fürs *Inselblatt* schreibe«, sagte Carolin nun. »Er hat mir ein gutes Angebot gemacht.«

Erik sah Carolin fragend an. Er spürte das Vibrieren in seinem Nacken, als ihm klar wurde, was das bedeuten konnte. »Und? Bist du dazu bereit?«

Sie sah verlegen auf ihre Hände und stach ein großes Stück

von ihrer Waffel ab. »Damit wäre Sandra Lührsen nicht einverstanden.«

Erik betrachtete sie genau. »Und Maximilian Witt auch nicht.«

Sie wurde jetzt sehr verlegen. »Ja, der auch nicht.« Sie fing sich schnell wieder, gab sich gleichmütig und zuckte nur mit den Schultern. »Eigentlich wollte ich ja was ganz anderes.« Sie warf ihrer Oma einen Blick zu, als brauchte sie deren Einverständnis. »Ich muss euch was zeigen.«

52

In der Eingangstür von Feinkost Meyer wandte sich Mamma Carlotta noch einmal um. Carolin hatte ihr Handy ans Ohr genommen, drehte ihr den Rücken zu und ging mit langsamen Schritten von einem Ende des Parkplatzes zum anderen. Seufzend betrat Mamma Carlotta den Laden. Hoffentlich war Maximilian gesprächsbereit, hoffentlich konnte Carolin ihren Standpunkt vertreten, hoffentlich ging alles gut.

Fahrig begann sie in der Obst- und Gemüseabteilung mit ihren Einkäufen. Grapefruits zum Auspressen für die Crostini con pompelmo und Brokkoli für den ersten Gang. Sie zögerte, dann legte sie die grünen Röschen zurück. No! Sie würde wieder Tiefkühlware nehmen, das ging schneller. In ihrem Dorf war so etwas ja verpönt. Der Supermercato von Panidomino, der extra umgebaut worden war, um eine Tiefkühltruhe ins Angebot zu integrieren, hatte schon bald ein zweites Mal umbauen müssen. Da wurde die Tiefkühltruhe wieder entfernt, weil die Hausfrauen von Panidomino mit verächtlich herabgezogenen Mundwinkeln an diesem Angebot vorbeigegangen waren. Tiefkühlware war etwas für Frauen, die nicht die notwendige Liebe fürs Kochen und für ihre Familie aufbrachten. Eine fürsorgliche Familienmutter nahm gern viel

Arbeit auf sich und dachte keinen Augenblick daran, sich die Versorgung ihrer Lieben einfacher zu machen. So war das in Panidomino, aber auf Sylt hatte Mamma Carlotta längst festgestellt, dass Tiefkühlkost es qualitativ durchaus mit frischer Ware aufnehmen konnte. Doch selbstverständlich würde sie in ihrem Dorf kein Wort darüber verlieren. Auf Sylt, so hatte ihr der Filialleiter von Feinkost Meyer einmal erklärt, machte man es sich eben so einfach wie möglich, die Touristen sowieso, die es im Urlaub leicht haben wollten, aber die Sylter Hausfrauen, die mit der Arbeit für die Feriengäste genug zu tun hatten, ebenfalls. So legte Mamma Carlotta auch ohne Bedenken die Kirschen für das Dessert im Glas in den Einkaufswagen. Zu dieser Zeit gab es ja keine frischen Kirschen, was in Panidomino ein Grund gewesen wäre, sich für ein anderes Dessert zu entscheiden. Wie schön, dass sie zurzeit auf Sylt war! Was brauchte sie noch? Käse, den sie für die Crostini reiben konnte, und Speck und Schnittlauch für den Carbonara-Kartoffel-Auflauf. Alles andere war im Haus.

Sie lehnte sich für einen Augenblick an das Regal, weil sie eine Schwäche überfiel. Am linken Oberschenkel lief eine Laufmasche hinab, weil sie ihre Strumpfhose zu hastig und unvorsichtig angezogen hatte. Dio mio! Carolin hatte sie damit beruhigt, dass am nächsten Tag alles viel leichter gehen würde, weil sie ja nun wusste, worauf es ankam. Aber Mamma Carlotta mochte gar nicht an morgen denken. Andererseits ... wenn ihr größter Wunsch damit in Erfüllung gehen konnte, wenn Carolin in den Schoß der Familie zurückkehrte, würde sie es auf sich nehmen.

Ein wenig trödelte sie noch herum, um Carolin genug Zeit zu lassen, sich mit ihrem Freund auseinanderzusetzen, dann machte sie sich auf den Weg zur Kasse. Nur eine einzige war besetzt, vor der sich eine lange Schlange gebildet hatte. Dort saß die junge Frau, die jeden Morgen aus Niebüll kam, um auf Sylt ihr Geld zu verdienen. Wohnen konnte sie nicht auf der

Insel, obwohl sie hier geboren und aufgewachsen war. Die Mieten waren einfach unerschwinglich, hatte sie Mamma Carlotta kürzlich erklärt, und Wohnraum zu finden war beinahe unmöglich. An diesem Tag würde sie ihr wohl nicht erzählen können, ob der Streit mit dem Lehrer ihres Sohnes beigelegt werden konnte. Dieser unfähige Pädagoge hatte ja nicht einsehen wollen, dass der Zehnjährige zu den Hochbegabten gehörte, die den Schulstoff bewältigten, ohne täglich ihre Hausaufgaben zu machen. Im Sommer noch hatte die Kassiererin erwogen, beim Schulrat vorstellig zu werden, um für ihren Sohn eine Sonderbehandlung zu erwirken. Aber jetzt hatte sie nur Augen für die Waren, die sie übers Laufband schob, und Mamma Carlotta am Ende der Schlange nicht einmal erkannt. Schade eigentlich. An diesem Tag hätte Mamma Carlotta der Kassiererin auch einiges erzählen können ...

Sie dachte an Eriks Gesicht, als Carolin die Dartscheibe mit den Worten »aus Jesko Lührsens Nachlass« auf den Tisch gelegt hatte, nachdem sie sich vorsichtig umgesehen hatte und sicher sein konnte, dass niemand sie beobachtete. Erik hatte sofort zugegriffen und sich die Scheibe auf den Schoß gelegt. Dann hatte er Sören angesehen und gesagt: »Er war es also wirklich.« Zwar musste er anschließend einsehen, dass diese Dartscheibe leider kein Beweis, sondern nur ein Indiz war, aber dennoch hatte er sich in seinem Verdacht bestätigt gesehen. »Adrian Halliger hatte recht.«

Als dieser Name gefallen war, hatte Carolin die Gabel sinken lassen. »Adrian Halliger?«

Erik nickte. »Er hat uns auf die Idee gebracht, Jesko Lührsen könnte seine Mutter umgebracht haben.«

»Ausgerechnet Adrian Halliger? Und heute wird er dabei beobachtet, wie er ...?«

Erik unterbrach sie. »Ich denke, er ist nur gesehen worden. Koopmann hat nicht beobachtet, dass er Steine oder Brandfackeln geworfen hat. War es nicht so?«

Carolin senkte beschämt den Blick. »Ja, stimmt.«

»Außerdem«, ergänzte Sören hastig, »sind der Mord an Witta Lührsen und die Bedrohung von Sandra Lührsen zwei unterschiedliche Tatbestände. Das eine muss mit dem anderen nichts zu tun haben.«

Lang und breit hatten sie dann darüber beratschlagt, ob es möglich war, dass der frühere Liebhaber Sandra Lührsen von der Insel vertreiben wollte, kamen aber zu keinem einleuchtenden Ergebnis. Erik war diese Frage auch nicht so wichtig. Er suchte nach Beweisen für Jesko Lührsens Schuld. »Zu blöde aber auch, dass diese Putzfrau schon das halbe Haus ausgeräumt hat.«

Mamma Carlotta hatte auf ihre Hände gesehen und nicht aufzublicken gewagt. Dio mio! Wenn Enrico wüsste!

Mit einem Mal hatte er sie scharf angesehen. »Was hast du eigentlich gemacht, während Carolin das Interview führte? Oder bist du zwischendurch nach Hause gegangen?«

»No, no!« Mamma Carlotta ließ sich lang und breit darüber aus, dass das Zusammenleben mit Violetta und Dr. Hillmot unerträglich für sie sei, und hoffte, dass ihr, wenn sie damit fertig war, etwas eingefallen war, um Eriks Frage zu beantworten.

Aber Carolin war in diesem Fall schneller. »Sandra Lührsen war froh, dass die Nonna uns Kaffee kochen konnte. Einen kleinen Imbiss hat sie uns auch angerichtet. Das war sehr hilfreich.«

Erik schien seiner Tochter tatsächlich zu glauben. Mamma Carlotta wurde immer noch flau im Magen, und sie hatte das Gefühl, zum ersten Mal in ihrem Leben einen Migräneanfall zu bekommen, wenn sie daran dachte, wie sie es geschafft hatte, aus dem Gäste-WC herauszukommen. Sie hatte alles auf eine Karte gesetzt, hatte die Tür so leise wie möglich geöffnet, ein Stoßgebet an Dino und Lucia gerichtet, vorsichtshalber auch noch an den heiligen Arezzo, und war dann aus dem kleinen Raum herausgeschossen, ohne zur Wohnzimmertür zu schauen. Wenn sich dort jemand blicken ließ, wollte sie ihn nicht sehen. So, wie Lucia sich früher beim Versteckenspielen die Hände vors Gesicht gehalten und geglaubt hatte, dass sie selbst unsichtbar war, wenn sie die anderen nicht sah. Auf Zehenspitzen, wenn auch mit sehr schnellen Schritten, war sie ins Atelier gelaufen, hatte kurz gezögert, gelauscht, sich nach hinten orientiert und war dann in den Garten gerannt, so schnell sie konnte. Niemand schien sie bemerkt zu haben, niemand war ihr gefolgt. Danach war es nur noch darauf angekommen, dass Erik und Sören nicht aus dem Wohnzimmerfenster schauten, aber die beiden hatten natürlich genug damit zu tun, das Wohnzimmer nach Beweisen für Jesko Lührsens Schuld zu durchsuchen. So war Mamma Carlotta unangefochten bis zur nächsten Straßenecke gekommen und hatte dort auf Carolin gewartet. Zitternd und frierend, weil Eriks Jacke, die sie immer auf Sylt trug, an der Garderobe neben der Eingangstür gehangen hatte. Zum Glück war Carolin schnell noch einmal zurückgelaufen, ohne dass sie bemerkt worden war, und hatte sogar daran gedacht, sich die Handtasche ihrer Nonna zu schnappen.

53

Erik spürte den Wunsch in sich, Adrian Halliger möge in seinem Büro nicht anzutreffen sein. Die Erinnerung an Svea tat ihm zwar längst nicht mehr weh, aber sie bedrückte ihn doch. Ihm war, als könnte er sich nicht auf seine Ermittlungsarbeit konzentrieren, wenn er ihr dort nachging, wo er Svea geküsst und schließlich die Beziehung zu ihr beendet hatte.

»Was machen wir, wenn er nicht da ist?«, fragte er Sören.

»Dann fahren wir zu ihm nach Hause«, antwortete Sören erstaunt. »Das wäre allerdings lästig. Die Halligers wohnen in List. Übrigens nicht weit vom Heideplätzchen entfernt.«

Aber sie hatten Glück. Der Türöffner war schon kurz nach ihrem Klingeln zu hören. Adrian Halliger machte es so wie Svea früher. Er trat einen Schritt aus der Tür des Büros heraus, um zu sehen, wer die Treppe heraufkam. Besonders erfreut wirkte er nicht, als er Erik und Sören erkannte. »Ach, Sie!«

»Vermutlich haben Sie mit uns gerechnet?« Erik gab sich freundlich.

»Warum sollte ich?«, fragte Halliger und ließ sie widerwillig eintreten.

Wieder betrachtete Erik ihn und konnte nicht verhindern, dass erneut Neid in ihm aufstieg. Warum schaffte er selbst es nicht, sich so lässig zu kleiden wie Adrian Halliger? Auch der trug eine Cordhose, wie Erik sie bevorzugte, dazu ein kariertes Hemd und darüber eine Strickweste. Obwohl seine Kleidung bequem war, sah er dennoch schick und modisch aus. Wenn Erik selbst sich für etwas Ähnliches entschied, kam er sich nicht lässig, sondern nachlässig gekleidet vor. Und wenn er sich für formelle Kleidung entschied, fühlte er sich alt und spießig. Adrian Halliger würde vermutlich auch im schwarzen Anzug eine gute Figur machen.

Er schien die beiden Beamten im Flur abspeisen zu wollen, entschloss sich dann aber doch, sie in sein Büro zu bitten, so wie bei ihrem ersten Besuch. »Gibt's Neuigkeiten?«, fragte er und tat desinteressiert.

Erik bestätigte es, ließ sich dann Zeit damit, Platz zu nehmen, seine Jacke aufzuknöpfen und die Hose glatt zu streichen. So was machte einen Mann, der ein schlechtes Gewissen hatte, nervös. Und Adrian Halliger wurde nervös. Nun kam es darauf an, herauszubekommen, was ihm auf dem Gewissen lag.

»Was hatten Sie heute in der Nähe von Sandra Lührsens Grundstück zu suchen?«, fragte er so direkt, dass Adrian Halliger zusammenzuckte.

»Wie kommen Sie darauf …?«

Aber Erik ließ ihn nicht aussprechen. »Ausflüchte können Sie sich sparen. Sie sind gesehen worden.«

Der Gedanke, Menno Koopmann könnte sich getäuscht oder Carolin irgendetwas falsch verstanden haben, kam ihm jetzt erst, und er fragte sich, warum ihm diese Zweifel nicht vorher gekommen waren. Wenn Adrian Halliger jetzt alles abstritt, würde es schwierig sein, ihm das Gegenteil zu beweisen.

Aber Halliger machte keinen diesbezüglichen Versuch. »Ich wollte ... ja, ich dachte ... also, ich hatte erwogen, Sandra zu besuchen.«

»Kommen Sie dann immer von hinten?«, fragte Sören anzüglich.

Halliger schenkte ihm einen wütenden Blick. »Ich hatte Leute gesehen, die ums Haus herumgingen. Da wollte ich erst mal schauen, was bei Sandra los war.«

»Weiß Ihre Frau davon?« Erik erlaubte sich ein süffisantes Lächeln.

»Natürlich nicht.«

»Heißt das, Sie wollen die Affäre fortsetzen?«

Adrian Halliger fuhr zornig auf. »Ich wollte Sandra einen Besuch abstatten. Das heißt doch nicht, dass ich gleich wieder mit ihr ins Bett will! Ich wollte ihr sagen, wie leid es mir tut, was ihr passiert ist. Irgendwie ... fühle ich mich ja auch mitschuldig. Hätten wir uns nie ineinander verliebt, dann wäre das alles nicht passiert.«

»War das heute Ihr erster Versuch, Kontakt mit Frau Lührsen aufzunehmen?«

»Ja.«

Erik sah sofort, dass er log. Garantiert hatte Adrian Halliger gleich am ersten Tag an Sandras Tür geklingelt oder bei ihr angerufen. »Sie haben vermutlich bemerkt, dass Frau Lührsen heute Nachmittag angegriffen worden ist.«

»Ich habe ein paar Steine und eine Brandfackel fliegen sehen.«

»Wer hat sie geworfen? Sie?«

Halliger blitzte Sören wütend an. »Nein!«

»Wer dann?«

»Keine Ahnung. Mir ist niemand aufgefallen.«

Erik beugte sich vor. »Sie waren in der Nähe und haben nur die Steine und die Brandfackeln gesehen? Aber nicht denjenigen, der sie geworfen hat? Das können Sie uns nicht weismachen.«

»Ich habe nur diesen Zeitungsfritzen gesehen. Menno Koopmann vom *Inselblatt*. Der hat ja fleißig mit dem Handy fotografiert. Ich habe lediglich darauf geachtet, dass er mich nicht aufnimmt. Ich bin noch zu ihm und habe ihn gewarnt. Wenn ich ein Foto von mir im *Inselblatt* sehe, habe ich gesagt, dann hat er ein Problem.«

Erik lehnte sich zurück und verschränkte die Arme vor der Brust, als hätte er viel Zeit. »Wie finden Sie das eigentlich, dass Sandra Lührsen so viel Gegenwind bekommt? Warum erntet sie nirgendwo Mitleid?«

»Das war die Alte«, antwortete Halliger. »Witta hat überall über ihre Schwiegertochter hergezogen. Wie sie ihren Sohn ausnutzt, wie er immer versucht, ihr alles recht zu machen, wie er sie geliebt, aber sie ihn trotzdem wie einen Fußabtreter behandelt hat.« Seine Stimme wurde verächtlich. »Und dann hat Sandra ihm noch seine geliebte Mama weggenommen. Der arme Jesko! Am Ende ist er sogar noch krank geworden!« Er sprach nun wieder mit normaler Stimmlage. »Wenn sich so was in den Köpfen der Leute festgesetzt hat, ändert sich das nicht so schnell. Nun ist er der arme Jesko, der sich nicht anders zu helfen wusste, als seine Frau ins Gefängnis zu bringen.«

»Sie haben ausgesagt, Jesko selbst könne der Mörder seiner Mutter sein. Wie kommen Sie darauf?«

»Sandra hat mir oft erzählt, wie sehr Jesko seine Mutter hasste. Davon ist in dem Prozess nie die Rede gewesen. Er hatte durchaus ein Motiv. Aber er hat ja immer nur von der armen Mama geredet, die so gut zu ihm war. Sandra hat niemand geglaubt. Im Grunde war sie schon nach der ersten Verhandlung vorverurteilt. Sie konnte sagen, was sie wollte, ihr glaubte niemand. Und so ist es geblieben. Sie kann noch immer behaupten, was sie will, es ist falsch. Was der arme Jesko gesagt und getan hat, war dagegen immer richtig oder zumindest verständlich. Als er krank wurde, haben ihm viele geholfen. Heike Schrunz ist oft länger bei ihm geblieben und manchmal sogar nachts gekommen, wenn er sie rief. Die hatte ja schon mal Witta gepflegt.« Über Halligers Gesicht ging ein boshaftes Lächeln. »Ich bin gespannt, ob sie es geschafft hat, auch von Jesko im Testament bedacht zu werden.« Er sah Erik mit hochgezogenen Brauen an, aber der ließ diese Frage unbeantwortet im Raum stehen.

»Heike Schrunz«, wiederholte er nachdenklich. Und als er mit Sören das Haus verließ, sprach er den Namen noch einmal aus. »Heike Schrunz. Die hat ihre Finger scheinbar überall.«

Die Tür fiel hinter ihnen ins Schloss, das Geräusch jagte erneut eine Erinnerung durch seinen Körper. Er hatte Svea nicht oft in ihrem Büro besucht. Meist war es, wenn er bei ihr gewesen war, darum gegangen, dass sie zu lange arbeitete und wieder mal eine Verabredung absagen musste, weil ein Auftrag dazwischengekommen war. Die Erinnerung an das Geräusch der zufallenden Tür war nicht angenehm.

»Und nun?«, fragte Sören. »Gehen wir zu Koopmann?«

54

Mamma Carlotta und Carolin wanderten schweigend nebeneinanderher. Jede trug eine Einkaufstasche in der Hand, beide waren sie in Gedanken vertieft. Schwere Gedanken? Hoffnungsvolle Gedanken? Mamma Carlotta warf ihrer Enkelin einen Blick zu. Wie war das Gespräch mit Maximilian gelaufen? Wusste er nun, dass sie nach Sylt zurückkehren wollte? Hatte sie ihm sogar gesagt, dass sie die Reportage über Sandra Lührsen selbst schreiben wollte? Mit geradezu übermenschlicher Kraft schaffte sie es, diese Fragen nicht laut zu stellen. Carolin war ja genau wie ihr Vater. Wenn sie spürte, dass ihre Nonna neugierig war, schwieg sie besonders lange und hartnäckig.

Sie nahmen nicht den kürzesten Weg, sondern entschieden sich für die Hauptstraße, die von Geschäften und Schaufenstern gesäumt wurde. Keine erwähnte es, aber beide hatten das Bedürfnis, das Heimkommen noch ein wenig hinauszuzögern. Zunächst blieben sie vor dem Kosmetikstudio von Merret Halliger stehen. »Morgen habe ich einen Termin«, sagte Mamma Carlotta, und es klang sehr unglücklich. »Sie hat ihn mir regelrecht aufgeschwatzt.«

»Gönn dir ruhig mal was«, meinte Carolin und betrachtete die Treibholzskulpturen, die das Schaufenster schmückten. »In Käptens Kajüte kann man so was auch kaufen.«

Mamma Carlotta runzelte die Stirn. Irgendwas hatte sich verändert im Schaufenster des Kosmetikstudios. Es dauerte eine Weile, bis es ihr auffiel. Der kräftige, dominierende Treibholzstamm in der Mitte war nicht mehr da, an den Merret Halliger einige Päckchen gehängt hatte, die ihre Pflegeprodukte enthielten. Nun standen sie auf dem Boden im Schaufenster, auch sehr hübsch dekoriert, aber Mamma Carlotta hatten die apfelgrünen Schleifen gut gefallen, mit denen Merret Halliger die Päckchen an den Treibholzstamm gebunden hatte.

Sie bummelten weiter, bogen nicht nach links ab, der abknickenden Vorfahrt nach, sondern wechselten die Straßenseite und nahmen Kurs auf die Schaufenster des Modehauses Andresen, das in einer hübschen weißen Villa im Báderstil untergebracht war. Schweigend starrten sie die Auslagen an, als suchten sie etwas Bestimmtes, aber beide hatten in Wirklichkeit keinen Blick für die ausgestellten Waren.

Schließlich hielt Mamma Carlotta es nicht mehr aus. »Weiß Maximilian nun, dass du nicht mehr in Hamburg wohnen willst?«

Carolins Antwort war ein Schulterzucken.

»Du hast es ihm noch nicht gesagt?« Mamma Carlotta spürte Empörung in sich aufstiegen. »Du hast es versprochen.«

»Ja, ja. Aber so einfach ist das nicht. Erst mal habe ich ihm erklärt, dass ich die Reportage gern selbst schreiben möchte.«

»Und?«

»Er war sauer. Dabei geht er davon aus, dass ich sie zwar schreiben will, aber er sie dann der Redaktion schicken wird, die ihn beauftragt hat. Er will sie dann noch zurechtkürzen, hat er gesagt. Er hat noch nicht begriffen, dass ich sie dem *Inselblatt* geben will. Aber er hat natürlich keine Ahnung, dass Koopmann mir schon ein Angebot gemacht hat. Vor allem meint er, ich kann das nicht.«

Mamma Carlotta überlegte, ob es richtig war, Carolin unter Druck zu setzen und auf das gegebene Versprechen zu pochen. Aber sie wollte vorsichtig sein und wechselte das Thema, als sie weitergingen, einen großen Umweg, als hofften sie, ohne dass es ausgesprochen wurde, dass Dr. Hillmot und Violetta in einem Hotel eingecheckt hatten, weil es ihnen am Süder Wung zu langweilig wurde. »Wer hat die Steine und die Brandfackeln geworfen?«, fragte sie. »Du musst es gesehen haben.«

Aber Carolin schüttelte den Kopf. »Menno Koopmann hat es wohl gesehen. Er sagte, Adrian Halliger war hinter Sandra Lührsens Grundstück.«

»Ich hätte eher auf seine Frau getippt. Sie hätte einen guten Grund, Sandra Lührsen von der Insel zu vertreiben.«

Carolin war der gleichen Meinung. »Ich habe dann nicht

mehr nach dem Täter gesucht, weil Koopmann mich zur Seite genommen und mir zugeredet hat, die Reportage für ihn zu schreiben.«

»Wirst du das nun wirklich tun?«

Carolin mochte es gar nicht laut sagen, sondern flüsterte: »Ja, ich mache das.«

Mamma Carlotta war zufrieden. Wenn ihre Enkelin dazu entschlossen war, musste sie sich keine Sorgen mehr machen. Maximilian würde wütend sein, es würde Streit geben, und das Ende der Beziehung war damit so gut wie sicher. Gott sei Dank!

Sie war erfreut, dass ihr damit ein gutes Argument in die Hände gespielt wurde. »Ein Mann, der dir keinen Erfolg gönnt, ist nicht der richtige.«

Dieser Gedanke schien Carolin auch schon gekommen zu sein. Dass sie ihrer Nonna ein Versprechen gegeben hatte, bedrückte sie offenbar nicht. Wieder musste Mamma Carlotta sich fragen, ob ihr Opfer überflüssig gewesen war. Carolin wäre wohl auch nach Hause zurückgekehrt, wenn ihre Nonna sich nicht als Aktmodell zur Verfügung gestellt hätte. Molto fastidioso! Sehr ärgerlich. Sie mochte gar nicht an den nächsten Tag denken. Wenn sie den hinter sich gebracht hatte, musste sie unbedingt vergessen, was sie auf sich genommen hatte, um Lucias Familie zu retten. Zum Glück wusste nur Carolin davon. Das musste unbedingt so bleiben. Am Ende würde noch Violetta davon erfahren, die dafür bekannt war, pikante familiäre Ereignisse in der ganzen Verwandtschaft herumzuerzählen. Dio mio!

55

Das Redaktionsbüro des *Inselblatts* lag in einem Hinterhof in der Nähe der Strandstraße in Westerland. Im hinteren Teil des Hauses war ein Partyservice untergebracht, in der ersten Etage residierte ein Anwalt, der versucht hatte, die wenig repräsentative Geschäftslage durch aufwendige Ausstattung zu kompensieren. Die Tür, die in die Anwaltsräume führte, sah aus, als gäbe es dahinter viel Kostbares, während die Tür der Redaktion mit einem gezielten Fußtritt leicht zu öffnen gewesen wäre. Die Treppe, die zu dem Anwalt emporführte, war mit Terrazzoplatten belegt, der Eingang zur Redaktion führte dagegen über ein praktisches Gitter, das den Schmutz von den Schuhen streifte, der irgendwo verschwand, wo er nicht mehr zu sehen war.

Sie klingelten, und der Chefredakteur persönlich öffnete ihnen. Er trug eine schlecht sitzende Jeans, dazu ein kariertes Hemd unter einem dunkelroten Pullover. Er schien zugenommen zu haben. Der Bund der Jeans war unter seinen dicken Bauch gerutscht, Pullover und Hemd spannten darüber. Ein Mann, dem sein Äußeres gleichgültig war.

Er wunderte sich nicht, sie zu sehen, grüßte knapp, drehte sich um und gab ein Zeichen, dass sie ihm folgen sollten. »Hier entlang.«

Aus einem bedrückend niedrigen Vorraum kamen sie in ein erstaunlich großes Zimmer, das durch grelle Neonröhren erhellt wurde. Die umliegende Bebauung war eng, in diesem Raum schien das Tageslicht keine Chance zu haben. Drei Arbeitsplätze gab es, aber es war auf den ersten Blick zu erkennen, dass nur einer benutzt wurde. Auf den anderen beiden türmten sich alte Zeitungen, viele Aktenordner und die Ablage.

»Sie sehen, ich mache zurzeit alles allein«, sagte Menno Koopmann. »Junge Journalisten sind entweder krank oder auf der Suche nach besseren Jobs.«

Er wischte ein paar Blätter von einem Stuhl, die in einen großen Karton fielen, wo schon viele andere Blätter lagen, die vielleicht auf ähnliche Weise dort gelandet waren. Dann rollte er einen weiteren Bürostuhl heran. »Setzen Sie sich.« Er selbst nahm an seinem Schreibtisch Platz. »Ich nehme an, Ihre Tochter schickt Sie zu mir?«

Diese Aussage wollte Erik so nicht stehen lassen. »Sie hat mir erzählt, dass sie Ihnen begegnet ist. Hinter dem Haus von Sandra Lührsen. Ich möchte wissen, welche Beobachtungen Sie gemacht haben.«

»Warum waren Sie überhaupt dort?«, fügte Sören an.

Koopmann sah ihn an, als hätte er kein Verständnis für diese Frage. »Ich habe gehört, dass Sandra Lührsen schon wieder mit ihren Malkursen anfängt. Da wollte ich sehen, ob ich ein nettes Foto schießen kann. Ein paar Zeilen darüber, wie sie mit ihrem Leben weitermacht ... immerhin etwas. Eine große Reportage hat sie mir ja verweigert.« Er warf Erik einen Blick zu, als wäre der es gewesen, der ihn um diese berufliche Chance gebracht hätte. »Ihre Tochter hat sich da ja eingemischt. Ich möchte wissen, wie sie es hinbekommen hat, Sandra Lührsen rumzukriegen.«

Erik hatte sich fest vorgenommen, nicht über Carolin zu sprechen, seine beruflichen Interessen nicht mit privaten zu vermischen. »Sie haben gesehen, wer die Steine und die Brandfackeln geworfen hat?«

Aber Koopmann schüttelte den Kopf. »Nein, habe ich nicht. Die kamen hinter einem dichten Gestrüpp her. Ich habe mich in Sicherheit gebracht.« Erik merkte, dass er hämisch gegrinst hatte, sodass Koopmann hastig ergänzte: »Ihre Tochter auch. Wer will schon einen Stein an den Kopf bekommen oder eine Brandfackel in den Haaren haben?«

Erik warf einen süffisanten Blick zum schütteren Haupthaar des Chefredakteurs, ehe er fragte: »Aber Sie haben jemanden gesehen?«

Koopmann wusste, was er meinte. »Ja, Adrian Halliger habe ich gesehen. Oder vielmehr ... gehört. Erst habe ich seine Stimme nicht erkannt, aber dann hat er sich kurz gezeigt, da war mir alles klar.«

»Was war klar?«, fragte Erik lauernd.

»Dass er die Steine und die Brandfackeln geworfen hat. Das liegt doch auf der Hand.«

»Ich möchte Ihnen dringend raten, diese Behauptung nicht im *Inselblatt* zu verbreiten«, sagte Erik scharf. »Das ist reine Vermutung.«

Koopmann schien sich zu ärgern, dass er Erik recht geben musste und dass er wohl gezwungen sein würde, den Bericht, den er zweifellos längst geschrieben hatte, zu überarbeiten. »Das brauchen Sie mir nicht zu sagen. Ich weiß, wie guter Journalismus geht.«

Erik hätte beinahe gelacht. »Unser Gespräch hier hat mit Journalismus nichts zu tun. Sie sind für mich ein Zeuge, der dabei war, als jemand bedroht wurde. Ich will wissen, was Sie beobachtet haben.«

»Na, das wissen Sie ja jetzt. Ich habe die Steine und die Brandfackeln bemerkt. Außerdem habe ich Adrian Halligers Stimme gehört und ihn ganz kurz gesehen.«

»Was genau haben Sie gehört?«, fragte Sören. »Hat er etwas gerufen? Sandras Lührsens Namen zum Beispiel?«

Aber Koopmann schüttelte den Kopf. »Habe ich nicht verstanden. Er war bald weg, ich bin ihm nicht nach, weil dann ja Ihre Tochter auftauchte.«

Wieder ging Erik nicht darauf ein. Er stand auf und sah auf Menno Koopmann herab. »Sollte Ihnen noch was einfallen, Sie wissen ja, wo Sie mich erreichen können«

»Klar«, sagt Koopmann zurück. »Da, wo ich oft vergeblich anrufe und man mir nichts sagen will, wenn sich in einem Fall interessante Entwicklungen ergeben.«

56

Felix kam ihnen kurz vor der Einmündung in den Süder Wung entgegen, auf dem Fahrrad, mit der Gitarre auf dem Rücken. Er sprang vom Rad und grinste. »Traut ihr euch auch mal wieder in die Höhle der Löwen?« Seine Stimme wurde vorwurfsvoll. »Ihr habt euch den ganzen Tag nicht blicken lassen.«

Carolin lachte amüsiert. »Mein kleiner Bruder war ganz allein zu Haus? Versteh ich nicht. Du hattest doch nette Gesellschaft.«

»Bist du verrückt? Ich war bei Ben, Finn ist auch gekommen. Zurzeit kann man sich bei uns ja nicht mal auf der Treppe blicken lassen. Violetta schreit sofort aus dem Wohnzimmer, dass man in die Küche gehen und Kaffee kochen soll. Wahlweise auch Spaghetti oder Minestrone. Ne danke. Ohne mich.« Er sah seine Nonna dankbar an. »Du wirst jetzt Abendessen machen, oder?«

Mamma Carlotta versicherte es ihm, merkte aber, dass ihre Schritte schwerer wurden und sie nicht so tatkräftig wie sonst auf die Tür des Hauses zulief, in dem sie gebraucht wurde.

Bereits von Weitem sahen sie den Wagen des Pflegedienstes Asmussen vor dem Haus stehen. »Heike Schrunz ist schon da«, stellte Carolin fest. »Dann dürfen wir Dr. Hillmot wieder den ganzen Abend im Pyjama erleben.«

»Solange Violetta nicht aus Gründen der Solidarität ihr Negligé rausholt ...« Felix grinste, als hätte er die Cousine seiner Nonna bereits im Nachtgewand zu Gesicht bekommen und legte keinen Wert darauf, dieses Erlebnis zu wiederholen.

Mamma Carlotta zögerte, als sie vor der Haustür angekommen waren. »Mir ist die Schrunz unsympathisch«, sagte sie.

»Mir auch«, bestätigte Carolin, und Felix nickte heftig. Er hatte sich offenkundig auch schon eine Meinung gebildet.

Im Wohnzimmer tobte eine Diskussion, als sie ins Haus kamen. Angeblich hatte die Pflegerin etwas getan, was Violetta ihr bereits mehrfach untersagt hatte. »Was ist mit Ihren … orecchie?«

Heike Schrunz hatte offenbar keine Ahnung, wie Ohren auf Italienisch hieß, und antwortete nicht. Währenddessen brummte Dr. Hillmots Bass etwas Besänftigendes, was schließlich dazu führte, dass Violetta den Mund hielt.

Währenddessen schlichen Mamma Carlotta, Carolin und Felix in die Küche und packten beinahe geräuschlos die Einkäufe aus. Nur nichts tun, was dazu führte, dass Heike Schrunz sie ins Wohnzimmer rief und um Hilfe bei Dr. Hillmots Versorgung bat. Felix ließ sich per Handzeichen erklären, dass er die Grapefruits auspressen sollte, und verzichtete auf die elektrische Zitruspresse, die viel Lärm machte. Carolin hielt es genauso, als sie aufgefordert wurde, den Speck zu würfeln. Sie holte nicht den elektrischen Zerkleinerer heraus, sondern ein großes, scharfes Messer. Es schien zu gelingen. Sie machten weder Violetta noch Heike Schrunz auf sich aufmerksam. Aus dem Wohnzimmer kam keine dringende Bitte, kein Hilfeschrei und keine Klage, nur gelegentlich Dr. Hillmots Stöhnen, der entweder von Heike Schrunz zu intensiv gepflegt oder von Violetta zu intensiv geliebt wurde. Beides war möglich.

Dann öffnete sich die Wohnzimmertür, und eine resolute Stimme sagte: »Bis morgen früh!«

Kurz darauf fiel die Haustür ins Schloss. Die Pflegerin war gegangen. Der Motor ihres Autos heulte auf, im Wohnzimmer war es im selben Moment vorbei mit der Stille. Violettas Stimme produzierte ein aufgeregtes Kauderwelsch, Dr. Hillmot hielt erstaunlich dynamisch dagegen.

Mamma Carlotta flüsterte: »Was ist da los?«

Carolin und Felix zuckten mit den Achseln, als wollten sie es nicht wissen, lauschten dann aber doch angestrengt. Allerdings vergeblich. Zankten sich die beiden? Nein, ein Streit führte bei Violetta zwangsläufig zu großen Gesten, denen immer etwas zum Opfer fiel, was am Boden zerschellte. Es hörte sich eher an, als wollte einer den anderen von etwas überzeugen, ließ ihn aber nicht ausreden oder fand bessere Argumente. Jedenfalls hatten sie nur Augen und Ohren für sich selbst und schienen nicht zu hören, dass in der Küche das Abendessen vorbereitet wurde.

Erst als Erik und Sören ins Haus kamen, wurden Violetta und Dr. Hillmot aufmerksam. Prompt erschien der Rollstuhl in der Küchentür, von Violetta so eilig geschoben, gedrängt und gestoßen, dass der Gipsverband des pensionierten Gerichtsmediziners ständig irgendwo anstieß. Man sah ihm seine Angst vor Schmerzen an, die erst nachließ, als er unverletzt in der Mitte der Küche stand, wo Erik es übernahm, Dr. Hillmot sanft und vorsichtig an den Tisch zu schieben. »Wie wär's mit einem Aperitif, Fausti?«

Erik lachte stolz in Sörens Gesicht, denn er wunderte sich über sich selbst, dass er daran gedacht hatte, Dr. Hillmot neuerdings zu duzen und ihn nicht aus alter Gewohnheit Doc zu nennen und zu siezen. Sein Grinsen wurde noch breiter, als er in die entgeisterten Gesichter von seiner Schwiegermutter und den Kindern blickte, denen der Vorname von Dr. Hillmot noch nicht bekannt war und die nicht mitbekommen hatten, wie der vorherige Abend in der Küche geendet hatte. Dass Erik und Sören sich nun auch duzten, sorgte rundum für zufriedenes Lächeln, dass Violetta sich mit dem Ausruf »mio caro!« auf Sören stürzte, für erschrockenes Augenaufreißen. Aber alle, sowohl Mamma Carlotta als auch die Kinder, schafften es, dazu nichts zu sagen. Dass Felix sich über Dr. Hillmots Vornamen vor Lachen schüttelte, bekam auch niemand mit, nicht einmal Dr. Hillmot selbst.

Während Mamma Carlotta den Grapefruitsaft in einen Topf goss, Butter und Käse dazugab, Sahne einrührte und alles salzte und pfefferte, versuchten Dr. Hillmot und Violetta gleichzeitig, etwas zum Besten zu geben, was ihrer Meinung nach ungeheuerlich war. Erik drückte Sören auf einen Stuhl, schenkte ihm einen mitfühlenden Blick, weil er sich würde anhören müssen, was die beiden zu berichten hatten, und ging in den Vorrat, um den Limoncello zu holen, den Mamma Carlotta im Sommer zubereitet hatte. Währenddessen stritten sich Dr. Hillmot und Violetta darum, wer am besten wusste, was geschehen war, und es am verständlichsten präsentieren konnte. Das dauerte, bis der Limoncello im Glas war, bis sich alle gefragt hatten, ob es richtig sei, schon wieder Alkohol zu sich zu nehmen, aber niemand zu einer gegenteiligen Ansicht gekommen war und sich schließlich alle zugeprostet hatten. Mamma Carlotta war bereits dabei, das Eigelb in den Topf zu rühren und das Toastbrot mit der Mischung zu bestreichen, damit es in den Backofen kommen und überbacken werden konnte, als endlich feststand, was Dr. Hillmot und Violetta zu berichten hatten. Beide waren davon überzeugt, dass nicht Heike Schrunz, sondern ihre Zwillingsschwester an diesem Abend ins Haus gekommen war. Die beiden ähnelten sich wie ein Ei dem anderen, das war bekannt, und die Pflegerin hatte sich angeblich merkwürdig verhalten. Sie hatte nach Utensilien gefragt, die sie selbst noch am Morgen zurechtgelegt hatte, und auch anderes nicht gewusst, was mittags noch klar gewesen war. »Ihre Hände fühlten sich auch anders an«, behauptete Faustinus Hillmot.

Erik fand das nicht besonders bemerkenswert. »Schon in der Schule soll eine oft die Rolle der anderen übernommen haben. Zum Beispiel bei den Bundesjugendspielen. Anja war immer im Weitsprung besser als Heike. Also ist Anja gesprungen, wenn Heike dran war.«

Violetta war empört. Sie fühlte sich hintergangen. Und auch Dr. Hillmot fand das nicht in Ordnung. »Sie hätte uns doch sagen können, dass sie ihre Schwester vertritt.«

Aber Sören wusste, dass es früher schon mal Probleme gegeben hatte, als die beiden ihre Dienstpläne nach ihren sehr persönlichen Vorstellungen und Erfordernissen eingerichtet hatten. »Da ist es wohl öfter zu Beschwerden gekommen. Ihr Chef darf das sicherlich nicht wissen.«

Noch während sie die Grapefruit-Crostini aßen, wurde darüber diskutiert, ob man das Verhalten der Zwillinge durchgehen lassen dürfe oder nicht. Als Erik dann den Fehler machte, in Erwägung zu ziehen, Dr. Hillmot und Violetta könnten sich getäuscht haben, wurde es sogar laut und ungemütlich. Felix wollte mit einem Mal in seinem Zimmer auf der Gitarre ein Stück von den Toten Hosen ausprobieren, und Carolin musste angeblich dringend ein Telefongespräch führen. Beide waren im Nu verschwunden, und Mamma Carlotta blitzte ihren Schwiegersohn an, weil er durch seine unvorsichtig vorgetragenen Zweifel die Tochter, die ins Haus zurückgeholt werden sollte, vom Tisch vertrieben hatte. Dass sie längst ihr Versprechen gegeben hatte, wieder nach Sylt zu ziehen, konnte er ja nicht wissen. Also durfte sie sich durchaus darüber ärgern, dass er so fahrlässig mit Carolins Heimatgefühlen umging.

Nach den Antipasti war Dr. Hillmots Schlafanzug bekleckert, und es entstand eine wüste Diskussion darüber, ob er sich auf der Stelle umziehen müsse. Mamma Carlotta und Erik versicherten, das sei nicht notwendig, Violetta setzte es sich jedoch in den Kopf, und erst als die Spaghetti mit den Brokkoli fertig waren, ließ sie von ihrer Idee ab. Die Stimmung in der Küche war dadurch jedoch weiter abgekühlt, was die Kinder nur sehr zögerlich an den Tisch zurückholte und nur deshalb, weil sie beide hungrig waren. Mamma Carlotta ließ sich nicht viel Zeit mit dem Secondo. Sie wollte einfach, dass dieses Essen so schnell wie möglich zu Ende ging. Noch während das Hauptgericht gegessen wurde, kümmerte sie sich schon um den Grießpudding und redete sich ein, dass es ihr guttun würde, einmal vor der Zeit zu Bett zu gehen. So bot sie nach dem Essen ausdrücklich keinen Espresso an, stellte nachdrücklich die Likörgläser in die Spülmaschine, obwohl

Limoncello nach dem Essen genauso gut schmeckte wie vorher, und äußerte verträumt die Meinung, dass ein Spaziergang vor dem Schlafengehen vielleicht guttun würde, dies allerdings mit einem sehr eindringlichen Blick in Eriks Gesicht. Sören behauptete daraufhin etwas überstürzt, nun aufbrechen zu wollen, es sei ja schon spät, und er müsse noch mit dem Fahrrad bis zum anderen Ende von Wenningstedt, und das bei dieser Kälte. Carolin und Felix, die verstanden hatten, was ihre Nonna plante, fanden mit einem Mal auch, dass sie ein wenig Bewegung brauchten, ehe sie schlafen gehen wollten. Violettas Idee, sich ihnen anzuschließen, schnitt Mamma Carlotta schon ab, ehe sie richtig ausgesprochen worden war. »Wie schade, dass du den Dottore unmöglich allein lassen kannst!«

57

Mit Lucia hatte Erik die Gewohnheit gehabt, die Seestraße Richtung Meer zu gehen, neben dem Strandwärterhäuschen von Fietje Tiensch eine Weile aufs Meer zu blicken und dann parallel zum Strand zu laufen, Gosch links und La Pergola rechts liegen zu lassen und in den Admiralstuben einen Absacker zu nehmen. Das hatten sie natürlich nicht jeden Abend gemacht, aber sehr häufig am Wochenende. Ganz automatisch hatte er, als Tilla zum ersten Mal ein ganzes Wochenende bei ihm verbrachte, den gleichen Weg eingeschlagen. Aber Tilla schien gespürt zu haben, dass sie in ein Ritual gezogen werden sollte, das nicht wirklich ihr gehörte, in dem sie einen leeren Platz einnehmen sollte, und hatte den Weg ein wenig verändert. Wenn Erik nach dem Essen zu ihr sagte: »Lass uns vor dem Schlafengehen noch einen Spaziergang machen«, dann schlug sie den Weg in den Hochkamp ein und behauptete, über die Seestraße wäre es ihr zu weit. Den Blick aufs Meer wollte sie auch, aber am liebsten hinter

Gosch und möglichst, indem sie die neue Treppe dort hinabgingen und einmal eine Welle dicht an ihre Fußspitzen rollen ließen.

Als sie das Haus verließen, sagte Erik: »Ich muss Tilla anrufen«, und entschied sich, als er sie am Ohr hatte, automatisch für den Weg über den Hochkamp, den er immer mit ihr ging, wenn sie bei ihm war. Ob ihre Person oder nur ihre Stimme bei ihm war, spielte keine Rolle. Seine Schwiegermutter plauderte so angeregt mit ihren Enkeln, dass keinem der drei auffiel, welchen Weg sie nahmen. Alle hatten sie nur weggewollt. Weg von Violetta und ihrem Dickerchen.

Tilla freute sich, als sie Eriks Stimme hörte. »Endlich! Seit der Doc bei dir wohnt, scheinst du sehr beschäftigt zu sein.«

Erik stöhnte auf. »Es ist schrecklich. Violetta macht mich wahnsinnig. Und die Abende sind alles andere als schön. Heute hätte ich gern *Hart, aber fair* gesehen, doch das Wohnzimmer ist ja besetzt.«

Tilla kicherte leise. »Du Armer! Eigentlich könnte ich bis zum Wochenende nach Sylt kommen. Gerichtsverhandlung habe ich erst nächste Woche wieder, meine Akten könnte ich mitbringen ...«

»Aber?«, fragte Erik ahnungsvoll.

»Solange Carlottas Cousine bei euch ist, bleibe ich lieber hier.«

Erik hatte volles Verständnis und berichtete ihr von der Entwicklung des Mordfalls Lührsen. »Es spricht viel dafür, dass Jesko es war, nur mit den Beweisen dürfte es schwierig werden. Andererseits ...« Als er Tilla erzählte, was sich am späten Nachmittag im Haus von Sandra Lührsen zugetragen hatte, pfiff sie durch die Zähne. Sie wollte sich gerade dazu äußern, als Erik unterbrach. »Warte mal. In Käptens Kajüte scheint es schon wieder Ärger zu geben ...«

Er nahm das Handy vom Ohr und lauschte. Tatsächlich! Toves Stimme war zu hören, laut und dröhnend, nun auch

Gepolter, als wäre ein Stuhl umgefallen, dann wurde die Tür aufgerissen.

»Raus, du Schlampe!«, brüllte Tove. »Das werde ich dir nicht noch einmal sagen. Raus! Lass dich bei mir nie wieder blicken!«

Eine Frau stolperte auf den Hochkamp, die beinahe zu Fall gekommen wäre, so heftig war sie gestoßen worden.

»Das nächste Mal steche ich dich ab, darauf kannst du dich verlassen!«

Erik hatte den roten Knopf seines Handys gedrückt und stand schon neben Sandra Lührsen, kaum dass sie ihr Gleichgewicht wiedergefunden hatte. »Wieder die Treibholzskulpturen?«

Sie nickte. »Ich lasse mir das nicht mehr gefallen.«

Dieser Satz kam so verwaschen heraus, als hätte sie eine Mundverletzung. Aber das schien nicht der Fall zu sein. Scheinbar stand sie unter Schock.

»Frau Lührsen ... können Sie beweisen, dass Tove Griess die Skulpturen nicht von Ihrem Schwiegervater geschenkt bekommen hat? Sonst steht Aussage gegen Aussage, und Sie werden es schwer haben, Ihren Anspruch durchzusetzen. Lohnt sich das?«

»Ich lasse mir nichts mehr gefallen.« Diesmal kamen ihre Worte klar und deutlich.

»Mit Tove Griess ist nicht zu spaßen. Der ist cholerisch und aufbrausend, das wissen Sie ja.«

»Sie meinen, er läuft mir hinterher und bringt mich um?«

Das konnte Erik sich zwar nicht vorstellen, aber da er wusste, dass Tove Griess schon alles Mögliche auf dem Kerbholz hatte, ließ er ihre Frage unbeantwortet. »Ich bringe Sie nach Hause.«

»Nein!« Sandra Lührsen holte ihr Smartphone aus der Manteltasche. »Ich besorge mir ein Taxi. Das kann ich mir leisten, obwohl mein Mann, dieser Idiot, zugelassen hat, dass

Dombrowsky ihn übers Ohr haut. Gehen Sie lieber in diese Kaschemme und sorgen Sie dafür, dass der Wirt angezeigt wird. Weil er mich schon wieder bedroht hat.«

Erik wartete, bis das Taxi kam. Felix war mittlerweile aufmerksam geworden und zu ihm gekommen, nachdem Erik während seines Telefonats mit Tilla zurückgefallen war. Carlotta und Carolin ließen sich nicht blicken, die Dunkelheit hatte sie verschluckt.

»Müssen wir da jetzt schon wieder rein?«, fragte Felix, als das Taxi mit Sandra Lührsen Richtung Westerlandstraße fuhr. »Das Gleiche noch mal wie neulich?«

Erik zögerte, dann schüttelte er den Kopf. »Eine Anzeige wegen Bedrohung hat er sowieso schon am Hals.« Er griff nach Felix' Arm. »Lass uns weitergehen. Wo sind deine Schwester und die Nonna?«

Die beiden warteten an der nächsten Ecke, nicht weit vom Hotel Horizont entfernt, in dem Carolin ihre Ausbildung zur Hotelkauffrau begonnen und kurz vor der Abschlussprüfung hingeworfen hatte. Erik sah sie aufmerksam an. Schaute sie sehnsuchtsvoll zum Hoteleingang? Bereute sie, dass sie ihre berufliche Zukunft verschleudert hatte? Würde sie sich freuen, wenn er beim Hoteldirektor vorstellig wurde und ihr als Überraschung in den nächsten Tagen ein neues Angebot des Horizont präsentierte? Aber Carolin gönnte dem Hotel keinen Blick. Sie war nur an Sandra Lührsen interessiert.

»Kann ich das in meiner Reportage verwerten?«

Erik wollte sich mit dieser Frage nicht auseinandersetzen. Das Schicksal von Sandra Lührsen ging ihm nahe. Dass ausgerechnet seine Tochter davon profitieren wollte, gefiel ihm nicht.

58 Mamma Carlotta erwachte noch vor dem Klingeln des Weckers. Sie lauschte ins Haus, alles war ruhig, Erik schlief offenbar noch. Dabei war es gar nicht sehr spät gewesen, als sie heimgekommen waren, dennoch waren alle sofort zu Bett gegangen. Keiner von ihnen hatte riskieren wollen, dass Violetta auf sie aufmerksam wurde und sich dann zu ihnen gesellte, wenn sie in der Küche noch ein Glas Rotwein tranken.

Sie erhob sich und ging ins Bad. Noch ehe sie die Tür hinter sich schloss, hörte sie in Carolins Zimmer den Wecker gehen. Aha, das Kind wollte zeitig aufstehen und früh bei Sandra Lührsen erscheinen. Am Tag zuvor war nicht viel Zeit für das Interview gewesen, das eigentlich nach dem Malkurs hatte fortgesetzt werden sollen. Und das Erdgeschoss musste auch noch geputzt werden! Damit wollte Mamma Carlotta unbedingt fertig sein, wenn der Malkurs begann – und damit ihr Auftritt als Aktmodell. Madonna! Sie schickte ein Stoßgebet zum heiligen Arezzo, damit er dafür sorgte, dass dieser Kelch an ihr vorüberging. Aber große Hoffnung hatte sie nicht. Es würde ihr wohl nichts anderes übrig bleiben, als diesmal wirklich zu tun, was sie Carolin zugesagt hatte, damit diese dann möglichst bald ihr eigenes Versprechen einlöste. Es wurde Zeit, dass Maximilian erfuhr, wie die Entscheidung seiner Freundin aussah.

Unter der Dusche dachte sie daran zurück, wie Sandra Lührsen von Tove aus dem Haus getrieben worden war. Sie würde ihn sich so bald wie möglich zur Brust nehmen. So ging man nicht mit einer Frau um! Schon gar nicht mit einer, die ein so schweres Schicksal erlitten hatte wie Sandra Lührsen. Sie musste unbedingt herausfinden, ob er überhaupt die Wahrheit sagte, wenn er behauptete, die Treibholzskulpturen seien ihm von Paul Lührsen geschenkt worden. Was, wenn Sandra recht hatte?

Während sie sich abtrocknete, hatte sie schwer mit der

Erfahrung zu kämpfen, dass Tove immer dann so rabiat wurde, wenn man ihm auf die Schliche kam. Sie kannte ihn doch! Das würde bedeuten, dass er Kunst verkaufte, die ihm nicht gehörte! Das war schon schlimm genug. Aber derjenigen, der sie rechtmäßig zustand, damit zu drohen, dass er sie umbringen würde, war der Gipfel. So was ging ja gar nicht. Nicht einmal dann, wenn er recht hatte. Sie würde ein ernstes Wörtchen mit ihm reden müssen. Wenn es dafür nicht schon zu spät war ...

Gut war nur, dass Sandra nicht auf sie aufmerksam geworden war. Carolin hatte gleich nach ihrem Arm gegriffen, damit sie nicht auf die Idee kam, zu Käptens Kajüte zurückzugehen. »Wir dürfen uns da nicht blicken lassen.« Natürlich! Wie hätten sie erklären sollen, dass die Journalistin Frau Witt und die Putzfrau und das Aktmodell Frau Capella mit dem Kriminalhauptkommissar Erik Wolf einen Abendspaziergang machten?

Es war alles wie am Vortag. Wer in der Küche erschien, um zu frühstücken, lauschte vorsichtig an der Wohnzimmertür und atmete erleichtert auf, wenn dahinter alles ruhig blieb. Violetta und Dr. Hillmot schliefen noch. Nun kam es darauf an, aus dem Haus zu kommen, ehe sie wach wurden, nach Frühstück verlangten und schließlich Heike Schrunz hereinließen, damit Dr. Hillmot auf den Tag vorbereitet wurde. Niemand wollte dabei sein, wenn es so weit war. Nur Felix, der zurzeit am liebsten bis mittags schlief, würde im Haus sein. Aber ihm würde es garantiert gelingen, sich unsichtbar zu machen und nicht auf der Bildfläche zu erscheinen, wenn es nicht unbedingt sein musste.

Als Sören erschien, achtete Mamma Carlotta darauf, dass er nicht die Klingel betätigte, sondern ihm schon geöffnet wurde, als er noch die Stufen zur Eingangstür hinaufstieg. Flüsternd empfing sie ihn, und flüsternd ging das Frühstücken vonstatten. Mamma Carlotta schaffte es sogar, relativ geräuschlos mit der Pfanne zu hantieren und das Geschirr nicht klirren zu lassen. Als nebenan ein Räuspern zu hören war, fuhren alle erschrocken zusammen. Erik und Sören liefen zur Garderobe und rissen ihre Jacken von den Kleiderbügeln, Mamma Carlotta und Carolin überlegten nur kurz, ob sie die Küche aufräumen sollten, und entschieden sich dann dafür, es Violetta zu überlassen.

»Sie muss ja auch was zu tun haben«, raunte Mamma Carlotta ihrer Enkelin zu, bevor sie sich an ihrer Seite auf den Weg machte. An diesem Tag in ihrer neuen hautfarbenen Unterwäsche.

Der Fußweg war nicht weit. Es machte Spaß, sich gegen die Kälte zur Wehr zu setzen, indem man zügig ausschritt und den Körper damit warm hielt. Während sie den Kreisverkehr vor Feinkost Meyer überquerten, zog Mamma Carlotta sogar ihre Handschuhe aus und lockerte ihren Schal. Ihre Wangen waren eiskalt, glühten aber gleichzeitig. Ein Gefühl, das sie in Umbrien nicht kannte, ein Sylter Gefühl.

Sie klingelten an Sandra Lührsens Tür, aber es öffnete niemand. Beide lauschten sie auf Schritte, die sich drinnen der Tür näherten, aber es blieb alles ruhig.

Mamma Carlotta blickte zur ersten Etage hoch. »Vielleicht hat sie heute zum ersten Mal nicht auf dem Sofa, sondern wieder in ihrem Bett geschlafen?«

»Du meinst, da hat sie sich so wohlgefühlt, dass sie nicht wach geworden ist?«, fragte Carolin.

Nein, eigentlich meinte Carlotta das nicht. Es war immerhin neun Uhr, eine Zeit, zu der eine Frau, die im Gefängnis garantiert früher geweckt worden war, nicht mehr schlief. Oder gerade deshalb? Hatte sie sich genüsslich auf die andere Seite gedreht, als ihr Wecker klingelte, und war wieder eingeschlafen?

»Vielleicht ist sie im Garten«, meinte Carolin.

Mamma Carlotta konnte es sich nicht vorstellen. Wer ging

im November in den Garten, wenn es kalt war und nach Regen aussah? Aber da ihr keine bessere Idee kam, folgte sie Carolin ums Haus herum.

Tatsächlich stand die Ateliertür offen. Im November! Bei dieser Kälte! Erschrocken blieb Mamma Carlotta stehen, Angst umkrampfte mit einem Mal ihr Herz. Auch Carolin zögerte nun, machte die nächsten Schritte unsicher und blieb schließlich stehen. »Ist da was passiert?«, stieß sie hervor.

»Non so«, gab Mamma Carlotta mit zitternder Stimme zurück. »Ich weiß nicht.« Dann nahm sie allen Mut zusammen und ging Schritt für Schritt, langsam, aber zielstrebig auf die Tür des Ateliers zu. Und da sah sie die Frau. Sie lag bäuchlings im Raum, der eiskalt geworden war, die Hände unter dem Körper, der Kopf in einer Blutlache, die sich nicht mehr veränderte. Ein großer, runder, stiller Kreis ...

59

Dr. Antje Mikkelsen stand auf und sagte, ohne den Blick von der Toten zu nehmen: »Das muss gestern Abend geschehen sein. Sie liegt schon mehrere Stunden hier.«

Die KTU ging ihrer Arbeit nach, scheuchte alle aus dem Garten, die ihren Spuren gefährlich werden konnten, und Kommissar Vetterich verlangte sehr energisch, dass man ihn gefälligst in Ruhe arbeiten lassen solle. »Reden können Sie in der Küche.«

Erik und Sören gingen ums Haus herum und betraten es durch die Haustür, die Carolin bereitwillig von innen öffnete. Sie saß bereits mit ihrer Nonna in der Küche, blass, zitternd, ausgelaugt, und erholte sich von ihrem Schreck. Als Erik und Sören hereinkamen, stand Mamma Carlotta auf und stellte die Kaffeemaschine an. Auch sie wirkte mitgenommen, war sogar ziemlich schweigsam, was bei ihr ja selten vorkam.

Während sie Kaffeepulver und Filtertüten heraussuchte,

fragte Sören: »Ist der Mörder derselbe, der auch Witta Lührsen auf dem Gewissen hat?«

Erik antwortete: »Dann liegen wir mit Jesko Lührsen falsch.«

Sören nickte. »Mit Maart Bleicken auch, der sitzt noch. Und Dombrowsky? Mal sehen, ob er ein Alibi hat.« Seine Mimik veränderte sich mit einem Mal, er sah aus, als wäre er zutiefst erschrocken. »Heike Schrunz! Die hat gestern ihre Schwester zu Dr. Hillmot geschickt. Vielleicht, um zu vertuschen, dass sie zu Sandra Lührsen gehen wollte? Die hat sich ein Alibi zusammengebastelt, indem sie ihre Schwester ihre Arbeit machen ließ. Scheinbar hat sie nicht damit gerechnet, dass sie durchschaut wird.«

Erik stimmte ihm zu. »Vielleicht ist sie wegen der Kette zu Sandra Lührsen gegangen. Die beiden haben Streit bekommen ...«

Sören sprang auf, riss die Küchentür auf und rief ins Haus: »Antje! Kannst du mal kommen?«

Die Gerichtsmedizinerin erschien kurz darauf. Sie hatte ihre gefütterte Lederjacke nicht abgelegt und trug auch noch den bunten Schal, den sie mehrfach um den Hals gewickelt hatte. Sie schien zu frieren, auch in der warmen Küche. »Was gibt's?«

»Kann es sein, dass Sandra Lührsen gegen ...?« Sören wandte sich an Erik. »Wann war Anja Schrunz bei Dr. Hillmot?«

Erik musste nicht lange nachdenken. »Zwischen sechs und sieben.«

Sören sah Dr. Mikkelsen fragend an. »Passt das? Könnte sie zu dieser Zeit getötet worden sein?«

Dr. Mikkelsen setzte sich zu ihnen und warf einen interessierten Blick zu der Kaffeemaschine, die Mamma Carlotta in Gang gesetzt hatte. »Die Leichenstarre setzt nach ein bis zwei Stunden ein. Voll ausgeprägt ist sie nach sechs bis acht Stunden. In der Regel löst sie sich wieder nach frühestens 24 Stunden.«

Erik sah auf die Uhr. »Wir haben jetzt halb zehn. Dann kann es also sein, dass sie zwischen sechs und sieben erschlagen wurde?«

»Passt.« Antje Mikkelsen nickte. »Die Totenstarre ist noch voll ausgeprägt. Wenn ich sie auf dem Tisch gehabt habe, kann ich euch vielleicht mehr sagen.« Sie ließ sich von Mamma Carlotta einen dampfenden Kaffeebecher vorsetzen und bedankte sich. »Tut gut. Ich hatte heute Morgen noch keinen.« Dann wurde sie wieder sachlich und formell. »Eine Kleinigkeit ist mir bereits aufgefallen. Die Tote hat eine ähnliche Verletzung, wie sie meinem Vorgänger bei Witta Lührsen aufgefallen ist. Ein kleiner Riss in der Halsgegend. Diesmal am Nacken.«

»Heißt das ... dieselbe Tatwaffe?«, fragte Erik.

Kommissar Vetterich verhinderte, dass er eine Antwort bekam. Er trat in die Küche, mit einem Asservatenbeutel in der Hand, und zeigte ihn Erik. »Ein Strasssteinchen. Das ist bisher das Einzige, was wir gefunden haben. Schuhspuren gibt es jede Menge, in dem Garten sind gestern wohl viele herumgetrampelt. Kann sein, dass dieses Steinchen nichts mit dem Mord zu tun hat, aber wir stellen es natürlich trotzdem sicher.« Er verließ die Küche wieder und begab sich erneut ins Atelier, um dort in der Nähe der Tür nach Spuren zu suchen.

Mit einem Mal sagte Carolin: »Was ist mit Tove Griess? Hat der nicht gestern Abend damit gedroht, Sandra Lührsen umzubringen?«

»Madonna!« Mamma Carlotta griff sich ans Herz. »Das traust du ihm zu?«

Erik zog die Mundwinkel herab. »Tove Griess ist Choleriker. Wenn der gereizt wird ... Wegen Körperverletzung ist der schon mehrmals dran gewesen.«

Die Tür sprang auf, einer der Spurensucher erschien in der

Küche. Er wirkte aufgeregt. »Es sieht zwar so aus, als wäre die Frau in der Tür zum Atelier erschlagen worden ...«

Antje Mikkelsen unterbrach ihn. »Der Täter muss draußen gestanden haben. Vielleicht hat Sandra Lührsen dort noch mit ihm gesprochen, sich dann umgedreht, um wieder ins Haus zu gehen, in diesem Augenblick wurde sie hinterrücks erschlagen und stürzte vornüber zu Boden.«

Sören nickte nachdenklich. »Das heißt, der Täter ...«

Antje Mikkelsen unterbrach auch hier. »... oder die Täterin. Der Schlag war heftig, aber es könnte durchaus eine Frau gewesen sein. Aber sie oder er muss die Tatwaffe griffbereit gehabt haben.«

»Okay. Der Täter oder die Täterin.« Sören schien Schwierigkeiten damit zu haben, dass Sandra Lührsen einem Täter den Rücken zukehrte, der etwas in der Hand hielt, was er als Waffe benutzen konnte. »Dann muss sie sehr viel Vertrauen gehabt haben.«

Der Spurensucher übernahm wieder und ließ erkennen, dass er etwas ganz anderes zu berichten hatte. »Es sieht so aus, als wäre der Täter«, er stockte, »oder die Täterin schon vorher im Haus gewesen.« Er winkte Erik und Sören aus der Küche und ging ihnen ins Atelier voraus. Dort zeigte er auf zwei große Gemälde, die in zwei Ständern ruhten, mit einem Abstand von ungefähr dreißig Zentimetern. Eins davon schien älter zu sein, beim anderen waren die Farben noch frisch und feucht. »Da hat sich jemand so richtig ausgetobt«, meinte der Spurenfahnder und grinste leicht. »Soll das Kunst sein?«

Erik schüttelte den Kopf. Für ihn hatte so was nichts mit Kunst zu tun. Das Bild sah aus, als hätte jemand alle Farben, die es noch im Atelier gab, nacheinander auf die Leinwand geworfen. Er stellte sich Sandra Lührsen vor, wie sie wütend, verzweifelt und vor Wut kreischend vor der Staffelei gestanden und all ihre Emotionen mit den Farbresten, die ihren Gefängnisaufenthalt überdauert hatten, herausließ.

Der Spurensucher zog den Ständer mit dem Bild etwas weiter heraus, sodass es genauer zu betrachten war. Er wies in die Mitte des Bilds. »Das hier sieht so aus, als hätte sich jemand dagegen gelehnt. Jemand, der sich zum Beispiel zwischen den Bildern versteckt hat.« Er ging zur Tür des Ateliers, die ins Haus führte, und wartete dort, dass man ihm folgte. Dann öffnete er die Tür der kleinen Gästetoilette und zeigte auf einen Abdruck an der weißen gefliesten Wand. »Danach hat der Täter sich offenbar hier versteckt. Er hat sich an die Wand gelehnt.« Der Spurensucher umrundete in der Luft die Formen des Abdrucks. »Es sind die Farben von dem Bild, ganz sicher. Die Form passt auch.« Ein leichtes Grinsen ging über sein Gesicht. »Mir scheint, Sie suchen einen übergewichtigen Täter, Herr Wolf. Einen mit einem ziemlich dicken Hintern.«

60

Mamma Carlotta war empört. Dicker Hintern! So eine Frechheit! Aus ihrer Entrüstung wurde jedoch schnell tiefe Sorge. Was, wenn Erik nach einem Täter mit dickem Hintern suchte und am Ende seine Schwiegermutter fand? Sie dachte fieberhaft nach. War das möglich? Auf ihrer Haut war natürlich nichts mehr zu sehen, das glaubte sie jedenfalls. Aber selbst wenn die Farbe nicht wasserlöslich war und die Duschseife für eine gründliche Säuberung nicht ausgereicht hatte, konnte sie sich in Sicherheit wiegen. Es war sehr unwahrscheinlich, dass Erik etwas bemerkte. Ihre Kehrseite bekam niemand zu Gesicht. Aber was war mit der Decke? Wo war sie geblieben? Diese Frage stellte sie sich erst, als sie mit Carolin nach Hause ging. Vermutlich hatte Sandra Lührsen sie in den Korb mit der Schmutzwäsche getan, wie jede Hausfrau das machte, um sie am nächsten Tag in die Waschmaschine zu stecken. Erik konnte sie also finden, wenn er sich ansah, was demnächst gewaschen werden sollte. Aber würde er das tun? Wie sollte sie erklären, dass es die Spuren seiner Schwiegermutter waren, die sich dort fanden? Andererseits … würde es auf der Decke überhaupt Farbspuren geben? Sie hatte sie vor ihrer Brust zusammengerafft, die Decke war also, wenn sie Glück hatte, gar nicht mit dem feuchten Gemälde in Berührung gekommen. Und außerdem hatte Erik kein Vergleichsmaterial. Noch nie hatte er die DNA seiner Schwiegermutter bestimmen lassen. Solange er keinen Verdacht hegte, würde er Hautschuppen oder andere verräterische Spuren nicht mit seiner Schwiegermutter in Verbindung bringen.

Sie warf Carolin einen Blick zu, die gedanklich auf nichts anderes als auf die Reportage konzentriert war, die sie sofort schreiben wollte, sobald sie zu Hause angekommen war. Ihre Lippen bewegten sich leicht, sie schien in Gedanken schon zu formulieren. »Ich darf jetzt nicht warten, Nonna«, hatte sie gesagt. »Der Mord verändert alles. Jetzt muss die Reportage sofort in die Zeitung. Ich werde gleich mit Koopmann telefonieren.«

Diesen Satz hatte sie kaum ausgesprochen, als ihr Handy ging. Der Chefredakteur des *Inselblatts* war am Apparat, Carlotta konnte seine laute, aufgeregte Stimme hören, als auf der Straße gerade kein Auto vorbeifuhr.

»Okay«, sagte Carolin, nachdem er eine Weile auf sie eingeredet hatte. »Ich bin auf dem Weg nach Hause. Ich fange sofort an. Soll ich mit dem Mord beginnen?« Sie lauschte eine Weile, dann nickte sie. »Ja, so hatte ich es mir auch gedacht. Sie bekommen heute Abend den ersten Teil der Reportage. Wie viele Zeilen?«

Kurz darauf nickte sie zufrieden, legte auf und sah ihre Nonna an, als hätte sie einen Heiratsantrag erhalten. »Jetzt noch Maximilian. Er muss es nun erfahren.« Das glückliche Strahlen fiel in sich zusammen, nun sah sie ängstlich und verzagt aus.

Sie überquerten den Parkplatz von Feinkost Meyer und

bogen diesmal in den Osterweg ein. Der kürzeste Weg musste es nun sein. »Gut, dass ich meinen Laptop nicht in Hamburg gelassen habe«, seufzte Carolin.

In diesem Augenblick klingelte ihr Handy erneut. Mamma Carlotta war sofort klar, dass Maximilian am anderen Ende war. Carolin blieb stehen, ihre Nonna ebenfalls, bemerkte dann jedoch schnell, dass sie weitergehen und von dem Gespräch nichts mitbekommen sollte.

»Du hast wieder Polizeifunk gehört?«, fragte Carolin.

Mamma Carlotta tat, was ihre Enkelin wollte, sie ging weiter. Natürlich nur langsam, aber sie merkte bald, dass es sinnlos war, etwas hören zu wollen. Als Carolin sprach, drehte sie ihrer Großmutter den Rücken zu, Mamma Carlotta verstand kein Wort. Es half nichts. Sie würde sich gedulden müssen, bis das Kind heimkam und ihr alles erzählte.

Sie bog in den Süder Wung ein, ohne sich nach Carolin umzusehen, dann fiel ihr ein, dass es klug gewesen wäre, wenn sie bei Feinkost Meyer fürs Mittagessen eingekauft hätte. Aber jetzt zurückgehen? Dann würde Carolin ihr womöglich unterstellen, sie käme zurück, um etwas von ihrem Telefongespräch zu hören. Außerdem war nicht zu erwarten, dass Erik und Sören zum Essen kamen. Auf Sylt war soeben ein Mord geschehen! Sie würden alle Hände voll zu tun haben. Er würde Heike Schrunz vernehmen müssen und Norbert Dombrowsky, wenn die Pflegerin nicht sofort ein Geständnis ablegte. Dass sie ihre Schwester zu Dr. Hillmot geschickt hatte, und das ausgerechnet zur Tatzeit, musste ja einen Grund haben. Erik würde schnell herausfinden, warum sie das getan hatte. Norbert Dombrowsky würde nur aus dem Schneider sein, wenn er ein Alibi hatte. Aber wenn nicht? Spätestens dann würde Erik in Käptens Kajüte auftauchen und Tove vernehmen.

Mamma Carlotta beschleunigte ihre Schritte und ging am Haus Wolf vorbei. Vorsichtshalber warf sie dem Küchenfenster keinen einzigen Blick zu. Sollte Violetta sich dort blicken lassen und ihrer Cousine zuwinken, wollte Mamma Carlotta es nicht sehen. Sie musste jetzt erst mal mit Tove Griess reden. Er hatte vermutlich keine Ahnung, dass er des Mordes verdächtigt wurde …

61

Der Leiter des Pflegedienstes war beunruhigt, als Erik am Telefon nach Heike Schrunz fragte. »Was ist los? Gibt's Ärger?«

Erst als er einsehen musste, dass er von Erik keine Auskunft erhalten würde, nannte er die Adresse einer Familie, der Heike Schrunz zurzeit bei der Pflege eines kranken Kindes half, und vorsichtshalber auch die Anschrift des nächsten Patienten. Dass es nur um eine Zeugenaussage ging, schien Herr Asmussen nicht glauben zu können, offenbar traute er seiner Pflegerin durchaus die eine oder andere Straftat zu. »Es ist so schwer, Pflegepersonal zu finden«, stöhnte er, als litte er bereits unter der Vorahnung, Heike Schrunz könnte verhaftet werden.

Sören kannte das schwer kranke Kind, dessen Eltern in der Pflege unterstützt werden mussten, die Familie wohnte nicht weit von ihm entfernt. Er wies auf das Haus, kaum dass sie in die Westerheide eingebogen waren. Davor stand der Wagen mit dem Aufdruck *Pflegedienst Asmussen.* »Sie ist noch da.«

Erik entschloss sich, Heike Schrunz nicht in Verlegenheit zu bringen und die Familie des kranken Kindes nicht in Aufregung zu versetzen. »Wir warten. Es kann ja nicht mehr lange dauern.«

Tatsächlich öffnete sich die Tür des Mehrfamilienhauses schon wenige Minuten später, und heraus trat eine Frau in einem dunklen Parka, unter dem weiße Hosen und weiße Crocs hervorschauten. Erik betrachtete sie genau, während sie auf ihren Wagen zuging. War das wirklich Heike Schrunz? Oder kam deren Zwillingsschwester auf ihn zu?

Sie blieb stehen wie vom Donner gerührt, als sie Erik und Sören erkannte. »Was wollen Sie von mir?«

»Guten Tag, Frau Schrunz«, sagte Erik mit steifer Höflichkeit. »Heike Schrunz oder Anja Schrunz? Können Sie sich ausweisen?« Doch er winkte ab, ehe sie reagieren konnte. »Wenn Sie mit Ihrer Schwester die Pässe getauscht haben, bin ich nach der Kontrolle nicht schlauer als vorher.«

Sie kniff die Augen zusammen. »Sie haben gemerkt, dass Anja gestern bei Ihnen war?« Sie wartete Eriks Bestätigung nicht ab, sondern nickte ergeben. »Ich dachte es mir gleich. Dieser Doktor ist ein schlauer Fuchs, dem kann man nichts vormachen. Seine sogenannte Verlobte merkt ja gar nichts, wenn es ihr nicht direkt auf die Zehen fällt. Deswegen hatte ich Hoffnung. Aber als die heute Morgen so komisch waren ...«

Eriks Stimme klang nun schneidend. »Wo sind Sie gestern Abend gewesen, als Sie eigentlich in meinem Haus Dr. Hillmot versorgen mussten? Bei Sandra Lührsen?«

»Was hätte ich dort tun sollen?«, kam es widerspenstig zurück.

»Sie auf die Kette ansprechen?« Es war Sören, der nun antwortete. »Sie fragen, warum sie so sicher war, dass die Kette ihrer Schwiegermutter gehört hat?«

»Ich war nicht bei Sandra Lührsen.«

»Wo dann?«

»Einkaufen, shoppen. Es gibt demnächst eine Verlobung in meiner Familie, ich brauche ein neues Kleid. Und bei meiner Schwester war ein Patient ausgefallen.«

Erik zückte sein Notizbuch. »Dann nennen Sie mir bitte die Geschäfte, in denen Sie gestern waren.«

»Ich weiß nicht, ob sich da jemand an mich erinnert.«

»Wenn nicht, wäre das sehr ungünstig für Sie, Frau Schrunz.«

»Sie haben wohl noch nicht gehört«, fragte Sören, »dass Frau Lührsen ermordet wurde?«

»Was?« Heike Schrunz blieb der Mund offen stehen. Aber Erik war sich keineswegs sicher, dass ihre Verblüffung echt war. Vielleicht war sie auch eine talentierte Schauspielerin. Das mochte auch der Grund sein, warum die beiden Schwestern schon häufig ihre Rollen getauscht hatten und nur selten dabei aufgefallen waren. »Damit habe ich nichts zu tun.«

»Sie haben sicherlich Quittungen über Ihre Einkäufe«, sagte Erik.

»Ich habe gar nichts gefunden. Ich war bei Jensen und ... Ja, wo war ich denn noch? Ach ja, bei Hellner. Aber nichts hat mir gefallen. Und was mir gefiel, war zu teuer.«

»Sind Sie gesehen worden? Haben Sie jemanden getroffen?«

»Bei diesem Wetter ziehen sich alle Leute ihre Kapuzen über, dann wird man ja quasi unsichtbar.«

Zum Beweis griff sie nach der Kapuze ihres Parkas und zeigte, dass sie recht hatte. Der Besatz des künstlichen Pelzes reichte so tief in ihr Gesicht, dass ihre Augen kaum zu sehen waren.

Dann schob sie die Kapuze wieder zurück. »Werden Sie Herrn Asmussen verraten, dass ich mit Anja den Dienst getauscht habe?«

Erik zuckte mit den Schultern. »Es gibt für mich keinen Grund, es zu verschweigen.«

»Ich bekomme Ärger«, sagte sie. »Dabei ist ja kein Schaden entstanden. Anja machte ihre Sache genauso gut wie ich.«

Sören schüttelte den Kopf, als könnte er ihre Einstellung nicht verstehen. »Das hat vielleicht etwas mit Vertrauen zu tun?«

»Dr. Hillmot hätte es sicherlich auch unproblematisch gefunden«, ergänzte Erik, »wenn Sie mit offenen Karten gespielt hätten. Haben Sie heute Morgen mit ihm darüber gesprochen? Waren Sie überhaupt wieder selbst da oder noch einmal Ihre Schwester?«

»Ich war selbst da. Er hat jedoch keinen Verdacht geäußert. Aber, wie gesagt ...«

»... er war komisch«, sagte Sören. »So viel zum Thema Vertrauen.«

»Was soll ich tun?«, fuhr Heike Schrunz ihn an. »Asmussen hat mir mit Kündigung gedroht.«

Eriks Gesicht war unbewegt. »Dann haben Sie jetzt vermutlich eine Menge Ärger am Hals. Nicht nur die drohende Kündigung, sondern auch den Verdacht, Sandra Lührsen umgebracht zu haben.«

62

Fietje saß wie immer am schmalen Ende der Theke, hatte aber diesmal, was außergewöhnlich war, nicht nur ein Jever vor sich stehen, sondern auch eine Currywurst mit Pommes frites. Bisher hatte Mamma Carlotta den Eindruck gehabt, Fietje ernähre sich ausschließlich von Bier.

»Buon giorno!« Sie machte einen langen Hals und fragte verwundert: »Sie essen Currywurst, Signor Tiensch?«

Fietje grinste. »Schmeckt gut.«

Tove griff nach der Grillzange. »Sie auch?«

Mamma Carlotta zögerte. Noch nie in ihrem Leben hatte sie Currywurst probiert. Wurstel con salsa al curry, wie es in Italien hieß, kochte in Panidomino keine Hausfrau, das war ein Fast-Food-Essen, das am Bahnhof oder in Città di Castello gegessen wurde, wo die Touristen fremde Gewohnheiten eingeführt hatten. Aber es roch wirklich gut, und Mamma Carlotta merkte, dass sie hungrig war. Das Frühstück war nur spärlich ausgefallen, was ihr normalerweise nichts ausmachte, denn sie brachte am Morgen sowieso nicht viel runter. Aber nun merkte sie, dass sie gern gekocht und dabei die eine oder andere Kostprobe in den Mund gesteckt hätte. Die Zeit bis zum Abendessen würde lang werden. Andererseits war es natürlich überhaupt nicht in Ordnung, sich hier etwas zu essen zu bestellen, wenn im Süder Wung Violetta und Dr. Hillmot Hunger litten. Die Tatsache, dass sie den Vorrat nach ihrer Ankunft auf Sylt gut bestückt hatte, dass es einiges in der Tiefkühltruhe gab und Violetta ja wusste, wie man den Pizzadienst bestellte, half ihr zunächst nicht.

»Erzählen Sie mir nicht, Sie müssten kochen«, sagte Tove. »Ihr durchgeknallte Cousine war gerade da und hat auch Currywurst geholt. Zwei Portionen!«

»Come?« Mamma Carlotta war fassungslos.

»An die habe ich mich sofort erinnert. Himmel, was hat die Frau für einen Dachschaden! Kommt hier rein und redet Italienisch mit mir. Wenn Fietje nicht gewesen wäre ...«

»Sie wollte Pizza«, sagte Fietje.

Tove winkte ab. »Ich habe ihr dann zwei Currywürste eingepackt, die hat sie mitgenommen, ohne zu meckern. Ich glaube, die hat gar nicht gemerkt, dass es bei mir keine Pizza gibt.« Er wandte sich Mamma Carlotta beifallheischend zu. »Ich bin keine Pizzeria, sondern eine gutbürgerliche Imbissstube mit deutscher Küche. Das können Sie Ihrer Cousine mal erklären.« Er klapperte mit der Grillzange. »Also, was ist nun? Currywurst oder nicht?«

»D'accordo!«

»Ehrlich?« Tove konnte sich nicht erinnern, dass die Schwiegermutter des Kriminalhauptkommissars schon einmal sein kulinarisches Angebot angenommen hatte. Er wirkte geradezu freudig erregt, als er die Bratwurst vom Grill nahm, in Stücke schnitt, sie mit Tomatensoße übergoss und besonders viel Curry darüberstäubte. »Guten Appetit! Oder ...«

»Buon appetito!« Mamma Carlotta probierte ein Stück Currywurst, noch ehe Tove die Pommes frites danebengestellt hatte. Hm! Das war wirklich köstlich. »Delizioso!«

Tove Griess konnte sich vor Begeisterung kaum halten, betonte, dass seine Currywurst die beste der Insel sei, dass Gosch sich vielleicht mit den Fischbrötchen gut auskannte, aber auf keinen Fall mit einer guten Currywurst, dass er schon, als er noch zur See gefahren war, in jedem Hafen als Erstes nach einer Currywurst verlangt hatte ...

Da unterbrach ihn Mamma Carlotta: »Sandra Lührsen ist tot.«

Tove hatte Mühe, von seinen Feinschmeckerqualitäten zurückzufinden. Rote Tomatensoße assoziierte er erst nach einigen Augenblicken mit rotem Blut. »Was?«

»Umgebracht«, ergänzte Mamma Carlotta, die es diesmal nicht schaffte, aus der sensationellen Neuigkeit eine lange, spannungsgeladene Erzählung zu machen.

Tove lehnte sich an den Grill und verbrannte sich prompt, während Fietje ungerührt seine Currywurst zu Ende aß und die Pommes frites in den Rest der Tomatensoße tunkte.

»Es ist ausgesprochen ungünstig, dass Sie Sandra Lührsen angedroht haben, sie umzubringen.«

»Ich?« Tove stieß sich die Grillzange vor die Brust, ohne daran zu denken, dass diese kurz vorher mit dem heißen Grill in Kontakt gewesen war. Somit verbrannte er sich ein zweites Mal, was seine chronisch schlechte Laune in blinde Wut verwandelte. »Hat Ihr dämlicher Schwiegersohn das etwa geglaubt?«

»Signor Griess! Mein Schwiegersohn ist alles andere als ... stupido. Im Gegenteil. Er ist molto intelligente.«

Nun mischte sich Fietje Tiensch ein, der sonst selten ungefragt etwas von sich gab. »Da gehört nicht viel Intelligenz zu, Tove so einen Mord anzuhängen. Der ist ja so wenig intelligent, dass er ihn sogar ankündigt.«

Tove fuhr wütend zu seinem Stammgast herum. »Ich habe die Alte nicht umgebracht.«

»Tja, dann hättest du wohl besser die Klappe gehalten. Diesmal ist mein Kumpel Maart jedenfalls aus dem Schneider. Wann kommt der eigentlich wieder raus aus dem Knast? Können Sie Ihren Schwiegersohn das mal fragen, Signora?«

Tove sah aus, als wollte er Mamma Carlotta die Currywurst wieder entreißen. »Also, wenn Ihr Schwiegersohn mir daraus einen Strick drehen will ...«

Mamma Carlotta ließ ihn nicht zu Ende reden. »Mein Schwiegersohn dreht einem Unschuldigen keinen Strick, er verhaftet einen Mörder. Und wenn Sie es waren, der Sandra Lührsen umgebracht hat, dann eben Sie.«

Tove sah sie verblüfft an. »Ich sag doch, ich war's nicht.«

»Dann wird er Sie auch nicht verhaften.«

»Sie müssten doch wissen, dass es Justizirrtümer gibt. Sandra Lührsen ist das beste Beispiel! Meinen Sie, ich möchte fünf Jahre in den Bau, ehe sich rausstellt, dass ich unschuldig bin?«

»Wenn es sich überhaupt rausstellen würde«, warf Fietje ein.

»Sie haben Sandra Lührsen gedroht«, sagte Mamma Carlotta.

»Das weiß ich selbst. Die Anzeige ist schon bei mir angekommen.« Er zapfte Fietje ein neues Bier, ohne dass er es bestellt hatte. »Als wenn man das alles so ernst meint, was man von sich gibt, wenn man sauer ist.«

»Vielleicht haben Sie ja ein Alibi?«

»Wann ist die Alte denn hopsgegangen?«

Mamma Carlotta wollte ihn eigentlich ermahnen, respektvoller von einer Toten zu sprechen, unterließ es dann aber. »Ich weiß es nicht.« Sie dachte kurz nach. »Am Abend, glaube ich. Vielleicht auch di notte.«

»Verdammt«, knurrte Tove, griff unter die Theke und holte eine Flasche Genever aus der Kühlung. Er bot Mamma Carlotta und Fietje keinen an, schenkte sich nur selbst ein Gläschen ein, kippte ihn hinunter und schüttelte sich. »Ausgerechnet gestern habe ich früher dichtgemacht. Im November ist ja nicht viel los bei mir.« Er schüttelte sich noch einmal, dann blickte er sich um und machte Mamma Carlotta auf die vielen Lücken aufmerksam, die in sein Angebot von Treibholzskulpturen gerissen worden waren. »Schauen Sie sich das an! Die Dinger verkaufen sich bestens. Das Geschäft konnte ich mir doch von Sandra Lührsen nicht kaputtmachen lassen! Und dass Paul Lührsen mir die Dinger nicht geschenkt hat, kann ... eh, konnte die mir nicht beweisen.«

63

Norbert Dombrowsky hatte schon gehört, was geschehen war. Oder traute er seinen eigenen schauspielerischen Fähigkeiten nicht? Wollte er nicht so tun müssen, als wäre er überrascht über das, was die beiden Polizisten, die in seinem Büro erschienen, zu verkünden hatten? Jedenfalls wehrte er ab, als Erik ansetzte. »Das hat sich schon wie ein Lauffeuer herumgesprochen.« Das Lächeln, das er aufsetzte, war unsympathisch. »Da wäre sie vielleicht besser im Knast geblieben. Dann würde sie wenigstens noch leben.«

Sie folgten dem Immobilienmakler in sein Büro am anderen Ende des Hauses. Dort war es ruhig, der Blick in den Garten sehr angenehm. Ein kleiner, aber praktisch eingerichteter Raum, mit modernen Möbeln und einem gläsernen Schreibtisch, der ein Designerstück zu sein schien. Dombrowsky bot Erik und Sören Platz auf zwei schwarzen Lederstühlen an, die keine Armlehnen besaßen, aber dennoch sehr bequem waren. Er selbst setzte sich an seinen Schreibtisch. »Kaffee? Tee?«

Erik und Sören lehnten beide ab, und Norbert Dombrowsky warf einen anzüglichen Blick zur Uhr, wohl um zu zeigen, dass er keine Zeit hatte. Darum kümmerte Erik sich nicht.

»Womit kann ich dienen? Hat es was mit dem Mord zu tun? Oder sind Sie wegen Ihres Sohnes da, Herr Wolf?«

Erik entschloss sich, auf seine letzte Frage nicht einzugehen. »Sie wissen, dass Sie schon nach Witta Lührsens Tod in Verdacht standen.«

Dombrowsky lachte. »Zum Glück nicht lange.«

»Wir sind wieder am selben Punkt. Dazu die Tatsache, dass Sie Jesko Lührsen übers Ohr gehauen haben ...«

»Ich muss doch sehr bitten.«

Erik beachtete seinen Einwurf nicht. »... und nun noch der Mord an Sandra Lührsen. Kann es sein, dass sie Ihnen mit Vorwürfen gekommen ist? Sie wollte jedenfalls mit Ihnen reden.«

»Hat sie nicht.«

Wieder ging Erik nicht auf ihn ein. »Sind Sie von ihr durchschaut worden? Unter Druck gesetzt worden?«

Dombrowsky schien froh zu sein, dass er nicht zu antworten brauchte. Denn die Tür öffnete sich, und die Sekretärin blickte ins Büro. »Oh, ich wusste nicht, dass Sie Besuch haben.«

Dombrowsky gab sich interessiert, als wollte er nicht, dass sie ihn mit den beiden Polizisten allein ließ. »Was ist?«

»Herr Halliger ist am Apparat. Sie haben nicht abgenommen.«

»Ich rufe ihn gleich an.«

Frau Wissler zog sich zurück. Erik beschloss, das Thema zu wechseln, um zu beobachten, ob es Norbert Dombrowsky nervös machte oder ob er sich in Sicherheit wiegte, weil es dann so aussah, als wäre der Verdacht gegen ihn plötzlich vom Tisch. »Adrian Halliger arbeitet für Sie?«

Dombrowsky nickte. »Gelegentlich. Es gibt bessere Architekten.«

Erik war überrascht. »Tatsächlich?«

»Er kann froh sein, dass seine Frau das gut gehende Kosmetikstudio besitzt. Die hat ganz klein angefangen. Aber in den letzten Jahren hat sie sich was aufgebaut. Früher, in List, ist sie nur mühsam über die Runden gekommen.«

Nun klinkte Sören sich ein. »Es wird gelegentlich darüber geredet, wie sie ihr Studio finanziert hat. Es scheint recht komfortabel zu sein.«

Erik sah seinen Mitarbeiter erstaunt an. Dazu hatte Sören noch nie etwas gesagt. Erik selbst war ja immer der Letzte, der von einem Gerücht etwas hörte, und immer erst dann, wenn sämtliche Sylter längst Bescheid wussten.

»Mit einem dicken Kredit, nehme ich an«, antwortete Dombrowsky. »Adrian konnte ihr sicherlich nicht helfen. Aber scheinbar hat sie es geschafft, während er um jeden Auftrag kämpfen muss.«

Erik wollte nun eigentlich wieder weg von diesem Thema, aber Sören war mit einem Mal hartnäckig. »Bei Witta und ihrem Mann war das ähnlich. Er hat als Künstler nichts verdient, wahrend sie mit ihrer Physiotherapie gut im Geschäft war.«

Dombrowsky schien sich in diesem Thema, das nichts mit ihm zu tun hatte, wohlzufühlen. Eriks heimliche Frage, ob es ihn nervös machte, dass das anfängliche Verhör in ein scheinbar unverfängliches Geplänkel übergegangen war, hatte sich damit beantwortet: Dombrowskys Hände waren ruhig, seine Körperhaltung war entspannt.

Jetzt allerdings verriet er sich vielleicht doch. Er wollte den Fokus des Gesprächs komplett von sich weg auf Adrian Halliger lenken: »Merret hat keine Ahnung, wie wenig Adrian verdient. Ich bin seit Jahren sein einziger Auftraggeber. Und wenn ich kein Mitleid mit ihm hätte, bekäme er auch von mir keinen Auftrag mehr. Dann noch seine besonderen finanziellen Belastungen ... davon weiß Merret auch nichts.«

Er schwieg, als wartete er darauf, dass er nach Einzelheiten gefragt wurde.

Sören tat ihm den Gefallen. »Was meinen Sie mit finanziellen Belastungen?«

»Alimente«, gab Dombrowsky zurück. »Vermutlich bin ich

der Einzige, der von den Zwillingen weiß, die Adrian am Hals hat. Er konnte ja nie Nein sagen, wenn eine Frau ihm schöne Augen machte. Sandra Lührsen hat garantiert auch keine Ahnung, dass er ihr nicht lange nachgeweint hat. Der hatte schon kurz nach ihrer Verhaftung die nächste Affäre, noch bevor das Urteil gefällt wurde. Ich glaube, der kann einfach nicht anders.« Er grinste so verständnislos, als wäre er selbst noch nie in Versuchung geführt worden. »Aber er hatte immer ein schlechtes Gewissen, weil er es nicht schaffte, seiner Frau treu zu sein. Verrückt, oder? Er hat mir immer versichert, dass er seine Frau liebt. Und ich habe ihm das auch geglaubt. Aber …«

Erik starrte ihn an, ihm war, als käme noch etwas Entscheidendes. »Aber?«

»Ach, nichts.«

Wenn Erik etwas hasste, dann diese beiden Wörter, wenn jemand etwas sagen wollte und sich im letzten Moment anders entschied. Oft war es so, dass derjenige dann unbedingt gefragt werden wollte, um hinterher sagen zu können, er sei gedrängt worden, etwas Indiskretes zu äußern. Auf dieses Spielchen wollte er sich nicht einlassen. »Frau Halliger weiß nichts von den Unterhaltszahlungen?«, fragte er stattdessen. »Aber Sie wissen Bescheid?« Er machte keinen Hehl daraus, dass es ihm nicht glaubhaft erschien und er es darüber hinaus als charakterschwach befand, dass Dombrowsky so indiskret war.

»Das war Zufall«, gab Dombrowsky zurück. »Er hat sich mal verplappert, und ich hatte ein Telefonat mitbekommen. Da brauchte ich nur eins und eins zusammenzuzählen. Die Sache ist besonders pikant, weil Merret gern Kinder gehabt hätte, Adrian aber nicht wollte. Ich habe noch überlegt, ob ich Merret reinen Wein einschenken sollte, aber dann habe ich es doch gelassen. Geht mich ja nichts an.«

Erik kam so plötzlich auf den eigentlichen Grund ihres

Besuchs zurück, dass Norbert Dombrowsky erschrak, wie Erik mit Genugtuung feststellte. »Noch einmal, Herr Dombrowsky: Sandra Lührsen war wütend auf Sie, nachdem sie festgestellt hatte, dass Sie ihrem Mann für das Grundstück der Schwiegermutter viel weniger bezahlt haben, als fair gewesen wäre.«

»Noch einmal, Herr Wolf: Ich habe mich mit Jesko Lührsen geeinigt und ihn entsprechend bezahlt.«

»Und wenn wir Ihnen das nicht glauben? Viel wahrscheinlicher kommt es mir vor, dass Sandra Lührsen Sie durchschaut hat.«

»Durchschaut? Was meinen Sie damit?«

»Das frage ich Sie. Ich denke, es gibt etwas, das ich nicht weiß. Irgendetwas, das diesen merkwürdigen Deal zwischen Ihnen und Jesko erklärt. Frau Lührsen hatte Sie in der Hand. Und Sie mussten die Frau zum Schweigen bringen.«

Norbert Dombrowsky sprang so plötzlich auf, dass Erik zusammenzuckte. Gleich darauf ärgerte er sich über sich selbst. Sören fuhr sogar in die Höhe und sah nun so aus, als wäre er damit ebenfalls unzufrieden. »Ich lasse mir von Ihnen keinen Mord anhängen«, sagte Dombrowsky gefährlich leise und hätte vermutlich geschrien, hätte er nicht verhindern wollen, dass sein ganzes Büro davon erfuhr. »Sie haben offenbar keine Beweise, nicht einmal Indizien. Also lassen Sie mich gefälligst in Ruhe. Kommen Sie wieder, wenn Sie mehr gegen mich in der Hand haben.«

»Es gäbe also noch einiges, was gegen Sie verwendet werden könnte?«, fragte Erik spöttisch und erhob sich ebenfalls.

Darauf antwortete Dombrowsky nicht. Er ging zur Tür und legte eine Hand auf die Klinke. »Und noch eins, Herr Hauptkommissar. Sollte Ihr Sohn irgendwelche Interna aus meinem Büro …«

»Wie sieht's mit Ihrem Alibi aus?«, unterbrach Erik ihn. »Wo waren Sie gestern Abend ab achtzehn Uhr?«

»Zu Hause«, kam es prompt zurück. »Allein! Wollen Sie mir daraus etwa einen Strick drehen?«

»Auf Wiedersehen, Herr Dombrowsky«, unterbrach Erik ihn und ging an ihm vorbei, durch den Flur auf die Eingangstür zu. Sören folgte ihm, gemeinsam verließen sie das Grundstück Dombrowskys sehr zügig.

64

Mamma Carlotta fuhr der Schreck in alle Glieder, als ihr klar wurde, dass sie etwas vergessen hatte. »Madonna! Ich habe einen Termin!« Hektisch sah sie auf die Uhr und schob sich eilig das letzte Pommes-frites-Stäbchen in den Mund. »Im Kosmetikstudio.«

Tove glotzte sie verständnislos an. »Sie? Was soll das denn für einen Sinn haben?«

Diese Frage war Mamma Carlotta unangenehm, denn sie hatte sie sich auch schon gestellt und keine Antwort gefunden.

»Sie sind doch keine Tussi, die sich Matsche ins Gesicht schmieren lässt und glaubt, dass sie danach jünger aussieht. Wieso wollen Sie überhaupt jünger aussehen?«

»Will ich ja gar nicht. Ich dachte nur ...« Nein, was sie gedacht hatte, konnte sie Tove und Fietje nicht begreiflich machen. Merret Halliger hatte sie überredet, und sie war nicht stark genug gewesen, das Einführungsangebot zurückzuweisen. Außerdem war ihr ein Batzen Geld für das Putzen von Sandra Lührsens Haus versprochen worden und später dann auch dafür, dass sie sich als Aktmodell zur Verfügung gestellt hatte. Geld außer der Reihe, das sie, wie sie gedacht hatte, ruhig mal für das eigene Wohlbefinden ausgeben konnte. Daraus war nun nichts geworden, sie würde keinen Pfennig bekommen. Trotzdem atmete sie heimlich erleichtert auf. Der Kelch, sich als Aktmodell zur Verfügung zu stellen, war an ihr vorübergegangen. Dafür hatte sie gerne geputzt, ohne bezahlt zu werden.

Sie zählte ihr Geld auf die Theke und stand auf. Nein, der Termin in dem Kosmetikstudio war nun mal abgemacht, da konnte sie nicht zurück. Wäre der Malkurs an diesem Tag wiederholt worden, hätte sie Merret Halliger wohl tatsächlich absagen müssen, aber nun stand der Nachmittag zu ihrer freien Verfügung. Warum sollte sie sich nicht mal was gönnen? Außerdem bestand ja die Möglichkeit, dass Merret Halliger etwas mit dem Tod von Sandra Lührsen zu tun hatte. Koopmann hatte ihren Mann hinter dem Grundstück gesehen. Warum sollte nicht auch Merret Halliger selbst sich dort herumgetrieben haben? Sandra Lührsen war ihre Rivalin. Dass sie sie loswerden wollte, damit ihr Mann nicht erneut eine Affäre mit ihr begann, war verständlich. Und dass sie dafür Gewalt angewendet hatte, war durchaus denkbar. Wenn Frauen ihre Ehe und ihre Liebe retten wollten, waren sie zu allem fähig. Es konnte also nicht schaden, während der Behandlung ein unverfängliches Gespräch zu beginnen und Merret Halliger vielleicht die eine oder andere verräterische Auskunft zu entlocken.

Zum Glück war noch Zeit genug, nach Hause zu laufen. In ihrem Portemonnaie war nicht genug Geld, für einen Besuch im Kosmetikstudio musste sie das Säckchen aus Samt mit den aufgestickten Perlen heraussuchen, das sie von ihrer Mutter geerbt hatte. Darin bewahrte sie ihr Erspartes auf, das nur für besondere Dinge ausgegeben wurde. Und eine kosmetische Behandlung war natürlich etwas Besonderes.

Als sie ins Haus kam, hörte sie Stimmen aus der Küche, Dr. Hillmot, der das fantastische Essen lobte, das Violetta auf den Tisch gebracht hatte, und ihre Stimme, die sein Lob verlegen zurückwies. »Wurstel con salsa al curry aus Cabina del Capitano! Das ist keine Kunst, Dickerchen.«

Aber während Mamma Carlotta die Treppe hochlief, hörte

sie Dr. Hillmot sagen, dass es eben auch darauf ankäme, ein Essen zu präsentieren, und das könne niemand so gut wie seine Violetta.

Dass Mamma Carlotta die Augen verdrehte, bekam niemand mit, auch Violetta nicht, die in der Küchentür erschien, weil sie ihre Cousine gehört hatte. »Carlotta? Endlich! Da bist du wieder.«

Mamma Carlotta verschwand in Lucias Nähzimmer, in dem sie übernachtete, wenn sie auf Sylt war, und rief: »Ich muss gleich wieder weg. Ich will nur eben ...«

Sie hörte Violettas Schritte auf der Treppe, riss den Koffer vom Schrank, holte eilig das Samtsäckchen heraus und stopfte es in ihren Ausschnitt, weil sie nicht verraten wollte, dass sie viel Geld für etwas so Überflüssiges wie eine kosmetische Behandlung ausgeben wollte. Wie hatte Tove gesagt? Sich Matsche ins Gesicht schmieren lassen! Dio mio, sie musste verrückt geworden sein!

»Was hast du vor?« Violetta erschien in der Tür, auch an diesem Tag gekleidet wie jemand, der sich am Kleidercontainer bedient und dort rausgesucht hatte, was ihm in die Hände kam. Eins passte nicht zum anderen, allerdings war daraus eine Mischung geworden, die insgesamt dennoch harmonisch war. Wie Violetta das hinbekommen hatte, war Mamma Carlotta ein Rätsel. Sie war sicher, dass Dr. Hillmot hingerissen gewesen war, als Violetta am Morgen vor ihm erschien.

»Ich habe einen Termin ...« Mamma Carlotta versuchte es noch einmal mit dieser Formulierung, merkte aber gleich, dass sie nicht zu ihr passte. Termine hatten berufstätige Menschen, die wichtige geschäftliche Dinge zu besprechen hatten, eine italienische Mamma hatte einfach etwas vor. »... im Kosmetiksalon«, ergänzte sie und schämte sich ein bisschen, weil sie glaubte, dass Violetta noch nie ein Ladenlokal von innen gesehen hatte, in dem etwas so Banales wie Kosmetik betrieben wurde. Sie selbst ja bisher auch noch nicht. Sie war aber immerhin dabei gewesen, als die Tochter von Signora Mariani neben dem Friseurladen ihrer Mutter einen Salone di bellezza eröffnete, einen Schönheitssalon, der allerdings nur aus einem Raum bestand, in dem es eine bequeme Liege und viele frische Handtücher gab. Die Tuben, Töpfchen und Tiegel auf dem Regal daneben hatten sehr eindrucksvoll ausgesehen, und es hatte wunderbar geduftet. Die Frau des Bürgermeisters hatte gleich einen Besuch bei der Signorina abgemacht und war danach voll des Lobes gewesen. Angeblich hatte ihr Mann ihr an diesem Abend ein Kompliment gemacht, das derart außergewöhnlich gewesen war, dass sie es unmöglich vor den Ohren aller anderen Frauen wiederholen konnte. Seitdem wurde viel über dieses Kompliment gerätselt und durchaus von der einen oder anderen erwogen, den eigenen Mann herauszufordern, indem man selbst sich zu einer solchen Behandlung entschloss. Letztlich aber hatte bei jeder die Sparsamkeit gesiegt. Die Signorina hatte ihren Schönheitssalon bald wieder schließen müssen und war nach Città di Castello gezogen, wo es viele Frauen gab, die an der Vervollkommnung ihrer Schönheit interessiert waren.

Violetta war entgeistert. »Cosmetici?« Tropea, der Ort, in dem sie wohnte, wurde von vielen Touristen besucht und hatte daher auch alles zu bieten, was mit Kosmetik zusammenhing, aber dass ihre Cousine sich eine Schönheitsbehandlung gönnte, konnte sie kaum glauben. »Dove?«

»Auf der Hauptstraße, nicht weit von hier. Bei Merret Halliger. Sie hat mir die Behandlung quasi aufgedrängt. Ein Einführungsangebot …« Mamma Carlotta schob Violetta beiseite und lief vor ihr die Treppe hinab. »Ich muss mich beeilen.«

Violetta lief ihr hinterher. »Ich komme mit. Das möchte ich auch haben.«

Mamma Carlotta drehte sich an der Haustür um. »Das ist sehr teuer.«

»Ich frage mein Dickerchen.«

»No, Violetta. Da kann man nicht einfach hingehen. Da braucht man einen Termin.«

»Un appuntamento? Impossibile. Aspetta ...«

»Nein, ich kann nicht warten. Und das mit den Terminen kannst du mir glauben.«

Mamma Carlotta riss ihre Jacke vom Bügel, gleichzeitig die Haustür auf und warf sie schon hinter sich zu, als sie die Jacke noch nicht angezogen hatte. Das erledigte sie auf dem Weg zur Westerlandstraße und ärgerte sich dann, dass sie keinen Schal und keine Handschuhe dabeihatte. Nur gut, dass der Weg nicht weit war. Und Violetta hatte garantiert nicht verstanden, wo der Kosmetiksalon war, den ihre Cousine besuchen wollte, und wie die Besitzerin hieß.

Schwer atmend blieb sie kurz darauf vor dem Schaufenster stehen, um erst mal zu Luft zu kommen und nicht außer Atem bei Merret Halliger zu erscheinen. Im selben Moment vergaß sie Violetta und starrte ins Schaufenster. Die große Treibholzskulptur in der Mitte der Dekorationen! Sie war zurück! Und wieder hatte Merret daran die Kosmetikartikel mit den hübschen grünen Schleifen befestigt. Wo mochte das Treibholz gestern gewesen sein? Mamma Carlotta merkte, dass sie wieder bei Atem war. Es würde also einiges geben, über das man mit der Kosmetikerin plaudern konnte.

65

Das Meer schäumte. Ein Wintermeer, ein Novembermeer, ein Meer, das Respekt erzeugte. Angsteinflößend war es eigentlich nicht, dazu war die Wucht der Wellenschläge zu regelmäßig, zu absehbar und ohne jede Gewalt. Das Wasser war grau mit vielen weißen Schaumkronen, so, wie sich am grauen Himmel gelegentlich weiße Wolken einmischten und dem Tag das Düstere nahmen. Auch ein schönes Meer. Eigentlich war das Meer immer schön, fand Erik, ob ruhig und blau, rau und düster, aufgewühlt und grau.

An der Uferpromenade war niemand zu sehen. Zwei Wanderer an der Wasserkante, ansonsten war alles menschenleer.

»Hat Gosch überhaupt geöffnet?«, fragte Sören.

Erik war sich nicht sicher. Aber als sie von der Strandbar Sunsetbeach Richtung Kurzentrum liefen, war es schon bald zu erkennen: Neben der Musikmuschel standen zwei oder drei Personen in der typischen Haltung der Fischbrötchenesser, weit vorgebeugt, den überhängenden Fisch und die Zwiebelringe so weit wie möglich von der Kleidung entfernt.

Zehn Minuten später standen sie selbst so da, ebenfalls in der Nähe der Musikmuschel, die Schutz vor dem Wind bot. Erik hatte sich gerade die Hände an einer Serviette abgewischt, die ihm erstaunlicherweise nicht weggeweht war, da rief die Staatsanwältin an. »Was höre ich da? Schon wieder ein Mord auf Sylt?«

Erik erschrak. Ihm war noch nicht in den Sinn gekommen, Tilla zu verständigen. War sie etwa beleidigt?

Zum Glück war sie es nicht. Sie akzeptierte Eriks hastig vorgetragene Erklärungen, es sei so viel los gewesen, die neuen Vernehmungen, die vielen Überlegungen ...

»Gehst du davon aus, dass es derselbe Täter war?«

Erik zögerte. »Da ich die Motivation nicht kenne, ist das schwer zu beurteilen. Wenn es derselbe Täter war, fällt Maart Bleicken aus, der sitzt noch. Heike Schrunz und Norbert Dombrowsky haben beide kein Alibi, kommen also infrage. Die Pflegerin erscheint mir besonders verdächtig, da sie sich ein Alibi besorgt hat. Dr. Hillmot hat es aber durchschaut.« Während er Tilla davon berichtete, gingen sie langsam wieder zurück. Mit ein paar Handzeichen verständigten sie sich darüber, dass sie ihren Kaffee lieber im Büro trinken wollten, wenn der Kaffee bei Gosch auch wesentlich besser war. Dann erzählte Erik von Adrian Halliger, der in der Nähe von Sandra

Lührsens Grundstück gesehen worden war, und dem verdächtigen Abdruck auf dem Gemälde und an der Wand der Gästetoilette. »Ein Täter mit einem dicken Hintern, sagt Vetterich.«

Tilla lachte nicht. »Also eine Frau?«

»Auch Männer können einen dicken Hintern haben.«

»Du meinst also, da könnte sich jemand eingeschlichen haben, hat sich erst im Atelier, dann in der Gästetoilette versteckt und Sandra Lührsen ermordet, als alle anderen weg waren?«

»Schon möglich. Das Haus war eine Weile allen zugänglich, die Ateliertür hinten nicht verschlossen, als die Steine und die Brandfackeln flogen.«

»Einer der Kursteilnehmer?«

Sie waren jetzt wieder am Sunsetbeach angekommen, verließen die Uferpromenade und bogen in die Brandenburger Straße ein, die auf die Kreuzung zuführte, hinter der der Telekomturm und zu seinen Füßen das improvisierte Polizeirevier standen.

»Kann ich mir nicht vorstellen. Der Täter muss jemand sein, den Sandra Lührsen kennt.«

»Vielleicht hat Norbert Dombrowsky sich eingeschlichen? Oder Heike Schrunz? Hat die einen dicken Hintern?«

Diese Frage konnte Erik unmöglich beantworten. Sosehr er sich auch anstrengte, die Figur von Heike Schrunz wollte nicht vor seinem inneren Auge erscheinen. Schließlich sagte er: »Dick ist sie eigentlich nicht.«

»Und Norbert Dombrowsky?«

Erik dachte an die massige Figur des Immobilienmaklers und konnte sich in diesem Fall schon eher vorstellen, dass er ein ausladendes Gesäß hatte. Aber auch hier war er sehr unsicher. »Die beiden sind auf Sylt bekannt. Keiner von denen wäre das Risiko eingegangen, sich vor den Augen anderer Kursteilnehmer dort einzuschleichen, wenn er einen Mord begehen will.«

»Da waren doch nur Touristen. Die kennen weder eine Sylter Pflegerin noch einen Immobilienmakler.«

»Trotzdem ... Sandra Lührsen hätte sie erkannt.«

»Der Angriff könnte provoziert worden sein, damit jemand die Gelegenheit bekam, in Sandra Lührsens Haus einzudringen. Sicherlich haben alle, als die Steine und Brandfackeln flogen, auf nichts anderes geschaut.«

Erik zögerte, dann sagte er: »Ja, das wäre möglich.«

»Dann musst du dich nur noch um ein Motiv kümmern.«

Erik seufzte. Wenn Tilla so was sagte, hörte es sich immer sehr einfach an. »Es gibt offenbar viele, die Sandra loswerden wollten, denen es nicht gefällt, dass sie freigekommen ist. Dombrowsky könnte sie vielleicht gefährlich geworden sein. Möglich, dass sie wusste, warum Jesko so wenig Geld für das Grundstück bekommen hat. Und Heike Schrunz ... die könnte wegen der Kette zu Sandra Lührsen gegangen sein. Womöglich wollte sie ihr die Idee ausreden, sie hätte ihrer Schwiegermutter gehört. Dann ist es zum Streit gekommen ...« Erik merkte selbst, dass seine Worte nicht besonders stichhaltig klangen. »Einen Grund muss sie ja haben, wenn sie glaubhaft machen will, dass sie Dr. Hillmot versorgt und in Wirklichkeit ihre Schwester schickt.«

»Was ist mit den Halligers?«

»Die sind auch verdächtig.« Sie hatten nun die Kreuzung überquert und gingen auf den Eingang der Wache zu. »Merret Halliger wollte Sandra Lührsen loswerden, weil sie um ihre Ehe fürchtete. Adrian Halliger vielleicht auch, weil Sandra ihn mit ihrer Liebe bedrängte und er nichts mehr von ihr wissen wollte.«

»Ach ja, weil er in Wirklichkeit nur seine Frau liebt«, kam es spöttisch von Tilla zurück.

66

»Ich beginne immer mit einem Einführungsgespräch«, sagte Merret Halliger und lächelte professionell.

Sie machte ihrem Gewerbe alle Ehre. Ihr schönes, ebenmäßiges Gesicht trug ein zartes Make-up, ihre Augenbrauen waren perfekt gezupft, ihr Lidstrich war eine schmale Linie hinter einem Wimpernkranz, der zu dicht war, um echt sein zu können. Auf den Lippen trug sie nur Gloss, ihre Haut war zart abgepudert, sie schien Wert darauf zur legen, gepflegt, aber nicht stark zurechtgemacht auszusehen. Sie war nicht schlank, hatte es aber verstanden, ihr Übergewicht geschickt zu verpacken. Ihr weißer Kittel saß perfekt, ihr Dekolleté war dezent betont worden.

Sie hatte Mamma Carlotta freundlich begrüßt und in einen Raum im hinteren Teil ihres Kosmetiksalons geführt, in dem eine bequem aussehende Liege sowie viel duftendes Interieur standen und sanfte, ganz leise Entspannungsmusik zu hören war. Wie ein Nebenraum des Schlaraffenlandes! Links gab es eine weitere Tür, die scheinbar nach draußen führte, auf der gegenüberliegenden Seite ein Fenster, das mit lichtundurchlässigen Rollos verschlossen war, sodass niemand hereinsehen konnte. Durch den Spalt unter der Tür drang ein eisiger Luftzug, aber das war nicht zu spüren, sobald man sich auf der wunderbar gepolsterten Liege ausgestreckt hatte. Mamma Carlotta hatte ihre liebe Mühe, sich auf das zu konzentrieren, was sie mit Merret Halliger besprechen wollte, und sich nicht einfach in diese Wolke aus Wohlgerüchen und Annehmlichkeiten sinken zu lassen.

»Ich habe gerade Ihre Schaufensterauslage bewundert«, sagte sie, während sie ihre Schuhe auszog. »Schon gestern. Aber heute ist sie noch schöner. Das große Treibholz in der Mitte, an das Sie Ihre Waren gehängt haben, war gestern nicht da.«

Der Ausdruck in Merret Halligers blauen Augen wurde ein

wenig ungeduldig. »Die Schaufensterdekoration ist schon zwei oder drei Wochen alt. Das Treibholz war selbstverständlich auch gestern da.«

Mamma Carlotta schwieg, weil sie nicht wusste, ob es klug war, darauf zu bestehen, dass sie recht hatte. Vermutlich war es besser, die Sache auf sich beruhen zu lassen und sich ihren Teil zu denken, weil die Kosmetikerin vermutlich einen guten Grund hatte, in diesem Fall nicht die Wahrheit zu sagen. Aber so was gelang Mamma Carlotta nie besonders gut. Wenn sie genau wusste, dass sie sich nicht irrte, stellte sie sich notfalls gegen ihr halbes Dorf, sogar wenn der Bürgermeister anderer Meinung war als sie.

»No, no, Signora! Ich weiß genau, dass es gestern nicht da war.«

Merret Halligers Miene wurde abweisend, ihre Gesten verloren das Ruhige, Besonnene. »Was erwarten Sie von dieser Behandlung?« Sie schien auf die Hinweise ihrer Kundin nicht eingehen zu wollen. »Faltenreduzierung?«

Mamma Carlotta dachte nicht lange nach. »Das wäre molto bene. Geht das? Mit nur einer Behandlung?«

Merret Halliger wich aus. »Nun, wir machen jetzt erst einmal eine Hautanalyse.« Sie stellte eine Lampe an, die Mamma Carlottas Gesicht beleuchtete, und strich mit kundigen Fingern über ihre Gesichtshaut. »Welche Kosmetik benutzen Sie?«

Mamma Carlotta war peinlich berührt. Wurde nun von ihr erwartet, dass sie die Namen von großen Kosmetikherstellern nannte, die sie nur aus der Fernsehwerbung kannte, und von teuren Gewohnheiten berichtete? Verlegen druckste sie heraus, dass sie sich mit der Allzweckcreme begnügte, die auch ihr ältester Sohn nach dem Rasieren benutzte.

Merret Halliger war vollkommen entgeistert und konnte sich den guten Zustand von Mamma Carlottas Haut nur dadurch erklären, dass die genetischen Voraussetzungen besonders günstig waren. »Hatte Ihre Mutter im hohen Alter faltenfreie Haut?«

»Allora ...« Mamma Carlotta sprach normalerweise gerne über ihre Familie, in diesem Fall jedoch verfolgte sie andere Ziele. Es sollte um Merret Halliger gehen, um deren Ehe, ihr Verhältnis zu Sandra Lührsen, um den vergangenen Nachmittag, an dem ihr Ehemann in der Nähe von Sandra Lührsens Haus gesehen worden war. Mamma Carlotta traute sich durchaus zu, durch geschickte Fragen herauszubekommen, ob auch Merret Halliger dort gewesen war. Und natürlich wollte sie der Kosmetikerin vor Augen führen, dass sie ihrer Kundin nicht weismachen konnte, dass das Treibholz gestern im Schaufenster dekoriert gewesen war. Aber sie merkte bald, dass sie es sich leichter vorgestellt hatte.

»Wir beginnen mit der Tiefenreinigung«, sagte Merret Halliger, zwang Mamma Carlotta, die Augen zu schließen, und trug etwas auf ihr Gesicht auf, das sich sehr gut anfühlte, aber ein Gespräch von vornherein ausschloss. »Die normale Hautreinigung ist ja nur oberflächlich.«

Mamma Carlotta hoffte, dass sie nicht bekennen musste, sich zu Hause mit kaltem Wasser zu begnügen.

»Mit dieser Reinigung dringen wir in tiefe Hautschichten ein, da kommen andere Reinigungspräparate gar nicht hin. So lassen sich Verstopfungen der Hautporen lösen. Ich könnte Ihnen auch ein Fruchtsäurepeeling anbieten. Damit wird die Haut noch gründlicher gereinigt, und alle abgestorbenen Hautschichten werden entfernt. Das kostet allerdings ...«

Mamma Carlotta hörte sich den Rest nicht an. Diese Behandlung war schon teuer genug, zusätzliche Kosten würde sie sich nicht auferlegen. Schlimm genug, dass sie immer wieder aufgefordert wurde, sich zu entspannen, wodurch eine lebhafte Unterhaltung völlig unmöglich war. Dass dieses lästige Entspannen so schwierig war!

Die kreisenden Bewegungen auf ihrer Haut taten gut, und

das warme, feuchte Tuch, mit dem die Reinigungslotion abgenommen wurde, war himmlisch. Tatsächlich trat nun eine gewisse Entspannung ein, die sie sonst nur kannte, wenn sie sich zur Siesta auf einer Liege im Garten ausstreckte. Das war die einzige Stunde des Tages, in der Mamma Carlotta nicht reden wollte. Und so ging es ihr auch jetzt. Ein Nickerchen meldete sich an, das immer gern anklopfte, wenn sie sich in der Horizontalen befand und außerdem nicht reden konnte oder wollte. In diesem Fall konnte sie nicht. Ohne dass Merret Halliger es ausdrücklich sagte, war klar, dass unter ihren kundigen Händen die Gesichtshaut ruhig und unbewegt sein musste und mitten in der Tiefenreinigung keine Gelegenheit für eingehende Nachforschungen war.

Als diese Phase der Behandlung beendet war und Mamma Carlotta sicher sein konnte, mit tiefengereinigter Haut dazuliegen, kam Merret Halliger mit der Gesichtsmaske. »Ich werde Ihnen eine Peel-off-Maske auflegen. Sie verfeinert das Hautbild, denn später, beim Abziehen, werden abgestorbene Hautpartikel und Talgablagerungen mit entfernt. Die Maske wird auf Ihrem Gesicht trocknen, damit wird die Durchblutung der Haut angeregt und der Zellerneuerungsprozess unterstützt.«

Auch während der nächsten Minuten war an eine Unterhaltung nicht zu denken. Mamma Carlotta musste Mund und Augen geschlossen halten und wurde erneut ermahnt, sich so gut wie möglich zu entspannen. »Denken Sie an was Schönes.«

Gerade überlegte sie, ob es etwas Schönes war, wenn sie darüber nachdachte, warum Merret Halliger sie bezüglich des Treibholzes in ihrem Schaufenster belogen hatte, da drangen Geräusche aus dem Verkaufsraum. Die Eingangstür war aufgesprungen, eine Stimme rief: »Ciao!« Eine Stimme, die Mamma Carlotta bekannt vorkam.

Merret Halliger huschte auf Zehenspitzen hinaus, wohl um

zu zeigen, dass trotz dieser lauten Störung für ihre Kundin Ruhe und Stille jetzt das A und O waren. Aber Mamma Carlotta wäre am liebsten aufgesprungen und hinter ihr hergelaufen.

Violettas Stimme schrillte bis zu ihrer Liege, am liebsten hätte Carlotta sich die Ohren zugehalten, wenn sie schon nicht in der Lage war, ihrer Cousine höchstpersönlich das Wort zu verbieten. Sie habe von diesem wunderbaren Schönheitssalon gehört, versuchte Violetta zu radebrechen, sie wolle dieselbe Behandlung wie ihre Cousine. Geld hätte sie, ihr Verlobter sei nämlich sehr spendabel.

Zu Mamma Carlottas Erleichterung erkundigte sich Merret Halliger nicht, wer diese Cousine sei, sondern antwortete nur: »Wir können gerne einen Termin vereinbaren.«

Aber Violetta wollte keinen Termin, sondern ihre Schönheitsbehandlung. »Subito!« Und wenn das nicht möglich war, dann wollte sie wenigstens dabei zusehen, wie ihre Cousine unter den Händen der Kosmetikerin schöner wurde.

Mamma Carlotta war voller Hoffnung, dass Merret Halliger Violettas Kauderwelsch nicht verstand, aber dummerweise war ihr doch so viel klar geworden, dass sie fragte: »Ihre Cousine? Wer ist das?«

»Signora Capella!« Anscheinend war an Merret Halligers Gesicht noch immer nicht die Konzilianz abzulesen, die Violetta erwartete, so wurde sie zu Mamma Carlottas Entsetzen noch deutlicher. Es handle sich um die Schwiegermutter des Kriminalhauptkommissars von Sylt, so eine Dame bekäme doch hoffentlich eine besondere Behandlung. Und sie selbst sei die Verlobte eines Dottore, sie verdiene ebenfalls besondere Zuvorkommenheit.

Mamma Carlotta hörte, wie der Schlüssel im Schloss umgedreht wurde. Merret Halliger hatte sie eingeschlossen. Warum? Damit Violetta keine Chance erhielt, hier einzudringen und die kosmetische Ruhe zu stören? Mamma Carlotta stellte fest, dass ihr die Idee gefiel.

Sie hob vorsichtig den Kopf, ließ sich aber gleich wieder zurücksinken. Merret Halliger hatte recht gehabt, als sie die Empfehlung aussprach, sich nicht zu rühren, nur zu entspannen. Die Maske schien sich von ihrem Gesicht lösen zu wollen, sobald sie sich bewegte. Sie musste ruhig liegen bleiben und überlegen, was auf sie zukommen konnte. Was mochte die Kosmetikerin jetzt denken? Wie ging sie mit der Information um, dass ihre Kundin die Schwiegermutter des leitenden Kriminalbeamten war? Würde ihr in den Sinn kommen, ihre Kundin sei zum Spionieren hier? Was würde sie dann tun? Und wie würde sie darauf reagieren, dass Mamma Carlotta etwas wusste, was die Polizei möglicherweise nicht wissen sollte: dass das Treibholz gestern aus dem Schaufenster verschwunden war, dass es heute wieder da war und Merret Halliger behauptete, es sei auch gestern da gewesen?

Mamma Carlotta fühlte sich nicht mehr wohl. An Entspannung war gar nicht zu denken. Die Maske auf ihrem Gesicht erstarrte, sie konnte nicht einmal vor Angst das Gesicht verziehen. Schrecklich! Violetta schien gegangen zu sein, ihre Stimme war nicht mehr zu hören, vor der Tür war alles ruhig. Mamma Carlotta spürte, dass die Ruhe zu ihr zurückkehrte, die für eine kosmetische Behandlung angeblich so wichtig war. Aber dann ... dann hörte sie eine Tür klappen. Hatte man sie allein gelassen? Eingesperrt in einem abgeschlossenen Raum dieses Kosmetikstudios? Mamma Carlotta spürte, dass nicht nur die Gesichtsmaske, sondern ihr ganzer Körper erstarrte ...

67

Dr. Mikkelsen hatte Sörens Nummer gewählt, was Erik amüsiert zur Kenntnis nahm, Sören vergaß seinen Kaffee, während er das Gespräch annahm, und grinste die gegenüberliegende Wand an, an der ihm todsicher das

Gesicht der Gerichtsmedizinerin erschien. Er lachte leise, bevor er das Telefonat beendete, als hätte Antje Mikkelsen einen Scherz gemacht oder etwas gesagt, was ihn in Verlegenheit brachte.

Als er sein Handy wegsteckte, brauchte er eine Weile, bis seine Miene wieder dienstlich wurde. »Antje hat eine interessante Entdeckung gemacht«, sagte er dann. »Sie hat ganz feine Holzsplitter in der Kopfwunde der Toten gefunden. Splitter von weichem, von gebrochenem Holz, von ... sie meint, es könnte Treibholz sein.«

Erik war verblüfft. »Tove Griess«, stieß er hervor.

Sören konnte sich dieser Vermutung nicht so schnell anschließen. »Du meinst, der hat eine von seinen Treibholzskulpturen genommen und sie Sandra Lührsen über den Schädel gehauen?«

Erik sah ihn nachdenklich an. »Hat Griess einen dicken Hintern?«

Sören wollte eigentlich lachen, vergaß es dann aber. »Nun ... wirklich schlank ist er nicht. Aber ... meinst du etwa, ich hätte mir diesen Kerl schon mal von hinten angeguckt? Ich kenne ihn nur hinter der Theke stehend. Da sehe ich seinen Hintern nicht.«

Erik stellte sein Tasse weg. »Wir fahren zu ihm. Dem Kerl traue ich alles zu.« Sie bedankten sich bei Enno Mierendorf für das Angebot, ihre Tassen zu spülen, und verließen die Wache. Dummerweise blockierte ein Streifenwagen Eriks Auto, den ein gestresster Polizeibeamter da abgestellt hatte, wo gerade Platz gewesen war.

»Zum Glück haben wir es nicht eilig«, sagte Erik. »Tove Griess läuft uns nicht weg.«

»Der kommt gar nicht auf die Idee, dass wir ihn verdächtigen«, bestätigte Sören und lehnte sich an die Beifahrerseite.

Es dauerte tatsächlich nicht lange. »Sorry«, rief der Streifenbeamte, der aus der Wache gelaufen kam.

Dass ihm noch jemand folgte, merkte Erik erst, als Rudi Engdahl neben seiner Fahrertür erschien. »Moment mal, Chef!« Der Streifenwagen fuhr schon los, als Erik im letzten Moment auf ihn aufmerksam wurde. »Die beiden müssen zu einer Messerstecherei in der Friedrichstraße. Das ist wichtiger. Die andere Angelegenheit können Sie vielleicht erledigen?«

»Was ist es?«

»Im Kosmetikstudio von Merret Halliger ist was passiert. Ein Autofahrer hat eine merkwürdige Beobachtung gemacht ... mehr weiß ich nicht.«

68

Die Sache mit der Entspannung klappte nach wie vor überhaupt nicht. Im Gegenteil. Mamma Carlotta war voller Anspannung, lauschte auf die Stille in ihrer Nähe und auf die Geräusche, die von der Straße kamen, Stille viel zu nah und Geräusche viel zu weit entfernt. Die Maske auf ihrem Gesicht wurde immer härter. Sie tastete danach und spürte etwas, was sich anfühlte wie der bröckelnde Putz an dem Gartenhaus in Panidomino, das ihr Sohn schon so lange neu streichen wollte. So was sollte schöner machen, ihre Haut feiner, ihre Ausstrahlung jugendlicher? Wie hatte sie nur darauf reinfallen können? Und dieses Peel-off? Was das bedeutete, konnte sie sich überhaupt nicht vorstellen. Ärgerlich, diese englischen Vokabeln für Dinge, die scheinbar niemand so richtig verstehen sollte. Besonders ärgerlich, dass sie nicht gewagt hatte einzugestehen, dass ihr der Sinn dieser Begriffe völlig unklar war.

Wieder versuchte sie es mit Entspannung, schreckte aber schon bald erneut auf. Da war eine Bewegung gewesen, ein Geräusch. Sie setzte sich auf, ohne Rücksicht auf ihre Peel-off-Maske. Die Türklinke bewegte sich. Nicht die der Tür, die Merret Halliger verschlossen hatte, sondern die andere, von der sie nicht wusste, wohin sie führte. Nach draußen? So war es ihr vorgekommen, als sie den kühlen Luftstrom verspürt hatte, der unter der Tür in den Raum drang. Oder in einen ungeheizten Raum?

Nun rief jemand ihren Namen. »Carlotta! Apri!«

Sie sollte die Tür öffnen? Tatsächlich steckte im Schloss dieser Tür ein Schlüssel. Innen! Aber warum sollte sie öffnen? Merret Halliger hatte die andere nicht umsonst verschlossen. Sie wollte sich entspannen und sich nicht von ihrer Cousine die Ruhe nehmen lassen. Also war es besser, nicht auf Violettas Stimme zu achten. Sie war leise, aber so eindringlich, dass sie dennoch zu verstehen war. Es sei gefährlich für Carlotta, hierzubleiben, zischte sie ganz nah am Schlüsselloch, sie müsse raus aus diesem Schönheitssalon. Die Kosmetikerin sei bereits geflüchtet. Vermutlich hätte sie ein Feuer gelegt oder eine Bombe irgendwo versteckt. In Kürze würde das Studio in Flammen aufgehen, das ganze Geschäftsgebäude würde in die Luft fliegen ...

Mamma Carlotta hatte noch nie den Horrorgeschichten geglaubt, die Violetta am Fließband produzierte, wenn ihr gerade danach war. Schon als Kind hatte sie, wenn die Fantasie mal wieder mit ihr durchging, behauptet, der nächste Bauer sei soeben von einer wild gewordenen Kuh niedergetrampelt und der Briefträger von einem Landstreicher überfallen worden und läge tot im Straßengraben. Aber in diesem Fall war es anders. Merret Halliger hatte Dreck am Stecken, so viel stand fest. Ihre Treibholzskulptur war gestern verschwunden gewesen, und sie log, wenn sie etwas anderes behauptete. Noch dazu hatte sie vor ein paar Minuten erfahren, dass die Schwiegermutter des leitenden Ermittlers sich in ihre Hände begeben hatte, eine Frau, die ihr Geheimnis durchschaut hatte. War es nicht tatsächlich möglich, dass sie versuchte, diese Frau ein für alle Mal loszuwerden?

Für Mamma Carlotta gab es nun kein Halten mehr. Sie sprang von der Liege, fühlte, wie weiße Krümel von ihrem Gesicht fielen, stand nach zwei, drei Schritten schon an der Tür und schloss sie auf. Violetta fiel beinahe in den Raum, mit solcher Wucht hatte sie sich gerade in diesem Moment gegen die Tür geworfen, scheinbar mit dem Vorsatz, sie aufzubrechen, wenn Carlotta nicht auf der Stelle den Schlüssel umdrehte.

»Avanti!«, schrie sie und drängte Mamma Carlotta ins Freie. »Subito!«

Die Novemberkälte prallte ihnen entgegen, so gewaltig, dass sie im ersten Augenblick kaum von großer Hitze zu unterscheiden war. Carlotta zog das Handtuch, das sie noch um die Schultern trug, vor der Brust zusammen und folgte Violetta ums Haus herum zur Straße. Dort trat ein Autofahrer erschrocken auf die Bremse, als er sie sah, der Fahrer des nachfolgenden Wagens, der hinter ihm auf den Parkplatz fuhr, wollte dasselbe tun, war aber leider nicht so reaktionsschnell und prallte dem ersten Fahrzeug auf die Stoßstange.

»Madonna!«, flüsterte Mamma Carlotta, von dem schrecklichen Verdacht gelähmt, dass sie schuld an diesem Unfall war. Sie hatte ja bemerkt, wie erschrocken der Fahrer gewesen war, als er ihr weiß getünchtes Gesicht gesehen hatte. Violetta dagegen lief auf den nächsten Pkw zu, der genug Abstand gehalten hatte, um zum Stehen zu kommen, dessen Fahrer aber hastig sämtliche Türen seines Wagen verriegelte und nur angstvoll die beiden Frauen anstarrte, Violetta mit ihren in alle Richtungen abstehenden krausen Locken und Mamma Carlotta mit dem kalkweiß angestrichenen Gesicht. Seine Begleiterin war nicht minder erschrocken, aber noch handlungsfähig. Sie riss geistesgegenwärtig ihr Handy aus der Tasche und hielt es hoch, um ein Foto zu machen.

69 Dr. Hillmot begrüßte seine Violetta mit viel Herzlichkeit, langatmiger Küsserei, ausgiebiger Tätschelei und der Behauptung, sie sei noch genauso schön wie vorher, auch ohne kosmetische Behandlung. Während Violetta ihrem Liebsten erzählte, warum es dazu nicht gekommen war, dass sie nicht nur einen Termin nötig gehabt hätte, sondern auch ihre Cousine aus Lebensgefahr retten musste, stieg Mamma Carlotta die Treppe hoch, um den Blick in einen Spiegel zu wagen.

Kurz vor der Badezimmertür öffnete sich leise und vorsichtig Carolins Tür. Sie machte einen langen Hals und versuchte zu erkennen, was sich im Erdgeschoss tat, dann bemerkte sie ihre Großmutter. »Nonna! Wie siehst du denn aus?«

Dieser Satz lockte auch Felix aus seinem Zimmer, der sich bis zu diesem Augenblick wohl ebenfalls verbarrikadiert hatte, um nicht mit einem Wunsch von Dr. Hillmot konfrontiert zu werden, der während Violettas Abwesenheit sich selbst überlassen gewesen war. Beide schienen enttäuscht zu sein, dass es mit der Ruhe im Haus schon wieder vorbei war, denn Violettas Organ dröhnte durch sämtliche Etagen. Beide waren aber auch entsetzt, als sie ihrer Nonna ins schneeweiße, krümelnde Antlitz sahen.

»Was ist mit dir passiert?«

Mamma Carlotta schob die Kinder beiseite, ging ins Bad und ließ die Tür offen stehen. Dann drehte sie den Wasserhahn auf und klatschte sich so lange mit beiden Händen das Wasser ins Gesicht, bis ihre Haut wieder Mimik zuließ und sie nicht mehr befürchten musste, dass durch Gefühlsregungen jedweder Art der Zellerneuerungsprozess von ihrem Gesicht abplatzte.

Carolin begriff als Erste. »Das war eine Peel-off-Maske. Die hättest du nur abzuziehen brauchen.«

»Meinst du, so wirkt sie nicht?« Mamma Carlotta sah erschrocken in den Spiegel und dachte an das viele Geld, das sie für die Behandlung bei Merret Halliger bezahlt hatte. Nein, hätte bezahlen müssen! Madonna! Violetta hatte sie zur Zechprellerei verführt. Was, wenn Merret Halliger glaubte, sie sei verschwunden, weil sie die Rechnung nicht bezahlen konnte oder wollte? »Dio mio! Ich bin gar nicht zum Bezahlen gekommen! Was macht das für einen Eindruck! Der Ruf eures Vaters ...!«

Die Kinder standen kopfschüttelnd in der Tür des Badezimmers, während Dr. Hillmot im Erdgeschoss eine Geschichte erzählt bekam, in der ein Schönheitssalon in Flammen aufging.

Felix sah seine Oma entgeistert an. »Du hast dich im allerletzten Moment in Sicherheit gebracht? Und dann redest du vom Bezahlen?«

»Nonsenso!« Mamma Carlotta lockte die Kinder ins Bad und schloss die Tür. Die beiden hockten sich auf den Badewannenrand, Mamma Carlotta ließ den Toilettendeckel herunter und nahm dort Platz. So schnell wie möglich und so ausführlich wie nötig erzählte sie den beiden, was geschehen war. Von dem Treibholz, das verschwunden und wieder aufgetaucht war, von Merret Halligers Lüge und Violettas Behauptung, die Kosmetikerin habe sie eingeschlossen und sei dann geflüchtet, um selbst nicht mitzuerleben, wie ihr Schönheitssalon in Flammen aufging. »Es stimmt, dass sie mich eingeschlossen hat«, erklärte sie zum Schluss. »Ich dachte aber, es ginge ihr darum, mich vor Violetta zu schützen. Die wollte ja unbedingt dabei sein, während ich behandelt wurde. Aber wie soll man sich entspannen, wenn Violetta im Raum ist?«

»Völlig unmöglich«, konstatierte Felix. »Mit Violetta im Raum bekommt man Mordgedanken.«

»Aber warum ist Merret Halliger dann abgehauen?«, fragte Mamma Carlotta. »Sie schließt mich ein und lässt mich dann allein?«

Das fanden Carolin und Felix auch sehr merkwürdig und dachten über alle Eventualitäten nach, während Mamma Carlotta ihre Geschichte zu Ende erzählte. Ein netter Autofahrer hatte nicht lange gefragt, hatte gesehen, dass sie Hilfe brauchte, hatte sie einsteigen lassen, ihr eine Decke zur Verfügung stellt, die sie sich umhängen konnte, und sie in den Süder Wung gefahren. »Er hat die Polizei verständigt, weil er Violetta geglaubt hat, dass eine Katastrophe bevorstand.«

Carolin war beruhigt. »Dann brauchen wir Papa nicht mehr anzurufen. Der weiß vermutlich längst Bescheid.« Ihr Blick wurde nachdenklich. »Meinst du, dass das was mit Sandra Lührsen zu tun hat?«

Mamma Carlotta hatte den bösen Verdacht, dass es ihrer Enkelin bei der Beantwortung dieser Frage vor allem um die Reportage ging, die mit der Anreicherung durch eine Katastrophe natürlich noch brisanter wurde. »Vielleicht hat sie Sandra Lührsen umgebracht«, flüsterte sie. »Mit dem Treibholz aus ihrem Schaufenster.«

70

Erik fuhr auf den Parkplatz, direkt der Eingangstür des Kosmetiksalons gegenüber. Als er ausstieg, stand Sören schon auf der Straße und sah sich um. »Hier ist nichts.«

Gemeinsam gingen sie auf das Kosmetikstudio zu, wo sich im Schaufenster jemand um die Dekoration bemühte. »Adrian Halliger«, sagte Erik erstaunt. »Was macht der denn hier?«

Sie betraten den Salon, erst in diesem Augenblick wurde Halliger auf sie aufmerksam. »Wollen Sie zu meiner Frau? Die muss jeden Augenblick kommen.«

Erik betrachtete interessiert die Päckchen, Tiegel und Tuben, die Adrian Halliger aus dem Schaufenster holte und auf einem Stuhl ablegte. »Was machen Sie da?«

»Ich helfe meiner Frau manchmal bei der Dekoration.« Er nahm etwas zur Hand, was Erik sehr schnell als eine der Treibholzskulpturen erkannte, wie Tove Griess sie zurzeit in Käptens Kajüte verkaufte.

»Auch von Paul Lührsen?«

Adrian warf dem Treibholz nur einen flüchtigen Blick zu. »Kann sein. Es macht sich ganz gut als Blickfang. Meine Frau hat es schon vor zwei oder drei Wochen ins Schaufenster gestellt, aber sie war nicht ganz zufrieden mit dem Gesamteindruck.« Er nahm das Treibholz und stellte es sorgsam ins Schaufenster, positionierte es um und drehte es dann noch einmal, bis er zufrieden war. »Mal sehen, ob ich das besser hinkriege.«

In diesem Augenblick wurde ein Fahrrad vorm Haus abgestellt, Merret Halliger erschien. Sie sah abgehetzt aus und atmete schwer. »Ich musste nur schnell was besorgen ...« Sie wandte sich Erik und Sören mit aufgesetzter Höflichkeit zu. »Was kann ich für Sie tun?«

»Jemand hat den Notruf gewählt«, antwortete Erik und sah sich um, als könnte er in diesem Geschäftslokal etwas entdecken, was eine Alarmierung der Polizei rechtfertigte. »Ein Autofahrer will etwas Merkwürdiges beobachtet haben.«

Merret lachte und sah sich mit dem gleichen Blick um wie Erik. »Sehen Sie hier etwas Merkwürdiges?«

Erik schüttelte den Kopf, schaffte es aber nicht, sich zu verabschieden und zu gehen. Irgendetwas erschien ihm an diesem Ort unnatürlich. Adrian Halliger, der so tat, als wäre es für ihn selbstverständlich, die Schaufensterdekoration für seine Frau zu übernehmen, und Merret Halliger selbst, die auf ihre Armbanduhr schaute und sich nun betont unauffällig zu der Tür begab, hinter der sie ihre Kundinnen behandelte. Sie schien darauf zu warten, dass Erik und Sören wieder gingen. Sören war auch schon an der Tür, aber Erik wollte diesen Laden nicht verlassen, solange er nicht wusste, was ihn mit Argwohn erfüllte.

Schließlich machte Merret Halliger einen beherzten Schritt

auf eine Tür zu, die breiter als die anderen beiden und überdies mit Türschmuck versehen war, einem dekorativen Kranz aus Rohrgeflecht. Links führte eine Tür in ein kleines Büro, Erik konnte einen Kopierer durch den Türspalt erkennen, hinter einer auffällig schmalen Tür schien es eine Teeküche zu geben.

»Ich muss jetzt die Behandlung fortführen.«

Sie drehte zu Eriks Überraschung den Schlüssel und öffnete die Tür. Erik machte einen Schritt vor. »Sie haben Ihre Kundin eingeschlossen? Und sie allein gelassen?«

Sie fuhr zu ihm herum, als wollte sie ihn nicht in den Raum blicken lassen. »Die Maske braucht noch ein paar Minuten«, behauptete sie und wollte die Tür wieder schließen. Dann setzte sie eine gekränkte Miene auf, die aber schlecht gespielt war. »Ich weiß genau, was meine Kundinnen wünschen. Absolute Ruhe ...«

Aber Erik hatte genug gesehen. Er schob sie zur Seite und betrat den Raum. Er war leer. Und die Tür auf der anderen Seite, die nach draußen führte, war nur nachlässig zugeschoben worden. Es war kalt in dem Raum, der Novemberwind fuhr durch einen Spalt hinein. »Ist Ihnen Ihre Kundin weggelaufen? Weil sie sich hier allein gelassen gefühlt hat?«

Merret Halliger spielte die Rolle des Unschuldsengels ziemlich schlecht. »Natürlich nicht. Außerdem war die Kundin überhaupt nicht allein. Mein Mann war ja da und hat sich mit der Deko beschäftigt.«

»Und warum war sie eingeschlossen?«

»Weil ihr eine lästige Verwandte gefolgt war, vor der sie geschützt werden musste.«

Erik wurde stutzig. Er sah Sören an und merkte, dass er die gleichen Gedanken hatte wie er selbst. Lästige Verwandte? So was hatte er zurzeit zu Hause. Gab es noch mehr von dieser Sorte auf Sylt? Aber er kam nicht dazu, darüber nachzugrübeln, denn in diesem Moment quietschten Fahrradbremsen vor der Haustür. Seine Kinder standen kurz darauf in der Tür zum Kosmetikstudio.

»Was macht ihr denn hier?«

»Die Nonna schickt uns«, sagte Carolin.

Und Felix wies zu dem Treibholz, an dem Adrian soeben mit einer grünen Schleife eine Tube befestigt hatte. »Du solltest dir mal dieses Treibholz näher anschauen, hat sie gesagt. Das große, das im Zentrum steht.«

Erik fiel ein, was Dr. Antje Mikkelsen durchgegeben hatte: Sandra Lührsen war mit einem Holz erschlagen worden, das Treibholz gewesen sein konnte.

»Die Nonna sagt«, ergänzte Carolin, »dass dieses Treibholz gestern nicht hier war, heute Morgen aber wieder im Schaufenster dekoriert war.«

»Unsinn«, gab Adrian Halliger von sich, der bis dahin geschwiegen hatte. »Das Treibholz ist schon seit Wochen hier. Es wird Zeit, dass mal wieder umdekoriert wird.«

Erik sah seine Kinder an. »Die Nonna war hier?«

»Gesichtsbehandlung mit Peel-off-Maske«, bestätigte Carolin. »Sie muss wie eine verrückt gewordene Mumie ausgesehen haben, als sie abgehauen ist.«

Dass Violetta hinter dieser Flucht steckte, konnte Erik sich denken. Dass sie der Meinung gewesen war, das Haus würde bald in Flammen stehen oder darin eine Bombe explodieren, entlockte ihm nur ein Kopfschütteln. Ohne auf Merret Halligers Protest zu achten, rief er die Kriminaltechnische Untersuchungsstelle an und beorderte Kommissar Vetterich her.

71

Als Carolin und Felix zurückkehrten, hatten Violettas Berichte sich in die Höhen ihrer Fantasie geschraubt, wo es auf die Wahrheit nicht mehr ankam. Aus ihren Vermutungen waren längst Gewissheiten entstanden, und was sie für möglich gehalten hatte, war zum Ereignis geworden, nach mehrfacher Wiederholung sogar zu einem, das sie haarscharf verhindert oder dem sie durch beherztes Eingreifen im allerletzten Moment die tödliche Wirkung genommen hatte. Violetta war die Heldin des Tages, Mamma Carlottas Einwand, dass das Kosmetikstudio von Merret Halliger weder in Flammen aufgegangen noch in die Luft geflogen war, wurde wie eine lästige Mücke aus der Luft gewedelt.

Dr. Hillmot glaubte ihr zum Glück kein Wort, konnte sich aber nicht sattsehen an ihren sprühenden Augen, ihren großen Gesten und ihren unvorhergesehenen pantomimischen Darbietungen, die jedes Mal sein Gipsbein in Gefahr brachten. Dr. Hillmot machte jedenfalls nicht den Eindruck, dass er sich sein beschauliches Leben, das früher aus seiner Arbeit und den Besuchen bei seiner Schwester bestanden hatte, zurückwünschte. Er war allerdings der Einzige im Haus.

Mamma Carlotta und ihre Enkel ertrugen Violettas Geschichten nicht lange, dafür musste man närrisch vor Liebe sein, so wie Dr. Hillmot. Mamma Carlottas vorsichtige Bemühungen, das Gespräch aufs Abendessen zu lenken, blieben ungehört, ihre Überlegungen, wie sie in der kurzen Zeit das Einkaufen und Kochen bewältigen sollte, ebenfalls. Carolin entschied schließlich, dass die Küche an diesem Abend kalt bleiben sollte. Dr. Hillmot habe aufgrund bester Verköstigung und mangelnder Bewegung in den letzten Tagen garantiert zugenommen, Violetta solle, wenn sie hungrig war, an den Kühlschrank oder in den Vorrat gehen und sich etwas heraussuchen, was sie satt machte.

»Und wir?«, fragte Mamma Carlotta verzagt, die zwischen Pflichterfüllung, Gewohnheit und Hoffnung hin und her schwankte.

»Wir lassen den Pizzaservice kommen, wenn Papa und Sören zurück sind. Oder den Asia-Mann, wenn wir wollen.«

»Ich kann ein paar Tüten Chips von Feinkost Meyer holen«, bot Felix an. »Die machen auch satt.«

Mamma Carlotta nahm sich vor, diesen Tag im Kalender rot anzustreichen. Erst eine Gesichtsbehandlung in einem Schönheitssalon und dann die leichtherzige Aufgabe der Hausfrauenehre. Noch dazu die Peel-off-Maske nicht einmal bezahlt und die Hausfrauenehre geradezu in den Wind geschossen. »Che follia!« Einfach Wahnsinn, dass eine italienische Mamma, die seit ihrer Hochzeit nie einen ganzen Tag außerhalb der Küche zugebracht und sogar bei den ersten Wehen noch schnell ein Essen für die Familie hergerichtet hatte, damit sie, während das nächste Familienmitglied zur Welt kam, nicht hungern musste, zu einer solchen Leichtigkeit fähig war! Mamma Carlotta hatte nicht einmal ein schlechtes Gewissen. Und was sie selbst am meisten verblüffte: Sie betrachtete diese Entwicklung als Entfaltung. Wer derart fortschrittlich war, der schaffte es sogar, mit einer lapidaren Anmerkung das Haus zu verlassen und keinen Hinweis darauf zu geben, wann mit der Rückkehr zu rechnen sei.

»Violetta, ich gehe ins Kosmetikstudio, um meine Behandlung zu bezahlen«, rief sie durch die geschlossene Küchentür, während sie sich im Flur die Jacke überzog.

In der Küche rumorte es, Dr. Hillmots Schmerzensschrei verhinderte vermutlich, dass Violetta kam, um Mamma Carlotta ihre Begleitung anzutragen.

Felix erschien in der ersten Etage auf dem Treppenpodest. »Willst du da wirklich noch mal hin?«

Carlotta lächelte zu ihm hoch. »Il salone brennt nicht und ist auch nicht in die Luft geflogen. Meinst du, ich lasse mir nachsagen, ich hätte die Kosmetikerin betrogen?«

Felix blieb skeptisch. »Vielleicht hat Papa sie verhaftet.« Ein Grinsen ging über sein Gesicht. »Ah, du möchtest vor allem deswegen dorthin, weil du rausbekommen willst, ob Vetterich Spuren an dem Treibholz gefunden hat.«

Darauf ging Mamma Carlotta nicht ein. »Wenn Merret Halliger verhaftet worden ist, wird es natürlich schwierig werden, die Behandlung zu bezahlen.« Aber zum Glück würde unter solchen Umständen Merret Halliger auch nicht die Möglichkeit haben, die Schwiegermutter von Kriminalhauptkommissar Wolf in einen schlechten Ruf zu bringen.

Sie lief los, aber schon an der Westerlandstraße zögerte sie. Rechts ging es zum Kosmetikstudio, links zu Käptens Kajüte. Ob sie kurz einen Besuch bei Tove Griess machte? Ihn würde es interessieren, was ihr am Nachmittag widerfahren war. Und wenn er hörte, dass Merret Halliger in Verdacht stand, Sandra Lührsen erschlagen zu haben, würde er beruhigt sein. Die Angst, dass es ihm so gehen könne wie Sandra Lührsen, dass man auch ihm einen Mord in die Schuhe schieben könnte und er sogar selbst schuld daran war, machte ihm schwer zu schaffen. Das wusste sie doch. Wenn er auch mit Wut und wüsten Beschimpfungen reagierte, in Wirklichkeit war er voller Sorge.

Sie bog also links ab, überquerte die Westerlandstraße und ging in den Hochkamp. Bei Merret Halliger würde sie eben später erscheinen. Sicherlich hatte das Kosmetikstudio noch eine Weile geöffnet.

Tove empfing sie so schlecht gelaunt wie immer. »Sie sehen aber keinen Tag jünger aus. Oder waren Sie gar nicht bei der Kosmetikerin?«

Mamma Carlotta schluckte ihren Ärger hinunter und bestellte einen Cappuccino. Diese Sylter! Ein Italiener hätte einer Frau auf jeden Fall ein Kompliment gemacht, ob man ihr den Besuch bei der Kosmetikerin ansah oder nicht. Erik war auch nicht auf die Idee gekommen, ihre tiefengereinigte Haut zur Kenntnis zu nehmen. Missmutig starrte sie Toves Rücken an, während er an dem Kaffeeautomaten hantierte, und überlegte, ob sie ihm überhaupt erzählen sollte, dass Merret Halliger nun wohl in Verdacht stand, Sandra Lührsen ermordet zu haben. Wenn Mamma Carlotta recht hatte, würde Vetterich Spuren an dem Treibholz entdecken, und damit wäre dann Merret Halligers Schuld bewiesen. Eine raffinierte Idee, die Tatwaffe nicht verschwinden zu lassen, sondern sie ins Schaufenster zurückzustellen, wo sie niemandem aufgefallen wäre. Nur Carlotta Capella!

Tove knallte ihr die Cappuccinotasse hin. »Die hatte es ja ganz schön eilig.«

»Chi?« Mamma Carlotta sah ihn verständnislos an. »Wer hatte es eilig?«

»Na, die Kosmetikerin! Kommt hier reingerast, will irgendeine Treibholzskulptur, am liebsten groß und breit, schnappt sich die erstbeste, knallt mir einen Hunni auf die Theke und ist auch schon wieder weg.«

»Come?« Mamma Carlotta brauchte eine Weile, bis sie diese Information verdaut hatte. Merret Halliger hatte sie eingeschlossen und dann allein gelassen. Natürlich hatte sie das nicht merken sollen, doch Violetta hatte es gesehen. Aber Merret Halliger war nicht geflüchtet, weil sie in ihrem Salon ein Feuer gelegt hatte, sondern weil sie begriffen hatte, dass ihre Kundin, die Schwiegermutter des Kriminalhauptkommissars, darüber reden würde, dass das Treibholz für eine Weile verschwunden gewesen war. Die Tatwaffe! Also ließ Erik die Kriminaltechnische Untersuchungsstelle eine Treibholzskulptur untersuchen, auf der garantiert nicht Sandra Lührsens DNA zu finden sein würde.

»Adrian Halliger muss mit seiner Frau unter einer Decke stecken«, stieß sie hervor.

»Hä?« Tove sah sie an, als hätte sie versehentlich Italienisch gesprochen. Aber wer einer Frau nach einem Besuch im Kosmetikstudio kein Kompliment gönnte, hatte es nicht verdient, umfassend informiert zu werden.

Unter den misstrauischen Blicken des Wirts trank sie ihren Cappuccino und sagte nichts, kein einziges Wort. Das machte

Tove Griess nervös, sie konnte es sehen. Wenn er sich auch immer beschwerte, dass sie für seinen Geschmack viel zu viel redete, war jetzt klar zu erkennen, dass ihm ihr Schweigen noch viel weniger gefiel.

Als sie den Cappuccino getrunken hatte, legte sie das abgezählte Geld auf die Theke, erhob sich und verließ mit einem kurzen Gruß die Imbissstube. Wie eine Frau, die sich zu fein dafür war, eine Erklärung für ihre schlechte Laune zu geben. Das hatte er nun davon!

Draußen blieb sie stehen, weil das, was sie soeben erfahren hatte, unmöglich während des Weitergehens verarbeitet werden konnte. Erik ließ das falsche Treibholz untersuchen! Wo mochte die Skulptur geblieben sein, die sie im Schaufenster gesehen hatte? Die Halligers hatten nicht viel Zeit gehabt, sie verschwinden zu lassen. Andererseits hatten sie sorglos sein können, denn sicherlich waren sie der Meinung, dass ihr Täuschungsmanöver gelungen war. Sie konnten nicht damit rechnen, dass die Schwiegermutter von Hauptkommissar Wolf eine Spürnase hatte! Also war das Treibholz mit den verräterischen Spuren vielleicht dort gelandet, wo alles hinkam, was nicht mehr gebraucht wurde. In der Mülltonne!

So schnell sie konnte, lief sie die Westerlandstraße hinab bis zur abknickenden Vorfahrt und bog in die Hauptstraße ein. Im Nu stand sie vor dem Kosmetikstudio. Aber die Tür war verschlossen. Sie warf einen Blick ins Schaufenster, die Tuben, Töpfe und Tiegel lagen unordentlich auf dem Boden, die grünen Schleifen daneben. Merret Halliger hatte sich nicht einmal die Mühe gemacht, für Ordnung zu sorgen. Vielleicht, weil Erik sie bereits verhaftet und mitgenommen hatte?

Mamma Carlotta wusste, wo sie die Mülltonnen gesehen hatte: neben dem Haus in der Nähe der Tür, durch die Violetta sie aus dem Kosmetikstudio geholt hatte. Drei große Tonnen und eine kleine standen da, die großen mit schwarzem, mit gelbem und mit einem blauen Deckel, die kleine mit einem braunen, hier wurde der Biomüll entsorgt. Sie sah sich vorsichtig um. Bis zu diesem Augenblick war ihr nicht klar gewesen, dass es hinter dem Gebäude einen weiteren Parkplatz gab, der nur für die Eigentümer der Läden und die Mieter der Wohnungen in den oberen Etagen zur Verfügung stand, während alle Geschäftskunden vor dem Haus parken mussten. Der Architekt hatte sich etwas einfallen lassen, um die Kellerräume von außen zugänglich zu machen. Im hinteren Bereich gab es eine Vertiefung, sodass die Erdgeschossfenster dort in der ersten Etage lagen. Türen führten zu zwei kleinen Apartments, andere in Werkstätten und Lagerräume. Außerdem gab es eine Unterstellmöglichkeit für Motor- und Fahrräder.

Mamma Carlotta sah sich die Mülltonnen an. Sie kannte sich mittlerweile aus in der Mülltrennung, die in Deutschland praktiziert wurde. Und sie wusste, dass Holz in der Restmülltonne entsorgt werden musste. Also öffnete sie den schwarzen Deckel. Schon an dem Hall, den das Geräusch erzeugte, merkte sie, dass die Tonne leer war. War etwa gerade die Müllabfuhr da gewesen? Sie beugte sich über die Tonne und hätte beinahe vor Freude geschrien. Unten, am Grund der Tonne, lag das Treibholz! Nur ...: wie sollte sie da rankommen? Sie sah nur eine Möglichkeit: die große Tonne auf die Seite legen und dann so weit hineinkrabbeln, dass sie an das Treibholz heranreichte. Sie sah sich um. Oder gab es etwas, was sie zur Hilfe nehmen konnte? Einen Besen, eine Harke? Aber sie sah nichts. Also setzte sie ihren Plan in die Tat um, als gerade niemand vorbeiging und keiner sich auf den Weg in die Tiefgarage machte.

Mit großem Gepolter fiel die Mülltonne um. »Madonna!« Einen solchen Lärm hatte sie nicht machen wollen. Aber es hatte kein Halten gegeben, als die Tonne einmal in Schieflage geraten war. Obwohl sie beinahe leer war, hatte sie doch ein beträchtliches Gewicht. Mamma Carlotta wartete mit angehaltenem Atem, ob sie jemanden auf den Plan gerufen hatte. War ein Nachbar auf den Lärm aufmerksam geworden? Aber alles blieb ruhig. Vorsichtig klappte sie den Deckel der Tonne auf und spähte erneut hinein. Ihre Hoffnung, dass das Treibholz durch den Sturz der Tonne in die Nähe der Öffnung gefallen war, hatte sich leider nicht bewahrheitet. Es schien sich am Boden verkeilt zu haben. Mamma Carlotta ging auf die Knie. Schon allein, tiefer mit dem Kopf in die Tonne hineinzuschauen kostete sie Überwindung. Der Geruch war unangenehm, was an den Wänden der Tonne klebte, undefinierbar. Wieder sah sie sich nach etwas um, was dabei helfen konnte, das Treibholz herauszuholen, aber auch diesmal fand sie nichts Geeignetes. Also blieb ihr nichts anderes übrig, als in die Tonne zu krabbeln. So weit, dass sie das Treibholz endlich zu fassen bekam. Gut, dass kein weiterer Müll hinzugekommen war! Nicht auszudenken, wenn sie sich erst durch anderen Restmüll hätte kämpfen müssen! Eigentlich hatte sie also Glück gehabt, das redete sie sich tapfer ein, als sie sich so weit in die Tonne schob, dass sie beinahe ganz darin verschwunden war. Endlich! Endlich erreichte sie das Treibholz, zumindest mit den Fingerspitzen. Noch ein wenig musste sie sich strecken, dann konnte sich ihre rechte Hand um einen Ast schließen, der aus dem Stamm gewachsen war. Aber sosehr sie auch zog und zerrte, das Holz löste sich nicht vom Boden der Mülltonne. Es war zu fest dort verkeilt.

Sie zerrte, stöhnte, zerrte wieder ... dann erstarrte sie. In ihrer Nähe klappte eine Tür. Hinter ihr? Etwa die Seitentür von Merret Halligers Kosmetikstudio? Schritte waren nun zu hören, langsame Schritte, die sich nur zögernd näherten. Dann blieben sie stehen, Mamma Carlotta hörte schweres Atmen, ansonsten nur Stille. Sie wagte nicht, sich zu bewegen, starrte das Holz an, das sich nicht befreien ließ, und überlegte, wie sie aus der Tonne herauskommen sollte. Rückwärts und ganz langsam. Aber gab ihr derjenige, der hinter ihr stand, eine Chance ...?

72

Erik sah Merret Halliger an, als wäre er sehr enttäuscht von ihr. Er hatte darauf bestanden, dass das Gespräch, das er insgeheim Verhör nannte, im Polizeirevier stattfand. Ihr Mann hatte geschwiegen, als Merret Halliger ihre Handtasche holte und zu Erik und Sören ins Auto stieg. »Rufst du bitte die Kunden an, die heute noch Termine haben?«

Adrian Halliger hatte nur genickt und die Eingangstür geschlossen. Dort hatte Erik ihn stehen sehen, während er losfuhr, Sören auf dem Beifahrersitz, Merret Halliger hinter ihm, mit verriegelten Türen, damit sie nicht an einer Ampel auf die Idee kam zu fliehen.

Nun saß sie vor seinem Schreibtisch und ließ sich noch einmal fragen, wo das Treibholz am Tag zuvor geblieben war, das vorher und auch nachher ihr Schaufenster geziert hatte. Aber sie blieb bei ihrer Antwort: »Ihre Schwiegermutter irrt sich. Wie alt ist die Dame? Schon über sechzig, oder? Da nimmt das Urteilsvermögen bei manchen Menschen bereits ab. Ich sage Ihnen, dass die Treibholzskulptur seit ungefähr drei Wochen in meinem Schaufenster steht. Ununterbrochen.«

»Und warum kommt ausgerechnet heute Ihr Mann auf die Idee, an der Dekoration etwas zu ändern?«

»Weil ich ihn darum gebeten habe. Ich war nicht ganz zufrieden mit den Proportionen. Schon seit mindestens zwei Wochen sage ich zu ihm: Kannst du dir das nicht mal angucken? Heute hat er endlich daran gedacht. Mein Mann hat ein Händchen für so was. Architekten sind ja häufig Ästheten und sehr auf Formen fixiert. Ich war sicher, dass die Dekoration eine ganze andere Wirkung haben wird, wenn Adrian die Sache in die Hand nimmt.«

Erik beugte sich vor und sah sie eindringlich an. »Frau Halliger, es braucht ein paar Stunden, bis die KTU die Spuren genommen und ausgewertet hat. Spätestens dann wissen wir, ob Sandra Lührsen mit dem Treibholz erschlagen wurde, das in Ihrem Schaufenster stand. Die Gerichtsmedizinerin hat bereits ausgesagt, dass sie weiches, gebrochenes Holz in der Kopfwunde gefunden hat. So wie Treibholz! Es ist also sinnlos, alles abzustreiten. In ein paar Stunden werden wir ohnehin die Wahrheit kennen.« Er räusperte sich und ergänzte: »Und ich weiß, dass das Urteilsvermögen meiner Schwiegermutter sehr gut ist. Wenn sie sagt, das Treibholz war gestern nicht in Ihrem Schaufenster, dann glaube ich das.«

»Ich nenne das anders«, entgegnete Merret Halliger kühl. »Aussage steht gegen Aussage.«

»Ein raffinierter Plan übrigens.« Erik tat so, als zollte er ihr tatsächlich Anerkennung. »Die Tatwaffe ist ja immens wichtig bei der Aufklärung eines Mordfalls. Häufig bleibt sie unauffindbar. Oft wird sie vom Täter auch nachlässig weggeworfen, und wir entdecken sie. Manchmal nur zufällig. Aber wenn wir sie haben, dann haben wir auch viele Spuren, mit denen wir den Täter meist überführen können. In Ihrem Fall hätten wir die Tatwaffe vermutlich nicht gefunden, weil wir sie in Ihrem Schaufenster natürlich niemals gesucht hätten.«

Sie lehnte sich zurück und verschränkte die Arme vor der Brust. Tatsächlich wirkte sie jetzt so sicher und unangreifbar, dass Erik unsicher wurde. Setzte er wirklich aufs falsche Pferd? Hatte seine Schwiegermutter sich getäuscht? Würde Vetterich gleich zu ihm kommen und ihm sagen, dass Sandra Lührsen mit diesem Treibholz nicht erschlagen worden war?

Er begann noch einmal von vorne. »Sie haben Sandra Lührsen gehasst.« Er sah sie fragend an, aber sie reagierte nicht. »Sie waren enttäuscht, dass sie freigekommen war und Sie sich nun wieder Sorgen um Ihre Ehe machen mussten.«

Noch immer starrte sie an seinem rechten Ohr vorbei an die Wand. Sie schien sich nicht für das zu interessieren, was er sagte.

»Wie hat Sandra Lührsen darauf reagiert, dass Sie ›Hure‹ an ihr Haus gesprayt haben? Sicherlich wusste sie, dass Sie dahinterstecken.«

Er rechnete damit, dass Merret Halliger es abstritt, aber sie ließ den Vorwurf im Raum stehen, ohne sich zu äußern.

»Waren Sie in ihrem Haus, als Sandra Lührsen den ersten Malkurs gab? Haben Sie sich eingeschlichen?« Er betrachtete ihre Figur. Sie war nicht schlank, hatte zwar einen relativ schmalen Oberkörper, schien untenrum aber breit gebaut zu sein. Also hatte sie vermutlich auch einen dicken Hintern?

»Natürlich war ich nicht bei ihr«, antwortete sie.

»Aber Ihr Mann wurde hinter dem Grundstück gesehen«, sagte Erik.

Sie zuckte mit den Schultern. »Mag sein.«

»Die Steine und die Brandfackeln – das waren Sie nicht?«

»Nein.«

»Wie sieht es mit Ihrem Alibi aus?«, fragte Erik, bekam aber keine Antwort mehr, denn sein Handy klingelte. Die Nummer des Anrufers erschien im Display, er kannte sie nicht.

Als er abnahm, prallte die Stimme seiner Schwiegermutter an sein Ohr. »Du musst sofort kommen, Enrico! Ich bin hinter dem Kosmetikstudio, zusammen mit ... mit dem Mörder.«

»Was?« Mehr brachte Erik nicht heraus.

»Er hat es mir gerade gestanden«, sprudelte Mamma Carlotta heraus. »Er hat Witta und Sandra Lührsen umgebracht. Er will alles gestehen, weil ich nämlich ... Ach, das erzähle ich dir, wenn du hier bist. Avanti! Subito!«

Damit war das Gespräch unterbrochen, auf der anderen Seite war aufgelegt worden. Erik starrte sein Handy an, als wüsste er nicht genau, ob er alles richtig verstanden hatte.

73

Arian Halliger sah bleich aus, bleich und mitgenommen. Er sprach kein Wort, als Erik aus dem Auto stieg, auf ihn zutrat und ihn fragte, ob er etwas zu sagen habe. Als er nicht antwortete, war es Mamma Carlotta, die heraussprudelte, was Erik hören wollte. »Er war es. Gerade noch hat er es mir gesagt. Er will sich stellen. Er hat eingesehen, dass es keinen Sinn hat zu leugnen.«

Am liebsten hätte sie Adrian Halliger gerüttelt. Warum sagte er nichts? Wie konnte man dastehen und schweigen, wenn man gerade beschlossen hatte, zu einer schweren Schuld zu stehen? Und wie konnte Erik dastehen und darauf warten, dass Adrian Halliger etwas sagte? Manchmal wusste Mamma Carlotta nicht, ob sie diese Fähigkeit der Norddeutschen zu schweigen bewundern oder verabscheuen sollte.

Sie waren zusammen nach vorn zur Straße gegangen, um Erik und Sören vor dem Kosmetikstudio zu empfangen. Adrian Halliger hatte zu allem Ja und Amen gesagt, immer nur genickt und war Mamma Carlotta gefolgt. Jetzt winkte sie ihren Schwiegersohn ums Haus herum und stieß Halliger an, damit er ihnen folgte. Auch diesmal setzte er sich wie eine Marionette in Bewegung, bewacht von Sören, der ihn nicht aus den Augen ließ.

Mamma Carlotta wies auf die umgestürzte Mülltonne. »Mir war klar geworden, dass das Treibholz ausgetauscht worden war.«

Eriks Frage, wie ihr das klar geworden war, hatte sie erwartet, wenn sie auch klammheimlich gehofft hatte, er würde sie nicht stellen. Aber zum Glück war er voller Verständnis, als sie ihm erklärte, dass sie dringend einen Cappuccino nötig gehabt hatte, in der Küche am Süder Wung jedoch keine Ruhe gewesen war, weil Violetta ihrem Dickerchen von ihrer Zeit beim Zirkus erzählte. »Mit allen Pirouetten, die sie dort gelernt hat.« So sei sie quasi gezwungen gewesen, in Käptens Kajüte einzukehren.

Sie sah sofort, dass Erik in diesem Fall Verständnis für sie aufbrachte. Auch er hätte sich lieber in Käptens Kajüte aufgehalten als neben Violetta in seiner Küche. »Und da erzählte mir Tove Griess, dass Merret Halliger bei ihm gewesen war ...«

Endlich brachte auch Adrian Halliger es fertig, etwas zu sagen: »Meine Frau hat mir sofort Bescheid gegeben. Sie war es auch, die die Idee hatte, bei Tove Griess eine neue Skulptur zu besorgen. Zwar ist keine so wie die andere, aber das Risiko mussten wir eingehen. Ich bin meiner Frau mit dem Auto gefolgt, habe das Ding eingepackt und bin sofort ins Geschäft zurück, um die neue Skulptur ins Schaufenster zu setzen. Das hat nur wenige Minuten gedauert. Keiner hätte beweisen können, dass es nicht die Skulptur ist, die vorher dort gestanden hat. Zwar ist jede einzigartig, keine sieht aus wie die andere, aber man müsste sie sich schon sehr genau ansehen, um später sagen zu können, dass die zweite nicht so aussah wie die erste.« Er versuchte ein schiefes Grinsen. »Leider waren Sie schneller, als ich gedacht hatte.«

»Warum, Herr Halliger?«, fragte Erik. »Warum musste Sandra Lührsen sterben?«

»Sie wollte mich zurück. Aber ich … ich wollte nicht mehr.« Nun wurden seine Augen feucht. »Ich konnte es Merret nicht noch einmal antun. Sandra hat mir gedroht, sie würde mich nicht in Ruhe lassen. Und sie wollte Merret anzeigen, wegen der Beleidigung an ihrer Hauswand, und … sie wollte meine Ehe kaputtmachen. Das konnte ich doch nicht zulassen.«

»Und Witta Lührsen?«

»Geld«, flüsterte Adrian. »Ich brauchte Geld.«

»Und Ihre Frau?«, fragte Sören.

»Sie liebt mich«, antwortete Adrian nach einigem Zögern. »Sie will nicht, dass wir getrennt werden. Aber nun … nun wird es wohl sein müssen.«

74

Die Fahrt zum Polizeirevier, die Formalitäten dort, die kurzen Wege, die für einen Verdächtigen viel länger waren, weil er sie nicht gehen konnte, wie er wollte, sondern von einem Polizisten geführt wurde, das Auf- und Abschließen von Türen, die strikten Anweisungen, so was veränderte einen Menschen, der nicht daran gewöhnt war, oft sogar in Minutenschnelle. So auch Adrian Halliger. Aber Schuld und Hilflosigkeit hatten dennoch an seinem attraktiven Äußeren nichts geändert. Adrian Halliger stand einfach alles, gestand Erik sich ein, Trauer genauso wie Heiterkeit.

»Wo ist meine Frau?«, fragte er, als er sich gesetzt hatte.

»Wir haben sie natürlich entlassen«, antwortete Erik. »Sie konnte nach Hause gehen.«

»Weiß sie, dass ich verhaftet worden bin?«

Erik nickte und fragte sich, warum Adrian Halliger diese Frage stellte.

»Weiß sie, dass ich ein Geständnis abgelegt habe?«

Erik zögerte. »Noch nicht. Sie haben bis jetzt auch noch kein Geständnis abgelegt. Sie haben nur ...«

»... erklärt, dass ich Witta und Sandra Lührsen umgebracht habe. Beide! Ist das kein Geständnis?«

Er hatte recht. Das war ein Geständnis.

»Ich möchte, dass Sie meine Frau anrufen und ihr das mitteilen.«

»Warum?«

»Bitte tun Sie es. Vorher sage ich kein Wort.«

Erik warf Sören einen Blick zu, der sich sofort erhob und das Zimmer verließ. Nach einer Weile kehrte er zurück. »Ihre Frau lässt Sie grüßen.«

Adrian sah ihn überrascht an. »Sonst nichts?«

Erik und Sören warfen sich einen fragenden Blick zu. Worauf wollte Adrian Halliger hinaus?

»War sie nicht ... erstaunt? Hat sie nicht gesagt ... ich könnte unmöglich der Täter sein. Oder ...?« Er blickte Sören kopfschüttelnd an. »Sie hat das einfach so hingenommen?«

Sören zuckte mit den Schultern. »Ja.« Er zögerte und fügte dann hastig an: »Sie war natürlich erschüttert.«

Adrian Halliger sackte in sich zusammen, als hätte er einen Schlag in die Magengrube erhalten. »Also gut. Dann ... dann können wir anfangen.«

Erik stellte das Diktiergerät an und forderte Halliger auf: »Erzählen Sie. Beginnen wir vor fünf Jahren, beim Mord an Witta Lührsen.«

Adrian Halliger schlug die Augen nieder, schien sich konzentrieren zu müssen oder schaffte es aus anderen Gründen nicht, Erik und Sören ins Gesicht zu sehen. Aus Scham? Ja, Erik kam es so vor, als erfüllte Adrian Halliger das, was er nun sagen musste, mit großer Scham. Fünf Jahre waren vergangen, er hatte sich womöglich längst an das Schweigen gewöhnt, hatte sich vielleicht sogar an den Gedanken gewöhnt, dass ein anderer Mensch für seine Schuld bezahlen musste ... da fiel ein Geständnis womöglich schwerer als direkt nach der Tat, wenn die Emotionen noch frisch waren, wenn der Hass noch schwelte.

»Ich brauchte Geld«, begann er und stockte schon.

»Warum?«, fragte Erik. »Verdienen Sie nicht genug? Ist Ihre Auftragslage schlecht? Oder gibt es finanzielle Belastungen, die unübersichtlich geworden waren?«

Adrian Halliger nickte. »Dreimal richtig. Es war leichtsinnig von mir, mich selbstständig zu machen, die Auftragslage war von Anfang an nicht gut. Ich habe nie genug verdient. Und außerdem habe ich Unterhaltszahlungen am Hals, von denen meine Frau nichts weiß. Zwillinge! Bis sie volljährig sind, darf ich jeden Monat zahlen. Und das nicht zu knapp. Mir scheint, ich zahle mehr, als ich müsste. Aber soll ich es auf einen Prozess ankommen lassen? Dann würde meine Frau davon erfahren.«

»Aber jetzt ...«, begann Sören vorsichtig, »jetzt wird Ihre Frau wohl davon erfahren.«

»Auch schon egal.«

Erik schluckte sein völlig unangebrachtes Mitgefühl herunter. »Wie sind Sie auf die Idee gekommen, Witta Lührsen um Geld zu bitten?«

Halliger lachte. »Bitten? Gebeten habe ich sie weiß Gott nicht. Die alte Schreckschraube hätte mir keinen Cent gegeben. Eingebrochen bin ich. Ich wusste ja, dass sie dienstags nie daheim war. Und dass sie viel Geld im Haus versteckt hatte, wusste ich genauso gut wie alle anderen.«

»Aber dann war sie plötzlich doch da?«

»Ja, stand mit einem Mal hinter mir und keifte los. So laut!« Er hielt sich die Ohren zu, als könnte er die Stimme Witta Lührsens nicht einmal in der Erinnerung ertragen. »Sie schrie und schrie, beschimpfte mich, nannte mich einen Versager ...« Nun blickte er auf und nahm die Hände von den Ohren. »Da habe ich ihr eins übergebraten.«

»Womit?«, fragte Erik.

»Mit einem Kerzenleuchter. Da stand so ein hässliches, schweres Ding auf der Kommode.«

»Wo ist der Kerzenleuchter geblieben?«

»Den habe ich mitgenommen und weggeworfen.« Dann habe er aber nicht mehr die Nerven gehabt, Wittas Schränke zu durchsuchen, und sei abgehauen. »Ich war fix und fertig.«

Erik runzelte die Stirn. »Hatten Sie nicht gesagt, Sie seien zur Tatzeit mit einem Geschäftsfreund im Fitschen gewesen?«

»Da war ich auch. Aber etwas später.«

»Erst eine Frau erschlagen und dann gleich zu Fitschen am Dorfteich? Dafür braucht man Nerven.«

»Ich hatte noch Zeit, mich umzuziehen und frisch zu machen.«

»Trotzdem ...« Erik betrachtete Adrian Halliger, seine vibrierenden Hände, seine zuckenden Augenlider, die bebenden Nasenflügel. Diese Kaltblütigkeit hatte er ihm nicht zugetraut. Aber manchmal, wenn das Leben oder die Sicherheit davon abhing, reagierten die Menschen ja wie Maschinen. Der Zusammenbruch kam oft erst später.

Dann erzählte Adrian Halliger von Sandra Lührsen, von seiner Angst, die eingesetzt hatte, als er zum ersten Mal davon hörte, dass es ein Wiederaufnahmeverfahren geben würde. Er hatte Angst vor dem Wiedersehen, fürchtete sich vor ihren Fragen und vor allem davor, dass sie ihn durchschaut hatte. »Kaum war sie wieder frei, ging es auch schon los. Sie rief mich an, wollte sich mit mir treffen ... Dass meine Frau misstrauisch wurde, interessierte sie nicht. Meine Ehe war ihr egal. Ich glaube, sie wollte sogar, dass sie zerbricht.« Und schließlich habe sie ihm auf den Kopf zugesagt, dass er ihre Schwiegermutter getötet habe. »Angeblich hatte sie Beweise. Die wollte sie Ihnen vorlegen.« Er wirkte jetzt sehr erschöpft. »Ich brauche eine Pause. Kann ich mich irgendwo ausruhen?«

75

Carlotta Capella war müde, schrecklich müde. Nicht nur, dass sie am Vorabend spät zu Bett gegangen war, sie hatte auch sehr schlecht geschlafen. So was passierte ihr selten. Bisher hatte sie sich immer darauf verlassen können, dass ihr Schlaf erholsam war, selbst dann, wenn er nicht lange gedauert hatte. Das war an diesem Tag anders. Sie fühlte sich wie gerädert, war häufig aufgewacht und hatte dann Schwierigkeiten gehabt, wieder einzuschlafen. Manchmal waren von unten undefinierbare Geräusche in die erste Etage gedrungen, gelegentlich hatte sie etwas aus Carolins Zimmer gehört, dann wieder war es der Wind gewesen, der an den Rollläden gerüttelt hatte. Eine laute, unruhige Nacht.

Auf Zehenspitzen ging sie die Treppe hinunter. Nur gut, dass Violetta und Dr. Hillmot immer sehr lange schliefen und sich nicht blicken ließen, bevor Heike Schrunz kam, um bei der Morgentoilette zu helfen. Sie würde eine Stunde für sich haben, in Ruhe einen Espresso trinken können und über das nachdenken, was sie am Abend zu hören bekommen hatte.

Vielleicht war auch noch Zeit, später mit Erik und Sören darüber zu sprechen, wenn sie beim Frühstück saßen.

Die beiden waren erschöpft heimgekommen. Eigentlich wäre es wichtig gewesen, sie mit einem opulenten Abendessen zu verwöhnen, ihnen während der Antipasti zu zeigen, dass es schön war, nach einem anstrengenden Arbeitstag heimzukommen, beim Primo über das zu reden, was der Tag an Rätseln hinterlassen hatte, beim Secondo klarerzusehen und beim Löffeln des Dolce zu vergessen, was tagsüber nicht gelungen war. Der Espresso diente dann dazu, Optimismus auf den nächsten Tag zu wecken, und Rotwein sorgte für die nötige Bettschwere und schnelles Einschlafen. So musste ein Abend aussehen! Aber leider war das mit dem liebevoll zubereiteten und üppigen Abendessen nichts geworden. Wie auch? Mamma Carlotta hatte weiß Gott genug anderes zu tun gehabt, es war keine Zeit zum Einkaufen und Kochen gewesen. Der schreckliche Tag hatte mit dem Auffinden von Sandra Lührsens Leiche begonnen. Terribile! So was machte jeden Menschen fertig. Dann die Sorge um Carolin und ihre Beziehung zu Maximilian. Würde sie sich noch an ihr Versprechen gebunden fühlen, jetzt, wo ihre Nonna ihr eigenes nicht mehr halten konnte? Dann die aufregende Stunde im Schönheitssalon, Violettas Überfall und ihre gemeinsame Flucht. Und schließlich ihr Beitrag, der dazu geführt hatte, den Täter zu erwischen. Erik hatte sie am Abend sogar ausdrücklich gelobt, das hatte er noch nie getan. Wenn sie nicht zufällig in Käptens Kajüte erfahren hätte, dass Merret Halliger versucht hatte, mit einer anderen Treibholzskulptur die eine zu ersetzen, die die verräterischen Spuren trug, hätte Adrian Halliger nicht so schnell überführt werden können. Nun würde es nicht mehr lange dauern, und das Treibholz, das sie in der Mülltonne des Kosmetikstudios gefunden hatte, würde als Mordwaffe identifiziert werden. Kommissar Vetterich hatte versprochen, sich zu beeilen, um alle Spuren zu sichern.

Eigentlich also ein erfolgreicher Tag, wenn er auch mit ein paar zusammengesuchten Antipasti, aufgewärmtem Carbonara-Kartoffel-Auflauf und übrig gebliebenen Spaghetti geendet hatte, die Mamma Carlotta zusammen mit Knoblauchzehen in heißes Olivenöl geworfen, mit Petersilie überstreut und als Spaghetti aglio e olio serviert hatte. Ein Resteessen, das ihren eigenen Ansprüchen überhaupt nicht standhielt. Aber immerhin hatten Erik und Sören beide Mordfälle aufgeklärt. Also insgesamt dennoch ein erfolgreicher Abend.

Wenn da nur nicht die Sorge um Carolin gewesen wäre. Und dazu die Tatsache, dass sie selbst ihre kosmetische Behandlung noch immer nicht bezahlt hatte. Ein Ding der Unmöglichkeit! Die Capellas hatten noch nie Schulden gemacht. Dino hatte immer gesagt: Wir leisten uns nur das, was wir bezahlen können. Zwar hatte sie leider das Geld, das ihr versprochen worden war, nicht erhalten, aber was konnte Merret Halliger dafür? Auch dass sie weggelaufen war, ehe die Prozedur beendet werden konnte, war nicht deren Schuld. Nein, da wollte sie sich nichts nachsagen lassen. Schließlich war ihr Schwiegersohn der Kriminalhauptkommissar von Sylt, er hatte einen Ruf zu verlieren! Merret Halliger würde selbstverständlich ihr Geld bekommen, das sie sicherlich jetzt, wo ihr Mann verhaftet worden war, besonders gut gebrauchen konnte. Gleich, wenn der Salon öffnete, würde Mamma Carlotta bei ihr erscheinen und das Geld auf die Theke blättern. Sie mochte sich gar nicht vorstellen, in welcher Verfassung Merret Halliger war. Vielleicht hatte sie den Salon auch dichtgemacht, um sich nicht neugierigen Fragen stellen zu müssen?

Mamma Carlotta holte einen Zwieback, kochte sich einen doppelten Espresso und ließ sich seufzend am Tisch nieder. Sie wollte jeden Augenblick der Stille genießen, bevor es nebenan im Wohnzimmer unruhig wurde, musste nur aufpassen, dass sie nicht im Sitzen einschlief. Nein, sie wollte sich unbedingt noch einmal durch den Kopf gehen lassen, was Erik gestern Abend nach seiner Rückkehr berichtet hatte. Es war schrecklich gewesen zu hören, wie Adrian Halliger die Schwiegermutter von Sandra Lührsen niedergeschlagen hatte. Noch schrecklicher war es gewesen, sich anhören zu müssen, dass Adrian Halliger geglaubt hatte, sein Leben, seine Ehe, seine Liebe zu seiner Frau retten zu können, indem er sich der sexuellen Verführung entledigte. Sandra musste weg, so hatte er gesagt. Sie hatte nicht einsehen wollen, dass sie nur ein belangloser Flirt für ihn gewesen war, dass er seine Ehefrau liebte, wenn er sie auch regelmäßig mit anderen Frauen betrog. Vor allem hatte sie nicht einsehen wollen, dass sie fünf Jahre ihres Lebens geopfert hatte, ohne jetzt den Lohn dafür zu kassieren.

»Er hatte einmal gemordet«, hatte Erik gesagt, »und war ungestraft davongekommen. Scheinbar glaubte er, dass ihm das noch einmal gelingen könnte.«

Und Sören hatte nachdenklich ergänzt: »Es ist verrückt, aber er scheint seine Frau wirklich zu lieben. Obwohl er sie ständig betrogen hat. Dombrowsky hatte recht: Adrian Halliger kann offenbar nicht anders. Er hat sehr darunter gelitten, dass er seiner Frau nicht bieten konnte, was sie seiner Meinung nach verdiente, dass das Geld immer knapp war, dass sie viel arbeiten musste, damit ihr Lebensstil nicht den Bach runterging, und es sogar irgendwie geschafft hatte, den Salon in Wenningstedt auf Vordermann zu bringen, während er selbst nicht viel zum Haushaltseinkommen beitragen konnte.«

Dr. Hillmot hatte genickt, als hätte er Verständnis für Adrian Halliger. »Das muss seinem Selbstbewusstsein stark zugesetzt haben. Vermutlich hat er sich deshalb seine Erfolgserlebnisse bei anderen Frauen geholt.«

Daraufhin war Stille eingekehrt, sogar Violetta hatte versucht, sich in Adrian Halligers Schicksal hineinzudenken, ohne zu reden.

Schließlich hatte Erik gesagt: »Ein durch und durch erfolgloser Mann, wenn man von seinem Erfolg bei Frauen absieht. Er hat eine Frau umgebracht, um an Geld zu kommen, aber nicht mal das ist ihm gelungen. Anschließend war er noch genauso mittellos wie vorher. Er hat damit leben müssen, dass die Frau, der er Liebe vorgegaukelt hatte, für diesen Mord bezahlte, und hat auch sie umgebracht, weil er ihre Forderungen nicht erfüllen konnte und wollte. Was für ein verpfuschtes Leben!«

Heute, in wenigen Stunden, würde Adrian Halliger sein Geständnis unterschreiben, Vetterich würde den Beweis dafür vorlegen, dass Sandra Lührsen mit dem Treibholz erschlagen worden war, das Mamma Carlotta aus der Mülltonne geholt hatte. Ein Treibholz, das noch mit einigen Strasssteinen besetzt war, die Sandras Haut aufgerissen hatten. Mamma Carlotta fiel ein, dass auch Witta Lührsen eine solche winzige Verletzung gehabt hatte. Merkwürdig, Adrian Halliger hatte doch ausgesagt, er habe nach einem schweren Kerzenleuchter gegriffen und damit zugeschlagen …

Auch aus dem Frühstück, wie es in diesem Hause aufgetischt wurde, wenn Mamma Carlotta zu Besuch war, wurde an diesem Morgen nichts. Erik begnügte sich mit einem starken Kaffee und erklärte, er habe mit Sören verabredet, im Büro zu frühstücken. Sören wolle belegte Brötchen beim Bäcker in der Nähe des Rathauses besorgen.

Mamma Carlotta seufzte schwer. Violetta und Dr. Hillmot hatten alles durcheinandergebracht. Erst dieses missglückte Abendessen und nun ein fehlendes Frühstück, weil sich niemand wohlfühlte, wenn Heike Schrunz jeden Augenblick zu erwarten war und Violettas Sprachorgan erwachte. Carolin hatte sich auch schon von der ersten Mahlzeit des Tages abgemeldet, die würde sich beizeiten einen Kaffee ins Zimmer holen und sich ganz auf die Reportage konzentrieren, auf die Menno Koopmann schon sehnsüchtig wartete. Mit Felix war ohnehin nicht zu rechnen. Er würde schlafen, so lange es ging, und sich den Rest des Tages unauffällig verhalten, damit Violetta nicht auf ihn aufmerksam wurde.

Als Heike Schrunz klingelte, ließ Mamma Carlotta die Pflegerin herein, schob sie Richtung Wohnzimmertür und machte deutlich, dass mit ihr an diesem Tag nicht zu rechnen war. Sie wollte auch keine Ohrenzeugin werden, wenn Heike Schrunz Dr. Hillmot aus dem Schlaf holte, und nicht dafür zuständig sein, Violetta die Zeit zu vertreiben, bis ihr Dickerchen vorzeigbar war. Nein, sie wollte weg. Aber natürlich erst, nachdem sie ihre Enkelin daran erinnert hatte, wie schön es war, im Elternhaus zu leben. Während Heike Schrunz ihren Kommandoton anstellte und im Wohnzimmer für Violettas Protestgeschrei sorgte, trug Carlotta ein Frühstückstablett in Carolins Zimmer. Sie saß schon an ihrem Laptop und arbeitete so angespannt, dass sie ihre Großmutter nur am Rande wahrnahm. »Danke, Nonna. Wäre doch nicht nötig gewesen«, sagte sie, ohne aufzublicken. Auf Mamma Carlottas Erklärung, sie wolle zu Merret Halliger gehen, um ihre Schulden zu bezahlen, antwortete sie nicht. Sie schien es gar nicht registriert zu haben.

Während Mamma Carlotta sich im Flur die Jacke überzog, hörte sie, wie im Wohnzimmer die Rollläden hochgingen und die Pflegerin mit strenger Stimme verlangte, dass der Doktor sich aus dem Bett bewegte und seine Verlobte das Zimmer verließ. Schnell griff Mamma Carlotta nach einem Schal und den Handschuhen und drückte sich geräuschlos aus der Tür. Erst auf der Straße zog sie die Handschuhe an und wickelte sich den Schal um den Hals.

Während sie die Westerlandstraße entlangging, litt sie unter dem Gefühl, dass dieser Tag ein schicksalhafter sein würde. Wenn Carolin mit der Reportage fertig war und sie wirklich Koopmann fürs *Inselblatt* geben wollte, würde die Entscheidung fallen. Sylt oder Hamburg! Es war wirklich höchst ärgerlich, dass Mamma Carlotta nicht mehr auf die Einhaltung des Versprechens pochen konnte, das Carolin nur gegeben hatte, wenn sie ihrerseits ein Versprechen hielt. So erleichtert Mamma Carlotta war, dass ihre Aufgabe als Aktmodell unerledigt bleiben würde, so sehr bedauerte sie andererseits, dass sie Carolin dadurch nicht mehr in die Pflicht nehmen konnte. Wie würde sie sich entscheiden?

Es war kurz nach zehn, als sie vor dem Kosmetikstudio ankam, aber die Tür war noch verschlossen. Im Schaufenster gab es ein Schild mit den Ladenöffnungszeiten, danach hätte Merret Halliger um zehn die Tür aufschließen müssen. Andererseits erinnerte sich Mamma Carlotta mit einem Mal daran, dass sie ihren Mann aufgefordert hatte, alle Termine abzusagen, als sie Erik hatte folgen müssen. Dann war es möglich, dass der Schönheitssalon geschlossen blieb. Oder hatte Merret Halliger ihre Kundinnen erneut angerufen, um ihnen zu erklären, dass ihre Verhaftung ein Irrtum gewesen war? Dass nicht sie, sondern ihr Mann zwei Frauen ermordet hatte? »Dio mio, no!« Wer war schon bereit, ein solches Telefonat zu führen!

Mamma Carlotta wartete ein paar Minuten, dann beschloss sie, zu Budnikowsky zu gehen und Spülmittel und Scheuerschwämme einzukaufen. Als sie zurückkehrte, fiel ihr der dunkelgrüne Mini auf. Merrets Auto, das zehn Minuten vorher noch nicht neben dem Kosmetikstudio gestanden hatte. Mamma Carlotta atmete auf. Jetzt bekam sie endlich die Gelegenheit, wie ein ehrlicher Mensch für das zu bezahlen, was sie bekommen hatte. Während sie auf das Auto zuging, überlegte sie, ob sie Merret Halliger darauf hinweisen könnte, dass sie einen Teil der Behandlung gar nicht erhalten hatte. Wenn es auch ihre eigene Schuld gewesen war, würde die Kosmetikerin vielleicht trotzdem bereit sein, ihr einen Teil des Betrags zu erlassen? Andererseits war sie durch Carlotta und ihre Cousine in erhebliche Schwierigkeiten geraten und würde sich womöglich nicht gern konziliant zeigen. In diesem Fall würde

Carlotta die Gelegenheit bekommen, sich zu entschuldigen. Auch das würde ihr guttun. Sie hatte doch immer Wert darauf gelegt, sich anständig und fair zu verhalten.

76

Erik betrachtete das belegte Brötchen eingehend, bevor er hineinbiss. Er hatte es geahnt, es schmeckte nicht besonders gut. Der Käse war fade, die Brötchenhälften aufgeweicht, die Tomatenscheibe und die Salatblätter dazwischen sahen zwar gut aus, halfen aber dem Geschmack nicht weiter.

Sören ging es ähnlich. »Wann werden wir wieder bei deiner Schwiegermutter frühstücken können?«

Erik stöhnte. »Ich glaube, Violettas Rückflug geht erst in zwei Wochen.«

Beide verstummten, besahen sich ihre Brötchen wie ein Delinquent seine Henkersmahlzeit und führten ihre Kaffeebecher nur widerwillig zum Mund. Der Kaffee war genauso fade wie die Brötchen.

»Ich bin gespannt«, sagte Erik, »wie Carolin sich entscheidet.«

Sören versuchte, ihm Mut zu machen. »Ich glaube, sie wird bleiben.«

Erik allerdings bezweifelte es. »Besonders gemütlich ist es bei uns zurzeit nicht.«

»Trotzdem.«

»Das werde ich Violetta nie verzeihen, dass sie mir Carolin vergrault.« Nach einer langen Zeit des Schweigens sagte Erik: »Ich kann nicht vergessen, wie Adrian Halliger gestern geweint hat. Irgendwie ... ist mir das trotz allem nahegegangen. Er ist ein Mörder und tut mir dennoch leid.«

Sören ging es ähnlich. »Es gibt wohl viele Männer, die sich über ihre beruflichen Erfolge und ihr Einkommen identifizieren. Er hat sich wie ein Versager gefühlt, weil er nicht so viel verdiente, wie er gehofft hatte, als er sich selbstständig machte. Mir kam er während seines Geständnisses auch vor wie eine tragische Figur. Und dass er immer wieder nach seiner Frau gefragt hat …«

»Er hat gesagt, er sei sicher, dass sie heute zu ihm kommen würde.«

Wieder trat eine lange Zeit der Stille ein, dann standen sie auf und beschlossen, das Geständnis, das Adrian Halliger am Tag zuvor abgelegt hatte, an diesem Tag zu vertiefen. »Ich will Einzelheiten wissen«, sagte Erik. »Ich will diesen Mann verstehen.«

Adrian Halliger war in den Verhörraum geführt worden, saß auf einem Stuhl, den Oberkörper vorgebeugt, die Hände zwischen den Knien verschränkt. Er trug dasselbe Hemd und dieselbe Jeans wie am Vortag, sah aber dennoch gut gekleidet aus. Als er aufblickte, war zu erkennen, dass er eine schlaflose Nacht hinter sich hatte. Seine Augen waren rot gerändert, sein Blick war trübe. »Ist meine Frau gekommen?«

Erik schüttelte den Kopf. »Sie hat sich noch nicht gemeldet.«

»Sie hat nicht angerufen? Gestern? Nach meiner Verhaftung?«

Erik erwiderte nichts, setzte sich ihm gegenüber und wartete, bis Sören an seiner Seite Platz genommen hatte. »Heute geht es um Einzelheiten, Herr Halliger. Bitte schildern Sie mir noch einmal den Mord an Witta Lührsen.«

Adrian seufzte, fing aber bereitwillig noch einmal an. Dass er in Wittas Haus eingebrochen sei, was überraschend einfach gewesen war. »Ein Fenster war gekippt, das war kein Problem.« Denn berichtete er, dass er ins Schlafzimmer gegangen sei und sich dort die Schränke vorgenommen habe. »Witta hat ja kein Geheimnis daraus gemacht, dass sie Geld im Haus aufbewahrte. Und Geld wird meistens zwischen der Wäsche versteckt.« Dann aber habe sie mit einem Mal in der Tür gestanden. »Sie hat mir gedroht, die Polizei zu rufen. Da habe ich rotgesehen.«

»Und Sie haben sich den Kerzenleuchter gegriffen«, ergänzte Erik.

Adrian Halliger nickte. »Ja.«

»Ein Kerzenleuchter im Schlafzimmer?«, fragte Sören. »Das ist ungewöhnlich. Stand der nicht im Wohnzimmer?«

Halliger begann zu stottern. »Ja, richtig. Also ... sie war zurückgegangen ins Wohnzimmer, und ich war ihr gefolgt. Und dann ...«

»Wo lag sie, nachdem Sie sie niedergeschlagen hatten?«

»Auf dem Teppich.«

»In der Mitte des Raums? In der Nähe der Tür? Unterhalb des Fensters?«

»In der Mitte, glaube ich. Aber genau kann ich mich nicht erinnern. Ich war natürlich sehr aufgeregt und habe mir die Leiche nicht länger angeschaut.«

»Leiche?«, wiederholte Erik. »Sie wussten sofort, dass Witta Lührsen tot war?«

»Ja, das war klar zu erkennen.«

»Und dann?«

»Dann bin ich abgehauen.«

»Wieder durchs Fenster zurück?«

»Nein, durch die Tür.«

»Und das Fenster? Das ist offen geblieben?«

Adrian Halliger zögerte, dann bejahte er und fragte erneut nach seiner Frau. »Sie wird mich heute besuchen wollen. Sie werden sie doch zu mir lassen?«

Als Erik und Sören in ihr Büro kamen, wartete Kommissar Vetterich dort auf sie. In der Hand hielt er das Treibholz, das lange Zeit das Schaufenster des Kosmetikstudios geziert hatte. »Das andere habe ich weggelegt. Es war so, wie Sie sagten: Da war nichts dran, kein Hautfetzen, kein Haar von Sandra Lührsen.«

Erik zeigte auf das Treibholz, das Vetterich in Händen hielt. »Aber dort?«

Der Leiter der KTU grinste. Er ließ sich auf einem Stuhl nieder und betrachtete das Treibholz, als wäre er an der Kunst von Paul Lührsen interessiert. »Dies ist eindeutig die Mordwaffe, mit der Sandra Lührsen umgebracht wurde. Hautpartikel, Blutreste, feine Knochensplitter, alles da.« Er zeigte auf ein paar Strasssteinchen, mit denen die Skulptur besetzt war. »Der Riss in ihrem Nacken muss von diesem Steinchen gekommen sein.« Er wies auf ein grasgrünes Teil mit feinen Spitzen, das am Ende des Hauptastes steckte.

Erik war wie elektrisiert. »An Witta Lührsens Hals hat es eine ähnliche Verletzung gegeben. Kann es sein, dass sie auf die gleiche Weise entstanden ist?«

»Schon möglich.« Kommissar Vetterich schien zu überlegen, ob er vor fünf Jahren einen Fehler gemacht hatte. »Gab es in dem Haus von Witta Lührsen diese Skulpturen?«

»Einige. Ihr Mann war ja der Künstler. Er hat viele mit Strasssteinchen verziert. Tove Griess verkauft sie. Da gibt es nur wenige Treibhölzer, die ohne diese Verzierung auskommen.«

Sören mischte sich ein. »Aber Adrian Halliger sagt, er hat mit einem Kerzenleuchter zugeschlagen.«

»Er sagt auch«, erwiderte Erik sehr langsam und nachdenklich, während er sich seinen Schnauzer glatt strich, »dass die Leiche auf dem Teppich in der Mitte des Wohnzimmers gelegen hat.«

Sören sah seinen Chef überrascht an, auf seinem Gesicht breitete sich ganz allmählich eine Erkenntnis aus. »Sie lag im Schlafzimmer.«

»Wo aber kein Kerzenleuchter stand ...«

77 Merret Halliger war nicht zu sehen, das Kosmetikstudio nach wie vor geschlossen. Aber Mamma Carlotta war sicher, dass der grüne Mini vorher noch nicht neben dem Haus gestanden hatte. Also musste Merret Halliger gekommen sein, während sie selbst bei Budnikowsky eingekauft hatte. Unsicher blieb sie stehen und starrte die Eingangstür an. Würde sie sich gleich öffnen? Dann würde eine freundliche Kosmetikerin dort erscheinen und sich dafür entschuldigen, dass sie das Geschäft leider erst verspätet geöffnet hatte. Carlotta würde wissen, warum, weil der Termin mit der ersten Kundin abgesagt worden war. Aber sie würde nicht darauf zu sprechen kommen. Vermutlich würde Merret Halliger sowieso nicht erfreut sein, Carlotta Capella zu sehen, der sie ein paar unangenehme Stunden im Polizeirevier zu verdanken hatte. Außerdem war es Mamma Carlotta zuzuschreiben, dass nun ihr Ehemann verhaftet worden war. Nein, Merret Halliger würde nicht gut auf sie zu sprechen sein. Das war natürlich kein Grund, die Schulden bei ihr nicht zu bezahlen, aber auf ein Gespräch oder sogar lockeres Geplauder konnte sie sicherlich nicht hoffen.

Sie hörte ein Geräusch an der Seite des Hauses, dort, wo der Mini abgestellt worden war, und machte ein paar vorsichtige Schritte dorthin. Scheinbar war die Seitentür geöffnet worden und dann wieder ins Schloss gefallen. Hatte Merret Halliger gar nicht die Absicht, ihren Salon an diesem Tag zu eröffnen? Würde die Eingangstür geschlossen bleiben müssen?

Mamma Carlotta bewegte sich schrittweise zur Seite des Hauses und erschrak, als die Seitentür aufgerissen wurde. Merret Halliger trat heraus, und Mamma Carlotta duckte sich, um nicht von ihr gesehen zu werden. Nein, nach all der Unordnung, die sie in diesem Kosmetikstudio schon angerichtet hatte, wollte sie nicht auch noch beim Lauschen und Spionieren erwischt werden.

Nun stand sie hinter einem Lieferwagen, der mit laufendem Motor am Straßenrand stand, während sein Fahrer durch einen Stapel Lieferpapiere blätterte. Aber auf diesem Horchposten fühlte sie sich erst recht nicht wohl. Warum war sie nicht auf Merret Halliger zugegangen, hatte ihr selbstbewusst ins Gesicht gesehen und ihr klar und deutlich gesagt, dass sie ihre Rechnung bezahlen wolle? Sie machte einen langen Hals und wusste im nächsten Augenblick, warum sie nicht gesehen werden wollte. Merret Halliger war augenscheinlich nicht verspätet in ihren Schönheitssalon gekommen, war nicht dabei, sich auf einen Arbeitstag einzurichten, sorgte nicht für frische Handtücher im Behandlungsraum oder für ihre Durchlüftung, nein, sie schien gar nicht dort bleiben zu wollen. Sie wirkte hektisch und nervös, nahm kaum etwas von ihrer Umgebung wahr, hatte ihre geschäftsmäßige Aufmerksamkeit und Freundlichkeit komplett verloren. Nun öffnete sie den Kofferraum ihres Autos, ließ ihn offen stehen und verschwand wieder im Haus. Kurze Zeit später kam sie mit einem kleinen Koffer wieder heraus, stellte ihn ins Auto, schloss den Kofferraumdeckel und ging erneut zurück. Sie sah abgehetzt aus, überfordert und irgendwie entkräftet. Was hatte sie vor? Die Idee, auf diese Frau zuzugehen und sie mit etwas so Banalem wie der Bezahlung ihrer kosmetischen Behandlung zu belästigen, verwarf Mamma Carlotta gleich wieder. Merret Halliger hatte ganz andere Sorgen, das war nicht zu übersehen. Ihre Gedanken schienen gar nicht im Jetzt zu sein, sondern irgendwo in der Zukunft, bereits an einem Ziel angekommen, das sie womöglich gerade erst, ganz spontan, anvisiert hatte. Ihr Aufbruch sah regelrecht nach einer Flucht aus. Aber wovor wollte sie davonlaufen? Vielleicht vor der Verächtlichkeit ihrer Freunde, Bekannten und Kundinnen, wenn sich herumsprach, dass ihr Mann ein Mörder war? Das konnte Mamma Carlotta sich vorstellen. Wie gnadenlos man auf Sylt mit Menschen umging, die sich nicht an die Regeln hielten, hatte sie ja an Sandra Lührsen gesehen.

Die Seitentür war trotz der Kälte offen stehen geblieben, als wollte Merret Halliger bald wieder herauskommen und wegfahren. Da hörte Mamma Carlotta ihre Stimme. Es schien, als telefonierte sie. Carlotta bewegte sich vorsichtig auf die geöffnete Tür zu. Ja, nur die Stimme von Merret Halliger war zu hören, keine andere.

»Santiago? Gut.«

Mamma Carlotta huschte durch die Seitentür, dachte mit einem kurzen, aber heftigen Schaudern daran zurück, wie sie in anderer Richtung aus dieser Tür hinter Violetta hergelaufen war, und näherte sich vorsichtig dem Raum, in dem Merret Halliger telefonierte.

»Perfekt. Das schaffe ich.«

Neben dem Verkaufsraum gab es ein winziges Zimmerchen, das Merret Halliger wohl als Büro diente. Es war sowohl vom Verkaufsraum als auch vom Behandlungsraum zu betreten. Mamma Carlotta konnte durch die halb geöffnete Tür einen winzigen Schreibtisch, darauf einen PC und ein Kopiergerät, darüber ein paar Regale mit Aktenordnern erkennen.

»Nein, nur ein Platz.«

Ein Stuhl scharrte, Merret Halliger schien sich erhoben zu haben.

»Also gut. Ich werde pünktlich da sein.«

Mamma Carlotta sah sich hektisch um. Merret Halliger war drauf und dran, ihr Büro zu verlassen. Wohin so schnell? Der Weg zurück zur Seitentür war zu weit. Und ihre Schritte würden zu hören sein, wenn sie zur Flucht gezwungen wurde. Dio mio, warum war sie nicht draußen stehen geblieben? Was ging sie dieses Telefonat an?

Zum Glück gab es in ihrer Nähe einen dichten weißen Vorhang. Was sich dahinter verbarg, konnte sie nicht erkennen, aber sie brauchte nur einen einzigen Schritt, um verschwunden zu sein. Ihre Fußspitzen würden zu sehen sein, aber das Risiko musste sie eingehen. Merret Halliger war viel zu nervös, um darauf zu achten. Jedenfalls hoffte Mamma Carlotta das.

Vorsichtig sah sie sich um. Der Vorhang trennte einen Bereich des Behandlungsraums ab, damit die Vorräte an Pflegemitteln, die Gerätschaften und die kleine Waschgelegenheit den Gesamteindruck des Raums nicht störte. Während sie Merret Halligers Behandlung genossen hatte, war ihr dieser Vorhang nicht aufgefallen. Sie schickte ein Stoßgebet zum Himmel, zu Dino, zu Lucia und zum heiligen Arezzo. Merret Halliger würde doch nicht auf die Idee kommen, irgendeine Pflegeserie einzupacken? Dann war sie geliefert. Sie zwang sich, ruhig zu atmen, kein verräterisches Schnaufen von sich zu geben und genau auf Merret Halligers Schritte zu lauschen. Sobald sie sich weit genug entfernten, musste sie die Gelegenheit nutzen, aus dem Salon zu verschwinden.

Mehrmals ging Merret Halliger an dem Vorhang vorbei, hinter dem sie zitternd stand, jedes Mal wehte er auf und legte sich dann an ihren Körper, sodass ihre Angst, entdeckt zu werden, immer größer wurde. Und dann fiel die Seitentür ins Schloss. Mit einem Knall, der Mamma Carlotta zusammenfahren ließ. Ängstlich lauschte sie. War die Tür von innen oder von außen zugeworfen worden? Die Antwort auf diese Frage erhielt sie sofort. Der Schlüssel drehte sich im Schloss, nicht innen, sondern außen. »Madonna!« Merret Halliger hatte ihren Schönheitssalon verlassen und sie eingeschlossen. Was nun? Mamma Carlotta war versucht, zur Tür zu stürzen, daran zu klopfen und zu verlangen, dass man sie rausließ. Aber dann brachte sie es doch nicht fertig. Wie hätte sie ihre Anwesenheit erklären sollen? Neugier? Nein, das brachte sie nicht über sich. Aber natürlich würde es keine andere Erklärung geben, so viel stand fest.

Der Motor des Minis sprang an, der Wagen setzte zügig auf die Straße zurück, Merret Halliger gab Gas, und das Motorengeräusch entfernte sich schnell. Mamma Carlotta zog den Vorhang auf und ging zur Tür, drückte die Klinke, als könnte sich herausstellen, dass sie leicht zu öffnen war. Doch sie blieb verschlossen. Sie warf einen kurzen Blick in den Verkaufsraum, zog sich aber schnell wieder zurück. Wenn sie dort hinaustrat, war sie durch die großen Schaufenster von jedem zu sehen, der am Kosmetikstudio vorbeiging. Und dass die Eingangstür verschlossen war, wusste sie, ohne die Klinke herunterzudrücken.

Das Fenster! Es dauerte eine Weile, bis sie begriffen hatte, wofür die Zugschnur und der Stab dienten, die an der Seite angebracht waren. Mit der Schnur konnte sie die Rollos hoch- und runterziehen, mit dem Stab, der sich drehen ließ, komplett verdunkeln oder lichtdurchlässig machen. Die Freude, als es ihr gelang, die Rollos zu heben, war groß, wurde aber gleich darauf gedämpft, als sie sah, was sich unter dem Fenster befand. Unmöglich, dort hinauszuspringen. Direkt unter dem Fenster befand sich die Einfahrt zur Tiefgarage. Was an der vorderen Seite des Hauses eine Kleinigkeit gewesen wäre, war hier unmöglich.

Das kleine Büro hatte nur ein winziges Fenster unter der Decke. Um den Raum ausreichend zu beleuchten, musste man das Licht einschalten. Hier hatte Merret Halliger telefoniert. Mit ihrem Handy? Das hatte sie vermutlich mitgenommen. Oder gab es hier ein Festnetztelefon, das zum Geschäft gehörte? Mamma Carlotta sah sich hektisch um. Doch wenn sie eins fand, wen konnte sie anrufen? Wer würde sie befreien können? Am ehesten natürlich Erik. Er als Polizist hatte jede Möglichkeit, dieses Haus zu öffnen und sie zu befreien. Aber wie sollte sie ihm erklären, warum sie hier hineingeraten war? Auch Carolin und Felix würden ihr helfen wollen, aber konnte sie ihre Enkel dazu verleiten, in dieses Kosmetikstudio einzubrechen? Nein, das durfte sie nicht. Und wie das gelingen sollte, wusste sie sowieso nicht. Außerdem kannte sie die Handynummern der beiden nicht. Die einzige Nummer, die sie im Kopf hatte, war die Festnetznummer vom Süder Wung.

Sie zog alle Schubladen auf, dann fand sie es, ein schnurloses Telefon! Wenn sie jetzt zu Hause anrief, wer würde den Hörer abnehmen? Vielleicht Violetta? Ihr würde sie zutrauen, zu kommen und sie zu befreien. Ihr würde sie es sogar zumuten wollen. Wenn Violetta sie aus diesem Schlamassel herausholte, wäre Mamma Carlotta bereit, darüber hinwegzusehen, dass es zurzeit im Hause Wolf so ungemütlich war, dass jedes Familienmitglied sich lieber woanders aufhielt.

78

Die Stille, die im Raum stand, war schwer, konnte nicht schweben, sie lastete auf ihnen.

»Er hat ein Geständnis abgelegt«, sagte Erik schließlich. »Er hat gesagt, er habe sowohl Witta als auch Sandra Lührsen umgebracht.«

»Aber die Details gehen nicht auf«, erwiderte Sören. »Oder kann es sein, dass er sich nach fünf Jahren nicht mehr richtig erinnert?«

Das Telefon klingelte, Erik nahm ab und zuckte zusammen, als er die Stimme seines Sohns erkannte. »Felix! Ich habe zu tun …«

»Ich komme gerade von Norbert Dombrowsky.«

Erik brauchte eine Weile, um gedanklich von seinem Fall zu seiner Familie zurückzukehren. »Was hast du da gemacht?«

»Ich brauchte doch noch meine Bescheinigung.«

Erik fiel es wieder ein. Der Immobilienmakler wollte seinem Sohn das Praktikum bescheinigen, die volle Zeit, obwohl Felix früher nach Hause geschickt worden war. Eine Tatsache, die Erik seit Tagen bedrückte, die aber nun, da er das Geständnis von Adrian Halliger hatte, unwichtig geworden war.

»Ich habe dir doch von Frau Wissler erzählt.«

Erik hatte die schmale, blasse Frau gleich wieder vor Augen. »Die Sekretärin?«

»Es ist so, wie ich mir schon gedacht hatte. Sie will den Chef ans Messer liefern. Die hat noch mehrere Hühnchen mit dem zu rupfen. Und ich soll ihr scheinbar dabei helfen. Oder vielmehr ... du.«

Erik verstand kein Wort. »Du meinst, weil die beiden mal ein Verhältnis hatten?«

Felix bestätigte es. »Das weiß hier jeder. Was aber auch jeder weiß, ist, dass sie verdammt gut verdient, viel besser als jede andere Sekretärin auf Sylt. Die kassiert ein richtiges Managergehalt. So wird hier jedenfalls getuschelt. Einer der Bauzeichner hat ihr Gehalt sogar Schweigegeld genannt.«

Erik wurde nun nervös und ungehalten. »Was willst du mir jetzt erzählen, Felix?«

»Dass ich weiß, warum Jesko Lührsen so wenig Kohle für das Grundstück bekommen hat.«

Erik setzte sich aufrecht hin und drückte auf die Lautsprechertaste seines Telefons, damit Sören mithören konnte. Der hatte bis jetzt gelangweilt dagesessen und gehofft, dass das Telefonat, das er für ein privates hielt, schnell vorbei war.

»Frau Wissler hat dafür gesorgt, dass ich ein Gespräch mitbekomme, das sie mit Dombrowsky geführt hat. Scheinbar wagt sie es nicht, ihn selbst ans Messer zu liefern, sie will wohl, dass ich es tue.«

Verblüfft hörte Erik zu, was sein Sohn erfahren hatte. Frau Wissler hatte, während sie Norbert Dombrowsky einige Papiere zur Unterschrift vorlegte, darunter Felix' Praktikumsbescheinigung, das Gespräch auf das Grundstück von Witta Lührsen gebracht. Und dabei hatte sie die Tür nicht richtig ins Schloss gedrückt, sodass Felix, der wartend davorsaß, alles mitbekam. Sie habe die Akte wieder zurückgestellt, hatte sie Dombrowsky gesagt, die Felix nicht sehen sollte. Der Hauptkommissar hätte ja von Sandra Lührsen erfahren, dass Jesko nur knapp ein Viertel des Geldes bekommen habe, das das Grundstück wert war. Dombrowsky könne ja von Glück sagen, dass Felix Wolf nichts davon mitbekommen habe, womit Norbert Dombrowsky den Sohn von Witta Lührsen in der Hand hatte.

»Der wusste«, berichtete Felix aufgeregt, »dass Jesko vor Gericht gelogen hat. Er hat gesehen, dass Sandra Lührsen zu der Zeit nach Hause gekommen ist, die sie angegeben hatte. Und nicht zwei Stunden später mit Blut an den Händen. Der hat es Jesko auf den Kopf zugesagt, und die beiden haben sich darauf geeinigt, dass Dombrowsky das Grundstück für einen Appel und ein Ei bekommt, wenn er die Klappe hält. Umsonst wollte er es nicht, das wäre ja aufgefallen. Und er hatte recht. Daraus, dass er es billig bekommen hat, kann ihm niemand einen Strick drehen.«

Erik vergewisserte sich, ehe er das Gespräch mit Felix beendete, noch mehrmals, dass sein Sohn alles so wiedergegeben hatte, wie es sich zugetragen hatte, dass er nichts hinzugefügt oder aufgebauscht hatte. Felix schwor Stein und Bein, alles wahrheitsgetreu erzählt zu haben, und ergänzte sogar: »Die Wissler hat mir zugezwinkert, als sie das Büro des Chefs verließ. Die will, dass ich es dir erzähle. Die will den Chef im Knast sehen, selbst wenn sie dann demnächst kein Managergehalt mehr bezieht. Aber sie wagt es nicht, ihn selber da reinzubringen.« Und dann ergänzte Felix noch, dass er die Bescheinigung, die er brauchte, nun in Händen halte, dass sein Vater also kein Geheimnis daraus machen müsse, wie er an seine Kenntnisse gekommen sei. »Der kann mir nichts mehr anhaben. Frau Wissler wird sowieso alles bestätigen.«

Erik legte das Telefon so vorsichtig zurück, als sei es aus Glas. »Was sagst du dazu?«

Sören antwortete wie aus der Pistole geschossen: »Sandra Lührsen muss das ebenfalls gewusst haben. Oder zumindest geahnt. Vielleicht hat sie ihn damit konfrontiert, als sie gesehen hat, wie wenig Jesko für das Grundstück bekommen hat.«

»Und dann hat Dombrowsky sie erschlagen?«

»Vielleicht war es kein geplanter Mord. Aber die beiden hatten womöglich einen Streit, sie hat ihm gedroht, Dombrowsky ist wütend geworden, ihm wurde klar, dass er seinen guten Ruf verlieren würde, wenn das rauskäme …«

Erik schüttelte den Kopf. »Nein, das ist kein Motiv für einen Mord. In den Knast wäre er dafür nicht gewandert, wenn sich Frau Wissler das auch wünscht.«

»Er scheint ein impulsiver Typ zu sein.«

Aber Erik war nicht zu überzeugen. »Schluss jetzt! Wir haben den Täter! Er ist sogar geständig. Was wollen wir mehr?«

79

Es war Violetta, die sich meldete. »Pronto.«

In fliegender Hast berichtete Mamma Carlotta, in welchem Schlamassel sie steckte, und flehte ihre Cousine an, ihr zu helfen. Wie erwartet war Violetta sofort dazu bereit. Sie schien sogar ein vergnügliches Abenteuer zu wittern. Mamma Carlottas Gefühle für ihre Cousine veränderten sich von einem Moment zum anderen. Man konnte von Violetta halten, was man wollte, sie drückte sich nie, wenn sie um etwas gebeten wurde.

Deren Frage, was sie tun könne, um Carlotta aus Merret Halligers Kosmetikstudio herauszuholen, blieb allerdings ohne konkrete Antwort. »Komm einfach her, dann wird dir schon was einfallen. Vielleicht kannst du mir helfen, aus dem Fenster zu klettern.«

Sie legte auf und ging, während sie auf Violetta wartete, von der Tür zum Fenster und wieder zurück. Das Schlimmste war in einem solchen Fall das Alleinsein. Selbst wenn die Aussicht auf die Lösung eines Problems nicht näher rückte, war es doch viel leichter, die Sinnlosigkeit sämtlicher Bemühungen zu zweit zu ertragen. Mamma Carlotta wusste, dass es ihr schon helfen würde, auf der anderen Seite der verriegelten Tür eine Stimme zu hören, die sie kannte. Dann konnte sie wenigstens mit ihrer Cousine gemeinsam beraten, was zu tun war. Notfalls konnte Violetta mit dem Fahrrad zu Erik fahren, um ihn um Hilfe zu bitten. Oder sie konnte Carolin und Felix alarmieren. Aber wie ihre Enkel sie aus diesem Schlamassel herausholen sollten, wusste sie nun wirklich nicht. Violetta dagegen war alles zuzutrauen. Sie hatte sich auch noch nie von Vorschriften und dem abhalten lassen, was sich angeblich gehörte oder was üblich war.

Da kam sie auch schon auf den Eingang des Kosmetikstudios zu! Violetta, groß und kräftig, mit energischen Schritten und entschlossener Miene, eine Mütze tief ins Gesicht gezogen, als wollte sie verhindern, dass sie später wiedererkannt würde. In den Verkaufsraum warf sie nur einen kurzen Blick und ging gleich ums Haus herum, vermutlich zu dem Seiteneingang, den sie am Vortag entdeckt hatte. Kaum war Mamma Carlotta dort hingelaufen, klopfte es schon an der Tür.

»Violetta! Die Tür ist verschlossen!«

»Was ist mit dem Fenster, das nach hinten rausgeht?«

Carlotta hörte Violettas Schritte, ging zu dem Fenster und zog an der Schnur, die an der Seite des Rollos hing, das sich nun hob. Aber das Fenster war genauso verschlossen wie die Tür, der Griff ließ sich nicht drehen. In dem kleinen Schloss, das Carlotta erkannte, steckte kein Schlüssel.

Violetta stand auf dem Parkplatz an dem Geländer, das die Vertiefung für das Kellergeschoss sicherte, und machte wilde Gesten, die wohl zeigen sollten, dass sie jeden Versuch für zwecklos hielt. Mamma Carlotta fragte sich, was ein Beobachter jetzt denken mochte, der auf ihre Cousine aufmerksam wurde. Allerdings war es unwahrscheinlich, dass sie auffiel. Das nächste Haus war weit entfernt und außerdem hinter dichten Bäumen verborgen. Solange sich niemand vor den

Türen des Kellergeschosses sehen ließ, waren sie einigermaßen sicher.

Carlotta zeigte ihrer Cousine pantomimisch, dass sie ihrer Meinung sei, dass dieses Fenster nicht geöffnet werden konnte und es überdies unmöglich war herauszuspringen, weil darunter ein ganzes Geschoss lag.

Violetta hatte unterdessen ein paar Schritte zur Seite gemacht und etwas anderes ins Auge gefasst. Ein weiteres Fenster? Wenn Carlotta das Viereck, das ihre Cousine in die Luft malte, richtig interpretierte, konnte es so sein. Fieberhaft dachte sie nach. Wo gab es in diesem Studio einen weiteren Raum mit einem Fenster?

Plötzlich fiel ihr ein, dass der Verkaufsraum drei Türen besaß, eine schmale, die nach links in das kleine Büro führte, dann die breite, mit Türschmuck versehene, durch die eine Kundin den Behandlungsraum betrat, und daneben eine weitere, sehr schmale, unauffällige. Wo mochte sie hinführen? Wenn es dort noch ein Zimmer gab, dann war es nur vom Verkaufsraum aus zu betreten. Also musste Carlotta sich zunächst dorthin trauen. Wieder zeigte Violetta pantomimisch, was sie vorhatte, dann schob Mamma Carlotta die Tür in den Verkaufsraum vorsichtig auf, sah, dass niemand in der Nähe war, und ging mit einigermaßen ruhigen Schritten, damit sie niemandem auffiel, der womöglich doch vor dem Schaufenster erschien, zu der Tür, die sich zum Glück öffnen ließ. Mamma Carlotta fand sich in einer winzigen Teeküche wieder. Zwei Hängeschränke, unter dem Fenster eine Anrichte mit einem Unterschrank, darauf eine Kaffeemaschine, daneben Abfall- und Wischeimer. Carlotta hatte Mühe, Violetta zu erkennen, weil es ihr nicht möglich war, dicht ans Fenster heranzugehen. Aber Violetta trat ein paar Schritte zurück, sodass sie gesehen worden konnte, und machte nun wilde Handzeichen, die Carlotta so interpretierte, dass es unter diesem Fenster sicherer aussah. Nur ... wie sollte sie es erreichen? Es gab nur eine Möglichkeit. Sie musste auf die Anrichte klettern, das Fenster öffnen und dann herausspringen. Wohin? Da musste sie sich wohl auf Violetta verlassen.

Zum Glück fand sich eine Kiste mit Mineralwasserflaschen. Die zog sie heran und stieg darauf. So war es ihr möglich, auf die Anrichte zu klettern. »Madonna!« Unwillkürlich dachte sie daran zurück, wie sie in Sandra Lührsens Haus gezwungen gewesen war, vom Boden aufzuspringen, dabei die Decke um ihren Körper zu raffen und sich so schnell zu verstecken, dass Erik sie nicht sehen konnte. Es war schon erstaunlich, wozu man auch im Alter noch in der Lage war, wenn Gefahr drohte. Sie musste unbedingt in ihrem Dorf unter Gleichaltrigen die Frage zur Diskussion stellen, ob die körperlichen Fähigkeiten wirklich so rasant abnahmen oder ob es in Wirklichkeit nur das Zutrauen in sie war. Wenn auf dem Dorfplatz darüber geklagt wurde, dass Arthrose, Arthritis, Rheuma und Osteoporose so viel unmöglich machten, was früher kein Problem gewesen war, dann lag es in Wirklichkeit vielleicht nur daran, dass weniger von ihnen verlangt wurde? Sie selbst durfte jedenfalls auf Sylt schon mehrmals die Erfahrung machen, dass noch eine Menge möglich war, wenn es unbedingt sein musste. Sie würde demnächst in Panidomino ausführlich darüber reden, ob es vielleicht klüger war, sich nicht beim Gardinenaufhängen helfen zu lassen und der Aufforderung der Enkel, mit ihnen unter den Johannisbeerbüschen herzukriechen, nachzukommen, statt aufs Alter und steife Kniegelenke zu verweisen. Jedenfalls fand sie, dass sie Grund hatte, stolz auf sich zu sein, als sie endlich auf der Anrichte kniete.

Violetta drehte aufgeregt die rechte Hand in der Luft, was wohl bedeuten sollte, dass sie das Fenster öffnen könne, weil es darunter so aussah, als wäre das Herausspringen möglich und nicht lebensgefährlich. Das allerdings würde sie auf jeden Fall noch überprüfen, bevor sie sich traute und sich von Violettas Mutmacherei verführen ließ. Die hatte als junges Mädchen einmal eine Gleichaltrige dazu angestiftet, am Rosengitter eines Hauses hochzuklettern, in dem ein Junge wohnte, in den sie beide verliebt waren und dem nachgewiesen werden sollte, dass er in seinem Zimmer mit einem anderen Mädchen herumknutschte. Diese Angelegenheit war damals nicht gut ausgegangen. Das Mädchen war mit gebrochenen Beinen im Krankenhaus von Città di Castello gelandet, Violetta war als Drahtzieherin entlarvt worden, und der Junge hatte beide nie wieder eines Blickes gewürdigt.

Vorsichtig warf sie einen Blick hinaus. Tatsächlich! Unter diesem Fenster gab es eine solide Rabattenbepflanzung, die es vermutlich überleben würde, wenn eine übergewichtige italienische Mamma sich auf sie fallen ließ. Und wenn nicht, dann musste man solche Kollateralschäden in Kauf nehmen.

Violetta näherte sich dem Fenster mit ausgebreiteten Armen, um zu zeigen, dass sie ihre Cousine notfalls auffangen würde. Diese stellte erfreut fest, dass das Fenster zwar ebenfalls verschlossen war, dass hier aber in dem kleinen Schloss auf dem Griff ein Schlüssel steckte. Sie drehte ihn, der Griff lockerte sich, ließ sich drehen … und im selben Moment ging die Alarmanlage los.

80

Adrian Halliger weinte. Hilflos saßen Erik und Sören da und betrachteten ihn, beide unfähig, den Tränenstrom zu unterbrechen oder zu stoppen.

»Meine Frau muss kommen«, schluchzte er wie ein Kind, das nach seiner Mutter ruft. »Sie kann mich doch hier nicht hängen lassen.«

Erik versuchte es sanft und mit leiser Stimme, nachdem er das Verhör zunächst kühl und schroff angegangen war. »Herr Halliger, Ihre Frau wird Ihnen nicht helfen können …«

»Doch!«, schrie er los, so heftig, so plötzlich, dass Erik erschrocken zusammenfuhr und Sören sogar zu seiner Waffe tastete. »Sie kann mir helfen. Nur sie!« Er fiel wieder in sich zusammen, wurde erneut klein und unscheinbar und schien nur noch aus Unglück zu bestehen. Aber es war nicht das Unglück über seine Taten, seine Reue, es war das Unglück, das über seine Ehe hereingebrochen war. Erik verstand es nicht. Dieser Mann hatte seine Frau anscheinend oft betrogen, hatte zwei außereheliche Kinder gezeugt, hatte jedes sexuelle Abenteuer mitgenommen, das sich bot, hatte keine Avancen abgelehnt – und jetzt weinte er nach seiner Frau? Dass er sie tatsächlich liebte, obwohl er sie ständig betrogen hatte, konnte Erik mittlerweile glauben. Aber für seine Klagen, weil sie nicht gekommen war, um ihm zur Seite zu stehen, hatte er kein Verständnis.

»Ihre Frau kann Ihnen nicht helfen«, wiederholte er. »Selbst wenn sie sich in der Wache meldet, wenn sie nach Ihnen fragt …«

»Sie kann mir helfen!« Wieder fuhr er auf und sah Erik derart hilflos an, dass er sich der Verzweiflung dieses Mannes einfach nicht entziehen konnte. »Nur sie! Das …«, er fiel wieder vornüber und legte die Stirn auf die Tischplatte, »… kann sie mir doch nicht antun«, flüsterte er.

Sören war bereit zu übernehmen, weil er sah, dass Erik nicht weiterwusste. Er versuchte nun, noch einmal auf Witta Lührsens Tod zu sprechen zu kommen, auf den Kerzenleuchter, von dem Adrian Halliger gesprochen hatte, auf die Stelle, an der Witta Lührsen zu Boden gestürzt war. Aber Erik merkte, dass Adrian Halliger gar nicht zuhörte. Und auch Sören selbst merkte es.

Erik übernahm wieder und ging nun zum Tod von Sandra Lührsen über, fragte Halliger, warum seine Geliebte sterben musste, wie sein Hass auf sie so groß werden konnte, dass er zugeschlagen hatte. »Sind Sie mit dem Treibholz in der Hand zu ihr gegangen? Oder war das Ganze eine spontane Handlung? Haben Sie das Treibholz bei ihr gesehen, haben es ergriffen und sie zum Schweigen gebracht?«

Adrian Halliger sah auf und wirkte mit einem Mal ruhiger. »Ich habe sie nie geliebt. Geliebt habe ich immer nur meine Frau. Sandras Gefühle für mich waren stärker als meine für sie.« Mit einem Mal sprach er sehr sachlich. »So was wird oft zum Problem, wenn man Affären hat. Eine Frau, mit der man ins Bett geht, glaubt, dass es in der Ehe nicht stimmt, dass sie es schaffen kann, die Ehefrau auszubooten.«

Er schwieg eine Weile und schien in eine Erinnerung abzudriften, aus der Erik ihn schleunigst zurückholen wollte. »Bei Ihnen war das undenkbar?«

»Ich hätte Merret nie verlassen.« Die folgenden Sätze formulierte er nur mühsam: »Wenn ich für Sandra auch nur eine unbedeutende Bettgeschichte gewesen wäre, so wie sie für mich, dann hätte sie meinen Namen in der Gerichtsverhandlung vielleicht erwähnt. Möglicherweise hätte sie Jesko dann vorgeworfen, dass er sich an ihr rächen wollte, weil er von ihrem Seitensprung wusste. Vielleicht ...« Seine Finger tasteten fahrig über die Tischplatte. »Vielleicht hat Sandra gehofft, dass ich ihr helfe.«

»Wie hätten Sie ihr helfen können?«

Eriks Frage konnte nicht mehr beantwortet werden. Die Tür öffnete sich, und Enno Mierendorf trat ein. Er kam zu Erik und flüsterte ihm ins Ohr, weil er nicht wollte, dass Adrian Halliger mitbekam, was er sagte: »Im Kosmetikstudio Halliger ist schon wieder was los. Der Alarm wurde ausgelöst.«

81

Violetta stieß Carlotta an und ermahnte sie, erstens bei ihrem Bummelschritt zu bleiben und zweitens nicht zu humpeln. Sie dürften nicht auffallen, das sei wichtig.

Dass ausgerechnet Violetta es schaffte, sich unauffällig zu verhalten, spornte Mamma Carlotta an und ließ sie vergessen, dass sie bei ihrem beherzten Sprung aus dem Küchenfenster umgeknickt war und nun unter Schmerzen im rechten Fußgelenk litt. Aber die Freude darüber, dass es ihr gelungen war, auf die Arbeitsfläche zu klettern, dass sie die Nerven gehabt hatte, sich bäuchlings in die Fensteröffnung zu legen, um mit den Füßen so nahe wie möglich an den Erdboden zu reichen, dass sie sich aus dem Blickfeld aller hatten retten können, die auf den Alarm aufmerksam geworden und in den Hauseingängen erschienen waren, all das hatte sie auf Flügeln der Euphorie auf die Straße getragen. Ehe jemand nach der Polizei gerufen und andere auf das offene Fenster aufmerksam gemacht hatte, waren sie zu harmlosen Spaziergängern geworden, die auf der Hauptstraße in Richtung Meer schlenderten. Und jetzt hatten sie nur kehrtgemacht, weil sie bemerkt hatten, dass im Kosmetikstudio etwas passiert sein musste. So wie andere auch ...

Ein Streifenwagen erschien noch vor Erik und Sören. Zwei Beamte sprangen heraus, rüttelten an der Eingangstür und liefen dann nach hinten. Dort wurde ihnen das offene Fenster gezeigt, das den Alarm ausgelöst hatte. Einer der beiden Beamten war erfindungsreich, holte aus einem Keller einen Tisch, stieg darauf, hangelte sich außen am Fenstersims hoch und schaffte es, in das Fenster zu klettern. Als Erik und Sören eintrafen, brach er gerade mit einem festen Fußtritt die Eingangstür von innen auf, sodass die beiden das Kosmetikstudio betreten konnten. Carlotta und Violetta ließen sich ein paar Minuten Zeit, ehe sie erschienen.

Erik starrte seine Schwiegermutter verblüfft an. »Was willst du denn hier?«

Sie lächelte zuckersüß. »Du weißt, was hier gestern passiert ist. Bei dem ganzen Durcheinander habe ich meine Behandlung nicht bezahlen können. Das muss ich unbedingt nachholen. Man will sich ja nichts nachsagen lassen ...« Diese typisch deutsche Formulierung kannte sie von ihrer Nachbarin, die sie häufig benutzte, wenn etwas getan werden musste, was lästig, aber unvermeidbar war.

Erik drehte sich wortlos um, weil Sören nach ihm rief. »Niemand hier!«

Mamma Carlotta warf Violetta einen Blick zu, der sie daran erinnern sollte, was sie verabredet hatten. Natürlich hatte Carlotta sich gefragt, kaum dass sie sich auf die Hauptstraße gerettet hatten, wie Erik erfahren konnte, was sie beobachtet und belauscht hatte. Merret hatte ein Telefonat geführt, in dem das Wort Santiago vorgekommen war. Von der Hauptstadt Chiles hatte Mamma Carlotta schon gehört und war sofort von dem Verdacht angefallen worden, dass Merret sich nach Südamerika absetzen wollte. Warum? Das konnte sie sich auf die Schnelle nicht erklären. Aber sicher war, dass Erik davon erfahren musste.

Es war einfach. Nur ein Schritt zur Seite, und sie stand in dem kleinen Büro, ohne dass jemand auf sie aufmerksam geworden war. Auf dem Schreibtisch lagen mehrere Kulis, und es gab einen Zettelkasten, aus dem sie den oberen Zettel nahm und das Wort »Santiago« aufschrieb.

Als Erik sich zu ihr umdrehte und merkte, dass sie noch da war, reichte sie ihm den Zettel. »Guarda, Enrico! Das habe ich gerade gefunden.«

Er war wütend, das sah sie. Aber sie konnte darüber hinwegsehen. Schließlich wusste sie, dass sie etwas Richtiges tat, wenn Erik es auch nie erfahren würde. »Merkwürdig, oder? Aber vielleicht hat das ja etwas zu bedeuten.«

»Wo hast du das gefunden?«, herrschte Erik sie an.

Mamma Carlotta machte eine vage Handbewegung in Richtung Bürotür. »Da irgendwo.«

Er nahm den Zettel mit einer unwirschen Bewegung an sich, dann sagte er: »Besser, ihr geht jetzt.«

»Certo, Enrico.«

Mamma Carlotta drehte sich um und zwinkerte Violetta zu, die ihr folgte, ohne sich im Geringsten auffällig zu benehmen. Eigentlich hätte Erik es bemerken müssen, aber der starrte nun den Zettel an und überlegte, was er zu bedeuten hatte.

Sören erschien an seiner Seite, und Erik sagte: »Die Schrift kommt mir bekannt vor.«

Mamma Carlotta erschrak zu Tode. Daran hatte sie nicht gedacht. Natürlich hatte ihr Schwiegersohn schon gelegentlich ihre Handschrift gesehen, in Briefen und auf Einkaufszetteln, dass er sie erkennen könnte, hatte sie trotzdem nicht vermutet.

Zum Glück sagte Sören: »Das kann ja nur Merret Halliger geschrieben haben.«

Nun nickte Erik. Grazie a dio, er nickte.

Und wieder war es Sören, der schneller dachte als sein Chef. »Kann es sein, dass sie flüchten will? Nach Santiago?«

Erik sah ihn an und strich sich zögernd den Schnauzer glatt. »Warum?«

Sören schien etwas zu ahnen. Er zog sein Handy aus der Tasche und lief nach draußen, um in Ruhe zu telefonieren. Carlotta und Violetta bewegten sich langsam und extrem unauffällig in dieselbe Richtung.

Wen er anrief, konnten sie jedoch nicht hören. Er wurde scheinbar mehrfach weitergereicht, stellte sich immer wieder erneut vor, trug jedes Mal dieselbe Bitte vor, die Mamma Carlotta jedoch nicht verstehen konnte. Schließlich bedankte er sich, das war eindeutig zu hören, und steckte zufrieden sein Handy ein. Er nahm weder Violetta noch die Schwiegermutter seines Chefs zur Kenntnis, als er zu Erik zurückging.

Sie hörten, wie er zu ihm sagte: »Sie hat für heute Abend einen Flug nach Santiago gebucht. Aber keine Sorge, sie wird aufgehalten. Am besten, wir schicken Rudi und Enno nach Hamburg. Die sollen sie festnehmen und nach Sylt zurückbringen.«

Violetta wurde ungeduldig. Sie, die wenig Deutsch verstand, langweilte sich bald. »Avanti, Carlotta!«

Mamma Carlotta folgte ihr. Mehr würde sie heute sowieso nicht herausbekommen. Die Gedanken rasten durch ihren Kopf, stießen mal hier und mal dort an, überholten sich gegenseitig und waren am Ende noch konfuser als am Anfang. Warum sollte Merret Halliger fliehen wollen? Ihr Mann war der Mörder. Oder hatte sie ihm geholfen? Hatte sie Angst, wegen Beihilfe verhaftet und verurteilt zu werden? Sie drückte ihrer Cousine dankbar die Hand. Violetta war doch viel netter, als es manchmal den Anschein hatte.

82

»Mir langt's«, sagte Erik. »Jetzt muss Halliger mit der Wahrheit rausrücken.«

Der schien zu ahnen, was auf ihn zukam. Wieder war er in den Verhörraum geführt worden und hatte diesmal nicht lange warten müssen. Erik und Sören kamen herein, kaum dass er Platz genommen hatte, schickten den Beamten, der bei Adrian Halliger geblieben war, vor die Tür und hielten sich nicht mit Vorreden auf.

»Sie sagen uns jetzt die volle Wahrheit!«, forderte Erik.

Und Sören ergänzte: »Und zwar ein bisschen dalli. Nun ist Schluss mit der Veräppelei.«

Adrian Halliger sah sie fragend an. »Was ist mit meiner Frau?«

Erik setzte sich nicht. Er blieb ihm gegenüber an dem Tisch stehen, an dem er saß, und stützte die Fäuste auf die Platte. »Abhauen wollte sie. Nach Santiago! Der Flug war schon gebucht.«

Auch diesmal begann Adrian Halliger zu weinen. Aber während Erik bisher trotz allem ein wenig Mitleid mit ihm empfunden hatte, wurde er nun zornig. »Hören Sie auf zu flennen. Was war das für ein Geständnis, das Sie uns aufgetischt haben? Es stimmte von vorn bis hinten nicht. Wollten Sie die Schuld auf sich nehmen, um Ihre Frau zu verschonen?«

Aber Adrian Halliger schüttelte den Kopf. »Nein.« Er fuhr sich mit beiden Händen durch die Haare und sah danach noch immer so unverschämt gut aus wie vorher. Nicht einmal die verweinten Augen konnten daran etwas ändern. »Sie wollte mich tatsächlich ausliefern?«, fragte er flüsternd. »Sie hätte hingenommen, dass ich in den Knast wandere? Unschuldig? So wie Sandra?« Er fuhr sich mit dem rechten Unterarm über die Augen, dann stand er auf und wirkte nun wie ein Mann, der seiner Verzweiflung Herr geworden war. »Ich hatte wirklich geglaubt, sie würde sich stellen, wenn sie hört, dass ich die Morde gestanden habe. Ich dachte, damit könnte ich sie zwingen, die Wahrheit zu sagen. Sie kann doch nicht zulassen, dass ich verurteilt werde, obwohl ich unschuldig bin.« Seine Stimme wurde nun lauter und zorniger. »Hätte sie wirklich in Santiago ein neues Leben begonnen und mich im Gefängnis verrotten lassen? Wollte sie sich an mir rächen? So, wie Jesko sich an Sandra gerächt hat?« Mit einem Mal fiel alle Kraft wieder von ihm ab, die Wut brach zusammen, die Enttäuschung zwang ihn in die Knie. Schwer fiel er auf seinen Stuhl zurück. »Ich weiß ja«, flüsterte er, »dass sie in unserer Ehe nicht glücklich war. Nicht so glücklich wie ich. Aber dass sie mir meine Untreue derart heimzahlen würde, hätte ich nicht für möglich gehalten.«

Er schlug die Hände vors Gesicht und stöhnte in die Handflächen: »Ich habe meine Frau zur Mörderin gemacht.«

83

Sie hatten ausgesprochen frohgemut die Straße überquert und waren zu Feinkost Meyer gegangen, um fürs Abendessen einzukaufen. Mittags, so beschlossen die beiden einmütig, sollte es nur einen Imbiss in Form von mariniertem Gemüse und frischem Ciabatta geben, zum Kaffee ein wenig Gebäck, das würde reichen. Violetta schlug zwar vor, wieder den Pizzadienst anzurufen oder bei Tove Currywurst zu kaufen, aber Mamma Carlotta fand, dass man es mit diesen Bequemlichkeiten nicht übertreiben durfte. Auch auf Sylt blieb sie immer noch eine italienische Hausfrau aus Panidomino, für die so etwas eigentlich nie infrage kam.

Dr. Hillmot schien zu spüren, dass sich etwas verändert hatte zwischen Carlotta und Violetta, dass seine Geliebte nicht mehr nur geduldet, sondern mit einem Mal angenommen wurde. Das euphorisierte ihn derart, dass es schien, als wollte er sich sogar an der Vorbereitung fürs Abendessen beteiligen, obwohl er weder die notwendigen Kenntnisse noch die geringsten Fähigkeiten besaß. Mamma Carlotta nahm ihm das Messer wieder aus der Hand, nach dem er tatkräftig gegriffen hatte, obwohl der gebrochene Mittelfinger ihn schwer behinderte, und schlug ihm vor, sich stattdessen an den marinierten Vorspeisen zu bedienen. »Mehr gibt es heute Mittag nicht.«

So beließ er es dabei, die Damen, die in der Küche tätig waren, mit Anekdoten aus seinem Berufsalltag zu unterhalten, die beide amüsierten, und sich dabei eine Olive nach der anderen einzuverleiben. Besonders Violetta, die jedes Mal kreischend lachte, obwohl ihr Deutsch so schlecht war, dass sie unmöglich jede Pointe verstanden haben konnte, amüsierte sich königlich. Das Gelächter holte sogar Felix in die Küche, der zwar nicht gerne half, sich aber umso lieber beteiligte, wenn Diskussionen jeglicher Art geführt wurden. Da kam sein italienisches Erbgut zutage, dem Erik und seine Tochter stets unterlagen. Er einigte sich mit Dr. Hillmot darüber, dass er die gebratenen Champignons von der Vorspeisenplatte picken durfte, wenn er dafür die Oliven nicht anrührte.

Die Blumenkohlröschen für den Salat waren schon gekocht und zum Abkühlen beiseite gestellt worden, als Mamma Carlotta in Deutsch und Violetta parallel dazu in Italienisch berichteten, dass sie rein zufällig dazugekommen waren, als Erik feststellte, dass Merret Halliger geflüchtet war.

»Un allarme!« Violetta schilderte ausgiebig, aber zum Glück weitgehend unverständlich, dass ein Alarm losgegangen war, der die Polizei auf den Plan geholt hatte. Selbstverständlich hätten sie nichts damit zu tun gehabt, betonte Mamma Carlotta und warf Violetta, die so aussah, als wäre sie versucht, ihr Erlebnis wahrheitsgetreu zu erzählen, einen scharfen Blick zu.

Dr. Hillmot schien es zu bemerken und lenkte die Aufmerksamkeit auf seine eigene Person, indem er behauptete, es doch einmal mit Kocharbeit versuchen zu wollen. Angeblich war es ein bisher unerfüllter Wunsch von ihm, etwas selbst herzustellen, was ihn später erfreuen würde. Mamma Carlotta, die ihm den Spaß nicht verderben wollte, gab ihm nur ungern ein Messer in die Hand, verlor aber ihre Sorge, als sie sah, wie vergnügt Dr. Hillmot die Sardellenfilets zerdrückte und mit dem Zitronensaft zu einer Paste verrührte. Tatsächlich gelang es ihm so gut, dass er zu der Ansicht kam, Kochen sei gar nicht so schwer. Violetta konnte vor lauter Lachen kaum den gekochten Fenchel für die Suppe pürieren, während sie zu schildern versuchte, wie sie sich gegen Eriks Willen in das Kosmetikstudio gedrängt hatten, um den Ermittlungen beizuwohnen, sie zu belauschen und sogar einzugreifen. An dieser Stelle merkte Mamma Carlotta, dass es erneut Zeit wurde, Violetta zu stoppen. Niemand durfte erfahren, wie sie Erik auf den richtigen Weg gestoßen hatten, den er selbst womöglich nicht gefunden hätte.

»Wo ist eigentlich Carolina?«, fragte sie, um vom Thema abzulenken.

»Bei Koopmann«, gab Felix zurück und erklärte sich bereit, den Lachs für die Fenchelsuppe zu würfeln. »Sie bringt ihm die Reportage. Maximilian will sie erst auf dem Rückweg anrufen. Wenn an der Sache nichts mehr zu ändern ist.« Er sah seine Nonna mit einem Mal ernst an. »Glaubst du, dass sie wieder nach Sylt zieht?«

Mamma Carlotta wagte nicht zu antworten. Sie verlor schlagartig das Vergnügen, mit dem sie zu kochen begonnen hatte, und Dr. Hillmot bemerkte es sofort, während Violetta dem Steinbutt erzählte, dass er sich nicht grämen solle, das mit dem Anbraten sei gar nicht so schlimm, wenn man anschließend mit einer köstlichen Olivensoße übergossen würde.

Das wurde selbst Dr. Hillmot zu bunt, dem auffiel, dass er in seinem Italienischkurs schon genug gelernt hatte, um zu merken, welchen Unsinn seine Liebste manchmal redete. Die Unterhaltung mit einem toten Fisch ging ihm zu weit, und er bat Violetta mit einem Tonfall, in dem er selten mit ihr sprach, sich wie eine erwachsene Frau zu benehmen.

Das verblüffte Violetta derart, dass sie tatsächlich für einige Minuten den Mund hielt. Jedenfalls so lange, bis Dr. Hillmot ausgiebig darüber nachgedacht und doziert hatte, warum Merret Halliger geplant haben mochte, den Rest ihres Lebens in Santiago statt auf Sylt zuzubringen.

Er war entzückt, als sich kurz darauf herausstellte, dass er alles noch einmal darlegen, alle Bedenken noch einmal vorbringen und sämtliche Details noch ausgiebiger zu Gehör bringen durfte. Er war nämlich gerade erst mit seinen anfänglichen Vermutungen fertig geworden, als es an der Tür klingelte. *God save the Queen* schallte durchs Haus, und es folgten ein paar seltene Sekunden, in denen Mamma Carlotta so intensiv damit beschäftigt war, die Maronen für das Dolce zu häuten, dass Kükeltje die Chance bekam, als Erste an der Tür zu sein. Alle anderen versuchten es gar nicht erst, auch Felix machte keine Anstalten, seiner Nonna das Türöffnen abzunehmen. Zu oft hatte er diesen Wettlauf schon verloren.

Ihr Schrei, als sie die Tür aufgerissen hatte, ließ alle anderen erstarren. »Dio mio!«

Nach langem Geklapper der Garderobenbügel und Mamma Carlottas atemlosen Ausstoßen immer derselben Verwunderungen trat schließlich die Staatsanwältin ein.

»Che sorpresa!«

Der kritische Blick, den sie Violetta zuwarf, war nicht zu übersehen, und Mamma Carlotta wurde schlagartig klar, dass Tilla sich hatte überwinden müssen, trotz der Anwesenheit ihrer Cousine nach Sylt zu kommen. Es war ihr offenkundig schwergefallen.

Damit sie nicht bereute, diesen Entschluss gefasst zu haben, drückte Carlotta sie auf einen Stuhl, kochte ihr einen doppelten Espresso, kündigte ihr an, dass sie später in den Genuss von Blumenkohlsalat, Fenchelcremesuppe, Steinbutt mit Olivensoße und Maronencreme kommen würde, und malte ihr die Freude aus, die Erik empfinden würde, wenn er sie sah. So was war stets sehr wichtig, da Eriks Reaktionen in der Regel derart verhalten waren, dass es ihr immer wieder angeraten erschien, darauf hinzuweisen, dass sich ihr Schwiegersohn eben mehr nach innen freute, als seine Begeisterung deutlich zu zeigen. Dann erwähnte Mamma Carlotta noch, dass Erik mal wieder in Windeseile seine beiden Fälle gelöst habe, und damit kam endlich Dr. Hillmot zu Wort, der der Staatsanwältin seine ganz eigene Theorie vorstellte, wie Witta und Sandra Lührsen zu Tode gekommen waren. Währenddessen holte Mamma Carlotta das Gebäck aus dem Vorrat, da abzusehen war, dass die Vorspeisen nicht lange halten würden.

Tilla hörte interessiert zu, vergewisserte sich gelegentlich mit einem Seitenblick zu Carlotta, dass Dr. Hillmots Einschätzungen richtig sein konnten, und stellte nur wenige Zwischenfragen, deren Antworten sie nicht kommentierte. Währenddessen redete Violetta dem Steinbutt gut zu, damit er sich nicht für sein Ableben rächte, indem er am Boden der Pfanne festklebte, und Felix schmeckte die Maronencreme derart ausgiebig ab, dass Mamma Carlotta froh war, dafür die doppelte Menge eingekauft zu haben.

Die Atmosphäre in der Küche war so dicht und warm, wie sie es liebte und immer den Wunsch in ihr erzeugte, noch mehr Gäste an den Tisch zu holen. »Ob ich die Dottoressa anrufe?«, überlegte sie, als Dr. Hillmot eine kurze Gesprächspause einlegte. »Sie könnte am Abend dazukommen.«

Er erklärte sich sofort bereit, das zu übernehmen, denn er hatte seine frühere Telefonnummer noch im Kopf, unter der nun Dr. Antje Mikkelsen zu erreichen war.

84

Rudi Engdahl und Enno Mierendorf hatten sich auf eine Fahrt auf der Autobahn mit Blaulicht und Martinshorn gefreut, mussten dann aber feststellen, dass daraus nichts wurde. Als sie auf den Autozug gerollt waren, sahen sie ganz vorn einen grünen Mini stehen, der auf den vorherigen Autozug wohl nicht mehr gepasst hatte. Sie hatten unverzüglich Erik alarmiert, der dafür sorgte, dass der Mini in Niebüll an die Seite gewinkt wurde. Die Fahrerin wurde gebeten, auszusteigen und sich für ein Gespräch zur Verfügung zu stellen. Das war natürlich nichts anderes als die Aufforderung, sich kooperativ und vernünftig zu verhalten, damit man auf Handfesseln verzichten konnte. Der grüne Mini wurde schon auf den nächsten Zug gefahren, der nach Westerland ging, am Steuer saß aber nicht Merret Halliger, sondern Enno Mierendorf. Die Besitzerin des Autos fuhr mit Rudi Engdahl zurück, in einem Wagen der Polizei, dessen Türen von innen nicht zu öffnen waren.

Erik saß am Schreibtisch und teilte sich seine Tafel Trauben-Nuss-Schokolade mit Sören, dem eine Mittagsmahlzeit fehlte, mochte sie auch noch so klein sein. Die Aussicht auf ein gutes Abendessen in der Küche seines Chefs half seinem aktuellen Hungergefühl nicht. In diesem Fall war er froh, dass er ein paar Stücke Schokolade in den Magen bekam, die er sonst stets zurückwies.

Als das Telefon ging, glaubten sie beide, dass Rudi oder Enno am Apparat seien, aber es meldete sich eine weibliche Stimme mit dem Namen Winterbein. Erik brauchte eine Weile, bis er sich erinnerte, dass Heike Schrunz früher eine Frau Winterbein gepflegt hatte, die ihr angeblich aus Dankbarkeit eine wertvolle Kette vermacht hatte.

»Wir haben gerade alte Fotos angesehen«, erklärte die Schwiegertochter der alten Frau Winterbein. »Und dabei ist uns ein Bild aufgefallen, auf dem meine Schwiegermutter die Kette trägt, nach der Sie uns gefragt haben. Ich konnte mich ja zunächst nicht erinnern, aber nun kann ich mit Sicherheit sagen, dass die Kette, die Sie fotografiert haben, meiner Schwiegermutter gehört hat.«

Erik nickte zufrieden. »Sie hat die Kette Heike Schrunz geschenkt?«

»Das weiß ich nicht. Aber es ist natürlich möglich.«

Erik wurde schnell klar, dass er nicht herausbekommen würde, ob die Angaben von Heike Schrunz richtig waren, ob sie die Wahrheit gesagt hatte. Er war froh zu hören, dass die Schwiegertochter von Frau Winterbein keinen Wert darauf legte, dieser Angelegenheit auf den Grund zu gehen. »Soll sie damit glücklich werden. Ich hätte die Kette sowieso nicht haben wollen. Und vielleicht war es ja wirklich so, wie die Pflegerin sagt ...«

Als er aufgelegt hatte, sagte Sören: »Dann war es wohl auch so, dass Heike Schrunz den Dienst mit ihrer Schwester getauscht hat, weil sie während der Arbeitszeit shoppen wollte, was ihr Chef nicht wissen durfte.«

Erik nickte. »Ist auch schon egal. Heike Schrunz ist nicht unsere Mörderin. Sie hat Witta Lührsen nicht umgebracht, Sandra Lührsen erst recht nicht.« Er sah nachdenklich die gegenüberliegende Wand an und strich sich ausgiebig seinen Schnauzer glatt. »Warum hat Sandra Lührsen behauptet, die Kette habe ihrer Schwiegermutter gehört?«

Sören zuckte mit den Achseln. »Sie hat sich geirrt.«

Aber das wollte Erik nicht glauben. Er spürte, dass diese Antwort zu lapidar war. Die Wahrheit sah anders aus. Aber wie?

Sören lenkte ihn von dieser Frage ab: »Sollen wir dafür sorgen, dass das Ehepaar Halliger aufeinandertrifft?«

»Ich glaube, das bringt uns weiter als ein Verhör«, bestätigte Erik. »Wenn er auf sie losgeht oder umgekehrt, werden wir eine Menge erfahren.«

Er hatte recht. Adrian Halliger war wie vom Donner gerührt, als er in den Raum kam, in den seine Frau nach ihrer Ankunft in Westerland geführt worden war. Sie saß schweigend da, blickte auf ihre Hände und schien sich zu überlegen, ob sie überhaupt bereit war, eine Aussage zu machen.

Als Erik zu ihr getreten war, hatte sie nur gefragt: »Was soll ich hier? Mein Mann hat doch ein Geständnis abgelegt.«

»Warum wollten Sie fliehen?«, hatte Erik zurückgefragt.

»Ich wollte nicht fliehen, ich wollte verreisen. Was spricht dagegen? Ich bin ein freier Mensch.«

Diese Aussage hatte Erik nur mit einem vielsagenden Blick quittiert, woraufhin Merret Halliger das Reden eingestellt hatte. Sie antwortete auf keine Frage mehr, reagierte nicht, blickte nicht auf, zuckte nicht einmal mit den Schultern.

»Wollen Sie Ihren Anwalt sprechen?« Aber nicht einmal auf diese Frage Eriks hatte sie etwas erwidert.

Erst als ihr Mann hereingeführt wurde, änderte sich alles. Er sprang auf sie zu, ehe man ihn festhalten konnte, und schrie ihr ins Gesicht. »Du wolltest mich wirklich dem Richter ausliefern?«

Sie wich zurück, zeigte, dass ihr seine Nähe unangenehm war, und blickte ihn eiskalt an. »Du hast mich all die Jahre der Hölle ausgeliefert.«

Erik kam es so vor, als wollte Adrian Halliger erneut zu weinen anfangen. Aber er beherrschte sich. »Ich habe die beiden Morde gestanden, damit du den Mut findest, endlich die Wahrheit zu sagen. Dass du mich hängen lässt, damit habe ich nicht gerechnet.« Dann fing er an zu schreien: »Ich sollte für deine Morde den Kopf hinhalten?«

Sie erlaubte sich ein Lächeln, das ihn zur Weißglut brachte. Erik und Sören standen beide auf dem Sprung, um eine Gewalttätigkeit sofort zu verhindern.

»Ich habe nur deine ... dein Betthäschen umgebracht. Sie dachte, sie kann mich bis aufs Blut reizen, aber da hatte sie sich getäuscht.«

»Witta hast du auch erschlagen«, tönte Adrian. »Nach ihrem Tod hattest du plötzlich Geld. Genug Geld, um deinen Schönheitssalon auf Vordermann zu bringen. Das Ladenlokal in Wenningstedt! Wie hättest du dir das leisten können ohne Wittas Geld?«

Sie lächelte noch höhnischer. »Stimmt. Das Geld habe ich in Wittas Schränken gefunden. Aber da war sie schon tot. Ich habe gesehen, wer sie umgebracht hat. Ich war's nicht.«

Erik konnte ihr nicht glauben, aber die Sicherheit, mit der sie sprach, beeindruckte ihn, ohne dass er es wollte. »Wer war es?«, fragte er.

»Die, die dafür verurteilt wurde. Sandra Lührsen!«

85

Merret Halliger kam Erik vor wie eine schlechte Schauspielerin, die zwar ihren Text gelernt hatte, es aber nicht schaffte, ihn mit Leben zu füllen. Kalt und emotionslos schilderte sie den Abend vor fünf Jahren, an dem Witta Lührsen ihr Leben lassen musste. Nicht einmal ihre Kleidung passte zu ihrer Rolle, als hätte der Kostümbildner keine gute Arbeit geleistet. Merret Halliger sah aus wie eine

Geschäftsfrau, elegant und teuer gekleidet, gestand aber ohne mit der Wimper zu zucken, dass sie eine Mörderin war. Seit sie wusste, dass sie verloren hatte, dass das Spiel aus war, spulte sie ihr Geständnis ab, als wollte sie es so schnell wie möglich hinter sich bringen.

»Ich dachte, Adrian wollte sich mit Sandra treffen«, begann sie, als sie nach dem Abend vor fünf Jahren gefragt wurde. »Ich habe ihm nicht geglaubt, als er sagte, er sei im Fitschen verabredet. Erst bin ich ihm gefolgt, dann habe ich Sandra auf dem Weg nach List gesehen und bin ihr hinterher. Ich hatte den Verdacht, dass Adrian sich nach dem Essen früh verdrücken wollte, um sich danach noch mit Sandra zu treffen. Doch dann sah ich, dass sie zu ihrer Schwiegermutter fuhr. Witta war nicht da, aber Sandra hat geduldig vor dem Haus in ihrem Auto gewartet. Und als Witta kam, früher als sonst, ist sie ausgestiegen und mit ihr ins Haus gegangen.« Ein feines, messerscharfes Grinsen zog über ihr Gesicht, kalt und angsteinflößend. »Witta hat ein Fenster geöffnet, das machte sie immer, wenn sie heimkam, und auch immer, bevor sie schlafen ging. Ich konnte jedes Wort verstehen, und als ich näher rangegangen bin, konnte ich auch sehen, was vor sich ging.«

»Sandra Lührsen hat ihre Schwiegermutter um Geld gebeten?«

»Nein, sie wollte kein Geld. Sie hat ihr vorgeworfen, dass sie schlecht über sie redet, dass sie ihren Ruf auf Sylt zerstört, dass sie kein gutes Haar an ihr lässt. Aber Witta hat dagegengehalten. Sie wusste, dass Sandra ein Verhältnis mit meinem Mann hatte. Und sie hatte sich vorgenommen, Jesko darüber aufzuklären, was für eine Schlampe seine Frau war. Er sollte sich endlich scheiden lassen. Daraus entstand ein wüster Streit, und schließlich hat Sandra sich eine der Treibholzskulpturen geschnappt, die bei Witta herumstanden, und zugeschlagen. Witta ist sofort zu Boden gegangen und Sandra mitsamt ihrer Waffe aus dem Haus gelaufen. Sie hat die Skulptur in den Kofferraum geworfen und ist losgefahren.«

»Die Tatwaffe hat sie vermutlich unterwegs entsorgt«, vermutete Erik. »Und Sie?«

»Ich bin durch das offene Fenster geklettert und habe mich umgesehen. Witta war tot, ich konnte in aller Ruhe die Schränke nach Geld durchsuchen.«

»Und Sie sind fündig geworden?«

Merret Halliger nickte, als wäre von einer Banalität die Rede, als würde sie zu einem Ladendiebstahl befragt. »Überall steckte Geld. Am Ende hatte ich genug für einen Neuanfang.«

Sören schüttelte den Kopf, als könnte er ihr nicht glauben. »Und der Rest? Den kennen Sie von Sandra Lührsen?«

»Sie hat mich vor Feinkost Meyer angequatscht.« Sie sah von Erik zu Sören und wieder zurück. »Sie waren ja in der Nähe, Sie müssen das gesehen haben.«

Erst als die beiden Bestätigung signalisierten, fuhr sie fort: »Sie wollte mich am Abend besuchen, sie wusste, dass Adrian nicht zu Hause sein würde.« Nun war für Augenblicke Schluss mit ihrer Kühle, mit der Gefühllosigkeit. »Damit bewies sie mir, dass sie wieder Kontakt mit meinem Mann hatte. Aber ich hatte es ja schon geahnt.«

»Was wollte sie von Ihnen?«, fragte Sören.

»Geld. Sie hatte sich während der fünf Jahre wohl zusammengereimt, dass ich es gewesen sein musste, die sich das Geld geholt hat. Sie selbst hatte nach dem Mord nichts gefunden, und sie wusste ja, dass ich in der Nähe wohne.«

»Moment!« Erik hob die Hand. »Sie ist direkt nach dem Mord nach Hause gefahren, das hat sie damals ausgesagt, und das hat ihr Mann in seinem Brief bestätigt. Er hat auch geschrieben, dass er gemeinsam mit ihr schlafen gegangen ist. Sandra hat das Haus nicht noch einmal verlassen.«

Merret Halliger zog die Mundwinkel herab. »Jesko, dieser Dummkopf! Der hat nicht mal gemerkt, dass seine Frau ihm ein Schlafmittel ins Bier gegeben hat. Der hat nicht geschlafen, der lag praktisch im Koma. Dass Sandra wieder aufgestanden und nach List gefahren ist, hat der gar nicht gemerkt. Am nächsten Morgen hat er sich nur gewundert, wie tief und fest er geschlafen hat.«

»Sandra Lührsen hat das Haus ihrer Schwiegermutter nach Geld durchsucht?«

»Aber sie hat nichts gefunden. Und nach ihrer Freilassung hat sie mein Kosmetikstudio gesehen. Dadurch wurde ihr Verdacht bestätigt. Sie wusste, dass ich nicht in der Lage war, so was aus eigener Kraft zu finanzieren. Und dass ich auf Adrian nicht bauen konnte, wusste sie auch. Sie wollte das Geld zurück. Sollte ich mich weigern, wollte sie mich anzeigen. Sie war davon überzeugt, dass die Polizei mich dann auch für die Mörderin von Witta halten würde.« Sie sah Erik und Sören fragend an. »Stimmt das?«

Erik antwortete: »Wir halten Sie auch jetzt noch für die Mörderin von Witta Lührsen.«

Nun war endgültig Schluss mit ihrer Gefühlskälte. »Ich war es nicht!« Ihre Stimme wurde laut und unbeherrscht. »Ich habe Sandra gesagt, ich würde der Polizei die Wahrheit verraten, ich würde aller Welt erzählen, dass damals die Richtige verurteilt wurde. Aber sie hat nur gelacht. Das würde mir nicht helfen, hat sie gesagt. Es kann niemand für ein und dieselbe Tat zweimal verurteilt werden.« Sie sackte wieder in sich zusammen, ihre Stimme wurde leiser. »Ich habe mich erkundigt, es stimmt.«

Den Mord an Sandra Lührsen gestand sie mit so schwacher Stimme, dass Erik Mühe hatte, sie zu verstehen. Es war ein geplanter Mord gewesen, eiskalt vorbereitet und ebenso eiskalt durchgeführt. Zunächst hatte sie ihren Mut gekühlt, indem sie Steine und Brandfackeln in Sandra Lührsens Garten geschleudert hatte, aber dabei war sie von ihrem Mann erwischt worden, der sie zurückgehalten hatte. Adrian Halliger hatte geahnt, was sie plante, und war ihr gefolgt. Er hatte sie angefleht, Sandra in Ruhe zu lassen, hatte sie darauf hingewiesen, dass der Chefredakteur des *Inselblatts* in der Nähe war, und sie gefragt, ob es am nächsten Tag ein Foto von ihr in der Zeitung geben sollte. Dann würde sie ihren Schönheitssalon dichtmachen können.

»Da habe ich beschlossen, dass Sandra Lührsen ein für alle Mal aus meinem Leben verschwinden muss«, sagte Merret Halliger. »Ohne Wiederkehr.«

Sie hatte sich überlegt, dass die Treibholzskulptur in ihrem Schaufenster die richtige Waffe war. Eine ganz ähnliche Waffe wie die, der Witta Lührsen zum Opfer gefallen war. Eine Waffe, die später wieder ins Schaufenster gesetzt werden sollte, als wäre sie nie zweckentfremdet worden. »Sie hätten die Tatwaffe lange suchen können«, sagte sie verächtlich, aber dann veränderte sich ihr Gesicht. Hass und Wut erschienen in ihren Augen und in ihren Mundwinkeln. »Wenn nur Ihre Schwiegermutter nicht bei mir aufgetaucht wäre!«

Darüber wollte Erik auf keinen Fall reden. Ohne sich eine Reaktion anmerken zu lassen, ohne Merret Halliger zu zeigen, wie froh er war, dass sie seiner Schwiegermutter nichts mehr anhaben konnte, fragte er nach dem Mord an Sandra Lührsen. »Sie haben sich in ihr Haus geschlichen?« Er dachte an den Abdruck auf dem frischen Gemälde und den gleichen Abdruck im Gäste-WC. »Und als die Gelegenheit günstig war ...«

»Sie wollte abhauen«, sagte Merret Halliger. Und nun erschien in ihrer Miene zu all der Wut und dem Hass auch noch Triumph. »Als sie mich in ihrem Atelier sah, wusste sie gleich, was ich wollte. Aber ich habe sie an der Tür erwischt.«

86

Die Dunkelheit brach schon herein, das Abendessen war vorbereitet, Mamma Carlotta freute sich auf den Abend in großer Runde. Dr. Antje Mikkelsen kettete, so wie Sören es zu tun pflegte, ein Rennrad am Zaun fest. Mamma Carlotta sah es zufällig und wunderte sich, dass diesmal der blaue Porsche nicht vor der Tür stand. Auch an dem Äußeren der jungen Gerichtsmedizinerin hatte sich etwas geändert. Ihr Outfit war nicht mehr nach der neuesten Mode, sondern vor allem praktisch und zweckmäßig. Auf Make-up hatte sie gänzlich verzichtet und ihre Haare nur mit einer Spange im Nacken zusammengehalten. Sie war dennoch hübsch wie eh und je, aber diesmal auf sehr schlichte, völlig unspektakuläre Art. Mamma Carlotta befiel der Verdacht, dass Dr. Mikkelsen sich heute am Rotwein- und Grappatrinken beteiligen wollte, aber auf die Frage nach ihrem Auto antwortete sie: »Sören hat recht. Auf Sylt kann man fast alles mit dem Rad erreichen.«

Mamma Carlotta sah sie verwundert an, erwiderte aber nichts, sondern dachte sich nur ihren Teil. Sören hatte Einfluss auf Dr. Mikkelsen? Molto interessante!

Die junge Frau ließ sich ohne Umstände am Tisch nieder, und Mamma Carlotta erfreute sich ein weiteres Mal daran, dass Dr. Mikkelsen sich nie zierte, sondern jede Einladung immer gern annahm. Auch beim Limoncello, den die Staatsanwältin schon vor sich stehen hatte, sagte sie nicht Nein und erkundigte sich nach Dr. Hillmots Gesundheit und Violettas Wohlergehen. Natürlich bekam sie auf der Stelle erzählt, dass Adrian Halliger am Vorabend ein Geständnis abgelegt hatte. Das wusste sie bereits, und zwar von Sören. Offenbar hatte er sie am späten Abend noch angerufen und ihr davon erzählt. »La sera tardi?« Molto interessante! Mamma Carlotta nahm sich vor, die beiden an diesem Abend noch genauer zu beobachten.

Von den Entwicklungen dieses Tages wusste Antje Mikkelsen jedoch noch nichts. Mamma Carlotta berichtete sehr langsam und konzentriert, was sich zugetragen hatte, damit sie nicht versehentlich die volle Wahrheit gestand, sondern nur das verriet, was auch Erik und Sören erzählen würden, wenn sie heimkamen. Also dass Carlotta ihre kosmetische Behandlung bezahlen wollte, dass Violetta sie begleitet hatte, dass sie auf die Alarmanlage aufmerksam geworden waren und sich gefragt hatten, was im Kosmetikstudio Halliger vor sich ging. Und dann war Mamma Carlotta tatsächlich im Büro, wiederum rein zufällig, auf einen Zettel aufmerksam geworden, auf dem das Wort »Santiago« stand.

Tilla war elektrisiert. »Also war es gar nicht Adrian Halliger, sondern seine Frau?«

Dr. Mikkelsen antwortete: »Warum sollte er ein Geständnis ablegen, wenn seine Frau die Morde begangen hat?«

Auf diese Frage hatte keiner eine Antwort. Dr. Hillmot versuchte es: »Vielleicht liebt er sie so sehr, dass er bereit ist, für sie lebenslang ins Gefängnis zu gehen?« Er drückte Violetta einen Kuss auf die Hand. »Für meine süße Kleine würde ich auch jede Strafe auf mich nehmen.«

Das konnte natürlich niemand ernst nehmen, außer Violetta selbst, die ihrerseits versicherte, dass auch sie gern lebenslang ins Gefängnis gehen würde, wenn ihrem Dickerchen damit geholfen würde.

Felix, der von Liebe noch nichts wusste, der noch immer nicht mehr als akute Verliebtheit kennengelernt hatte, lachte sogar laut und verächtlich darüber.

Die Staatsanwältin schloss sich seiner Einstellung an. Sie hielt es ebenfalls für völlig ausgeschlossen, dass Adrian Halliger sich für seine Frau opfern wollte. »Der hat sie von vorne bis hinten betrogen. Ein Egoist!«

Dr. Mikkelsen sah diese Angelegenheit differenzierter und berichtete von einem Cousin, der auch in dem Ruf gestanden hatte, ein gnadenloser Casanova zu sein. Dennoch war er bereit gewesen, für seine Ehefrau, die er ständig betrogen hatte, eine Niere zu spenden. Dass er diese Operation nicht überlebte, fand nicht nur seine Frau sehr tragisch, das fanden auch seine aktuellen Geliebten, die gemeinsam mit der frisch transplantierten Ehefrau vor der Urne in Tränen ausgebrochen waren.

Diese Geschichte war so recht nach Mamma Carlottas Geschmack. Die würde sie garantiert auf dem Dorfplatz zum Besten geben, wenn sie wieder in Umbrien war. »Molto interessante!«

Hinterlistig erkundigte sie sich, wie Dr. Mikkelsen zum Thema Liebe und Treue stand, aber leider war diese klug genug, darauf nicht hereinzufallen. Sie durchschaute Mamma Carlotta, lächelte nur vielsagend und schwieg. Ihr Schweigen war allerdings so beredt, dass es Mamma Carlotta wie eine Antwort vorkam ...

Heike Schrunz betrat kurz darauf das Haus, ohne nach rechts und links zu blicken, ohne Mamma Carlotta anzusehen, die ihr die Tür öffnete. Sie ging gleich ins Wohnzimmer und wartete dort darauf, dass ihr Dr. Hillmot im Rollstuhl gebracht wurde. Carlotta hielt Violetta zurück und bat Felix, Dr. Hillmot in die Arme seiner Pflegerin zu schieben, damit ihr Aufenthalt in diesem Haus nicht durch Streitigkeiten verlängert wurde. Sie hörte noch, wie er Heike Schrunz anwies, ihm einen frischen Schlafanzug anzuziehen, da die Staatsanwältin und auch seine Nachfolgerin zu Besuch gekommen seien und er sich den Damen von seiner besten Seite zeigen wolle. »Wenn schon im Schlafanzug, dann wenigstens in einem nagelneuen.«

Er hatte sich diesmal für ein moosgrünes Modell entschieden, das einen seidigen Schimmer hatte und ihm so gut stand, dass Violettas zärtliche Gefühle mal wieder heftig entflammten und sie ihr Dickerchen abküssen musste, bis er sich energisch von ihr frei machte, damit er sich Frau Dr. Speck und seiner Nachfolgerin zuwenden konnte. Heike Schrunz verließ ohne Abschiedsgruß das Haus, die Tür donnerte aber ins Schloss, als wollte sie damit ihre Meinung zu der unfreundlichen Behandlung kundtun. Mamma Carlotta richtete den Blumenkohlsalat an, lauschte auf die lebhaften Gespräche in ihrer Küche, beteiligte sich ausnahmsweise jedoch nicht daran, sondern genoss sie mit allen Sinnen. Das Lebendige und Laute, die Aufmerksamkeit und die Wertschätzung, die einer dem anderen entgegenbrachte. Sogar Violettas Geplapper, dem niemand zuhörte, fügte sich ein wie etwas, was sich zum Abrunden, zum Vervollständigen und Weichzeichnen eignete. Dr. Hillmots Bass war laut, aber nicht so laut, dass er die anderen übertönte, Tillas Stimme war hell und selbstsicher, was Dr. Mikkelsen sagte, fand ihre Zustimmung, und was Felix einwarf, brachte alle zum Lachen. Momente wie diese machten Mamma Carlotta glücklich. Das war in Panidomino so und auf Sylt erst recht.

Erik und Sören erschienen, als sie gerade den Brotkorb auf den Tisch gestellt hatte. Sören freute sich sichtlich, dass Antje Mikkelsen am Tisch saß, Erik war glücklich, Tilla zu sehen, schaffte es sogar, seine Freude zu zeigen, und beteuerte darüber hinaus, dass ihre Überraschung wirklich gelungen sei. Eine ausgesprochen gefühlvolle Darbietung, die seine Schwiegermutter sehr zufrieden machte.

Erik sah sich um und beantwortete die Fragen nach dem Ergebnis seines Verhörs zunächst nicht. »Wo ist Carolin?«

Felix antwortete: »Beim *Inselblatt*. Sie bringt ihre Reportage zu Koopmann.«

Eriks Gesicht hellte sich auf. »Sie hält die Verabredung mit Maximilian nicht ein?«

Felix grinste zufrieden. »Der muss nun selbst recherchieren.«

Was das für Carolins Zukunft zu bedeuten hatte, darüber sprach niemand. Die Frage, ob damit ihre Beziehung zu Maximilian beendet war, stand in allen Gesichtern, aber keiner wollte sie aussprechen. Trotz hoffnungsvoller Mienen blickte man auch in ängstliche Augen. Sie ließen sich Zeit mit der Vorspeise, ohne dass jemand ausdrücklich sagte, man solle mit der Suppe auf Carolins Heimkehr warten.

Natürlich fragte Tilla nach dem Ergebnis der Ermittlungen, Dr. Hillmot und Dr. Mikkelsen waren ebenso interessiert, und Carlotta sah ihrem Schwiegersohn an, dass er sich gern von den Sorgen um Carolin ablenken ließ. In großer Ausführlichkeit, wie man es selten erlebte, erzählte er von Adrian und Merret Halliger, hatte dann aber Schwierigkeiten, als es um Sandra Lührsens Schuld ging. Dass vor fünf Jahren doch die Richtige verhaftet und verurteilt worden war, schlug wie eine Bombe ein.

»Glaubst du das wirklich?«, fragte Tilla und sah Erik an, als hätte sie Zweifel. Die Ermahnung, dass er ihr vielleicht glauben wolle, damit er von dem Vorwurf befreit war, damals schlampig ermittelt zu haben, wies er jedoch von sich. Und auch Sören sagte klipp und klar: »Es passt alles zusammen.«

»Merret Halliger könnte versucht haben«, versuchte es die Staatsanwältin trotzdem, »die Schuld in diesem Fall von sich zu weisen. Es gibt keine Beweise dafür, dass ihre Aussage der Wahrheit entspricht.«

»Auch keine Gegenbeweise«, erwiderte Erik. »Aber Merret Halliger bringt es nichts, die Unwahrheit zu sagen. Für den zweiten Mord wird sie lebenslänglich bekommen. Sie hat vorsätzlich und heimtückisch gehandelt, alle Voraussetzungen für einen eiskalt geplanten Mord sind erfüllt.« Für Erik schien es nur noch eine Unklarheit zu geben. »Warum hat Sandra Lührsen behauptet«, fragte er Sören, »die Kette habe ihrer Schwiegermutter gehört?«

Sören hatte offenbar schon darüber nachgedacht. »Sie sah eine Chance, dass ein anderer für den Mord den Kopf hinhalten musste. Zwar war sie im sicheren Bereich, sie wusste, dass sie für dieselbe Tat kein zweites Mal verurteilt werden konnte, aber es wäre ihr dennoch sehr lieb gewesen, wenn sich nie herausgestellt hätte, dass sie doch die Mörderin war. Dann hätte sie von Sylt wegziehen müssen.«

Dr. Hillmot fiel ein, dass er mit seiner Aufmerksamkeit bei Wittas Ermordung richtiggelegen hatte. »Der kleine Riss an ihrem Hals!« Er strahlte Dr. Mikkelsen an, und sie strahlte zurück. Zwei Mediziner, eine gemeinsame Erkenntnis!

»Und in Sandras Nacken«, ergänzte Antja Mikkelsen. »Es war in jedem der beiden Fälle eins der Strasssteinchen, mit denen Paul Lührsen seine Skulpturen geschmückt hat.«

»Und die Spuren in Sandra Lührsens Haus«, erklärte Erik zufrieden, »haben wir auch klären können. Merret Halliger hat es zwar nicht zugegeben, aber mir scheint, sie hat, als sie in Sandras Haus eindrang, um sie umzubringen, einen Tunnelblick gehabt. Sie hatte nur ihr Ziel vor Augen und kann sich nicht mehr richtig erinnern, wo sie sich versteckt hat.«

Sören lachte. »Der Abdruck des dicken Hinterns! Merret Halliger hat untenrum ganz schön was zu bieten.«

Alle stimmten in sein Lachen ein, nur Mamma Carlotta nicht. Obwohl sie durchaus Erleichterung verspürte, gefiel ihr die Art, wie über eins ihrer Körperteile geredet wurde, gar nicht. Doch natürlich schwieg sie dazu, ließ die anderen über Merret Halligers dicken Hintern reden und tröstete sich damit, dass sie niemandem dieses Abenteuer beichten musste. Sie schaffte es sogar, keine Korrektur anzubringen, als Erik schätzte, dass Merret Halliger mindestens Hosengröße 46 nötig habe. Gern hätte Mamma Carlotta klargestellt, dass sie nur Größe 44 hatte, aber ihren Ärger konnte sie sehr gut an der Fenchelcremesuppe auslassen, die während des Erwärmens gründlich gerührt werden musste.

Und dann wurde sie schlagartig von ihrer Missstimmung abgelenkt und vergaß, worüber sie sich geärgert hatte. Die Haustür wurde aufgerissen und mit Schwung ins Schloss geworfen. »Carolina?« Es war eigentlich nicht die Art ihrer Enkelin, mit solcher Dynamik das Haus zu betreten. Aber gelegentlich zeigte sich auch bei Carolin, dass italienisches Erbgut in ihr steckte. Das bewies nun auch ihr Erscheinen in der Küche. Sie drückte sich nicht wie sonst hinein, sie trat auf. So, dass alle Gespräche augenblicklich verstummten und sich ihr alle Augen zuwandten.

»Ich habe wieder einen Job«, sagte sie und lächelte vor allem Tilla und Dr. Mikkelsen an, als wollte sie sich damit entschuldigen, dass es unmöglich sei, sie ausdrücklich zu begrüßen, wenn es etwas Weltbewegendes zu berichten gab. »Ich kann gleich nächste Woche anfangen!«

Eriks Augen leuchteten auf. »Du warst im Hotel Horizont? Sie verlängern deinen Ausbildungsvertrag?«

»Nein!« So laut und bestimmt sprach Carolin selten. »Koopmann hat mir ein Volontariat angeboten. Und ich habe angenommen. In Zukunft schreibe ich fürs *Inselblatt*.«

87

Der Morgen war grau und regnerisch, aber dennoch schön. Er war kalt und schickte einen Wind voraus, der nichts Gutes verhieß, trotzdem würde der Tag wunderbar werden, Mamma Carlotta war sicher. Das lag daran, dass dieser Morgen einem herrlichen Abend folgte, an dem das Glück über Carolins Heimkehr alles überstrahlt hatte. Tilla Speck hatte sich bereit erklärt, mit Carolin nach Hamburg zu fahren und ihre Sachen aus Maximilian Witts Wohnung zu holen. Erik und Sören hatten sich nicht freinehmen können, aber Tilla hatte gespürt, dass Erik keinen Tag verstreichen lassen wollte, an dem sich Carolin womöglich anders entschied oder Maximilian es schaffte, ihren Entschluss ins Wanken zu bringen. Sie waren früh aufgebrochen, das war Carolins Wunsch gewesen. Auch sie selbst schien Angst zu haben, dass sie zu lange über ihre Entscheidung nachdachte und dann am Ende nicht mehr wusste, was richtig für sie war.

Mamma Carlotta war glücklich! Das Kind würde noch an diesem Tag wieder im Süder Wung einziehen! Und das war natürlich ein Grund, sich auf ein Festessen vorzubereiten, das nur aus Carolins Lieblingsgerichten bestand. Mamma Carlotta beschloss, sich frühzeitig zu Feinkost Meyer aufzumachen, um einzukaufen, was sie brauchte. Aber sie benötigte noch etwas anderes: jemanden, dem sie erzählen konnte, was sich alles zugetragen hatte, und zwar inklusive aller Begebenheiten, die sie Erik vorenthalten musste. Frau Kemmertöns, ihre Nachbarin, wäre in diesem Fall nur zweite Wahl gewesen, denn selbstverständlich musste vor allem Tove Griess erfahren, dass er nicht mehr in dem Verdacht stand, Sandra Lührsen umgebracht zu haben. Sicherlich hatte er ein paar schlaflose Nächte hinter sich. Die allerdings gönnte Mamma Carlotta ihm, vielleicht würde er demnächst vorsichtiger sein, wenn er jemandem androhen wollte, ihn umzubringen.

Fietje Tiensch hatte gerade den ersten Schluck seines Frühstücksbiers getrunken, Tove trommelte mit den Fingerspitzen auf dem Zapfhahn herum, als wartete er auf etwas, von dem er nicht wusste, ob es ihm gefallen würde.

»Sie hätten ruhig schon eher kommen können«, maulte er. »Garantiert wissen Sie längst, was Sache ist.«

Sogar Fietje Tiensch, der nie gute oder schlechte Laune hatte, sondern immer gleichgültig reagierte, nörgelte herum. »Was ist eigentlich mit meinem Kumpel Maart? Wieso sitzt der noch? Hat Ihr Schwiegersohn immer noch nicht rausgefunden, dass Maart unschuldig ist? Was macht der eigentlich den ganzen Tag? Wofür kassiert der sein Gehalt?«

Kritik an ihrer Familie, das hätte Fietje wissen müssen, brachte Mamma Carlotta in Harnisch. »Mein Schwiegersohn ist ein schwer arbeitender Kriminalbeamter. Das sollten Sie wissen, Signor Tiensch!« Ihre Stimme klang laut und scharf.

»Ist ja schon gut«, murmelte Fietje, der es nie auf eine Auseinandersetzung ankommen ließ. »Ich meine ja nur ...«

»Kriegt man eigentlich keine Nachricht, wenn man von der Liste der Verdächtigen gestrichen wurde?«, schimpfte Tove. »Ein mieser Service ist das. Das sehe ich genauso wie Fietje.«

»Glauben Sie denn, dass Sie nicht mehr auf der Liste stehen?«, fragte Mamma Carlotta zurück und bemühte sich um ein provokantes Lächeln. »Vielleicht bekommen Sie ja heute noch eine Vorladung von meinem Schwiegersohn.«

Tove schlug mit der Faust auf die Theke. »Ich war's nicht.«

»Das können Sie meinem Schwiegersohn dann ja erzählen.« Carlotta nickt zum Kaffeeautomaten. »Bekomme ich nun endlich meinen Cappuccino?«

Brummend machte Tove sich an die Arbeit. Er war gerade dabei, das Kakaopulver auf den Milchschaum zu stäuben, da öffnete sich die Tür, und herein trat – Maart Bleicken. »Moin! Ich brauche einen Kaffee. Die Plörre im Knast ist ungenießbar.« Er setzte sich zu Fietje. »Gibst du einen aus?«

Fietje nickte gutmütig, während Tove sich an die Produktion eines Kaffees machte, nachdem er Carlotta ihren Cappuccino vorgesetzt hatte. »Besteht keine Fluchtgefahr mehr?«

»Der Fall ist ja aufgeklärt. Der Mann von der Kosmetikerin hat ein Geständnis abgelegt. Danach konnte ich gehen.«

Drei Augenpaare richteten sich auf Mamma Carlotta, jeder der Männer wartete auf eine ausführliche Berichterstattung von Mamma Carlotta, die sonst immer alle Neuigkeiten mit größtem Eifer zum Besten gab. Aber diesmal schwieg sie, unter Aufbietung aller psychischen Kräfte, doch sie schaffte es. Jemand, der die Fähigkeiten ihres Schwiegersohns infrage stellte, hatte es nicht verdient, von ihr auf den neuesten Stand gebracht zu werden. Tove und Fietje würden begreifen, wie gekränkt sie war, wenn sie später erfuhren, dass ihnen die eigentliche Sensation vorenthalten worden war. Toves despektierliche Bemerkung nach ihrem Besuch im Kosmetiksalon hatte sie auch noch nicht vergessen. Nein, dieser Tag war nicht geeignet, Toves und Fietjes Neugier zu stillen und sich selbst den Wunsch zu erfüllen, über etwas Erlebtes lang und breit zu reden.

»Na, wir werden ja demnächst im *Inselblatt* lesen, was gewesen ist«, lockte Tove und warf Mamma Carlotta einen schnellen Seitenblick zu. Natürlich rechnete er nun damit, dass er nicht bis zum nächsten Morgen würde warten müssen, um zu erfahren, was sich auf Sylt zugetragen hatte. Aber Mamma Carlotta rührte in ihrem Cappuccino, ohne etwas zu sagen, trank einen Schluck und sagte noch immer nichts.

Auch Fietje konnte es nicht mehr ertragen und fand wohl, dass seine Art, Mamma Carlottas Mitteilungsfreude zu reizen, besonders clever war. »Sicherlich wird Menno Koopmann heute noch auf ein Bier vorbeikommen. Von dem erfährt man ja immer, was am nächsten Tag in der Zeitung stehen wird.«

Mamma Carlotta wusste, dass das eine glatte Lüge war. Auf so was fiel sie nicht rein. Sie suchte ihr Geld für den Cappuccino aus der Jackentasche, legte es auf die Theke und sah sich vielsagend um, ehe sie aufstand. »Damit wird es bald vorbei sein, Signori! Demnächst werden Sie es nicht mehr mit Menno Koopmann, sondern mit Carolin Wolf zu tun bekommen.«

Während sie Käptens Kajüte verließ, kam sie sich vor wie Signora Ceccarelli, die in Panidomino sehr unbeliebt war, weil sie sich, wenn sie etwas wusste, was auch alle anderen gern erfahren wollten, stets in Andeutungen erging, damit sie später behaupten konnte, sie hätte nichts verraten. Darüber ärgerten sich alle noch mehr, als wenn sie gar nichts erfahren hätten. Nun, als Mamma Carlotta mit dem erhebenden Gefühl auf den Hochkamp trat, unangebrachter Neugier in den Weg getreten zu sein, verstand sie, warum Signora Ceccarelli Freude daran hatte, jemanden zurückzulassen, der zwar mehr wusste als vorher, aber viel weniger, als er gehofft hatte. Dio mio, so was schien dem Selbstbewusstsein gutzutun.

Die Freude daran dauerte jedoch nur bis zur Ecke Westerlandstraße. Kaum hatte sie sie überquert, wusste sie schon, dass sie am Nachmittag einen weiteren Cappuccino in Käptens Kajüte trinken und ausführlich darlegen würde, warum Adrian Halliger ein Geständnis abgelegt hatte, obwohl seine Frau die Täterin war. Und dass ihr Schwiegersohn mit der Überführung von Sandra Lührsen vor fünf Jahren genau richtiggelegen hatte, würde sie besonders detailliert abhandeln. Vielleicht würde sie auch am frühen Abend ihre Cousine auf einen Prosecco ins Hotel Horizont einladen und dort eine kleine Plauderei mit dem unsympathischen Hoteldirektor führen. Sie würde ihm gerne klarmachen, dass ihre Enkelin es nicht nötig hatte, um die Fortsetzung ihrer Ausbildung im Hotel zu bitten, weil sie längst etwas Besseres gefunden hatte. Ob es wirklich besser war, würde sich zwar erst noch herausstellen müssen, aber zu einer kleinen Hochmütigkeit durfte sie sich ruhig schon hinreißen lassen. »Meine Enkelin wird demnächst für die Presse arbeiten.« Das klang doch sehr gut.

Schade nur, dass Erik den Plänen seiner Tochter so kritisch gegenüberstand. Natürlich war er in erster Linie glücklich, dass Carolin am Abend wieder zu Hause einziehen würde, aber dass er demnächst zu Koopmann freundlich sein musste, belastete ihn schwer. Mamma Carlotta sah ihrem nächsten Besuch auf Sylt mit gemischten Gefühlen entgegen ...

Rezeptanhang

Fagottini di mortadella (Mortadellaröllchen)

Zutaten für 4 Personen: 100 g Ricotta, eine gelbe Paprika, 4 Walnusskerne, 4 dicke Scheiben geviertelte Mortadella, Salz

Den Ricotta in eine Schüssel geben und glatt rühren. Paprika und Walnusskerne fein hacken, dann sorgfältig unter den Ricotta heben und die Mischung mit Salz abschmecken. Etwas von der Ricottamischung auf die Spitze jedes Mortadelladreiecks geben und dieses aufrollen. Die fertigen Mortadellaröllchen bis zum Servieren in den Kühlschrank stellen.

Pasta e ceci alla toscana (Kichererbsensuppe mit Nudeln)

Zutaten für 4 Personen: 200 g getr. Kichererbsen, über Nacht eingeweicht und abgetropft, mehrere EL Olivenöl, eine zerdrückte Knoblauchzehe, ein Zweig frisch gehackter Rosmarin, 250 g geschälte und gewürfelte Tomaten, 150 g frische Tagliatelle (in kurze Stücke geschnitten), 25 g geriebener Parmesan, Salz und Pfeffer

Die Kichererbsen in einem großen Topf mit ca. 2 Liter Wasser zum Kochen bringen. Die Temperatur reduzieren und abgedeckt etwa 1,5 Stunden garen. Drei Kellen Kichererbsen herausnehmen und im Mixer glatt pürieren. Das Püree wieder in den Topf geben und die Mischung weitere 1,5 Stunden garen. Einen Esslöffel Öl in einer Pfanne erhitzen. Knoblauch, Rosmarin und Tomaten darin 10 Minuten anbraten. Die Tomatenmischung zu den Kichererbsen geben. Mit Salz abschmecken. Die Nudeln zufügen und al dente kochen. Mit Pfeffer abschmecken, in eine Suppenterrine füllen, mit Öl beträufeln und mit dem Parmesan bestreuen.

Involtini alle albicocche
(Schweinerouladen mit Aprikosen)

Zutaten für 4 Personen: 8 Schnitzel, 100 g getrocknete Aprikosen, 100 g Pancetta/Bauchspeck (in Streifen geschnitten), 2 EL Olivenöl, 25 g Butter, 50 ml Weinbrand, Salz und Pfeffer

Die Schnitzel mit einem Fleischklopfer sehr dünn plattieren. Mit Salz und Pfeffer würzen. Die Aprikosen fein hacken. Mit der Pancetta in einen Topf geben und unter gelegentlichem Rühren braten, bis die Pancetta leicht gebräunt ist. Salzen und pfeffern. Die Aprikosenmischung auf den Schnitzeln verteilen, sie aufrollen und mit Küchengarn binden oder mit einem Holzspieß fixieren. Das Olivenöl in einer Pfanne erhitzen, dann die Butter zugeben. Wenn die Butter nicht mehr schäumt, die Rouladen darin rundum anbräunen. Den Weinbrand zugießen und die Rouladen abgedeckt etwa 10 Minuten braten, bis das Fleisch gar ist. Küchengarn oder Holzspieße entfernen und die Rouladen mit dem Bratensaft servieren.

Crostata al rabarbaro (Rhabarberkuchen)

Zutaten Mürbeteig: 200 g Mehl, etwas Mehl zum Bestäuben, 100 g Zucker, 100 g weiche Butter, 2 Eigelb, 2 TL abgeriebene Zitronenschale, Salz

Zutaten Füllung: 2 Eier, 200 g Zucker, 400 g Rhabarber (in Stücke geschnitten), Puderzucker zum Bestäuben

Den Ofen auf 180 °C vorheizen. Eine rechteckige Auflaufform (20 cm × 25 cm) einfetten und mit Mehl bestäuben.

Mehl und Zucker auf eine Arbeitsfläche sieben und eine

Vertiefung in die Mitte drücken. Butter, Eigelbe, Zitronenschale und eine Prise Salz hineingeben. Alles sorgfältig vermengen und kurz durchkneten. Den Teig in Frischhaltefolie eingeschlagen eine Stunde im Kühlschrank ruhen lassen.

Währenddessen Eier und Zucker schaumig rühren. Die Rhabarberstücke untermengen. Teig nach dem Ruhen aus dem Kühlschrank nehmen und die Kuchenform damit auslegen. Die Mischung gleichmäßig auf dem Teigboden verteilen und 45 bis 50 Minuten backen. In der Form auskühlen lassen. Den Kuchen auf eine Kuchenplatte heben und nach Belieben mit Puderzucker bestäuben.

Tartine al cetriolo (Tartine mit Gurke)

Zutaten für 4 Personen: 2 kl. geschälte Gurken, 50 g Frischkäse, ein Spritzer Zitronensaft, ein TL gehackte glatte Petersilie, Vollkornbrot, Salz und Pfeffer

Eine Gurke längs halbieren und in sehr dünne Scheiben schneiden. Diese in ein Sieb geben, mit Salz bestreuen und abtropfen lassen. Die andere Gurke hacken und mit dem Frischkäse vermengen. Den Zitronensaft und die Petersilie untermengen, alles mit Salz und Pfeffer abschmecken. Die Brotscheiben in Quadrate schneiden und mit der Käsemischung bestreichen. Die Gurkenscheiben schuppenförmig darauf arrangieren. Kalt servieren.

Minestra verde (Grüne Suppe)

Zutaten für 4 Personen: 400 g Mangold, 40 g geriebener Parmesan, 3 verquirlte Eier, 1,5 l Fleischbrühe

Den Mangold mit etwas Salz in kochendem Wasser weich kochen, abgießen und abkühlen lassen. Gut ausdrücken und in Streifen schneiden. Mangoldstreifen, Parmesan, Eier, eine Prise Salz und eine Kelle Brühe verrühren. Die restliche Brühe zum Kochen bringen, dann die Mangoldmischung einrühren. 5 Minuten leicht köcheln lassen, dann in eine Terrine füllen. Sofort mit Parmesan servieren.

Polpette alle acciughe (Frikadellen mit Sardellen)

Zutaten für 4 Personen: 2 Brötchen, 150 ml Milch, ein Stängel gehackte glatte Petersilie, eine fein gehackte Knoblauchzehe, 2 in Öl eingelegte Sardellenfilets, 400 g Rinderhack, ein Eigelb, 2 EL geriebener Parmesan, 50 g Semmelbrösel, Olivenöl, Salz und Pfeffer

Die Brötchen in Stücke reißen, mit der Milch in eine Schüssel geben und 10 Minuten einweichen, dann abgießen und ausdrücken. Petersilie, Knoblauch, Sardellenfilets und Hackfleisch vermengen. Eigelb, Brötchen und Parmesan zugeben und mit Salz und Pfeffer würzen. Die Mischung zu Frikadellen formen und sie etwas flach drücken. Die Semmelbrösel auf einem Teller ausstreuen und die Frikadellen darin wenden. Den Boden einer Pfanne mit Olivenöl einfetten, die Frikadellen hineingeben und bei starker Hitze auf jeder Seite eine Minute braten. Die Hitze reduzieren, abdecken und die Frikadellen 10 Minuten bei mittlerer Temperatur garen.

Spinaci alla crema (Spinat in Sahne) 

Zutaten für 4 Personen: ein Kilo Spinat, 200 ml Sahne, ein Teelöffel Mehl, 40 g Butter, eine Prise Muskat, 40 g geriebener Parmesan, Salz und Pfeffer

Den Spinat 5 Minuten garen. Abtropfen lassen und ausdrücken. Sahne und Mehl verrühren. Die Butter zerlassen, den Spinat zufügen und bei niedriger Temperatur unter häufigem Rühren einige Minuten dünsten. Mit Muskat, Salz und Pfeffer würzen. Abgedeckt 10 Minuten leicht köcheln. Die Sahne einrühren und weitere 20 Minuten köcheln. Mit dem Parmesan bestreuen und servieren.

Äpfel im Nest 

Zutaten für 6 Personen: 50 g Butter, etwas Butter zum Einfetten, 6 Äpfel, 2 Eier, 65 g Zucker, 130 g Mehl, 2 EL Milch, 4–6 EL Himbeerkonfitüre, Salz

Den Ofen auf 200 °C vorheizen. Eine Auflaufform einfetten. Die Äpfel schälen, das Kerngehäuse ausstechen und sie in die Form setzen. Eigelb und Zucker in einer Schüssel schaumig schlagen. Mehl und eine Prise Salz löffelweise unterheben. Die Milch unterrühren. Das Eiweiß steif schlagen und unter den Teig ziehen. Den Teig um die Äpfel in die Form füllen, sie sollten nicht vollständig bedeckt sein. Das Loch in der Mitte der Äpfel mit der Konfitüre und Butterstückchen füllen und 45 Minuten goldbraun backen. Warm servieren.

Crostini con pompelmo (Grapefruit-Crostini)

Zutaten für 4–6 Personen: 15 g Butter und etwas Butter zum Einfetten, Saft von 2 Grapefruits, ein EL geriebener Gruyère, 150 g frisch geriebener junger Gouda, 2 EL Sahne, ein verquirltes Eigelb, 4–6 Scheiben Weißbrot, Salz und Pfeffer

Den Backofen auf 180 °C vorheizen. Ein Backblech mit Butter einfetten. Den Grapefruitsaft in einen kleinen Topf gießen. Butter, Gruyère und Gouda zugeben. Salzen und pfeffern. Die Sahne einrühren und alles bei schwacher Hitze unter Rühren 10 Minuten erwärmen. Den Topf vom Herd nehmen und das Eigelb unterrühren. Den Topf zurück auf den Herd stellen und die Mischung bei schwacher Hitze glatt rühren, aber darauf achten, dass sie nicht aufkocht. Die Brotscheiben mit der Mischung bestreichen und auf das Backblech legen. Einige Minuten hellbraun überbacken und heiß servieren.

Spaghetti ai broccoli (Spaghetti mit Brokkoli)

Zutaten für 4 Personen: 500 g Brokkoli (zu Hause in Panidomino verarbeite ich immer frischen, den habe ich ja im Garten, aber auf Sylt nehme ich gerne den tiefgekühlten, der ist genauso gut), 3 EL Olivenöl, 25 g Butter, eine gehackte Zwiebel, 4 EL Sahne, 350 g Spaghetti, 25 g Parmesan und Salz und Pfeffer

Der Brokkoli muss natürlich nicht geputzt werden, sehr praktisch, er braucht nur etwa zehn Minuten in kochendem Wasser gegart zu werden. Dann Öl und Butter in einer Pfanne erhitzen und die Zwiebel darin bei niedriger Temperatur 5 Minuten dünsten. Den Brokkoli abgießen und in die Pfanne rühren. Die Sahne dazugeben und 10 Minuten köcheln lassen.

Inzwischen die Spaghetti in einem großen Topf mit Salzwasser kochen und die Brokkolimischung im Mixer pürieren. Mit Salz und Pfeffer würzen. Die Spaghetti abgießen, mit der Soße vermischen und mit dem Parmesan bestreuen.

Casseruola di patate alla carbonara (Carbonara-Kartoffel-Auflauf)

Zutaten für 4 Personen: ein Kilo Kartoffeln, 2 Zwiebeln, 150 g Speckwürfel, Öl, 2 Eier, 300 ml Sahne, 100 g Parmesan, gehackter Schnittlauch, Butter für die Form, Salz und Pfeffer

Kartoffeln schälen und in Salzwasser vorkochen. Sie sollten nicht gar sein. Verkürzen Sie die übliche Kochzeit am besten auf die Hälfte. Anschließend die Kartoffeln auskühlen lassen und dann in Scheiben schneiden.

Während die Kartoffeln kochen, die Zwiebeln abziehen und fein hacken. Nun etwas Öl in einer Pfanne erhitzen und darin zunächst die Zwiebeln dünsten. Speck dazugeben und kurz mitbraten. Zur Seite stellen.

Den Backofen auf 200° C Ober-/Unterhitze vorheizen. Die Eier trennen und die Eigelbe mit der Sahne sowie dem Käse glatt rühren. Die Soße mit Salz und Pfeffer würzen.

Eine Auflaufform mit Butter einfetten und Kartoffelscheiben darin schichten. Dann mit der Sahnesoße übergießen und mit dem gebratenen Zwiebel-Speck-Mix bestreuen. Die Carbonara-Kartoffeln im Ofen für eine Viertelstunde backen, herausnehmen und mit Schnittlauch bestreut servieren.

Semolino alle ciliege (Grießpudding mit Kirschen)

Zutaten für 6 Personen: Butter zum Einfetten, 250 ml lieblicher Weißwein, 120 g Grieß, 2 Eier, 120 g Zucker, 500 g entsteinte Kirschen, 50 g Mandeln, abgezogen und gehackt, ein Eiweiß

Den Ofen auf 200 °C vorheizen. Eine runde Auflaufform (1,5 l) einfetten. Wein und 500 ml Wasser in einem Topf aufkochen. Den Grieß einrieseln lassen und unter Rühren 15 Minuten kochen. Vom Herd nehmen und etwas abkühlen lassen. Die Eier einzeln sorgfältig unterrühren. Zucker, Kirschen und Mandeln unterrühren. Das Eiweiß steif schlagen und unter den Grießbrei ziehen. In die Form füllen. Die Form auf ein Backblech setzen. Dieses bis auf halbe Höhe der Form mit kochendem Wasser füllen und den Pudding 45 Minuten backen. Auskühlen lassen, dann auf einen Servierteller stürzen.

Insalata di cavolfiore (Blumenkohlsalat)

Zutaten für 4 Personen: ein Blumenkohl, in Röschen zerteilt, 6 eingelegte Sardellenfilets, Saft von einer Zitrone, 6 EL Olivenöl, ½ gehackte Knoblauchzehe, 150 g Thunfisch in Öl, abgetropft und zerkleinert, Salz

Die Blumenkohlröschen in gesalzenem, sprudelnd kochendem Wasser al dente garen. Abgießen, abkühlen lassen und in eine Salatschüssel geben. Die Sardellenfilets mit dem Zitronensaft in einer Schüssel zu einer Paste zerdrücken. Olivenöl, Knoblauch und Thunfisch zugeben. Mit Salz abschmecken, alles vermengen und als Dressing über den Blumenkohl geben.

Crema di finocchi al salmone affumicato (Fenchelcremesuppe mit Lachs)

Zutaten für 4 Personen: 25 g Butter, 3 Fenchelknollen, 120 ml Sahne, 60 g geräucherter Lachs, 4 Stängel frischer Dill, Salz und Pfeffer

Die Butter in einem Topf zerlassen, den in Stücke geschnittenen Fenchel und 5 EL Wasser dazufügen und bei niedriger Temperatur etwa 20 Minuten weich dünsten. Weitere 5 EL Wasser einrühren, alles in einen Mixer geben und glatt pürieren. In einen Topf geben, dann die Sahne und 240 ml Wasser einrühren. Mit Salz und Pfeffer abschmecken. Erneut erhitzen, aber nicht aufkochen. In Suppenteller füllen, mit Lachs und Dill anrichten und servieren.

Rombo con salsa di olive (Steinbutt mit Olivensoße)

Zutaten für 6 Personen: 25 g Butter und etwas Butter zum Einfetten, eine in Salz eingelegte filetierte Sardelle, die 10 Min. in kaltes Wasser eingelegt wurde, 25 g Pinienkerne, 100 g schwarze entsteinte Oliven, ¼ Bund frisch gehackte glatte Petersilie, eine gewürfelte Schalotte, 1–2 EL konzentrierter Fischfond, 75 ml Olivenöl, einen Steinbutt (1,2 kg), filetiert, oder 6 Steinbuttfilets à 200 g, Salz und Pfeffer

Den Backofen auf 200 °C vorheizen. Eine Auflaufform mit Butter einfetten. Die Sardelle klein hacken. Die Butter in einer Pfanne zerlassen, die Pinienkerne darin einige Minuten unter häufigem Rühren anbräunen. Aus der Pfanne nehmen und auf Küchenpapier abtropfen lassen. Sardelle, Oliven, Petersilie, Schalotte und Fond in einem Mixer pürieren, in eine Schale geben und mit Olivenöl zu einer glatten Soße verrühren. Den Fisch in die vorbereitete Form legen und mit Salz und Pfeffer würzen. Die Soße darübergeben und 20 Minuten im Ofen garen. Auf eine vorgewärmte Servierplatte geben und mit den Pinienkernen bestreuen. Gekochte Kartoffeln sind die richtige Beilage.

Crema ai marroni (Maronencreme)

Zutaten für 6 Personen: ein Kilo geschälte Maronen, 200 g Zucker, 50 g Vanillezucker, 200 ml Sahne, Salz

Die Maronen 5 Minuten in kochendem Wasser blanchieren, abtropfen und häuten. Leicht gesalzenes Wasser in einem Topf aufkochen und die Maronen darin 30 Minuten köcheln. Inzwischen Zucker, Vanillezucker und 250 ml Wasser bei kleiner Hitze rühren, bis sich der Zucker aufgelöst hat, dann etwa 10 Minuten köcheln. Die Maronen abtropfen lassen. Den Sirup vom Herd nehmen und die Maronen hineingeben. Den Topf wieder auf den Herd setzen und 10 Minuten kochen. Die Maronen mit einem Schaumlöffel aus dem Sirup nehmen und in eine Schüssel passieren. Den Sirup in das Maronenmus rühren und auskühlen lassen. Die Sahne steif schlagen und unter das ausgekühlte Maronenmus ziehen. In Dessertgläser füllen und bis zum Servieren kalt stellen.